Karmische Rose

Ulrike Vinmann

KARMISCHE ROSE

Wir sehen uns
im nächsten Leben

EchnAton Verlag

Alle Charaktere in diesem Buch sind frei erfunden.
Ähnlichkeiten mit lebenden Personen sind rein zufällig.

1. Auflage März 2013

Covergestaltung: Raphaela C. Näger
Coverfoto: © Susanne Hast
Lektorat: Angelika Funk
Gesamtherstellung: Diana Schulz
Druck: AALEXX Buchproduktion GmbH
ISBN: 978-3-937883-57-1
www.echnaton-verlag.de

Für Nils

Ich lebe mein Leben in wachsenden Ringen

Ich lebe mein Leben in wachsenden Ringen,
die sich über die Dinge ziehn.
Ich werde den letzten vielleicht nicht vollbringen,
aber versuchen will ich ihn.

Ich kreise um Gott, um den uralten Turm,
und ich kreise jahrtausendelang;
und ich weiß noch nicht: bin ich ein Falke,
ein Sturm oder ein großer Gesang.

Rainer Maria Rilke
20.9.1899, Berlin-Schmargendorf

Prolog

März 1965

Die blonde Frau saß mit dem Baby in der Küche. Es war Frühling in der Schweiz, aber er zeigte sich noch nicht wirklich. Immer noch war es kalt und die Knospen der ersten Frühlingsboten kamen nur zögerlich aus dem gefrorenen Boden heraus.

Sie schaute aus dem Fenster in die beginnende Dämmerung. Immer wenn es dunkel wurde, kamen ihre Beklemmungen wieder, das Herzstechen und die Angst. Und mit diesen Gefühlen kamen auch die Bilder wieder, Bilder, die sie vergessen wollte. Bilder vom Lazarett in Astrakhan an der Grenze zwischen Russland und Kasachstan. Immer wieder sah sie die blutigen Körper der verletzten Männer vor sich, hörte sie ihr Stöhnen und roch den Geruch von fauligem Fleisch.

»Wann ist es endlich vorbei?«, fragte sie sich, während sie ihr acht Monate altes Baby ansah. Sie hatte Schuldgefühle und dachte, dass sie ihre Tochter lieben sollte, aber sie konnte es nicht. Zu groß war die Last der Vergangenheit.

Es hatte ein paar Momente in den letzten Wochen gegeben, in denen sie versucht gewesen war, ihrem Mann alles zu erzählen. Aber es ging nicht. Wenn sie den Mund öffnen wollte, war es so, als wäre ein Knoten in ihren Stimmbändern, der es ihr verbot weiterzusprechen. Und außerdem trug er eine ebenso schwere Last aus seiner Vergangenheit wie sie. Sie wollte ihn nicht auch noch mit ihren Geschichten belasten.

Irgendwann hatte er aufgehört sie zu fragen. Jetzt führten sie eine zwar nach außen harmonische, aber nach innen erkaltete Ehe. Wenn sie nachts wach wurde und die Schreie der Männer aus Astrakhan hörte, wünschte sie sich zu sterben, nur damit sie die Schreie nicht mehr hören musste und die Bilder endlich aus ihrem Kopf verschwänden.

Ihre Tochter sah sie mit großen Augen an. Es war so, als spüre das Kind die Angst der Mutter.

Erneut begann ihr Herz zu stechen und sie griff in die Schublade, um noch eine Valium herauszunehmen. Als sie die Tablette schluckte, hatte sie ein schlechtes Gewissen. Sie nahm die Medikamente heimlich, ohne Wissen ihres Mannes. Sie dachte: »Irgendwann werden mich diese ganzen Pillen umbringen – aber vielleicht ist es genau das, was ich will.«

Sie dachte an ihre Familie in Russland, die sie seit über zwanzig Jahren nicht mehr gesehen hatte, und der Schmerz war so tief, dass er ihr fast das Herz zerriss.

Dann stand sie seufzend auf, versorgte mechanisch ihr Baby, das sie immer nur mit großen Augen ansah, und brachte es ins Bett.

Ein Blick auf die Uhr zeigte ihr, dass es 17.30 Uhr war. In einer Stunde würde ihr Mann nach Hause kommen. Es war Zeit, das Abendessen vorzubereiten. Wie in Trance fing sie an, Kartoffeln zu schälen und den Salat zu machen. Das Valium dämpfte all ihre Gefühle, nicht nur die Angst. Sie dachte: »Ja, das ist es, was ich will. Ich will einfach *gar nichts* mehr fühlen.«

Als die Kartoffeln auf dem Herd standen und der Salat auf dem Tisch, nahm das Herzstechen zu. Sie schaute zu ihrem Kind und sah, dass das Baby in seinem Bettchen eingeschlafen war. Sie begann zu keuchen und setzte sich in den Sessel neben dem Ofen.

Dort fand sie ihr Mann, als er eine halbe Stunde später nach Hause kam. Da war sie schon tot.

Tatjana

Februar 1918

In Pokrowsk herrschte eisige Kälte an diesem Februartag des Jahres 1918.

Tatjana packte alles zusammen, was in den kleinen Leiterwagen passte. Ihr Mann Dimitrij war damit beschäftigt, die Papiere zu ordnen, die sie mitnehmen mussten. Die drei Töchter Anastasija, Irina und Jekaterina saßen aneinandergekauert in einer Ecke des kleinen Hauses. Anastasija und Irina waren Zwillingsschwestern. Sie waren fünf Jahre alt. Jekaterina war ein Jahr älter.

Die Mädchen hatten große Angst. Tatjana hatte ihnen nur gesagt, dass sie nach Amerika auswandern würden. Was das bedeutete, konnten die Mädchen in diesem Augenblick nicht im Entferntesten ermessen.

Dimitrij und Tatjana waren Wolgadeutsche und lebten auf einem Bauernhof in der Nähe von Pokrowsk. Ihre Vorfahren waren im Jahr 1764 auf den Ruf von Zarin Katharina II aus Deutschland nach Russland gekommen. Seit die Bolschewiken im Oktober 1917 die Macht ergriffen hatten, war die Familie immer größer werdenden Repressalien ausgesetzt, denn die neue Regierung betrachtete die Wolgadeutschen als Feinde.

Tatjanas Familie baute Getreide an und hielt Vieh. Mit ihren Nachbarn, die allesamt Wolgadeutsche waren, hatten sie ein gutes Auskommen. Mit Tränen in den Augen dachte Tatjana, dass es ihr niemals in den Sinn gekommen wäre, sie würden eines Tages einmal ihre Heimat verlassen. Aber nun war es so gekommen. Es hatte in den vergangenen Wochen immer wieder Überfälle auf benachbarte Höfe gegeben und es war zu gefährlich, in Pokrowsk zu bleiben. Sie wollte ihre Töchter in Sicherheit bringen.

Eine befreundete Familie war vor ein paar Wochen nach Amerika ausgewandert und Tatjana schien es in dem Moment das einzige sichere Land auf der Welt zu sein. Dimitrij hustete. Sie schaute zu ihm hinüber. Seine eingefallene Gestalt und das graue Gesicht gefielen ihr ganz und gar nicht und sie dachte: »Hoffentlich wird er nicht krank.«

Als sie fertig gepackt hatte, rief sie ihre Töchter. Dimitrij stand bereits vor dem Haus. Er weinte, versuchte dies aber zu verbergen. Sie nahmen den Zug nach Murmansk, von wo aus ihr Schiff nach Amerika gehen würde. Tatjana hatte all ihre Ersparnisse aufgebraucht, um eine Schiffspassage für die ganze Familie zu erstehen.

Als sie in Murmansk ankamen, sahen sie, dass die Hafenstadt voll war. Offensichtlich waren sie nicht die Einzigen, die die Idee hatten, nach Amerika auszuwandern. Als sie sich in die lange Schlange von Menschen einreihten, die auf das Schiff wollten, bemerkte Tatjana, dass ihr Mann noch schlechter aussah als bei ihrer Abreise. Es dauerte Stunden, bis sie endlich an die Reihe kamen. Ein unfreundlicher Uniformierter kontrollierte ihre Pässe und die Schiffspassagen. Er sah alle Familienmitglieder aufmerksam an.

Sein Blick blieb an Dimitrij haften. »Bist du krank, Mann?«, fragte er. Dieser verschluckte sich und hustete, statt zu antworten. Der Mann sagte: »Du musst erst vom Arzt untersucht werden, vorher lasse ich dich nicht auf das Schiff.«

Tatjana wollte protestieren, aber der Uniformierte schob sie mit einer heftigen Handbewegung zur Seite. Er war schon mit den nachfolgenden Passagieren beschäftigt. In der Nähe sahen sie einen kleinen Verschlag mit einem roten Kreuz. Eine Frau zeigte auf den Verschlag und sagte zu Tatjana: »Da müsst ihr hin. Da ist der Arzt.«

Sie drängten sich durch die Menschenmassen hindurch. Nachdem sie weitere zwanzig Minuten gewartet hatten, standen sie endlich vor dem Arzt. Auch dieser kontrollierte zunächst die Pässe und die Schiffspassagen, dann nahm er Dimitrij mit hinter einen Vorhang. Zu Tatjana sagte er, sie und die Kinder sollten in der Nähe warten.

Die drei Mädchen drängten sich an ihre Mutter. Sie legte beide Arme um ihre Töchter, um ihnen inmitten des ganzen Gewühls ein bisschen Schutz zu geben. Anastasija fragte: »Mama, was macht der Arzt mit Papa?«

Tatjana antwortete: »Er untersucht ihn, damit wir aufs Schiff können.« Als sie ihre Worte hörte, überkam sie plötzlich ein ganz komisches Gefühl. Sie wollte den Gedanken verdrängen, aber es gelang ihr nicht und sie dachte: »Wenn wir überhaupt aufs Schiff kommen.«

Irina sagte: »Mama, ich habe Hunger.«

»Ja, mein Schatz, du bekommst gleich etwas zu essen. Wir müssen jetzt erst noch ein bisschen warten.«

Es dauerte. Sie hörte, wie der Arzt mit ihrem Mann sprach, und obwohl sie die Worte nicht verstehen konnte, gab es etwas an seinem Ton, das ihr nicht gefiel. Nach weiteren fünf Minuten trat Dimitrij aus der Kabine. Sein Gesicht war noch um eine Spur grauer.

Tatjana brach trotz der Kälte der Schweiß aus und ihr Herz fing an zu rasen. Sie schaute ihn an und fragte: »Und, ist alles in Ordnung mit dir?« Er schüttelte langsam den Kopf. Es fiel ihm sichtlich schwer zu reden.

Sie trat einen Schritt auf ihn zu und packte ihn an den Schultern. »Dimitrij, was ist los? Antworte mir!«

Ihr Mann senkte langsam den Kopf. Diese Geste sagte mehr als tausend Worte. Sie begriff in diesem Moment, dass das Schiff ohne sie nach Amerika fahren würde. Als er nach ein paar Sekunden, die ihr wie eine Ewigkeit vorkamen, den Kopf wieder hob, sagte er tonlos: »Sie lassen mich nicht auf das Schiff. Ich habe Typhus.«

Es kam ihr vor, als habe sie soeben ihr eigenes und das Todesurteil für ihre ganze Familie gehört. Sie ließ ihren Mann wieder los und schüttelte den Kopf, denn sie war nicht bereit, die eben gehörten Worte in ihren Kopf aufzunehmen. Irina näherte sich ihr und sagte: »Mama, fahren wir jetzt doch nicht nach Amerika?«

Am Klang ihrer Stimme hörte Tatjana, dass sie voller Hoffnung war, wieder nach Hause zurückkehren zu können, und dachte: »Wenn sie wüsste, was uns zu Hause erwartet, würde sie aufs Schiff rennen.«

Aber wie sollten ihre Töchter die politische Situation des Landes erfassen können? Es war ein solches Durcheinander von Machtinteressen, Repressalien und düsteren Zukunftsaussichten, dass es auch für sie schwierig war, das alles zu durchschauen.

Sie merkte, dass sie erst einmal aus dem Gewühl herausmusste, um einen klaren Gedanken fassen zu können. Als sie etwas abseits standen, sagte Dimitrij mühsam gefasst: »Lass uns nach Hause zurückfahren.« Dann hielt er kurz inne, als käme ihm dieser Gedanke gerade in diesem Moment: »Tatjana, wenn du mit den Kindern ausreisen willst, dann geh.«

Als die Töchter seine Worte hörten, schrien sie auf. Jekaterina begann zu weinen. »Nein, ich will nicht nach Amerika, ich will nach Hause zurück!« Auch Irina und Anastasija hatten angefangen zu weinen. Tatjana begriff, dass sie auf dem schnellsten Wege nach Hause zurück mussten. Sie gab sich einen Ruck und dachte: »Es wird sich alles finden. Vielleicht können wir auswandern, wenn Dimitrij wieder gesund ist, und vielleicht lassen uns die Bolschewiki bis dahin in Ruhe.« Aber noch während sie das dachte, merkte sie, dass sie ihre eigenen Gedanken nicht glauben konnte.

Die Familie packte ihre Habseligkeiten wieder zusammen. Glücklicherweise schafften sie es, die Schiffspassagen zu einem guten Preis an eine Familie zu verkaufen, die ebenfalls nach Amerika wollte. Als Tatjana das Geld in den Händen hielt, dachte sie, dass sie davon auf jeden Fall eine Weile leben könnten.

Sie mussten ein paar Stunden am Bahnhof warten, konnten dann aber einen Zug nehmen, der sie noch am gleichen Tag wieder in ihre Heimat bringen würde. Der Zug war fast leer.

»Kein Wunder«, dachte Tatjana, »wir sind in der falschen Richtung unterwegs.«

In der Nacht kamen sie in ihrem Haus an. Die Kinder stürmten sofort hinein. Tatjana konnte ihre Freude und Erleichterung spüren. Sie selbst hatte ganz andere Gefühle – Angst, Schwere und noch etwas, das sie nicht benennen konnte.

In den nächsten Wochen war sie damit beschäftigt, Dimitrij zu pflegen und die Kinder von ihm fernzuhalten, um die Ansteckungsgefahr zu vermindern. Trotz ihrer Bemühungen konnte sie nicht verhindern, dass die Krankheit in seinem Körper immer mehr wütete. Drei Wochen nach ihrer Rückkehr starb er.

Die Mädchen waren untröstlich. Sie hatten ihren Vater sehr geliebt. Er war ein guter, treuer und fleißiger Mann gewesen. Tatjana verdrängte ihre Trauer. Sie hatte genug damit zu tun, das Überleben ihrer kleinen Familie zu sichern. Sie musste nun noch mehr als bisher arbeiten, um den Hof zu erhalten und ihre Töchter vor Hunger zu bewahren.

Fünf Jahre später heiratete sie Ivan, der ihr Nachbar war und seine Frau und seine Kinder in der Hungersnot des Jahres 1920 verloren hatte. Im Jahr 1927 gebar sie ihm eine Tochter, Ludmila. Die Familie lebte relativ gut, verglichen mit anderen Wolgadeutschen, die von der Roten Armee mit starken Repressalien belegt wurden und große Teile ihrer Ernte an diese abgeben mussten. Wie durch ein Wunder blieb Tatjanas Familie davon verschont.

Wilhelm Wollenberg August 1961

Er bekam kaum mehr Luft und wünschte sich nur noch zu sterben. Seit er vor 5 Monaten die Diagnose ›Kehlkopfkrebs‹ bekommen hatte, war es Tag für Tag bergab gegangen. Er spürte, dass es langsam zu Ende ging. In seinem Krankenhausbett liegend und mit Morphium vollgepumpt, ließ er sein Leben Revue passieren.

Er sah die Metzgerei seines Vaters, viele Kunden, die darauf warteten, an die Reihe zu kommen, und sich selbst als zwanzigjährigen Mann, der alle Hände voll zu tun hatte. Zwei Verkäuferinnen halfen ihm. Das Geschäft lief sehr gut und es gab Tage, an denen sein Vater unterwegs war und ihm alleine die Führung des Ladens überließ. Wilhelm machte die Arbeit Spaß, aber sie war nicht seine Erfüllung. Sein heimlicher Traum war es, Lehrer zu werden.

Sein Vater war ein verschlossener Mann und er konnte mit ihm nicht über seine Pläne sprechen. Nach dem frühen Tod seiner ersten Ehefrau, Wilhelms Mutter, hatte er bald darauf wieder geheiratet. Aus der zweiten Ehe gab es eine Stiefschwester, Magdalena, die von beiden Eltern sehr verwöhnt wurde. Ernst Wollenberg hatte sich in den letzten Jahren immer mehr seiner Tochter zugewandt und seinen Erstgeborenen darüber vernachlässigt. Wilhelm fühlte sich oft zurückgesetzt, aber er war zu stolz, um es sich anmerken zu lassen.

Er hätte sich gewünscht, ein besseres Verhältnis zu seinem Vater zu haben, aber er wusste nicht, wie er dies bewerkstelligen sollte. Immer war die kleine Magdalena dazwischen. Wilhelm war sehr eifersüchtig auf seine Stiefschwester, aber auch diese Gefühle musste er unterdrücken, denn es gab in seiner Umgebung niemanden, der damit hätte umgehen können oder wollen. Tief im Inneren fühlte er eine große Enttäuschung über seinen Vater.

Warum verhielt sich dieser immer so distanziert ihm gegenüber, während er Magdalena mit Geschenken überhäufte? Erna, Wilhelms Stiefmutter, ignorierte ihn quasi völlig. Sein Vater sah dies, schritt jedoch nicht ein. Das schmerzte Wilhelm sehr. Vor allem verstand er nicht, was er getan hatte, um dieses Verhalten seines Vaters zu ›verdienen‹.

Der junge Wilhelm träumte von einem eigenen Leben, weit weg von dem bedrückenden Elternhaus in der niederrheinischen Kleinstadt. Wenn er sich in diesen Tagträumen als Lehrer großer Schulklassen sah, war er glücklich. Doch die Realität holte ihn immer wieder ein, und zwar spätestens, wenn die Stimme seines Vaters durchs Haus schallte: »Wilhelm, du wirst in der Metzgerei gebraucht!«

Wenn er dann in der Wurstküche stand und arbeitete, sah er manchmal von Weitem die kleine Schwester, die mit ihrer Mutter bepackt wie ein Maultier von einem Einkaufsbummel in der Stadt zurückkam. In solchen Momenten dachte er, dass das Leben ungerecht sei, und fühlte Sehnsucht nach seiner eigenen Mutter, an die es zwar keine bewusste Erinnerung mehr in ihm gab, von der er aber genau wusste, dass sie ihn geliebt hatte. Sie war nach kurzer, schwerer Krankheit gestorben, als er erst drei Jahre alt gewesen war.

So wuchs Wilhelm in materiellem Wohlstand gepaart mit emotionaler Kälte auf. Er entwickelte sich zu einem verschlossenen jungen Mann, der zahlreiche Talente hatte, die von seinem Vater jedoch nicht gefördert wurden.

Als er fünfzehn Jahre alt war und in der Metzgerei angelernt werden sollte, hatte er es gewagt, seinem Vater von seinem Wunsch zu berichten, Lehrer zu werden. Dieser hatte ihn kurz angeschaut und dann kalt zu ihm gesagt: »Niemand aus unserer Familie ist Lehrer und du wirst auch keiner. Du wirst Metzger wie ich auch.« Damit war für ihn das Thema erledigt gewesen.

Es war hart gewesen, von seinem Vater so abgespeist zu werden, aber er hätte es nie gewagt, ihm offen zu widersprechen. Er dachte an seine Mutter und dass diese, wenn sie noch gelebt hätte, ihn unterstützt und seinen Vater dazu bewogen hätte, seinen Berufswunsch zu akzeptieren.

Er hatte nur wenige soziale Kontakte, denn seine Stiefmutter sah es nicht gerne, wenn Freunde von ihm im Haus waren. Ein paar Mal hatte sie sich sehr unfreundlich verhalten. Es war Wilhelm peinlich gewesen und er hatte die Freunde nicht mehr eingeladen. Mit seinem Vater traute er sich nicht darüber zu reden, aus Angst vor einer abweisenden Reaktion. So blieb er stumm und litt.

In diesem Moment betrat die Krankenschwester das Zimmer. Sie fragte ihn, ob alles in Ordnung sei, und er nickte mit dem Kopf, denn er konnte kaum mehr sprechen.

Als sie wieder gegangen war, sah er den Tag, an dem er mit zweiundzwanzig Jahren Helena Schubert kennengelernt hatte. Es war Liebe auf den ersten Blick gewesen. Selbst jetzt noch breitete sich Wärme in seinem sterbenskranken Körper aus, wenn er daran dachte.

Helena stammte aus einer begüterten Bauernfamilie. Sie war bodenständig, konnte gut arbeiten und hatte das Herz auf dem rechten Fleck. Ernst Wollenberg war mit der Heirat einverstanden. So mieteten Wilhelm und Helena Anfang der Dreißiger Jahre eine Metzgerei in einem anderen Stadtteil und bauten sich in vielen Jahren fleißiger Arbeit ein gut gehendes Geschäft auf.

Neun Monate nach der Hochzeit wurde der erste Sohn, Alexander, geboren. Helena war im achten Monat der Schwangerschaft eine steile Kellertreppe hinuntergestürzt und das Kind hatte einen kürzeren Arm und ein schielendes Auge. Man führte diese leichte Behinderung auf den Sturz zurück. Zwei Jahre nach Alexander wurde sein Bruder Andreas geboren. Wilhelm war glücklich – er hatte eine hübsche Frau, die er liebte, zwei kleine Söhne und ein gut gehendes Geschäft.

Aber es gab auch Tage, an denen ihn die Vergangenheit einholte. Dann dachte er daran, dass er jetzt vor seinen Schülern stehen könnte und dass er sich seinem Vater gegenüber hätte durchsetzen müssen.

Als dieser 1934 starb, war Wilhelm sehr traurig, zum einen darüber, dass er seinen Vater verloren hatte, und zum anderen darüber, dass er eigentlich nicht wirklich einen Vater gehabt hatte. Kurze Zeit später erfuhr er, dass seine Stiefmutter eine Änderung des Testamentes bewirkt hatte, sodass sie nun die alleinige Erbin des Hauses, der Metzgerei und aller sonstigen Vermögenswerte war. Wilhelm war schockiert, denn trotz allem war er doch das erste Kind seines Vaters und konnte nicht begreifen, dass dieser einer solchen Maßnahme zugestimmt hatte.

Magdalena hatte sich inzwischen mit einem sehr dominanten jungen Mann verlobt. Robert Schmitz besaß ein Waffengeschäft. Er und Wilhelm hatten von Anfang an eine intensive Abneigung gegeneinander verspürt.

Als er seine Stiefmutter nach seinem Pflichtteil fragte, sagte sie ihm, dass sie ihm dieses momentan nicht auszahlen könne, da ihr als Witwe dazu die Mittel fehlten. Und sie wolle das Haus nicht verkaufen, in dem sie mit Magdalena lebte.

Wilhelm wusste, dass es nur eine Möglichkeit gegeben hätte, an sein Erbe zu kommen. Er hätte seine Stiefmutter verklagen müssen, aber das war nicht seine Art. Und so viel Distanz es auch zwischen ihm und Magdalena gab, letztlich war sie seine Schwester. So verzichtete er zu diesem Zeitpunkt auf seinen Anteil. Helene erkannte, dass grobe Ungerechtigkeit im Spiel war, und drängte ihren Mann zu handeln. Aber als ihr bewusst wurde, dass juristische Schritte unabdingbar sein würden, war auch sie ratlos. Die Angelegenheit wurde vorerst fallen gelassen.

In den nachfolgenden Jahren wurde der Kontakt zwischen Wilhelm und Magdalena immer spärlicher. Als die Schmitz-Familie 1942 ausgebombt wurde, ersuchten sie um Asyl bei ihm und er gewährte es ihnen. Wilhelms Elternhaus war völlig zerstört. Robert Schmitz baute es nach dem Krieg wieder auf.

Als diese Szenen jetzt vor seinem inneren Auge vorbeizogen, verstärkte sich der Schmerz in seinem Hals. Plötzlich dachte er: »Vielleicht hätte ich reden müssen – mit meinem Vater, mit meiner Stiefmutter und mit Magdalena. Ich hätte mich nicht abspeisen lassen dürfen, sondern viel mehr für mich einstehen müssen, vielleicht wäre mir dann diese Krankheit erspart geblieben.«

Ludmila 1939-1945

Tatjanas Familie lebte relativ gut bis zum Jahr 1939. Als sie im Radio hörte, dass England nach dem Einmarsch der Nazis in Polen und dem abgelaufenen Ultimatum Hitlerdeutschland den Krieg erklärt hatte, begriff sie intuitiv, dass dieser Krieg nicht nur England und Deutschland, sondern alle europäischen Länder erfassen würde.

Wenn sie mit Ivan darüber sprach, beruhigte er sie. »Du weißt doch, dass es den Nichtangriffspakt zwischen Hitler und Stalin gibt – und Hitler wird es nicht wagen, diesen zu brechen.«

Tatjana dachte anders. Der deutsche Tyrann, von dem sie nur die Stimme kannte, wirkte ganz und gar nicht vertrauenswürdig auf sie und sie konnte sich gut vorstellen, dass er seine Meinung von einem Tag auf den anderen ändern würde, wenn es in seine Machtpläne hineinpasste.

1941 war es dann so weit. Das Unfassbare – das, was viele Menschen nicht hatten glauben wollen –, geschah. Hitler erklärte Russland den Krieg. Die wolgadeutsche Republik, die 1918 gegründet worden war und etwa 600.000 Einwohner hatte, wovon etwa zwei Drittel deutscher Abstammung waren, wurde aufgelöst. Am 18. August 1941 wurden die im Wolgagebiet lebenden Deutschen zu Staatsfeinden erklärt. In den Monaten danach wurden die etwa 400.000 verbliebenen Wolgadeutschen der kollektiven Kollaboration beschuldigt und nach Sibirien und Zentralasien deportiert und dort in Arbeitslager gezwungen. Tausende von Menschen starben.

Auch Tatjana blieb dieses Schicksal nicht erspart. Sie wurde in ein Arbeitslager deportiert, Ivan wurde als *Kulak* erschossen, ihre Kinder – die drei erwachsenen Mädchen und die knapp fünfzehnjährige Ludmila – blieben sich selbst überlassen. Ihr Haus wurde kurz darauf beschlagnahmt, die vier Schwestern in den Wald gejagt. Dort bauten sie sich eine Erdhütte, in der sie notdürftig hausten. Es gab nichts zu essen. Aber für sie war all das besser, als nach Kasachstan oder Sibirien vertrieben zu werden. Stets lebten die Schwestern in der Angst, dass dieses Schicksal sie doch noch ereilen würde.

Es vergingen Monate, ohne von den Behörden behelligt zu werden. Sie waren den ganzen Tag damit beschäftigt, irgendwo Lebensmittel zu ergattern, obwohl dies unter strengster Strafandrohung verboten war. Und eines Tages passierte es dann. Ludmila war am Markttag im Dorf und kam an einem Obststand vorbei. Sie wollte unauffällig zwei Äpfel mitnehmen, aber die Besitzerin des Standes hatte sie gesehen und schrie: »Polizei, Diebstahl!«

Ludmila versuchte zu entkommen, aber es gelang ihr nicht. Zwei bis an die Zähne bewaffnete Soldaten ergriffen sie und steckten sie ins Gefängnis. Verzweifelt versuchte sie sich loszureißen, doch ihr entkräfteter, halb verhungerter Körper hatte nicht mehr genug Energie.

Als sie mit anderen Gefangenen zusammen in der dunklen, feuchten Zelle saß, dachte sie, dass ihr Leben nun zu Ende sei. Es war schrecklich, dort zu sein, aber dennoch war es wärmer als in dem Erdloch, in dem sie mit ihren Schwestern wohnte. Sie wusste nicht, wo ihre Mutter war, sie wusste nicht, welches Schicksal ihre Schwestern ereilt hatte und ob sie überhaupt noch lebten, sie wusste nur, dass sie diesen Tag überleben wollte und dass sie sich nichts sehnlicher wünschte, als lebend aus dem Gefängnis herauszukommen.

Nach ein paar Tagen ließ der Gefängniswärter alle deutschen Gefängnisinsassen aus ihren Zellen holen. Sie wurden auf einen Transporter verladen. Als Ludmila sich, eingezwängt zwischen zitternden und weinenden Menschen, auf dem Laster wiederfand, wusste sie genau, was das bedeutete: die Zwangsdeportation nach Sibirien oder Kasachstan – dorthin, wo sich wahrscheinlich auch ihre Mutter befand. Aber sie war noch nicht bereit aufzugeben. Sie dachte: »Wenn sich eine Gelegenheit bietet, verschwinde ich.«

Ein paar Minuten später setzte sich das Fahrzeug in Bewegung. Am ersten Tag waren sie stundenlang unterwegs. Es gab nur wenige und kurze Pausen, in denen sie von russischen Soldaten mit Maschinengewehren bewacht wurden. Ein Entkommen war unmöglich.

Nach ein paar Tagen Fahrt änderten sich Landschaft und Temperatur zusehends. Es wurde viel kälter, obwohl es erst September war, und es sah immer eintöniger aus. Die Menschen wurden stiller und stiller. Drei hatten sie bereits verloren. Schwerkranke und Sterbende wurden einfach aus dem Laster geworfen, am Straßenrand liegen gelassen und ihrem Schicksal überlassen.

Es gab einige unter den Deportierten, die husteten oder völlig in sich zusammengefallen waren. Ludmila hatte zwar großes Mitgefühl mit den Erkrankten, die ohne Medikamente,

Nahrung und Zuwendung auskommen mussten, gleichzeitig hoffte sie aber inständig, dass sie sich nicht anstecken würde. Angesichts der herrschenden Temperaturen, die sich immer mehr in Richtung Null-Grad-Marke bewegten, war sie nur spärlich bekleidet.

Einige Tage später machten sie wieder Pause. Die russischen Soldaten, die sie bewachten, waren in ein nahegelegenes Wirtshaus eingekehrt, aus dem Ludmila lautes Lachen und Zuprosten hörte. Sie wusste, dass der Wodka in Strömen floss. Nahe dem Tross stand zwar noch ein Wächter, aber dieser war in eine Unterhaltung mit einem Kollegen aus dem Ort vertieft und sie dachte: »Jetzt oder nie.«

Die Dämmerung nutzend, entfernte sie sich langsam vom Tross. Vorsichtig tat sie einen Schritt nach dem anderen, immer in der Erwartung, im nächsten Moment den Lauf eines Maschinengewehrs auf sich gerichtet zu sehen, aber nichts geschah. Mit laut klopfendem Herzen schaffte sie es bis in das nahe gelegene Wäldchen. Dann begann sie zu rennen, bis sie nicht mehr konnte. Sie lehnte sich an einen Baum und hielt sich die Seite. In ihrem Inneren wechselten sich Angst und Hoffnung in schneller Reihenfolge ab. Als sie nichts hörte außer dem kalten Wind, der ihr um die Ohren pfiff, begann sie langsam zu begreifen, dass sie entkommen war.

Sie hoffte, ihr Verschwinden würde erst am nächsten Morgen bemerkt werden oder vielleicht sogar erst am darauffolgenden Tag, und sie dachte bei sich, dass es am besten wäre, *unsichtbar* zu sein. Gleichzeitig wusste sie, dass sie keine Zeit zu verlieren hatte. Es war eisig, aber sie spürte die Kälte nicht. Sie war ganz von dem Gedanken beherrscht: »Ich muss überleben.«

Sie wusste nicht genau, wo sie sich befand, aber der Winter stand kurz bevor und sie musste wieder zurück in südliche Richtung. Als sie so schnell es ihr ausgezehrter Körper zuließ in Richtung Wald rannte, schwankte sie wieder zwischen Hoffnung und Verzweiflung.

Sie lief etwa zwei Stunden, dann war es völlig dunkel. Sie suchte sich einen Platz zum Schlafen im Schutz eines großen Baumes. Trotz der Kälte schaffte sie es einzuschlafen. Erst am nächsten Morgen wachte sie mit steif gefrorenen Knochen wieder auf.

Sie setzte ihre Wanderung fort und nach weiteren zwei Stunden sah sie aus der Ferne Männer, die aussahen wie deutsche Soldaten. Sie hielt sich versteckt und beobachtete, was vor sich ging. Die Männer brachten verletzte Kameraden zu einem Zelt mit einem großen roten Kreuz. Es musste sich wohl um ein deutsches Lazarett handeln. Sie blieb noch eine Weile auf ihrem Beobachtungsposten und plötzlich wusste sie: »Das ist meine Chance.«

Ihre Mutter hatte Nachbarn und Verwandten oft mit krankenschwesterlicher Hilfe zur Seite gestanden und Ludmila hatte immer zugeschaut. Außerdem sprach sie akzentfreies Deutsch. Wenn sie es schaffte, den Leiter des Lazaretts davon zu überzeugen, dass sie Deutsche war, die sich auf der Flucht vor der russischen Miliz befand, und dass ihre Dienste in dem Lazarett gebraucht werden könnten, war ihr Überleben für die nächsten Wochen gesichert.

Sie hatte allerdings keine Papiere dabei. Diese waren ihr von den russischen Soldaten, die sie auf den Transporter verladen hatten, abgenommen worden. Ludmila straffte sich und dachte: »Ich muss es einfach versuchen.«

Vorsichtig näherte sie sich dem Lazarett. Dort herrschte reges Treiben. Gerade trat ein Offizier in Naziuniform aus dem Zelt. Ludmila stellte sich vor ihn hin. Sie zitterte, denn sie wusste, sie wäre verloren, wenn etwas schiefginge.

Der Mann blickte die abgemagerte Gestalt überrascht an. Bevor er auch nur einen Ton sagen oder sie wegschicken konnte, stieß sie mit gepresster Stimme hervor: »Sie müssen mir helfen. Bitte schicken Sie mich nicht weg. Ich bin Wolgadeutsche. Ich sollte nach Sibirien deportiert werden, aber ich bin unterwegs geflohen. Ich bin Krankenschwester und kann Ihnen im Lazarett helfen.«

Sie hatte schnell und abgehackt gesprochen. Ihr Herz pochte wild, als sie auf die Antwort des Offiziers wartete.

Der Mann musterte sie kalt. »Papiere?«, fragte er knapp. Ludmila schüttelte den Kopf. »Unsere Papiere haben die russischen Soldaten konfisziert, die uns abtransportiert haben.«

Sie konnte sehen, wie der Uniformierte abwog, ob Ludmila ihnen nützlich sein könnte oder Ärger bringen würde. Er stand wohl sehr unter Druck und sie sah, wie gerade wieder einige Schwerverletzte in das Zelt gebracht wurden. Hier konnte jede helfende Hand gebraucht werden. Er zögerte noch eine Minute, dann sagte er: »Gehen Sie zu Dr. Schmidt und teilen Sie ihm mit, dass sie ab sofort als Krankenschwester hier arbeiten. Wenn er Fragen hat, soll er zu mir kommen.«

Ludmila schlug das Herz vor Aufregung und vor Freude bis zum Hals. »Danke«, erwiderte sie leise, »Sie sollen Ihre Entscheidung nicht bereuen.«

Dann betrat sie das Zelt. Als sie im Innenraum war, konnte sie das Ausmaß des Schreckens erst richtig sehen. Es roch nach Blut, Eiter und Krankheit und überall war das leise Stöhnen der Verwundeten und Schwerverwundeten zu hören. Sie hatte zwar schon einige kranke Menschen in ihrem Leben gesehen, aber das überwältigende Leid dieser Männer ließ sie fast erstarren.

Es gab nur zwei Krankenschwestern und einen Arzt für etwa dreißig Verwundete. Sie sah sich um. Am anderen Ende des Raumes erblickte sie einen erschöpft aussehenden Mann, der wohl Dr. Schmidt sein musste. Sie näherte sich ihm mit vorsichtigen Schritten. Je näher sie kam, desto mehr nahm sie wahr, wie müde der Mann war. Tiefe Schatten lagen unter seinen Augen und sie dachte, dass er wahrscheinlich schon mehr Leid gesehen hatte, als ein Mensch ertragen konnte.

Sie trat zu ihm und sagte: »Ich bin Deutsche und heiße Ludmila Wagner. Ich werde ab sofort als Krankenschwester für Sie arbeiten.«

Sie sah, wie ihm Fragen durch den Kopf schossen, die in dieser Situation aber einfach keinerlei Relevanz mehr hatten. Er nickte und sagte: »Gehen Sie zu Schwester Hildegard, sie soll Ihnen die wichtigsten Dinge zeigen.« Mit diesen Worten wies er auf eine robust und energisch wirkende Schwester, die gerade dabei war, sich um einen Mann mit einer Kopfverletzung zu kümmern, der leise vor sich hin wimmerte.

Die Schwester zeigte ihr, wo die Medikamente und das Verbandsmaterial waren, erklärte ihr in wenigen Worten die Verletzungen der einzelnen Männer und wie sie versorgt werden mussten. Ludmila hörte aufmerksam zu und dachte: »Ich muss mir alles merken und ich darf keinen Fehler machen. Sie dürfen auf keinen Fall merken, dass ich gar keine ausgebildete Krankenschwester bin.«

Sie versuchte sich alle Kenntnisse und Handgriffe, die sie von ihrer Mutter abgeschaut hatte, wieder ins Gedächtnis zurückzurufen, während sie sich die Uniform, die Schwester Hildegard ihr gegeben hatte, anzog.

Dann begann sie langsam mit der Versorgung der Kranken, so wie die Schwester es ihr gesagt hatte. Es ging alles gut und stündlich kamen neue Verwundete im Lazarett an. Am Abend sagte Dr. Schmidt zu ihr: »Gute Arbeit, Schwester Ludmila. Essen Sie etwas und ruhen Sie sich aus.«

Erst in dem Moment bemerkte Ludmila den quälenden Hunger, den sie den ganzen Tag nicht gespürt hatte. Sie zog sich um, wusch sich und ließ sich dann an dem Tisch nieder, an dem bereits der Arzt, die zwei Schwestern und zwei Soldaten Platz genommen hatten.

Der Offizier, der ihr das Leben gerettet hatte, betrat soeben das Zelt und nahm ebenfalls am Tisch Platz. Ludmilas Herz klopfte und sie hoffte, er würde ihr keine Fragen stellen. Aber er schien andere Sorgen zu haben. Schweigend aß er die Suppe und das Brot. Dann stand er wieder auf und verließ mit einem Gute-Nacht-Gruß das Zelt. Sie atmete erleichtert auf.

Auch am nächsten Tag kamen noch mehr Verwundete in das Lazarett. Sie hatten alle Hände voll zu tun. Ludmila tat, was sie konnte, und Dr. Schmidts Blicke verrieten ihr, dass er mit ihrer Arbeit zufrieden war.

In den nächsten Wochen wurde sie zu einer unentbehrlichen Stütze für den Arzt. Manchmal, wenn sie abends nach dem Essen noch ein wenig zusammensaßen, war sie versucht, ihm ihre Geschichte zu erzählen, aber irgendetwas hielt sie immer davon ab. Sie war froh, dass sie überlebt hatte, und sie fühlte eine solch tiefe Dankbarkeit dem Offizier und dem Arzt gegenüber, dass sie über sich selbst hinauswuchs.

Sarah

Juli 1972

Sie stand am Fuß der Treppe ihres Elternhauses. Es war ein Sonntag. Ihre Adoptivmutter hatte an dem Tag viel getrunken und diverse Tabletten geschluckt. Sie war im Ausnahmezustand. Sarah wusste, dass es besser war, ihr in diesem Zustand so weit wie möglich aus dem Weg zu gehen. Ihr Adoptivvater war zu Hause. Er lief hilflos treppauf, treppab und frönte seinem Zwang, Flusen vom Teppich aufzulesen und diese in den Mülleimer zu werfen. Wenn er alle Teppiche ›entflust‹ hatte, fing er wieder von vorne an. So konnte er Stunden zubringen. Die kleine Sarah hatte das schon oft gesehen, ohne wirklich zu verstehen, was in ihrem Vater vorging.

Er murmelte ab und zu etwas wie: »Was soll ich nur mit der Liselotte machen? Warum regt sie sich immer so auf?« Sarah versuchte, sich möglichst still und unauffällig zu verhalten, denn wenn sie ihm im Weg war, konnte er durchaus einmal ausrasten und die wohl latent in ihm vorhandene Wut entlud sich auf ihr. Das war nicht spaßig. Er schlug sie zwar nicht, aber er schrie sie dermaßen aggressiv an, dass sich seine Worte wie Schläge anfühlten.

In solchen Situationen versuchte sie stets, sich ganz klein zu machen. Sie bewegte sich dann möglichst lautlos und wünschte sich die ganze Zeit über inständig, bloß nicht von ihnen gesehen zu werden. Gesehen zu werden konnte in diesen Momenten äußerst unangenehme Folgen haben wobei das Angeschrienwerden noch zu den geringsten zählte.

Voller Angst ging sie in ihr Zimmer. Am liebsten hätte sie ihre Ohren verschlossen, denn sie konnte das Weinen und Schreien ihrer Adoptivmutter nicht mehr ertragen und auch nicht mehr das hilflose Treppauf-Treppab ihres Vaters. Sie versuchte sich abzulenken, indem sie mit ihren Puppen spielte, aber es gelang ihr nicht. Dann hörte sie den Schrei ihrer Mutter: »Heiner, bring das Kind um oder ich bringe mich um!« Sie erstarrte.

Sie nahm wahr, wie Heiner auf Liselotte einredete: »So beruhige dich doch, das Kind hört doch alles mit.« Dies war ihrer Mutter egal. Wenn sie sich im Ausnahmezustand befand, gab es kein ›Kind‹ mehr für sie. Dann war sie ganz in ihrer eigenen, verrückten Welt.

Im nächsten Moment hörte sie, wie ihre Mutter ihren Vater erneut anbrüllte: »Du bist an allem schuld! Würdest du mehr Geld verdienen, dann hätten wir ein besseres Leben und ich müsste nicht dauernd sparen und mich vor den Nachbarn schämen!«

Sarah hörte, wie ihr Vater nun schneller treppauf und treppab lief und die Flusen immer hektischer aufhob – ein

Zeichen dafür, dass sich seine Aufregung und seine Hilflosigkeit steigerten. Dann betrat er vorsichtig ihr Zimmer. Er scharrte mit den Füßen, um den Teppich gerade zu legen und begann dann langsam, Fluse für Fluse aufzulesen. Sie fühlte in solchen Momenten eine Mischung aus Mitleid, Scham und Ärger. Und an diesem Tag kam noch die Angst hinzu. Ihr Bauch krampfte. Er sagte leise zu ihr: »Sarah, kannst du bitte etwas tun, um die Mama wieder zu beruhigen?«

Sie sah die Hilflosigkeit in seinen Augen und in dem Moment riss sie sich zusammen und merkte, wie etwas mit ihr passierte. Ihr Vater sah so bemitleidenswert aus, dass sie sich bemühte, erwachsen zu sein, während er immer mehr in sich zusammenfiel. Es war so, als wäre er plötzlich das Kind und sie die Mutter. Sie wusste nicht, woher sie die Kraft nahm, denn eigentlich hatte sie sehr große Angst, aber irgendwie schaffte sie es, diese Angst tief in ihrem Bauch einzuschließen. Sie straffte sich und ging langsam aus dem Zimmer.

Als sie die Treppe herunterkam, sah sie ihre Mutter mit rotem, verweintem Gesicht und einer Packung Tabletten in der Hand. Als sie Sarah erblickte, schrie sie: »Die nehme ich jetzt alle. Ich will nicht mehr leben und ich will euch nicht mehr sehen. Ich hasse euch!« Sarah begann zu zittern, aber sie bemühte sich dennoch, stark zu bleiben. Hinter sich hörte sie ihren Vater. Er sagte leise: »Tu was, Sarah, damit sich deine Mutter nicht umbringt. Bettele sie an, dass sie es nicht tut.«

Sie war verwirrt. Jedes falsche Wort konnte die Katastrophe auslösen. Schließlich sagte sie: »Mama, bitte tu es nicht«, woraufhin Liselotte laut aufschluchzte. Sie schaute Sarah an und schrie: »Wenn dein Vater mehr Geld verdienen würde, hätten wir diese Probleme nicht. Er ist an allem schuld!« Sie hatte einen irren Blick in jenem Moment und Sarah erschauerte. Dann sagte sie, immer noch mit demselben Blick in den Augen: »Ich nehme jetzt die Tabletten. Mir reicht es. Ich will euch nicht mehr.«

Sarah spürte einen leichten Schmerz in der Herzgegend und hörte ihren Vater sagen: »Sarah, knie nieder vor deiner Mutter, sonst nimmt sie die Tabletten.« Wie ferngesteuert und ohne es wirklich zu wollen, ging Sarah auf die Knie. Sie sagte: »Mama, bitte tu es nicht, wir brauchen dich doch.« Daraufhin schluchzte Liselotte nochmals laut auf. Dann ging sie in die Küche und schlug die Tür hinter sich zu. Die Tablettenschachtel hatte sie achtlos auf den Boden geworfen.

Heiner begann erneut damit, Flusen aufzusammeln. Sarah war wie erstarrt. Es war so demütigend. Sie erhob sich mechanisch und ging langsam mit staksenden Schritten die Treppe hinauf und in ihr Zimmer. Dort ließ sie sich auf ihr Bett sinken und nahm ihre Lieblingspuppe in den Arm. Sie sagte zu ihr: »Dora, hier ist es schrecklich. Sobald ich groß bin, will ich hier weg. Es ist nicht zum Aushalten.« Sie klammerte sich an die Puppe und lag so eine geraume Weile, bis die Starre, die sich über sie gelegt hatte, ganz langsam abflaute.

Draußen war es jetzt still. Man hätte eine Stecknadel fallen hören können. Es war gespenstisch und sie fragte sich, was besser sei, das Geschrei ihrer Mutter oder diese bedrohliche Stille. Zwischen diesen beiden Extremen bewegte sich normalerweise die Geräuschkulisse im Hause Mager. Sarah hatte Hunger, aber sie wagte es nicht, ihr Zimmer zu verlassen. Zu groß war die Angst, dass sie dadurch einen erneuten Anfall ihrer Mutter auslösen könne.

Schließlich hielt sie es jedoch nicht mehr aus. Sie musste etwas essen, auch wenn es nur ein Stück trockenes Brot war. Sie ging möglichst leise die Treppe hinunter. Als sie unten angekommen war, bemerkte sie, dass aus dem Keller Licht und Musik nach oben drangen. Ihre Adoptivmutter war anscheinend im Keller, wo sie trank und Musik hörte. Sie ging vorsichtig in die Küche. Ihr Vater saß am Küchentisch und las Zeitung. Als er Sarah erblickte, sah er sie kurz an und lächelte. »Mein Schatz, du schaffst das schon«, sagte er.

Wie oft schon hatte Sarah diesen Satz von ihrem Vater gehört und nie hatte sie genau verstanden, was er damit eigentlich sagen wollte. Dass sie ihn nicht behelligen solle? Dass er ihr nicht helfen könne? Dass sie alles alleine schaffen müsse? Dass er hilflos war und als Vater völlig ungeeignet? Sie wusste es nicht genau.

Er las einfach weiter Zeitung. Sie schaute in den Obstkorb hinein und sah, dass zwei Bananen darin lagen. Sie nahm die beiden Bananen heraus und ging wieder in ihr Zimmer. Dort aß sie sie langsam auf.

Ludmila

Februar-März 1945

Die nächsten dreieinhalb Jahre vergingen mit der Pflege und Betreuung der verwundeten Soldaten. Ab und zu hörte Ludmila Neuigkeiten von der Front und es wurde immer wieder gemunkelt, dass Deutschland auf dem Rückzug sei und das Ende des Krieges bevorstünde.

Im Februar 1945 erfuhr sie schließlich, dass das Lazarett aufgelöst werden sollte. Es war inzwischen allen klar, dass Deutschland den Krieg verloren hatte, auch wenn der Führer immer noch seine wahnsinnigen Parolen ausgab, unterstützt von seinem Propagandaminister, der nur heimlich in sein Tagebuch schrieb, dass er den Krieg für verloren hielt.

An einem kalten, aber sonnigen Tag Anfang März 1945 nahm Dr. Schmidt sie beiseite mit den Worten: »Ludmila, Sie sind mir ans Herz gewachsen wegen Ihres unermüdlichen Einsatzes für die Kranken, die wir hier in den letzten Jahren gemeinsam gepflegt haben. Das Lazarett wird nun aufgelöst. Alle gehen nach Deutschland zurück. Wo gehen Sie hin? Wo kommen Sie her? Wo ist Ihre Familie?«

Ludmila spürte, wie die Angst wieder begann, in ihr hochzukriechen, und sie dachte: »Oh nein, bitte jetzt nicht.« Sie wünschte sich, *unsichtbar* zu sein, doch die bekannten Symptome hatten schon von ihrem Körper Besitz ergriffen. Ihr Herz raste, der Schweiß brach ihr aus, Hitze stieg in ihren Kopf und ihr Bauch fing an sich zusammenzukrampfen. Sie ließ sich auf einen Stuhl fallen und fing an zu weinen.

Sie war hin- und hergerissen. Sollte sie dem Arzt die Wahrheit sagen? Oder irgendeine Geschichte auftischen? Sie schätzte ihn sehr, sowohl fachlich als auch menschlich. Ihn zu belügen, wäre ihr wie Verrat vorgekommen. Er verhielt sich ruhig, während er sie weinen ließ, denn er hatte genügend Menschenkenntnis, um zu vermuten, dass sich hinter ihrer Verzweiflung eine lange, traurige Geschichte verbarg.

Und dann brach es plötzlich aus ihr heraus, all das, was sie die ganzen Jahre in ihrem Herzen verborgen hatte. Es war so, als ob sie es nicht mehr länger zurückhalten könne. Sie putzte sich die Nase, sah Dr. Schmidt direkt in die Augen und begann zu sprechen: »Ich stamme aus einer Familie von russischen Deutschen. Ich und meine Geschwister wurden in Russland geboren. Aber meine Vorfahren stammen aus Deutschland.«

Sie machte eine kurze Pause, um die Wirkung ihrer Worte auf den Arzt zu überprüfen.

Er fragte: »Sind Sie Wolgadeutsche?« Sie nickte.

»Wann ist Ihre Familie nach Russland gekommen?«

»Meine Vorfahren sind 1764 aus Deutschland nach Russland übergesiedelt.« Sie hielt kurz inne und fragte dann: »Kennen Sie die Hintergründe der deutschen Auswanderung nach Russland?« Der Arzt schüttelte den Kopf »Nicht genau.«

»Hier herrschte damals Katharina die Zweite. Sie war eine deutsche Prinzessin, die aus einem verarmten Adelsgeschlecht stammte. Deshalb wurde entschieden, sie mit einem reichen russischen Thronfolger zu verheiraten.«

Ludmila machte eine kurze Pause und der Arzt forderte sie auf: »Sprechen Sie weiter.«

»Jahre später wurde ihr Mann, der bereits den Thron bestiegen hatte, ermordet. Damit wurde sie Zarin von Russland, das zur damaligen Zeit ein von patriarchalen Strukturen geprägtes, rückständiges Land war. Sie wollte aus ihrem Land ein großes und mächtiges Reich machen. Um diesen Plan umsetzen zu können, brauchte sie kluge, zuverlässige Menschen mit fleißigen Händen, die die Arbeit nicht scheuten. Als geborene Deutsche wusste sie, wo sie diese finden konnte – in ihrer Heimat, in Deutschland. Die Deutschen waren seit jeher bekannt für ihre Klugheit, ihren Fleiß, ihre Sorgfalt und ihre Verlässlichkeit.«

Dr. Schmidt nickte. Er hörte ihr sehr aufmerksam zu.

»Deshalb schloss sie mit deutschen Landesherren Verträge und erkaufte Tausende kluge und arbeitsame Menschen. Darunter waren auch meine Vorfahren. Die Zarin siedelte sie in den wilden, unbewohnten Weiten des Wolgagebietes an – entlang des breiten ungezähmten Stromes.«

Ludmila hielt kurz inne, um durchzuatmen und die Reaktion von Dr. Schmidt auf ihre Worte sehen zu können. Der Arzt blickte sie ruhig an und seine Augen sagten: »Du kannst mir alles erzählen, was auf deiner Seele lastet.«

So sprach sie weiter: »Meine Vorfahren hatten die neuesten Werkzeuge nach Russland mitgebracht, mit denen sie begannen, die wilden Böden des Wolgagebietes urbar zu machen und zu bearbeiten. Sie brauchten nicht lange, um die bis dahin unbewohnte Steppe in einen blühenden Garten zu verwandeln. Mit der Zeit wurde diese Gegend per Gesetz zur Deutschen Autonomen Republik erklärt. Es gab deutsche Schulen, Gymnasien, Universitäten, Theater und Museen. Die Deutsche Autonome Republik wurde ein fester Bestandteil des Wolgagebietes, ein Quell des Reichtums, der Kultur und hoch qualifizierter Arbeitskräfte für Russland.«

Sie machte eine kurze Pause, um den in ihr aufsteigenden Gefühlen von Schmerz, Wut und Trauer Raum zu geben. Dann fuhr sie fort: »Als Hitler im Jahr 1941 Russland den Krieg erklärte, liquidierten Stalin und seine Gefolgsleute unsere Republik und ihre Bewohner. Alle Deutschstämmigen wurden zu Feinden des russischen Volkes erklärt. In Listen des NKWD, des Volkskommissariats für Innere Angelegenheiten, wurden wir erfasst und über jeden von uns wurde ein Dossier eröffnet.«

Ludmila spürte, wie die Erinnerung an die Repressalien ihr die Kehle zuschnürte und sich ihr Bauch wieder schmerzlich zusammenzog, aber die lange zurückgehaltenen Worte flossen nur so aus ihr heraus.

»Die Alten und die Kinder wurden in die verschiedensten Gegenden des riesigen Russlands zwangsumgesiedelt – nach Sibirien, Kasachstan, in den Norden des Ural und in andere Republiken. Mein Vater wurde erschossen, meine Mutter in ein Lager gebracht und ich bin bei der Deportation geflohen.«

Nach einer kurzen Pause fuhr sie mit leiser Stimme fort: »Und von meinen drei Schwestern weiß ich nichts.«

»Viele junge Frauen und Männer wurden in Stalins Konzentrationslager gebracht, wo sie hinter Stacheldraht eingesperrt wurden, von Hunden und Aufsehern bewacht. Sie müssen die schwierigsten Arbeiten machen. In Sibirien arbeiten die Deutschen beim Holzeinschlag, im Norden in Bergwerken, im Ural in den Aluminiumwerken und Förderstätten von Erdgas. Dort sterben sie wie die Fliegen vor Hunger, Kälte und durch die Folgen von Schlägen und Grausamkeiten der Aufseher. Viele werden einfach erschossen. Millionen Russlanddeutsche wurden und werden in diesen Lagern zu Tode gequält.«

Sie brach ab, weil sie die Tränen nicht mehr zurückhalten konnte. Dr. Schmidt nahm ihre Hand. Sein Gesicht zeigte tiefste Betroffenheit. Ludmila spürte, dass ihm die Worte fehlten.

So ließ er sie einfach weinen. Von Zeit zu Zeit reichte er ihr ein frisches Taschentuch. Nach einigen Minuten räusperte er sich. »Ludmila, ich bin zutiefst erschüttert über das, was ich gerade von Ihnen gehört habe. Es gibt keine Worte, mit denen ich meine Betroffenheit und mein Mitgefühl ausdrücken kann.«

Er atmete tief durch und fuhr dann fort: »Ich kenne Sie seit dreieinhalb Jahren. Sie haben hier hervorragende Dienste geleistet. Ich werde Ihnen helfen. Wenn Sie nach Deutschland wollen, werde ich Ihnen falsche Papiere besorgen.«

Ludmila schniefte nochmals und sah ihn ungläubig an, bevor sie antwortete: »Das würden Sie für mich tun?« Sie sprang auf, umarmte ihn und rief: »Damit retten Sie mir das Leben. Denn hier in Russland bin ich verloren. Wenn ich in die Hände der Behörden komme, werde ich wegen Hochverrats zum Tode verurteilt.«

Dr. Schmidt nickte. »Ich weiß. Aber das wird nicht geschehen. Geben Sie mir ein paar Tage Zeit.« Ludmila nickte. »Ich weiß nicht, wie ich Ihnen danken soll.« Der Arzt lächelte und erwiderte dann: »Danken Sie sich selbst, für Ihre Kraft, Ihren Mut und Ihren Überlebenswillen.«

Nach fünf Tagen rief er sie zu sich. Er gab ihr einen deutschen Pass, ausgestellt auf den Namen María Gundula Steiner, dazu eine Geburtsurkunde, aus der hervorging, dass sie am 17.11.1927 in Bayreuth als Tochter der Eheleute Rolf und Magda Steiner das Licht der Welt erblickt hatte. Außerdem erhielt sie eine Bescheinigung, die besagte, dass Gundula Steiner in den Jahren 1941 bis 1945 hervorragende Dienste für ihr Vaterland im Lazarett in Astrakhan geleistet hatte und dass man sie als Krankenschwester wärmstens empfehlen konnte.

Sie drückte die Papiere an ihr Herz und sagte: »Dr. Schmidt, ich werde Ihnen das nie zurückzahlen können, was Sie für mich getan haben.« Der Arzt lächelte warm und erwiderte: »Ludmila, das haben Sie schon längst getan.«

Ein paar Tage später reiste sie mit ihren neuen Papieren in einem Zug, der vollgestopft war mit verwundeten Soldaten und Frontpersonal, das den Dienst quittiert hatte, nach Deutschland. Dr. Schmidt musste noch ein paar Tage bleiben, um die Schließung des Lazaretts bis zum letzten Moment zu überwachen, aber ihre Dienste wurden nicht mehr gebraucht. Der Abschied war herzlich, aber auch traurig.

Das Lazarett war in den letzten dreieinhalb Jahren für Ludmila so etwas wie ihre Heimat geworden. Sie identifizierte sich mit ihrer Arbeit, sie wusste, dass sie gut war, und der Umstand, gebraucht zu werden, hatte viele andere Gefühle in ihr wie Heimatlosigkeit und die Erniedrigungen, die sie erlebt hatte, kompensiert.

Jetzt war sie wieder unterwegs und sie war wieder ein unbeschriebenes Blatt, das ein neues Zuhause suchen musste. Als sie die russische Landschaft am Zugfenster vorbeigleiten sah, dachte sie an ihre Familie. Sie wusste nichts von ihnen, nichts von ihrer Mutter und nichts von ihren drei Schwestern. Wehmut stieg in ihr auf. Dann dachte sie: »Jetzt schaue ich, dass ich die Verwandten meines Vaters in Deutschland finde, dann warte ich ab, bis der Krieg zu Ende ist, und dann mache ich mich auf die Suche nach meiner Familie.«

Nachdem sie das entschieden hatte, fühlte sie sich ruhiger.

Alexander Wollenberg 1956-1962

Das Geschäft seines Vaters lief sehr gut, jedoch hatte Alexander eher künstlerische Ambitionen und Andreas wollte auf die Ingenieurschule gehen. Wilhelm und Helene Wollenberg hatten Alexanders künstlerisches Talent nicht gefördert. Sie verstanden ihren Sohn nicht. Nach langen

Diskussionen hatten sie sich schließlich geeinigt, dass er Drogist werden sollte. So hatte er eine Lehre absolviert und war jetzt dabei, sich mit seiner jungen Frau sein eigenes Geschäft aufzubauen.

Er hatte sie im Frühjahr 1956 auf einer Party in Düsseldorf kennengelernt und sich Hals über Kopf in sie verliebt. Vielleicht war es ihr mysteriöses Flair, das sie aufrechterhielt, indem sie nichts über ihre Vergangenheit erzählte. Alexander wusste nur, dass sie zuvor mit einem anderen Mann verlobt gewesen war. Sie erzählte ihm nie genau, aus welchen Gründen die Verlobung gelöst worden war, und ließ nur durchblicken, dass ihre Familie mit der Verbindung nicht einverstanden gewesen war.

Sie war neunundzwanzig Jahre alt und eine gewisse Torschlusspanik mochte auch dazu beigetragen haben, dass sie die Verbindung mit Alexander einging. Im Oktober 1960 heirateten sie.

Als im März 1961, auf dem Höhepunkt seines geschäftlichen Erfolges, bei seinem Vater Kehlkopfkrebs diagnostiziert wurde, geriet das familiäre Gefüge komplett durcheinander. Wilhelm war das Herz der Familie, ein Mann, in dem sich Intelligenz, Geschäftstüchtigkeit, Warmherzigkeit, Fleiß, Humor und Beliebtheit auf eine einzigartige Weise mischten. Seine Krankheit war glücklicherweise kurz. Helene brach nach seinem Tod im August 1961 völlig zusammen und es war klar, dass sie das Geschäft nicht alleine würde weiterführen können.

Alexanders junge Frau war gerade schwanger geworden. Sie hatte ihrem Schwiegervater noch mitteilen können, dass sie ein Kind erwartete, und er hatte sich sehr gefreut. Am nächsten Tag war er gestorben. Alexander und Andreas waren untröstlich und bei der sensiblen jungen Frau kamen alte Existenzängste wieder hoch. Da sie schwanger war, konnte sie keine Beruhigungsmittel nehmen, was ihren Zustand noch verschlimmerte.

Kurz darauf, im dritten Monat der Schwangerschaft, gab es einen schlimmen Streit zwischen ihr und Alexander, der ihr vorwarf, dass sie hysterisch sei und ihm nicht die Unterstützung gebe, die er von ihr brauche. In jenem Moment brannten bei ihr die Sicherungen durch. Sie bekam einen Panikanfall und musste von einem Arzt behandelt werden.

Als ihr Mann im Geschäft war, packte sie einen kleinen Koffer und verließ das Haus. Sie hinterließ keinen Abschiedsbrief, einfach nichts. Als Alexander ihr Verschwinden bemerkte, redete er sich zunächst ein, sie würde sicher nach ein paar Tagen wieder nach Hause kommen. Aber es war nicht so. Nach einer Woche meldete er sie als vermisst.

Er schöpfte in den nachfolgenden Wochen und Monaten alle Möglichkeiten aus, etwas über sie in Erfahrung zu bringen, ohne Erfolg. Auch seine Versuche, über den Verbleib seines Kindes Auskunft zu bekommen, führten ins Nichts. Er schaltete sogar einen Privatdetektiv ein, dessen Recherchen ebenfalls ohne Ergebnis blieben.

Schwankend zwischen Verzweiflung, Wut, Selbstvorwürfen und Resignation begann er an zu trinken. Schließlich fand er sich damit ab, dass er sein Baby wohl nie sehen würde. Es verging jedoch kein Tag, an dem er nicht mit Wehmut, Liebe und Sehnsucht an dieses Kind dachte, von dem er noch nicht einmal wusste, ob es eine Tochter oder ein Sohn war.

Sarah

April 2007

Es war stickig in dem nüchternen, neonbeleuchteten Gerichtssaal an diesem sonnigen Apriltag. Sarah hatte soeben Platz genommen und beobachtete die Menschen um sich herum. Da war ihre Anwältin – blond und mondän. Sie war Mitarbeiterin einer renommierten Stuttgarter Rechtsanwaltskanzlei. Als Sarah sie in diesem Moment sah, mit Sonnenbrille, Kostüm und einer Attitüde, die besser in ein Luxusrestaurant als in einen Gerichtssaal hineingepasst hätte, fragte sie sich, ob sie nicht doch besser einen anderen Anwalt gewählt hätte. Aber in Stuttgart war die Kanzlei Hartmann & Gebert die beste Adresse für Prozesse gegen Geldinstitute und außerdem wäre ein Wechsel zum jetzigen Zeitpunkt schwierig gewesen, zumal sie dann zu einer Kanzlei nach München hätte wechseln müssen, was mit noch mehr Aufwand verbunden gewesen wäre.

Die Zusammenarbeit zwischen den beiden Frauen hatte sich schon seit dem ersten Treffen im Oktober 2005 schwierig gestaltet. Sarah hatte immer das Gefühl, dass die Anwältin sie nicht wirklich verstand. Wenn sie versuchte, Frau Gebert die Motive darzulegen, aus denen heraus sie ihre Bank verklagt hatte, konnte sie sich nie ganz des Eindrucks erwehren, dass diese ihre Absichten nicht ganz begriff. Es war, als ob sie sich auf einer anderen Wellenlänge befand.

Die Anwältin hatte zwar keine gute Meinung von dem Geldinstitut, gegen das Sarah klagen wollte, aber sie war von Anfang an distanziert ihr gegenüber und sie zweifelte am Erfolg eines etwaigen Vorgehens gegen die Bank. »Vielleicht hätte ich nach diesem ersten Gespräch einen anderen Anwalt kontaktieren sollen«, dachte Sarah, als sie sich jetzt in dem grell beleuchteten Gerichtssaal wiederfand. Aber sie hatte entschieden, es mit dieser Anwältin zu versuchen.

Nun saß sie an diesem frühlingshaften Montag hier, atmete die muffige Atmosphäre ein und merkte, wie ihre eigentlich optimistische Grundstimmung ins Wanken zu geraten drohte. Der Richter, der vor ihr saß, war ein junger, gutaussehender Mann, der sich nonchalant gab. Sarah fragte sich, ob er genügend Erfahrung besaß, um ihre Geschichte richtig beurteilen und ein gerechtes Urteil fällen zu können.

Gerade betrat der Anwalt der Bank, begleitet von deren Assessorin, den Gerichtssaal. Er hatte ein rotes Gesicht und war übergewichtig – er sah aus wie jemand, der zu viel aß und trank und sich damit einen Ausgleich zu seinem Beruf schuf. Er bedachte Sarah mit einem Blick, als hätte sie ihn tätlich angegriffen. Es war ihr sofort klar, dass dieser Mann alles versuchen würde, um die Bank aus dem Schlamassel herauszuholen und Sarah und ihre Geschichte zu diskreditieren. Die Assessorin machte einen eher schuldbewussten Eindruck und versuchte, dies hinter einem möglichst neutralen Gesichtsausdruck zu verbergen. Außerdem waren noch Sarahs Ehemann und ihre beste Freundin im Saal.

Die Verhandlung begann. Der junge Richter räusperte sich. Er blickte Sarah mit einer Mischung aus Neugier und kaum spürbarer Missbilligung an. »Dann fangen Sie mal an zu erzählen, Frau Breuner. Und bitte, möglichst lückenlos.«

Sie holte tief Luft. Zwei Tage vorher hatte sie die letzte Besprechung mit Frau Gebert gehabt, die ihr erzählt hatte, der gegnerische Anwalt sei ein ›netter Mensch‹ und vor Gericht gehe es ›gesittet‹ und ›normal‹ zu. Nun, als sie die extrem angespannte und feindselige Atmosphäre im Raum spürte, fragte sie sich, ob die Anwältin ihr die Wahrheit gesagt hatte. Sie hatte Frau Gebert gefragt, ob sie noch etwas tun könne, um sich gut vorzubereiten, aber diese hatte lässig abgewinkt. Sarah solle einfach die Wahrheit erzählen.

So begann sie: »Im Mai 2004 beauftragte ich einen Privatdetektiv, nach meinen leiblichen Eltern zu forschen, nachdem ich einige Gespräche mit dem Jugendamt in Stuttgart und Berlin geführt hatte, in deren Verlauf mir mitgeteilt wurde, dass mir leider keine Auskünfte erteilt werden könnten.«

Sie hielt kurz inne und ließ die unangenehmen Gespräche Revue passieren, bei denen sie wie eine lästige Fliege abgewimmelt worden war mit den lapidaren Worten: »Mit Ihren Adoptiveltern wurde vereinbart, dass keinerlei Auskünfte über Ihre leibliche Familie erteilt werden dürfen.«

Weder Tränen noch Wut noch die Intervention ihres damaligen Anwaltes hatte etwas genutzt. Schließlich hatte sie in ihrer Verzweiflung einen Privatdetektiv beauftragt, der angeblich auf solche Fälle spezialisiert war.

Sie räusperte sich und fuhr fort: »Der Detektiv fing an, für mich zu arbeiten. Ich musste recht hohe Vorschüsse an ihn bezahlen. Nach einiger Zeit teilte er mir mit, dass er fündig geworden sei. Meine leibliche Mutter lebe wahrscheinlich in Argentinien. Wir vereinbarten, dass er in das Land reisen würde, um weitere Nachforschungen anzustellen.«

»Es wurden weitere Gebühren fällig, die ich alle von meinem Konto überwies. Eines Tages sah ich auf meinem Kontoauszug, dass ein Betrag von 45.000 € per Lastschrift von einem mir unbekannten Anwalt aus Argentinien eingezogen worden war, ohne dass ich eine Autorisierung dazu gegeben hätte. Ich ging sofort zu meiner Bank, um die Rückbuchung des Betrags zu veranlassen, aber ein paar Tage später teilte man mir lapidar mit, das sei leider nicht möglich.«

Sie schluckte trocken und merkte, wie die Gefühle von damals wieder in ihr hochstiegen – Ungläubigkeit, Entsetzen, Wut und Hilflosigkeit.

»Von dem Privatdetektiv habe ich nie wieder etwas gehört«, fügte sie mit leiser Stimme hinzu.

Der Richter schaute sie zweifelnd an und fragte: »Frau Breuner, an welchem Tag hatten Sie denn das Gespräch in Ihrer Bank, um das Geld zurückbuchen zu lassen?«

»Am 3. Juni 2005.«

Sie hatte den Satz kaum zu Ende gesprochen, da sprang der gegnerische Anwalt auf und rief in feindseligem Ton: »Nein, das stimmt nicht. Es war der 30. Mai 2005.« Der Richter schaute Sarah an und als sie nichts sagte, diktierte er in sein Diktiergerät: »Die Zeugin hat sich im Datum geirrt.«

Sie fühlte sich verunsichert, denn sie war davon ausgegangen, dass die Geschichte als solche und nicht die genauen Termine und Uhrzeiten wichtig seien. Jedenfalls hatte ihre Anwältin ihr das so vermittelt. Wenn sie gewusst hätte, dass die Zeiten so wichtig waren, hätte sie sich eine Liste erstellt. »Vielleicht wäre das aber auch die Aufgabe von Frau Gebert gewesen«, dachte sie in diesem Moment.

Sie fuhr fort: »Ich hatte, nachdem der Detektiv in Buenos Aires angekommen war, telefonisch und per E-Mail mit ihm korrespondiert und die Gebühren überwiesen, die er von mir verlangt hatte. Zu dem Zeitpunkt war ich mir sicher, dass er vertrauenswürdig war.«

Dann machte sie eine kurze Pause, die der gegnerische Anwalt wiederum nutzte. »Wie konnten Sie nur so naiv sein«, stieß er in aggressivem Ton hervor.

Sarah fühlte sich in ihrer Glaubwürdigkeit angegriffen und blickte hilfesuchend zu ihrer Anwältin. Diese verfolgte das Ganze mit neutralem Gesichtsausdruck. Sarah fragte sich, warum sie nicht eingriff, denn sie fühlte sich zusehends unter Druck.

Der Höhepunkt der Befragung war erreicht, als der Richter wissen wollte, mit welchem Mitarbeiter der Bank sie das erste Gespräch über die Rückbuchung geführt hatte. »Mit meinem Kundenberater, Herrn Manfred Müller.« Der gegnerische Anwalt brüllte los: »Ich habe hier eine Erklärung von Herrn

Müller, dass er zum fraglichen Zeitpunkt in Urlaub war. Ich werde Sie wegen Prozessbetrugs verklagen!«

Sarah war schockiert. Die Gespräche mit der Bank waren zwei Jahre her und sie hatte mit mehreren Mitarbeitern des Geldinstituts über die Rückbuchung gesprochen, nicht nur mit einem, war sich aber relativ sicher, dass sie das erste Gespräch mit Herrn Müller geführt hatte.

Sie fühlte sich immer unwohler und fragte sich, was in diesem Gerichtssaal für ein Spiel gespielt wurde. Immer noch griff ihre Anwältin nicht ein. Sarah spürte das Mitgefühl ihrer Freundin, die ihr schräg gegenüber saß, aber auch deren Verunsicherung, und gleichzeitig die Bestürzung ihres Ehemannes, der hinter ihr saß.

Nach zwei Stunden war die Befragung abgeschlossen und der Richter schickte Sarah nach draußen. Er würde als Nächstes den Hauptzeugen der Bank, Sarahs Kundenberater Manfred Müller, befragen. Als sie sich ermattet auf der Holzbank niederließ, fühlte sich ihr Kopf an, als hätte sie die ganze Nacht nicht geschlafen. Nach etwa zehn Minuten trat ihre Anwältin aufgebracht auf den Gang. Sie kam mit energischen Schritten auf sie zu und sagte: »Frau Breuner, ich muss Sie darauf hinweisen, dass die gegnerische Seite Sie wegen Prozessbetrugs verklagen kann, falls sich herausstellen sollte, dass das erste Gespräch in der Bank nicht mit Herrn Müller, sondern mit einem anderen Mitarbeiter geführt wurde.«

Sarah verstand weder den feindseligen Ton ihrer Anwältin noch wusste sie, was sie falsch gemacht hatte.

Sie wandte sich an Frau Gebert. »Man kann die Sache doch nicht einfach herumdrehen und die Anklägerin zur Beklagten machen.«

Die Anwältin verzog das Gesicht zu einer missbilligenden Grimasse. »Frau Breuner, Sie müssen sich jetzt sofort entscheiden, ob Sie den Prozess weiterführen oder aufhören wollen. Wenn Sie weitermachen, kann es sein, dass man Sie wegen Prozessbetrugs belangt.«

Sarah straffte sich, atmete durch und erwiderte mit fester Stimme: »Ich werde weitermachen.« Die Anwältin verschwand ohne ein weiteres Wort im Gerichtsaal.

Sarah setzte sich wieder auf die Holzbank. Ihr war schwindelig und sie hatte das Gefühl, neben sich zu stehen. Ihr Kopf war wie in Watte gehüllt. Sie schloss einen Moment die Augen und wünschte sich, einfach *unsichtbar* zu sein.

Das Öffnen der Türe zum Gerichtssaal riss sie aus ihren Gedanken. Die Anwältin bat sie in kühlem Ton, in den Gerichtssaal zurückzukehren. Sarah ging zu ihrem Platz. Der Richter verkündete, dass an diesem Tag noch kein Urteil ergehen werde, weil noch weitere Zeugen von der Bank vernommen werden sollten. Der neue Termin wurde auf November 2007 festgelegt. Die Verhandlung war beendet. Sarahs Anwältin verabschiedete sich knapp und ohne weitere Erklärungen oder gar aufbauende Worte für ihre Mandantin.

Als sie mit Helmut und Annelie auf der Straße stand, hielt ihr unwirkliches Gefühl an. Sie fühlte sich wie in einem Traum, aus dem sie gerne aufgewacht wäre, aber das war in diesem Augenblick anscheinend nicht möglich. Helmut musste zur Arbeit. Annelie versuchte, sie zu trösten, war aber selbst so betroffen, dass ihr dies nur begrenzt gelang. Nachdem die beiden Frauen zu Mittag gegessen hatten, brachte Sarah ihre Freundin zum Bahnhof und fuhr dann nach Hause. Sie fühlte sich so erschlagen, dass sie nicht fähig war, auch nur einen Handschlag zu tun.

Den Nachmittag verbrachte sie mit Kopfschmerzen auf dem Sofa. Als sie mit Helmut und ihrer Tochter Leonie beim Abendessen saß, brachte sie kein Wort heraus. Sie ging früh ins Bett, denn am nächsten Tag hatte sie einen vollen Terminkalender und wollte ausgeruht sein.

Sarah hatte seit etlichen Jahren eine gut gehende psychotherapeutische Praxis in Stuttgart. Sie liebte ihre Arbeit und nahm diese sehr ernst. Dazu gehörte für sie auch, dass sie ihren Klienten immer in einem souveränen und ausgeruhten Zustand begegnete. Klarheit, Präzision und Tiefgang machten die Qualität ihrer Arbeit aus und waren die Schlüssel ihres Erfolges.

Als sie am nächsten Tag erwachte, hatten sich die Kopfschmerzen noch verstärkt und sie dachte: »Irgendwie muss ich diesen Tag hinter mich bringen und dann brauche ich einen Termin bei meiner Supervisorin.«

Sie schaffte es, mithilfe von zwei Aspirin und großer Willensanstrengung ihre Aufgaben zu erfüllen. Als der letzte Klient ihre Praxis verlassen hatte, nahm sie ihre Autoschlüssel und machte sich auf den Weg zur Praxis von Geneviève, bei der sie glücklicherweise noch am gleichen Abend einen Termin bekommen hatte.

Sie schilderte die Erlebnisse vor Gericht, ihre Kopfschmerzen, das Gefühl, von ihrer Anwältin völlig im Stich gelassen zu werden, die Angriffe des gegnerischen Anwaltes und die undefinierbare Haltung des Richters.

Als Geneviève sie fragte, was das Schlimmste an dem Tag gewesen sei, brach Sarah in Tränen aus. »Die Kälte meiner Anwältin zu sehen und zu spüren, war das Allerschlimmste.«

»Und was hast du in dem Moment gedacht?«

»Ich habe mir gewünscht, *unsichtbar* zu sein.«

»Und an was erinnert dich das?«

Unter Tränen entgegnete Sarah: »An meine Adoptivmutter. Sie war auch so kalt zu mir. Und ich hatte immer Angst, dass sie mich angreifen würde.«

»Wenn das eine solch große Wunde ist, dann wäre es vielleicht gut, wenn wir eine Rückführung in deine Kindheit machen und schauen, wo und unter welchen Umständen diese Wunde entstanden ist. Was hältst du davon?«

Sarah nickte. Minuten später lag sie auf der bequemen Couch. Geneviève leitete sie an: »Atme tief durch, vergegenwärtige dir nochmals die Situation vor Gericht, und dann geh zurück in der Zeit, in deine Kindheit hinein und in die Situation, wo es die gleichen Gefühle gab.«

Schon als die Supervisorin angefangen hatte zu sprechen, war ein Bild aufgetaucht. Sarah sah sich als etwa zehnjähriges Mädchen neben ihrer Adoptivmutter auf einer Bank sitzend. Liselotte weinte und Sarah dachte: »Am besten wäre es, *unsichtbar* zu sein.«

Und dann war sie auch schon mittendrin in der Geschichte.

Sarah

Mai 1973

Es war ein ungewöhnlich heißer Pfingstsonntag. Sarahs Cousin Stefan war bei ihnen zu Besuch. Er war zwei Jahre jünger als sie. Liselotte, ihre Adoptivmutter, mochte ihn, da er der Sohn ihrer Schwester war und ein bisschen wie ein Ersatzsohn für sie. Sie schenkte ihm viel Aufmerksamkeit.

Heiner, ihr Adoptivvater, mochte ihn nicht, fügte sich aber wie immer den Wünschen seiner Frau. An diesem Tag wollten sie in ein Restaurant zum Spargelessen gehen. Als sie dort ankamen, sahen sie, dass es sehr voll war, und die Kellnerin teilte ihnen mit, dass sie entweder nur Spargelsuppe essen könnten oder ungefähr eine Stunde lang warten müssten, bis es wieder gekochten Spargel geben würde. Schließlich einigten sie sich darauf, noch eine Stunde spazieren zu gehen. Alle hatten Hunger.

Stefan wurde langsam missmutig. Liselotte sagte zu Sarah: »Kümmere dich um deinen Cousin.« Selbst Heiner verbarg seinen Unmut angesichts des Wartens nicht und als sie schließlich an einem Tisch im Lokal saßen, war die Stimmung gespannt.

Sie bestellten das Essen und die Getränke. Liselottes Gesicht war leicht gerötet und ihr Hals fleckig. Als Sarah diese Warnzeichen sah, bemühte sie sich noch mehr, ganz ruhig und brav zu sein. Plötzlich machte Stefan eine unglückliche Bewegung und schüttete dabei seine Limonade um. Ein Teil der Limonade ergoss sich auf Heiners Sonntagshose.

Er, der normalerweise friedlich war, begann zu brüllen. »Du blöder Hund!«, schrie er das Kind an. »Du ungezogener Bengel, du hast meine Hose versaut!« Stefan begann zu weinen. Liselottes Gesicht wurde noch röter. Sie sagte in scharfem Ton: »Halt den Mund, Heiner. Er hat es doch nicht absichtlich getan.«

Sarah merkte, dass die Gäste von den anderen Tischen zu ihnen herüberschauten, und sie fing an, sich schrecklich zu schämen. Indes eskalierte die Situation völlig. Stefan stand heulend vom Tisch auf und Liselotte fuhr sie an: »Lauf deinem Cousin hinterher und tröste ihn.« Sie stand auf und hörte gerade noch, wie ihre Mutter zu ihrem Vater sagte: »Diese Ehe mit dir ist nicht zum Aushalten. Ich werde mich scheiden lassen.«

Sarahs Bauch krampfte sich zusammen, als sie das hörte. Dann rannte sie Stefan hinterher. Er lief immer weiter vor ihr weg, bis er an einen kleinen Fluss kam. Dort machte er Halt, zog sich die Schuhe aus und wollte mit den Füßen ins Wasser. Sie hielt ihn zurück und sagte: »Das dürfen wir nicht. Wir haben doch unsere Sonntagsschuhe an. Und die dürfen wir nicht ausziehen.«

Er lachte sie aus und sagte in aufsässigem Ton: »Ist mir doch egal, was du darfst oder nicht darfst. Ich mache, was ich will. Deine Eltern haben mir gar nichts zu sagen.« Sie wurde langsam wütend auf ihn und dachte: »Meine Mutter wird mich beschuldigen, wenn er etwas Verbotenes tut.« Sie forderte Stefan auf: »Komm jetzt, zieh die Schuhe wieder an. Wir müssen ins Restaurant und essen.«

Er tat so, als ob er sie nicht gehört hatte, und watete mit bloßen Füßen im Wasser umher. Es gefiel ihm sichtlich. Kurz entschlossen zog Sarah auch die Schuhe aus, ging ins Wasser und packte ihren Cousin am Ärmel. »Komm jetzt, wir gehen.«

Aber sie hatte nicht mit seinem Widerstand gerechnet. Er zog seinen Arm so heftig weg, dass er ins Schwanken geriet und dann der Länge nach ins Wasser fiel. Geschockt, aber gleichzeitig unfähig, sein Fallen zu verhindern, dachte sie: »Oh Gott, das wird Schläge geben.«

Sie half ihm, wieder aufzustehen. Er weinte und schlug nach ihr. »Du bist schuld, dass ich ins Wasser gefallen bin!«, schrie er. »Jetzt bin ich nass und kann nicht mehr ins Restaurant.« Er schluchzte, dann schrie er noch mal: »Du bist schuld!«

Sarah schwankte zwischen Wut, Angst und Verzweiflung. Sie hätte ihn am liebsten noch mal ins Wasser geschubst und wäre dann einfach weggelaufen. Aber das konnte sie nicht. Denn ihre Eltern warteten ja in dem Restaurant. Ihre Mutter war bestimmt schon sehr wütend und es war nicht auszudenken, was passieren würde, wenn sie noch länger auf sich warten lassen würden.

So packte sie Stefan am Arm. »Wir gehen jetzt.« Und tatsächlich ließ er sich widerstrebend von ihr zum Restaurant ziehen. Als sie dieses betraten, war es leerer als zuvor. Es war inzwischen auch schon halb drei. Die meisten Gäste hatten das Mittagessen bereits beendet oder setzten ihren sonntäglichen Schmaus mit Kaffee und Kuchen in einem der zahlreichen Gartenlokale fort. Heiner und Liselotte saßen noch an ihrem Tisch und hatten bereits zu essen begonnen. Zwei unberührte Teller standen daneben. Der Spargel sah bereits recht kalt aus.

Als ihre Mutter die beiden erblickte, fragte sie mit schriller Stimme: »Sarah, was ist mit Stefan passiert?« Bevor diese auch nur ihren Mund öffnen konnte, antwortete ihr Cousin bereits: »Tante Lilo, Sarah hat mich ins Wasser gestoßen.« Liselotte stand auf, kam auf ihre Tochter zu und ohrfeigte sie vor aller Augen. Sarah schlug beschämt die Augen nieder.

Heiner bat: »Lass doch das Kind in Ruhe. Wir wissen doch gar nicht, was wirklich passiert ist.« Liselotte antwortete mit schriller Stimme: »Halt du den Mund, du hast hier gar nichts zu sagen.« Ihr Vater verstummte, Sarah rang mit den Tränen und Liselotte wandte sich liebevoll Stefan zu. »Komm, mein Schatz, setz dich hin und fang an zu essen. Ich habe Gott sei Dank noch trockene Kleidung im Auto. Die hole ich jetzt für dich.«

Sie würdigte Sarah keines Blickes mehr. Heiner sagte: »Komm, setz dich und fang an zu essen. Sonst wird es kalt.« Sarah fuhr sich mit der Hand über die feuchten Augen. Dann setzte sie sich. Liselotte und Stefan waren hinausgegangen. Heiner seufzte und strich seiner Tochter über die Wange. »Mach dir nichts draus, mein Schatz. Du weißt ja, wie deine Mutter ist.«

Nach einer kurzen Pause fuhr er fort: »Am liebsten würde ich mit dir weggehen, meine Süße. Wie wäre das, nur du und ich? Wir würden ein schönes Geschäft aufmachen und wären einfach glücklich?« Dann aß er weiter.

Sarah fühlte sich unbehaglich. So sehr sie sich auch bemühte, seinen Worten irgendetwas Tröstliches abzugewinnen, es gelang ihr nicht. Dann versuchte sie zu essen, aber sie bekam kaum einen Bissen herunter. Das nagende Hungergefühl kollidierte auf seltsame Art und Weise mit ihrer Angst, ihrer Wut und ihrer Verzweiflung. Ein Teil von ihr wollte essen, der andere Teil hätte sich am liebsten übergeben.

Sie kaute minutenlang an jedem Bissen des kalt gewordenen Spargels. Nach zehn Minuten kamen Liselotte und Stefan wieder zurück. Stefan hatte trockene Kleidung an. Er begann zu essen und sagte nach zwei Bissen jammernd: »Der Spargel ist kalt. Ich mag ihn nicht.« Mit diesen Worten schob er seinen Teller zurück. Sarah hielt die Luft an. Wie würde ihre Mutter reagieren?

Liselotte lächelte ihren Neffen süß an. »Das ist doch kein Problem, Stefan. Wir rufen einfach die Kellnerin und sagen ihr, dass sie den Spargel noch mal aufwärmen soll.« Sarah verspürte einen Stich. Für einen Moment traf sich ihr Blick mit dem ihres Vaters. Sie konnte in seinen Augen lesen, dass er dasselbe dachte wie sie.

Dann wandte er sich an Stefan. »Stell dich nicht so an. Sarah isst ihren Spargel doch auch.« Das hätte er besser nicht gesagt. Sofort veränderte sich Liselottes Gesichtsfarbe. »Heiner, es ist nicht zum Aushalten mit dir. Warum musst du mir immer in den Rücken fallen? Wenn du nicht so schwierig wärst, wären wir glücklich.« Mit diesen Worten warf sie ihre Serviette auf den Tisch, nahm Sarah bei der Hand und sagte: »Sarah, wir gehen.«

Sarah war völlig überrumpelt. Sie hatte gerade drei Bissen Spargel gegessen, ihr war übel, sie fühlte sich beschämt durch die öffentliche Ohrfeige, aber trotzdem war es ausgeschlossen, ihrer Mutter zu widersprechen. Als sie draußen waren, brach Liselotte in Tränen aus.

»Ich halte dieses Leben und diesen Mann nicht mehr aus«, schluchzte sie. »Wir gehen weg – du und ich. Du bist doch mein einziger Schatz.« Mit diesen Worten nahm sie das Mädchen in den Arm.

Sarah fühlte sich wie in einem Albtraum gefangen. Gerade war sie noch von ihrer Mutter beschimpft und geohrfeigt worden und jetzt war sie ›der einzige Schatz‹. Ihre Angst und Wut wichen einer großen Verwirrung, die in der Frage gipfelte: »Wer bin ich eigentlich?«

Liselotte hatte sich auf eine Bank gesetzt und ließ ihren Tränen freien Lauf. Sarah setzte sich neben sie und hielt ihre Hand. Sie überlegte angestrengt, was sie sagen könnte, um ihre Mutter zu trösten. Oder sagte sie besser nichts? Man konnte nie wissen, in welchen Hals sie bestimmte Äußerungen bekam. So beschränkte sie sich darauf, die Hand der Mutter zu halten und sich zu bemühen, das Rumoren in ihrem Bauch zu ignorieren. Sie dachte angestrengt: »Am besten wäre es, *unsichtbar* zu sein.«

Sarah April 2007

In diesem Moment erwachte sie aus der Trance und öffnete die Augen.

Geneviève sagte: »Lass die Augen noch einen Moment lang geschlossen, Sarah. Und dann geh mal mit deinem Bewusstsein zu dem Mädchen auf der Bank. Was würdest du ihr sagen, um sie zu trösten?«

Sarah ging in ihrer Vorstellung zu dem Kind, nahm es ganz behutsam in den Arm und sagte ihm leise, liebevolle Worte. Nach ein paar Sekunden merkte sie, wie das Mädchen begann, sich zu entspannen.

Die Supervisorin fragte: »Willst du das Kind dort lassen oder möchtest du es aus dieser Situation herausholen?«

»Ich möchte es mitnehmen.«

Nachdem Sarah dem Kind vermittelt hatte, dass sie gekommen war, um es aus der unerträglichen Situation herauszuholen, nahm sie wahr, wie in dem Mädchen wieder ein Funke Hoffnung aufkeimte, dass es doch noch ein anderes Leben geben könnte als das, was es im Hause seiner Adoptiveltern erlebte.

In der Nachbesprechung fragte Genevève: »Wie geht es dir jetzt, Sarah?«

»Ich fühle mich sehr müde und gleichzeitig auf eine gute Art und Weise getröstet, so als wäre dieses Kind jetzt wieder bei mir.«

Die Supervisorin nickte. »Ja, das ist auch so. Dieses Mädchen ist jetzt wieder in deinem Energiefeld. Wenn du dich gut um es kümmerst, dann kann diese tiefe Wunde heilen und du ›brauchst‹ dann nicht immer wieder Personen wie deine Anwältin, um dich an die Verletzung zu erinnern. Es kann dann endlich mal unterstützende Menschen – auch Frauen – um dich herum geben, die sich so verhalten, wie sie sich verhalten sollten.«

Sarah nickte. Sie fühlte eine tiefe Zuneigung zu dem zehnjährigen Mädchen und den großen Wunsch, für es da zu sein. Gleichzeitig war sie traurig, aber die Erleichterung und die Liebe waren stärker.

Loredana April 1990

Es war ein herrlicher Frühlingstag und das Wochenende stand bevor. Loredana liebte diese Tage in Madrid, in denen die Straßencafés von Einheimischen und Touristen bevölkert waren. Sie war zum Mittagessen mit ihrer Freundin Marisa im Restaurant *Zalacaín* verabredet und freute sich darauf. Während sie langsam die Gran Vía in Richtung Plaza España hinaufging, um von dort aus ein Taxi zu nehmen, atmete sie die Frühlingsluft ein und merkte, wie die Anspannung der harten Arbeitswoche von ihr abfiel.

Als sie im Restaurant angekommen war, ließ sie sich von dem Kellner an einen freien Tisch führen, bestellte einen Martini und hing ihren Gedanken nach. Marisa war noch nicht da.

Loredana arbeitete in einer Anwaltskanzlei im Herzen der spanischen Hauptstadt. Sie hatte oft einen zwölfstündigen Arbeitstag und konnte sich nicht so um ihren Sohn Alejandro kümmern, wie sie es gerne gewollt hätte. Das Leben in der Metropole war teuer und ihr Ehemann gab gerne Geld aus. Sie verdiente zwar recht gut, aber immer wenn sie Sergio gegenüber erwähnte, dass sie lieber zu Hause bleiben und sich um ihr Kind kümmern würde, kam von seiner Seite aus nur ein barsches Nein und er erwiderte: »Wir brauchen das Geld.«

Loredana war nicht in der Lage, sich gegen ihren dominanten Mann durchzusetzen und ihre eigenen Interessen zu behaupten. Wie sollte sie auch? Sie war jung, hatte keine eigene Familie in Madrid und fühlte sich in der riesigen Stadt völlig auf sich gestellt. Sich als junge Anwältin in der Kanzlei gegenüber den männlichen Kollegen zu behaupten, war Herausforderung genug, zumal sie als Katalanin in der spanischen Hauptstadt nicht gerade einen leichten Stand hatte.

Der Chef der Kanzlei, Enrique Martín, war ein smarter Madrilene, der schon vom ersten Tag an einen Blick auf die hübsche, blonde Loredana geworfen hatte. Es war anstrengend, ihn in seinen Grenzen zu halten. Wenn seine Mitarbeiter Katalanenwitze erzählten oder frauenfeindliche Kommentare abgaben, wies er sie nicht etwa zurecht, sondern beschränkte sich darauf, Loredana genüsslich und mit süffisantem Lächeln zu betrachten. Sie wusste genau, was er in solchen Momenten dachte. »Wenn du mir gefällig wärst, meine Liebe, dann würde ich dafür sorgen, dass die Kommentare ein Ende haben. So aber musst du dich schon selbst verteidigen.«

Auch Sergio, obgleich Katalane, gab ihr keine wirkliche Unterstützung. Wie auch – er war ja selten genug zu Hause. Er behauptete zwar, sie und Alejandro zu lieben, aber seine Worte standen in krassem Gegensatz zu seinem Handeln. Was sie immer wieder faszinierend und erschreckend zugleich fand, war, wie einfach es für einen Mann zu sein schien, als ›guter Vater‹ betrachtet zu werden, während es für eine Frau ungleich schwieriger war, als ›gute Mutter‹ angesehen zu werden.

Wenn die Nachbarn Sergio am Sonntag mit Alejandro im Park spazieren gehen und die Enten füttern sahen, bogen sie sich schon vor Begeisterung, wenn sie allerdings Loredana einmal mit etwas lauterer Stimme mit Alejandro reden oder ihn zurechtweisen hörten, tuschelten sie bereits. Dabei ließen sie völlig außer Acht, dass die gesamte Erziehungsverantwortung bei ihr lag.

Sie hatte den Kindergarten für Alejandro ausgesucht, *sie* hatte das Au-pair-Mädchen organisiert, das sich den ganzen Tag um Alejandro kümmerte, *sie* bezahlte die Rechnungen für beides, *sie* kaufte seine Kleidung, *sie* ging mit ihm zum Arzt, wenn er krank war, *sie* wurde auf der Arbeit angerufen, wenn im Kindergarten etwas vorgefallen war. Aber das war alles selbstverständlich und nebenbei sollte sie auch noch ihre Kompetenz in der Kanzlei Enrique Martín unter Beweis stellen und das Vorurteil widerlegen, dass blonde, hübsche Frauen nun mal dumm seien.

Manchmal kam sie abends total erschöpft nach Hause. Kaum hatte sie die Türe aufgeschlossen, sprang ihr Alejandro entgegen, der sich riesig freute, dass seine Mutter endlich wieder zu Hause war. Er wollte mit ihr spielen, aber Loredana war oft einfach zu müde dazu. Sie dachte dann nur daran, ihr elegantes, aber unbequemes Kostüm auszuziehen, ein heißes Bad zu nehmen und in einen Hausanzug zu schlüpfen. Allerdings musste in ein bis zwei Stunden das Abendessen auf dem

Tisch stehen und keiner wusste genau, ob und wann Sergio nach Hause kommen würde. Sie schwankte dann zwischen der Wut auf ihren Mann, Erschöpfung und Schuldgefühlen Alejandro gegenüber, weil sie ihm nicht so gerecht werden konnte, wie sie es gerne wollte. Oft spielte sie trotzdem mit ihm und nach einer Weile fühlte sie sich besser.

An guten Tagen trudelte Sergio irgendwann am frühen Abend zu Hause mit einem niedrigen Alkoholpegel ein und an ganz guten Tagen war es dann sogar noch früh genug, um einkaufen zu gehen. Wenn er dazu in der Stimmung war, nahm er Alejandro mit, was für Loredana bedeutete, dass sie sich eine Weile ausruhen konnte. An schlechten Tagen kam Sergio gar nicht und Loredana wurde immer ungeduldiger, da sie nicht wusste, ob sie mit dem Essen warten sollte oder nicht. Irgendwann kochte sie dann, sie aßen mit dem Au-pair-Mädchen zu Abend und Alejandro versuchte, durch sein liebenswertes Geplapper die angespannte Stimmung zu überdecken.

Manchmal weinte sie an solchen Abenden. Wenn ihr Sohn sie fragte, warum sie weine, versuchte sie Ausflüchte zu finden. Eines Abends, als er sie wieder fragte, wollte sie ihn nicht länger belügen und sagte: »Ich weine, weil ich traurig bin, dass Papa wieder nicht bei uns ist.« Alejandro schaute sie mit seinen treuen, großen Augen an und sagte nichts. Danach fühlte sich Loredana wieder schuldig. War es richtig gewesen, ihrem Sohn den Grund ihrer Trauer mitzuteilen? Hätte sie es besser verschwiegen? Wie sie es auch drehte, es schien immer falsch zu sein, was sie tat.

Die Ankunft ihrer Freundin riss sie aus ihren Gedanken. Sie umarmten sich herzlich. Als sie sich gegenübersaßen, fragte Marisa: »Was ist denn mit dir los, meine Liebe? Du wirkst ja ganz in Gedanken versunken? Draußen ist so ein schöner Tag! Der Frühling beginnt.«

Loredana seufzte tief. Dann antwortete sie: »Ja, es ist total schön draußen. Aber ich fühl mich nicht so gut. Gestern ist es wieder mal zwischen Sergio und mir eskaliert.«

Marisa fragte erschrocken: »Was ist passiert?«

»Er kam gestern wieder spät und alkoholisiert nach Hause. Er war bester Stimmung – sofern man bei seinem Alkoholpegel davon sprechen konnte.« Sie nahm einen Schluck Wasser und fuhr fort: »Auf meine kühle Begrüßung reagierte er mit einem saloppen ›Ach komm, Süße, hab dich doch nicht so, no pasa nada‹.«

Das war sein Standardspruch in diesen Jahren: ›No pasa nada – alles halb so schlimm.‹ Er benutzte ihn bei jeder Gelegenheit und wie eine Beschwörung.

Sie fuhr fort: »Ich weiß nicht genau, was er eigentlich damit sagen will, aber ich kann es nicht mehr hören. Es kommt mir vor wie eine Beruhigungspille, die ich nicht mehr schlucken will. Gestern habe ich ihn zur Rede gestellt und ihm gesagt, dass ich dieses Leben nicht mehr lange mitmachen würde. Ich habe gedroht, ihn mit Alejandro zu verlassen. Er wurde wütend und kam mit funkelnden Augen auf mich zu. Ich konnte seine Alkoholfahne riechen und habe mich vor ihm geekelt.«

Loredana strich sich eine Haarsträhne aus dem Gesicht und atmete schwer. »Daraufhin erwiderte er: ›Du wirst Alejandro nie mitnehmen. Er gehört mir.‹ Ich war empört und entgegnete ihm: ›Er gehört dir nicht. Ein Kind gehört niemandem. Und außerdem solltest du ein zuverlässiger Vater und Ehemann sein. Und du bist nichts von alledem. Im Gegenteil, du bist unberechenbar und kannst nicht für ein Kind sorgen.‹«

Marisa schaute sie betroffen an und nahm ihre Hand. »Ich wusste nicht, dass es so schlimm ist. Wie lange willst du das noch mitmachen?«

»Als ich ihm sagte, dass er nicht für ein Kind sorgen könne, trat er auf mich zu und packte meinen Arm. Er funkelte mich an und presste zwischen den Zähnen hervor: ›Ich brech dir den Arm.‹ Ich erschauerte, denn so hasserfüllt habe ich ihn noch nie gesehen, und ich hatte große Angst. Dann riss ich mich los und rannte weg. Der einzige Raum in der Wohnung, den man von innen abschließen kann, ist Alejandros Zimmer.«

Sie schluckte, als würde sie nun vollends von der schrecklichen Erinnerung überwältigt. »Ich öffnete die Tür, ging in das Zimmer und schloss die Tür hinter mir ab. Dann brach ich in Tränen aus. Alejandro lag im Bett und schlief. Ich hörte seine gleichmäßigen Atemzüge, während ich weinte, und wusste, dass ich von diesem Mann wegmusste.

In dem Moment sah ich eine Vision von mir selbst in zehn Jahren, wenn ich mit Sergio zusammenbleiben würde. Ich sah mich krank und verbittert und nahm mir vor, dafür zu sorgen, dass das nicht geschehen würde. Ich spürte, dass ich bereit war, alles zu tun, um mir und meinem Sohn dieses Schicksal zu ersparen.«

Marisa nickte und erwiderte mit leiser Stimme: »Ja, das verstehe ich voll und ganz.«

»Ich setzte mich auf Alejandros Bettrand. Dann legte ich mich neben ihn, um zu schlafen. Ich versuchte, leise zu sein, aber das Bett war schmal und er wachte auf. Er sagte: ›Mama, was ist los? Warum weinst du?‹ Ich schluchzte erneut. ›Ich habe Angst vor Papa. Er hat mir wehgetan.‹ Schon als ich mich selbst reden hörte, fühlte ich mich schlecht und schuldbewusst.

Ich fragte mich, ob es richtig war, meinem schlaftrunkenen Sohn das zu sagen. Aber sollte ich ihn etwa belügen? Das fühlte sich noch schlechter an. Wenigstens die Wahrheit wollte ich ihm sagen, auch wenn sie bitter und schwer war. Aber Lügen, das wusste ich ganz genau, würden das Kind nur verwirren.«

»Und dann?«, fragte Marisa gespannt.

»Du wirst es nicht glauben. Mein kleiner Sohn wandte sich mir zu und strich mir über den Arm, so als wäre er der Erwachsene und ich das Kind. ›Schlaf jetzt, Mama, es wird alles gut.‹ Daraufhin fing ich wieder an zu schluchzen. In dem Moment wusste ich, dass ich diesen Zustand nicht länger will.«

Sie atmete tief. »Alejandro soll als Kind aufwachsen dürfen und nicht als Puffer zwischen zwei Elternteilen, die sich bereits so weit voneinander entfernt hatten, dass es keinen Weg zurück mehr gibt.«

In dem Moment kam der Kellner und nahm die Bestellung auf.

Sarah

Mai 2007

Knapp fünf Wochen waren seit dem fürchterlichen Termin bei Gericht vergangen, als Sarah die hellen Stufen des Jugendstilhauses, in dem sich die Kanzlei Hartmann & Gebert befand, hinaufstieg. Sie sah der Besprechung mit ihrer Anwältin mit gemischten Gefühlen entgegen. Auf jeden Fall, so hatte sie entschieden, würde sie in dem heutigen Gespräch Frau Gebert gegenüber ihrer Enttäuschung über deren mangelndes Engagement vor Gericht Ausdruck verleihen. Allerdings wusste sie nicht, wie die Anwältin ihre Kritik aufnehmen würde.

Als sie sich in dem luxuriös eingerichteten Büro gegenübersaßen, gab sich Frau Gebert äußerst freundlich und zuvorkommend, als würde sie ahnen, mit welchen Überlegungen Sarah schwanger ging. Plötzlich sprach sie nur noch von ›Wir‹ statt wie bislang von ›Ich‹ und ›Sie‹ und verbreitete einen seltsam anmutenden Optimismus, der so gar nicht zu ihrer bisherigen Arroganz und Skepsis passte. Sie machte Sarah große Hoffnungen auf den zweiten Gerichtstermin, der im November stattfinden sollte und bei dem weitere Zeugen des Geldinstitutes gehört werden würden.

Als Sarah den Auftritt der Anwältin vor Gericht kommentierte und ihrer Unzufriedenheit Ausdruck gab, veränderte sich deren Gesichtsausdruck. Sarah konnte sehen, wie es in ihr arbeitete und wie sie hin- und hergerissen war zwischen einer scharfen Erwiderung und der Angst, den Fall zu verlieren und ihrem Chef womöglich Rede und Antwort über die Gründe hierfür stehen zu müssen. Schließlich siegte aber doch wieder ihre Arroganz. »Frau Breuner, ich habe mein Möglichstes getan. Aber es ist eben einfach nicht gut gelaufen. Es wäre besser gewesen, wenn Sie sich an einige Sachen nicht mehr genau erinnert hätten.«

Sarah war irritiert. Nach einer kurzen Pause erwiderte sie: »Wie bitte? Sie haben mir doch vor dem Prozesstermin gesagt, ich solle die Geschichte einfach wahrheitsgemäß erzählen. Ich dachte, es wäre wichtig, die Erinnerungen so präzise wie möglich zu reproduzieren.«

Sie hielt einen Moment inne. »Frau Gebert, ich muss Ihnen sagen, dass ich mich nicht gut von Ihnen vorbereitet gefühlt habe.«

Die Anwältin ignorierte Sarahs Vorwurf und setzte stattdessen zum Gegenangriff an. »Ich weiß nicht genau warum, aber für den gegnerischen Anwalt scheinen Sie eine Reizperson zu sein.«

»Eine Reizperson? Was wollen Sie mir damit sagen?« Und dann setzte Sarah hinzu: »Selbst wenn es so sein sollte, wäre das kein Grund, mir dies entgegenzuhalten. Es ist Ihre Aufgabe, mich vor den Angriffen des cholerischen Anwalts zu beschützen.«

Sie fühlte Zorn in sich aufsteigen und dachte: »Wofür bezahle ich diese Frau eigentlich?« Laut sagte sie: »Frau Gebert, auf welcher Seite stehen Sie eigentlich? Ich kann nicht spüren, dass Sie hinter mir stehen. So können wir nicht weiterarbeiten. Wenn Sie von der Sache nicht überzeugt sind, sagen Sie es mir bitte jetzt. Dann werde ich mir einen anderen Anwalt suchen.«

Der Hieb hatte gesessen. Die Gesichtsfarbe der Anwältin nahm eine andere Tönung an und sie lenkte ein. »Nein, nein, Frau Breuner, davon kann doch gar keine Rede sein. Selbstverständlich stehe ich voll und ganz hinter der Sache.« Sarah bemerkte, dass die Frau hin- und hersprang und hätte gerne gewusst, was sie wirklich dachte. Wahrscheinlich wusste sie es selbst nicht genau.

Nachdem dieser Teil des Gesprächs erledigt war, besprachen sie die Strategie für den November-Termin. Frau Gebert war der Meinung, dass die Zeugen der Bank sich in Widersprüche verwickeln würden, da sie logen. Sarah war derselben Meinung. Als sie nach knapp einer Stunde das Büro der Anwältin verließ, hatte sie wieder Hoffnung auf ein gerechtes Urteil.

Sarah — Mai 1974

Wie so oft hatte es heftigen Streit zwischen Liselotte und Heiner gegeben. Lilo hatte getrunken und sicher auch schon ein paar Beruhigungspillen geschluckt. Sarah saß am Küchentisch und sollte essen. Sie hatte zwar Hunger, aber die angespannte Stimmung in der Küche nahm ihr den Appetit. Jeder Bissen, den sie in ihren Magen brachte, fühlte sich an wie ein Stein. Schließlich schob sie ihren Teller weg. Dann wollte sie aufstehen und in ihr Zimmer gehen, aber Liselotte hielt sie fest. Sie schrie: »Du gehst jetzt nicht, du hörst mir jetzt zu!«

Sie versuchte, sich loszureißen, aber ihre Adoptivmutter war stärker als sie. Auf dem Herd stand ein Kessel, in dem das Wasser gerade eben zum Kochen kam. Als Sarah nicht nachgab, nahm ihre Mutter mit einem irren Blick den Kessel vom Herd und brüllte: »Dir werde ich's zeigen«, und schüttete dabei das heiße Wasser über Sarahs Arm.

Das Mädchen schrie vor Schmerz und begann zu weinen. Heiner erwachte aus seinem gelähmten Zustand und packte seine Frau am Arm. Schwer atmend nahm er ihr den Kessel aus der Hand. Liselotte riss sich von ihm los und rannte schreiend aus der Küche. »Ich verlasse euch sowieso. Das Leben hier mit euch gefällt mir nicht. Ich gehe nach Südamerika.«

Dann war sie verschwunden und ließ ihr schluchzendes Kind und ihren geschockten Mann in der Küche zurück. Gott sei Dank trug Sarah an diesem Tag einen langärmeligen Pullover und darunter ein ebenfalls langärmeliges Unterhemd. Aber ihre rechte Hand und das Handgelenk waren rot und schmerzten sehr.

Heiner nahm sie in den Arm. Er versuchte, sie zu trösten. »Es ist doch nicht so schlimm.« Die Worte erreichten Sarah nicht, denn es *war* schlimm.

Gleichzeitig spürte sie Heiners Hilflosigkeit. Wie immer in solchen Situationen versank er in seiner eigenen Lethargie, statt dafür zu sorgen, dass die Misshandlungen aufhörten. Trotzdem war es besser, von ihm im Arm gehalten und auf seine Art und Weise getröstet zu werden, als die Lieblosigkeit ihrer Mutter zu erleiden.

Als sie sich langsam wieder beruhigte, holte er ein Taschentuch und wischte Sarah die Tränen ab. Dann nahm er sie auf den Schoß. »Meine Kleine, ich hab dich doch so lieb.

Wir beide könnten doch ein neues Leben anfangen. Was hältst du davon? Ich schließe den Lebensmittelladen und wir beide machen dann eine richtig schicke Parfümerie in der Innenstadt auf, im besten Geschäftsviertel. Du bist so hübsch und so talentiert. Du kannst die Kunden bedienen und ich mache den Rest.«

Sarah hörte ihm zu und es war ein irreales Gefühl. Ihr Arm schmerzte und wahrscheinlich wäre es gut gewesen, wenn ein Arzt einen Blick darauf geworfen hätte, aber ihr Vater erzählte ihr von seinen Träumen, in die er sie mit einbaute, als wäre sie schon erwachsen und als würden sie gerade gemütlich Kaffee trinken.

Merkwürdig war allerdings, dass seine Worte in ihr nicht nur das irreale Gefühl auslösten, sondern auch etwas anderes. Nachdem sie seinen einlullenden Worten eine Weile zugehört hatte, fühlte sie plötzlich eine Art von Freude über ihre Wichtigkeit. Er fand sie hübsch und talentiert und er hielt sie für fähig, ein Geschäft zu führen. Er gab ihr mit seinen Worten eine Bedeutung, auch wenn ihr Arm noch immer vor Schmerz brannte.

Sarah merkte, wie sie zwischen drei Gefühlen hin- und herschwankte – das eine war Freude darüber, von ihrem Vater soviel Beachtung zu bekommen, das zweite war Verstörtheit über die Geschichte, die er ihr erzählte und in der sie eine Rolle hatte, die sie im wahren Leben nicht hatte, und das dritte war der brennende Schmerz im Arm, der nicht aufhörte.

Die Situation war irgendwie falsch. Aber gleichzeitig war diese falsche Situation um so vieles besser als die Schläge, die Grausamkeiten und die Unberechenbarkeit ihrer Mutter. Sarah hatte den Impuls, sich zu entziehen, aber sie konnte es nicht. Zu groß war ihr Bedürfnis nach Wärme und tröstenden Worten. Die Sätze ihres Vaters, so befremdlich sie auch waren, taten ihr trotzdem gut, einfach, weil es menschliche Worte waren, die in einem warmherzigen Ton gesprochen wurden und nicht mit der schneidenden Kälte, Ironie oder Verrücktheit ihrer Mutter.

Sie begann, sich zu entspannen. Ihr Vater redete weiter. Ab und zu streichelte er ihr über den Kopf. Kurz darauf merkte sie, dass seine Umarmung irgendwie anfing sich zu verändern. Auch die Art und Weise, wie er ihr übers Haar strich, war nicht mehr so wie vorher. Und sein Atem ging schneller.

Ihr Körper fing wieder an zu verkrampfen. Als Erstes spürte sie es im Bauch, dann in den Schultern. Heiner redete jetzt nicht mehr, sondern küsste ihre Wange auf eine merkwürdige Art und Weise. Im nächsten Moment begann er, ihren Körper zu streicheln – erst den Rücken, dann die Beine, die Arme und schließlich ihren Bauch. Sie erstarrte immer mehr und dachte: »Ich muss weg«, aber ihr Körper war wie gelähmt. Sie konnte ihre Arme und Beine nicht im Geringsten bewegen, so als würden die Impulse im Gehirn nicht weitergeleitet.

Eine Minute später wurde es noch unbehaglicher. Da, wo sie auf dem Schoß ihres Vaters saß, wurde es plötzlich hart und gleichzeitig ging Heiners Atem noch schwerer.

In diesem Moment geschah etwas. Ein Sog zog sie aus ihrem Körper heraus und im nächsten Augenblick sah sie die Szene von oben. Sie schwebte über ihrem Kinderkörper. Das Gute war, dass sie nichts mehr von diesen unangenehmen Körpergefühlen spürte – keine Hitze, keine Bauchkrämpfe, keine Enge im Brustkorb und keine Atemnot mehr. Da oben war sie sicher. Dann aber blickte sie auf den Körper herab und fragte sich: »Wem gehört dieser Körper?« Unbehagen stieg in ihr auf. Sie dachte: »Das ist ja mein Körper. Aber was macht er da unten? Warum ist er dort und ich bin hier? Und was passiert da gerade?«

Einerseits hatte sie das Bestreben, wieder nach unten in ihren Körper hineinzugehen, andererseits dachte sie: »Nein, niemals, ich will nicht wieder da unten hin.« Also blieb sie oben, unter der Zimmerdecke, wo sie in Sicherheit war. Aber es gefiel ihr nicht, was sie da unten sah. Ihr Körper wirkte verkrampft und schutzlos und das Gesicht ihres Adoptivvaters war gerötet. Sie sah, dass seine Hände nun überall auf ihrem Körper waren und dass er angefangen hatte, ihr den Pullover über den Kopf zu ziehen.

Es war ein groteskes Bild von der Zimmerdecke aus. Sarah sah ihr gerötetes Handgelenk und die rote Hand und sie erinnerte sich an das, was Minuten vorher passiert war. Inzwischen war ihr Körper da unten halbnackt und ihr Adoptivvater atmete immer heftiger. Gleichzeitig hörte sie seine Worte. »Du bist doch meine Süße. Du bist meine Beste. Meine kleine Sarah. Deine Haut ist so weich. Das tut mir so gut.« Die Worte hörten sich an wie süßes Gift. Sie waren falsch und es waren nicht die Worte, die zwischen einem Vater und seiner Tochter gesprochen werden sollten.

Dann sah sie, wie Heiner sein Geschlechtsteil entblößte. Es war erigiert und es sah irgendwie dick und bedrohlich aus. »Wie hässlich«, dachte sie. Dann rieb er dieses Teil an ihrem entblößten Hinterteil. Dabei wurde sein Gesicht immer röter und sein Atem ging immer schneller. Ihr Körper da unten sah aus wie der Körper einer Puppe. Er bewegte sich hin und her, im selben Rhythmus, wie der Mann sich bewegte. Es war so, als ob alles Lebendige aus dem Körper gewichen wäre.

Wieder spürte Sarah da oben den Impuls, in ihren Körper hineinzugehen, um ihm zu helfen, und wieder merkte sie, dass die Angst zu groß war. Dann fühlte sie plötzlich ein überwältigendes Schuldgefühl darüber, dass sie ihren Körper verlassen und da unten schutzlos zurückgelassen hatte.

Das Gefühl verstärkte zunehmend – es war wie eine graue Wolke, die sich ausbreitete. Sie wusste nicht mehr, ob es ihr Schuldgefühl war oder das des Mannes, der dort unten mit ihrem Körper etwas tat, was er niemals hätte tun sollen. Die graue Wolke breitete sich immer mehr über das Geschehen aus, so als ob sie es ganz erfasste. Dann fiel der Mann mit einem Aufstöhnen in sich zusammen. Sarah sah von oben die klebrige Flüssigkeit, die an dem Mädchenkörper haftete und ein paar Sekunden später war sie wieder in ihrem Körper.

Als Erstes spürte sie Ekel, verursacht durch die Flüssigkeit, die ihre Beine herunterkann, als Nächstes ihren Bauch, der sich wie ein Klumpen anfühlte, so als hätte sie einen großen, schweren Stein verschluckt. Dazu kamen Atemnot und Beklemmung. Am liebsten wäre sie sofort wieder aus ihrem Körper herausgegangen, aber es ging nicht mehr.

Heiner zog ein Taschentuch hervor und entfernte sich damit den Schweiß von der Stirn. Dann wischte er Sarah die Beine ab. Er zog seine Hose hoch und streifte ihr den Pullover und den Rock wieder über. Plötzlich spürte sie erneut die Schmerzen am Handgelenk und sie sah ihre gerötete Hand. Da erinnerte sie sich, wie die ganze Situation angefangen hatte, und sie wollte weinen. Aber auch das ging nicht. Die Tränen blieben ihr im Hals stecken. Sie nahm einen tiefen Atemzug, stand auf, rannte aus der Küche und in ihr Zimmer. Als sie die Türe hinter sich abgeschlossen hatte, warf sie sich aufs Bett und endlich kamen die erlösenden Tränen.

Sie weinte und weinte und es war so, als könne sie nicht mehr aufhören. Sie fühlte sich so unendlich verlassen wie noch niemals zuvor. Selbst nach den brutalen Prügelattacken ihrer Mutter hatte sie sich nicht so einsam gefühlt wie in diesem Moment. Auf Lilo konnte sie wenigstens wütend sein und denken: »Ich gehe hier weg, sobald ich alt genug bin.« Dann spürte sie ihre Kraft wieder und eine Zukunftsperspektive für ihr Leben, die jenseits dieses Elternhauses lag.

Jetzt aber war es anders. Ihre Welt oder das, was sie für ihre Welt gehalten hatte, war zusammengebrochen. Da, wo eigentlich ihr Herz war, war Leere. Die restlichen Teile ihres Körpers waren von Trauer und Schmerz überflutet. Sie fühlte sich wie in den Weltraum geworfen, nach Luft schnappend und nicht wissend, ob sie diesen Tag überleben würde und ob es danach noch einen anderen Tag gäbe.

Sarah Mai 2007

Als sie mit tränenüberströmtem Gesicht aufwachte, wusste sie nur noch, dass sie einen Albtraum gehabt hatte, in dem Liselotte ihr furchtbar wehgetan hatte, und dass dann etwas Merkwürdiges mit Heiner geschehen war.

Sie stand auf und ging in die Küche, um ein Glas Wasser zu trinken. Als sie am Küchentisch saß, kamen weitere Erinnerungen hoch, die sie vehement verdrängt hatte. Sie fragte sich: »Warum haben Liselotte und Heiner Mager mich eigentlich adoptiert, wo sie mir doch so wenig Liebe zu bieten hatten?«

Die Ehe war lange kinderlos geblieben und Liselotte sah das wohl als Schande an. So waren sie und ihr Mann eines Tages zu dem Kinderheim in Berlin gefahren, in das man Sarah direkt nach ihrer Geburt gebracht hatte, und hatten sie mitgenommen.

Sarah wusste nur so viel über ihre leibliche Mutter, dass diese vor ihrer Geburt festgelegt hatte, dass sie sofort nach der Entbindung zur Adoption freigegeben werden sollte. Sie hatte sie noch nicht einmal sehen wollen. Sarah hatte in einer Therapiesitzung ihre Geburt nochmals erlebt. Sie hatte gespürt, wie verzweifelt ihre Mutter aus dem Krankenhaus und aus Berlin wegwollte und dass sie Sarah auf keinen Fall nach der Geburt sehen wollte, um keine Bindung an ihr Kind zu entwickeln.

Sarah konnte sich noch daran erinnern, wie sie in der Rückführung bittere Tränen geweint hatte, als sie sich damit konfrontieren musste, dass ihre Mutter sie nicht wollte. Gleichzeitig hatte sie es als heilsam empfunden, endlich einen Teil ihrer Herkunftsgeschichte auszugraben. Aber was sie wusste, war immer noch viel zu wenig.

Sie ging zurück ins Bett und dachte: »Es ist schon komisch, wie ähnlich das Verhalten meiner Adoptivmutter vor dreiunddreißig Jahren und das Verhalten meiner Anwältin vor fünf Wochen im Gerichtssaal sind. Genauso wie mich meine Mutter immer angegriffen hat, statt mich zu beschützen, hat Frau Gebert dasselbe getan.«

Neben ihr schlief ihr Mann Helmut. Sie hörte seine regelmäßigen Atemzüge. Schon allein dies beruhigte sie. Im Gegensatz zu anderen Männern, die vor ihm ihre Tür- und Bettschwelle überschritten hatten, fühlte sie sich bei Helmut vollkommen geborgen. Er vermittelte ihr das Gefühl von Sicherheit, Bestätigung und Unterstützung, nach dem sie so lange gesucht hatte, und er tat dies, ohne sie dabei einzuengen.

Wenn sie darüber nachdachte, warum er so anders war als die Männer, die es vor ihm in ihrem Leben gegeben hatte, vermutete sie stets, dass es damit zusammenhing, dass er eine glückliche Kindheit in der Schweiz gehabt hatte und zwei Elternteile, die ihn wirklich liebten.

Er war als einziger Sohn wohlhabender Bergbauern aufgewachsen. Seine Eltern hatten ihm nicht aufgezwungen, den Hof zu übernehmen, obwohl er der alleinige Erbe war. Als abzusehen war, dass er das Bergdorf, in dem er aufgewachsen war, verlassen würde, um in Deutschland zu studieren, hatten sie ihm keine Steine in den Weg gelegt, sondern ihn im Gegenteil unterstützt.

Als Sarah und Helmut sich kennenlernten, gab es von Anfang an eine starke Anziehung zwischen ihnen, aber es hatte lange gedauert, bis Sarah die Ängste überwunden hatte, die sie aus ihren alten Beziehungen mitgebracht hatte, vor allem aus ihrer Ehe mit Leonies Vater Armin, deren Ende für Sarah mit großen Schmerzen, tiefer Enttäuschung und viel Trauer verbunden gewesen war. Erst mit der Zeit entwickelten sich ihre Liebe und ihr Vertrauen zu Helmut.

Er warb mit Beständigkeit und Charme um sie. Das tat ihr gut und war Balsam für ihre verwundete weibliche Seele. Gleichzeitig hatte er ein feines Gespür für ihre Grenzen. Überhaupt war es diese Sensibilität – gepaart mit Ritterlichkeit, Charme und Männlichkeit –, die Sarah vollends für ihn einnahm.

Helmut hatte keine eigenen Kinder, kam jedoch mit Leonie, die mitten in der Pubertät steckte, gut zurecht. Ihre häufigen Stimmungsschwankungen nahm Helmut mit Gelassenheit und Souveränität. Leonie spürte, dass er sie respektierte, und sie gab ihm diesen Respekt zurück.

Als Helmut ihr einen Heiratsantrag machte, gab es für Sarah nur eine Antwort: »Ja.« Sie heirateten auf Hawaii und Sarah dachte, dass sie noch nie so glücklich gewesen war, außer bei Leonies Geburt.

Sie stand auf und schenkte sich noch ein Glas Wasser ein. An Schlaf war nicht mehr zu denken. Einem Springbrunnen gleich sprudelten die Erinnerungen aus ihrer Seele empor – Erinnerungen, die ihrem Bewusstsein zugänglich waren, und solche, denen sie zum ersten Mal begegnete.

Manche Bilder wollte sie nicht sehen und plötzlich hörte sie in sich die Worte: »*Das bildest du dir nur ein.*« Wie oft hatte sie diesen Satz von ihrer Adoptivmutter gehört – eigentlich immer, wenn sie Gefühle oder Bedürfnisse äußerte, mit denen die Mutter nicht umgehen konnte.

Als sie drei Jahre alt war, hatten ihre Adoptiveltern ein Haus gekauft. Die ersten Nächte in dem neuen Haus waren furchtbar gewesen. Ihr neues Zimmer war kalt und hatte eine sonderbare Atmosphäre. In der Nacht sah Sarah ›Männchen‹.

Das erzählte sie ihrer Adoptivmutter. Diese schaute sie völlig verständnislos an: »So ein Quatsch. Schlaf endlich. Das bildest du dir nur ein.«

Sarah erzählte es auch ihrem Adoptivvater. Dieser reagierte ein wenig verständnisvoller, aber auch er tat nicht das, was er hätte tun sollen, nämlich seiner Tochter ein anderes Zimmer zu geben. So hatte sie Nacht für Nacht Angst und wenn die Angst zu groß wurde, versuchte sie, sich mit den Worten ihrer Mutter einzulullen. »Ach, das bilde ich mir doch nur ein.« Allerdings funktionierte diese Taktik nicht wirklich gut. Die Angst verschwand nicht.

Und eines Nachts geschah es dann. Sarah war bei ihren Adoptiv-Großeltern zu Besuch und übernachtete auch dort. In dieser Nacht krachte in ihrem Elternhaus die Decke ihres Zimmers ein. Wäre sie in ihrem Zimmer gewesen, so wäre sie von der herunterfallenden Decke erschlagen worden. Nach diesem Ereignis bekam sie ein neues Zimmer, in dem sie wesentlich besser schlief und in dem es auch keine ›Männchen‹ mehr gab.

Sarah dachte: »Liselotte ist immer so oder ähnlich mit meinen Gefühlen umgegangen. Sie hat mich nie ernst genommen. War das der Grund dafür, dass ich den Versprechungen des Privatdetektivs so gutgläubig gegenüber war? Bin ich so anfällig für tröstende und liebevolle Worte von fremden Menschen, weil ich diese von meiner Mutter nie gehört habe?«

Als sie gerade mit der Frage beschäftigt war, wie viel Nachholbedarf an tröstenden Worten sie wohl noch hatte, betrat Helmut die Küche. Er sah schlaftrunken aus.

»Was ist los, mein Schatz? Warum bist du wach?« Er goss sich ein Glas Wasser ein und setzte sich zu ihr an den Küchentisch.

Sie sagte schuldbewusst: »Ich wollte dich nicht wecken. Ich muss an Liselotte denken. Ich will zwar nicht, aber die

Bilder drängen sich unaufhörlich in meinen Kopf und in mein Bewusstsein.«

Helmut nickte. Sarah fuhr fort: »Ich glaube, dass durch diese ganze Geschichte mit dem Privatdetektiv viele alte Gefühle wieder an die Oberfläche gespült werden, die irgendwie mit Geld, Betrug und Angriff zu tun haben.«

»Willst du die Geschichte mit dem Hundertmarkschein hören?« Er machte eine zustimmende Geste und sie begann zu erzählen.

»Du weißt ja, dass Geld immer ein Reizthema für meine Adoptivmutter war, und du weißt auch, dass mein Adoptivvater mit seinem kleinen Lebensmittelladen nicht gerade fürstlich verdiente. Lilo sagte immer, dass zu wenig Geld hereinkäme, und sie maß ihn an Vorstellungen, die er nie hätte erfüllen können. Einer ihrer beliebtesten Aussprüche war: ›Wenn mein Vater mitbekommen würde, dass ich mit einem Mann verheiratet bin, der mir nichts bieten kann, würde er sich im Grab umdrehen.‹ Solche Sätze gab sie bevorzugt am Essenstisch von sich, bei den seltenen Gelegenheiten, als wir zu dritt waren und es eigentlich harmonisch hätte sein können.«

Sarah seufzte. »Mein Vater setzte meiner Mutter nie wirklich etwas entgegen und ich schämte mich für ihn, wenn er schwieg.« Sie überlegte kurz. »Ach, eigentlich habe ich mich für beide Eltern geschämt – für meine Mutter wegen der unpassenden und peinlichen Äußerungen und für meinen Vater wegen seines Schweigens, seiner Wehrlosigkeit und seiner Resignation.«

Helmut blickte sie mitfühlend an.

»Sie ließ keine Gelegenheit aus, um den Lebensstandard unserer kleinen Familie mit dem der Nachbarn und Bekannten zu vergleichen. Immer schnitt unsere Familie dabei schlechter ab als die anderen und immer gab sie meinem Vater die Schuld daran. Als ich in die Pubertät kam, traute ich mich kaum, meine Mutter um Geld für Kleidung oder für die Schule zu bitten.«

Sarah nahm einen Schluck Wasser. »Einmal hatte ich sie um Geld für einen Zeichenblock für die Schule gebeten. Sie war in dem Moment in keiner guten Stimmung, ohrfeigte mich und schrie mich an. ›Wir haben kein Geld, weil dein Vater kein Geld verdient!‹ Ich ging weg und fühlte mich schlecht.«

Sie seufzte. »Und du weißt ja, wie schlecht ich mich sowieso schon auf dem Elitegymnasium gefühlt habe, auf das meine Mutter mich geschickt hat.«

In ihrer Klasse hatten sich hauptsächlich Töchter von Ärzten, Rechtsanwälten und Industriellen befunden und als Adoptivtochter eines Lebensmittelhändlers war Sarah hier ohnehin schon die Außenseiterin. Sie musste sich immer wieder Hänseleien wegen ihrer Kleidung anhören. Die anderen Mädchen trugen Markenkleidung, während Sarah maximal C&A-Kleidung von ihrer Mutter bekam, obwohl diese für sich selbst immer mal wieder Pelzmäntel kaufte.

Sarahs Adoptivvater sah dem allem zu, ohne einzugreifen, und es gab auch sonst niemanden aus der Verwandtschaft, der sich für Sarah eingesetzt hätte. So lernte sie schon früh, mit zweierlei Maß zu messen, was ihren Wert und den Wert ihrer Bezugspersonen anbetraf.

Sie fuhr mit ihrer Erzählung fort. »Du weißt, dass ich oft im Laden meines Vaters mithelfen und auch Kunden beliefern musste. Eines Tages sollte ich ein paar Flaschen Sherry an einen reichen Kunden meines Vaters liefern. Ich bin mit meinem Fahrrad in den Laden gefahren, habe die Sherryflaschen genommen und das Wechselgeld, das mein Vater mir mitgab. Dann fuhr ich zu dem Kunden.

Er war ein gediegener Herr im besten Alter und er begrüßte mich mit den wohlwollenden Worten: ›Na, kleine Sarah, hilfst du deinem Papa wieder fleißig?‹ Ich spürte in jenem

Moment einen Anflug von Scham, obwohl es nichts gab, wofür ich mich hätte schämen müssen. Vielleicht bezog sich das Gefühl auf meinen Vater, dem nichts Besseres einfiel, als seine kleine Tochter mit Alkohol und auf dem Fahrrad zu einem Kunden zu schicken, anstatt diese Arbeit selbst auszuführen oder von jemand anderem ausführen zu lassen.«

Helmut schaute Sarah mit Betroffenheit an. »Erzähl weiter«, sagte er mit seiner ruhigen, klaren Stimme.

»Der Kunde bezahlte mit einem Hundertmarkschein und ich gab ihm das Wechselgeld, das Papa mir mitgegeben hatte. Ich steckte den Hundertmarkschein in das kleine Papiertütchen, in dem sich das Wechselgeld befunden hatte, und verstaute es in meiner Jackentasche. Dann stieg ich wieder auf mein Fahrrad und fuhr durch die herbstliche Landschaft mit vielen bunten Laubhaufen zurück zum Laden.«

»Als ich dort ankam, verlangte mein Vater das Geld. Ich wollte das Tütchen aus meiner Jackentasche ziehen und stellte mit einem Riesenschreck fest, dass es nicht mehr da war. Ich hatte große Angst, denn ich hatte schon mehrmals erlebt, dass mein Vater sehr cholerisch reagieren konnte, wenn er über etwas wütend wurde. Und so geschah es auch in dem Moment. Als er mein erschrockenes Gesicht sah, brüllt er los: ›Wo ist das Geld? Du wirst doch nicht etwa das Geld verloren haben?‹

Ich fing an zu weinen. Mein Vater lief im Laden umher und schimpfte und schrie laut vor sich hin. Dann grifft er zum Telefon und rief Mama an.«

Sie hielt inne. Helmut konnte sehen, wie sie völlig in die Erinnerung eintauchte. Er füllte ihr Wasserglas nach.

»Ich hörte, wie Papa ins Telefon brüllte, dass ich zu dumm sei, um auf das Geld aufzupassen. Dann knallte er den Hörer auf die Gabel und schrie mich an: ›Fahr nach Hause zu deiner Mutter. Und dann such das Geld und bring es mir.‹

Ich stieg schluchzend auf mein Fahrrad und radelte nach Hause. Meine Mutter empfing mich mit einem strengen Blick. ›Was ist passiert?‹, wollte sie wissen. ›Wo ist das Geld?‹ Ich schluchzte und sagte: ›Ich weiß es nicht. Ich glaub, ich hab's verloren.‹ Mama erwiderte: ›Du musst es finden. Dein Vater braucht das Geld. Er wird sehr wütend auf dich sein, wenn du es ihm nicht bringen kannst.‹

Ich war verzweifelt. Wie sollte ich das Geld finden? Es gab so viele Laubhaufen in dem Park und inzwischen hatte es auch angefangen zu regnen. Das interessierte Mama aber nicht und sie kam auch nicht auf die Idee mitzukommen. Ich stieg wieder auf mein Fahrrad. Einerseits glaubte ich nicht, dass es möglich sei, das Geld in den vielen Laubhaufen zu finden, andererseits hatte ich schreckliche Angst, wenn ich mir vorstellte, ohne das Geld zu meinem Vater zu kommen.«

Helmut schüttelte den Kopf. Sarah konnte Empörung in seinem Gesicht sehen. Er sagte: »Ich verstehe einfach nicht, wie eine Mutter so kalt sein kann.«

»Der Regen tröpfelte auf mich herab und langsam wurde es auch noch dämmrig. Ich versuchte, mich zu konzentrieren, und betete: ›Bitte, bitte, lieber Gott, hilf mir, das Geld zu finden. Ich muss es finden.‹

Im Park angekommen, stieg ich vom Fahrrad ab und suchte angestrengt den feuchten, mit Laub bedeckten Boden ab. Eine Frau beobachtete mich und fragte, was ich da tue. Ich antwortete: ›Ich habe einen Hundertmarkschein in einem Tütchen verloren. Das Geld ist für meinen Vater. Ich muss das Tütchen wiederfinden, sonst ist mein Vater ganz böse.‹ Die Frau reagierte betroffen und sagte mir, dass sie mir helfen würde. Sie fragte mich, ob ich mich erinnern könne, wo ich das Tütchen verloren hatte, aber ich konnte mich nicht erinnern. Ich bemerkte aber an dem Verhalten der Frau, dass sie nicht daran glaubte, dass wir das Geld wiederfinden würden.«

Sarahs Augen füllten sich mit Tränen und Helmut strich ihr zärtlich übers Haar.

»Wir durchwühlten eine Zeit lang die feuchten Laubhaufen im Park. Es war klar, dass die Chance, das Tütchen mit dem Geld in einem der Haufen zu finden, gegen null ging. Nach einer halben Stunde Suchens und zunehmender Dunkelheit sagte die Frau vorsichtig zu mir, dass es vielleicht besser wäre, jetzt aufzuhören. ›Du solltest langsam nach Hause fahren. Es wird schon dunkel.‹ Ich war verzweifelt. Meine Gedanken überschlugen sich. Was sollte ich der Frau sagen? Dass ich panische Angst davor hatte, nach Hause zurückzukehren? Dass ich Angst hatte, dass mein Vater schreien und meine Mutter mich womöglich schlagen würde? Ich wusste, dass ich der Frau das unmöglich erzählen konnte. Ich schämte mich viel zu sehr dafür.«

Sie blickte Helmut in die Augen. »Weißt du, ich hatte oft das Gefühl, keine ›normalen‹ Eltern zu haben, und ich schämte mich, weil alles so unnormal war.«

Ihr Ehemann nickte. »Das ist verständlich, Sarah. Irgendwie musstest du mit der Situation umgehen. Du konntest ja als Kind nicht deine Koffer packen und ausziehen.«

Sarah erwiderte traurig: »Nein. Das konnte ich nicht.« Sie seufzte. »Ich bedankte mich bei der Frau für ihre Hilfe und stieg wieder auf mein Fahrrad. Dann radelte ich langsam aus dem Park hinaus und die Straße entlang. Ich war so verzweifelt und hoffnungslos. Am liebsten wäre ich einfach verschwunden. Ohne das Tütchen nach Hause zurückzukehren, erschien mir schrecklich, aber was sollte ich sonst tun?

Ich fuhr langsam den Weg entlang, schwankend zwischen Resignation und der Hoffnung auf ein Wunder. Mir war kalt und ich wünschte mir voller Inbrunst, dass irgendein Zauberer mich einfach aus der Situation erlösen würde. Je näher ich meinem Elternhaus kam, desto weiter wünschte ich mich weg. Aber wohin sollte ich gehen? Ich hatte ja nur diese Eltern.

Und plötzlich, du wirst es nicht glauben, entdeckte ich etwas Weißes auf dem Boden, schon halb durchnässt vom Regen. Ich stieg vom Fahrrad ab und hob es vom Boden auf. Ich traute meinen Augen nicht – es war das Tütchen, MEIN Tütchen. Ich machte das nasse Tütchen vorsichtig auf, und sah, dass der Hundertmarkschein noch darin war. Mein Herz hüpfte vor Aufregung.

Ich brauchte einen Moment, um zu verstehen, dass ich tatsächlich die Stecknadel im Heuhaufen gefunden hatte. Dann dachte ich: ›Jetzt kann ich endlich wieder nach Hause fahren.‹

Ich hatte das Unmögliche geschafft – ich hatte das Tütchen wiedergefunden. Mein Vater würde nicht schreien und meine Mutter würde mich nicht schlagen. Heute Abend zumindest wäre der Familienfrieden gesichert. Voller Schwung stieg ich wieder auf mein Fahrrad und fuhr heim.

Zu Hause angekommen, zeigte ich meiner Mutter das Tütchen. Ich weiß noch genau, wie sie reagierte. Sie sagte, sie müsse sofort den Vater anrufen, um ihn zu beruhigen. Nachdem sie das getan hatte, war normales Abendprogramm angesagt. Hände und Gesicht waschen, Abendbrot, Zähneputzen und ins Bett gehen – ohne ein anerkennendes Wort. Aber ich erwartete auch kein Lob. Ich war schon froh, wenn die Katastrophe vorbeizog und meine Eltern in einem normalen Zustand blieben.«

»Aber das war nicht an der Tagesordnung, oder?«

»Nein, war es nicht. Von sieben Wochentagen gab es an mindestens vier Tagen irgendwelche Probleme und familiären Verstimmungen. Es war sehr schwierig für mich, die Auslöser zu erkennen, aber ich bemühte mich sehr, Anzeichen vorherzusehen und mich dann ganz brav und ruhig zu verhalten – in der Hoffnung, das drohende Gewitter möge vorbeiziehen.«

Sie nahm noch einen Schluck Wasser und fuhr fort: »Weißt du, Lilo war einfach unberechenbar für mich. An guten Tagen machte sie Scherze und sagte mir, dass ich ein hübsches, begabtes Kind sei und alles, was sie habe. An schlechten Tagen sagte sie, dass ich an ihrem Unglück schuld sei und dass sie Papa schon lange verlassen hätte, wenn es mich nicht gäbe. Ich hörte ihr jedes Mal aufmerksam zu, bemüht, den Sinn in ihren Worten zu verstehen. In meinem Inneren regte sich in solchen Momenten die Frage: ›Ja, aber warum hast du mich denn dann adoptiert?‹ Ich hätte jedoch niemals gewagt, diese Frage offen zu stellen, aus Angst die Mutter zu verärgern oder womöglich einen Wutanfall mit Schlägen zu provozieren.«

Helmut nickte nachdenklich.

»Wenn sie schlug, war sie völlig außer sich. Sie benutzte irgendwelche Küchengegenstände und ich war nur damit beschäftigt, meinen Kopf zu schützen, um Verletzungen zu verhindern. Nach den Anfällen ging sie türeschlagend in den Keller, in dem sie sich dann erst einmal eine Weile aufhielt, um sich wieder zu beruhigen. Dort gab es ein ganzes Arsenal von Süßigkeiten, Alkohol und Tabletten, die sie reichlich konsumierte. Wenn sie sich da unten aufhielt, war es ratsam, sie auf keinen Fall zu stören, denn sonst konnte ein weiterer Wutanfall die Folge sein.«

»Und hat denn niemand von den Nachbarn jemals etwas bemerkt? Oder von deinen Verwandten? Haben die alle weggeschaut?«

Sarah nickte traurig. »Ja, ich glaube, niemand wollte es wahrhaben.« Sie schluckte und fuhr fort: »Ich hätte es ja auch niemandem erzählt. Es war zu schlimm. Ich bemühte mich in solchen Situationen, mich alleine in meinem Zimmer zu beschäftigen und den Gefühlsaufruhr in meinem Inneren irgendwie selbst wieder zur Ruhe zu bringen. Ich bastelte, malte, häkelte oder spielte mit meinen Puppen. Es herrschte dann eine unheimliche Ruhe im Haus, eine Grabesstille, die mir Angst machte. Es gab jedoch niemanden, dem ich meine Angst hätte mitteilen können. Manchmal erzählte ich meinen Puppen davon oder betete, dann fühlte ich mich getröstet.«

Helmut nahm sie in den Arm und sagte mit fester Stimme: »Mein Gott, wie verlassen du warst! Du musstest mit deinen Ängsten ganz alleine zurechtkommen. Ich bin so froh, dass du mir jetzt all das erzählen kannst und dass ich für dich da sein kann.«

Sarah schmiegte sich an ihn und fühlte sich vollkommen geborgen.

Loredana — August 1990-Mai 1991

Es war heiß im Auto. Als Loredana das Schild mit der Aufschrift ›Zaragoza‹ sah, wusste sie, dass sie ungefähr die Hälfte der Strecke geschafft hatten. Sie und Sergio waren unterwegs von Madrid an die Costa Brava. Sie wollten die Sommerferien im Haus seiner Eltern in Pals verbringen. Alejandro war von María schon vor einer Woche abgeholt worden.

Sie kamen auf der Landstraße gut voran. Loredana freute sich einerseits auf den Urlaub, andererseits bedrückte sie die Lebenssituation ihrer kleinen Familie. Immer wieder gab es Streit zwischen ihr und Sergio und dauernd überlegte sie, wo der Ausweg war. Alle Möglichkeiten, die ihr in den Kopf stiegen, fühlten sich nach kurzem Überlegen wie Sackgassen an.

So war ihr klar, dass sie, sollte sie sich entscheiden, sich von Sergio zu trennen, in Madrid als alleinerziehende Mutter mit einem zehnstündigen Arbeitstag in der Kanzlei Enrique Martín auf Dauer keine Überlebenschancen haben würde.

Die Möglichkeit, mit Alejandro zu ihren Eltern zu ziehen, schied ebenfalls aus. Ihr Vater war bereits gestorben und mit ihrer Stiefmutter verband sie fast nichts mehr.

Immer wieder überlegte sie, ob es sinnvoll wäre, von Madrid nach Pals umzuziehen. Sergio bekniete sie ohnehin schon seit Jahren mit dieser Idee. Er wollte gerne in der Nähe seiner Familie sein und er sagte ihr immer wieder, wie viel Hilfe sie dort mit Alejandro haben würden. Sie hatte sich bislang geweigert, weil sie Angst hatte, von Sergios Familie vereinnahmt zu werden.

Nach sechs Ehejahren, von denen die letzten drei zermürbend gewesen waren, wollte sie jedoch einfach nur, dass etwas weiterging, dass sich etwas an der festgefahrenen Situation, in der sie mit ihm in Madrid lebte, veränderte, denn so wie bisher konnte es einfach nicht mehr weitergehen.

Er hatte sich in der letzten Zeit sogar bemüht, abends weniger oft auszugehen und mehr zu Hause zu sein, aber es nutzte der Ehe nichts mehr. Sie hatte das Gefühl, dass einfach schon zu viel Porzellan zerschlagen worden war, und bezweifelte, dass es noch einmal ein Zurück geben würde. Sie dachte: »Vielleicht wäre es gut, nach Pals zu ziehen, um einfach Bewegung in diese Starre zu bringen.«

Als sie Sergio nach ein paar Wochen ihre Überlegungen mitteilte, war er sofort einverstanden. Noch vor Weihnachten entschieden sie, im kommenden Frühjahr nach Pals umzuziehen. Loredana sah der großen Veränderung in ihrem Leben mit gemischten Gefühlen entgegen, aber die Erleichterung darüber, aus der festgefahrenen Situation in Madrid auszubrechen, überwog ihre Ängste.

Ein paar Wochen vor dem geplanten Umzugstermin überraschte Sergio sie mit der Nachricht, dass ihn seine Firma für ein halbes Jahr nach München versetzt hätte. Sie fiel aus allen Wolken. Er versuchte sie auf seine gewohnte Art zu ›beruhigen‹. »No pasa nada, bonita – ist doch nichts dabei, Liebes«, sagte er zu ihr. Wütend entgegnete sie: »Doch, Sergio, und zwar allerhand. Nämlich, dass ich wieder mit allem alleine bin, mit dem Umzug, mit dem Kauf der Wohnung, die wir uns in Pals angeschaut haben, von der Eingewöhnung in die neue Umgebung, dem neuen Arbeitsplatz und der Anpassung an deine Familie einmal abgesehen.«

Sergio ging – wie meistens – nicht auf sie ein. Er wiegelte weiter ab, bis Loredana das Gespräch beendete. »Für ihn ist es wieder super – er ist weit weg in München, während ich in Pals wahrscheinlich an mehreren Fronten Schwerstarbeit leisten muss«, dachte sie.

Selbst sein Vorschlag, an dem Abend schön essen zu gehen, stieß bei Loredana auf keinerlei Gegenliebe. »Du kannst ja gehen. Ich esse lieber zu Hause.« Woraufhin er sich herabließ, im Supermarkt einkaufen zu gehen und ein Abendessen zu kochen. Dieses verlief schweigsam, wie immer, wenn sie sich nicht stritten oder über Nichtigkeiten unterhielten, denn auf beides hatte Loredana an diesem Abend keine Lust. Ihr Kopf war voll von Gedanken über alles, was in der neuen Lebenssituation auf sie zukommen würde, und sie konnte und wollte diese Gedanken nicht mehr mit Sergio teilen. Wozu auch? Er war ja sowieso nicht da.

Eine Frage schoss ihr allerdings noch durch den Kopf und diese stellte sie ihm auch: »Mein Lieber, von wem ist die Idee mit der Versetzung eigentlich ausgegangen?«

Er schaute sie überrascht an. »Na, von meinem Chef natürlich.«

»Und hast du ihm nicht erzählt, wie deine familiäre Situation ist? Dass wir gerade dabei sind umzuziehen und dass ich dann in Barcelona völlig auf mich gestellt bin?«

Sergio schwieg betreten. Dann sagte er monoton: »Nein, das hätte ja auch sowieso nichts genutzt.«

Vier Wochen später stand der Umzugswagen vor der Tür. Der Abschied von Madrid fiel Loredana nicht schwer. Die einzige Person, die ihr wirklich nahestand, war Marisa, und sie wusste, dass sie den Kontakt mit ihr auch weiterhin halten würde. Enrique Martín verabschiedete sie mit süffisanten Worten – sie hatte nichts anderes von ihm erwartet.

Loredana hoffte von ganzem Herzen, dass es in Barcelona leichter werden würde. Sie hatte eine Stelle gefunden in einer großen Firma, die eine Assessorin für ihre Rechtsabteilung suchte. Die neue Position bedeutete eine berufliche Weiterentwicklung und sie freute sich auf die Herausforderung, die auf sie zukam. Gleichzeitig aber hatte sie auch ein wenig Angst vor dem Firmenwechsel und fragte sich, wie sie wohl mit den neuen Kollegen zurechtkommen würde. Bei ihrem neuen Arbeitgeber handelte es sich um eine Motorenfabrik, in der hauptsächlich Männer arbeiteten. Sie konnte sich ausmalen, dass das Betriebsklima in einem solchen Unternehmen ganz anders sein würde als in einer renommierten Madrider Kanzlei und sie hoffte, dass ihr die Umstellung gut gelingen würde.

Loredana und Sergio hatten eine Wohnung in Pals gekauft, dem kleinen Dorf an der Costa Brava nördlich von Barcelona, in dem Sergios Familie lebte – genau genommen lag die Wohnung direkt gegenüber dem Haus von Loredanas Schwiegermutter. Von dieser war auch der Vorschlag zum Kauf dieser Wohnung gekommen – mit dem Hinweis, dass es dann für sie leichter wäre, auf Alejandro aufzupassen, da keine weiten Wege zurückzulegen wären.

Loredana konnte sich noch gut an den Tag erinnern, als sie mit Sergio und den Besitzern die Wohnung angeschaut hatten. Sie war ihr eigentlich zu klein und zu dunkel und befand sich zu sehr in der Nähe der vielbefahrenen Durchgangsstraße, von der Nähe zur Schwiegermutter und einer Schwägerin, die im selben Haus wohnte, einmal ganz abgesehen. Aber sie wollte keine weiteren Komplikationen. Sie wollte nur, dass jetzt endlich etwas voranging, und hatte deshalb dem Kauf zugestimmt, obwohl ihr die Wohnung nicht gefiel. Sergio interessierte das ohnehin nicht. Er war zufrieden damit, dass er endlich wieder in der Nähe seiner Familie war, alles Weitere ließ ihn unberührt.

Die ersten Tage in der neuen Umgebung kamen Loredana irgendwie unwirklich vor. Ihr Mann war seit einer Woche in München und Alejandro war viel bei seiner Großmutter. Diese fragte Loredana dann auch gleich, ob er nicht weiterhin bei ihr wohnen könne, dann wäre es für sie leichter, als wenn sie ihn jeden Morgen um halb sieben bei Loredana abholen müsse, bevor diese zur Arbeit fuhr. Loredana konnte die Argumente ihrer Schwiegermutter nachvollziehen und sie sah auch ein, dass es für Alejandro und letztlich auch für sie selbst bequemer wäre. Gleichzeitig würde es jedoch auch bedeuten, dass sie und ihr Sohn sich noch mehr voneinander entfernten. Aber nach den harten Jahren in Madrid an der Seite eines Mannes, der sie nicht unterstützte, hatte sie keine Kraft mehr, sich zu widersetzen. So nahm sie Marías Vorschlag an.

Alejandro hatte zwar ein eigenes Zimmer in ihrer Wohnung, aber er war selten dort. Meist ging Loredana ins Haus der Schwiegermutter, um mit ihrem Sohn zusammen zu sein. Auf gewisse Weise fühlte es sich falsch an, aber sie wusste nicht, wie sie es hätte ändern sollen.

Die Abwicklung des Wohnungskaufes erwies sich als komplizierter als angenommen. Loredana wartete noch auf die Zurückzahlung des Geldes, das sie in Madrid angelegt hatte und das nun als Anzahlung für die neue Wohnung genommen werden sollte. Die Überweisung war längst überfällig und die Besitzer der neuen Wohnung wurden ungeduldig.

Es war für sie sicher ungewöhnlich, mit einer Frau zu tun zu haben, und sie hätten sich wahrscheinlich leichter getan, mit Sergio zu verhandeln. Die Zusammenkünfte mit ihnen waren für Loredana oft unangenehm. Die beiden – ein Ehepaar – behandelten sie mit Distanz und Misstrauen. Oft war sie nach solchen Treffen wütend auf Sergio, darauf, dass er sie so alleine ließ, wo er doch ganz genau um die Mentalität der Ortsansässigen wusste. Wenn Loredana ihm am Telefon von diesen Treffen und ihren Gefühlen erzählte, hörte sie von ihm immer dasselbe: »No pasa nada – alles halb so wild.« oder »Pasa olímpicamente – das kann dir doch gleichgültig sein.« Am Ende hatte sie schon gar keine Lust mehr, ihn an ihren Sorgen teilhaben zu lassen. Wozu auch? Ihm fiel ja sowieso nicht viel dazu ein.

Endlich war das Geld aus Madrid überwiesen worden und der Notartermin konnte stattfinden. Sergio kam für diesen Termin aus München angereist, schließlich kauften sie die Wohnung auf beider Namen. Fast wie der Anflug einer Ahnung ging es Loredana kurz vor dem Termin durch den Kopf, ob es nicht doch besser wäre, die Wohnung nur auf ihren Namen schreiben zu lassen. Aber der gemeinsame Kauf war beschlossene Sache und sie wollte die Entscheidung nicht im letzten Moment kippen.

Als Sergio und sie zur Kanzlei des Notars gingen, hatte Loredana zwar ein komisches Gefühl, aber sie wagte nicht, diesem nachzugeben. Zu gut hatte sie verinnerlicht, dass Pflichtgefühl über momentan auftauchenden Gefühlsregungen zu stehen habe. Das hatte ihre Stiefmutter ihr immer wieder vermittelt.

Sie war eine Frau, die ihr ganzes Pflichtgefühl brauchte, um die Ehe mit ihrem Mann aufrechterhalten zu können, eine Ehe, die in Wirklichkeit schon lange keine mehr war. Loredana überlegte oft, ob ihre Eltern sich jemals geliebt hatten. Ihr Vater war Bürgermeister des Dorfes gewesen, in dem sie an der Costa Brava lebten. Sein Beruf war mit einem gewissen Prestige verbunden und er hatte auch öfters verreisen müssen, sodass Stiefmutter und Tochter oft alleine waren.

Sie hatte diese Zeiten als trostlos in Erinnerung und hatte sich oft gewünscht, ihre leibliche Mutter würde noch leben. Aber diese war früh gestorben und ihr Vater hatte ihr gesagt, dass sie ›brav‹ sein und ihrer Stiefmutter immer gehorchen solle. Diese war eine Frau, die ihre Augen vor allem verschloss, was sie nicht sehen wollte. Einmal hatte sie zu ihr gesagt: »Weißt du, vielleicht hat es andere Frauen für deinen Vater gegeben. Aber ich war immer seine Ehefrau. Das ist so, wie wenn es in einer Stadt mehrere Kirchen gibt. Aber es gibt nur eine Kathedrale. Und die war ich.«

Loredana war Jugendliche gewesen, als sie diese Worte gehört hatte. Sie hatte sie damals nicht verstanden und sie verstand sie auch heute nicht. Wie konnte ihre Mutter behaupten, dass sie ›die Kathedrale‹ sei, und daraus ein Gefühl wie Stolz ableiten, wo doch das natürliche Gefühl Ärger auf ihren Mann hätte sein müssen? Loredana konnte sich das nur so erklären, dass ihre Mutter sehr streng katholisch erzogen worden war und gelernt hatte, dass eine Frau ›alles verzeihen‹ und ihrem Mann stets zu Diensten sein müsse. Der bloße Gedanke daran erzeugte Übelkeit in ihr.

Ein bisschen bedauerte sie auch, mit ihrem Vater nie über all diese Dinge gesprochen zu haben. Sie erinnerte sich an ihn mit Liebe, aber auch mit vielen Fragezeichen. Über seine erste Ehe mit Loredanas leiblicher Mutter hatte er nie gesprochen.

Mit diesen Gedanken war sie beschäftigt, während sie mit Sergio zur Kanzlei des Notars lief. Sie dachte: »Und obwohl ich mich immer so gegen die Ideologie meiner Stiefmutter verwehrt habe, gehe ich doch hier an der Seite eines Mannes, von dem ich nicht genau weiß, ob ich ihn noch liebe, zu einem Termin, von dem ich nicht weiß, ob ich ihn wahrnehmen will, um eine Wohnung zu kaufen, die ich eigentlich auch nicht will.«

Es kam ihr vor, als laufe ein zweites Ich neben ihr her, das die ganze Situation beobachtete und kommentierte. Loredana sah sich wie von außen. Sie kannte dieses Gefühl aus vielen Situationen, die in Zusammenhang mit ihrem Mann standen. Wie meistens bemerkte Sergio nicht, dass etwas in ihr vorging. Er war zu sehr mit sich selbst beschäftigt, um sich wirklich für seine Frau zu interessieren. Sein Gesicht drückte Selbstzufriedenheit und eine Spur von Arroganz aus – wie so oft. Er war im Begriff, das zu bekommen, was er wollte – eine Wohnung gleich gegenüber von dem Haus seiner Mutter. Sein bequemes Leben für die nächsten Jahre war gesichert.

Die Sekretärin führte sie in ein muffiges, nach abgestandenem Rauch und viel altem Papier riechendes Büro. Der Notar selbst war mittleren Alters und hatte die gelangweilte Attitüde eines Mannes, der seine Schäfchen bereits im Trockenen hat.

Sergio übernahm sofort die Führungsrolle in der Situation, obwohl sie die Wohnung von Loredanas Ersparnissen kauften. Auch das registrierte sie mit Unbehagen, wusste jedoch nicht, wie sie diesem Gefühl Ausdruck hätte verleihen sollen. Die Männer begannen, auf eine kumpelhafte Art und Weise über Fußball zu reden, und sie fragte sich, warum sie sich in solchen Situationen immer wieder in die zweite Reihe stellen ließ. Sie fühlte sich dann oft wie ein kleines Kind, dem die Eltern sagen, dass es warten muss. Ein heißes Gefühl stieg aus ihrem Inneren an die Oberfläche. War es Wut? Oder Ärger? Auf jeden Fall war es ein intensives Unbehagen, das sie verspürte.

Der Notar und Sergio hatten ihre Plauderei beendet und das Verkäuferehepaar war inzwischen auch eingetroffen. Wie selbstverständlich übernahm der Mann der Verkäuferin die Gesprächsführung, obwohl die Wohnung seiner Frau gehörte.

Loredana dachte: »Was für eine skurrile Situation – eigentlich müsste diese geschäftliche Transaktion zwischen uns beiden Frauen abgewickelt werden. Sie hat die Wohnung, ich habe das Geld – und trotzdem tun die Männer so, als wären sie die Hauptpersonen.«

Nach einigem Hin und Her waren die Verträge unterzeichnet und sie verließen die Kanzlei als frischgebackene Wohnungsbesitzer. Sergio schlug vor, das Ereignis irgendwo zu feiern, aber Loredana war nicht nach feiern zumute. Wie so oft befand sie sich in der Zwickmühle, Sergios Wünschen nachzugeben, sich dann aber schlecht zu fühlen, oder ihre eigenen Bedürfnisse zu äußern, woraus aber ebenfalls schlechte Gefühle oder zumindest ein schlechtes Gewissen resultieren würden, denn Sergio würde auf seine gewohnte, leicht beleidigte Art und Weise reagieren, wenn sie ihm sagte, dass sie nicht dasselbe wollte wie er.

Sie dachte: »Warum habe ich in dieser Ehe immer nur die Wahl zwischen zwei Möglichkeiten, die ich beide nicht will? Warum muss ich mich immer entscheiden zwischen zwei Dingen, die beide nicht wirklich stimmig sind? Ich will mich doch einfach nur gut fühlen.«

Sarah November 2007

Fünf Monate später fand die zweite Verhandlung gegen die Bank statt. Es sollten insgesamt fünf Zeugen der Bank gehört werden.

Eine Woche vorher führte Sarah ein Telefonat mit Frau Gebert, bei dem sie sich selbstbewusster fühlte als bei den vorherigen Gesprächen mit der unnahbaren Frau. Sie sagte:

»Frau Gebert, ich erwarte, dass wir diesen Termin gewinnen.« Am nächsten Tag teilte ihr die Anwältin mit, dass sie krank sei. Sie konnte kaum sprechen. Eine Kollegin würde sie vor Gericht vertreten. Sarah dachte: »Irgendwie soll das wohl so sein. Eine andere Anwältin mit mehr Klarheit und Biss kann meiner Sache nur nützlich sein.«

Als sie am Verhandlungstag Frau Messing, die Kollegin von Frau Gebert, auf dem Gang vor dem Gerichtssaal begrüßte, spürte sie sofort, dass die Anwältin aus anderem Holz geschnitzt war. Sie wirkte klar, ohne Schnickschnack und Allüren und ganz auf die Sache konzentriert. »Ja, mit dieser Frau kann ich zusammenarbeiten«, dachte Sarah und nach einem ersten kurzen Gespräch merke sie, dass sie Frau Messing vertraute – mehr, als sie Frau Gebert vertraut hatte.

Sie musste auf der Bank vor dem Gerichtssaal warten. Helmut durfte der Verhandlung beiwohnen. Sie war schon gespannt, was er ihr später erzählen würde. Nach drei Stunden traten die Beteiligten nacheinander auf den Gang hinaus. Die Zeugen der Bank, die Sarah alle gut kannten, grüßten sie nicht. Sie selbst verspürte allerdings auch keinerlei Impuls, mit diesen Menschen in Kontakt zu treten.

Frau Messing trat auf sie zu. »Es ist gut gelaufen. Wir haben einige massive Widersprüche in den Aussagen aufgedeckt und herausgefunden, dass die Zeugen des Geldinstitutes von ihrem Anwalt präpariert wurden. Nun müssen wir abwarten, was der Richter entscheidet.« Dann verabschiedete sie sich mit einem aufmunternden Händedruck von Sarah.

Helmut und sie verließen das Gerichtsgebäude und beschlossen, irgendwo zum Mittagessen hinzugehen. Als sie am Tisch saßen, sagte Sarah: »Leg los. Ich bin total gespannt.«

Er holte tief Luft und berichtete: »Also, es war extrem spannend. Diese Frau Messing ist um Welten besser als Frau Gebert. Sie hat wirklich Biss und hat die Zeugen der Bank zerpflückt. Sie hat gute Fragen gestellt und ist richtig in die Tiefe gegangen. Eine Zeugin behauptete, alle Transaktionen würden in ein Kassenbuch eingetragen, dessen Einträge vier Wochen danach gelöscht würden. Eine andere Zeugin behauptete, die Einträge in diesem Kassenbuch würden erst ein halbes Jahr nach Vermerk gelöscht.«

Er fuhr sich durch die Haare und fuhr fort: »Derjenige, der behauptet hatte, dass er in Urlaub gewesen sei, als du das erste Gespräch mit ihm gehabt hattest, und der darüber ja sogar eine Aktennotiz erstellt haben sollte, wusste plötzlich weder von dem Urlaub noch von der Aktennotiz etwas.«

Sarah holte Luft. Wut stieg in ihr hoch. »Das gibt es doch nicht, dass die alle so lügen und dann auch noch von ihrem Anwalt präpariert wurden. Die haben mir gegenüber also tatsächlich nach dem Motto agiert ›Angriff ist die beste Verteidigung‹.«

Sie nahm einen Schluck Apfelsaftschorle und fuhr fort: »Und deshalb haben sie versucht, mich einzuschüchtern und mir anzudrohen, mich wegen Prozessbetrugs zu verklagen.«

Helmut nickte langsam.

Sarah sprach weiter: »Erinnerst du dich noch an die ungute Situation auf dem Gang des Gerichts, als Frau Gebert so schroff mit mir geredet hat und ich mich fast gedrängt gefühlt habe aufzugeben?«

Er nickte erneut.

»Gott sei Dank habe ich es nicht getan. Gott sei Dank bin ich meiner inneren Stimme und Wahrheit gefolgt und habe entschieden, den Prozess fortzusetzen. Trotzdem muss ich sagen, dass ich geschockt bin angesichts des Ausmaßes an Unverfrorenheit und Verlogenheit des gegnerischen Anwaltes und des Geldinstitutes.«

Sarah bekam in diesem Moment eine Ahnung von der internen Struktur solcher Geldinstitute. Als ein Jahr später die Finanzkrise die Republik erschütterte, verstand sie sehr genau, wie es dazu hatte kommen können, denn sie hatte die

Skrupellosigkeit, Kälte und Menschenverachtung, die anscheinend in einigen Banken herrschte, am eigenen Leib erfahren müssen.

Helmut fuhr fort: »Es traten immer mehr Widersprüche auf und der gegnerische Anwalt, der beim ersten Prozesstermin noch so arrogant aufgetreten war, ist immer kleiner geworden. Es war ein deutliches Unbehagen bei den Vertretern der Bank spürbar – und übrigens auch beim Richter. Er hatte sich wohl erhofft, dass sich die Tendenz vom ersten Prozesstag fortsetzen würde und er ein einfaches Urteil fällen könne. Aber das war mitnichten der Fall. Ich bin total gespannt, wie er jetzt reagiert.«

Mit dieser Verhandlung war die Beweisaufnahme abgeschlossen. Der Termin für die Urteilsverkündung war in sechs Wochen anberaumt. Jetzt hieß es hoffen und warten.

Vier Wochen darauf kam ein Schreiben des Richters, in dem er mitteilte, dass die Glaubwürdigkeit des Geldinstituts zwar erschüttert sei, aber die Beweislage in seinen Augen nicht eindeutig genug, um zu einem Urteil zu gelangen. Er bat Sarahs Anwältin um Stellungnahme.

Kurz darauf hatte Sarah einen Termin bei Frau Gebert. Sie hätte viel lieber mit Frau Messing gesprochen, doch Frau Gebert war ja immer noch ihre Anwältin, was Sarah missfiel.

Nach ein paar einleitenden Worten sagte die Anwältin: »Wir haben die Bank ganz schön zerlegt.«

Sarah dachte: »Du hast gar nichts gemacht. Deine Kollegin hat die Zeugenaussagen zerpflückt, nicht du.« Dann sagte sie: »Warum ist Frau Messing bei diesem Gespräch nicht dabei? Sie hat doch die Zeugen bei der letzten Verhandlung befragt.«

Frau Gebert nickte zögerlich. Ihr Unbehagen war offensichtlich. »Ja, vielleicht kommt sie später noch dazu. Sie hat momentan einen anderen Termin.«

»Das ist aber ungünstig. Ich hätte sie gerne bei dem Gespräch dabei.«

Die Anwältin stand abrupt auf. »Ich werde schauen, wo sie ist.« Nach fünf Minuten kam sie zurück und teilte Sarah mit, dass die Kollegin in Kürze zu dem Gespräch hinzustoßen werde.

Als diese kam, erkannte Sarah sofort an ihrem Gesichtsausdruck, dass sie die Dynamik der Gesprächssituation erfasste. Sie merkte auch, wie unbehaglich Frau Gebert sich fühlte, als sich Sarah bei Frau Messing für die Vertretung beim letzten Prozesstermin bedankte. Nachdem sie kurz das weitere Vorgehen besprochen hatten, schaute sie auf die Uhr und sagte: »So, dann wären wir ja durch. Wir schreiben eine Stellungnahme, in der wir alle wichtigen Widersprüche aufführen, und senden diese nach Überprüfung durch Sie, Frau Breuner, ans Gericht.«

Sarah ging das alles zu schnell, aber Frau Gebert war schon aufgestanden und Frau Messing traute sich offensichtlich nicht, ihrer Kollegin zu widersprechen.

Als sie auf die Straße hinaustrat, schien die Sonne. Sie dachte: »Wenn alle Anwälte so arbeiten wie Frau Gebert, dann wundert mich die Unzufriedenheit der Mandanten nicht«, und verspürte auch einen Ärger über sich selbst, weil sie nicht noch andere Anwälte konsultiert hatte, bevor sie sich für die Zusammenarbeit entschieden hatte.

Loredana

Mai-Juni 1991

Ihr erster Arbeitstag in der Motorenfabrik war abenteuerlich. Loredana hatte entschieden, die 50 km einfache Strecke mit dem Zug zurückzulegen, und hatte sich eine Thermoskanne Kaffee für den Weg mitgenommen. Als sie die Kanne öffnete, schaukelte der Zug und ein Teil des Kaffees ergoss sich über ihre elegante beige Wildlederhose. »Das fängt ja gut an«, dachte sie. Ihre Gefühle waren gemischt. Auf der einen Seite freute sie sich über die Möglichkeit der beruflichen Weiterentwicklung und auf die Herausforderungen, die auf sie zukommen würden, auf der anderen Seite hatte sie Angst. Würde sie in dem neuen Umfeld zurechtkommen? Wie würden die katalanischen Männer auf eine Frau aus Madrid reagieren?

Als sie in Cornellà aus dem Zug stieg, umfing sie eine deprimierende, graue Atmosphäre. Was für ein Unterschied zu der belebten Straße in Madrid, in der sich die Kanzlei von Enrique Martín befunden hatte, mit Restaurants, Bars, Geschäften und einer pulsierenden Lebendigkeit. Von dieser konnte hier in Cornellà, einer Trabantenstadt von Barcelona, gar keine Rede sein. Außer Grau sah Loredana vorerst keine andere Farbe und die wenigen Menschen, die auf der Straße waren, sahen nicht lebenslustig und erwartungsfroh wie die Madrilenen aus, sondern müde und abgekämpft.

Sie hatte ein Stück zu laufen, bis sie in der Fabrik ankam. Es kostete sie einige Mühe, das Sekretariat zu finden. Als sie schließlich dort ankam, wurde sie von einer mürrischen, unfreundlichen Sekretärin empfangen. Auf Loredanas Bitte hin, sie dem Chef zu melden, musterte die Frau sie von oben bis unten und bedeutete ihr zu warten. Loredana dachte, dass sich der Tag nur steigern könne, und nahm auf dem verschlissenen Sofa Platz, das auch schon bessere Zeiten erlebt hatte.

Nach zehn Minuten öffnete sich die Tür des Chefs und er kam mit einem breiten Lächeln auf Loredana zu. »Sra. Sánchez, ich bin sehr erfreut, Sie hier in meiner bescheidenen Firma begrüßen zu dürfen«, waren seine ersten Worte. Loredana fragte sich, ob diese nun ernst gemeint oder ironisch waren, und beschloss, sich erst einmal diplomatisch zu verhalten. Julio González bat sie in sein Büro. Er bot ihr einen

Kaffee an und erklärte ihr dann einige grundsätzliche Dinge zur Fabrik. Nachdem er seinen Vortrag beendet und Loredana vorerst keine Fragen hatte, rief er den Mann, der Loredanas unmittelbarer Vorgesetzter sein sollte – Flavio Comajuan. Als der große, kräftige Mann das Büro des Chefs betrat, veränderte sich die Atmosphäre im Raum. Mit ihm kam ein frischer Wind durch die Tür, er strahlte Dynamik und ein Packen-wir's-an-Gefühl aus.

Flavio Comajuan schaute Loredana neugierig an. Dann warf er sich in die Brust und erklärte ihr in einer Art Kurzvortrag die Struktur der Rechtsabteilung, die er leitete und für die sie arbeiten sollte. Julio González verfolgte die Ausführungen mit amüsiertem Blick. Als ihr zukünftiger Vorgesetzter seine Einführung beendet hatte, sagte er: »Bring sie an ihren Arbeitsplatz, Flavio.«

Sie gingen nebeneinander über den grauen Fabrikinnenhof zu dem Gebäude, in dem sich die Rechtsabteilung befand. Auf dem Weg sagte er zu ihr: »Sie können mich duzen. Wir duzen uns hier alle. Ich bin Flavio.« Sie nahm seine angebotene Hand. »Ich bin Loredana.«

Das Gebäude, das die Rechtsabteilung beherbergte, erwies sich als ein moderner Billigbau. Es gab dort ein Großraumbüro und verschiedene kleine Büros, die durch Glasscheiben voneinander getrennt waren. Loredana dachte: »Wie fürchterlich. Wie soll ich hier arbeiten können, wenn ich von allen Seiten beobachtet werde?« Flavio bemerkte ihren Gesichtsausdruck und sagte scherzhaft: »Ja, das ist hier nicht die Nobelkanzlei in Madrid, aus der du kommst. Das hier ist ein anderes Pflaster. Und in diesen Büros fühlt man sich wie in einem Aquarium.«

Als sie das Großraumbüro betraten, drehten sich alle Köpfe der anwesenden Mitarbeiter zu ihnen um. Loredana registrierte, dass ungefähr achtzig Prozent aller Anwesenden männlichen Geschlechts waren. Sie registrierte auch, dass die

Männer sie mit einer Mischung aus Neugierde und Vorsicht anschauten. In Flavios Büro angekommen, das tatsächlich an ein großes Aquarium erinnerte, bat dieser sie, Platz zu nehmen.

»Loredana, an diese Männer wirst du dich gewöhnen müssen. Das sind keine feinen Madrilenen, das sind handfeste Katalanen. Bevor du hierher gekommen bist, kursierten eine Menge Gerüchte über dich. Die Männer hatten gehört, dass du aus einer renommierten Madrider Kanzlei kommst, und einige spekulierten, ob dich der Chef eingestellt habe, um sie auszuspionieren und ihre Arbeitsleistungen zu beobachten. Ein gewisser Nimbus geht dir also voraus.«

Sie war überrascht. »Oh, das hätte ich nicht gedacht. Nun, da habe ich ja gleich meinen Ruf weg und kann mir überlegen, ob ich den so hinnehme oder dagegen arbeite.« Sie registrierte, dass Flavio sich dauernd in die Brust warf und eine Art Imponiergehabe an den Tag legte, als wolle er den durch die Glasscheibe ins ›Aquarium‹ schauenden Männern zeigen: »Schaut nur her, was ich mir für einen tollen Fisch geangelt habe.«

Schon in diesem Moment fiel ihr auf, dass irgendetwas Unpassendes an seinem Verhalten war. Sie überlegte, was es sei, und dann fiel es ihr ein. Er verhielt sich so, als sei sie seine neueste Eroberung, was aber nicht der Fall war. Sie war lediglich seine neue Mitarbeiterin. Sein Verhalten war der Situation nicht angemessen.

Flavio erläuterte ihr, was ihre Aufgaben seien. Es gab viel Statistik aufzubereiten, juristische Korrespondenz zu bearbeiten und an Besprechungen teilzunehmen. Die Aufgaben erschienen Loredana vielseitig und neu. Flavio erklärte ihr, dass die Arbeitszeit morgens um halb acht beginne und abends um halb fünf ende. Loredana sagte seufzend: »Ich habe einen kleinen Sohn, den ich morgens noch in den Kindergarten bringen muss, und ich habe eine

Anfahrt von über 50 km. Da bin ich mindestens eine Stunde über die Küstenstraße unterwegs.«

Flavio lächelte ihr milde zu. »Na ja, ich kann auch für dich eine Ausnahme machen. Wenn du ein kleines Kind hast, dann fang einfach später an und hör nachmittags entsprechend später auf. Das bringe ich beim Chef schon durch.« Sie bedankte sich mit gemischten Gefühlen. Auf der einen Seite nahm sie seine Großzügigkeit gerne an, auf der anderen Seite fragte sie sich, ob sie damit nicht ungewollt den ersten Schritt in eine Richtung machte, in die sie eigentlich nicht gehen wollte, nämlich in eine Position, aus der heraus sie ihm zu Dank verpflichtet sein würde.

Dann wurde sie den Kolleginnen und Kollegen vorgestellt. Die Vorstellungsrunde verlief gut, Loredana wurde freundlich empfangen. Besonders ein Mitarbeiter fiel ihr auf, ein sensibel wirkender Mann mit intensiv blauen Augen und schwarzem Haar. Als Loredana und er sich die Hand gaben, dachte sie, dass sie sich mit ihm sicher gut verstehen würde. Er erwiderte ihr Lächeln mit einem warmen Blick.

Als sie am Ende des Tages im Zug in Richtung Pals saß, war sie voller neuer Eindrücke. Sie fühlte sich gut und beschwingt. Doch dann dachte sie an Sergio und sofort änderte sich ihre Stimmung. Sie fragte sich, wie ihre Ehe weitergehen solle. Es war schon so viel passiert und sie hatte schon so viel Vertrauen in ihn verloren. Wie und wodurch sollte sich das verändern? Dann dachte sie an Alejandro und Liebe und Wehmut erfüllten ihr Herz. Tränen traten ihr in die Augen. Es schmerzte sie, dass sie ihn so selten sah.

Der Zug fuhr in Pals ein. Sie stieg aus und lief zu Fuß bis zu ihrer Wohnung. Als sie in ihre Straße einbog, sah sie Alejandro vor dem Haus seiner Großmutter mit ein paar Freunden spielen. Ihr Herz hüpfte vor Freude. Als er sie sah, rannte er auf sie zu und rief aufgeregt: »Mama, Mama, die Oma hat gesagt, dass ich am Wochenende bei Pedro übernachten darf.« Loredana küsste und umarmte ihn. »Ja, da hätte die Oma mich aber auch fragen müssen.«

»Schon, aber erlaubst du es denn nicht?«

Sie runzelte die Stirn. Wie sollte sie ihrem fünfeinhalbjährigen Sohn ihren Standpunkt klarmachen, dass es nicht um die Erlaubnis als solche ging, sondern um die Überschreitung von Grenzen seitens seiner Oma? Loredana beschloss, später mit María darüber zu sprechen. Zu Alejandro sagte sie: »Doch, ich erlaube es, wenn Pedros Eltern einverstanden sind.« Ihr Sohn nickte eifrig. »Ja, die haben schon bei der Oma angerufen.«

Leichter Schmerz stieg in ihrem Inneren auf und sie dachte: »Toll, wie das hier alles über meinen Kopf hinweg läuft und wie anscheinend niemanden meine Meinung interessiert.« Zu ihrem Sohn sagte sie: »Schön, mein Schatz, dass alles schon klar ist.« Alejandro ging wieder spielen und sie betrat das Haus ihrer Schwiegermutter, um diese zu begrüßen. Sie hätte zwar lieber erst einmal geduscht und sich eine halbe Stunde hingelegt, aber das hätte die Schwiegermutter nicht verstanden und wahrscheinlich auch nicht gebilligt. Also ging sie auf María zu und küsste sie auf beide Wangen. Diese begann sogleich, Loredana ihren Tagesablauf zu erzählen, insbesondere, wie sich Alejandro verhalten und was er alles gegessen hatte.

Loredana merkte nach zehn Minuten, dass sie ihrer Schwiegermutter nicht mehr zuhören konnte und gerne ihre Ruhe gehabt hätte. In diesem Moment hatte sie wieder dieses unwirkliche Gefühl von Unsichtbarkeit, das sie so gut kannte. Sie fühlte sich wie eine Wand, gegen die ihre Schwiegermutter redete, unfähig, deren Redefluss zu stoppen oder irgendwie aus dieser Situation herauszukommen. Sie merkte, dass die Situation zunehmend im Nebel verschwamm und dass sie mehr und mehr ihren Körper verließ. Sie spürte sich nicht mehr. Es war so, als gebe es keinen Körper mehr.

Sie sah ein Baby auf einem Wickeltisch. Es strampelte. Eine fremde Frau wickelte es und begann dann, es zu füttern. Die Milch war anscheinend zu heiß, denn das Baby versuchte, sich zu wehren und der Frau deutlich zu machen, dass etwas nicht stimmte, aber diese drückte den Sauger nur noch fester in den kleinen Mund. Das Baby lief vor Anstrengung rot an und versuchte immer wieder, seinen Körper zu bewegen, um der Umklammerung der Frau und der heißen Milch zu entkommen. Diese merkte nicht, was mit dem Baby los war, denn sie war mit ganz anderen Gedanken beschäftigt. Sie fühlte sich sehr traurig und wie betäubt.

Auf jedes Strampeln des Babys reagierte sie, indem sie ihre Umklammerung verstärkte. Der Säugling bekam Panik, verursacht durch die Hitze, die Anstrengung, die Milch, die brennend seine Speiseröhre herunterrann, und die Hektik der Mutter.

Plötzlich hörte Loredana wie aus weiter Ferne die Stimme ihres Sohnes: »Mama, Mama, schau mal, was ich gefunden habe.« Sie kehrte langsam wieder in ihren Körper und in die Gegenwartssituation zurück. Sie sah, wie Alejandro auf sie zukam. Er hielt einen schönen Stein in der Hand. Sie beugte sich zu ihm herunter und sagte: »Der ist aber wunderschön.«

Die Worte sprudelten nur so aus ihm heraus, er erzählte im Detail, wo und wie er den Stein gefunden habe. Loredana hatte immer noch dieses unwirkliche Gefühl. Sie spürte, dass sie nur halb da war. Immer noch sah sie das hochrote Gesicht des Babys und die vor Panik geweiteten Augen, sie sah die gestresste Frau, die das Kind umklammert hielt, einzig darauf bedacht, die Milch irgendwie in ihre kleine Tochter hineinzubringen.

Alejandro redete nun schneller und fasste sie am Arm. Er wollte und brauchte ihre Aufmerksamkeit. Sie versuchte mit aller Kraft, präsent zu sein, aber es gelang ihr nicht. Sie war unfähig, sich aus den intensiven und unangenehmen Körpergefühlen zu befreien.

Gleichzeitig fing sie an, sich schuldig zu fühlen, weil sie ihrem Sohn nicht mehr Aufmerksamkeit geben konnte. Sie wusste, dass er diese dringend gebraucht hätte, sah sie ihn doch sowieso schon so selten. Ihre Schwiegermutter hatte den Raum verlassen gehabt und kam nun gerade wieder zurück. Sie sah die Szene, lächelte und sagte zu Alejandro: »Komm mein Schatz, deine Mama ist gerade müde. Lass sie jetzt mal in Ruhe und komm mit mir in die Küche.«

Er blickte unsicher zwischen Mutter und Großmutter hin und her und folgte dann seiner Oma in die Küche. Loredana blieb im Wohnzimmer zurück. Sie hätte am liebsten geschrien: »María, lass meinen Sohn in Ruhe. *Ich* bin für ihn da.« Aber sie konnte nicht. Es war, als hätte sie in diesem Moment keine Stimme mehr. Sie war wie gelähmt.

Die Situation lief völlig falsch, ganz anders, als sie normalerweise hätte verlaufen sollen. Aber sie war nicht in der Lage, sie zu verändern, und es gab auch niemanden in ihrer Nähe, der ihre Not gesehen oder ihr geholfen hätte. Sie war völlig alleine. Einerseits hatte sie das Gefühl, ihrem Sohn gegenüber versagt zu haben, andererseits fühlte sie einen gewissen Ärger auf María, dem aber sogleich ein Schuldgefühl folgte, denn schließlich half ihr María ja so sehr mit ihrem Kind. Wie konnte sie es da überhaupt wagen, auf sie ärgerlich zu sein?

Sie fühlte sich wie das Baby, spürte dieselben unangenehmen Körpergefühle – Hitze und Panik – und dieselbe Sprachlosigkeit. Wo waren all ihre Worte? Wo war ihre Eloquenz, die sie in normalen Situationen zur Verfügung hatte? All dies war verschwunden – verschwunden in der Sprachlosigkeit und dem Gefühl, *unsichtbar* zu sein.

Sie ging in die Küche und sagte mit leiser Stimme: »Ich geh dann mal rüber in meine Wohnung.« Voller Liebe und Schmerz schaute sie ihren Sohn an, der gerade genüsslich ein riesiges Sandwich mit gekochtem Schinken verspeiste.

Als sie in ihrer Wohnung ankam, befand sie sich in einem verwirrten Zustand. In ihr waren all die Eindrücke von ihrem ersten Arbeitstag in der Motorenfabrik, die Anstrengung der weiten Hin- und Rückfahrt mit dem Zug, das Erleben der familiären Situation, mit der sie sich überfordert fühlte, die Bilder des Babys und der fremden Frau – und es gab Sergio, der unerreichbar war.

Sie wünschte sich, irgendjemanden anrufen, mit irgendjemandem reden zu können, der sie verstehen würde. Im Geiste ging sie alle Personen durch, die sie anrufen könnte. Ihre Freundin Stella hatte vier kleine Kinder und einen schwierigen Ehemann. Sie schied aus. Ihre Freundin Emilia befand sich gerade auf Geschäftsreise. Sie schied also ebenfalls aus. Dann fiel ihr ihre Stiefmutter ein, aber sie verwarf diesen Gedanken sofort wieder, denn sie hätte gar nicht gewusst, was sie ihr am Telefon hätte erzählen sollen – die Sprache, die sie sprach, und die Sprache, die ihre Mutter sprach, waren so unterschiedlich, dass kaum ein Verstehen möglich war. Wenn sie ihrer Mutter erzählt hätte, dass sie sich schlecht fühlte, hätte diese gesagt: »Trink einen warmen Tee.« Oder sogar: »Geh zum Arzt und lass dich untersuchen.« Von ihr war kein Verständnis zu erwarten.

Das Gleiche galt für Sergio. Wenn sie ihn anrufen und ihm die Situation schildern würde, so würde sie als Erstes zu hören bekommen, dass es ihr nicht zustand, María zu kritisieren, denn schließlich kümmere sie sich ja so aufopfernd um Alejandro, und zweitens würde er sagen, sie solle einen Schnaps trinken und dann sei alles wieder in Ordnung. Und drittens würde er ihr von seinen Erlebnissen in der Münchner Niederlassung seiner Firma erzählen und von den aufregenden Skitouren zu den Alpengletschern, die er mit Kollegen und Freunden am Wochenende unternahm. Auch von ihm war keinerlei Unterstützung zu erwarten.

Loredana ging in ihre Küche und begann damit, sich etwas zu essen zu machen. Sie würfelte Artischocken und Kartoffeln und brachte alles in einem halb mit Wasser gefüllten Topf zum Kochen. Dann presste sie Knoblauch und machte ein echt katalanisches Aioli. Das war ihre Lieblingssoße. Die Katalanen machten diese Soße nur aus Olivenöl, Knoblauch und ein wenig Salz. Es war verpönt, Eier hinzuzugeben. Es hieß, das Gelingen dieser Soße sei stimmungsabhängig. Sei man in guter Stimmung, gelänge die Soße besser, als wenn man depressiv oder niedergeschlagen sei. Menstruierende Frauen sollten die Soße besser nicht machen, da sie ihnen angeblich nicht gelänge. »Was für Mythen«, dachte Loredana. Unter diesen Umständen konnte sie an jenem Tag ja kein gutes Gelingen der Soße erwarten. Sie beschloss, es trotzdem zu probieren.

Dann machte sie eine Flasche ihres Lieblingsweines *Viña Sol* auf und goss sich ein Glas ein. Die Kartoffeln und die Artischocken kochten inzwischen, die Soße war recht gut gelungen und der Wein schmeckte vorzüglich. Langsam begann sie, sich zu entspannen. Dann setzte sie sich an den großen Wohnzimmertisch und fing an zu essen. Sie fragte sich, wie sie in diese Lebenssituation hineingeraten war und was sie tun konnte, um wieder aus ihr herauszukommen.

Wie war das alles passiert? Sie in der Motorenfabrik unter lauter katalanischen Männern, ihr Mann in München, ihr Sohn in den *guten* Händen von María. Wie war das alles gekommen? Hatte sie sich ihr Leben so vorgestellt? Sie wusste, dass sie diese Frage mit Nein beantworten musste. Sie hatte sich ein ganz anderes Familienleben vorgestellt, mit gemeinsamen Aktivitäten, mit Spaß, mit Liebe und Innigkeit, mit vielen Gesprächen und Zweisamkeit, mit Verständnis und Tiefgang und Füreinander-da-Sein. Hier aber war niemand für sie da und sie konnte noch froh sein, dass ihre Schwiegermutter für ihren Sohn da war, obwohl sich das auch nicht wirklich gut anfühlte.

Und vor allem: Was musste sie tun, um wieder aus dieser Situation herauszukommen? Und wie würde sie es schaffen, ohne dass ihrem Sohn Schaden zugefügt werden würde? War das alles Sergios Schuld? In manchen Momenten dachte sie genau das, dann aber sagte sie sich, dass auch sie einen Teil der Verantwortung für diese Lage tragen musste. Sie fühlte sich wie ein Spielball, der von unsichtbaren Kräften mal in die eine, mal in die andere Richtung geworfen wurde, immer nur damit beschäftigt, auf äußere Impulse zu reagieren, statt aus sich selbst heraus zu agieren.

Sie nahm noch einen Schluck Wein und mit einem Mal wusste sie, dass sie diese Lebenssituation verändern musste, auch wenn es das Schwierigste wäre, das sie jemals getan hätte. Sie wusste, dass sie aus dieser Ehe herausmusste, sonst würde sie irgendwann mit ihrer Gesundheit und ihrer Lebenskraft bezahlen.

Wieder sah sie die Vision von sich selbst in zehn Jahren, wenn sie in der unglücklichen Ehe mit Sergio bleiben würde: geschwächt, krank und verbittert, außerstande, ihrem Sohn eine gute Mutter zu sein. Und sie wusste, dass sie einen solchen Zustand auf keinen Fall wollte. Sie würde sich nicht aufopfern – das hatte sie sich selbst vor vielen Jahren versprochen.

Mitten in diesen Gedanken hörte sie die Stimme ihres Sohnes von unten rufen: »Mama, Mama, die Magri ist zu Besuch gekommen und möchte dich gerne begrüßen!« Sie öffnete ihm die Tür und ließ ihn herein. Sie fragte ihn, ob er etwas zu essen möge, aber er lehnte ab, was nach dem riesigen Sandwich, das er bei seiner Großmutter verspeist hatte, für Loredana nicht weiter verwunderlich war.

Sie aß zu Ende und ging dann mit Alejandro nach drüben ins Haus der Schwiegermutter. Das Wohnzimmer war voll – Fernando, ihr Schwiegervater, und Selma, ihre Schwägerin, waren dort, außerdem Magri, mit der Selma befreundet war.

Loredana mochte Magri. Sie hatte sie einmal im Auto nach Barcelona mitgenommen und sie hatten sich während der Fahrt gut unterhalten. Magri hatte ihr Fragen gestellt und sie hatte ihr wirklich zugehört. In dieser Situation mit ihr hatte Loredana sich nicht *unsichtbar* gefühlt, sondern gesehen, gehört und verstanden. Sie begrüßte Magri freudig und merkte, dass auch Magri sich freute, sie zu sehen.

Sie setzten sich und kamen ins Plaudern. Alejandro spielte im Raum, dann kletterte er auf den Schoß seiner Mutter und legte sich bequem auf ihre Beine. Loredana hielt ihn fest und freute sich, dass er so entspannt und zugewandt war. Das Gespräch, das als Smalltalk angefangen hatte, entwickelte zusehends mehr Tiefgang. Gerade ging es über Beziehungen. Magri war katholische Nonne. Sie lebte allerdings nicht in einem Kloster, sondern in einer Wohngemeinschaft mit anderen Nonnen zusammen und arbeitete als Lehrerin an einer Schule.

Sie sagte: »Wenn in meiner Jugend die Frauen schon die Freiheit gehabt hätten, alleine zu leben, dann wäre ich gar nicht Nonne geworden. Eigentlich wollte ich einfach nur frei leben. Ich wollte nicht in einer Ehe mit einem dominanten Ehemann eingesperrt werden.«

María nahm den Gesprächsfaden auf. »Ja, da hast du vollkommen recht. Ich würde auch niemals mehr heiraten.« Ihr Mann, der in einem Sessel in der Ecke saß, verzog keine Miene, als würde sie nicht über ihn reden, sondern über irgendjemanden, der nicht anwesend war.

Dann fuhr sie fort: »Mit der Heirat habe ich meine Freiheit verloren. Ich hatte einen gut gehenden Friseursalon in Baqueira Beret, dem Dorf, in dem ich geboren bin. Mein Vater hatte mir diesen Laden eingerichtet und ich war total glücklich. Dann habe ich mit neunzehn Jahren geheiratet, der Laden wurde geschlossen und ich war eingesperrt. Mein Mann hat mir die Flügel gestutzt.«

Alejandro war, in den Armen seiner Mutter liegend, aufmerksam dem Gespräch gefolgt. Nun schaute er sie aus seinen intelligenten und wachen Augen an und fragte: »Mama, was heißt ›die Flügel stutzen‹?« Die Anwesenden lachten. Loredana überlegte, wie sie ihrem Sohn das erklären sollte. Es war ihr immer ein wenig peinlich, wenn María in Anwesenheit ihres Mannes Dinge über ihn sagte, die irgendwie respektlos waren. Sie suchte nach Worten, um ihrem Sohn die Bedeutung des stehenden Begriffes ›jemandem die Flügel stutzen‹ auf eine allgemeinverständliche Art und Weise klarzumachen.

»Du weißt ja, mein Schatz, dass Vögel Flügel haben. Wenn jemand diese Flügel stutzt, dann können sie nicht mehr fliegen. Man kann das auch auf Menschen bezogen sagen. Wenn ein Mensch mit einem anderen Menschen zusammenlebt und dieser versucht, alles zu bestimmen, was der andere tut oder nicht tut, dann kann es sein, dass sich der Mensch, dem das passiert, sich auch so fühlt wie ein Vogel ohne Flügel. Er verliert seine Lebensfreude und hat das Gefühl, dass er nicht mehr fliegen kann.«

Sie beobachtete ihren Sohn, während sie redete. Er schien ihre Worte zu verstehen und sie merkte, dass er versuchte, den Sinn dessen, was sie ihm erklärt hatte, auf die konkrete Situation anzuwenden, die sich gerade abspielte. Es war ihm klar, dass seine Großmutter irgendetwas über seinen Großvater gesagt hatte, das nicht wirklich schön war.

Das Gespräch ging weiter und die Sprache kam auf Sergio. María schwärmte in den höchsten Tönen von ihrem Sohn. »Stell dir vor, Magri, er ist in München in dieser renommierten Firma. Es gefällt ihm sehr gut. Er lernt Deutsch und ist bei seinen Kollegen beliebt. Er fährt am Wochenende oft in die Alpen zum Skifahren.«

Magri war eine intelligente und einfühlsame Frau. Sie sah sofort an Loredanas Gesichtsausdruck, was sich in deren

Inneren abspielte. Als María zu Ende geredet hatte, sagte sie: »Schön, dass Sergio es beruflich in München so gut getroffen hat. Das kann er ja nur machen, weil er eine Frau hat, die hier alles stemmt. Wenn Loredana nicht so fähig und mutig wäre, könnte er gar nicht in München sein.« Marías Gesichtsausdruck veränderte sich. Sie lächelte säuerlich. »Ja, meine Schwiegertochter ist eine starke Frau. Sie schafft das schon alles.«

Das war Marías Standardsatz, wenn Loredana – was selten genug vorkam – einmal zu äußern wagte, dass sie die Grenze ihrer Kraft erreichte.

Auch Selma, ihre Schwägerin, bemerkte die Dynamik im Gesprächsverlauf. Sie blickte von ihrer Mutter zu Magri, dann zu Loredana und dann wieder zu ihrer Mutter. Sie sagte nichts und Loredana wusste genau, dass sie Angst hatte, etwas zu äußern, was ihrer Mutter missfallen könnte, und dass sie deshalb still war.

Magri sagte: »Ja, Loredana ist eine starke Frau. Und das ist bewundernswert. Aber auch starke Frauen haben Grenzen und brauchen ab und zu einen starken Mann zum Anlehnen.« Der Hieb hatte gesessen und María beeilte sich zu sagen: »Die Ehe zwischen Loredana und Sergio ist sehr gut. Die beiden lieben sich und Sergio wäre viel lieber hier in Pals statt in München.« Damit strafte sie natürlich in gewisser Weise ihre vorherige Äußerung Lügen, dass es Sergio so gut in München gefalle und er seinen Aufenthalt dort so genieße.

Alejandro lag immer noch in Loredanas Schoß. Er hörte aufmerksam zu und sie spürte, dass er auf einer gewissen Ebene alles verstand, was sich hier abspielte. Nach ein paar Minuten krabbelte er von ihren Beinen herunter und sagte: »Ich gehe wieder spielen.« Sie gab ihm einen Kuss und weg war er.

Magri erkundigte sich bei Loredana: »Und du, *Guapa*. Wie geht es dir? Wie kommst du in der neuen Umgebung zurecht?

Wie sind deine neuen Kollegen?« Sie hatte die Frage noch nicht ganz zu Ende gestellt, da verließ María den Raum. Sie murmelte, sie wolle nach der Katze schauen. Auch Selma begann, unruhig auf ihrem Stuhl hin- und herzurücken. Loredana antwortete: »Ich habe heute meinen ersten Arbeitstag gehabt. Es ist eine große Umstellung für mich. Die Kollegen sind ganz anders als in Madrid und die Atmosphäre ist es auch. Aber ich kämpfe mich schon durch.«

Magri wollte wissen: »Und wie ist dein Chef?«

»Er scheint nett und entgegenkommend zu sein, aber nach einem Tag kann ich mir noch kein genaues Bild machen.«

Die Freundin nickte. »Du bringst so viel Berufserfahrung mit. Die können froh sein, dass sie dich haben.«

Loredana lächelte und freute sich über die Unterstützung und Ermunterung, die sie von Magri bekam. Dann dachte sie: »Komisch, eine Person, die außerhalb der Familie steht, gibt mir mehr Unterstützung als meine Schwiegerfamilie. Wie kann das sein?« Parallel zu diesem Gedanken spürte sie wieder einen Anflug von Schuldgefühlen. »Darf ich das denken? María kümmert sich doch so aufopferungsvoll um Alejandro«, schoss es ihr durch den Kopf. Dennoch wusste sie, dass sie im Inneren recht hatte. Es war nur schwierig, das in einer Umgebung zu fühlen, in der es keine emotionale Unterstützung für sie gab und in der sie sich ständig *unsichtbar* fühlte.

Die ersten Monate in Pals waren hart. Die lange Fahrt zur Arbeit, die Anpassung an ihre Schwiegerfamilie, die inhaltlichen und persönlichen Herausforderungen ihrer neuen Aufgabe, die Wohnung, die nicht wirklich ihre war und in der sie sich wie ein Gast fühlte, Alejandro, der zusehends mehr Zeit bei seiner Oma verbrachte, Sergio, der in München anscheinend eine tolle Zeit verbrachte, die begierigen Blicke ihres Chefs – all das waren Facetten einer Lebenssituation, die sie zuweilen bis an die Grenze ihrer Kraft brachte.

In diesem Jahr war der Mai unüblich kalt. Erst gegen Ende des Monats besserte sich das Wetter. Mitte Juni kam Sergio aus München zu Besuch. Sie holte ihn am Freitagnachmittag am Flughafen El Prat ab. Als sie in der Ankunftshalle des Flughafens stand und auf ihn wartete, fragte sie sich, welche Gefühle sie hinsichtlich seines Besuchs hatte, und stellte fest, dass sie bittersüß waren. Einerseits freute sie sich, dass er kam und dass sie Zeit miteinander verbringen konnten. Andererseits fühlte sie sich dermaßen von ihm im Stich gelassen, dass ihre Freude wie mit Schmutzspritzern befleckt war.

Als sie ihn durch die Tür kommen sah, stiegen ihr die Tränen in die Augen. All die Trauer über das Alleinsein, all die Sehnsucht nach einer starken Schulter zum Anlehnen kamen in dem Moment hoch. Er sah gut aus und näherte sich ihr mit großen Schritten. Als er sah, dass sie Tränen in den Augen hatte, veränderte sich sein Gesichtsausdruck. Er kniff die Augen leicht zusammen und Loredana konnte spüren, dass es ihm peinlich war, dass sie in der Öffentlichkeit Gefühle zeigte. Dies war für ihn tabu. Er kam auf sie zu, küsste sie auf den Mund und zog sie dann mit sich fort.

Als sie in der gleißenden mediterranen Sonne standen, zündete sich Sergio eine Zigarette an, was er oft tat in Momenten, in denen er eigentlich etwas anderes tun sollte. Schließlich räusperte er sich und sagte: »Komm, jetzt fahren wir erst mal nach Hause. Dann wird es dir schon besser gehen. Und heute Abend gehen wir schön essen und reden über alles.« Loredana dachte: »Was für ein Quatsch. Wie soll es mir heute Abend besser gehen?«

Ihre Stimme klang schrill, als sie sagte: »Sergio, ich brauche *jetzt* deinen Beistand und deinen Trost. Nicht heute Abend.«

Er reagierte verärgert. »Nicht hier in der Öffentlichkeit. Komm jetzt, wir fahren erst mal ein Stück.« Sie stiegen ins Auto. Sergio nahm wie selbstverständlich die Autoschlüssel an sich und setzte sich hinters Steuer. Sie registrierte, dass er sie eigentlich auch hätte fragen können, ob es für sie in Ordnung wäre, wenn er fuhr. Aber dies überging er, wie so oft.

Sie fuhren schweigend in Richtung Pals. Die Schlange der Autos, die sich vom Flughafen in Richtung Costa Brava bewegten, schimmerte silbrig-weiß in der Sonne. In Spanien kauften viele Leute ihre Autos in Weiß, Silber oder anderen hellen Farben. Wenn die Hitze in den Sommermonaten auf ein schwarzes Auto fiel, fühlte man sich darin wie in einem Brutkasten. Auch Loredanas Auto war weiß und hatte eine Klimaanlage. Trotzdem war sie jeden Tag verschwitzt, wenn sie in der Firma ankam.

Jetzt saß sie neben ihrem Mann, trocknete ihre Tränen und sah zu, wie er das Auto geschickt durch den Verkehr auf die Autobahn Richtung Pals lenkte. Sie schwiegen eine Weile. Dann sagte er, so als wäre nichts gewesen: »Gestern hatte ich eine wichtige Besprechung. Ich musste Deutsch reden. Und so ein Kerl hat versucht, mich auszubremsen. Aber dem habe ich es schon gezeigt.« Loredana hörte ihm zu und dachte: »Wovon redet er? Glaubt er wirklich, dass mich das interessiert?« Sie kommentierte seine Ausführungen mit Schweigen, was ihn aber keinesfalls davon abhielt fortzufahren. »Ja, und stell dir vor, am Wochenende war ich mit Antonio auf dem Gletscher. Es war einfach fantastisch.«

Sie schaltete ab. Seine Worte waren wie ein Rauschen in ihren Ohren. Sie fühlte, wie sie immer tiefer in ihren Körper hineinfiel. Die Situation war so unwirklich und es war so heiß im Auto. Es kam ihr vor, als würde sie ohnmächtig werden.

Im nächsten Moment befand sie sich im Körper einer Frau, die auf einem Marktplatz stand. Es war sehr heiß. Sie stand dort mit anderen Sklavinnen, die alle zum Verkauf angeboten wurden. Die Hitze war fast unerträglich und sie hatte Angst. Ihre Hände und Füße waren gefesselt. Es roch nach einem scharfen, orientalischen Essen, das unweit von dem

Geschehen in mehreren Garküchen dargeboten wurde. Der Lärm der Marktstände wurde zu ihr herübergeweht. Ihre Füße schmerzten und sie hatte Durst. Seit ein paar Stunden schon stand sie dort auf dem Marktplatz. Ihr Oberkörper war nackt und sie schämte sich. Um ihre Hüften war eine Art Rock gebunden, der ihre Beine bis zu den Waden bedeckte. Auch die anderen Frauen waren bis zur Taille unbekleidet. Vor ihnen stand der Verkäufer, ein dicker, schwitzender Mann mit Turban, der seine ›Ware‹ den verschiedenen Interessenten darbot. Diese – allesamt Männer – begutachteten die Frauen von oben bis unten, öffneten ihnen den Mund, damit sie ihre Zähne sehen konnten. Das war für Loredana besonders erniedrigend. Sie fühlte sich wie ein Tier, als ein grobschlächtiger Mann ihr bedeutete, den Mund zu öffnen. Sie hätte ihn am liebsten zwischen die Beine getreten. Der Mann ließ ihren Mund los und sagte zu ihrem Besitzer, er habe kein Interesse. »Zu dünn zum Arbeiten«, waren seine Worte. »Ich brauche eine kräftige Frau, die man für verschiedene Arbeiten im Haus und auf dem Feld einsetzen kann.« Der Verkäufer begleitete ihn zur nächsten Frau und pries deren Vorzüge. Aber auch diese kam für den Interessenten nicht infrage.

Sie fragte sich, wie lange sie es noch aushalten würde, dort zu stehen. Irgendwann würden ihre Füße unter ihr nachgeben. Ihr Mund war ausgetrocknet und es gab niemanden, der den Frauen zu trinken gab. Sie sah, wie eine etwas von ihr entfernt stehende Frau in Ohnmacht fiel. Jetzt endlich reagierte der Besitzer und wies seinen Sklaven an, ihnen etwas zu trinken zu geben. Es dauerte noch ein paar Minuten, dann rieselte ein wohltuender Strahl Wasser in ihren Mund hinein.

Sie fühlte sich augenblicklich besser. Sie wandte ihr Gesicht ein Stück weit zur Seite und da sah sie ihn. Ein großer, kräftiger Mann, an dessen Kleidung man erkennen konnte, wie wohlhabend er war. Er schaute sie aus schmalen Augen an. »Ich kenne diese Augen«, dachte sie. Er musterte sie wohlgefällig von oben bis unten. Sein Blick blieb an ihren wohlgeformten Brüsten hängen und wanderte dann langsam hinunter bis zu ihrer Taille und ihren Beinen, von dort wieder aufwärts über ihre Schultern und ihren Hals bis zu ihrem Mund. Der Verkäufer folgte den Blicken des Interessenten und begann sogleich, Loredanas Vorzüge in blumigen Worten zu beschreiben. Der Mann brachte ihn mit einer Handbewegung zum Schweigen. »Die hier will ich«, sagte er herrisch. »Was kostet sie?« Der Verkäufer verbeugte sich unterwürfig vor dem Interessenten. »1000 Dukaten. Das ist ein Sonderpreis, nur für Sie.«

Der Mann lächelte von oben herab. »Ich zahle 2000 für sie.« Der Verkäufer konnte sein Glück gar nicht fassen und machte gleich noch ein Dutzend unterwürfige Verbeugungen. Der Käufer wies einen ihn begleitenden Diener an, dem Händler das Geld zu zahlen. Dann wurde Loredana losgebunden. Sie schaute in die dunklen Augen des Käufers und fühlte eine Mischung aus Angst und Neugier.

»Bring sie in den Harem«, befahl der Mann seinem Diener. Sie wurde auf einen Wagen gesetzt, der von einem Esel gezogen wurde. Sie waren eine Weile unterwegs. Es ging über holprige Wege aus der Stadt heraus. Dann fuhren sie eine Zeit lang am Fluss entlang, bis sie schon von Weitem einen prächtigen Palast erblickte. Das war wohl das Haus des Sultans, der sie gekauft hatte. Sie sah, dass alles aus reinem Gold war. Der Palast schimmerte so hell, dass ihr die Augen wehtaten, während sie ihn betrachtete.

Als sie dort ankamen, war sie überwältigt von der Pracht, die der Palast auch in seinem Inneren entfaltete. Die Böden waren aus echtem Marmor und die Wände waren mit golddurchwirkten Stoffen verhängt. Es duftete nach Rosen und Pachouli. Entfernt hörte man das Kichern von Frauen. Dann sah sie einen dickbäuchigen Mann auf sich zukommen. Der Diener sagte zu ihm: »Das ist die neue Sklavin, die der Herr heute gekauft hat. Kümmere dich um sie.« Und zu ihr gewandt: »Das ist der Eunuch Barbo. Er kümmert sich um die Frauen des Harems. Er wird von jetzt an für dich zuständig sein.«

Barbo schaute sie aus unergründlichen Augen an. »Folge mir«, forderte er sie auf. Sie ging hinter ihm durch verschlungene Gänge, bis sie in einem anderen Trakt des Palastes ankamen. Nun sah sie die Frauen, die sie vorher schon gehört hatte. In einem Raum saßen mindestens 20 bunt und prachtvoll gekleidete Frauen. Sie knabberten Leckereien, tranken Tee, spielten Brettspiele und kicherten. Es waren schöne, junge Frauen. Der Eunuch sah ihren Blick und sagte: »Das ist der Harem des Sultans. Es sind die besten und teuersten Frauen des Orients.«

Sie versuchte, ihre Übelkeit zu verbergen. Als sie all die schönen, jungen Frauen sah, hatte sie das Gefühl, sich übergeben zu müssen. Sie dachte: »Oh, mein Gott, ab heute werde ich auch dazugehören und das gleiche sinnlose Leben führen.«

In diesem Moment hörte sie Sergios Stimme neben sich. Er fluchte laut über einen vor ihm herfahrenden Autofahrer. »Cabrón, hijo de puta – Idiot!« Sie erwachte aus ihrer Trance. Ihr war immer noch übel. Sie wusste nicht mehr, wer und wo sie war. Gerade war sie doch noch im Harem des Sultans gewesen und jetzt saß sie neben ihrem fluchenden Ehemann im Auto auf der Autobahn Richtung Pals. Sergio hatte kaum bemerkt, dass sie geistig nicht mehr anwesend gewesen war. Sie schaute ihn an und versuchte immer noch zu begreifen, was geschehen war und wo sie sich befand. Sie brauchte ein paar Momente, um wieder ganz in der Gegenwartssituation anzukommen. Ihr Mann drehte den Kopf und schaute sie aus seinen schmalen, dunklen Augen an. In dem Moment durchfuhr es sie wie ein Blitz – das waren die Augen des Sultans. Dieselbe Farbe, derselbe Blick.

Sergio, der ihre geweiteten Augen sah, fragte: »Was ist denn? Habe ich irgendwas im Gesicht?« Sie erwiderte: »Nein, ich hatte gerade nur eine Eingebung.« Er fragte nicht weiter nach. Solche Dinge interessierten ihn nicht. Schweigend fuhren sie weiter. Loredana stand noch ganz unter dem Eindruck des gerade Erlebten. Ihr Kopf war voller Gedanken, Eindrücke und Fragen.

Wie konnte es sein, dass sie innerhalb von Sekunden in eine andere Zeit und einen anderen Körper hineingekommen war und etwas erlebt hatte, das sich sehr real anfühlte? Hatte sie dies tatsächlich erlebt? Und wenn ja, wann war das gewesen? Und wieso fühlte es sich so an, als würde es parallel zu ihrem jetzigen Leben passieren? Wieso diese Gleichzeitigkeit? Gab es eine Dimension, in der die Gesetze von Raum und Zeit aufgehoben waren? Gab es einen Zustand, in dem ein Mensch diese Grenzen überwinden konnte? Und wodurch war ihre Trance ausgelöst worden? Durch die Hitze? Durch das Gefühl, *unsichtbar* zu sein?

Sie überlegte. Auf dem Marktplatz war sie *sichtbar* – aber nur als Ware. Als Mensch mit ihren Gefühlen und Bedürfnissen war sie genauso *unsichtbar* wie jetzt in ihrer Ehe mit Sergio. Von ihm fühlte sie sich ebenso wenig wahrgenommen wie damals auf dem Marktplatz von ihrem ›Besitzer‹ und von den Interessenten. Was für eine Verbindung gab es zwischen diesen beiden Situationen? War sie wirklich diejenige, die damals auf dem Marktplatz verkauft worden war?

Ihr Verstand schaltete sich ein. »Das kann doch nicht wahr sein. Du kannst doch nicht in dem Körper der Frau auf dem Marktplatz gewesen sein.« Eine andere Stimme in ihr widersprach: »Ja, aber warum waren dann die Körpergefühle so real? Ich habe die Hitze und den Durst und auch das Nacktsein und die Scham so deutlich gespürt, als würde es gerade passieren.« Die beiden Stimmen in ihrem Kopf stritten noch eine Weile.

Sie kannte dies sehr gut. Da sie fast immer mit ihren Gedanken alleine war und diese mit niemandem wirklich teilen konnte, spielte sich der Dialog oder auch Disput, der normalerweise zwischen zwei Personen stattfindet, nur in ihrem Kopf ab. Es war manchmal anstrengend für sie, das auszuhalten. So auch in diesem Moment. Sie beschloss, die Sache zunächst einmal auf sich beruhen zu lassen und in einem geeigneten Moment mit Magri darüber zu sprechen. Schließlich war Magri katholische Nonne und kannte sich vielleicht mit solchen Phänomenen aus. Darüber hinaus war sie eine äußerst wache und neugierige Frau, die sich für viele spirituelle Dinge interessierte, auch solche, die ein Hinausblicken über den Tellerrand der Dogmen der katholischen Kirche erforderten.

Inzwischen waren sie in Pals angekommen. Natürlich führte der erste Weg ins Haus der Schwiegermutter, die ihren Sohn überschwänglich begrüßte. Loredana stand *unsichtbar* daneben. Mutter und Sohn begannen, angeregt zu plaudern. María erzählte Sergio, wie sich Alejandro in den letzten Monaten entwickelt hatte, und sie fühlte sich wie eine Fremde, die mit der ganzen Situation nichts zu tun hatte. Es war ein unwirkliches Gefühl – ein Gefühl, das sie nur zu gut kannte.

Nach einer halben Stunde war die Begrüßungszeremonie zwischen María und ihrem Sohn vorbei. Sie gingen in ihre Wohnung. Wohlwollend musterte Sergio die Veränderungen, die sie vorgenommen hatte. Sie hatte einen neuen Schrank gekauft, sie hatte Bilder aufgehängt, Pflanzen gekauft und versucht, die Wohnung so gemütlich wie möglich zu machen, was angesichts der dunklen Möbel und der schweren Atmosphäre nicht ganz einfach war. Aber sie hatte sich viel Mühe gegeben.

Sergio quittierte nun diese monatelangen Bemühungen mit einem knappen Lächeln und dem Kommentar: »Doch gut, dass wir die Wohnung gekauft haben, oder?« Sie wusste nicht, was sie ihm erwidern sollte. Er hatte es wieder einmal geschafft, etwas zu kommentieren, das sie mit ihrer Kraft geschaffen hatte, ohne diesen Umstand zu erwähnen. So wie er redete, wirkte es, als habe die Wohnung sich gewissermaßen selbst eingerichtet und gemütlich gemacht.

Sie sagte mit leichter Schärfe in ihrer Stimme: »Es war viel Arbeit in den letzten Wochen, die Wohnung in diesen Zustand zu bringen. Und ich hatte wenig Hilfe dabei.« Seine Augen verengten sich erneut. »Reg dich nicht gleich wieder auf, *Bonita*, ich pack jetzt aus, du machst dich hübsch und dann gehen wir erst mal etwas trinken.« Sie seufzte. Dann setzte sie sich und zündete sich eine Zigarette an. Sie hörte das Surren des Rasierapparates und fühlte sich fremd und alleine. Kurz darauf klingelte es an der Tür, und zwar Sturm. Sie atmete durch, drückte ihre Zigarette aus und erhob sich.

Vor der Tür stand ihr kleiner Sohn. Aufgeregt sagte er: »Die Oma hat gesagt, dass der Papa da ist.« Sie bejahte und Alejandro schoss an ihr vorbei ins Bad. Vater und Sohn begrüßten sich. Sergio liebte seinen Sohn sehr. Loredana sah, dass er ihn zärtlich in den Arm nahm und küsste. Alejandro schlang seine Arme um ihn und lachte. Dann fing er an, wie ein Wasserfall zu erzählen, was er alles erlebt hatte, während sein Vater in Deutschland gewesen war. Sie stand vor der Tür und fühlte sich wieder einmal auf eine eigenartige Art und Weise ausgeschlossen.

In der Nacht träumte sie von einer blonden Frau. Die Frau redete mit ihr, aber Loredana konnte sie nicht hören. Sie strengte sich an, sah aber nur, dass sich die Lippen der Frau bewegten. Als sie aufwachte, dachte sie: »Wer ist diese Frau? Woher kenne ich sie?«

Sarah

Februar 2009

Als Sarah im Flugzeug nach Sydney saß, dachte sie, dass sie sich eigentlich besser fühlten sollte, als sie es tatsächlich tat. Sie wusste nicht genau, warum das so war. Der Abschied von Helmut war gut gewesen. Er hatte sie zum Flughafen gebracht und ihr eine gute Zeit in Australien gewünscht. Sarah hatte vor, insgesamt zwei Monate unterwegs zu sein. Sie besuchte in Sydney eine Konferenz mit dem klingenden Namen ›Innovative Therapien‹, auf die sie sich sehr freute.

Sie wurde oft zu Konferenzen und Symposien eingeladen. Es war manchmal gar nicht so einfach, Weizen und Spreu zu trennen. Auf diese Konferenz in Sydney freute sie sich besonders, da sie das Ereignis mit einem Besuch bei ihrer Freundin und Kollegin Gertrude verband. Diese war als exzellente Traumatherapeutin bekannt. Sie zählte Menschen aus allen Teilen Australiens sowie Neuseelands und Polynesiens zu ihren Klienten.

Die beiden Frauen verband eine langjährige Freundschaft. Sie hatten zusammen Psychologie studiert, sie hatten zusammen gelernt und sich bei der Vordiplom- und Diplomprüfung unterstützt. So unterschiedlich sie waren, so gut verstanden und ergänzten sie sich auch. Insbesondere schätzte Sarah, dass es zwischen ihr und der Freundin niemals Konkurrenz gegeben hatte, wie es so oft unter ihren Kollegen der Fall war. Gertrude hatte sich immer über Sarahs Erfolge gefreut und umgekehrt war es ebenso.

Sie war hocherfreut, als Sarah Helmut kennenlernte und mit ihm endlich die Beziehung aufbauen konnte, die sie sich immer gewünscht hatte. Obwohl Gertrude Single war und auch keine eigenen Kinder hatte, war sie nie auf Sarah neidisch gewesen. Und auch diese war nie auf die enormen

Erfolge ihrer Freundin neidisch gewesen, sondern freute sich über jeden einzelnen von ihnen.

Gertrude war vor neun Jahren nach Australien ausgewandert und hatte im Grunde genommen dort wieder bei Null gestartet. Sie brachte ihr Einserdiplom mit, eine gute Therapeutenausbildung, perfekte Sprachkenntnisse in Englisch und viel Elan. Sarah war damals nicht ganz klar gewesen, was sie zu diesem großen Schritt bewogen hatte. War es das Scheitern ihrer Ehe gewesen, das sie vielleicht nicht wirklich verkraftet hatte? War es die Fehlgeburt gewesen, nach der ihr der Arzt eröffnet hatte, sie würde keine Kinder mehr bekommen können?

Was es auch immer genau war, Gertrude war die Integration in Australien voll und ganz gelungen. Mit ihrer zupackenden und gleichzeitig offenen Art passte sie gut zur australischen Mentalität und binnen relativ kurzer Zeit hatte sie sich mit ihrer innovativen therapeutischen Methode einen exklusiven Klientenkreis erworben. Sie verdiente sehr gut und genoss die Wertschätzung von Freunden, Kollegen und Klienten. Ob sie sich allerdings wirklich tief im Inneren in Sydney heimisch fühlte, daran hatte Sarah ihre Zweifel.

Sie trank einen Schluck Wasser, das die Stewardess vor sie hingestellt hatte, und fragte sich erneut, warum sie nicht die Freude verspürte, die sie sonst immer vor ihren Treffen mit Gertrude fühlte. Es war wie eine Vorahnung, die sie hatte und die mit Angst verbunden war, ohne dass sie hätte sagen können, worauf sich diese Vorahnung bezog und wovor sie genau Angst hatte.

Sie war immer noch in Gedanken versunken, als die Stewardess das Essen brachte. Sarah flog mit Qantas, der australischen Fluggesellschaft, die sie sehr schätzte, weil der Service und das Essen in der Regel erstklassig waren. So auch an diesem Tag. Sarah genoss ihr Filet Mignon und ein Glas Rotwein, während sie über den Wolken schwebte. Sie hatte einen Fensterplatz in einer Dreierreihe. Glücklicherweise war der Platz neben ihr leer. Auf dem Gangplatz saß ein junger Mann, der völlig von seinem Laptop absorbiert war. Es war ihr mehr als recht.

In Australien war Sommer. Sie freute sich schon auf die Streifzüge und Ausflüge, die sie mit ihrer Freundin unternehmen würde. Sie liebte Sydney und seine lockere, weltoffene Atmosphäre. Gertrude wohnte im Herzen der Stadt, in der George Street, unweit des Circular Quai, von dem die Fähren in alle Vororte von Sydney gingen. Von ihrem Penthouse aus hatte man eine grandiose Aussicht auf das Opera House.

Als das Flugzeug landete, hatte Sarah wieder dieses komische Gefühl im Bauch, so anders als bei ihren sonstigen Landungen in Sydney. Sie vermisste die Freude und das Hüpfen in ihrem Herzen, das sie sonst immer in diesem Augenblick verspürte. Sie verließ das Flugzeug, holte ihr Gepäck, ging durch die Passkontrolle und durch den Ausgang mit dem Schild ›Nothing to declare.‹ Schon von Weitem sah sie Gertrude, die ihr freudig zuwinkte. Trotz der Freude, die Sarah deutlich erkennen konnte, lag ein Schatten über Gertrudes Gesicht, der ihr nicht gefiel und den sie noch nie bei der Freundin gesehen hatte.

Sie umarmten sich. Gertrude fragte Sarah, wie der Flug gewesen sei. Sarah erzählte und schon nach fünf Minuten war es so, als hätten sie sich gestern erst gesehen. Sie gingen zu Gertrudes Wagen und fädelten sich langsam auf die Autobahn Richtung Innenstadt ein. Es war ein Samstag und der Verkehr war flüssig. Die Stadt war in helles Sonnenlicht getaucht. Gertrude sagte: »Morgen gehen wir zum Strand, wenn du magst. Es ist herrliches Strandwetter und der Kongress beginnt ja erst kommenden Mittwoch, sodass wir uns noch ein paar schöne Tage machen können.«

Sarah nickte. »Ja, gerne. Gehen wir zum Manly Beach oder zum Bondi Beach?« Gertrude lächelte. Sie wusste genau, dass Manly Beach der Lieblingsstrand ihrer Freundin war. Er war nicht so überlaufen wie Bondi Beach, das Publikum war nicht ganz so exklusiv und es war alles ein bisschen gemütlicher. »Natürlich zum Manly Beach«, erwiderte sie.

Als sie in der George Street ankamen, hatte Sarah ein Gefühl wie nach Hause zu kommen. Sie fuhren mit dem Aufzug nach oben. Alles kam ihr vertraut vor, der Geruch nach sauberem Treppenhaus, die gediegene Atmosphäre und die Geräusche. Ihr schien es, als wäre sie erst gestern zuletzt hier gewesen.

Gertrude sagte: »Jetzt pack erst mal in Ruhe aus. Und in der Zeit bereite ich uns ein leichtes Abendessen.« Sarah liebte das Gästezimmer. Es war hell und gemütlich eingerichtet und verfügte über ein eigenes Bad. Sie dachte: »Mit den Jahren steigen die Ansprüche. Und wie schön ist es, wenn die Ansprüche auch befriedigt werden können.«

Als die Freundinnen im Esszimmer gemütlich bei Gemüserisotto und einem leichten Weißwein saßen, fragte sie ihre Freundin: »Und, was gibt es für Neuigkeiten?« Gertrude plauderte über dies und das und Sarah spürte, dass sie etwas auf dem Herzen hatte.

Schließlich erzählte sie: »Es gibt einen Klienten, der mich stalkt. Er heißt Charles.« Als sie Sarahs besorgten Gesichtsausdruck sah, beschwichtigte sie sogleich. »Nichts Ernstes. Aber trotzdem lästig.« Sie erzählte weiter: »Der Mann kam vor ein paar Monaten zum Erstgespräch in meine Praxis. Schon beim ersten Zusammentreffen war er mir unsympathisch. Ich merkte, dass er einen Hang zur Selbstdarstellung und zum Übertreiben hatte. Ich empfand ihn als sehr grenzüberschreitend. Da er allerdings auf Empfehlung einer langjährigen Klientin gekommen war, beschloss ich, ihn trotz meines schlechten Bauchgefühls in Therapie zu nehmen.«

Sie seufzte. »Hätte ich bloß auf mein Gefühl gehört. Die Therapiestunden mit ihm waren sehr anstrengend. Schon eine Stunde vor dem jeweiligen Termin bekam ich Bauchschmerzen.«

»Ja, aber wenn es für dich so schlimm war, warum hast du die Behandlung dann nicht abgebrochen und ihn zu einem Kollegen geschickt?«

»Das habe ich mir auch überlegt. Aber irgendwie fühlte ich mich der Klientin, die ihn geschickt hatte, verpflichtet. Und er brauchte die Therapie wirklich. Es schien so, als könne ich ihm helfen.«

Sarah dachte, dass Gertrude in diesem Fall wohl dem für ihre Zunft nicht ganz untypischen Helfersyndrom zum Opfer gefallen sei. Sie sagte es jedoch nicht, denn sie wollte den Erzählfluss der Freundin nicht durch besserwisserisch anmutende Kommentare stoppen.

»Ein paar Wochen nach Behandlungsbeginn ging es los mit den Anrufen. Nächtliche Anrufe, zuerst einmal in der Woche, dann öfter. Jedes Mal war am anderen Ende der Leitung ein schweres Atmen zu hören, manchmal auch Musik im Hintergrund. Ich habe eine Fangschaltung legen lassen ohne Ergebnis. In den Therapiestunden, wenn ich mit ihm arbeitete, hatte ich das deutliche Gefühl, dass er hinter den Anrufen steckte. Ich konnte es nicht genau begründen, aber es war ein klares Empfinden.«

Sie nahm einen Schluck Wein und fuhr fort: »Er erschien ein paar Mal zu meinen Wochenendseminaren, du weißt schon, die Therapiegruppe, die sich alle zwei Wochen in meiner Praxis trifft. Als er mich fragte, ob er einmal in diese Gruppe hineinschnuppern könne, habe ich mir nichts dabei gedacht.«

Sarah dachte: »Das war wahrscheinlich unvorsichtig.«

»Schon nach zwei oder drei Nachmittagen bemerkte ich, dass er Disharmonie in die Gruppe hineinbrachte. Er verhielt sich verschiedenen Frauen der Gruppe gegenüber unpassend. Außerdem machte er sich ständig wichtig.«

Sie seufzte. »Aber auch da läuteten meine Alarmglocken zuerst noch ganz leise. Ich kenne ein paar solcher Klienten – Menschen, die immer ein Publikum brauchen, um sich gut zu fühlen. In der Gruppe war eine Frau, die sehr auf Charles ansprach. Sie ließ sich von ihm Komplimente machen und die beiden trafen sich auch ab und zu außerhalb der Gruppe, obwohl sie in einer festen Beziehung lebt.«

»Warum hast du mit ihm nicht über deine Beobachtungen gesprochen und ihm nahegelegt, die Gruppe zu verlassen?«

»Weißt du, es ist mir unangenehm das zu sagen, aber irgendwie macht mir der Mann Angst. Ich weiß nicht, wozu er fähig ist, wenn ich die Behandlung beende.«

Sarah war erstaunt. Sie kannte ihre Freundin als selbstbewusste und kompetente Therapeutin und Ausbilderin. Jetzt nahm sie eine Seite an ihr wahr, die sie vorher noch nie so deutlich gesehen hatte.

»Hast du mit deinem Supervisor darüber gesprochen?«

»Nein, er ist schon seit ein paar Monaten verreist. Ich hatte noch keine Gelegenheit dazu.«

Als sie zu Bett gingen, schlief Sarah trotz der Zeitverschiebung sofort ein. Sie träumte von Wellen, Sonne, Strand und Meer und sah Helmut, der ihr freudig zuwinkte.

Plötzlich wurde sie brüsk aus ihren Träumen gerissen. Das Telefon läutete. Es stand zwar in einem anderen Raum, aber es war unüberhörbar. Gertrude stand auf, nahm den Hörer ab und legte kurze Zeit später auf. Sarah schlief wieder ein, aber ihr Schlaf war unruhig und oberflächlich.

Am nächsten Tag machten sich die Freundinnen nach dem Frühstück auf den Weg zu Manly Beach. Sie nahmen die Fähre ab Circular Quai. Da es ein strahlender Sommertag war und noch dazu ein Sonntag, war die Fähre voll. Viele Menschen hatten das gleiche Ziel wie die beiden. Das störte sie jedoch nicht. Sarah genoss die Fahrt, die Sonne und die Wärme in vollen Zügen. Der Winter in Deutschland war kalt gewesen, umso mehr saugte sie die Wärme der Sonne regelrecht in sich auf.

Die Freundinnen genossen den Tag am Strand. Es war zwar voll, aber nicht überfüllt, und das Schwimmen im angenehm temperierten Wasser war wohltuend und erfrischend. Mittags aßen sie eine Kleinigkeit in einer der zahlreichen Strandbars und am Nachmittag fuhren sie gemütlich wieder zurück. Die George Street war recht verlassen am frühen Sonntagnachmittag. Nachdem sie geduscht und sich umgezogen hatte, telefonierte Sarah mit Helmut. Er sagte ihr, dass er sie vermisse, und sie sagte ihm das Gleiche.

Es war für Sarah die erste Beziehung, in der der Satz ›Ich vermisse dich‹ nicht auch gleichzeitig bedeutete ›Es geht mir schlecht, weil du nicht da bist, und du musst sofort kommen, um dich um mich zu kümmern.‹ Bei Sarah und Helmut bedeutete der Satz: ›Ich vermisse deine Nähe und gleichzeitig bin ich mit meinen eigenen Dingen beschäftigt und komme gut mit mir zurecht und ich freue mich schon, wenn du wieder da bist.‹

Das war ein wahrlich befreiendes Gefühl für Sarah. In früheren Beziehungen hatte sie sich immer schlecht gefühlt, wenn sie sich Raum für sich genommen hatte. Es war ihr immer so vorgekommen, als würde sie ihrem Partner damit etwas wegnehmen, obwohl sie natürlich wusste, dass das nicht der Fall war.

Im nächsten Augenblick begann das Telefon wieder zu läuten. Sie stand gerade noch daneben und zögerte, ob sie abnehmen sollte oder nicht. Gertrude war unter der Dusche, sie hatte das Klingeln sicher nicht gehört. Nach einer Minute schaltete sich der Anrufbeantworter ein. Jetzt hörte sie das schwere Atmen am anderen Ende der Leitung. Sie bekam eine Gänsehaut. Auch leise Musik ertönte im Hintergrund. Nach zwei weiteren schweren Atemzügen wurde aufgelegt.

Sie setzte sich auf das Sofa. Ihr Herz hämmerte. Sie fühlte eine Bedrohung, die sie schon lange nicht mehr gespürt hatte. Der Schweiß brach ihr aus und sie trank einen Schluck Wasser. Aus der Ferne hörte sie das Rauschen der Dusche. Ihr wurde schwindelig und plötzlich sah sie die vertrauten Umrisse des Wohnzimmers im Haus ihrer Adoptiveltern. Sie konnte jedes Detail erkennen – die Bilder an der Wand, die schweren, altdeutschen Eichenmöbel und die übereinanderliegenden Teppiche. Sie nahm sogar den leicht muffigen Geruch wahr. Dann sah sie ihre Adoptivmutter vor sich, deren Gesicht völlig verzerrt war. Sie hatte Schaum vor dem Mund und schrie: »Heiner, bring das Kind um!«

Sie dachte: »Nein, ich will mich jetzt nicht daran erinnern.« Mit aller Kraft versuchte sie, die aufsteigenden Bilder zu ignorieren. Dann riss sie Gertrudes Stimme aus ihrer Trance. Die Freundin stand frisch geduscht neben ihr, ein Hauch ihres Lieblingsparfüms Shalimar umwehte sie. »Was ist los, Sarah? Woran hast du gerade gedacht?« Sie atmete tief durch. »Ach, nichts, nur eine unangenehme Erinnerung.« Ihr fiel wieder ein, dass vor wenigen Minuten das Telefon geklingelt und der unbekannte Stalker angerufen hatte. Sie zögerte, ob sie Gertrude davon erzählen sollte oder nicht. Aber warum sollte sie es ihr verheimlichen?

Sie sagte: »Vor zehn Minuten hat das Telefon geklingelt und ich habe schweres Atmen und Musik im Hintergrund gehört.« Gertrudes Körper spannte sich an. Sie murmelte: »Ja, ich habe schon darauf gewartet, dass er wieder anruft.« Sarah überlegte, wie sie die Freundin trösten könne, aber in diesem Moment fiel ihr nichts wirklich Hilfreiches ein.

Sie beschlossen, zum Abendessen in eines der zahlreichen Restaurants in der George Street zu gehen. Auf der Straße war es immer noch angenehm warm, viele Menschen flanierten an ihnen vorbei und Sarah genoss wie immer die angenehme, mediterrane Atmosphäre der Hafenstadt.

Schließlich landeten sie bei einem Italiener, bei dem sie schon einige Male gegessen hatten. Sarah bemerkte, dass Gertrude in Gedanken war, und beschloss, das Thema nun doch noch einmal aufzugreifen, um ihrer Freundin zu helfen.

»Was gedenkst du in der Sache weiter zu unternehmen?«

Die Freundin schaute sie hilflos an und wieder bemerkte Sarah die Diskrepanz zwischen der erfolgreichen, kompetenten Therapeutin und dem hilflosen Kind, das sie jetzt vor sich hatte. Sie sah, dass Gertrude Angst hatte, eine massive Art von Angst, mit der sie nur sehr schwer umgehen konnte.

»Soll ich nächste Woche mal mit in die Gruppe kommen und mir Charles anschauen?«

Gertrude blickte sie überrascht an. »Das würdest du tun? Das wäre toll und würde mir bestimmt helfen.«

Nach einer kurzen Pause fuhr sie fort: »Ich weiß, dass dich mein Verhalten in dieser ganzen Sache überrascht. Ich verstehe es selbst nicht, aber ich fühle mich wie gelähmt. Ich habe das Gefühl, dass ich mich nicht gegen diesen Mann wehren kann.«

Als Sarah das hörte, blinkte es ihn ihr. Sie wusste, dass Gertrude in ihrer Kindheit wiederholt von ihrem Vater, ihrem Großvater und einem Onkel sexuell missbraucht worden war und dass sie sich damals nicht hatte wehren können. Konnte dies der Grund dafür sein, dass sie sich auch jetzt nicht wehren konnte? Und sollte sie ihre Vermutung aussprechen oder besser für sich behalten? Schließlich entschied sie sich zu reden.

Vorsichtig begann sie: »An wen erinnert dich dieser Mann?« Die Freundin sah sie mit flackernden Augen an. Sie wusste sofort, worauf Sarah anspielte. »Du meinst, dass mich Charles an meinen Vater erinnert und dass ich mich deshalb so hilflos ihm gegenüber fühle?«

»Ja«, dachte Sarah, »so hilflos, dass du dich nicht mehr in deiner Rolle als Therapeutin halten kannst, sondern wieder in die Rolle des hilflosen Kindes zurückfällst, das du damals ja auch tatsächlich warst.«

Laut sagte sie: »Ja, das glaube ich. Ansonsten kann ich mir nicht erklären, dass es dir so schwerfällt, mit der Situation umzugehen, denn so kenne ich dich gar nicht.«

Gertrude atmete schwer. Sarah merkte, dass sie etwas angetriggert hatte. In dem Moment brachte die Kellnerin das Essen – Fettuccine für Gertrude und Tintenfisch für Sarah. Langsam begannen sie zu essen. Die Freundin sagte: »Ich habe schon lange nicht mehr an meinen Vater gedacht. Du weißt, dass er vor einigen Jahren gestorben ist, und ich dachte eigentlich, dass ich mit ihm im Frieden sei. Aber vielleicht habe ich mir das nur vorgemacht. Oder vielleicht stand der ›Frieden‹ nur auf dünnem Eis.«

Sie aß langsam weiter. »Weißt du, obwohl ich schon viel daran gearbeitet habe, erscheint mir der Missbrauch manchmal immer noch irreal und es gibt immer noch Momente, in denen ich mich frage, ob ich mir das alles nur eingebildet habe.«

Sarah hob die Augenbrauen, als sie das hörte. Sie fragte sich, wie es sein konnte, dass Gertrude immer noch an ihrer eigenen Wahrnehmung zweifelte.

Sanft sagte sie: »Gertrude, ich verstehe, dass das ein ganz schwieriges Thema ist, aber warum zweifelst du immer noch an deiner eigenen Wahrnehmung? Du hast mir doch oft erzählt, dass und wie der Missbrauch all deine Beziehungen zu Männern beeinflusst und letztendlich auch dafür gesorgt hat, dass du nie eine tiefere Liebesbeziehung eingegangen bist. Willst du immer noch deine Eltern schützen?«

Gertrude schluckte. »Nein, meinen Vater sicher nicht, aber meine Mutter. Du weißt, dass meine Mutter meine einzige Bezugsperson in der Kindheit war und wie schwer sie es mit meinem Vater hatte. Ich will ihr Andenken nicht beschmutzen.«

»So«, sagte Sarah bewusst provokant, »lieber beschmutzt du dich also selbst, indem du an dir zweifelst und dein Selbstwertgefühl damit sabotierst?« Die Bemerkung war angekommen. Gertrude legte ihr Besteck nieder und sagte betroffen: »So siehst du es? Du denkst, dass ich mir selbst im Wege stehe, solange ich noch versuche, meine Mutter zu schützen?«

»Ja, genauso sehe ich es. Warum willst du deine Mutter entlasten? Sicher hat sie viel für dich getan. Aber sie hat auch vieles unterlassen. Sonst hätte sie sich schon viel früher von deinem Vater getrennt und dafür gesorgt, dass der Missbrauch aufhört. Warum hat sie das nicht getan?«

»Weil sie das nicht konnte. Sie war doch finanziell von ihm abhängig.«

»Ja, und?«, entgegnete Sarah. »Es gibt auch noch andere Frauen, die von ihren Männern finanziell abhängig sind und die es schaffen, sich aus diesen Abhängigkeiten zu lösen.«

Gertrudes Augen schimmerten tränenfeucht. »Ja, ich weiß, du hast recht, es ist nur so schwer für mich. Wenn ich das Andenken meiner Mutter auch noch vom Sockel stoße, was bleibt dann von meiner Kindheit?«

»Was bleibt?«, fragte Sarah. »Fragst du mich das im Ernst? Du bleibst und alles, was du geschafft hast in deinem Leben. Alles, was du trotz dieser schlimmen Kindheit und ohne die Unterstützung, die du von deinen Eltern hättest bekommen sollen, geschafft hast.«

Gertrude war nachdenklich geworden. »Ich muss über diese Dinge in Ruhe nachdenken, die du sagst. Wir reden in ein paar Tagen noch mal darüber, okay?« Sarah nickte zustimmend. Gertrude fuhr fort: »Und jetzt genießen wir den Abend in vollen Zügen, ja? Und gehen noch ein bisschen in Richtung Opera House bummeln und dann vielleicht bei ›Diamonds‹ noch einen Cocktail trinken?«

Sie beendeten ihr Abendessen und gingen Arm in Arm in Richtung Opera House. Die Luft roch feucht und salzig und die Atmosphäre war prickelnd und angenehm zugleich. Sarah dachte, wie sehr sie ihrer Freundin zugetan war und wie sehr sie an der Freundschaft mit ihr schätzte, dass der Genuss und die schönen Dinge nie zu kurz kamen. So schwer oder tiefgehend ihre Gespräche auch waren, immer wieder fanden sie angenehme Dinge, die den Ausgleich dazu schafften.

Inzwischen hatten die Freundinnen das ›Diamonds‹ erreicht. »Terrasse oder Innenbereich?«, fragte Gertrude. Sarah antwortete: »Lieber draußen. Ich genieße die Wärme hier in vollen Zügen nach dem kalten deutschen Winter.« Sie ließen sich in einer Sitzgruppe nieder und bestellten zwei Mai Tai. Das Lokal war gut besucht. Die Atmosphäre war angenehm und die Hintergrundmusik entspannend. Als ihre Drinks serviert worden waren, prosteten sich die beiden Freundinnen zu. Sarah sagte: »Ich freue mich total, bei dir zu sein. Es ist wie Nachhausekommen.« Gertrude lächelte. »Ja, ich freue mich auch riesig, dass du da bist. Und du weißt, ich möchte, dass du dich in meiner Wohnung wie zu Hause fühlst.«

Die nächste Gruppentherapie-Runde fand ein paar Tage später statt. Es gehörten acht Personen zu der Gruppe – fünf Frauen und drei Männer. Sarah war sehr gespannt auf Charles, der an diesem Nachmittag auch kommen wollte. Gertrudes Praxis lag in dem gleichen Gebäude, in dem sich auch ihr Penthouse befand, nur zwei Stockwerke tiefer. Der Seminarraum war ein heller großer Raum mit Parkettboden. Sarah mochte seine leichte und gleichzeitig warme Atmosphäre.

Inzwischen waren alle außer Charles da. Gertrude eröffnete die Gruppe mit den Worten: »Ich heiße euch ganz herzlich an diesem Nachmittag willkommen und möchte euch meine Freundin und Kollegin Sarah aus Deutschland vorstellen. Sie ist heute bei uns als Hospitantin zu Gast.«

Einige schauten sie neugierig an und Sarah spürte, dass ihr aus der Gruppe gute Gefühle entgegenkamen. Eine Frau begrüßte sie auf Deutsch und es gab ein kurzes Gespräch über Deutschland. Dann ging die Tür auf und herein kam ein sehr großer, kräftiger Mann. »Das muss wohl Charles sein«, dachte sie.

Der Mann entschuldigte sich nicht etwa für sein Zuspätkommen, sondern zog sogleich alle Aufmerksamkeit auf sich, in dem er sich lautstark über den nachmittäglichen Stau in Sydneys Innenstadt beschwerte. Sarah fand ihn auf den ersten Blick unmöglich, jedoch konnte sie sich auch vorstellen, dass er auf einen bestimmten Frauentyp eine gewisse Anziehung ausübte.

Sie bemerkte, dass sich Gertrude, die normalerweise über eine große Situationskompetenz verfügte, beim Eintreten des Mannes anspannte. Ihr Mund war nur noch eine schmale Linie, als sie sagte: »Hallo Charles, wir haben schon angefangen. Nimm doch bitte Platz.«

Er quittierte ihre Worte mit einem süffisanten Lächeln, das Sarah völlig unpassend fand. Sie dachte: »Wenn ich seine Gedanken hören könnte, dann würde ich jetzt bestimmt etwas hören, das mir gar nicht gefällt.«

Er streifte sie mit einem kurzen Blick, der ihr ebenfalls nicht gefiel. Seine Augen glitten über ihr Gesicht und dann über ihren Körper. Sie fühlte sich einen Moment lang wie nackt und dachte: »Mein Gott, ist das ein penetranter Mann. Der schaut sich wohl Frauen nur unter dem Gesichtspunkt an, inwieweit sie eine Beute für ihn sein könnten.«

Die Gruppe begann mit einer Einführungsrunde. Als Charles an die Reihe kam, räusperte er sich kurz und sagte dann: »Ich muss eine Menge beichten. Ich habe wieder Sachen gemacht, die man eigentlich nicht macht. Ich habe mich mit einer Frau getroffen und sie hat mich im Auto geküsst. Ich fühle mich schrecklich schlecht deswegen.« Er sagte dies in so einem künstlich zerknirschten Ton, dass es Sarah fast übel wurde.

Von Gertrude hatte sie erfahren, dass er verheiratet und Vater von drei halbwüchsigen Kindern war und dass er es mit der Treue nicht so genau nahm. Als sie nun seine Worte hörte, dachte sie: »Wie kann der Mann nur so kokettieren mit etwas, für das er sich eigentlich schämen sollte?«

Bei einer Gruppenübung, die paarweise durchgeführt wurde, sah sie, wie Charles seiner Partnerin, einer hübschen Frau Mitte dreißig, eindeutig zu nahe kam. Sie konnte noch nicht einmal sagen, wie er es machte, ob es seine Körperhaltung oder sein Blick oder der Ton seiner Stimme war, jedenfalls war etwas ganz und gar Unpassendes in seinem Verhalten.

»Was für ein Unterschied zu Perry«, dachte sie nur. Perry war einer der anderen beiden Männer in der Gruppe. Er war ein gutaussehender, aber sehr bescheiden wirkender Mann Anfang vierzig. Er behandelte die Frauen der Gruppe mit ausgesuchter Höflichkeit, ohne jedoch jemals in irgendeine Richtung übertriebenes Verhalten zu zeigen. Einen größeren Gegensatz, als ihn die beiden Männer darstellten, hätte Sarah sich nicht vorstellen können.

Als der Nachmittag zu Ende war, gingen die Freundinnen zurück in die Wohnung und tranken Kaffee. »Und«, fragte Gertrude, »wie ist dein Eindruck von der Gruppe und von Charles?«

Sarah atmete tief durch.

»Ich muss dir ganz ehrlich sagen, dass ich diesen Mann total unsympathisch finde. Und wie er die Frauen der Gruppe behandelt, das ist einfach unmöglich. Allerdings tut er das auf eine so subtile Art und Weise, dass du ihn kaum darauf ansprechen kannst. Ich würde mir an deiner Stelle genau überlegen, ob du ihn in der Gruppe behalten willst oder nicht.«

»Ja, behaglich ist mir seine Anwesenheit in der Gruppe auch nicht«, erwiderte Gertrude seufzend, »vor allem, wenn ich bedenke, dass er der Urheber der Anrufe sein könnte. Aber was soll ich machen? Ich kann ihn doch nicht quasi ohne Grund aus der Gruppe werfen.«

»Doch, kannst du schon«, sagte Sarah. »Es ist deine Gruppe, und du bist hier der Boss. Wenn du ihn für ungeeignet hältst, dann musst du es ihm sagen.« Sie sah, wie sich Gertrudes Gesichtsausdruck veränderte.

»Ich weiß nicht wieso, aber ich habe Angst davor, mit ihm zu reden.« Sie hielt kurz inne. »Es hört sich vielleicht komisch an, aber es ist dieselbe Angst, die ich als Kind hatte, jemandem von den sexuellen Übergriffen zu erzählen.«

»Was wäre das Schlimmste, das passieren könnte, wenn du ihn aus der Gruppe wirfst?«

Gertrude überlegte kurz. »Dass er irgendetwas tut, um die ganze Gruppe durcheinanderzubringen und um mir zu schaden.«

»Wenn du das wirklich glaubst, dann musst du es ausprobieren. Sonst gibst du dem Mann mehr Macht, als er wahrscheinlich hat.«

Gertrude dachte kurz nach. »Ich habe noch nie in der Therapie oder in Gruppen mit einem solch penetranten Mann zu tun gehabt.« Sie atmete hörbar ein. Ihre Blicke kreuzten sich und Sarah wusste in dem Moment, dass sie denselben Gedanken hatten.

Laut sagte sie: »Du bist jetzt nicht mehr das kleine Kind, das seinem Vater ausgeliefert ist. Das ist lange vorbei, Gertrude.«

Die Freundin nickte nachdenklich. »Ist es nicht erschreckend, wie stark die Prägungen aus der Kindheit sich auf das ganze Leben eines Menschen auswirken? Egal, wie weit dieser Mensch gereist ist, egal, wie viele Ausbildungen er absolviert hat, egal, wie kompetent er ist, immer wieder zeigen sich die alten Muster. Glaubst du, dass man das irgendwann wirklich überwinden kann?«

»Ja, ich glaube schon. Aber ich denke auch, dass es ein langer Prozess ist, der immer wieder große Achtsamkeit, Klarheit und Mut erfordert. Du musst immer wieder bereit sein, genau hinzuschauen, Situationen zu analysieren und dir bewusst machen, welche Muster in ihnen präsent sind.«

Sie hielt kurz inne. »Und ich glaube auch, dass du Selbstliebe brauchst, um diesen Weg gehen zu können. Du musst es dir selbst wert sein.«

Gertrude nickte nachdenklich.

In diesem Moment klingelte das Telefon erneut. Sie hob den Hörer ab und an ihrem Gesichtsausdruck konnte Sarah erkennen, dass es der anonyme Anrufer war. Nachdem sie ein paar Mal ›Hallo‹ in den Hörer gerufen hatte, warf sie ihn auf die Gabel. Sie atmete schwer und Sarah sah die Angst in ihren Augen.

»Weißt du was, jetzt unternehmen wir etwas, um auf andere Gedanken zu kommen, und heute Abend reden wir weiter über die Sache.« Gertrude war einverstanden.

Die beiden Freundinnen verbrachten einen herrlichen Tag in Sydney. Sie bummelten durch den Botanischen Garten, den Sarah sehr mochte, besuchten den Zoo, über den man in einer Gondel schweben konnte und der sehr liebevoll und durchdacht angelegt worden war, und abends aßen sie im Garten eines schönen Restaurants *Mahi-Mahi*.

Als sie beim Espresso angelangt waren, nahm Sarah den Gesprächsfaden vom Morgen wieder auf. »Nun«, sagte sie, »wir sollten jetzt überlegen, was du wann tun willst.«

»Ich glaube, ich will nicht mehr länger warten«, erwiderte Gertrude. »Ich werde Charles konfrontieren.« Sarah war überrascht über ihre Entschlossenheit.

»Und willst du das noch machen, solange ich hier bin? Wäre das leichter für dich?«

»Oh ja, meine Liebe, das wäre eine große Hilfe.«

Am nächsten Tag rief sie Charles an und vereinbarte einen

Gesprächstermin mit ihm in ihrer Praxis. Er erschien pünktlich. Gertrude konnte sehen, dass er aufgeregt war, auch wenn er versuchte, dies zu verbergen. Wie fast immer eröffnete er die Therapiestunde mit einer Bemerkung über ihr Outfit: »Schönes Kleid, das du heute anhast. Steht dir sehr gut.« Dabei ließ er seinen Blick von oben nach unten und wieder zurück nach oben über ihren Körper schweifen.

Sie reagierte nicht auf seinen Kommentar und dachte nur: »Komm mir bloß nicht zu nahe.«

In der nächsten Sekunde stand das Bild ihres Vaters quasi überlebensgroß vor ihr. Und sie wusste, dass sie ihrem Vater gegenüber dasselbe Unbehagen verspürt hatte wie jetzt gegenüber Charles. Gleichzeitig schoss zum ersten Mal eine Welle von Wut über ihre Mutter in ihr empor. »Warum hat meine Mutter das nicht gestoppt? Sie hat es doch ganz genau gesehen. Warum hat sie einfach weggeschaut und mich diesem Verhalten ausgesetzt?«, dachte sie.

Ihre Wut verwandelte sich genauso schnell, wie sie gekommen war, in Trauer. Dann straffte sie sich und schaute ihren Klienten an, der sich inzwischen bequem hingesetzt hatte. Er lag auf der Lauer.

»Charles, das was ich dir jetzt sagen möchte, ist nicht leicht für mich. Ich habe lange überlegt, ob es richtig ist, und habe mich dann entschieden, es zu tun.«

Sie sah, dass seine Neugierde wuchs, und fuhr fort: »Unser therapeutisches Verhältnis war für mich von Anfang an mit Schwierigkeiten behaftet. Ich habe dein Verhalten sowohl in der Therapie als auch in der Gruppe einige Male als grenzüberschreitend empfunden.« Sie atmete. Er nutzte die Pause sofort, um einzuhaken.

»Grenzüberschreitend«, sagte er eine Spur zu laut, »was meinst du denn damit?«

»Nun ja, in der Gruppe kommst du oft zu spät und dann setzt du dich nicht etwa in aller Ruhe auf deinen Platz, sondern benutzt dein Zuspätkommen quasi dafür, um einen Auftritt daraus zu machen. Zu den Therapiestunden kommst du zwar pünktlich, aber du fängst fast jede Stunde mit einem Kommentar über mein Äußeres an. Das ist unpassend, Charles. Du bist nicht hier, um Urteile über mein Äußeres abzugeben.«

Sie merkte, wie sich ihre Stimme gehoben hatte, während sie den letzten Satz aussprach. Und sie merkte auch, wie die Spannung im Raum stieg. Es strengte sie an, in ihrer Therapeutenrolle zu bleiben, denn immer wieder stieg Wut hoch, die dann aber sofort von Angst oder Trauer überlagert wurde.

»Charles, ich möchte nicht mit dir in Diskussionen einsteigen. Ich habe einfach gemerkt, dass die Therapiestunden mit dir zu anstrengend für mich sind. Normalerweise macht mir meine Arbeit Spaß. Dies ist aber in den Stunden mit dir nicht der Fall. Deshalb habe ich entschieden, die Sitzungen zu beenden.«

Sie atmete tief – froh, dass sie endlich den Mut gefunden hatte, das auszusprechen, was sie fühlte.

Sein Gesicht hatte sich verfärbt, während er ihr zuhörte. Dann fragte er lauernd: »Und die Gruppe? Kann ich weiter in die Gruppe kommen?«

»Ich habe mir lange Gedanken darüber gemacht und bin zu dem Schluss gekommen, dass ich es auch besser fände, wenn du nicht mehr in die Gruppe kommen würdest.« Sie hatte den letzten Satz so neutral wie möglich gesagt, merkte aber, dass er in ihrem Gegenüber eine Lawine an Gefühlen auslöste.

»Ich habe doch nichts gemacht. Ich bin einfach so, wie ich bin. Du kannst mich nicht einfach aus der Gruppe hinauswerfen. Das ist total unfair!« Seine Stimme war fast schrill geworden.

Mit einem Anflug von Galgenhumor dachte sie: »Super, was sich hier abspielt. Ich kämpfe mit meinem verängstigten

Inneren Kind und bei ihm kommt ein trotziges und wütendes Inneres Kind zum Vorschein.«

Sie musste all ihre Kraft aufbringen, um die Situation im Griff zu behalten. Schließlich sagte sie: »Gut, Charles, wenn dir die Gruppe so wichtig ist, dann mache ich mir noch mal Gedanken darüber. Aber die Therapie ist definitiv beendet.«

Die Erleichterung war ihm deutlich anzumerken. Dann sagte er mit samtweicher Stimme: »Du bist die beste Therapeutin, die ich kenne. Ich weiß nicht, wo ich hingehen soll, wenn du mich wegschickst.«

»Danke für das Kompliment. Selbst wenn ich in deinen Augen die beste Therapeutin bin, so bin ich doch nicht die einzige. Es gibt viele Kollegen, an die ich dich empfehlen kann. Und sicher wäre es auch gut, wenn du einmal zu einem Mann gehen würdest. Vielleicht könntest du bestimmte Themen mit einem männlichen Therapeuten noch besser bearbeiten.«

Sie hatte ihm nun wirklich alles gegeben, um sein Gesicht zu wahren, und er war intelligent genug, um das zu merken. Er schluckte die Kröte und sagte: »Ja, mal schauen.«

Gertrude wollte die Situation beenden. Sie verabschiedete Charles.

Obwohl das Gespräch besser verlaufen war, als sie befürchtet hatte, fühlte sie sich nicht gut. Sie ging zurück in ihre Wohnung und traf Sarah lesend auf dem Sofa an.

»Und wie ist es gelaufen?«, fragte die Freundin gespannt.

»Eigentlich ganz gut. Ich habe die Therapie mit ihm beendet und ihm gleichzeitig ermöglicht, weiterhin in die Gruppe zu kommen. Ich denke, das ist das Beste, das momentan möglich ist. Aber komischerweise fühle ich mich trotzdem nicht gut.«

»Und woran liegt das?«

»Ich weiß es auch nicht. Kennst du das Gefühl, nur die

Wahl zu haben zwischen zwei Möglichkeiten, die sich beide nicht gut anfühlen?«

Sarah nickte.

Gertrude fuhr fort: »Und genau ein solches Gefühl habe ich im Hinblick auf Charles. Aber nicht nur bei ihm, ich kenne das auch aus anderen schwierigen Situationen. Ich habe dann oft das Gefühl, dass ich etwas suche – vielleicht die dritte Möglichkeit, die aber außerhalb meiner Reichweite ist.«

In dem Moment klingelte das Telefon und Gertrude sagte: »Entschuldige mich kurz.«

Sie hörte, wie die Freundin abnahm. Kurz darauf kam sie ins Zimmer und sagte: »Hier, für Dich.« Sarah nahm den Hörer. Als sie Helmuts Stimme hörte, erfasste eine Welle von Wärme und Liebe ihren ganzen Körper. Auf seine Frage, wie es ihr gehe, antwortete sie: »Du rufst genau im richtigen Moment an. Ich bin gerade ein bisschen traurig.«

Sie hörte, wie Helmut Luft holte: »Ja, ich habe gespürt, dass etwas mit dir ist. Willst du darüber reden?« Sarah überlegte kurz, dann erwiderte sie: »Nein, ich erzähle es dir, wenn ich wieder zu Hause bin. Es ist einfach schön, deine Stimme zu hören und zu spüren, dass du für mich da bist.«

Die Chemie zwischen ihr und Helmut war für Sarah immer wieder faszinierend und sie dachte: »Ja, das ist Liebe. So fühlt sich Liebe an.«

Die ganze Familie war um den großen Esstisch im Haus von María versammelt – Kinder, Enkelkinder und Schwiegerkinder. Gerade war eine heiße Diskussion über die katalanische Unabhängigkeit im Gang. Jeden Sonntag gab es diese Art von Diskussionen und Loredana dachte: »Ich kann es nicht mehr hören.«

Ihr Schwiegervater, ein Anhänger des verstorbenen Generals Francisco Franco, hatte eine Meinung, die der katalanistisch-nationalistisch geprägten Einstellung seiner Ehefrau diametral entgegenstand. Wenn sie ihn laut anging mit den Worten ›Fernando, halt du bloß den Mund, dich kenne ich‹ und dieser dann tatsächlich aufhörte zu reden, fragte sich Loredana jedes Mal, worum es hier eigentlich ging – um Politik oder um seit Jahrzehnten schwelende Ehezwistigkeiten.

So war es auch an diesem Sonntag, einem heißen Tag Mitte August. Sergio war den ganzen Monat auf Urlaub in Pals und eigentlich hätte sich Loredana freuen können – sie tat es aber nicht. Sie fühlte sich unbehaglich im Kreise ihrer Schwiegerfamilie. Alle redeten durcheinander, niemand hörte dem anderen wirklich zu und anscheinend ging es hauptsächlich darum, recht zu haben und den anderen zu übertönen.

Alejandro saß zwischen ihr und seinem Vater. Er aß mit Hingabe – er liebte das Essen seiner Großmutter. Gleichzeitig hörte er aufmerksam dem Disput zwischen María, Fernando und Sergio zu. Dieser stand wie immer auf der Seite seiner Mutter. Loredana hörte ihn gerade sagen, dass die Franco-Anhänger schlimmer seien als die Nazis. Sie fand, dass er mit dieser Äußerung weit übers Ziel hinausschoss.

Sie beobachtete ihren kleinen Sohn und überlegte, welche Wirkung diese Gespräche wohl auf ihn haben mochten. Er war inzwischen knapp fünf Jahre alt und sehr intelligent. Was für Prägungen würden die Dinge, die er da hörte, in ihm hinterlassen? Und wie war es wohl für ihn, drei Menschen, die er alle sehr liebte – Vater, Großvater und Großmutter –, so in ihren anscheinend unlösbaren Konflikt verstrickt zu sehen? Was für ein Bild würde er von seiner väterlichen Familie entwickeln?

Sie aß weiter, während sie die anderen Familienmitglieder beobachtete. Selma, Sergios ältere Schwester, hatte einen leicht verkniffenen Ausdruck im Gesicht, Céline, die nächstjüngere, machte gute Miene zum bösen Spiel.

Bei ihrer ersten Begegnung hatte Céline zu ihr gesagt: »Wir sind sehr froh, dass du in unsere Familie gekommen bist, weil du nicht nur hübsch bist, sondern auch intelligent. Sergio ist ein wunderbarer junger Mann, er braucht nur etwas Führung.« Damals hatte Loredana sich geschmeichelt gefühlt und den Worten ihrer Schwägerin ansonsten nicht allzu große Bedeutung beigemessen – heute wusste sie besser, was Céline damit gemeint hatte.

Der August verlief zäh. Loredana merkte, dass sie Sergios Gegenwart nicht genießen konnte. Sie hatte bereits vier Monate in Pals hinter sich gebracht. Sie hatte sich in der Motorenfabrik bei ihren katalanischen Kollegen Respekt verschafft, sie hatte die Wohnung eingerichtet und dekoriert, sie hatte die finanziellen Transaktionen durchgeführt, sie hatte angefangen, sich einen Platz in Sergios Familie zu verschaffen, und sie verbrachte zwar nicht viel, aber wertvolle Zeit mit ihrem Sohn.

Sie war sich darüber bewusst, dass sie in den letzten Monaten enorm viel geschafft hatte – ja, sie war geradezu über sich selbst hinausgewachsen. Von der Familie sagte ihr das niemand, aber Magri sagte es ihr, wenn die beiden sich trafen, und sie sagte es auch zu Alejandro.

Wenn Magri in Pals zu Besuch war, hörte Loredana oft, wie sie ihm vermittelte: »Du hast eine ganz tolle Mama, auf die du sehr stolz sein kannst.« Dann huschte immer ein Lächeln über Alejandros Gesicht und manchmal auch ein leichtes Erstaunen – es gab ja sonst niemanden, der ihm solche Dinge über seine Mutter sagte. Loredana sah, wie er sich freute, dass jemand seine Mutter so schätzte und dies auch zum Ausdruck brachte.

Was sie am meisten schmerzte, war, dass Sergio nicht ein Wort des Lobes oder der Anerkennung für sie fand. Er nahm alles zur Kenntnis, was sie geschafft hatte, kommentierte einige Dinge kritisch, aber nie hörte sie die Worte, die sie dringend von ihm gebraucht hätte. ›Toll hast du das gemacht‹ oder ›Ich bin stolz auf dich – was du hier alles geschafft hast und wie du dich integriert hast.‹

Die Gespräche über ihre Ehe liefen immer gleich ab. Wenn sie sagte, dass sie sich so und so fühle und sich dies und das ändern müsse, erwiderte er, dass jetzt ein ungünstiger Gesprächsmoment war, ohne allerdings auf einen anderen, günstigeren Moment zu verweisen. Schließlich gelangte sie zu der Erkenntnis, dass alle Gesprächsmomente für ihn ungünstig waren, und zwar einfach deshalb, weil er nicht reden *wollte,* was er natürlich niemals zugegeben hätte. Manchmal gab er ihr zu verstehen, sie sei eine komplizierte Frau – was auch nicht wirklich dazu angetan war, ein klärendes oder bereinigendes Gespräch in Gang zu bringen. Ein anderes Mal lief gerade ein wichtiges Fußballspiel oder er hatte in der Bar eine Verabredung mit Freunden. An manchen Tagen war sie so wütend über seine totale Verweigerung, dass sie ihn am liebsten geschlagen hätte.

In solchen Momenten dachte sie, dass sie schon längst weg wäre, wenn es Alejandro nicht gäbe. Sie gestand sich ein, dass sie schon seit Jahren darüber nachdachte, wie sie aus dieser Ehe herauskommen konnte, ohne Alejandro zu schaden.

Wenn sie zu ergründen versuchte, wann die Probleme mit Sergio begonnen hatten, dann erinnerte sie sich, dass es bereits kurze Zeit nach der Eheschließung Konflikte gegeben hatte, die nie wirklich bereinigt werden konnten, weil er es nicht wollte und all ihre dahingehenden Anstrengungen schlichtweg sabotierte.

Sie dachte: »Ich bin nicht mit einem Mann verheiratet, sondern mit einem trotzigen Kind.«

Aber diese Erkenntnis half ihr erst einmal auch nicht weiter. Sie konnte ihre Koffer nicht einfach packen.

Als Sergio wieder zurück nach München flog, fühlte sie sich leer. Sie dachte, sie müsse sich eigentlich anders fühlen nach einem kompletten Monat Urlaub. Aber es war nicht so.

Sie fragte sich immer öfter, wie es weitergehen solle, wenn er wieder zu Hause wäre und ob es eine gemeinsame Zukunft für sie beide geben würde. In vielen Situationen betrachtete sie ihren kleinen Sohn und dachte: »Wenn ich nur wüsste, wie ich hier rauskomme, ohne dir zu schaden.«

Der Monat September verlief ohne größere Ereignisse. Am 20. September erhielt sie einen Anruf von Sergio: »Stell dir vor, die lassen mich schon früher nach Hause. Nicht am 1. November, wie eigentlich geplant, sondern ich komme schon am 1. Oktober.«

Ein intensives Unbehagen machte sich in ihrem Bauch breit. Ihr brach der Schweiß aus und sie konnte sich kein bisschen freuen. Sie fühlte nur Enge. Matt brachte sie hervor: »Und wieso?«

»Weil mein Nachfolger schon früher kommt.«

Dann herrschte ein Moment Stille in der Leitung. Sie schwiegen, aber Loredana konnte seine unausgesprochene Frage regelrecht greifen: »Freust du dich denn gar nicht?« Sie war froh, dass er sie nicht laut stellte, denn sie hätte sie verneinen müssen. Sie tauschten noch ein paar Belanglosigkeiten aus und legten dann auf.

Als sie ihrem Sohn am gleichen Abend mitteilte, dass sein Papa nun schon früher heimkommen würde, war er begeistert. »Schön, dass wenigstens er sich freuen kann«, dachte sie. Auch María war voller Begeisterung. Im Stillen fragte sie sich, wie sich das Verhältnis zwischen ihr und María verändern würde, wenn ihr geliebter Sohn wieder da war. Dann dachte sie: »Noch zehn Tage Freiheit.« Sie war bestürzt über ihre eigenen Gedanken, aber sie konnte sie nicht ändern.

Am nächsten Tag war sie bei der Arbeit unkonzentriert. Flavio, dessen ›Aquarium‹ neben ihrem lag und der sie genau beobachten konnte, entging dies nicht. Vor der Mittagspause kam er zu ihr und fragte: »Was ist los, Loredana? Du wirkst so bedrückt und unkonzentriert.«

Sie schluckte. Flavio und sie hatten in den letzten Monaten ein freundschaftliches Verhältnis zueinander entwickelt. Sie konnten gut miteinander arbeiten und nach einiger Zeit hatte sie begonnen, Spaß an ihrer Arbeit zu finden. Sie hatte sich den Respekt ihrer überwiegend männlichen Arbeitskollegen erworben und sie war stolz auf sich.

»Willst du eine ehrliche Antwort?«, fragte sie. Flavio betrat ihr ›Aquarium‹ und schloss die Glastür hinter sich.

»Natürlich will ich eine ehrliche Antwort.« Er war neugierig geworden.

»Gestern habe ich einen Anruf von Sergio aus München bekommen. Er kommt statt am 1. November schon am 1. Oktober wieder nach Pals zurück.«

Flavio atmete hörbar. Er dachte kurz nach, dann sagte er: »Weißt du was, wir beide gehen jetzt zusammen zum Mittagessen. Mein nächstes Meeting ist erst um 16 Uhr. Komm, ich leih dir meinen Helm, dann fahren wir mit dem Motorrad.« Sie nickte.

Es kam nicht oft vor, dass sie mit Flavio zusammen mittagessen ging. Oft ließ er die Mittagspause ausfallen, aber es gab immer Kollegen, die sie in die Kantine begleiteten, in der das Essen im Übrigen recht gut war – klassische katalanische Hausmannskost.

Als sie mit Flavio auf seinem Motorrad saß und sie beide durch die spätsommerliche Landschaft brausten, fühlte sie sich besser. Sie genoss seinen dynamischen und gleichzeitig sicheren Fahrstil.

Sie gingen in ein typisch katalanisches Restaurant in der Nähe der Firma. Man konnte dort auch draußen sitzen und es gab exzellentes Essen. Als sie mit der Vorspeise, *Espárragos con mahonesa* – Spargel mit Mayonnaise, fertig waren, sagte Flavio: »Also jetzt erzähl mal, was du auf dem Herzen hast.«

Loredana antwortete: »Nun, du weißt ja schon einiges aus meiner Ehe. Als Sergio mich gestern anrief und mir freudig mitteilte, dass er schon einen Monat früher nach Hause kommt, konnte ich mich überhaupt nicht freuen. Meine eigenen Gefühle haben mich bestürzt. Ich habe gemerkt, dass meine Ehe wohl schon kaputter ist, als ich dachte.« Sie hielt inne.

»Und das wundert dich? Der Typ hat dich doch in allen Situationen alleingelassen, in denen du ihn gebraucht hättest. Immer wenn Not am Mann war, ist er verschwunden. Was erwartet er? Dass du ihn mit offenen Armen wieder aufnimmst? Jetzt, wo alles abgewickelt ist und wo das letzte Bild in der Wohnung aufgehängt ist? Du hast unglaublich viel an allen möglichen Fronten geleistet in den letzten Monaten. Jetzt kreuzt er hier wieder auf und du wunderst dich, dass du nicht vor Freude in Ohnmacht fällst? Das ist doch völlig normal.«

Sie hörte ihm zu. Seine Worte waren Balsam für ihre verwundete Seele. »Ja«, dachte sie, »er hat recht. Worauf soll ich mich freuen? Auf einen Ehemann, der diese Rolle nicht ausfüllt?«

Flavio fuhr fort: »Dein Mann sollte sich schämen. Er lässt dich hier mit allem allein. Und dann tanzt er wieder an, um sich ins gemachte Nest zu setzen.« Sie signalisierte ihm mit einem Blick, dass ihr die letzte Äußerung ein bisschen zu weit ging. Flavio registrierte es.

Der Hauptgang, *Chipirones en su tinta* – Tintenfisch in der Tinte, wurde serviert. Sie setzten das Gespräch fort und Loredana sagte: »Gut, aber was soll ich jetzt machen? Ich möchte auf keinen Fall meinen Sohn belasten.«

»Aber Loredana, mach dir nichts vor. Alejandro merkt doch genau, was zwischen dir und Sergio abläuft. Kinder bekommen alles mit und das, was unterschwellig läuft, belastet sie oft mehr als das, was ausgesprochen wird.« Er nahm noch einen Schluck von seiner Weinschorle, dann räusperte er sich: »Eigentlich wollte ich heute nicht darüber sprechen, aber ich bin in einer ähnlichen Situation wie du.«

Sie blickte ihn überrascht an. Flavio war mit einer Frau verheiratet, die als Ärztin Karriere machte. Sie hatten eine kleine Tochter, die ein Jahr jünger war als Alejandro. Ansonsten wusste sie wenig über seine Ehe, war aber davon ausgegangen, dass sie gut lief. Beide arbeiteten viel, beide waren erfolgreich. Sie hatten Hausangestellte, die sich um ihre Tochter und das Haus kümmerten, und vermittelten den Eindruck, ihr Leben gut im Griff zu haben.

Sie schaute Flavio erwartungsvoll an.

»Weißt du, unsere Ehe stimmt schon seit Jahren nicht mehr«, hob er mit leiser Stimme an. »Aber wir beide haben so viel zu tun, dass es lange Zeit nicht aufgefallen ist. In der wenigen Zeit, die wir zusammen haben, machen wir viel mit Mónica, meiner Tochter.«

Er seufzte. »Wir haben uns immer mehr entfremdet. Jetzt sind wir an einem Punkt angelangt, dass wir, wenn wir zu zweit sind, nicht wissen, worüber wir reden sollen. Wenn wir über Haushalt, Organisation, Mónica, Urlaub und Einkaufen gesprochen haben, ist nur noch Leere da. Mal ganz davon abgesehen, dass es schon seit Monaten keine Nähe und Intimität mehr zwischen uns gibt.«

Loredana war betroffen von dem, was sie erfuhr.

»Ich bin überrascht über deine Offenheit, aber ich verstehe dich. Schließlich bist du Chef von 80 Mitarbeitern und musst den ganzen Tag der Fels in der Brandung sein. Klar, dass du auch mal das Bedürfnis hast, dich auszusprechen.«

Flavio nickte. Dann setzte er wieder sein Gute-Laune-Gesicht auf, das sie so gut an ihm kannte, und sagte in scherzhaftem Ton: »Vielleicht sollten wir zwei uns zusammentun. Wir sind in einer ähnlichen Lebenssituation. Wir wollen beide etwas ändern, wissen aber nicht genau, wie wir es machen sollen, weil es zwei kleine Kinder gibt, für die wir verantwortlich sind.«

Sie schaute ihn nachdenklich an und dachte: »Was soll das bringen, uns zusammenzutun? Jeder muss doch für sich eine Entscheidung treffen.«

Laut sagte sie in dem gleichen scherzhaften Ton wie er: »Ja, da können wir mal drüber nachdenken.« Dann war die Mittagspause zu ende. Flavio sah auf die Uhr. »Noch ein *Cortado*, dann fahren wir wieder, ja?«

Am Nachmittag war Loredana immer noch nachdenklich. Es war ein Freitag. »Der vorletzte Freitag in Freiheit, den ich habe«, ging es ihr durch den Kopf. Als sie nach Hause fuhr, merkte sie, dass sie unternehmungslustig war. »Ich kann mich nicht am Wochenende zu Hause einsperren, nachdem ich die ganze Woche hart gearbeitet habe«, überlegte sie und beschloss, eine Freundin anzurufen und sie zu fragen, ob sie mit ihr ausgehen wolle.

Zu Hause in Pals begrüßte sie Alejandro und María. Ihr Sohn war bester Stimmung – er freute sich riesig auf die bevorstehende Heimkehr seines Vaters. Auch María wirkte aufgeräumt und heiter – nicht so deprimiert, wie es an manchen Tagen der Fall war.

Um 21 Uhr holte Nelly sie ab. Sie war eine stets gut gelaunte, sympathische Frau, verheiratet und Mutter von zwei Kindern. Sie ging gerne mit Loredana aus, denn sie freute sich über die wenigen Gelegenheiten, ihrer häuslichen Enge zu entkommen. Die beiden beschlossen, nach Barcelona zu fahren und erst mal im *Set Portes* etwas Gutes zu Abend zu essen.

Die katalanische Hauptstadt empfing sie mit brausendem Verkehr, gleißendem Licht und angenehmen spätsommerlichen Temperaturen. Sie entschieden, nach dem Abendessen eine Runde Salsa zu tanzen im *Cubanitos*, einem schicken Tanzcafé, das erst vor Kurzem eröffnet hatte. Als sie das Lokal gegen Mitternacht betraten, war es schon gut gefüllt, was eher ungewöhnlich war, denn die Katalanen gingen normalerweise erst sehr spät zum Tanzen. Bis in die Nachtstunden hinein waren die Restaurants und Kneipen immer gut besucht.

Sie ließen sich in einer Nische nieder und bestellten zwei Caipirinhas. Es dauerte nicht lange, da kam ein intellektuell aussehender Mann auf sie zu und forderte Loredana zum Tanzen auf. Sie wunderte sich über die angenehme Ausstrahlung dieses Mannes. Er roch gut, er führte gut, er hatte ein angenehmes Lächeln und er erzählte ihr nicht irgendwelche Dinge, die sie nicht interessierten. Er war ganz auf das Tanzen konzentriert.

Nach ein paar Runden fragte er sie: »Willst du weitertanzen?« Loredana blickte kurz zu Nelly, die noch in der Nische saß und ihr aufmunternd zuwinkte. Sie zögerte noch einen Augenblick, dann antwortete sie: »Ja, gerne.« Nach weiteren vier Tänzen waren die beiden so eingetanzt, als hätten sie in den vergangenen Jahren nichts anderes getan als zu tanzen.

Sie genoss es, in den Armen dieses Mannes dahinzuschweben. All die unerfüllte Sehnsucht, die sich in den letzten Monaten und wahrscheinlich in den letzten Jahren in ihr aufgestaut hatte, brach sich mit einem Mal Bahn. Es war ihr egal, wie spät es war und wie viel sie getrunken hatte und ob und wie sie nach Hause kommen würde, es war ihr egal, ob sie verheiratet war und mit wem, sie wollte nur diesen Augenblick genießen, und zwar in vollen Zügen.

Nachdem sie mindestens eine Stunde ununterbrochen getanzt hatten, sagte der Mann: »Wollen wir eine Pause machen?« Sie nickte. Dann stellte er sich vor: »Ich bin übrigens José Luis. Und du?«

»Ich heiße Loredana.«

Der Mann begleitete sie zu ihrem Platz. Er lächelte gewinnend. »Darf ich dich in einer Viertelstunde wieder zum Tanzen abholen?«

»Aber gerne«, antwortete sie charmant.

Nelly tanzte und Loredana war es recht, dass sie ein paar Minuten alleine dasaß, um durchzuatmen und ihre Gedanken zu ordnen. Dann kam die Freundin zurück. »Und?«, fragte sie neugierig. Loredana sagte: »Ein total guter Tänzer und ein sehr sympathischer Mann.«

Nelly, die um die eheliche Situation der Freundin wusste und die Sergio noch nie gemocht hatte, weil sie ihn für einen verkappten Macho hielt, lächelte. »Na dann solltest du mit ihm weitertanzen.«

Nach fünf Minuten kam er, um sie abzuholen, und wieder schwebten sie auf dem Parkett dahin wie auf Wolken. Sie konnte sich nicht erinnern, jemals so unbeschwert mit einem Mann getanzt zu haben. Nach einer Weile schaltete sich ihr Kopf völlig aus – sie überlegte nicht mehr, ob sie einen Schritt nach vorne oder zurück gehen sollte, den Arm heben sollte oder nicht – *es* tanzte sie einfach. Ihr Körper hatte die Führung übernommen. Es war einfach wunderbar. Sie wünschte sich, dass dieser Moment niemals enden und José Luis sie niemals loslassen möge.

Nach einer weiteren Stunde brachte er sie wieder zu ihrem Platz. Er fragte, ob er sich setzen dürfe, und sie bejahte. Sie wechselten ein paar belanglose Sätze, dann sagte er plötzlich:

»Ich bin Witwer. Meine Frau ist vor einem Jahr gestorben.« Loredana blieb vor Betroffenheit fast das Wort im Hals stecken. »Oh, das tut mir leid«, brachte sie leise hervor.

Nach einer kurzen Pause fuhr sie fort »Ich bin verheiratet, aber mein Mann ist für ein halbes Jahr nach München versetzt worden. So bin ich sozusagen Strohwitwe.«

Nach einer Weile fragte Nelly, ob sie langsam gehen würden. Es war inzwischen vier Uhr früh und das Lokal würde bald schließen. Der herannahende Tag war ein Samstag und an Samstagen warteten viele familiäre Aufgaben auf sie.

Sie verabschiedete sich von José Luis. Er küsste sie auf beide Wangen und gab ihr zum Abschied seine Karte. »Wenn du Lust auf einen Kaffee oder einen Salsa-Abend hast, ruf mich an.«

»Ja, gerne«, antwortete sie. Er blickte sie an und sagte dann leise: »Es war ein wundervoller Abend. Ich habe noch nie so mit einer Frau getanzt.« Loredana erwiderte seinen Blick. »Ehrlich gesagt, ich habe auch noch nie so mit einem Mann getanzt.« Dann verließ sie mit Nelly das Lokal.

Als sie eine Stunde später in ihrem Bett lag, fühlte sie sich immer noch wie berauscht. Ihr ganzer Körper pulsierte. Sie hatte sich lange nicht mehr so lebendig gefühlt. Kurz vor dem Einschlafen dachte sie: »Ja, das ist es, was in meinem Leben fehlt. Spaß, Unbefangenheit, Lachen, Tanzen und ... ein Mann, der mich führen kann, der mir Halt gibt und der mich auffängt.«

Sie spürte, wie tief die Sehnsucht in ihr war und wie wenig diese Sehnsucht in den letzten Jahren Erfüllung gefunden hatte. Als sie an die knapp sieben Jahre ihrer Ehe dachte, die hinter ihr lagen, drang mit einer fast schmerzhaften Klarheit die Erkenntnis in ihr Bewusstsein, dass Sergio diese Sehnsucht nie würde stillen könne.

In diesem Moment standen alle schwierigen Situationen der letzten Jahre vor ihrem inneren Auge, sauber aufgereiht, und sie musste sich mit der schmerzlichen Wahrheit konfrontieren, dass er sich in keiner dieser Situationen wie ein erwachsener Mann verhalten hatte. Fast immer hatte sie sich von ihm verlassen gefühlt. Oft war er sogar tatsächlich gegangen, aber selbst in den Situationen, in denen er körperlich anwesend geblieben war, war er emotional verschwunden. Er zog sich dann zurück in seine innere Festung, in der er für sie nicht mehr erreichbar war.

Sie dachte an die unzähligen Situationen, in denen sie versucht hatte, mit den unterschiedlichsten Mitteln diese Festung zu stürmen – es war ihr kein einziges Mal geglückt. Egal, ob sie es mit Liebe, Strenge, Drohungen, Schmeicheleien oder wie auch immer versucht hatte – sein Panzer war undurchdringlich. Jetzt begriff sie, dass ihre Ehe an diesem Panzer gescheitert war – voller Schmerz verstand sie, wie sehr sie sich immer wieder angestrengt hatte und wie vergeblich ihre Anstrengungen waren, da *er* am Zuge gewesen wäre. Es wäre *seine* Aufgabe gewesen zu erkennen, dass er sich diesen Panzer angelegt hatte. Er hätte die Bereitschaft entwickeln müssen, ihn aufzubrechen. Sie erkannte, dass sie immer wieder versucht hatte, etwas zu tun, das *er* hätte tun müssen.

Ihre Ehe war daran zerbrochen, dass er diesen Umstand immer wieder verleugnete. Eine heiße Wut schoss in ihr hoch. Sie fühlte sich betrogen – betrogen um ihr Lebensglück, betrogen um all das, was eine Ehe einer Frau geben sollte: das Gefühl, beschützt und geborgen zu sein, das Gefühl, geliebt und umsorgt zu sein. Sie fragte sich, wann ihr Sergio jemals dieses Gefühl gegeben hatte, und sie musste lange überlegen. Von den sieben Jahren ihrer Ehe waren es allenfalls die ersten beiden Jahre gewesen. Das war die Zeit gewesen, als Alejandro geboren wurde. In dieser Zeit hatten sie sich geliebt und Loredana hatte große Hoffnungen gehabt, dass sich ihre Ehe gut entwickeln würde.

Kurze Zeit nach dem Umzug nach Madrid hatten sich ihre Hoffnungen dann langsam, aber stetig aufgelöst. Als sie gemerkt hatte, dass Sergio nur an ihrer Seite war, solange es einfach war, dass er sich aber innerlich entfernte, sobald es schwierig wurde, war ihre Enttäuschung von Monat zu Monat gewachsen. Jetzt, in diesem Moment, gestand sie sich ein, dass sie eigentlich schon vor langer Zeit aufgehört hatte, an diese Ehe zu glauben.

Aber da war Alejandro, ihr kleiner Sohn. Wie oft hatte sie sich gefragt, ob sie das Recht hatte, ihm den Vater ›wegzunehmen‹, und wie oft waren ihre Überlegungen an diesem Punkt steckengeblieben.

Sie erkannte die bittere Wahrheit – ihre Ehe war am Ende. Sergio hatte so getan, als hätte er es nicht bemerkt, und sie hatte ebenfalls versucht, diesen Umstand zu verdrängen. Jetzt, wo es nur noch wenige Tage bis zu seiner Rückkehr waren, drängte die Wahrheit mit Macht an die Oberfläche. Sie fand keinen Schlaf in dieser Nacht. Schließlich fiel sie in einen unruhigen Traumzustand. Im Traum tanzte sie mit einem Mann, der sie sehr gut führte. Sie ließ sich fallen und genoss den Tanz in vollen Zügen. Plötzlich sah sie am Eingang des Tanzlokals Sergio stehen. Er schaute sie mit strengem und bedrohlichem Blick an. Sie erschrak und voller Schuldgefühle dachte sie: »Oh Gott, ich bin ja eine verheiratete Frau.« In dem Moment endete der Traum.

Sie erwachte und merkte, dass sie schweißgebadet war. Sie stand auf und holte sich ein Glas Wasser. Als sie wieder im Bett lag, kreisten ihre Gedanken weiter. Was hieß es, verheiratet zu sein? Was hieß es für sie? Bedeutete es, dass sie nur die Pflichten hatte und Sergio die Rechte? Nannte man das eine Ehe? Musste sie als Frau immer den Kürzeren ziehen? Sollte sie sich anpassen und verzichten, während er tat, was er wollte, ohne auf sie Rücksicht zu nehmen?

Alles in ihr sträubte sich dagegen. Ihre Definition von ›Ehe‹ war eine völlig andere als das, was sie mit Sergio lebte. Eine Ehe konnte doch nur gut funktionieren, wenn es einen Ausgleich von Geben und Nehmen gab, überlegte sie. In einem Seminar hatte sie gehört, dass in einer guten Beziehung der Mann der Gebende und die Frau die Nehmende sei. Sie dachte zynisch: »Na, von dem Modell sind wir ja weit entfernt.«

Sie erkannte, dass in der Ehe mit Sergio *sie* die Gebende war, dass alles, was in der Ehe voranging, von ihr initiiert wurde, ja, dass die ganze Ehe durch ihre Energie am Leben gehalten wurde. »Mein Gott, wenn ich all diese Energie für mich hätte, dann könnte ich ja Berge versetzen«, dachte sie und mit diesen Gedanken schlief sie wieder ein.

Der 1. Oktober war ein strahlend-sonniger Tag. Sie hatte viel zu tun in der Firma. Als sie sich gegen 17 Uhr von Flavio mit den Worten verabschiedete: »Ich fahre jetzt zum Flughafen und hole Sergio ab«, schaute er sie vielsagend an. Dann umarmte er sie kurz und sagte: »Ich wünsche dir, dass es leicht wird und dass das Wiedersehen trotz allem schön wird.«

Sie bedankte sich. Auf dem Weg zum Parkplatz wünschte sie sich, dass ihr Auto nicht anspringen würde oder das Flugzeug in München geblieben wäre oder Sergio dringende Aufgaben zu erledigen hätte, die ihn noch für eine Weile in München festhielten. Doch eine Sekunde später kroch wieder das altbekannte Schuldgefühl in ihr empor. »Mein Gott, wie kann ich nur so etwas denken?«

Als sie ihn freudig winkend auf sich zukommen sah, wäre sie am liebsten weggerannt. Er küsste sie flüchtig und sagte: »So, da bin ich wieder.« Sie riss sich zusammen. »War dein Flug angenehm?« Er bejahte. Sie plauderten, sprachen über Belangloses und die Situation erschien ihr zunehmend irreal und schließlich wurde sie wütend bei dem Gedanken, Sergio müsse doch ganz genau merken, wie ihr innerlich zumute war.

Wie schaffte er es, einfach so zu tun, als ob? Wo hatte er das bloß gelernt? Diese Frage konnte sie sich gut beantworten. Sie wusste, wo und wann er das gelernt hatte – in seiner Kindheit, in der alles, was nicht ins Bild passte, einfach verleugnet wurde. Dann dachte sie: »Aber selbst wenn es so war, dann hätte er es doch verändern können. Andere Menschen tun das doch auch. Warum tut *er* es nicht?«

Er saß neben ihr, erzählte von seinen Kollegen aus München und wer ihn alles in Pals besuchen kommen würde und Loredana dachte: »Wir leben in zwei unterschiedlichen Welten. Wahrscheinlich war es immer schon so, aber jetzt kann ich es nicht mehr übersehen.«

Als sie in Pals ankamen, begrüßte er zuerst seine Mutter und Alejandro. Die Begeisterung war auf allen Seiten groß. Dann gingen sie in ihre Wohnung. Er sah sich anerkennend um und bemerkte knapp: »Ist schön geworden.« Sie wandte sich ab.

Als er später im Bett neben ihr lag, merkte sie, dass sich ihr ganzer Körper versteifte. Sie bekam eine Gänsehaut und hatte das Gefühl, ihr würden Stacheln wachsen. Als er nach ihr greifen wollte, sagte sie: »Sergio, ich bin müde. Bitte lass mich in Ruhe.« Er erwiderte nichts, drehte sich zur Seite und schlief kurz darauf ein.

Am nächsten Tag fuhr sie zur Arbeit. Flavio sah sofort, was mit ihr los war. Vor der Mittagspause rief er sie in sein Büro. »Und«, fragte er, »wie war's?« Sie schaute ihn an und erwiderte: »Willst du das wirklich wissen?« Er seufzte, dann sagte er: »Auch mein gestriger Abend war furchtbar.« Sie sah ihn überrascht an und er fuhr fort: »Ich kann nicht mehr mit Emilia zusammenleben. Es geht einfach nicht mehr. Ich liebe sie nicht mehr. Das Einzige, was mich hält, ist Mónica.«

Loredana dachte: »Schön, dass wir Leidensgenossen sind, aber das hilft uns momentan auch nicht weiter«, laut aber sagte sie: »Das tut mir leid, Flavio.«

Er fasste sich wieder. »Themawechsel. Kommen wir zur Tagesordnung. Ich habe mir überlegt, dass es gut für dich wäre, eine Fortbildung zu besuchen. Du nimmst hier viele Aufgaben wahr und hast dich in den letzten Monaten gut entwickelt. Du bist bereit für den nächsten Schritt. Ich möchte dich befördern.« Sie fühlte Freude und Stolz in sich aufsteigen.

Er fuhr fort: »In einer Woche findet das Seminar ›Führungsdynamik‹ in der Nähe von Segovia statt. Ich hätte gerne, dass du daran teilnimmst.« Er hielt einen Moment lang inne. Sie antwortete: »Super. Das würde ich sehr gerne tun.« Flavio sagte: »Das dachte ich mir. Ich leite alles in die Wege, dann kannst du nächste Woche losfahren.«

Als sie wieder an ihrem Arbeitsplatz saß, war sie ganz verbunden mit den Gedanken an das bevorstehende Seminar. Sie merkte, wie sehr sie sich auf die Weiterbildung freute, und auch darauf, neue Leute kennenzulernen. Und sie dachte: »Eine Woche Zeit, die ich gewinne, um zu überlegen, wie mein Leben weitergehen soll.«

Die Gruppe in Segovia bestand aus zwölf Personen, davon waren zehn Männer. Loredana spürte, wie sie zu Beginn von den Männern taxiert wurde, die versuchten, sie in eine ihrer ›Schubladen‹ einzuordnen. Sie war blond und attraktiv, aber sie wusste genau, dass sie nicht in die Schublade ›attraktives, aber dummes Blondchen‹ passte. Dazu war sie zu intelligent und auch zu eigenwillig. Sie dachte: »Spannend, was hier passiert.«

Der Seminarleiter teilte die Arbeitsgruppen ein und sie kam in eine Gruppe mit drei Männern, die sofort begannen, um die Führung zu konkurrieren. Loredana hatte Mühe, überhaupt zu Wort zu kommen. Die Männer ließen sie kaum ausreden, wenn sie etwas beizutragen hatte. Es war anstrengend, aber sie hielt durch. Als sie abends erschöpft im Bett lag, dachte sie: »Denen werde ich's zeigen.«

Am nächsten Tag fühlte sie sich stärker und am dritten Tag geschah etwas Bemerkenswertes. Jede der Kleingruppen hatte vom Seminarleiter eine Aufgabe bekommen, die sie lösen sollte, und nun sollte jeweils eines der Teammitglieder das Ergebnis im Plenum vorstellen. Als Loredanas Gruppe überlegte, wer von ihnen die Präsentation machen sollte, schauten ihre drei Mitstreiter plötzlich sie an. Einer der Männer, Jorge, räusperte sich: »Hm, ja, also ich glaube, Loredana ist diejenige von uns, die sich am besten ausdrücken und die unser Ergebnis am besten präsentieren kann.« Sie war überrascht. Die anderen beiden stimmten Jorge zu. »Ja, Loredana soll es machen. Sie kann es am besten.«

Sie überlegte kurz, dann sagte sie: »Also gut. Ich mach es.« Die Präsentation lief gut, alle applaudierten. Abends nach dem Abendessen, als sie alle noch gemütlich zusammensaßen, kam Jorge zu ihr und sagte: »Das hast du super gemacht, Loredana. Ich bin froh, dass du in unserer Gruppe bist.« Sie freute sich.

Wieder zurück in Cornellà, berichtete sie Flavio von ihren Erlebnissen. Er hörte ihr zu und sagte: »Gut gemacht. Ich bin stolz auf dich.« Er hielt kurz inne. »Loredana, du bist eine Frau mit vielen Fähigkeiten und du solltest dir langsam darüber bewusst werden.« Sie schaute ihn überrascht an. So hatte er noch nie mit ihr gesprochen. Und dann dachte sie: »Ist ja alles gut und schön, aber wie soll ich mir über meine Fähigkeiten bewusst werden an der Seite eines Mannes, der sie gar nicht sieht?«

In dem Moment wurde ihr bewusst, dass Sergio sie durch sein konsequent ignorantes Verhalten immer wieder kleinmachte. Es kam ihr vor, als würde er ihr nonverbal vermitteln: »Du bist ein kleines Mäuschen. Und ich bin hier der Große.« Sie begriff mit schmerzhafter Klarheit, dass sie in dieser Ehe keine Wachstumsmöglichkeiten hatte. Sergio würde sie immer kleinhalten, aus Angst davor, irgendwann herauszufinden, dass sie mehr Fähigkeiten hätte als er oder dass sie stärker wäre als er. Und das Schlimmste war – er würde dies niemals zugeben. Wenn er es zugegeben hätte, dann hätten sie eine Chance gehabt, dachte Loredana. Aber sie wusste genau, dass sein Stolz bzw. sein falscher Stolz das niemals zugelassen hätte.

Ihr Blick fiel auf eine Hyazinthe, die vor ihr auf dem Fenstersims stand. Sie hatte die Pflanze gekauft, um einen Farbtupfer in ihrem ansonsten in typischem Officegrau gehaltenen Büro zu haben. Die Hyazinthe war fast ganz erblüht und neigte sich ein wenig zur Seite, da ihr Stängel das Gewicht der großen Blüte nicht halten konnte. Loredana suchte ein kleines Stöckchen und auch einen Faden zur Befestigung. Als sie den Stab in die Blumenerde steckte, merkte sie jedoch, dass die Blüte gar keine weitere Befestigung mehr brauchte. Das Stöckchen war Halt genug. Loredana schaute sich die Blüte an – sie war zartrosa und verströmte einen süßen, aber nicht aufdringlichen Duft – und dachte plötzlich: »Ich bin diese Blüte. Und genau wie diese Blüte hätte auch ich einen Halt gebraucht durch Sergio. Ich hätte es gebraucht, dass er neben mir steht und mich stützt, wenn ich ihn brauche. Stattdessen hat er mich eingeengt. Er hat mir den Kontakt mit meinen Freundinnen quasi verboten. Er hat mir meine Energie genommen. Und ich habe das alles mit mir machen lassen.«

Sie atmete durch. Ihr wurde klar, dass Sergio ihr den Halt, den sie brauchte, niemals würde geben können – heute nicht und in zehn Jahren auch nicht. Er würde sie immer wieder ›anbinden‹ und sie dadurch einengen. Er war nicht fähig, ihr eine Stütze zu sein, denn er brauchte selbst Halt. Loredana begriff, dass es in dieser Ehe nie um sie gegangen war, sondern immer nur um ihn. Selbst in den Momenten, in denen er ihr scheinbar Unterstützung gab, hatte er diese in Wirklichkeit für sich selbst gebraucht. Er hatte sie angebunden und sich dabei selbst an ihr festgeklammert. Warum hatte sie das nicht eher bemerkt? Und warum hatte sie das nicht eher benennen können?

Gespürt hatte sie natürlich etwas – vor allem ein intensives Unbehagen, das sie in vielen Situationen mit ihm gehabt hatte. Aber sie hatte nie genau herausfinden können, woher dieses Empfinden kam. Vielleicht, weil sie an dieses Gefühl schon so sehr gewöhnt war – vielleicht, weil ihre ganze Kindheit von diesem Unbehagen überschattet gewesen war.

Sie hatte ihn doch so geliebt, hatte so große Hoffnungen in diese Ehe gesetzt. Als sie ihn geheiratet hatte, hatte sie geglaubt, alles würde gut werden. Nun war ihre Ehe ein Scherbenhaufen. »Warum habe ich am Anfang nicht gemerkt, dass er eine Tendenz zum Alkohol hat, und warum habe ich nicht gemerkt, dass er nicht mit Geld umgehen kann, und warum habe ich nicht gemerkt, dass er *mein* Geld ausgibt, als wäre es seins?« Diese Fragen stellte sie sich. Dann wurde ihr klar, dass sie es gar nicht hätte merken können.

Die rosarote Brille, die sie am Beginn der Beziehung trug, hatte es verhindert. Sie sah nur sein charmantes Wesen, sein Wissen, seine sanfte und liebevolle Art oder das, was sie damals dafür gehalten hatte. Dass er viel trank, störte sie am Anfang nicht, denn Wein zum Essen und zwei *Copas* danach waren in Katalonien nichts Ungewöhnliches.

Sie dachte: »Mit Selbstvorwürfen komme ich nicht weiter. Was bringt es mir zu überlegen, was ich damals alles nicht gesehen habe und warum? Es war so und es hat seine Gründe. Ich war damals sehr bedürftig und Sergio erschien mir als der Mann, der meine Bedürfnisse erfüllen könnte.«

Als sie am Abend nach Hause kam, saßen Fernando, Sergio und Alejandro in Marías Küche und aßen gemeinsam. Es herrschte eine harmonische Atmosphäre zwischen den Männern. Sie unterbrachen ihr Gespräch über Fußball nur kurz, als Loredana den Raum betrat, dann diskutierten sie weiter.

Sie kam sich in dem Moment so überflüssig vor, dass sie am liebsten ohne ein weiteres Wort gegangen wäre, aber das wäre unhöflich gewesen. Da in der winzigen Küche kein Platz mehr für eine weitere Person war, ließ sie sich im Wohnzimmer nieder und beschloss zu warten. Zwanzig Minuten später schaute Alejandro mit einem ›Ich gehe noch ein bisschen raus‹, bei ihr vorbei. Sie nickte, ohne etwas zu sagen. Dann sagte sie zu Sergio, sie sei müde und ginge in ihre Wohnung. Er nahm es nur kurz zur Kenntnis.

Zu Hause angekommen, überfiel sie eine bleierne Schwere. Sie putzte sich die Zähne, zog ihren Pyjama an und legte sich ins Bett.

In der Nacht träumte sie von einem großen und stolz wirkenden Mann, machtvoll und mit Einfluss. Er lebte mit seiner Frau auf einer Finca in den endlosen trockenen Weiten Andalusiens, die nur von ein paar grünen Flecken unterbrochen wurden. Loredana sah eine Frau und vier Kinder, sah, wie sie am Abend an einer großen Tafel zusammen aßen. Der Mann saß an einem Kopfende der Tafel und die Frau am anderen. Es gab Bedienstete, die das Essen auftrugen. Die Stimmung war gedrückt.

Die Frau sah den Mann nur mit großen, vorwurfsvollen Augen an. Ihr Blick sagte: »Warum tust du mir das an?« Und Loredana hörte die Gedanken des Mannes: »Warum tue ich meiner Frau das an? Warum bleibe ich nicht zu Hause? Warum gehe ich zu meiner Geliebten?«

Sie dachte im Traum, dass es in der Kultur, in der er lebte, wahrscheinlich üblich war, dass ein Mann mit Geld und Einfluss diesen auch dadurch zeigte, dass er mehrere Frauen hatte. Gleichzeitig merkte sie, dass er das eigentlich gar nicht wollte. Im Grunde war ihm auch die eine Geliebte schon zu viel. Aber der Zwang, den kulturellen Vorstellungen genügen zu müssen, war anscheinend stärker als seine Selbstbestimmung. Sie sah, wie er aufstand und sich von seiner Frau verabschiedete. Ihr vorwurfsvoller, resignierter Blick folgte ihm.

Loredana sah in der nächsten Szene, dass die Frau immer dünner und verhärmter wurde. Scharfe Linien durchzogen ihr hübsches Gesicht und ihre einst weibliche Figur wurde immer knochiger.

Und sie hörte wieder die Gedanken des Mannes. Er hatte einerseits Mitgefühl mit seiner Frau, war aber andererseits unfähig, sein eigenes Verhalten zu ändern. Je mehr Zeit verstrich, desto hilfloser wurde er. Manchmal war er auch richtig wütend auf seine Frau, weil sie sich nicht wehrte.

Dann sah sie, wie er eines Nachts von seiner Geliebten zurückkam. Schon von Weitem sah er die Flammen. »Meine Kinder«, war sein erster Gedanke. Er ritt so schnell er konnte. Im Näherkommen hörte er das Schreien von Menschen. Alle liefen durcheinander. Er stürmte in das Haupthaus hinein. »Wo sind meine Kinder?«, schrie er einen Dienstboten an. Dieser antwortete nicht. Er rannte in die Gemächer der Kinder. Eines der Kindermädchen hatte seinen jüngsten Sohn gerade aus dem Bett gehoben. Er nahm ihn ihr aus dem Arm und herrschte sie an: »Weck die anderen!« Das Mädchen tat, wie ihm geheißen.

Er lief so schnell er konnte aus dem Haus heraus und brachte seinen jüngsten Sohn in Sicherheit. Dann rannte er wieder hinein und schaffte es, auch die anderen Geschwister herauszuholen. Die Flammen hatten inzwischen um sich gegriffen. Er rief zwei Dienstboten und befahl ihnen, mit den Kindern von der Finca wegzureiten. Er hob sie auf die Pferde und trieb diese an. Die Kleinen waren völlig verschreckt und streckten die Arme nach ihm aus. Das war das Letzte, was er von ihnen sah.

Dann musste er zusehen, wie sein Besitz verbrannte – alles, wofür er ein Leben lang gearbeitet hatte, alles, was ihm gehörte. Der Schmerz war immens. Die Löschversuche, die einige seiner Arbeiter unternommen hatten, waren fehlgeschlagen. Es war einfach zu heiß und zu trocken und fast alles war aus Holz und Lehm gebaut. Plötzlich fiel ihm seine Frau ein. »Wo ist sie? Ich muss sie retten.«

Er rannte auf die Finca zu – aber sie war ein Flammenmeer. Er wäre sofort verbrannt, wenn er sich hineingestürzt hätte. Er zögerte kurz, dann dachte er: »Ich habe keine andere Wahl. Ich bin es ihr schuldig. Zumindest das muss ich versuchen.« Er stürzte sich in die Flammen, aber er kam nicht weit. Die Feuerzungen ergriffen seine Kleidung und seine Versuche, sie abzuschütteln, waren vergeblich. Er kam in den Flammen um. Sein letzter Gedanke war: »Ich bin schuld.«

In diesem Moment erwachte Loredana. Sie konnte noch die Hitze der Flammen spüren und wusste einen Augenblick lang nicht, wo sie war. Es war heiß in ihrem Schlafzimmer. Neben ihr lag Sergio, der sich im Schlaf unruhig hin- und herwälzte. Sie stand auf und ging in die Küche. Sie hatte immer noch das Gefühl, als würde ihr Körper gerade verbrennen. Als es nicht besser wurde, ging sie auf den Balkon. Die kühle Nachtluft tat ihr gut.

Sie ließ die Bilder aus dem Traum Revue passieren und fragte sich: »Bin ich dieser Mann gewesen?« Einerseits konnte sie es nicht glauben, andererseits waren die Körpergefühle so deutlich, dass sie eigentlich nur diesen Schluss zuließen. Immer noch konnte sie die Flammen auf ihrem Körper spüren, so als würde er jetzt gerade verbrennen. Und auch die Schuldgefühle waren so deutlich, als wäre das ganze Drama gerade passiert. Sie brauchte geraume Zeit, um sich zu beruhigen.

Als sie wieder klarer war, dachte sie: »Was hat der Traum mit meiner jetzigen Lebenssituation zu tun? Warum träume ich dies, wo ich gerade dabei bin, den Entschluss zu fassen, mich von Sergio zu trennen?« Sie spürte, dass es einen Zusammenhang gab, und sie wollte ergründen, welcher das war. Sie überlegte, mit wem sie darüber sprechen könnte, und die einzige Person, die ihr einfiel, war Magri. »Ja, ich muss mit Magri sprechen – über alles.«

Am nächsten Tag rief sie die Freundin an. Sie verabredeten sich für den kommenden Freitag in Barcelona.

Als sie Magri an einem Tisch in dem kleinen Lokal, in dem sie verabredet waren, sitzen sah, hüpfte ihr Herz vor Freude. Sie begrüßte die Freundin und setzte sich. Magri merkte sofort, dass sie in Aufruhr war. »Wie geht es dir, *Guapa*?«, eröffnete sie das Gespräch. »Ist Sergio schon wieder aus Deutschland zurück?«

Loredana seufzte. »Ja, seit letztem Wochenende ist er wieder da.« Sie erzählte ein paar belanglose Dinge und sagte dann: »Magri, ich weiß, es ist schrecklich, was ich dir jetzt sage, aber ich kann mit diesem Mann nicht mehr zusammenleben.« Sie hielt den Atem an und fuhr dann fort: »Es geht einfach nicht mehr. Wenn er nur einen Meter von mir entfernt steht, könnte ich schreiend davonlaufen. Seine Nähe ist unerträglich für mich.«

Magri war betroffen, schien aber nicht besonders überrascht zu sein. »Mein armes Mädchen«, sagte sie, »das ist schlimm für dich.« Loredana registrierte mit Überraschung und Erleichterung, dass keinerlei Schuldzuweisungen in Magris Stimme zu hören waren, sondern im Gegenteil echtes Mitgefühl und Betroffenheit.

Die Freundin fuhr fort: »Du warst lange alleine. Du hast viel geschafft in dieser Zeit. Du hattest dich schon so sehr daran gewöhnt, alleine zu sein, dass es kein Wunder ist, dass du mit Sergio Probleme hast. Er hat dich während einer wichtigen Zeit – nämlich während der Umzugszeit – alleingelassen. Solche Dinge gehen nicht spurlos an einem vorbei. Es ist normal, dass seine Nähe jetzt schwierig für dich auszuhalten ist.«

Loredana sagte leise: »Ja, ich glaube, so ist es. Aber ich weiß überhaupt nicht, was ich machen soll.« Sie schwieg einen Moment, dann schluckte sie und fuhr fort: »Alejandro.« Magri nahm ihre Hand und flüsterte: »Hab keine Angst, *Guapa*, es wird alles gut.«

»Ich will meinen Sohn nicht verlieren. Ich habe Angst. Ich habe Angst vor Sergio. Er hat mir einmal gesagt, dass er mir Alejandro niemals geben wird. Er hat gesagt, dass ich zwar gehen kann, aber nur mit dem, was ich am Leibe habe.«

Magris Gesicht nahm einen harten Zug an. »Er kann viel sagen und viel drohen, aber die Realität bestimmt nicht er allein.«

»Aber er macht mir Angst. Ich weiß nicht, wozu er fähig wäre. Und ich liebe mein Kind. Ich möchte auf keinen Fall, dass Alejandro zu Schaden kommt.«

Magri überlegte kurz, dann sagte sie: »Die Situation ist so oder so schwierig für Alejandro. Er bekommt doch alles mit, was sich zwischen euch abspielt. Wenn du deine Ehe aus Angst aufrechterhältst, gibst du Alejandro kein gutes Vorbild.« Sie hielt inne, um ihre Worte auf Loredana wirken zu lassen. Dann fuhr sie fort: »Mein Liebe, was ist das, was *du* willst?«

Loredana nahm einen tiefen Atemzug. Dann sprach sie endlich das aus, was sie in so vielen Situationen gedacht hatte: »Ich will nur weg. Weg von Sergio, weg aus dem familiären Chaos und den Geschichten seiner Familie, die ich nicht verstehe, weg von seinem Alkoholismus, weg von seiner Unzuverlässigkeit, weg von seiner Oberflächlichkeit, weg von der Überforderung, weg von dem Unglücklichsein, weg davon, benutzt zu werden – ich will einfach weg.«

Magri schaute sie lange an. Beide schwiegen. Loredana konnte spüren, dass etwas passierte, etwas, das sie nicht greifen konnte. Es war etwas zwischen ihnen, etwas Drittes, etwas Höheres, etwas Wahrhaftiges. Der Moment dauerte vielleicht zwei Sekunden oder eine Ewigkeit. Dann hörte sie Magri mit kraftvoller Stimme sagen: »*Loredana, du musst deiner inneren Stimme folgen.* Wenn sie dir sagt, dass du gehen musst, dann musst du dies tun.«

Sie fühlte sich einen Moment lang von einer prickelnden Wärme durchströmt. Tief in ihrem Inneren spürte sie, dass das, was Magri aussprach, die Wahrheit war. Und sie wusste, dass sie ihrer Wahrheit folgen musste. Sie fühlte es einfach in diesem Moment mit einer unbestechlichen Klarheit. Es war so, als sei sie Teil einer höheren Macht und einer höheren Wahrheit. »Ich werde dieser Wahrheit folgen, was auch immer das für mich und mein Leben bedeutet«, dachte sie.

Dann war der Moment vorbei – und Alejandro fiel ihr ein. Sie sagte: »Nein, nein, ich kann nicht. Ich kann nicht, Magri. Ich weiß, dass du recht hast, aber ich kann mein Kind nicht alleinlassen. Und Sergio würde es mir nicht ermöglichen, ihn mitzunehmen. Ich wüsste ja noch nicht einmal wohin. Ich habe nichts. Alles gehört ihm.«

»Aber wem gehört eure Eigentumswohnung? Die ist doch von deinen Ersparnissen gekauft worden. Und die Konten? Und das Auto?«

Loredana seufzte. »Die Wohnung läuft auf unser beider Namen.« Sie erinnerte sich in dem Augenblick an das komische Gefühl, das sie bei der Vertragsunterzeichnung gehabt hatte. Nun verstand sie, woher dieses Gefühl gestammt hatte. Sie wandte sich wieder an Magri. »Ja, du hast recht. Sie wurde von meinen Ersparnissen gekauft. Ich habe noch überlegt, sie auf meinen Namen schreiben zu lassen. Aber Sergio wäre damit nicht einverstanden gewesen. Es hätte wieder lange Diskussionen und Streitigkeiten bedeutet.«

Magri sagte: »Wie auch immer. Du wirst einen Weg finden. Ich stehe auf deiner Seite.«

Loredana nahm ihre Hand. »Ich danke dir. Du bist die einzige Freundin, die ich in Barcelona habe.« Sie lächelte und fühlte sich in ihrem Inneren getröstet. Es war zwar noch nichts gelöst und es hatte sich im Außen noch nichts verändert, wohl aber hatte sich etwas in ihrem Inneren verändert. Sie fühlte sich durch Magris Worte gestärkt. Es kam ihr vor, als hätte sie von jemandem die Erlaubnis gebraucht, ihrer inneren Stimme folgen zu dürfen, und als hätte sie diese Erlaubnis nicht von, aber durch Magri erhalten.

Dann fiel ihr der Traum wieder ein. Sie zögerte kurz, dann sagte sie: »Magri, ich möchte dich etwas fragen.« Die Freundin schaute sie aufmerksam an.

»Ja, gerne.«

Loredana erzählte ihr den Traum. Als sie geendet hatte, fragte sie: »Magri, du bist eine gläubige und eine sehr spirituelle Frau. Glaubst du, dass ich dieser Mann gewesen sein kann? Glaubst du, dass es mich einmal in dem Körper dieses Mannes gegeben hat?«

Die Freundin überlegte kurz, dann antwortete sie: »Ja, das glaube ich. Du wirst dich vielleicht über meine Antwort wundern, weil ich katholische Nonne bin und weil der Katholizismus schon lange den Glauben an die Reinkarnation aus seinen Doktrinen verbannt hat. Ich bin aber in meinem tiefsten Inneren davon überzeugt, dass es viel mehr zwischen Himmel und Erde gibt, als wir uns träumen lassen. Und ich bin auch der Meinung, dass jeder Mensch die Freiheit haben sollte, selbst herauszufinden, was für sie oder ihn stimmt. Das kann kein Priester oder Pfarrer oder Lehrer für jemand anderen tun.«

Loredana war wieder einmal überrascht von dem geradezu revolutionären Denken ihrer Freundin. Sie schaute sie voller Bewunderung an. Dann dachte sie: »Ich liebe sie einfach – ich liebe ihren freien Kopf und ihre freien Gedanken und dass sie sich nie hat einschränken und manipulieren lassen.«

Laut sagte sie: »Magri, du hast meine ganze Bewunderung. Dass du immer noch deine eigenen Gedanken denkst nach all den Jahren katholischer Lehre, finde ich bemerkenswert.«

Die Freundin lächelte ihr feines Lächeln. Dann fuhr sie fort: »Weißt du, meine Liebe, Träume kommen oft in wichtigen Lebenssituationen, um uns etwas zu zeigen oder um eine Botschaft zu überbringen. Wenn du in einem vergangenen Leben dieser Mann warst, der seine Frau fortgesetzt betrog und der nicht da war, als sein Haus brannte, dann hast du sicherlich viele Schuldgefühle aus dieser Zeit mitgebracht. Und unbewusste Schuldgefühle können unter Umständen Situationen anziehen, in denen du etwas Ähnliches erleidest wie das, was du deiner Frau damals zugefügt hast.«

Loredana rief verblüfft aus: »Aber das würde ja genau passen. In dem vergangenen Leben war ich ein unzuverlässiger Mann für meine Frau. Ich ging jeden Abend weg, obwohl ich wusste, dass das für sie schrecklich war. Ich konnte es einfach nicht lassen.«

Dann fuhr sie fort: »Und jetzt macht Sergio dasselbe mit mir. Jetzt habe ich mit ihm einen ähnlichen Mann wie der, der ich damals war. Sergio geht auch fast jeden Abend weg und auch er handelt dabei wie aus einem Zwang heraus. Wir haben schon so oft darüber geredet, aber er kann oder will es scheinbar nicht ändern.« Sie holte Luft. »Und genau wie die Frau aus dem vergangenen Leben, so leide ich heute unter der Situation. Ob Sergio andere Frauen hat, weiß ich nicht genau, aber es ist durchaus denkbar. Jedenfalls fühle ich mich von ihm genauso betrogen wie die Frau in dem vergangenen Leben.«

Sie überlegte kurz. »Auch wenn einige Umstände vielleicht ein bisschen anders sind, das Gefühl ist wahrscheinlich dasselbe.«

Magri nickte. »Ja, ich habe es schon oft beobachtet, dass Menschen manchmal unbewusst das erleiden wollen, was sie Anderen zu einem früheren Zeitpunkt angetan haben, um so ihre eigenen vergangenen Taten zu sühnen.«

Loredana schaute sie an. »Ja, es gibt viele Parallelen. Und es gibt einen großen Unterschied – diesmal werde ich es nicht so weit kommen lassen, dass ein Unglück passiert. Diesmal wird nichts und niemand verbrennen. Diesmal werde ich die Konsequenzen ziehen, bevor es zur Katastrophe kommt.« In dem Moment, in dem sie diese Worte aussprach, spürte sie ihre Kraft. Es war wie ein Pulsieren in ihrem Inneren. Sie dachte: »Ich habe die Wahrheit der Situation erkannt – ich werde meiner Verantwortung nachkommen und handeln.«

Als sie nach Hause fuhr, war sie zwar traurig, aber sie hatte die Gewissheit erhalten, dass es einen Weg geben würde, ihre Lebenssituation zu verändern, und zwar auf eine Art und Weise, dass für Alejandro der geringstmögliche Schaden entstehen würde. Sie dachte: »Es wird sehr schmerzlich für ihn werden, wenn sich seine Eltern trennen. Aber wenn ich bleibe und unglücklich und krank werde, dann ist das noch viel schlimmer für ihn. Wenn ich gehe, wird es eine tiefe Wunde für ihn, die irgendwann heilen kann. Dann gebe ich ihm ein Vorbild, das ihm zeigt, dass man aus Situationen weggehen darf, die unerträglich sind. Wenn ich dableibe, dann gebe ich ihm ein Vorbild, das sagt, dass man alles aushalten und sich opfern muss.«

Sie wusste genau, dass sie das nicht wollte und dass sie das niemals tun würde. Es entsprach dem, was ihre Stiefmutter getan hatte, und dem, was Sergios Mutter gemacht hatte. Sie würde nicht in die Fußstapfen dieser beiden Frauen treten, dessen war sie sich sicher. In diesem Moment wurde ihr klar, dass ein Zusammenhang zwischen Marías Opferdasein und Sergios Alkoholismus bestand. Genauso wenig wie seine Mutter es geschafft hatte, sich aus ihrer unglücklichen Ehe zu lösen, schaffte es Sergio, sich von seinem Alkoholismus zu lösen. Genauso chronisch wie die schlechte Ehe zwischen María und Fernando war, war inzwischen auch Sergios Sucht geworden.

Während sie ihr Auto über die schmale Küstenstraße Richtung Pals lenkte, dachte sie: »Niemals, niemals werde ich so. Niemals möchte ich meinem Sohn dieses Vorbild geben. Ich möchte ihm zeigen, dass man Dinge verändern kann, so schwer es auch sein mag, und dass die persönliche Freiheit, Würde und das eigene Lebensglück wichtiger sind als Konventionen, Dogmen und das Ausharren in unerträglichen Situationen.«

Sarah

Februar 2009

»Was für ein grandioses Spektakel«, sagte Sarah zu Gertrude. Sie befanden sich im *Thermal Wonderland* auf der neuseeländischen Nordinsel. Ein paar Tage zuvor waren sie in Auckland gelandet. Gertrude kannte das Land bereits, für Sarah war es das erste Mal, dass sie dort war. Die Freundinnen hatten bereits die Kauri-Wälder im Norden der Nordinsel besucht und waren dann in ihrem Campervan langsam Richtung Süden gefahren.

An diesem Tag nun besuchten sie das Thermalgebiet in der Nähe von Rotorua. Wenn man sich in der Gegend von Rotorua aufhielt, bemerkte man einen leichten Schwefelgeruch, der einen die ganze Zeit über begleitete. Dieser Geruch kam von den heißen Quellen, die dort überall aus der Erde sprudelten. Sarah war begeistert von der kraftvollen Energie, die sie aus der Erde heraus spüren konnte.

Das *Thermal Wonderland* – auch *Thermal Waiotapu Wonderland* genannt – war ein Gebiet mit geothermischer Aktivität. ›Waiotapu‹ ist Maori und bedeutet ›heilige Wasser‹. Das Thermalgebiet war vor etwa 160.000 Jahren entstanden und übersät mit kollabierten Kratern, heißen und kalten Seen, Schlammtümpeln und dampfenden Fumarolen. Besonders bemerkenswert waren die farbigen Ausfällungen von Mineralien, wobei die Farbpalette von gelb und orange über weiß, grün, purpurn, rot und braun bis hin zu schwarz gefärbte Seen reichte. Diese Farbtupfer machten das Thermalgebiet zu einer einzigartigen Landschaft, die es wohl so nur einmal auf der Welt gab.

Die beiden Freundinnen liefen langsamen Schrittes durch die bunte und teils bizarre Landschaft und bestaunten die verschiedenen Quellen, Tümpel und Seen mit ihren unterschiedlichen Farben. So gab es den *Champagne Pool*, der seinen Namen seiner Farbe und den an seinen Rändern befindlichen Blasen verdankte, die an perlenden Champagner erinnerten.

Es war ein warmer Tag und Sarah fühlte sich wohl. Sie hatte sich schon so lange auf diesen Urlaub mit ihrer Freundin gefreut und merkte, wie gut es ihr tat, einmal für eine längere Zeit völlig aus ihrer gewohnten Umgebung heraus zu sein.

Die Trennung von Helmut fiel ihr einerseits schwer und sie spürte, dass sie ihn vermisste. Auf der anderen Seite war es auch ein wunderbares Gefühl, dass sie so frei war. Sie dachte: »Wie lange hat es gedauert, bis ich diesen Mann finden konnte und mit ihm endlich das leben kann, was ich mir immer gewünscht habe.«

Gerade kamen sie am *Devil's Bath* vorbei, das seinen Namen wirklich verdiente. Es handelte sich um eine Thermalquelle von giftgrüner Farbe und Sarah schauderte bei der Vorstellung, hier ein Bad zu nehmen. Die Vielfalt an Farben, Gerüchen und Formen beeindruckte sie tief. Zuvor hatten sie den Geysir *Lady Knox* bewundert, der zwar nicht mehr von selbst aktiv war, aber jeden Morgen um 10.15 Uhr für die Touristen zu einer kleinen Eruption gebracht wurde, indem Seifenwasser in ihn hineingeschüttet wurde. Sarah hatte *Lady Knox* richtig leidgetan und sie hatte sich gefragt, ob es das wirklich wert sei, nur um eine Touristenattraktion mehr zu bieten.

Gerade hatten sie sich auf einer Bank niedergelassen, um einen kleinen Imbiss einzunehmen, da klingelte Gertrudes Handy. Schon als Sarah das Klingeln hörte, hatte sie ein ungutes Gefühl. Sie konnte es sich nicht genau erklären, aber es war für sie deutlich spürbar. Sie sah, wie Gertrudes Gesichtsfarbe von einem gesunden Rosa in ein fahles Grau wechselte, während sie der Stimme aus dem Handy zuhörte. Dann sagte sie: »Ja, ich habe verstanden«, und drückte die Auflegtaste. Sarah gab ihr einen Moment Zeit, dann forderte sie die Freundin auf: »Erzähl, was ist los?«

Gertrude antwortete mit tonloser Stimme: »Charles hat versucht sich umzubringen. Er liegt in der Klinik.« Sarah war betroffen. »Und wie hat er es gemacht?«

»Mit Tabletten.«

Sarah dachte: »Ob er wohl absichtlich gerade so viele genommen hat, dass er überlebt?« Laut sagte sie: »Und was hat das mit dir zu tun?«

»Na ja, er ist bei mir in Therapie. In der Klinik werden sie ihn wohl gefragt haben, ob er irgendwo in Behandlung ist.«

»Und was wollen die jetzt von dir?«, fragte Sarah weiter.

»Es war seine behandelnde Ärztin aus der Klinik. Sie will so bald wie möglich ein persönliches Gespräch mit mir führen.« Dann schaute sie Sarah unsicher an und fuhr fort: »Ich muss mir überlegen, was ich mache. Ich weiß, dass wir gerade erst am Anfang unseres Urlaubs stehen. Aber ich bin mir momentan nicht sicher, ob ich diesen Urlaub fortsetzen kann.«

Sarah beschloss, erst einmal zu schweigen. Sie fühlte Empörung in Bezug auf Charles und dachte: »Er weiß doch ganz genau, dass Gertrude vier Wochen in Urlaub ist und wie sehr sie sich auf diesen Urlaub gefreut hat. Und wieder hat er einen Weg gefunden, sich wichtig zu machen und sich in ihr Leben einzumischen, aber auf eine Art und Weise, dass es ihm niemand vorwerfen kann, denn es geht ihm ja schlecht.«

Dann bekam sie einen Anflug von schlechtem Gewissen und sie überlegte: »Oder tue ich ihm vielleicht unrecht? Bin ich voreingenommen?« Aber als sie sein Gesicht und seinen Auftritt in der Gruppe wieder vor sich sah, spürte sie eine tiefe Abneigung.

Sie wandte sich wieder Gertrude zu. »Wir reden später ausführlich über alles, ja? Lass uns jetzt noch das *Thermal Wonderland* genießen. Und du weißt, was immer du auch entscheidest, ich stehe hinter dir.« Gertrude atmete erleichtert aus. Sie umarmte die Freundin und sagte: »Du bist die Beste.«

Dann gingen sie langsam weiter. Nach einigen Minuten des Schweigens begann Gertrude zu sprechen: »Weißt du, es ist so ein komisches Gefühl mit diesem Mann. Es ist, als würde er sich immer wieder in mein Leben hineinschleichen, und zwar auf eine Art und Weise, dass es ihm niemand vorwerfen kann. Aber es fühlt sich schrecklich an, etwa so wie eine klebrige Schicht, die sich über meine Haut legt und die ich wieder loswerden möchte.«

»Ja, genauso empfinde ich es auch«, erwiderte Sarah. »Der Mann will einfach in deinem Leben präsent sein und wenn er es auf positive Art und Weise nicht schafft, dann macht er es eben auf negative Art und Weise. Ich glaube, du musst dich strikt von ihm abgrenzen.« Dann dachte sie: »Vielleicht wäre es besser gewesen, wenn Gertrude ihn aus der Gruppe hinausgeworfen hätte, so wie sie es eigentlich vorgehabt hatte.« Aber sie beschloss, die Freundin jetzt nicht mit diesen Gedanken zu konfrontieren, sondern einen anderen Zeitpunkt dafür abzuwarten.

Gertrude fuhr fort: »Ich kann dir nicht genau erklären, wie er es eigentlich macht, aber vor und nach den Therapiestunden mit ihm habe ich ein Gefühl, als wäre er unsichtbar in meiner Praxis anwesend und würde mir wie ein Schatten folgen. Dieses Gefühl hält mitunter einen oder zwei Tage nach einer Sitzung mit ihm an. Ich habe es sonst mit keinem meiner Klienten.«

Sarah hörte der Freundin nachdenklich zu und bemerkte dann: »Es hört sich sehr subtil und fast ungreifbar an, was Charles mit dir macht. Ich glaube, es sind nur seine Gedanken, die du spürst. Ich könnte mir gut vorstellen, dass er – bewusst oder unbewusst – in dich verliebt ist. Wer weiß, was er für Fantasien hat. Du hast doch erzählt, dass er dich immer mit solch unpassenden Blicken anschaut. Wir kennen seine Gedanken nicht. Vielleicht stellt er sich vor, mit dir zusammen zu sein oder sogar mit dir im Bett zu sein. Du bist eine sehr feinfühlige Frau – ich denke, dass du diese Schwingungen aufnimmst.«

Gertrude nickte. »Ja, ich glaube, so ist es. Nur frage ich mich dann, wie ich am besten meiner Verantwortung als Therapeutin gerecht werden kann. *Er* ist ja der Hilfebedürftige, der zu mir kommt, um sich behandeln zu lassen, damit es *ihm* besser geht. Kann ich mich selbst denn so wichtig nehmen, dass ich die Therapie mit ihm beende, ›nur‹ weil sich die Arbeit mit ihm für mich ungut anfühlt?«

Sarah antwortete: »Du *kannst* es nicht nur, du *musst* es sogar, denn deine erste Verantwortung gilt dir selbst – wenn du diese nicht wahrnimmst, wie willst du dann deinen Klienten gerecht werden?«

Gertrude lächelte schief. »Ja, ich weiß, dass du recht hast, aber das ist wohl der schwierigste Punkt für mich. Ich überlege immer zuerst, wie ich einem Klienten am besten helfen kann, anstatt an erster Stelle darüber nachzudenken, ob ich mich im therapeutischen Setting gut fühle.«

»Dann tust du den zweiten Schritt vor dem ersten. Und das bringt dir über kurz oder lang wahrscheinlich großen Ärger ein.«

»Ja, ich glaube, in dem Ärger stecke ich schon mittendrin.«

Nach einer kurzen Pause fuhr sie fort: »Weißt du, es ist wirklich unheimlich. Hast du so etwas auch schon einmal erlebt?«

Sarah dachte kurz nach und antwortete: »Nein, in der Form noch nicht.«

Die beiden Freundinnen gingen schweigend weiter. Sarah versuchte, das Naturschauspiel zu genießen und sich vorerst keine Gedanken mehr über Charles und den weiteren Verlauf ihres Urlaubs zu machen.

Loredana — November 1991

Es war kühl geworden in den letzten Wochen. In einem Monat war Weihnachten. »Kein günstiger Zeitpunkt, um eine Trennung herbeizuführen – aber wann ist schon ein günstiger Zeitpunkt? Letztlich ist jeder Zeitpunkt für so einen Schritt ungünstig«, dachte sie.

Das Wochenende verlief nach außen hin ereignislos. Alejandro genoss immer noch, dass sein Papa wieder da war, und die beiden unternahmen viel zusammen. Am Sonntagmittag trafen sich alle zum Mittagessen bei María. Das Haus war voll. María hatte eine Paella gemacht – sie schmeckte köstlich. Wie immer kam kein wirkliches Tischgespräch zustande, denn alle redeten durcheinander.

Loredana hatte es schon längst aufgegeben mitzuschreien – es war ihr einfach zu anstrengend. So beschränkte sie sich darauf, zu beobachten und zuzuhören. Gerade ging es wieder um Politik. Als Fernando, ihr Schwiegervater, anzusetzen wagte, um ein Statement abzugeben, fuhr ihm María harsch über den Mund. Selma, ihre Schwägerin, fing daraufhin an, über den Kuchen zu sprechen, den sie an diesem Sonntag gebacken hatte, und über die verschiedenen Teigsorten zu referieren, die es gab. Sie schaute dabei Loredana an – es hörte sonst sowieso niemand zu.

Sergio wandte sich gerade an seinen Neffen, um einen subtil sexistischen Kommentar über Frauen und Kuchenbacken abzugeben – aber dieser hörte ihm auch nicht wirklich zu, sondern schaute seine Mutter an und gab einen Kommentar zum Wetter ab. Loredana hatte kurzzeitig das Gefühl, in einem Irrenhaus zu sein.

Sie aß weiter und blickte dann zu ihrem Sohn. Er war mit Essen beschäftigt und wie sie hörte auch er zu. In einem Moment kreuzten sich ihre Blicke. Und obwohl Alejandro erst fünf Jahre alt war, kam es ihr in diesem Augenblick so vor, als würde er die ganze Situation erfassen, als würde er genau verstehen, was dort vor sich ging. Der Moment dauerte eine Ewigkeit. Sie fühlte, dass er ihre Gedanken hören konnte, und es war ihr, als ob sie auch seine Gedanken hörte. Es war ein Moment tiefer Verbindung zwischen ihnen beiden. In diesem Augenblick war er nicht mehr Alejandro, ihr fünfjähriger Sohn, sondern eine weise Seele, die alles verstand, was gerade in der Umgebung passierte.

Sie dachte: »Er wird mich verstehen. Auch wenn es ganz schwierig für ihn sein wird – tief im Inneren weiß ich, dass er mich verstehen wird.« Sie aß zu Ende. Als die Frauen den Tisch abräumten und die Männer zum Kaffee übergingen, entschuldigte sie sich mit Bauchschmerzen. Sie musste weg aus diesem Tumult. Das Durcheinander ermüdete sie und sie wollte sich ein wenig hinlegen und ausruhen.

María sagte: »Was ist denn? Fühlst du dich nicht wohl bei uns? Du kannst dich doch auch hier aufs Sofa legen.« Loredana zögerte kurz. Dann begriff sie, dass sie ihrer Schwiegermutter ihr Bedürfnis nach Ruhe und Rückzug nicht erklären konnte und auch nicht musste. María hatte dieses Bedürfnis vielleicht nie gehabt oder vielleicht schon früh aufgegeben. Jedenfalls konnte sie von ihr nicht erwarten, dass sie sie verstand. So sagte sie nur: »Ist schon gut, María. Ich bin gerne bei euch, aber jetzt bin ich einfach müde.« Mit diesen Worten stand sie auf.

Sergio hatte nichts mitbekommen. Der Fernseher und die politische Situation nahmen seine gesamte Aufmerksamkeit ein. Sie sagte zu ihm: »Sergio, ich gehe rüber und lege mich hin.« Er nickte kurz. Sie gab Alejandro einen Kuss. »Bis später, mein Schatz. Ich ruhe mich ein bisschen aus.« Er gab ihr einen Kuss zurück und sagte: »Ich hab dich lieb, *Mamita«*, woraufhin sie antwortete: »Ich dich auch, mein Schatz.«

In den darauffolgenden Tagen spürte sie, wie sie sich zunehmend anspannte. Es gab zahlreiche Familienzusammenkünfte und die Feiertage standen vor der Tür. Sie nahm wahr, wie sie sich immer mehr in zwei Welten bewegte. Die eine war die äußere Realität, bestimmt durch ihre Ehe, die Einbindung in ihre Schwiegerfamilie und ihre Arbeit in Cornellà, die andere war ihre innere Realität, bestimmt durch ihre Trennungsgedanken. Sie merkte, dass der Zeitpunkt näher rückte, an dem sie diese beiden Welten wieder in Übereinstimmung bringen müsste, damit es sie nicht zerriss.

Flavio erfasste ihren Zustand. An einem sehr arbeitsreichen und hektischen Freitagnachmittag sagte er zu ihr: »Weißt du was – ich habe überhaupt keine Lust, jetzt nach Hause zu fahren, und ich glaube, du auch nicht. Eine kleine Auszeit könnte uns beiden gut tun, oder? Komm, wir fahren nach Barcelona, gehen ins Kino und machen uns einen richtig schönen Abend. Was meinst du?«

Loredana schaute ihn an – und dachte, dass er recht hatte. Sie hatte tatsächlich überhaupt keine Lust, nach Hause zu fahren. Allein schon das Wort ›nach Hause‹ passte nicht auf ihre Lebenssituation. Sie fühlte sich in Pals nicht zu Hause und sie fühlte sich auch in Sergios Familie nicht zu Hause. Es war Freitag, Sergio würde sicher zu Hause sein und könnte sich um Alejandro kümmern, außerdem waren da die Oma und der Opa und die Tanten. Ihr Sohn würde sie an dem Abend nicht vermissen, dachte sie.

Sie lächelte. »Ja, gut, lass uns das machen. Ich muss hier noch ein paar Dinge fertig machen, aber in ungefähr einer Stunde bin ich soweit.« Flavio lächelte zurück. Sie rief Sergio an und sagte ihm, dass sie noch mit ein paar Kollegen ausgehen würde. Er war überrascht – normalerweise war *er* ja derjenige, der ausging, und *sie* diejenige, die zu Hause wartete.

Loredana konnte richtig spüren, wie er überlegte, aber es fiel ihm nichts ein. Was hätte er auch sagen sollen? Sie wusste, dass es ihm nicht passte, aber er hatte keine Argumente, um sie daran zu hindern. So sagte er nur kurz angebunden: »Na dann, viel Spaß. Und komm nicht zu spät heim, du weißt ja, dass wir morgen meine Eltern und meine Schwestern zum Mittagessen eingeladen haben.«

»Was für eine Ironie. Er ist jahrelang ›zu spät‹ heimgekommen und jetzt ermahnt er mich, pünktlich zu sein. Das ist ja fast so, als würden wir die Rollen tauschen«, überlegte sie. Und das Mittagessen – ja, sie erinnerte sich gut daran und dachte: »Gott sei Dank bin ich nicht auf die Idee gekommen, sie alle zu bekochen, sondern wir laden sie ins Restaurant ein.« Auch wenn es viermal so teuer sein würde, das war es ihr wert. So konnte sie am nächsten Tag zumindest ausschlafen.

Als sie und Flavio eine Stunde später im unvermeidlichen Stau Richtung Barcelona standen, merkte sie, wie sie aufatmete. Es tat ihr so gut, einmal aus dem gewohnten Rhythmus auszubrechen, einmal nicht sofort nach der Arbeit heimzufahren und einer nach der anderen all ihren Verpflichtungen nachzukommen. Es war prickelnd, einfach etwas zu tun, was sie sonst fast nie tat. Sie begann, sich zu entspannen.

Flavio war bester Laune, er war nonchalant und aufmerksam zu ihr und sie genoss es in vollen Zügen. Normalerweise verhielt sie sich eher distanziert, wenn sie merkte, dass er sie auf eine gewisse leicht flirtende Art und Weise behandelte, aber schließlich waren sie hier nicht auf der Arbeit, sondern in ihrer Freizeit. Was sollte es also?

So ging sie auf seinen scherzenden Ton ein und freute sich auf den Abend. Es kam ihr so vor, als würde sie sich ein paar Stunden geradezu *stehlen* – sie hatte jedoch kein schlechtes Gewissen deswegen.

Flavio sagte: »Hast du Lust, den neuen Film von Ridley Scott anzuschauen? Er heißt ›Thelma and Louise‹ und es geht darin um zwei Frauen, die aus ihrem Leben ausbrechen.« Loredana stimmte begeistert zu. Sie mochte diesen Film sehr. Inzwischen waren sie in Barcelona angekommen. Er steuerte sein Auto gekonnt durch das abendliche Verkehrsgewühl. Sie liebte diese Freitagabende in der großen Stadt. Es herrschte eine besondere, eine prickelnde Stimmung. Es war so, als ob alle Menschen aus den Büros heraus- und in die Stadt hineinströmten, auf der Suche nach der Belohnung für die lange Arbeitswoche.

An diesem Abend war sie eine von ihnen. Sie fühlte sich all diesen Menschen zugehörig und es tat gut zu spüren, dass sie alle etwas miteinander verband, eine positive Absicht, die sich für einige vielleicht mehr, für andere vielleicht weniger erfüllen würde. Sie wollte etwas erleben, sie wollte die Belohnung für ihre lange und harte Arbeitswoche. Und sie entschied in dem Moment: »*Mein* Abend wird schön. Ich werde alles in vollen Zügen genießen.«

Als sie nebeneinander im Kino saßen und das Licht ausging, fiel alle Anspannung von ihr ab. Die Geschichte der beiden Frauen, die aus ihrem Leben ausbrechen und durch eine Verkettung von Umständen in eine Situation kommen, in der sie alles aufs Spiel setzen, faszinierte sie. Der Ehemann von Thelma war einfach genial gespielt. Ein bisschen böse dachte sie: »Er erinnert mich an Sergio.« Dann schämte sie sich sogleich dieses Gedankens, aber nicht sehr.

In der letzten Szene, als die beiden Frauen, die von der Polizei in Gestalt von Harvey Keitel gejagt werden, in den Abgrund fahren, stiegen ihr Tränen in die Augen. Flavio bemerkte es und nahm ihre Hand. Sie ließ es zu und wunderte sich gleichzeitig darüber. Er sagte leise: »Ich kann verstehen, dass du dich mit diesen Frauen identifizierst.«

Flavios Präsenz neben ihr war angenehm und es war wohltuend, mit einem Mann im Kino zu sitzen, der sich fürsorglich und aufmerksam ihr gegenüber verhielt. Plötzlich schoss ein Gedanke durch ihren Kopf: »Pass auf, Loredana, dass deine unerfüllten Sehnsüchte dich nicht Dinge tun lassen, die du bereuen würdest.« Aber der Gedanke war gleich wieder weg.

Als der Film zu Ende war, sagte er: »Ich habe einen Tisch für uns in meinem Lieblingsrestaurant reserviert.« Sie war überrascht und erfreut.

In diesem Augenblick erschien Alejandros Gesicht vor ihrem inneren Auge. Sie konnte ihn richtig spüren, seine Weichheit, den Duft seiner Haut, seine großen braunen Augen, mit denen er die Welt um sich herum zu erfassen versuchte, seine kleinen Händchen, die kraftvoll zugreifen konnten, und seine süße Stimme, wenn er ›Mamita‹ zu ihr sagte und sie ihn ›Alejandrito‹ nannte.

Es gab diese zärtlichen und liebevollen Momente zwischen ihnen, viel seltener zwar, als Loredana es sich gewünscht hätte, aber es gab sie. Sie merkte, wie sich ihre

Augen erneut mit Tränen füllten. Sie versuchte, es zu verbergen, aber Flavio sah es. »Woran denkst du?« Sie seufzte und antwortete: »An meinen Sohn.«

Er nahm ihre Hand. »Ich verstehe dich so gut, Loredana.«

Sie bestellten das Essen – eine *Mariscada* mit allem, was dazugehörte: Hummer, Entenmuscheln, Kaisergranat, Langustinen, Miesmuscheln. Sie genossen die Meeresfrüchte-Platte in vollen Zügen. Dazu tranken sie einen eisgekühlten *San Valentín*. Das Restaurant war gut besucht und die Atmosphäre war angenehm.

Nach zwei Gläsern Wein merkte Loredana, dass sie bei sich selbst ankam. Sie hörte auf, an Sergio zu denken, und es kam ihr vor, als ob sich das Korsett an Verpflichtungen, in das sie normalerweise eingeschnürt war, öffnete und dann ganz von ihr abfiel. Als Flavio vorschlug, noch irgendwohin zum Tanzen zu gehen, nahm sie seinen Vorschlag begeistert an. Sie gingen ins *Sutton*. Dieses Lokal war eine der größten Diskotheken Barcelonas. Es hatte einen riesigen Tanzsaal und ein schönes Foyer und war der passende Rahmen für Festivitäten aller Art. Viele katalanische Firmen ließen ihre Weihnachtsfeiern dort ausklingen.

Dementsprechend voll war es. Auf der Tanzfläche wurden sie zwangsläufig aneinandergepresst. Loredana wehrte sich am Anfang noch dagegen, aber dann merkte sie, wie ihr Widerstand nachließ. Sie bewegte ihren Körper im Takt der Musik und überließ sich der angenehmen Stimmung. In ihrem Kopf, der sonst immer voller Gedanken war, herrschte eine angenehme Leere. Flavio schaute sie fortwährend an. Sein Blick drückte Zuneigung, Fürsorge und noch etwas anderes aus. War es Begehren? War es Liebe? Sie wusste es nicht genau. Sie wollte nur noch ihren Körper spüren und die angenehme Schwingung der Musik in ihren Zellen aufnehmen.

Sie erwiderte seinen Blick – ein paar Sekunden zu lang. Sie merkte, wie in diesen Sekunden etwas passierte, als ob sich eine Tür in ihr öffnete, die lange verschlossen gewesen war. »Küss mich«, dachte sie plötzlich. Und als hätte Flavio ihre Gedanken gehört – oder er wurde von seinen eigenen geleitet – beugte er sich noch etwas näher zu ihr, um ihr etwas zu sagen, und bevor er seinen Kopf wieder zurückzog, fanden seine Lippen die ihren in einem langen Kuss. Sie ließ sich fallen und wollte nicht daran denken, was nach dem Kuss wäre.

Irgendwann ließ Flavio sie los. Er nahm ihren Arm und sagte: »Komm, wir gehen zur Bar und trinken noch etwas.« Sie ließ sich von ihm durch das Menschengewühl führen und dachte: »Was ist gerade passiert? Ist gerade etwas passiert? Habe ich gerade Flavio geküsst? Oder hat er mich geküsst?« Und aus der hintersten Ecke ihres Kopfes meldeten sich weitere Gedanken: »Ich bin doch verheiratet. Aber wo ist mein Mann?« Es fühlte sich alles so irreal an. Flavio bestellte einen Gin Tonic für sich und einen Ballantines mit Ginger Ale für sie. Als das Getränk vor ihr stand, nahm sie einen großen Schluck.

Er stand dicht neben ihr. Sie konnte seinen männlichen Körper spüren und auch seine Begierde und sie merkte, wie ihr Körper ihm antwortete, ob sie wollte oder nicht. Er sah sie immer noch an. Nach einer langen Pause sagte er: »Die Frage ›Zu dir oder zu mir?‹ stellt sich für uns beide nicht, oder?« Dabei grinste er. Sie musste über seine ironische Bemerkung lachen. »Nein, die Variante können wir wohl ausschließen.«

Er kam noch ein Stück näher. »Loredana, ich möchte dich spüren. Ich möchte deinen Körper berühren und dich küssen und streicheln und einfach mit dir zusammen sein.« Sie fühlte seine Worte in ihren Körper eindringen – es war wie eine süße Flüssigkeit, die sie schon lange nicht mehr getrunken hatte, wie ein Nektar, der in ihren Körper rann. So als ob ihr Körper schrie: »Ja, ja, ich will mehr davon.« Aber genauso stark war die Stimme in ihrem Kopf, die sagte: »Du bist eine verheiratete Frau und du hast ein Kind. Du hast Verpflichtungen.«

Das Wort *Verpflichtungen* hallte in ihrem Kopf nach. Es war wie ein endloses Echo – und sie dachte: »Werden diese Verpflichtungen jemals aufhören?« Sie nahm noch einen großen Schluck und entschied, an diesem Abend einfach alles geschehen zu lassen, was geschehen wollte.

Als sie am nächsten Morgen erwachte, wusste sie zuerst nicht, wo sie sich befand. Das, was sie am deutlichsten wahrnahm, war ihr schmerzender Kopf. Er fühlte sich an, als hätte sie am gestrigen Abend mindestens zwei Flaschen Wodka getrunken. Undeutlich erinnerte sie sich, dass sie mit Flavio im *Sutton* in Barcelona gewesen war und dass sie getanzt hatten. Was danach passiert war, wusste sie nicht mehr. Sie öffnete vorsichtig die Augen und sah sich um. Sie lag in ihrem Schlafzimmer in Pals. Langsam drehte sie den Kopf zur Seite, um sehen zu können, ob Sergio neben ihr lag. Aber die andere Betthälfte war leer. Das Bedürfnis, ihre Blase zu entleeren, drängte sie zum Aufstehen, aber sie hatte so große Angst davor, Sergio zu begegnen, dass sie erst einmal liegen blieb. Sie fragte sich, wann und wie sie nach Hause gekommen war. Die Antwort fiel ihr nicht ein.

Stattdessen stiegen die Bilder des Albtraumes wieder hoch, den sie in der Nacht geträumt hatte. Ihr brach der Schweiß aus, als die Erinnerung auftauchte. Im Traum lebte sie in einem großen Haus. Sie kannte das Haus nicht. Sie war von irgendwoher gekommen und sie sah gerade noch, wie jemand Alejandro durch eine Art Klappe hindurch aus dem Haus zog. Sie konnte seine Beine noch sehen. Panisch versuchte sie, nach ihm zu greifen, aber die Person am anderen Ende der Klappe hatte das Kind schon durchgezogen. Sie sah, dass es ein Mann war. Dann war ihr Sohn verschwunden.

Völlig aufgelöst lief sie im Haus hin und her – und nahm wahr, dass eingebrochen worden war und viele Gegenstände fehlten. »Jemand hat mir alles weggenommen«, dachte sie und lief in den Raum, in dem sie Schmuck und Bargeld verwahrte – aber alles war weg.

Am liebsten hätte sie sich hingesetzt und geweint, doch sie wusste, dass sie auf die Straße musste, um ihren Sohn zu finden und die Einbrecher zu stellen. Sie war wie erstarrt, aber schließlich siegte ihr Handlungsimpuls über den Schock. Sie lief hinaus auf die Straße. Es war dunkel und es regnete leicht. Nach ein paar Metern sah sie einen finster aussehenden Mann. Er grinste, als er sie erblickte. Sie fragte: »Haben Sie meinen Sohn gesehen? Er ist mir gerade weggenommen worden. Er ist fünf Jahre alt.« Der Mann entblößte bei seinem ironischen Grinsen eine Reihe gelber und unregelmäßiger Zähne. Er zeigte mit dem Finger in eine Richtung.

Loredana rannte wieder los, in die Richtung, in die der Mann gezeigt hatte. Sie sah einen noch finsterer aussehenden Mann. Sie fragte ihn: »Haben Sie mein Haus leer geräumt?« Er reagierte aggressiv. »Was wollen Sie von mir?«, schrie er sie an. Loredana schrie zurück: »Man hat mir alles weggenommen.« Der Mann drehte sich wortlos um und ging weg. Sie hatte nur einen Gedanken: »Mein Kind.«

Es war so dunkel, dass sie kaum erkennen konnte, in welche Richtung sie lief. Irgendwo hallte das Lachen des ersten Mannes, den sie getroffen hatte. Sie lief zurück. Er stand immer noch an derselben Stelle und fragte sie in beißendem Ton: »Und, haben Sie Ihren Sohn gefunden?« Es kam ihr vor, als würde er ein Spiel mit ihr spielen. »Nein, wo ist er?«, fragte sie laut. Der Mann sagte: »Er wurde weggebracht.« Als wäre dies das Normalste der Welt. Sie begann zu zittern und dachte: »Ich will aufwachen. Bitte lass mich aufwachen. Bitte lass es nur ein Traum sein.« Mit aller Kraft versuchte sie, sich aus dem Albtraum zu befreien, aber es gelang ihr nicht. Dann zückte der Mann seine Geldbörse. Er holte ein paar schmutzige Geldmünzen heraus und sagte »Hier, nimm die Münzen.« Dabei grinste er widerlich.

Loredana schrie: »Ich will die schmutzigen Münzen nicht! Ich will mein Kind zurück und ich will meinen Besitz zurück! Alles, was ihr mir weggenommen habt.« Und in diesem Moment wachte sie auf.

Alles vermischte sich in ihr. Der Alkohol, der Abend mit Flavio, der Albtraum und die Angst. Sie spürte, dass der Traum Ausdruck ihrer panischen Angst war, alles zu verlieren – ihren Sohn, ihre Ersparnisse, ihre Wohnung, ihre Möbel, ihr Auto und ihren übrigen Besitz. Sergio hatte ihr mehr als einmal gesagt, dass er ihr, sollte sie ihn verlassen, nichts geben würde.

Der Drang, ihre Blase zu entleeren, wurde stärker. Sie konnte keine Minute länger in diesem Bett liegen bleiben – koste es, was es wolle, sie musste aufstehen. Sie kletterte mühsam aus dem Bett. Bei jeder Bewegung schmerzte ihr Kopf, als würde er im nächsten Moment zerspringen. Schließlich stand sie. Es war mühsam, das Gleichgewicht zu halten. Als sie ins Bad ging, sah sie aus dem Augenwinkel, dass Sergio auf dem Sofa im Wohnzimmer lag. Er schlief. Sie versuchte angestrengt, sich an die Geschehnisse der Nacht zu erinnern – es gelang ihr nicht. Sie fragte sich, ob es einen Streit zwischen ihnen gegeben hatte, aber in ihrem Kopf war nur Nebel.

Sie war froh, dass er schlief, denn sie musste jetzt erst mal Zeit gewinnen, um sich wieder in einen einigermaßen normalen Zustand zu versetzen und um zu versuchen, an ihre Erinnerungen über die vergangene Nacht heranzukommen. Im Bad schloss sie die Tür hinter sich ab und betrachtete sich im Spiegel. Ein verquollenes Gesicht mit tiefen Augenringen und Resten von Schminke blickte ihr entgegen.

Als sie sich zweimal gründlich die Zähne geputzt, heiß und kalt geduscht hatte und fünf Minuten lang kaltes Wasser über ihr Gesicht hatte laufen lassen, begann sie, sich allmählich besser zu fühlen. Sie dachte: »Jetzt brauche ich noch einen heißen *Café con leche* und ein gutes Frühstück, dann fühle ich mich bereit, den Herausforderungen dieses Tages entgegenzutreten.«

Wenn sie versuchte, sich an die vergangene Nacht zu erinnern, riss ihr Gedächtnisfaden immer wieder in dem Moment ab, in dem sie mit Flavio im *Sutton* im Menschengewühl an der Bar gestanden hatte, und immer noch war die einzige Erinnerung, die ihr Gedächtnis preisgab, der schreckliche Albtraum der vergangenen Nacht.

Als sie nach dem Tiegel mit der Tagescreme griff, fiel ihr dieser aus der Hand und landete mit einem scheppernden Geräusch im Waschbecken. Sie erschrak und befürchtete, dass Sergio wach werden würde. Und tatsächlich, es dauerte keine halbe Minute, da hörte sie Geräusche aus dem Wohnzimmer, die ihr zeigten, dass er dabei war aufzustehen.

Fieberhaft überlegte sie, wie sie ihm entgegentreten und was sie ihm sagen solle. Ihr Herz hämmerte, als sie aus dem Bad heraustrat. Er zog sich gerade eben an. Sie sah ihn von hinten. Als er sie hörte, drehte er sich um. Sein Blick war finster. »Guten Morgen«, sagte sie. Er aber antwortete nicht.

Sie musste irgendwie Zeit gewinnen. »Willst du auch einen *Café con leche*?« Er bejahte. Zwanzig Minuten später saßen sie am Frühstückstisch, schlürften ihren Kaffee und aßen schweigend die obligatorischen *Madalenas*. Die Stimmung wurde immer unerträglicher. Loredana hatte das Gefühl, sie müsse mit der Faust auf den Tisch schlagen oder schreien, nur um dieses Schweigen zu durchbrechen. Sie wusste, sie würde – wie immer – diejenige sein, die das Gespräch eröffnete. Sergio hatte eine wahre Meisterschaft darin erlangt, das beleidigte Kind zu spielen.

Auch jetzt hatte er wieder die entsprechende Miene aufgesetzt und Loredana merkte, dass sich in ihre Kopfschmerzen, Gedächtnislücken, Schuldgefühle und Verwirrung nun auch noch Wut mischte. Konnte er sich nicht einmal wie ein erwachsener Mann verhalten?

So räusperte sie sich schließlich: »Sergio, auch wenn es für uns beide sehr unangenehm ist, wir werden darüber reden müssen, was letzte Nacht geschehen ist. Da ich mich an nichts mehr erinnern kann, außer, dass ich einen Albtraum hatte, wirst du derjenige sein, der darüber redet, was sich zwischen uns abgespielt hat.«

Er knabberte weiter an seiner *Madalena*. Sie konnte erahnen, wie ihm alle möglichen Gedanken durch den Kopf schossen. Schließlich sagte er herausfordernd: »Was willst du von mir? Ich müsste dich fragen, was letzte Nacht passiert ist, und nicht umgekehrt. Du bist hier um vier Uhr früh angekommen und warst in einem Zustand, dass man dich gleich unter die kalte Dusche hätte stellen müssen.«

Als Loredana diese Worte hörte, blitzte ein Fetzen von Erinnerung in ihr auf. Sie sah ein Bild vor sich, wie sie die Treppe zu ihrer Wohnung hinaufgewankt war und versucht hatte, den Schlüssel ins Schloss zu stecken. Es war ihr nicht gelungen und nach mehreren vergeblichen Versuchen hatte sie Schritte gehört. Sergio war wohl aufgewacht und zur Tür gekommen, um zu öffnen. Was danach passiert war, verschwamm im Nebel.

Seine Augen wurden schmal, als er sie fragte: »Wo warst du letzte Nacht? Was hast du gemacht?« Sie versuchte, sich ins Gedächtnis zu rufen, was sie ihm am Telefon erzählt hatte, als sie am gestrigen Nachmittag mit ihm gesprochen hatte, und erinnerte sich, dass sie ihm gesagt hatte, sie würde mit Kollegen ausgehen.

So schaute sie ihn jetzt nur kurz an und antwortete: »Du wusstest doch, dass ich mit ein paar Kollegen ausgehen würde.« Er reagierte aggressiv: »Bis vier Uhr morgens? Das glaubst du doch selbst nicht.« Als Loredana seine Worte hörte, nahm ihre Wut zu. »Sergio, was bildest du dir eigentlich ein?«, gab sie in scharfem Ton zurück. »Du hast dir jahrelang das Recht herausgenommen, zu kommen und zu gehen, wann es dir gepasst hat. Und jetzt fühlst du dich in der Position, mich zu maßregeln? Wer glaubst du, wer du bist?«

Sie dachte: »Diese Situation zeigt in aller Deutlichkeit, warum unsere Ehe nicht funktioniert. Das Ganze ist einseitig. *Er* hat die Rechte und *ich* habe die Pflichten. Und wenn ich mir dann einmal das Recht herausnehme, mir einen schönen Abend zu machen, kann er das nicht aushalten.«

Sergio sagte böse: »Ja, aber ich treibe mich nicht in fremden Betten herum.«

»Was fällt dir ein, Sergio. Wenn du in dem Ton weiter mit mir redest, können wir das Gespräch sofort beenden.«

Er stand auf. »Ja, beenden wir es doch. Ich habe sowieso keine Lust, mir deine Lügen anzuhören.«

Mit diesen Worten stand er auf und ging aus dem Raum. Loredana atmete schwer. So wie dieses waren unzählige Gespräche zwischen ihnen verlaufen. Sie spürte eine große Müdigkeit in sich. Dann straffte sie sich und dachte: »Jetzt oder nie. Diese Qual mache ich keinen Tag länger mehr mit. Jetzt packe ich den Stier bei den Hörnern.«

Sie stand auf und ging in das Arbeitszimmer, in dem sich Sergio inzwischen vor seinem Computer niedergelassen hatte. »Der Computer ist seine innigste Bezugsperson«, dachte sie sarkastisch.

»Sergio, bitte komm ins Wohnzimmer zurück. Ich möchte dir etwas sagen.« Der Ernst in ihrer Stimme hatte ihn wohl erschreckt, denn er stand – entgegen seiner sonstigen Gewohnheit – tatsächlich sofort auf.

Zwei Minuten später saßen sie wieder am Wohnzimmertisch. Sergio blickte sie an. Sie sah Angst in seinen Augen, die er versuchte zu verbergen. Loredana nahm all ihre Kraft zusammen, dann sagte sie: »Sergio, ich will diese Ehe nicht mehr weiterführen.«

Sie hielt einen Moment lang inne, doch er reagierte nicht. So fuhr sie fort. Sie redete und gleichzeitig war es so, als beobachte sie sich selbst und höre sich selbst zu. Sie fragte sich, woher sie nach dieser chaotischen Nacht die Kraft und die Klarheit nahm, all die Dinge auszusprechen, die schon so lange in ihr gärten. »Dieses Gespräch war längst überfällig«, dachte sie. Die Worte hatten bereits seit Jahren in ihr geschlummert und es tat gut, sie endlich auszusprechen.

Während er ihr zuhörte, veränderte sich sein Gesichtsausdruck. Seine Augen wurden noch schmaler. Dann sagte er mit gepresster Stimme: »Du weißt, dass du nichts mitnehmen kannst, wenn du gehst. Ich werde alles behalten – Alejandro, die Wohnung, die Möbel, das Auto – alles. Du bekommst nichts von mir.«

»Was ich mitnehme, entscheidest nicht du alleine. Da habe ich auch noch mitzureden.«

Er funkelte sie böse an. »Ich habe einen guten Anwalt. Dem werde ich die Sache übergeben. Und ich garantiere dir – er wird alles für mich rausholen, was rauszuholen ist. Ich werde dafür sorgen, dass du leer ausgehst.«

Sie begann zu zittern. Ein Gedanke blitzte in ihr auf: »Diesen Schritt hätte ich schon vor vier Jahren tun sollen.« Dann fiel ihr Alejandro ein – und sie wusste, warum sie so lange ausgeharrt hatte. Was sie schockierte, war Sergios Kaltblütigkeit. In diesem Augenblick war er ein fremder Mann für sie. Sie fragte sich, ob er sie jemals geliebt hatte. Oder war diese Kälte ein Selbstschutz für ihn?

Dann wechselte er von einem Moment zum anderen die Strategie und fragte in aggressivem Ton: »Mit wem warst du letzte Nacht im Bett?«

»Ich weiß nicht mehr, was gestern Nacht war. Und es ist jetzt sowieso unerheblich, da unsere Ehe beendet ist.«

»Du weißt, dass du Alejandro niemals bekommen wirst – nur über meine Leiche.«

Sie entschied, nicht auf seine Drohung einzugehen – es wäre ohnehin sinnlos gewesen. Er schien immer noch zu glauben, dass *er* der Einzige war, der das Recht hatte, Entscheidungen zu treffen, und dass sich alle um ihn herum diesen Entscheidungen anpassen müssten.

»Er glaubt immer noch, dass er einen Harem hat und über diesen bestimmen kann. Und wenn eine seiner Frauen aus dem Harem ausbrechen will, wird sie bestraft«, dachte sie und im gleichen Moment tauchte ein Bild vor ihrem inneren Auge auf, das in seiner Klarheit bestechend war. Sie sah eine verschleierte Frau, die vor einem Sultan stand. Dieser brüllte sie an: »Du lügst, gib es zu!«

Sergios Stimme riss sie aus ihrer Trance. Sie verstand seine Worte nicht. Aber als sie seine Augen sah, dachte sie: »Genau dieselbe Herrschsucht und Unerbittlichkeit. Wenn er könnte, würde er mich jetzt köpfen lassen. Aber das kann er nicht.« Sie fasste sich wieder und dachte: »Diesmal komme ich lebend aus deinem Harem heraus, mein Lieber.«

Sergio wiederholte seine Frage noch einmal: »Und wann ziehst du aus?« Sie war verblüfft. Es konnte ihm wohl nicht schnell genug gehen.

»Das weiß ich noch nicht genau. Aber ich werde es dich frühzeitig wissen lassen.«

Mit den Worten: »Dann ist wohl alles zwischen uns gesagt. Willst du heute mitkommen zum Mittagessen mit meinen Eltern?«, wandte er sich ab.

Loredana antwortete mit fester Stimme: »Natürlich komme ich mit«, und dachte: »Die Gelegenheit gebe ich dir nicht, vor deinen Eltern und deinen Schwestern das arme Opfer zu spielen.« Gleichzeitig wusste sie, dass er das über kurz oder lang ohnehin tun würde. Dann dachte sie an Alejandro und das Herz wurde ihr schwer. Am liebsten hätte sie ihren kleinen Sohn gepackt und wäre mit ihm auf und davon. Sie dachte: »Und warum tue ich das nicht? Warum packe ich nicht einfach Alejandro und verschwinde mit ihm?«

Dann überlegte sie weiter: »Aber das wäre unverantwortlich ihm gegenüber. Er ist erst fünf Jahre alt und ich habe nicht das Recht, ihn hier einfach aus allem herauszureißen. Die Oma gibt ihm eine Struktur und eine Sicherheit – und die braucht er gerade jetzt, wo die Ehe seiner Eltern auseinandergeht, besonders dringend.«

Immer schneller schossen ihr die Gedanken durch den Kopf. Sie stellte sich vor, wie sie Alejandro nehmen und ihm sagen würde, dass sie einen Ausflug nach Barcelona machen würden, und wie sie dann einfach mit ihm verschwinden würde. Aber wohin? Zu ihrer Stiefmutter konnte sie nicht. Von ihr hatte sie keinerlei Unterstützung zu erwarten. »Ich muss mit Magri reden. Ihr wird eine Lösung einfallen«, dachte sie.

Sergio war wieder im Arbeitszimmer und machte etwas am Computer. Sie bekam Bauchkrämpfe und ihr wurde übel – ein untrügliches Zeichen für emotionalen Stress. Die Atmosphäre kam ihr wie vergiftet vor. Sie wusste nicht genau, wie Sergio es machte, aber irgendwie schaffte er es, eine derartige Stimmung um sich herum zu verbreiten, dass Loredana am liebsten laut geschrien hätte.

Das Schlimme für sie war, dass er es so subtil machte. Wenn er sie angeschrien oder Geschirr zerschlagen hätte, dann hätte sie in einer offenen Art und Weise darauf reagieren können. Was sie völlig lahmlegte, war seine unterschwellige Aggressivität – unsichtbar und ungreifbar und trotzdem spürbar. Loredana dachte, dass allein seine Gedanken es sein mussten, die die Atmosphäre in der Wohnung derart vergifteten.

Gerade hörte sie, wie Sergio leise vor sich hin fluchte und bekam unwillkürlich eine Gänsehaut. Dann zog sie sich um. Sie fühlte sich elend, wenn sie an das bevorstehende Mittagessen dachte.

Mitten in ihre trübseligen Gedanken hinein schellte es an der Tür. Das konnte nur Alejandro sein, der bei seiner Oma geschlafen hatte und nun heute, am Samstag, seine Eltern sehen wollte. Sie drückte auf den Türöffner und öffnete die Wohnungstür. Als ihr Sohn die Treppe hinaufstürmte, trat Sergio von hinten an sie heran, schob sie aus dem Weg und lief ihm ein paar Schritte entgegen. Er nahm ihn auf den Arm, küsste ihn zärtlich und begrüßte ihn mit katalanischen Koseworten. Alejandro strahlte. Loredana schossen Tränen in die Augen. Sie ging schnell ins Bad, denn sie wollte nicht, dass er sie weinen sah.

Sie ließ sich auf dem Badewannenrand nieder und fragte sich, ob sie Tränen der Trauer oder der Wut weinte. Wie konnte er es wagen, sie einfach aus dem Weg zu schieben, als wäre sie ein Möbelstück? Er tat immer so, als würde er seinen Sohn sehr lieben, aber stimmte das wirklich? Worum war es Sergio gerade wirklich gegangen? Darum, die Liebe seinem Sohn gegenüber auszudrücken? Oder vielmehr darum, Loredana auf eine subtile und grausame Art und Weise dafür zu bestrafen, dass sie es wagte, seinen Harem zu verlassen?

Sie wusch sich das Gesicht und dachte: »Jetzt habe ich – wie so oft im Zusammenhang mit Sergio – zwei Optionen. Wenn Alejandro sieht, dass ich geweint habe, wird er mich fragen. Ich kann die Wahrheit sagen und dafür wieder Sergios Verachtung ernten – diese Variante fühlt sich nicht wirklich gut an – oder ich kann meinen Sohn anlügen – dann wäre Sergio zufrieden, aber ich würde mich schlecht fühlen.«

Ihr fiel wieder der Traum ein, den sie vor ein paar Monaten gehabt hatte. In dem Traum war sie neben Sergio auf einem sehr schmalen Grat gegangen. Rechts und links tat sich der Abgrund auf. Jeder Schritt in die falsche Richtung konnte den Absturz bedeuten. Es war sehr anstrengend, einen Fuß vor den anderen zu setzen und gleichzeitig in Beziehung mit Sergio zu sein. Sie musste auf ihre Schritte achten und parallel dazu schaute sie ihn immer wieder an. Er blickte in die andere Richtung. Sie versuchte wieder und wieder, mit ihm in Blickkontakt zu treten, aber es war aussichtslos. Es gab einen Moment, in dem sie meinte, es vor Anstrengung nicht mehr aushalten zu können. Immer wieder wich er ihren Blicken aus und schaute konsequent in die andere Richtung. Plötzlich überkam sie eine bleierne Schwere und Müdigkeit und eine Stimme sagte im Traum zu ihr: »Du musst weg von diesem Mann. Sonst wirst du deine ganze Lebenskraft verlieren.« Dann endete der Traum.

»Ja, genau so ist es«, dachte Loredana, dann legte sie ein wenig Lippenstift auf und trat aus dem Bad. Sergio und Alejandro waren im Wohnzimmer. Sie spielten mit einer Spielkonsole *Wave Race*. Ihr Sohn liebte dieses Spiel. Sie trat auf ihn zu und hauchte ihm einen Kuss auf die Wange. »Hallo mein Schatz«, sagte sie. Alejandro blickte kurz auf. Dann spielte er weiter. Sie fragte sich, ob er etwas von der Stimmung zwischen seinen Eltern merkte. Wenn ja, dann ließ er es sich nicht anmerken. Sie dachte resigniert: »Das hat er ja schon gut von seinem Vater gelernt – Gefühle zu verstecken und zu verleugnen.«

Einen Moment später trat Sergio zu ihr und sagte kühl: »Wir gehen jetzt rüber zu meinen Eltern.« Er fragte sie nicht, ob sie mitkommen wolle. »Ja, geht nur. Ich komme gleich nach.« Alejandro hatte einen fragenden Ausdruck in seinen großen braunen Augen, aber er sagte nichts. Als er und Sergio die Wohnung verließen, überkam Loredana wieder diese große Müdigkeit: »Nun, diesen Tag werde ich auch noch überstehen. Am Sonntag rede ich mit Magri. Und am Montag werde ich die Trennung einleiten«, dachte sie und bei diesen Gedanken ging es ihr besser.

Als sie ihren Mantel anzog und im Begriff war, die Wohnung zu verlassen, fragte sie sich erneut, was in der vergangenen Nacht passiert war. Aber ihr Gedächtnis schien nicht bereit, sich zu öffnen, es gab weder Bilder noch Erinnerungsfetzen preis. Kurz erwog sie, Flavio anzurufen und ihn zu fragen. Aber sie wollte ihn nicht auf seinem privaten Anschluss anrufen und riskieren, seine Ehefrau am Telefon zu haben.

Als sie Marías Haus betrat, empfing sie Stimmengewirr, Zigarettenrauch und das Geplärre des Fernsehers – wie immer. María, Selma und Sergio standen rauchend in der Küche. Fernando saß vor dem Fernseher. Er war in Unterhemd und Schlafanzughose – wie meist am Wochenende. Alejandro spielte auf dem Boden mit seinen Spielzeugautos. Sie begrüßte ihren Schwiegervater und ging dann schweren Herzens in die Küche, wo sie María und Selma begrüßte.

Als sie schließlich in dem erst kürzlich eröffneten exklusiven katalanischen Restaurant saßen, das bis zum Bersten gefüllt war, dachte Loredana: »Ich halte es hier keinen Monat mehr aus.« Sie fühlte eine Enge, die nicht nur von Sergio ausging, sondern den ganzen Ort zu umfangen schien. Sie brauchte Raum, um zu wachsen und sich zu entfalten. Hier in Pals würde sie über kurz oder lang eingehen wie eine Primel, der das Wasser fehlte.

Nachdem Sarah und Gertrude *Thermal Wonderland* ausgiebig bestaunt hatten, machten sie ein Picknick und legten sich dann ins Gras, um eine kleine Siesta zu halten, bevor sie ihre Reise in Richtung des *Lake Taupo* und des *Tongariro National Park* fortsetzen wollten.

Sarah glitt in einen Halbschlaf.

Laute Stimmen in ihrer Nähe weckten sie auf. Gertrude war auch gerade aufgewacht. Sarah schaute sie an. »Und, fahren wir weiter?« Die Freundin gähnte und nickte. »Ja, wenn du fahren kannst.« Sarah war einverstanden. Sie fuhr gerne und freute sich schon auf den *Lake Taupo* und auf den *Tongariro National Park.*

Die Freundinnen machten sich auf den Weg. Zunächst schwiegen sie eine Weile und Sarah dachte: »Herrlich, eine Freundin zu haben, mit der ich reden und schweigen kann und mit der das Schweigen nie unbehaglich, sondern immer angenehm ist.«

Sie fuhren mit ihrem Campervan aus dem Thermalgebiet heraus. Der Geruch nach Schwefel wurde schwächer und die Landschaft veränderte sich. Nach einer Stunde erreichten sie den *Lake Taupo*. Blau und majestätisch lag er vor ihnen. Sie sahen, dass sich viele Menschen am Ufer des Sees tummelten. Es gab Autos, Boote, Surfbretter, Wasserski und andere Wassersportgeräte.

Sarah fragte Gertrude: »Wollen wir hierbleiben oder nach Tongariro weiterfahren?«

Die Freundin überlegte kurz. »Es ist sehr voll hier. Vielleicht fahren wir besser weiter?« Sarah nickte. »Ja, das ist auch mein Gefühl.«

Als sie den See hinter sich gelassen hatten, veränderte sich die Landschaft erneut. Es wurde karger und spürbar kälter.

Sarah merkte, dass sie ins Gebirge kamen. Es mutete fast ein wenig alpin an, und sie dachte, dass Neuseeland ein faszinierendes Land mit völlig unterschiedlichen Landschaften sei, die sie alle aus Ländern kannte, die sie schon bereist hatte. Der *Lake Taupo* erinnerte sie an den Genfer See oder den Zürichsee, die Gegend um Rotorua war eher vergleichbar mit mediterranen Landschaften und die Kauri-Wälder im Norden ähnelten den Waldlandschaften, die sie in Kanada um Vancouver herum kennengelernt hatte.

Dann sah sie das Schild *Tongariro National Park*. »Wir sind im Park«, sagte sie zu Gertrude.

»Ja, ich sehe es.«

Beide Freundinnen waren total neugierig auf das, was sie dort antreffen würden. Die Stimmung im Campervan war freudig gespannt und aufgeregt.

Genau in diese Stimmung hinein klingelte Gertrudes Handy erneut. Sarah schaute kurz zu ihrer Freundin hinüber und nahm ihre Anspannung wahr. Sie schaute aufs Display und sagte: »Eine Nummer aus Sydney, die ich nicht kenne. Das heißt, es könnte die Klinik sein, in der sich Charles befindet.« Sarah merkte, wie Gertrude mit sich rang, ob sie das Gespräch annehmen sollte, zögerte einen Moment, aber entschied sich dann zu schweigen und war gespannt, wie die Freundin sich entscheiden würde.

Diese drückte schließlich widerstrebend die Abnehmtaste. Ihr Gesicht verfinsterte sich zusehends, während sie der weiblichen Stimme aus dem Mobiltelefon zuhörte. Diese Stimme redete vielleicht zehn Minuten auf Gertrude ein. Sarah spürte den Impuls, ihrer Freundin das Handy aus der Hand zu nehmen und es aus dem Auto zu werfen. Sie wunderte sich über ihre heftigen Gefühle. Eben sagte Gertrude: »Ich überlege es mir und rufe Sie später zurück.« Dann legte sie auf. »Dieser Blödmann.«

»Was ist los?«

»Er hat seiner Ärztin gesagt, dass er unbedingt mich sehen will und dass ich die Einzige bin, die ihm helfen kann.«

Sarah war bestürzt: »Ich glaub es einfach nicht. Die Ärztin checkt wohl nicht, was da läuft? Dass es nicht darum geht, dass er Hilfe bekommt, sondern dass er dir den Urlaub vermiesen will?«

»Ja, aber was mache ich jetzt? Ich kann doch als Therapeutin nicht einen hilfebedürftigen Menschen, der bei mir in Therapie ist, im Stich lassen.«

»Im Stich lassen?«, rief Sarah. »Wie kommst du denn darauf? Du lässt ihn doch nicht im Stich. Du bist im Urlaub. Du bist doch nicht die Mutter deiner Klienten. Glaubst du denn, dass du 24 Stunden am Tag und 365 Tage im Jahr zur Verfügung stehen musst? Er ist doch in der Klinik. Es gibt dort Ärzte und Therapeuten, mit denen er arbeiten kann, bis du wieder zurück bist.« Und dann fuhr sie eindringlich fort: »Gertrude, willst du dich immer anderen Menschen anpassen? Die können und müssen sich auch mal dir und deinen Plänen und Bedürfnissen anpassen.«

»Ja, natürlich hast du recht. Aber was mache ich, wenn er erneut versucht, sich umzubringen? Wie soll ich mich dann fühlen?«

»Ich verstehe dich ja. Und ich will dich nicht auch noch unter Druck setzen. Nimm dir Zeit, um zu entscheiden, was du tun willst – du weißt, wir finden immer gute Lösungen. Fühl dich frei.«

Gertrude sah ihre Freundin dankbar an. Inzwischen waren sie in alpines Gebiet gelangt. Sarah schaltete die Heizung im Van ein, denn es wurde von Minute zu Minute kälter.

Der Tongariro-Nationalpark war der älteste Nationalpark Neuseelands. Er lag im Zentrum der Nordinsel und gehörte als eine von nur 23 Stätten sowohl zum Weltkultur- als auch zum Weltnaturerbe der UNESCO. Er war der viertälteste Nationalpark weltweit und beherbergte drei aktive Vulkanberge: den Tongariro, den Ngauruhoe und den Ruapehu. Auch befanden sich auf dem Gebiet des Nationalparks mehrere Kultstätten der Maori, die die Vulkane als heilig verehrten.

Gertrude sagte: »Jetzt müssen wir nur noch unseren Campingplatz finden.« Sie hatten einen Platz gewählt, der mitten im Nationalpark lag, und sie hatten vor, von diesem aus die Gegend wandernd zu erkunden. Als sie dort ankamen, merkten sie, dass es sehr kalt war. Sie fuhren auf den ihnen zugewiesenen Stellplatz und sahen, dass die Leute aus den Campervans in ihrer Nachbarschaft winterlich gekleidet waren.

»Oje«, entfuhr es Gertrude, »auf solche winterlichen Verhältnisse sind wir ja gar nicht eingestellt.«

»Macht nichts. Wir machen wie immer das Beste aus allem.«

»Ich bewundere deinen Optimismus, selbst in den unmöglichsten Lebenslagen.«

»Ja, das habe ich bei Liselotte und Heiner gelernt.«

Beide lachten und das Lachen wirkte befreiend. Als sie aus dem Van ausstiegen, merkten sie, wie kalt es tatsächlich war. Um sie herum sahen sie Bergschuhe, Eispickel und sonstige alpine Ausrüstungen. In ihren Sommersachen kamen sie sich reichlich komisch vor und ernteten auch sogleich halb neugierige und halb mitleidige Blicke. »Irgendwie schaffen wir es immer, die Attraktion des jeweiligen Campingplatzes zu sein«, meinte Sarah.

Später gingen sie in die Küche, die schon gut gefüllt war. Die Küchen der neuseeländischen Campingplätze waren meist sehr gut ausgestattet. Es gab dort oft mehrere Kochgelegenheiten und es herrschte normalerweise eine nette Atmosphäre, in der man kochen und auch ein wenig mit anderen Gästen plaudern konnte, wenn man es wollte.

Als sie inmitten all der sportlich und alpin wirkenden Gäste saßen und ihre Abendmahlzeit bestehend aus gedünstetem Gemüse, Ziegenkäse und einem hervorragenden neuseeländischen Weißwein einnahmen, sagte Gertrude nachdenklich: »Weißt du, ich fühle mich schon wieder so schuldig, obwohl ich weiß, dass ich keinen Grund dazu habe.« Sarah nickte. »Den hast du wirklich nicht. Du hast dich nach Kräften um Charles bemüht, du hast alles getan, was in deiner therapeutischen Verantwortung lag, aber du bist nicht Superwoman. Du kannst diesen Mann nicht retten. Das muss er selbst tun.«

Die beiden Freundinnen schwiegen eine Weile und plötzlich hallte in Sarahs Kopf der Satz: »Du bist an meinem Unglück schuld.« Ihr wurde schwindelig und sie schloss einen Moment die Augen. Sie sah den anklagenden Blick ihrer Adoptivmutter, der auf sie gerichtet war. Sarah stand vor ihr, vielleicht zehn oder elf Jahre alt. Sie überlegte, was sie wohl gemacht haben könnte, das ihre Mutter in diesen Zustand versetzt hätte, aber es fiel ihr nicht ein. Sie fühlte sich so schrecklich, dass sie am liebsten *unsichtbar* gewesen wäre. Es dauerte nur noch eine Minute, dann holte Liselotte Mager den Fleischklopfer aus der Schublade und begann, wild und unbeherrscht mit dem metallischen Instrument auf Sarah einzuprügeln. Sie hatte gerade noch Zeit, ihre Arme schützend über Gesicht und Kopf zu legen. Sie versuchte auszuweichen, aber es war kaum möglich. Während sie versuchte, sich zu schützen, überlegte sie gleichzeitig mit dem letzten Rest klaren Verstandes, der ihr in dieser Situation blieb, was sie wohl getan hatte. Gott sei Dank öffnete sich in diesem Moment die Küchentür und Heiner Mager betrat den Raum. Er sagte zu seiner Frau: »Lass doch das Kind in Ruhe. Du kannst sie doch nicht mit dem Holzhammer traktieren.« Sarah dachte: »Ein Holzhammer wäre ja noch harmlos im Vergleich mit dem Fleischklopfer.«

Liselottes Wut richtete sich nun gegen ihren Mann. Sie drehte sich um und schlug auf ihn ein. Sarah nutzte den

Moment, um aus der Küche zu schlüpfen und sich in ihrem Zimmer einzuschließen. Sie ließ sich schluchzend aufs Bett fallen und betete: »Bitte, bitte lieber Gott, lass mich schnell groß werden, damit ich von hier weg kann.«

Die Szene verblasste und vor Sarahs innerem Auge zogen in rascher Abfolge ähnliche Szenen vorbei – jeweils Situationen, in denen ihre Mutter sie grundlos beschuldigt hatte. Hinzu kamen Szenen aus Liebesbeziehungen, in denen ihr jeweiliger Partner sie bezichtigt hatte, etwas getan zu haben, was sie nicht getan hatte. So glichen sich alle Situationen auf gespenstische Art und Weise. Eine Hitzewelle stieg in ihr hoch und sie dachte: »Schluss damit. Es ist genug. Ich will mich nie wieder so fühlen.«

Sie aßen eine Weile schweigend weiter. Dann sagte Gertrude mit fester Stimme: »Weißt du was, ich habe einfach keine Lust mehr, mich schuldig zu fühlen und ständig übertriebene Verantwortung für andere Menschen zu übernehmen – weder privat noch beruflich. Ich habe meine Entscheidung getroffen. Wir setzen unseren Urlaub fort und Charles muss warten, bis ich wieder zurück in Sydney bin. So lange kann er sich von einem anderen Therapeuten behandeln lassen.«

Sarah freute sich darüber in zweierlei Hinsicht: zum einen für die Freundin, denn das war ein wirklicher Durchbruch für sie, und zum anderen, weil sie ihren wunderschönen Urlaub nun fortsetzen konnten.

»Morgen machen wir eine Wanderung, magst du?«, schlug Sarah vor. »Ja, gerne. Am besten, wir gehen morgen früh gleich ins Besucherzentrum und informieren uns.«

Später lagen sie im Campervan und versuchten einzuschlafen, was sich als äußerst schwierig gestaltete, denn es war trotz eingeschalteter Heizung eiskalt und die Decke war bei Weitem nicht warm genug. Stunden schienen vergangen zu sein, bevor Sarah Gertrudes ruhigen Atem neben sich hörte.

Bei Sarah konnte von Einschlafen gar keine Rede sein. Sie wälzte sich unruhig hin und her. Mitten in der Nacht hörte sie plötzlich die Sirene. Ihre Ohren dröhnten und sie bekam einen Riesenschreck. Sie befanden sich in einem Vulkangebiet und theoretisch konnte jeden Tag ein Vulkan ausbrechen oder sich ein Erdbeben ereignen. Die Erde war hier äußerst aktiv und bewegt. Gertrude schreckte aus ihrem Tiefschlaf empor. »Was ist los?«

»Ich weiß es nicht«, sagte Sarah.

Sie hörte, wie um sie herum die Menschen aus ihren Campervans kamen und miteinander redeten. Sie zog sich an und stieg aus dem Van. Eiseskälte empfing sie und ihr Körper fing sofort an zu zittern. Sie ging zur Rezeption des Campingplatzes, wo sich bereits zahlreiche alarmierte Gäste eingefunden hatten. Alle redeten, spekulierten und stellten Fragen, bis die Rezeptionistin ausrief: »Bitte alle mal herhören. Es war ein Fehlalarm. Kein Grund zur Besorgnis. Sie können in ihre Vans zurückgehen und weiterschlafen.«

Sarah trottete langsam zum Van zurück und fragte sich, ob die Auskunft der Rezeptionistin wirklich stimmte. Gertrude wartete schon gespannt auf sie. »Und?« »Nichts«, sagte Sarah, »angeblich ein Fehlalarm.« Dann räusperte sie sich und fuhr fort: »Nun ja, wir haben jetzt die Wahl: entweder entscheiden wir, der Rezeptionistin zu vertrauen und in dieser Nacht noch so viel Schlaf zu bekommen, wie wir kriegen können, oder wir machen uns fertig und reisen ab.«

In den Augen ihrer Freundin konnte sie erkennen, dass Letzteres ihr als die schlechtere Alternative erschien, und auch Sarah hatte keine Lust, mitten in der Nacht abzureisen, zumal sie völlig übermüdet und ihr Körper steif vor Kälte war. »Versuchen wir, noch ein bisschen zu schlafen, und morgen früh sehen wir weiter«, sagte Gertrude.

Am nächsten Morgen machten sich die beiden Freundinnen nach dem Frühstück zum Besucherzentrum auf. Auf

Sarahs Nachfrage wegen des Alarms der letzten Nacht hin erfuhren sie, dass es wohl doch einen kleinen Vulkanausbruch gegeben hatte, man jedoch immer versuchte, Panik zu verhindern, indem man den Gästen erklärte, es habe sich um einen Fehlalarm gehandelt.

Die freundliche Angestellte informierte die beiden darüber, dass sie sich – wie sie schon vermutet hatten – in alpinem Gebiet befanden und die Bergwanderungen nur mit entsprechender Ausrüstung zu bewältigen seien. Somit schied diese Variante aus. Alternativ biete sich ein Wasserfall in der Nähe an, den sie mit normalen Wanderschuhen erreichen könnten.

»Packen wir unsere Rücksäcke und gehen los?«, fragte Sara und konnte in Gertrudes Gesicht erkennen, dass ihre Freundin wieder von der Abenteuerlust gepackt war. »Ja«, erwiderte sie, »lass uns den Wasserfall suchen.«

Der Weg war gut zu bewältigen. Hier und da war es etwas glitschig, aber sie kamen gut voran. Sarah war in Gedanken vertieft. Immer wieder stiegen Bilder aus ihrer Kindheit und aus zerbrochenen Beziehungen hoch und eine tiefe Traurigkeit überkam sie.

Sie sah ihre Liebesbeziehungen vor sich aufgereiht und dachte: »Ich habe immer dasselbe Muster gelebt. Am Anfang habe ich mich dem jeweiligen Partner zugewandt, habe mich total geöffnet und schließlich habe ich mich abwechselnd vereinnahmt und verlassen gefühlt.« Es hatte Beziehungen gegeben, in denen sie mehr unter dem Verlassenheitsgefühl gelitten hatte, und solche, in denen sie sich mehr vereinnahmt gefühlt hatte, aber das Muster, das erkannte sie jetzt, war immer dasselbe gewesen. Manchmal hatte sie sich schlecht gefühlt, wenn sie Freundinnen sah, die ihr ganzes Leben mit einem Mann verbrachten, denn das war auch Sarahs Kleinmädchentraum gewesen. Aber es war anders gekommen. Sie hatte vor ihrer ersten Ehe mehrere Liebesbeziehungen gehabt. Im Vergleich mit anderen war sie sich manchmal ›exotisch‹ oder ›eigenwillig‹ vorgekommen. Jetzt erkannte sie, dass sie alles richtig gemacht und all diese Beziehungen gebraucht hatte, um zu dem Punkt zu kommen, an dem sie sich befand, und die wunderbare Beziehung mit Helmut leben zu können, sie sie jetzt hatte.

Gertrude schaute sie an und sagte: »Woran denkst du?« Sarah teilte ihre Überlegungen mit ihr. Gertrude sagte bedächtig: »Weißt du, Sarah, du brauchst dich wirklich mit niemandem zu vergleichen und wenn du es tust, brauchst du den Vergleich nicht zu fürchten. Du bist eine außergewöhnlich mutige Frau. Du hast es geschafft, dich immer wieder unter großen Schwierigkeiten aus Liebesbeziehungen zu befreien, die nicht das waren, was du wolltest. Du hast dabei materielle Risiken, schwierige familiäre Situationen und Umzüge in Kauf genommen. Du bist deiner eigenen Wahrheit gefolgt und darauf solltest du stolz sein.«

Im nächsten Moment tauchte aus der Tiefe ihrer Erinnerung das Bild von Liselotte Mager auf. Sie sah ihre Adoptivmutter, wie sie das Mädchen weinend an sich riss und schluchzte: »Du bist das Einzige, was ich habe. Dein Vater ist schrecklich und ich hätte ihn schon lange verlassen, wenn es dich nicht gäbe.« Daneben schob sich ein anderes Bild – Liselotte Mager, wie sie auf Sarah einprügelte und schrie: »Du bist an meinem Unglück schuld!«

Ihr wurde leicht schwindelig von den Gefühlen, die diese beiden Bilder auslösten. Sie dachte: »An einem Tag hat sie mich an sich gerissen und am nächsten von sich gestoßen – und ich wusste nie, wann was passieren würde.«

Mit Bestürzung erkannte sie das Ausmaß der seelischen und körperlichen Misshandlungen, die sie erlitten hatte. Jahrzehntelang war sie den emotionalen Wechselbädern ihrer Adoptivmutter schutzlos ausgesetzt gewesen. Ab einem bestimmten Moment hatte sie nicht mehr gewusst, ob sie das *liebe Mädchen* war oder das *böse Mädchen*, das am Unglück der Mutter schuld war.

Jetzt erkannte sie mit bestechender Klarheit: »Ich war keines dieser Mädchen, denn diese Mädchen existierten nur in der Gedankenwelt meiner Mutter. Die, die ich wirklich war, war für meine Mutter immer *unsichtbar*«, und spürte Zorn in sich aufwallen. »Und ich *will* auch keines dieser Mädchen mehr sein, denn diese Mädchen sollten nur für meine Mutter existieren. Sie sollten Sklaven ihrer unberechenbaren Launen sein.«

Sie begann zu schwitzen – zum einen, weil es deutlich wärmer wurde, je mehr es auf die Mittagsstunde zuging, und zum anderen, weil ihre Erinnerungen intensive Körpergefühle in ihr auslösten. Gertrude ging ein Stück vor ihr. Ansonsten waren an diesem Tag nur wenige Menschen unterwegs und sie empfand dies als angenehm.

Nach etwa zweieinhalb Stunden erreichten sie den Wasserfall. Majestätisch schoss das Wasser in einer Fontäne aus dem Felsen und sprühte den Berg hinunter, bis es sich unten in einem kleinen Becken sammelte. Die Wassertropfen glitzerten in der Sonne und Sarah setzte sich auf einen Stein, um auszuruhen und den Wasserfall auf sich wirken zu lassen. Zu Gertrude gewandt sagte sie: »Ich mache eine kleine Meditation, ja?« Die Freundin nickte und ließ sich ein Stück entfernt ebenfalls auf einem Stein nieder.

An ihrem Platz spürte Sarah ab und zu kleine Wassertropfen, die von einem sanften Wind in ihre Richtung getragen wurden. Es war so, wie wenn jemand ihr mit leichter Hand eine liebevolle Kühlung zukommen lassen würde. Sie spürte die wohltuende Kraft des Wassers, schloss langsam die Augen und spürte, wie sie immer mehr mit der Energie des Wasserfalles in Berührung kam, gerade so, als würde sein Geist mit ihr sprechen. Sie konnte die Worte im Rauschen des

Wassers hören. Es waren beruhigende, aufmunternde und heilende Worte, die sie durch sich hindurchfließen ließ.

In diesem Moment fühlte sie sich völlig eins mit der Natur, mit sich selbst und mit dem Universum. Es war ein Zustand tiefen Glücks und tiefer Verbundenheit – so als würde der Geist des Wasserfalls zu ihr sagen: »Es wird alles gut, Sarah.«

Mit geschlossenen Augen gab sie sich ganz dem Naturgeschehen hin. Dann sah sie eine fremdartig gekleidete Frau, die an einer Steilküste spazieren ging, und dachte: »Ich kenne diese Frau. Aber wer ist sie?«

Kunigunde April 1541

Am Rande der Steilküste stehend, zu der sie von der Burg aus hingelaufen war, um mit ihrem Hund Nestor spazieren zu gehen, sog Kunigunde gierig den Duft nach Salz und Wasser in ihre Lungen ein. Ihr eng geschnürtes Kleid erlaubte ihr nicht, wirklich tief durchzuatmen, und sie wünschte sich, ihre Zofe wäre in der Nähe, um die Schnüre ein wenig zu lockern. Aber Adela war in der Burg und mit Näharbeiten beschäftigt. An diesem Morgen war Kunigunde ganz alleine zu dem Aussichtsplatz gekommen, um ein paar Augenblicke die Natur zu genießen.

Solche Momente waren selten für sie, denn es gab immer irgendetwas zu tun. Ihr Mann Gawain war Herrscher von Schottland und die Burg, auf der sie lebten, beherbergte neben ihrer Familie auch noch eine Schar von Dienstboten. Außerdem gab es immer Familienmitglieder, die zu Besuch waren, und das bedeutete oft monatelange Aufenthalte.

Kunigunde und Gawain hatten drei Kinder. Ihre Töchter Eurica und Deirdre waren schon vierzehn und sechzehn Jahre alt, ihr Sohn Nikolaus war zehn. Kunigunde hatte alle Hände voll zu tun mit der Kindererziehung und der Führung ihres großen Haushaltes.

Sie war eine Frau voller Energie und normalerweise machte ihr alles Spaß, was sie tat. Am meisten interessierte sie jedoch die Kräuterkunde. Als Adelsfrau war es eher unüblich, sich mit solchen Dingen zu beschäftigen. Frauen ihres Standes widmeten ihre Freizeit dem Nähen, Sticken und Singen. Kunigunde hingegen verbrachte jede Sekunde ihrer knappen freien Zeit damit, Bücher über Kräuterkunde zu wälzen und sich mit ihrem Lehrer Merouan zu treffen, um von ihm zu lernen.

Gawain war ein Mann, der sie in ihren Bestrebungen voll und ganz unterstützte und den es nicht interessierte, was andere Adlige über seine Frau dachten, die so ungewöhnlich selbstständig dachte und handelte. Er war stolz auf sie und ließ keine Gelegenheit aus, das zu bekunden, sogar vor dem englischen König, dem er sie vor Kurzem bei einem Fest vorgestellt hatte.

An diesem Morgen merkte Kunigunde, dass sie sich nicht ganz so frisch fühlte wie sonst, und sie wusste auch, woran das lag. England lag im Krieg mit Irland und Gawain musste in ein paar Tagen an die Front, um an der Seite des englischen Königs gegen Irland zu kämpfen. Es war nicht der erste Krieg, in den ihr Mann ziehen musste. Auch war er ein hervorragender Kämpfer, aber dieses Mal fühlte sie eine merkwürdige Schwere, wenn sie an die bevorstehenden Kämpfe dachte.

Sie liebte ihren Mann sehr und auch er war ihr innig zugetan. Er konnte ihr stundenlang zuhören, wenn sie über ihre neuesten Erkenntnisse auf dem Gebiet der Kräuterkunde erzählte. Dann lagen sie nebeneinander im Bett in ihrer Kammer, sie redete und er streichelte ihr immer wieder über ihr schönes blondes Haar. Oft endeten diese vertrauten Nachmittage damit, dass sie sich lange und zärtlich liebten.

Es gab eine besondere Verbindung zwischen ihnen, eine innige Liebe, an der auch der Alltag, die Erziehung der drei Kinder und zahlreiche andere Verpflichtungen nichts zu ändern vermocht hatten. Sie waren sich noch genauso zugetan wie vor zwanzig Jahren, als sie sich zum ersten Mal bei einem Fest begegnet waren. Auch heute noch hatte Kunigunde Herzklopfen, wenn ihr Mann von einem Kriegszug oder einer Reise zurückkam. Im Laufe der Jahre war ihre Liebe eher noch gewachsen. Kunigunde verglich es mit einem Band, das zwischen ihnen geknüpft war und von Jahr zu Jahr dicker und kräftiger wurde.

Sie ging mit Nestor noch ein Stück an der Küste entlang, genoss das Meer, die kühle Brise und die Weite. Sie hätte sich nicht vorstellen können, an einem anderen Ort zu leben. Dies war ihre Heimat, ihr Paradies. Sie streichelte den Hund, der an ihr hochsprang, und dachte, dass sie vollkommen glücklich war.

Das Gefühl hielt an, als sie begleitet von dem langsam wärmer werdenden Sonnenschein zur Burg zurückging, auf der mittlerweile schon reges Treiben herrschte. Mägde und Knechte waren mit dem Melken der Kühe und dem Ausmisten der Ställe beschäftigt, andere waren dabei, Teppiche auszuklopfen und die zahlreichen Gemächer instandzuhalten. Kunigunde hatte das Gefühl, dass hier einfach alles in Ordnung war. Die Turmuhr schlug acht Uhr. Ihre Kinder saßen wahrscheinlich gerade beim Frühstück.

Alle drei Kinder hatten Privatlehrer. Eurica und Deirdre teilten sich einen Lehrer und Nikolaus hatte einen Lehrer ganz für sich. Mehr als einmal hatte er sich beschwert und gefordert, dass er mit seinen großen Schwestern zusammen unterrichtet werden wolle, aber Gawain und Kunigunde hatten ihm diese Bitte freundlich abgeschlagen. Schließlich hatte er es eingesehen und genoss mittlerweile seinen Unterricht sehr.

Sie betrat die Burg. Der vertraute Duft von Pfannkuchen und Milch mit Honig schlug ihr entgegen, als sie an der Küche vorbeiging. Dann betrat sie den Speisesaal, wo ihre drei Kinder einträchtig saßen und ihr Frühstück zu sich nahmen. Die beiden Mädchen trugen ihre hübschen Hauskleider und Nikolaus hatte sein schönes Wams angezogen, das er immer beim Unterricht zu tragen pflegte. Als er Nestor erblickte, sprang er auf, um den Hund zu begrüßen. Kunigunde lächelte und ihr Herz wurde warm.

Sie trat auf ihre Kinder zu und begrüßte sie mit Wangenküssen. Dabei streichelte sie ihnen übers Haar und sagte eine paar liebevolle Worte zu ihnen: dass die Mädchen von Tag zu Tag hübscher anzusehen wären, dass Nikolaus schon wieder gewachsen sei. Das freute den Jungen besonders, denn er sagte immer, dass er so groß und stark werden wolle wie sein Vater. Dann setzte sie sich zu ihnen, um mit ihnen zu frühstücken. Wie immer redeten alle lebhaft, und jedes Kind wollte der Mutter die neuesten Ereignisse und Erlebnisse erzählen.

Kunigunde liebte diese Atmosphäre und die Lebendigkeit ihrer Kinder. Von dem Erziehungsgrundsatz ›Kinder sieht man, aber hört man nicht‹, der in anderen Burgen praktiziert wurde, hielt sie gar nichts. Im Gegenteil, sie versuchte immer, ihre Fragen zu beantworten. Und wenn sie sie nicht beantworten konnte, dann verwies sie an jemanden, der die Antwort wusste, entweder an Gawain oder an ein Mitglied der Familie.

Nikolaus fragte sie gerade, wer den Krieg zwischen England und Irland angefangen habe, und Kunigunde wollte schon antworten, da frage er besser seinen Vater, als Gawain auch schon den Saal betrat. Wie immer, wenn er in einen Raum kam, füllte seine männliche Präsenz innerhalb von Sekunden jeden Winkel aus. Er war ein in jeder Hinsicht beeindruckender Mann, kräftig und von hohem Wuchs, ohne dabei massig zu wirken. Das Besondere an ihm waren seine Hände, die kraftvoll und wohlgeformt zugleich waren, und seine durchdringenden blauen Augen.

Er trat zu ihr und gab ihr einen zärtlichen Kuss auf den Mund. Dann begrüßte er seine Kinder der Reihe nach, zuerst Eurica, die Älteste, dann Deirdre, die Mittlere, und schließlich Nikolaus. Kunigunde schätzte es sehr, dass er alle Kinder gleich behandelte. Auf anderen Burgen hatte sie es oft erlebt, dass die Stammhalter Privilegien genossen, die für die Mädchen nicht galten. Gawain jedoch förderte die Talente seiner Töchter ebenso wie diejenigen seines Sohnes und Kunigunde tat dasselbe.

Während des gemeinsamen Frühstücks herrschte zwar wie immer eine schöne und harmonische Atmosphäre, aber Kunigunde entging die Anspannung nicht, unter der ihr Mann stand, der neben ihr saß. Er nahm sich zwar Zeit für die frischen Pfannkuchen mit Kunigundes Blaubeermarmelade, aber seine Bewegungen wirkten verkrampfter als sonst.

Die Kinder verabschiedeten sich bald zu ihrem Unterricht und Kunigunde und Gawain blieben noch sitzen. Er schaute sie aus seinen tiefblauen Augen an, nahm ihre Hand und sagte: »Weißt du, dass du immer schöner wirst, meine Geliebte? Je älter du wirst, desto mehr tritt deine engelsgleiche Schönheit nach außen.« Kunigunde lächelte. Sie merkte, wie eine leichte, freudige Röte ihr Gesicht überzog. Er verstand es nach zwanzig Jahren immer noch, ihr so liebevolle Komplimente zu machen, dass ihr Herz hüpfte wie das eines jungen Mädchens.

Die vergangene Nacht zog an ihren inneren Augen vorbei. Sie hatten geredet und sich dann lange und intensiv geliebt. Kunigunde spürte seine Hände immer noch auf ihrem Körper. Es war ein wunderbares Gefühl, umhüllt und erfüllt von seiner Liebe zu sein, wie ein Fluidum, das sie getrunken hatte und das sie in einen schwebenden Zustand versetzte.

Er küsste ihre Hand. Dann räusperte er sich: »Liebste, ich werde schon früher abreisen müssen als geplant. Die Kriegshandlungen weiten sich aus. Ich habe eine Nachricht des englischen Königs erhalten. Er erwartet mich in zwei Tagen an der Front.«

Ihr Herz zog sich bei seinen Worten zusammen. Das war immer so, wenn Gawain an eine Kriegsfront musste, aber heute war es besonders stark. Ihr Hals wurde trocken, und sie war einen Moment lang ohne Worte. Dann brachte sie hervor: »In zwei Tagen? Das heißt also, dass du morgen abreisen musst?« Er nickte schwach. »Ja, schon morgen.«

Einen Moment lang herrschte ein Schweigen zwischen ihnen, das anders war als sonst, wenn sie ihr Zusammensein ohne Worte genossen. In der jetzigen Stille lag die dunkle Vorahnung von etwas, das Kunigunde nicht in Worte und noch nicht einmal in Gedanken fassen wollte und konnte. »Mein Geliebter, ich habe Angst um dich«, sagte sie. Er fasste ihre Hand mit beiden Händen, die wie immer stark und warm waren.

»Du weißt, dass ich zurückkomme, wie immer«, sagte er, aber es war so, als würde der Blick in seinen Augen etwas anderes ausdrücken als seine Worte. Sie sah etwas darin, das sie noch nie zuvor in ihnen gesehen hatte, und sie konnte es im ersten Moment auch nicht benennen.

Doch dann fiel es ihr ein – es war Müdigkeit, die sie sah. Und sie konnte diese Müdigkeit gut verstehen. Der Krieg dauerte nun über sieben Jahre. Vor Kurzem war die englische Königin gestorben und ihr Nachfolger, König Jakob V, kannte Gawain von Kindesbeinen an. So war es selbstverständlich, dass er ihm zur Seite stand.

Plötzlich stieg Wut auf Jakob in ihr hoch. »Wann hat dieser furchtbare Krieg endlich ein Ende?«, entfuhr es ihr und ihr Herz hämmerte. »Warum müssen Zehntausende unschuldiger Menschen ihr Leben lassen, nur weil die englische Krone ihren Machtbereich ausdehnen will? Warum lassen sie die Iren nicht einfach in Ruhe? Warum glaubt England, die Weltherrschaft erringen zu müssen?«

Sie atmete schwer und Gawain schaute sie überrascht an. Er kannte zwar Temperamentsausbrüche seiner Frau, aber sie waren selten und normalerweise nicht so heftig wie dieser hier. Er streichelte ihr über die Wange und sagte: »Ich verstehe deine Gefühle, Liebste.« Er holte kurz Luft, als wolle er weiterreden, aber er sagte nichts mehr.

Kunigunde umarmte ihn. »Ich liebe dich so sehr, mein Gemahl.«

»Und ich dich, meine Schöne. Du bist das Wertvollste, das es in meinem Leben gibt.«

Dann stand er auf. »Ich muss jetzt zu der Besprechung mit meinen Rittern, Geliebte. Wir sehen uns später.« Er küsste sie zart auf den Mund und verließ den Raum. Kunigunde blieb zurück. Sie hatte plötzlich keinen Hunger mehr. Sie schob den Teller mit dem halb aufgegessenen Pfannkuchen weg und stand ebenfalls auf.

Normalerweise begannen jetzt ihre freien Stunden, die sie dem Studium der Kräuterkunde oder den Treffen mit Merouan, ihrem Lehrer, widmete. Aber heute konnte sie sich nicht dazu entschließen, eines ihrer Bücher in die Hand zu nehmen. Ihr Herz war schwer. So beschloss sie, als Erstes die kleine Burgkapelle zu besuchen, um zu beten. Sie legte sich einen Schal um und trat aus der Burg hinaus ins Freie. Strahlender Sonnenschein empfing sie. Es war Frühling und überall sprossen Blumen aus dem Boden, deren Samen sie im Laufe der vergangenen Jahre eingepflanzt hatte. Die Luft roch nach frischem Gras und eine feine Brise wehte vom Meer hinüber.

Die Kapelle befand sich rechts hinter der Burg auf einer kleinen Anhöhe. Kunigunde hatte sie nach ihren Vorstellungen bauen lassen. Sie war weiß getüncht. Innen gab es ein paar Holzbänke und ein wunderschönes Bild, das die Rettung eines Kindes darstellte. Ein schottischer Künstler hatte es für sie gemalt.

Sie betrat den Raum und nahm den Duft von Weihrauch wahr, der ihre Aufregung sofort besänftigte. Sie kniete nieder und senkte den Kopf. Kunigunde gehörte der alten keltischen Religion an, die die Weiblichkeit, die Natur und ihre Kräfte verehrte. Im keltischen Glauben gab es viele Göttinnen und Götter. Das Christentum war zwar unaufhaltsam auf dem Vormarsch, aber sie hatte es geschafft, sich ihren alten Glauben zu bewahren, und sie gab ihn auch an ihre Kinder weiter.

Gawain stammte aus einer Familie, die den christlichen Glauben angenommen hatte, aber auch er hegte große Sympathie für die alten keltischen Bräuche und Sitten. Er begrüßte es, dass seine Gemahlin diese pflegte. Kunigunde war froh darüber, denn sie kannte andere Adelsfamilien, in denen die Männer ihren Frauen die Ausübung der alten Religion verboten.

Als sie jetzt zu der Großen Göttin betete, beruhigte sich ihr Herzschlag zwar langsam, aber das Gefühl inneren Friedens, das sie normalerweise in der Kapelle erlebte, wollte sich heute nicht einstellen. Im Gegenteil, immer wieder sah sie im Geiste Bilder von Krieg und Gewalt. In ihrem tiefsten Inneren nahm eine bohrende Angst langsam immer mehr Raum ein und kein Wort, das sie an die Göttin richtete, konnte etwas gegen diese Angst ausrichten.

Trotzdem fühlte sie sich getröstet und gestärkt, als sie eine halbe Stunde später die Kapelle wieder verließ. Da ihr der Sinn noch immer nicht nach Kräuterkunde stand, beschloss sie, sich um Haushaltsdinge zu kümmern, um sich abzulenken. Sie ging in die Küche und bat die Köchin, den Speiseplan für die kommende Woche mit ihr zu besprechen.

Als dies erledigt war, sprach sie mit dem obersten Diener, der die Kammerzofen und das Reinigungspersonal unter sich hatte. Er war ein warmherziger, schon etwas betagter Mann, der seine Arbeit mit der größten Sorgfalt ausführte. Er verehrte Kunigunde und versuchte immer, ihre Wünsche schon zu erfüllen, bevor sie sie überhaupt ausgesprochen hatte.

Als sie die Besuche der nächsten Tage und die notwendigen Arbeiten besprachen, war ihr, als könne er den Kummer in ihren Augen sehen. Er sagte: »Mylady, Ihr braucht Euch um nichts zu kümmern. Ich sorge dafür, dass alles zu Eurer größten Zufriedenheit ausgeführt wird.« Nach einer kurzen Pause fuhr er fort: »Mit Verlaub gesagt – vielleicht wäre es gut, wenn Ihr Euch auch einmal ausruhen würdet.« Kunigunde nickte selbstvergessen.

Zum Mittagessen erschien Gawain nicht. Das war sehr unüblich. Als sie und die Kinder bereits mit dem Essen begonnen hatten, überbrachte ein Diener die Nachricht, der gnädige Herr ließe melden, eine wichtige Besprechung mit seinen Rittern dauere an, und er bäte, ihn bei Tisch zu entschuldigen. Kunigunde entließ den Diener mit einem Nicken.

Sie bemühte sich um Haltung, denn sie wollte nicht, dass die Kinder etwas von ihrer Unruhe bemerkten. Die beiden Mädchen unterhielten sich lebhaft über den Unterricht des heutigen Morgens und die neuen Sommerkleider, die sie sich von der Schneiderin anfertigen lassen wollten. Nikolaus aber saß still daneben und schaute seine Mutter an. Er war ein sehr sensibler Junge und er hatte eine spezielle Verbindung zu seiner Mutter. Immer wenn er sie intensiv ansah, hatte sie das Gefühl, dass er bis auf den Grund ihrer Seele schauen könne.

So war es auch heute. Es war so, als könne er den Kummer in ihren Augen lesen und als würden seine Augen antworten: »Mach dir keine Sorgen, Mama, es wird alles gut.« Tränen stiegen ihr in die Augen. Vergeblich versuchte sie, diese zurückzuhalten. Sie stand auf und gab vor, Blumen in einer Vase am Fenster zu ordnen. Dann wischte sie sich verstohlen mit dem Handrücken über die Augen und setzte sich wieder hin. Sie dachte: »Gott sei Dank sind Eurica und Deirdre so beschäftigt mit ihren eigenen Dingen.«

Nach dem Mittagessen legte sie sich eine Weile hin. Das Herzklopfen wollte einfach nicht aufhören und im Laufe des Nachmittags kamen auch noch Bauchkrämpfe hinzu. Kunigunde dachte, dass sie Kräuter zur Beruhigung nehmen könne, aber noch nicht einmal dazu konnte sie sich aufraffen. Sie fühlte sich wie gelähmt. Und Gawain war immer noch nicht erschienen. Was hatte es zu bedeuten, dass seine Besprechung so lange andauerte? Gab es Schwierigkeiten?

Am späteren Nachmittag beschloss sie, ihren Lehrer Merouan aufzusuchen. Er hatte seinen eigenen Trakt innerhalb der Burg. Oft kamen Kranke oder Hilfesuchende zu ihm, denn er war ein weiser Mann und ein exzellenter Heiler, der Zugang zu Körper und Seele der Menschen hatte.

Als sie seine Räume betrat, schlug ihr der vertraute Geruch von Kräutern entgegen. Merouan verabschiedete gerade eine Frau aus dem Dorf, die ihm ihren Sohn gebracht hatte, der starken Schnupfen hatte. Kunigunde hörte noch, wie er zu der Frau sagte: »Gib ihm diese Kräutermischung dreimal am Tag, und in ein paar Tagen ist er wieder gesund.« Die Frau antwortete: »Ich weiß gar nicht, wie ich dir danken soll, edler Merouan, du hast alle meine Kinder wieder gesund gemacht. Gott segne dich.« Sie verbeugte sich vor Kunigunde, als sie ihrer ansichtig wurde, und verließ die Räume mit ihrem Sohn an der Hand.

Merouan blickte seine Herrin aufmerksam an. »Was habt Ihr, edle Kunigunde? Ihr wirkt so beunruhigt.«

»Edler Merouan, ich habe fürchterliche Angst um Gawain. Er muss morgen in aller Frühe aufbrechen, um zur Front zu ziehen, und mir zittern die Knie, wenn ich nur daran denke.«

Sie hielt kurz inne, dann sprach sie weiter: »Ich verstehe es nicht. Er war doch schon so oft im Krieg, und jedes Mal habe ich ihn ziehen lassen mit der Gewissheit, dass er wiederkommt. Warum ist es dieses Mal anders?«

Er sagte nichts, sondern wartete ab, ob sie fortfahren würde. Als sie schwieg, räusperte er sich. »Edle Kunigunde, die Wege der Großen Göttin sind manchmal unergründlich. Ich spüre, dass etwas auf uns zukommt, aber ich weiß nicht genau, was es ist. Es liegt in der Luft.«

Sie dachte, dass er nur die halbe Wahrheit sagte, um sie nicht zu beunruhigen.

»Merouan, wenn Ihr etwas seht, sagt es mir bitte.«

Er drückte ihre Hand leicht und seine Augen verdunkelten sich. »Kunigunde, bitte dringt nicht in mich.«

Als sie diese Worte hörte, sah sie etwas Schreckliches in seinen Augen. Es war so bedrohlich, dass sie aufsprang und sich ein paar Schritte entfernte. Merouan sagte: »Dieser furchtbare Krieg. Wann wird er endlich aufhören?« Kunigunde nahm die Wut in seiner Stimme wahr und konnte seine Gefühle nur allzu gut verstehen.

In dem Moment betrat eine andere Frau aus dem Dorf seine Gemächer. Sie zeigte ihm ein eitriges Geschwür an ihrem Bein. Kunigunde verabschiedete sich. Ihre Unruhe verstärkte sich immer mehr. Die Turmuhr schlug achtzehn Uhr. Das bedeutete, dass es Zeit war, sich zum Abendessen umzuziehen.

Die Abendmahlzeiten fanden immer in der Tafelhalle statt und meist gab es geladene Gäste. Heute kam neben Gawains Rittern und ihren Frauen auch noch eine Tante, die schon seit ein paar Monaten bei ihnen zu Besuch weilte. Normalerweise freute sich Kunigunde auf die Tischrunden. Es gab meist interessante Gespräche. Die Gäste erzählten von ihren Reisen, man tauschte Neuigkeiten aus und die Stimmung war immer angeregt und lebhaft.

Jetzt war es anders. Als die Zofe ihr Kleid schnürte, fühlte sie eine solche Beklemmung in sich aufsteigen, dass ihr schwindlig wurde. »Adela, schnür das Kleid weiter«, wies sie sie an. Dann ließ sie sich das Haar aufstecken, weil sie wusste, das Gawain dies gefiel. Er sagte immer, dass sie einen Schwanenhals habe, und er liebte es, diesen zu küssen. Da sie aber lange, wallende Haare hatte, konnte er ihren Hals nur küssen, wenn sie ihr Haar aufsteckte. Er hatte eine solch zärtliche Art, das zu tun, dass es ihr auch nach zwanzig Jahren immer noch die Härchen aufstellte.

Sie beschloss, sich zur Feier des Tages noch ein paar Blumen ins Haar stecken zu lassen, so als wolle sie der Schwere trotzen, die von ihr Besitz ergriffen hatte. Als sie fertig war, hörte sie Schritte. Gawain betrat soeben ihre gemeinsamen Gemächer. Ihre Zofe entfernte sich mit Verbeugung.

Sie schaute ihn an. Unter seinen Augen lagen tiefe Schatten und seine Gesichtsfarbe war blasser als sonst. Er küsste ihre Hand und sagte: »Geliebte Gemahlin, ich werde mir von meinem Diener ein heißes Bad vorbereiten lassen und dann zum Abendessen kommen. Willst du auf mich warten oder schon alleine unsere Gäste empfangen?«

»Natürlich warte ich auf dich. Soll ich dir den Rücken schrubben?« Normalerweise liebte er es, wenn nicht sein Diener, sondern sie dies tat. Aber an diesem Tag schüttelte er den Kopf. »Nein, Geliebte, du bist doch schon fertig umgezogen. Ruh dich ein wenig aus.« Mit diesen Worten ging er in sein Gemach und erteilte seinem Diener die Anweisungen für das Bad.

Es hatte Kunigunde einen leichten Stich ins Herz gegeben, dass er ihr Angebot ablehnte. Sie fragte sich, warum er an diesem Tag ihre Nähe nicht wollte, dachte aber dann, dass er einfach müde von der langen Besprechung sei und eine Weile alleine sein wollte.

Sie ließ sich auf ihrem Sofa nieder und versuchte, in einem Buch zu lesen, das sie erst vor Kurzem bekommen hatte und das sie fesselte. Es war von einer gewissen Hildegard von Bingen geschrieben, einer Frau, die wohl visionäre Kräfte besessen hatte.

So sehr sie sich auch auf dieses Buch gefreut hatte, sie konnte sich nicht konzentrieren. Also beschloss sie, zu schauen, ob ihre Kinder schon fertig umgezogen waren, und ihnen bei Bedarf zu helfen. Schon von Weitem hörte sie das Gekicher von Eurica und Deirdre. Die Mädchen kicherten in letzter Zeit dauernd. Das hatte angefangen, als zuerst Eurica und kurze Zeit später auch Deirdre ihre erste Regelblutung bekommen hatte und die beiden bemerkt hatten, dass sie sich allmählich veränderten.

Kunigunde hatte beiden Mädchen erklärt, dass das monatliche Bluten keine Krankheit sei, sondern eine notwendige und gute Reinigung des weiblichen Körpers, und dass es damit zusammenhing, dass sie bald in der Lage sein würden, eigene Kinder zu bekommen. Eurica hatte erklärt, sie wisse gar nicht, ob sie überhaupt einmal Kinder bekommen wolle, und Kunigunde hatte das erst einmal so stehen lassen.

Als sie die Gemächer ihrer Töchter betrat, sah sie, dass beide schon fast fertig angezogen waren. Deirdre half Eurica gerade, sich eine farblich zu ihrem Kleid passende Schleife ins Haar zu binden. Es duftete nach Lavendelparfüm. Die heitere Atmosphäre tat ihr gut. Sie küsste beide Töchter.

Eurica fragte: »Wer ist heute Abend zum Abendessen geladen?« Kunigunde wusste, worauf ihre Frage abzielte. Vor ein paar Tagen war ein Vetter von Gawain bei ihnen zu Gast gewesen und er hatte seinen Sohn mitgebracht, einen gutaussehenden, etwa achtzehnjährigen jungen Mann. Sie hatte Euricas Augen gesehen, als sie den jungen Mann anschaute, und es war ihr nicht entgangen, dass er ihre Tochter genauso interessiert anblickte.

So antwortete sie jetzt: »Ich glaube, dass Tante Irena heute Abend da sein wird, außerdem die Ritter deines Vaters.« Sie hielt kurz inne und sagte dann möglichst nebenbei: »Und Lot und sein Sohn werden auch da sein.« Über das Gesicht ihrer Tochter zog ein Leuchten und Kunigunde konnte erkennen, dass ihre Worte die Wirkung gehabt hatten, die sie vermutet hatte.

Als die drei den Speisesaal betraten, befanden sich schon einige Gäste dort. Es roch nach Braten und Wein. Die Diener liefen umher und servierten den Gästen kleine Appetithäppchen. Kunigunde sah einige von Gawains Rittern, die sie ehrerbietig begrüßten. Auch Tante Irena war bereits anwesend. Sie wurde mit Wangenkuss begrüßt.

Nur Gawain und zwei seiner engsten Vertrauten fehlten noch. In einer Ecke erblickte Kunigunde Lot und seinen Sohn, dessen Gesicht zu leuchten begonnen hatte, als Eurica den Saal betrat.

Sie gesellte sich zu den beiden, um den jungen Mann einmal aus der Nähe in Augenschein zu nehmen. Lot begrüßte sie mit Handkuss und sein Sohn verneigte sich tief vor ihr. Sie tauschten ein paar Belanglosigkeiten aus, und Kunigunde fand den jungen Mann sympathisch. Er strahlte eine Mischung aus Unbekümmertheit und Standfestigkeit aus, die ihr gefiel. »Wie sein Vater«, dachte sie.

In dem Moment ging ein Raunen durch den Saal. Gawain betrat den Raum, gefolgt von seinen zwei wichtigsten Rittern. Sie drehte sich um und erfasste sofort die Anspannung, die von ihrem Mann ausging. Er trat auf sie zu, begrüßte sie mit einem formvollendeten Handkuss, wie er es immer in der Öffentlichkeit tat, und nahm dann ihren Arm, um die Tafel zu eröffnen. Nachdem sie Platz genommen hatten, setzten sich auch die Gäste.

Zwei Flötenspieler sorgten für die musikalische Untermalung des Abends. Der Wein wurde eingeschenkt und die

Vorspeise serviert. Ihr Magen war immer noch wie zugeschnürt. Sie aß nur langsam und in kleinen Bissen. Es war so, als würde sich zusätzlich zu ihrer eigenen Anspannung auch noch die ihres Gemahls auf sie übertragen. Sie wäre in dem Moment gerne mit ihm alleine gewesen, wusste aber, dass sich das Abendessen bis in die Nacht hinein ausdehnen würde.

Gawain und seine Ritter vermieden es, die bevorstehende Reise an die Kriegsfront zu erwähnen, aber das Thema stand unausgesprochen im Raum und überschattete die Runde. Sie dachte: »Ich wünsche mir, dass dieses Abendessen schnell zu Ende geht, damit ich mit Gawain reden kann.«

Als schließlich die Nachspeise gegessen worden war, verabschiedeten sich die Ritter mit dem Hinweis, dass sie am nächsten Morgen in aller Frühe aufbrechen müssten. Lot und sein Sohn gingen daraufhin ebenfalls, aber nicht, ohne dass Letzterer noch einen sehnsuchtsvollen Blick mit Eurica getauscht hätte.

Gawain sagte zu Kunigunde, dass er noch nach seinem Pferd schauen wolle und dann zu ihr komme. Sie ging langsam die Treppe hinauf, gefolgt von ihrer Kammerzofe. In ihrem Gemach angekommen, half ihr die Zofe, das Haar zu lösen und das Kleid auszuziehen. Kunigunde entließ sie. Dann saß sie gedankenverloren vor ihrem Waschtisch und bürstete ihr schönes Haar. Sie sehnte sich einerseits danach, dass Gawain kam, um die Nähe mit ihm zu genießen, auf der anderen Seite hatte sie Angst davor.

Das war das erste Mal, seit sie mit ihm verheiratet war, dass sie solche Gefühle hatte. Sie seufzte tief. Dann kam er. Tiefe Schatten lagen auf seinem Gesicht. Sie half ihm sich zu entkleiden. Als sie im Bett lagen, nahm er sie in den Arm und presste sie mit einer Heftigkeit an sich, die anders war als sonst. »Ich liebe dich, meine Teure«, sagte er. »Du bist die Einzige und du wirst immer die Einzige sein.«

Sie wunderte sich über die Inbrunst in seinen Worten und antwortete: »Und ich liebe dich, mein Gemahl. Du bist der

Einzige für mich und du wirst es immer bleiben.« Sie brachte es nicht übers Herz, ihn nach der morgigen Reise zu fragen, und auch er sagte nichts darüber. Er begann, zuerst ihr Haar und dann ihren Körper zu streicheln.

Kunigunde liebte es, wie er sie berührte, mit Zärtlichkeit, Hingabe und Leidenschaft. Sie dachte immer, dass er etwas ganz Spezielles in seinen Händen habe. An diesem Abend kam noch etwas hinzu, etwas, das sie nicht benennen konnte oder wollte. Ihr ganzer Körper erbebte unter seinen Zärtlichkeiten, aber gleichzeitig stiegen ihr die Tränen in die Augen. Sie versuchte, diese zurückzudrängen, aber es gelang ihr nicht.

Er bemerkte es. »Was ist mit dir, Geliebte? Bin ich zu fordernd?« Sie schüttelte stumm den Kopf. Dann liebten sie sich mit einer Leidenschaft, die gepaart war mit etwas, das man fast Verzweiflung hätte nennen können. Plötzlich schoss Kunigunde der Gedanke durch den Kopf: »Als wäre es das letzte Mal.« Sie verdrängte diesen Gedanken sofort in den hintersten Winkel ihres Kopfes.

Aber er kam noch mehrmals hervor. Als sie schließlich wohlig müde nebeneinander lagen, atmete sie seinen Duft ein und dachte: »Niemals will ich diesen Duft vergessen, diesen Duft nach Männlichkeit, nach Kraft, nach Leidenschaft und nach Liebe.«

Gawain streichelte zärtlich ihr Gesicht, das er mit kleinen Küssen bedeckte. Dann hob er zu sprechen an: »Liebste, das was ich dir jetzt sage, fällt mir sehr schwer. Aber ich muss es trotzdem sagen.« Er hielt kurz inne, um die Wirkung seiner Worte auf sie zu überprüfen.

Kunigunde schaute ihn mit klarem Blick an. »Sprich, mein Geliebter.« Er nahm einen tiefen Atemzug und fuhr dann fort: »Sollte mir in der Schlacht etwas zustoßen, möchte ich, dass du weißt, dass für dich und unsere Kinder gesorgt ist. Ich möchte, dass ihr hier auf unserer Burg bleibt und dass du die Kinder hier großziehst.«

Abermals hielt er inne. »Ich habe einen Vertrag mit meinem Onkel Gerwin geschlossen. Er wird dich und die Kinder beschützen, falls ich nicht zurückkommen sollte.«

Ihr Mund wurde trocken und sie ergriff seine Hand. »Ja, mein Liebster. Aber ich glaube nicht, dass dir etwas zustößt. Du kamst schon aus so vielen Schlachten lebend zurück, du wirst auch aus dieser lebend heimkehren.« Aber noch während sie sprach, bemerkte sie, dass ihre Worte seltsam blechern klangen.

Er nahm sie ganz fest in seine Arme und vergrub sein Gesicht in ihrem Haar. Er sog ihren Duft ein, als wolle er sie niemals wieder loslassen. Schließlich schliefen sie eng umschlungen ein.

Als sie am nächsten Morgen erwachte, war das Bett neben ihr leer. Sie stand auf und erblickte ihren Gemahl im Nebenraum, wo er sich gerade ankleidete. Ihr Körper zitterte. Er hatte sie noch nicht gesehen, also schlich sie leise zum Bett zurück und setzte sich einen Moment. Sie dachte: »Ich muss jetzt Haltung bewahren, egal wie mir zumute ist.«

Dann straffte sie sich, ging zu ihm und begrüßte ihn mit einem Kuss auf den Mund.

»Soll ich dir beim Ankleiden helfen?« Er nickte.

Sie half ihm, seine Rüstung anzulegen. Ihr Herz war schwer wie Blei. »Wird es das letzte Mal sein, dass ich ihm seine Rüstung anlege?« Sie versuchte, diesen Gedanken zu verscheuchen wie eine lästige Fliege, aber es gelang ihr nicht. Im Gegenteil, je mehr sie ihn zu verdrängen versuchte, umso mehr Raum nahm er in ihrem Kopf ein. Ihr wurde schwindelig und sie dachte: »Nein, bitte nicht. Ich muss jetzt stark sein.«

Als Gawain fertig angekleidet war, sagte sie: »Geh schon nach draußen. Ich ziehe mich an und folge dir in Kürze.« Er nickte und verließ das Gemach. Kunigunde rief ihre Zofe. In wenigen Minuten war sie angekleidet. Als sie ins Freie trat, sah sie, dass es ein wunderschöner Frühlingstag war. Es duftete und blühte überall. Sie würgte an ihren Tränen. »Es ist nicht gerecht, dass mein Mann an einem so schönen Tag in den Krieg muss«, dachte sie, obwohl sie sich dagegen wehrte, »es ist einfach nicht gerecht, dass er an einem so schönen Tag zum Sterben gehen muss.«

Sie erschrak über ihre Gedanken, aber sie hatte keine Macht mehr über sie. Eurica, Deirdre und Nikolaus standen um ihren Vater herum. Er küsste seine Kinder zum Abschied. Zu Nikolaus sagte er: »Pass gut auf deine Mutter auf, ja?« Der Junge nickte. Sie sah, dass Gawain den Tränen nahe war. Aber er hätte sich nie gestattet, in der Öffentlichkeit seine Gefühle zu zeigen. So presste er die Lippen aufeinander. Seine Ritter waren bereits auf ihren Pferden, die unruhig schnaubten, so als würden sie spüren, dass ihnen etwas bevorstand, das sie noch nie erlebt hatten.

Er trat zu ihr und nahm ihre Hände. Sie merkte, dass ihm das Atmen schwerfiel. Er gab ihr einen langen Kuss auf den Mund. »Ich bin für immer der Deine.« Mit diesen Worten stieg er auf sein Pferd, drehte sich noch einmal um und warf ihr eine Kusshand zu. Kunigundes Blick wurde von Tränen vernebelt. Das Letzte, was sie von ihm sah, war seine in der Sonne blitzende Rüstung und eine Staubwolke.

Sie drückte die Kinder an sich und sagte: »Geht frühstücken. Ich folge euch in Kürze.«

Mit diesen Worten betrat sie die Burg. Als sie in ihr Gemach kam, hing der Duft von Gawain und von ihrer letzten Nacht noch in dem ganzen Raum. Sie ließ sich auf das Bett fallen. Dann dachte sie: »Meine Kinder warten auf mich und ich weiß ja gar nicht, wie die Schlacht ausgehen wird. Vielleicht sind es nur meine Ängste, die meinen Verstand vernebeln. Vielleicht schließe ich Gawain in zwei oder drei Wochen wieder in meine Arme.«

Es gelang ihr tatsächlich, sich mit diesen Worten zu beruhigen. Nachdem sie sich das Gesicht gewaschen hatte, betrat sie den Speisesaal, um mit ihren Kindern zu frühstücken. Sie schaffte es, das Thema auf die Schulstunden zu lenken, und bald waren sie in einer angeregten Unterhaltung. Erst als die drei den Saal verließen, um zu ihren Lehrern zu gehen, überfielen die Ängste Kunigunde erneut. Sie straffte sich und dachte: »Ich werde heute viel arbeiten und studieren, um diese schreckliche Angst nicht zu spüren.«

Die nächsten Tage vergingen in einer Art diffusem Nebel. Kunigunde schlief schlecht und sie hatte Albträume. Sie hatte schon öfters schlimme Träume gehabt, wenn Gawain an der Front war, aber noch nie so wie jetzt. Sie wachte in mehreren Nächten schweißgebadet und mit dem Bild auf, dass sie ihren blutüberströmten Gatten in ihren Armen hielt.

Sie musste sich sehr zusammenreißen, um ihre Kinder ihre Ängste nicht spüren zu lassen. Sie wollte nicht, dass sich ihre Befürchtungen auf Nikolaus und die Mädchen übertrugen. Sie ging jeden Tag mehrmals in die Kapelle, um zu beten.

Am dritten Tag nach Gawains Abreise kam ein Bote zur Burg. Er brachte ihr die Nachricht, dass es seinem Herrn gut ginge. Sie atmete zwar auf, aber dennoch wollte der Druck nicht von ihrer Brust weichen.

Die Tage vergingen. Es wurde immer wärmer. Die Kinder sprachen schon davon, dass sie bald wieder im Meer würden baden können. Kunigunde liebte es, im Sommer mit ihrer Familie zum Strand zu gehen und den Sand unter ihren Füßen zu spüren. Vor ein paar Jahren hatte Gawain ihr das Schwimmen beigebracht, und seitdem genoss sie es, in einer ruhigen Bucht in der Nähe ihres Zuhauses diesem Vergnügen nachzugehen.

Auf der Burg ging alles seinen gewohnten Gang. Kunigunde verbrachte viel Zeit mit Merouan. Er hatte etwas Tröstliches an sich, das sie gerade jetzt in diesen Tagen besonders brauchte. Sie sammelten zusammen Kräuter im Wald und sie war immer wieder von dem Wissen dieses

Mannes überrascht, das gepaart war mit einer Herzenswärme und einer Weisheit, wie sie es nur selten erlebt hatte.

Nikolaus machte große Fortschritte in seinen Studien der Astronomie und Physik und die beiden Mädchen waren beschäftigt mit den Vorbereitungen auf ein großes Sommerfest, das in Kürze auf einer der benachbarten Burgen stattfinden würde. Die Schneiderin ging jeden Tag ein und aus.

Zehn Tage nach Gawains Abreise befanden sie sich in den Gemächern ihrer Töchter. Die Schneiderin machte verschiedene Vorschläge für ein Nachmittagskleid für Eurica und sie besprachen die Tiefe des Dekolletés, ein wichtiges Thema. Ein Nachmittagskleid sollte nicht so weit ausgeschnitten sein wie ein Abendkleid, aber doch tief genug, um die Reize seiner Trägerin dezent zur Geltung zu bringen.

Als Kunigunde in einem Moment zum Fenster herausschaute, sah sie in der Ferne eine Staubwolke. Als sie erkannte, dass es sich um einen Boten ihres Mannes handelte, begann ihr Herz zu rasen. Der Schweiß brach ihr aus und sie stand wie angewurzelt im Zimmer ihrer Mädchen.

Eurica kam zu ihr und nahm ihre Hand. »Was ist los, Mama? Was hast du?« Dann sah sie auch den Boten. Kunigunde strich sich mit der Hand über die Augen und antwortete: »Mir ist schwindelig, mein Herz. Ich glaube, ich muss mich einen Moment setzen.«

Als sie saß, verstärkte sich der Schwindel. Es war, als wisse sie genau, welche Botschaft ihr der Bote überbringen würde, aber sie weigerte sich, es zu glauben. Kurz darauf klopfte es an der Tür. Ein Diener erschien und meldete, dass ein Bote seines Herrn da sei und die Herrin zu sprechen wünsche. Kunigunde nickte stumm. Sie straffte sich, dann wandte sie sich der Schneiderin und ihren Töchtern zu: »Fahrt nur fort mit Eurer Besprechung. Ich stoße in ein paar Minuten wieder zu Euch.«

Mit diesen Worten verließ sie das Gemach und folgte dem Diener in die große Eingangshalle, wo der Bote schon auf sie wartete. Er hatte seine Rüstung abgelegt und man hatte ihm einen Pokal mit Wasser bereitgestellt. Er blickte sie ernst an. Dann reichte er ihr eine Schriftrolle. Kunigunde nahm sie mit zitternden Händen an sich. Sie versuchte sich vorzustellen, dass sie diese Situation nicht wirklich erlebte, redete sich ein, dass das nur einer ihrer Albträume sei und sie in ein paar Minuten wieder erwachen würde.

Aber ihr Verstand wusste genau, was in der Rolle stand, obwohl es auch eine andere Stimme in ihrem Kopf gab: »Du kannst nicht wissen, was in der Rolle steht. Also öffne sie.«

Sie musste sich setzen, sonst hätten ihre Beine versagt. Sie öffnete die Rolle wie in Zeitlupe. Dann las sie das Wort ›bestattet‹ und ihr wurde schwarz vor Augen. Sie musste all ihre Kraft zusammennehmen, um weiterlesen zu können. Dann endlich war sie imstande, den ganzen Satz zu lesen.

»Unser Herrscher, der edle Herzog Gawain von Cornwall, ist heute ehrenvoll in der Schlacht gestorben. Sein Leichnam wird in seine Heimat gebracht, damit er dort mit allen Ehren bestattet werden kann.«

Dann brach sie zusammen. Sie hörte sich selbst schreien. Pure Verzweiflung brach aus ihr heraus. Wie durch einen Nebel nahm sie wahr, dass ihre drei Kinder in den Raum kamen. Aber sie wollte sie nicht sehen. Ihre Kinder, die sie doch so sehr liebte, waren ihr in diesem Moment zu viel, denn ihr Schmerz war so groß, dass er sie zu zerreißen drohte.

Immer noch im Nebel nahm sie wahr, dass der Lehrer der Kinder diese in einen anderen Raum führte und dass Merouan auf sie zukam. Sie klammerte sich an ihn und schrie verzweifelt: »Warum? Warum er? Er ist der beste Mann der Welt und der beste Vater der Welt. Warum er? Erklärt es mir!«

Sie wusste später nicht mehr, ob sie den Boten wieder entlassen hatte, sie wusste nicht mehr, ob sie oder die Kinder etwas gegessen hatten, sie wusste nur noch, dass Merouan an ihrer Seite war und die ganze Zeit ihre Hand hielt. Und sie brauchte dieses Gehaltenwerden, denn sie fühlte, dass sie sonst auf die andere Seite herübergezogen werden würde, auf der sich nun die Seele ihres Gemahls befand.

Stunden später flößte Merouan ihr eine heiße Suppe ein. Sie hatte zuerst den Kopf geschüttelt, aber er hatte darauf bestanden. Als die Suppe langsam durch ihren Mund und die Speiseröhre in ihren Magen floss, kehrten die Lebensgeister langsam in sie zurück. Aber gleichzeitig wehrte sie sich dagegen, als wolle sie gar nicht ins Leben zurück. Ein Teil von ihr wollte es. Das war der Teil, der Mutter von drei wunderbaren Kindern war. Der andere Teil aber, der so eng mit Gawain verbunden war, wollte dahin, wo er jetzt war – ins Jenseits.

In ihr tobte ein Kampf, der ihre ganze Anstrengung kostete. Merouan spürte genau, was in ihr vorging. »Edle Kunigunde«, hob er zu sprechen an, »ich verstehe sehr gut, dass Ihr jetzt bei Eurem Gatten sein wollt. Aber Ihr müsst weiterleben. Ihr habt drei Kinder, die Euch brauchen.«

Sie schaute ihn abwesend an und nickte, aber ihre Gedanken waren nur bei Gawain.

Nach weiteren drei Tagen wurde sein Leichnam gebracht. Kunigunde erinnerte sich an den Traum, als sie den toten Körper ihres geliebten Mannes zum letzten Mal in den Armen hielt. Er war durch einen Schwertstoß ins Herz gestorben und es gab überall verkrustetes Blut. Sie meinte, nie mehr aufhören zu können zu weinen, als sie seinen geliebten Körper hielt, der nun ohne Leben war. Ihre Kinder standen um sie herum – fassungslos, schluchzend und verzweifelt.

Nachdem Gawain gereinigt und aufgebahrt war, war es an der Zeit, sich zu verabschieden. Als Kunigunde mit ihren Kindern vor dem aufgebahrten Leichnam kniete, dachte sie: »Ich werde mich nie von dir verabschieden. Ich kann es einfach nicht.« Sie küsste seine Hand und erinnerte sich an seine letzten Worte: »Ich bin für immer der Deine.« Sie murmelte leise: »Und ich bin für immer die Deine.«

Die Beerdigungszeremonie dauerte Stunden. Alle Herzöge, die sich nicht an der Front befanden, waren gekommen, um dem allseits beliebten Gawain das letzte Geleit zu geben. Den Feierlichkeiten haftete etwas Irreales an. Sie musste so viele Beileidsbekundungen entgegennehmen, dass sie am Ende schon gar nicht mehr zuhörte. Irgendwann bemerkte sie, dass sie heftige Kopfschmerzen bekam. Merouan war immer in ihrer Nähe und das half ihr, diesen schrecklichen und unwirklichen Tag zu überstehen.

Als die Gäste noch beim Leichenmahl saßen, sagte sie leise zu ihm: »Ich muss hier weg. Ich halte es nicht mehr aus.« Er nickte verständnisvoll. »Kommt, ich begleite Euch in Eure Gemächer. Jeder der Anwesenden wird Verständnis dafür haben.«

Er bot ihr den Arm und sie verließen den Raum. Als sie sich noch einmal halb umdrehte, sah sie den Blick von Nikolaus auf sich ruhen. In ihm lagen Angst und Verlassensein. Sie spürte ein heftiges Schuldgefühl und dachte: »Anstatt mich so meinem eigenen Schmerz hinzugeben, sollte ich lieber für meine Kinder da sein.« Aber es ging einfach nicht, ihr fehlte die Kraft.

Glücklicherweise war Gawains Schwester gekommen, Morgaine, die die Kinder sehr mochten. Neben Nikolaus sitzend, hatte sie die ganze Szene mitbekommen und wandte sich ihm nun liebevoll zu.

In den nächsten Wochen nahm Kunigunde, die ohnehin schon sehr schlank war, noch mehr ab. Die Hüftknochen wurden sichtbar und ihr Gesicht wurde spitz. Sie bemerkte es, aber es war ihr egal. Sie erfüllte ihre Aufgaben wie in Trance. Jeden Abend ging sie in die Kapelle, wo sie mit Gawains Seele sprach. Dieses allabendliche Ritual wurde allmählich zur wichtigsten Zeit in ihrem Leben.

Oft, wenn sie mit ihren Kindern beim Abendessen saß und gedankenverloren ihren Erzählungen über den Tag zuhörte, sah sie Nikolaus' traurigen Blick auf sich ruhen. Sie wusste genau, was in ihm vorging. Er brauchte sie, aber sie konnte die Mutterrolle, die sie immer so geliebt hatte, nicht mehr wirklich ausfüllen. Wo sie früher die Nähe ihres Sohnes gesucht hatte, vermied sie sie jetzt. Sie versuchte, sich zu zwingen, so mit ihm umzugehen wie früher, aber es war ihr nicht möglich. War es, weil er sie an Gawain erinnerte? War es, weil sie seine Liebe zu ihr so stark spürte, sie aber nicht mehr annehmen konnte? Sie hatte Schuldgefühle deswegen, aber sie konnte es nicht ändern.

Mit den Mädchen war es anders. Sie waren schon älter und sie hatten einander. Die beiden halfen sich gegenseitig durch die Trauer hindurch. Kunigunde hatte den Eindruck, dass sie den tragischen Tod ihres Vaters am besten verkrafteten, und sie war froh darüber. Beide hatten schon Verehrer, die Geschenke schickten oder Besuche machten, und die Mädchen waren ganz damit beschäftigt.

Ein paar Monate nach Gawains Tod spielte Nikolaus draußen auf der Wiese mit dem Sohn eines Dienstboten. Als Kunigunde ihn von Weitem sah, wurde ihr ganz warm ums Herz. Sie näherte sich ihm und berührte ihn leicht an der Schulter. Dann küsste sie ihn auf die Wange, wie sie es früher immer getan hatte. In dem Moment ging ein Leuchten über sein Gesicht. Er sagte: »Mama, wir spielen gerade Ritter.« Sie nickte. Dann stieg wieder Bitterkeit in ihr auf, die sie versuchte zu unterdrücken.

Nach Ablauf des Trauerjahres gab es viele Verehrer, die um ihre Hand anhielten. Kunigunde wies alle ab. Gott sei Dank hatte Gawain mit seinem Vetter Gerwin den Vertrag geschlossen, der es ihr und den Kindern erlaubte, ein sorgenfreies Leben zu führen. Gerwin war ein Ehrenmann. Er erfüllte seine festgeschriebenen Pflichten treu und redlich und sie war froh, dass ihr das Schicksal erspart blieb, aus Existenzgründen einen neuen Mann nehmen zu müssen.

Sie ging immer noch jeden Abend nach dem Abendessen in die Kapelle, um mit Gawain zu reden. Sie konnte und wollte das Band zwischen ihnen beiden einfach nicht durchtrennen, auch wenn sie merkte, dass sie im Grunde genommen nur noch halb lebte. Sie aß sehr wenig und in einem besonders kalten Winter holte sie sich eine schwere Erkältung, der sie aber nur wenig Bedeutung beimaß.

Vergeblich versuchte Merouan sie dazu zu bringen, Bettruhe zu halten, und vergeblich versuchte er sie davon abzubringen, weiterhin jeden Abend in die kalte und zugige Kapelle zu gehen. Eines Morgens war sie zu schwach, um aus ihrem Bett aufzustehen. Trotz der Versorgung von Merouan mit Kräutern und heißen Suppen merkte sie, dass es zu Ende ging. Sie wusste genau, warum ihr Körper sich weigerte, wieder zu gesunden. In ihrem tiefsten Inneren wünschte sie sich nämlich, wieder mit Gawain vereinigt zu sein. Dieser Wunsch war so stark, dass er sogar die Liebe zu ihren Kindern verblassen ließ.

An einem kalten Wintertag – sie konnte kaum mehr atmen – spürte sie, dass sie den Tag nicht überleben würde. Merouan versammelte ihre Kinder und Verwandten um ihr Bett. Das Letzte, das Kunigunde sah, bevor sie starb, war das tränenüberströmte Gesicht ihres Sohnes, der ihre Hand hielt und rief: »Mama, bitte geh nicht.«

Sie fühlte ein intensives Schuldgefühl ihrem Sohn gegenüber und ihr letzter Gedanke war: »Nie mehr einen Mann, den ich so sehr liebe wie Gawain. Besser einen Mann, den ich nicht so liebe, damit das Leid nicht so schlimm ist, falls ihm etwas zustößt.«

Dann sah sie ein gleißendes Licht und einen Engel, der ihr die Hand bot. Sie schaute noch einmal zurück und sah ihren abgemagerten Körper im Bett liegen. Um das Bett herum standen ihre Kinder und ihre Verwandten. Alle weinten.

Im nächsten Moment schritt sie an der Hand des Engels durch ein Tor. Als sich dieses hinter ihr schloss, sah sie nur noch bunte Farben. Es duftete nach Frühling und sie hörte den Klang von sphärischer Musik. Sie konnte sich genau erinnern, wo sie vor ein paar Minuten noch gewesen war, aber sie wollte nicht mehr zurück. Sie spürte auch noch die Schuldgefühle Nikolaus gegenüber, aber gleichzeitig dachte sie: »Jetzt werde ich Gawain wiedersehen.«

Aber es war nicht so. Der Engel, der sie abgeholt und durch das Tor geführt hatte, erklärte ihr, dass Gawain an einem anderen Ort sei, zu dem sie keinen Zugang habe. Als sie das hörte, versank sie erneut in Verzweiflung. »Jetzt habe ich noch nicht einmal mehr die Kapelle, in der ich mich mit ihm treffen kann. Und meine Kinder müssen als Waisen aufwachsen.«

Sie klammerte sich an den Engel und beschwor ihn, sie zurückzubringen. Aber er schüttelte bedauernd den Kopf. »Zu spät, edle Kunigunde«, sagte er. »Das Tor ist zu. Jetzt geht es nur noch nach vorne und nicht mehr zurück.«

Als sie diese Worte vernahm, wollte sie nichts mehr sehen, nichts mehr hören und nichts mehr fühlen. Sie ließ sich in die Arme des Engels fallen und spürte die unendliche Liebe, die von ihm ausging. Sie versank in einer Art Schlaf, in der es kein Leid mehr gab, nur noch Geborgenheit und Sicherheit.

Am nächsten Morgen beim Frühstück erzählte Sarah Gertrude ihren Tagtraum von der Frau mit dem Namen Kunigunde und schloss mit der Frage: »Glaubst du, dass ich in einem vergangenen Leben diese Frau war?«

Die Freundin blickte ihr direkt in die Augen und antwortete: »Ich bin absolut überzeugt davon. Wenn du so starke Gefühle empfindest, dann muss es eine tiefe Verbindung zwischen dir und Kunigunde geben. Und die für mich logischste Erklärung ist, dass du diese Frau gewesen bist.«

Sie überlegte kurz und fuhr dann fort: »Schau, Sarah, ich kenne dich sehr gut und du hast mir erzählt, wie du in früheren Jahren in Beziehungen mit den ›falschen Männern‹ gelitten hast, dass du oft Männer ausgewählt hast, die dir entweder nicht das Wasser reichen konnten oder dich nicht mit der Liebe und dem Respekt behandelt haben, die du verdient hattest. Das ist doch auffällig, findest du nicht?«

Sie blickte die Freundin an, um die Wirkung ihrer Worte zu prüfen. Sarah erwiderte: »Ja, du hast recht. Ich weiß noch genau, wie Freundinnen mir immer wieder bei dem einen oder anderen Mann gesagt haben, ich sei doch viel zu gut für den. Ich habe es nie wirklich verstanden, aber jetzt beginne ich, es auf einer tiefen Ebene zu begreifen.«

Gertrude lächelte. »So, als ob du damals als Kunigunde entschieden hättest, dass du nie mehr den *Richtigen* an dich heranlassen und eine solch tiefe Verbindung eingehen würdest wie damals mit Gawain, um nie mehr so verletzt zu werden.« Sie hielt kurz inne. »Selbst Armin. Als du ihn kennengelernt hast, dachtest du, dass er der *Richtige* wäre. Deshalb hast du ihn geheiratet, stimmt's?«

Sarah seufzte und nickte. »Ja, genauso war's.«

»Und hast du dich nie gefragt – ich meine auf einer ganz tiefen Ebene –, warum auch diese Beziehung geendet hat, obwohl du all deine Liebe und all deine Hoffnungen hineingelegt hast?«

»Doch, natürlich habe ich das. Sehr oft sogar.«

»Also wenn wir davon ausgehen, dass es in deinem Unterbewusstsein immer noch die unbewusste Entscheidung ›Nie mehr den Richtigen‹ aus dem früheren Leben gab, dann bekommt das Ganze doch eine Logik, oder?«

Sarah blickte sie nachdenklich an. »Ich glaube, ich muss das auf mich wirken lassen, was du gerade gesagt hast.«

Sie aßen eine Weile schweigend weiter. Dann fragte Sarah: »Und glaubst du, dass es einen bestimmten Grund hat, dass diese Geschichte gerade zum jetzigen Zeitpunkt an die Oberfläche gekommen ist?«

Gertrude erwiderte: »Ja, auch davon bin ich überzeugt. Du hast jetzt mit Helmut einen Mann an deiner Seite, der dir all das gibt, was du dir immer gewünscht hast – bedingungslose Liebe, Hingabe, Aufmerksamkeit, Respekt, Sicherheit und Unterstützung.«

Nach einer kurzen Pause fuhr sie fort: »Vielleicht war es wichtig für dich, die alte Geschichte nochmals zu durchleben, damit du sie ganz und gar abschließen und die Entscheidung, die du damals getroffen hattest, verändern kannst. Dann kann deine Ehe mit Helmut Bestand haben.«

Sarah nickte nachdenklich. »Ja, das macht Sinn, was du sagst.«

Dann fragte sie: »Was glaubst du eigentlich, wie viele Ebenen von Realität es gibt? Und was ist eigentlich realer? Das, was wir im Traum sehen, oder das, was wir in unserem Alltag erleben?«

Gertrudes Antwort kam bedächtig: »Ich denke, all die unterschiedlichen Realitäten – die sichtbaren und die unsichtbaren – stehen gleichberechtigt nebeneinander. Es ist gut, sich in ihnen auszukennen und die Regeln der jeweiligen Spähre zu beherrschen. Dann kommt man wahrscheinlich im Leben besser zurecht, als wenn man eine dieser Realitäten verleugnet.«

Sarah nickte zustimmend. »Ja, ich glaube, du hast recht.«

In diesem Moment klingelte ihr Handy. Sie hatte mit Helmut und Leonie vereinbart, dass diese sie nur in Notfällen anrufen würden. Ihr Herz begann zu pochen, als sie die Telefonnummer von zu Hause sah. Sie meldete sich. Am anderen Ende war ihre Tochter. Sie sagte mit aufgeregter Stimme: »Mama, ich weiß, dass wir gesagt haben, nur in Notfällen, aber ich bin grad total aufgeregt. Es hat ein Mann angerufen, der hat gesagt, er sei ein Verwandter von uns und er wolle sich mit dir treffen.«

Sarah fing an zu zittern und es war ihr, als schwanke der Boden unter ihr. Sie schluckte und fragte ihre Tochter: »Aber was hat er denn gesagt?«

»Er hat gefragt, ob du da bist und er will sich mit dir treffen.«

»Und wie bist du mit ihm verblieben?«

»Ich habe ihm gesagt, dass du in Neuseeland bist und erst in zwei Wochen wieder zu Hause bist und dass wir ihn dann zurückrufen.«

Sie nahm einen tiefen Atemzug. »Das hast du gut gemacht, Leonie.« Sie redeten noch über ein paar Dinge, dann war das Gespräch beendet. Gertrude schaute sie erwartungsvoll an.

Sarah setzte sich wieder an den Frühstückstisch. »Stell dir vor, es hat sich ein Mann gemeldet, er sagt, dass er ein Verwandter von mir ist und dass er sich mit mir treffen will. Das kann nur jemand von meiner leiblichen Familie sein.« Sie war sehr aufgeregt.

Sie konnte sich noch genau an den Tag erinnern, als Liselotte ihr eröffnet hatte, dass sie ein Adoptivkind war. Es war kurz vor ihrer Einschulung gewesen. Ihre Mutter hatte sich nicht viel Mühe gegeben, ihr die Wahrheit auf einfühlsame Art und Weise beizubringen, sondern es war wie immer auf ihre plumpe Art geschehen. Sarah hatte geweint und gefragt, was das Wort ›Adoptivkind‹ zu bedeuten habe. Liselotte hatte ihr geantwortet: »Das heißt nur, dass du nicht in meinem Bauch herangewachsen bist. Aber sonst ist alles genauso wie bei anderen Kindern auch.«

Sarah hatte nachgehakt: »Und in welchem Bauch bin ich herangewachsen?«

Schon in dem Moment, als sie die Frage gestellt hatte, hatte sie gemerkt, dass sie damit unangenehme Gefühle in Liselotte auslöste. Diese hatte kurz angebunden geantwortet: »Ich kenne deine Mutter nicht.« Dann hatte sie sich wieder ihrer Hausarbeit zugewandt und Sarah damit signalisiert, dass das Gespräch beendet war. Sämtliche Versuche, die sie in den darauffolgenden Jahren unternommen hatte, mit Liselotte darüber zu sprechen, hatten nicht gefruchtet und nach dem Debakel mit dem Privatdetektiv hatte Sarah ihre Nachforschungen aufgegeben. Nun, nach dem Telefonat mit Leonie, keimten die alten Hoffnungen, die sie auf Eis gelegt hatte, wieder auf.

Gertrude riss sie aus ihren Gedanken. »Komm, wir brechen auf und reden im Van weiter, okay?« Sarah nickte zustimmend. Sie packten ihre Sachen zusammen und machten sich dann auf den Weg nach Wellington, wo sie ein paar Tage verbringen wollten.

Sie waren fast den ganzen Tag unterwegs. Es regnete leicht, als sie in der neuseeländischen Hauptstadt ankamen. Auf der Suche nach einer Unterkunft kurvten sie ewig herum und folgten schließlich einer hilfsbereiten Frau, die sie an einem Motel ablieferte. Dort gab es Stellplätze für Campervans aber man konnte auch Zimmer mieten.

Sie standen an der Rezeption und erwogen die Möglichkeiten. Die Vorstellung, mehrere Nächte in einem kalten Van zu verbringen und morgens durch Nieselregen zu den Duschen zu gehen, behagte Sarah überhaupt nicht. Sie schaute Gertrude an und wusste sofort, dass sie dasselbe dachte. »Wir nehmen ein Zimmer, oder?« Die Freundin nickte zustimmend. Sie bekamen ein schönes, zweistöckiges Appartement, sodass sie in zwei unterschiedlichen Räumen schlafen konnten. Es erschien Sarah wie purer Luxus nach den Nächten im Van.

Am nächsten Tag erkundeten die Freundinnen die Hauptstadt Neuseelands. Nach Auckland war Wellington mit seinen knapp 500.000 Einwohnern der zweitgrößte Ballungsraum des Landes. Ihre Bekanntheit verdankte die Stadt unter anderem der malerischen Lage an der Südspitze der Nordinsel zwischen Naturhafen und grünen Hügellandschaften, in die abgestufte Vororte eingebettet waren, die oft aus kolonialen Villen bestanden.

Als die Freundinnen durch die Straßen der Hauptstadt schlenderten, dachte Sarah, dass die Bezeichnung ›Windy Wellington‹ ihrem Namen alle Ehre machte. Es war zwar sonnig, aber so windig, dass sie ein Kopftuch aufsetzen musste. Das Flair der Stadt gefiel ihr aber außerordentlich gut. Es erinnerte sie an Barcelona. Wellington strahlte eine entspannt-lockere und gleichzeitig moderne Atmosphäre aus, wie man sie oft in Hafenstädten findet.

Nach ein paar Stunden setzten sie sich zum Mittagessen auf die Terrasse eines chinesischen Restaurants und Sarah fühlte sich einfach nur wohl. Später wurde es heiß. So beschlossen sie, nach einem Espresso ins Museum zu gehen.

Das *Te Papa Tongarewa,* auch kurz *Te Papa* genannt, war das neuseeländische Nationalmuseum. Das war Maori und bedeutete übersetzt etwa ›Der Ort der Schätze dieses Landes‹.

Als sie die Tür des Museums passierten, fühlte sich Sarah wie in einer anderen Welt. Das *Te Papa* war ein interaktives Museum, das auch sehr gut für Kinder geeignet war, weil man hier spielerisch zu der Natur und Kultur des Landes Zugang finden konnte. Alle Sinne wurden angesprochen, und das gefiel ihr sehr. Sie entschieden, an einer Führung teilzunehmen, und sie hatten Glück, einen außerordentlich humorvollen, unterhaltsamen und gleichzeitig kompetenten Führer zu finden.

Sarah lauschte seinen Erklärungen fasziniert. Gerade kamen sie auf der Ebene an, die die Geschichte des Landes beleuchtete. Riesengroß prangte an der Wand ein Schreiben der Queen an die Maori, in dem sie sich dafür entschuldigte, dass die britische Krone den Ureinwohnern Land weggenommen hatte. In der Entschuldigung versprach sie Wiedergutmachung. Und tatsächlich hatte diese Wiedergutmachung stattgefunden. Viele Ländereien waren an die Maori zurückgegeben worden und die wichtigsten Touristenzentren auf der Nordinsel, die Sarah gesehen hatte, waren in Maori-Hand, so das *Thermal Wonderland*, das *Buried Village* und die *Glowworm Caves*.

Sie fragte sich, warum sie in Europa so etwas noch nie gesehen hatte – dass sich ein Volk entschuldigte bei einem anderen, das es unterdrückt und ausgebeutet hatte. Auch von Amerika hatte sie noch nie etwas Vergleichbares gehört. Hatten sich die weißen Amerikaner jemals bei den Indianern entschuldigt, die sie bekämpft, unterdrückt und schließlich in die Reservate und damit in Isolation und Alkoholismus abgeschoben hatten? Und hatten sie sich bei den Schwarzen entschuldigt, die sie von Afrika hergeschleppt und dann versklavt hatten? Und was war mit der katholischen Kirche? Hatte diese sich jemals für all die Frauen entschuldigt, die sie im Namen Gottes verbrannt hatte? Sarah war nichts dergleichen bekannt.

Umso mehr war sie beeindruckt von dem, was sie in dem Museum zu sehen bekam. Der Geist Neuseelands gefiel ihr, das spürte sie sehr deutlich. Es war hier alles etwas frischer, unkonventioneller und lockerer als in Europa.

Nach der Führung, die über zwei Stunden gedauert hatte, ließen sich die Freundinnen in der Cafeteria des Museums nieder und genossen einen heißen und starken Cappuccino. Dann setzten sie ihren Besuch gestärkt fort. Als sie am frühen Abend das Museum verließen, fühlte Sarah sich inspiriert und voller Eindrücke.

Am nächsten Tag brachen sie nach dem Frühstück in Richtung Hafen auf. Sie wollten die Fähre nehmen, die sie von der Nordinsel auf die Südinsel bringen würde. Die Überfahrt dauerte etwa drei Stunden. Am Anfang war es recht kühl und ungemütlich, aber als sie durch den *Queen Charlotte Sound* fuhren, war der Blick so grandios und majestätisch, dass ihr das Herz aufging. Sie fühlte ein Prickeln, wenn sie sich die Südinsel mit ihrer überwältigenden Natur vorstellte, und dachte: »Ich bin gespannt, was wir dort erleben werden.«

Sarah März 1973

Als sie ihre Adoptivmutter fragte, ob sie ihre Freundin Susi zu sich einladen dürfe, ließ Liselotte kurz den Putzlappen sinken, strich sich die Haare aus der Stirn und antwortete: »Nein, ich habe gerade frisch geputzt. Die nächsten Tage kommt mir kein Kind ins Haus.«

Die kleine Sarah schaute ihre Mutter voller Unverständnis an. Nach ein paar Minuten verwandelte sich ihre Irritation in Ärger, aber ihr war klar, dass sie ihrer Mutter auf keinen Fall diese Gefühle zeigen konnte, sonst wäre sie verprügelt worden.

Frustriert ging sie aus dem Raum. Am Nachmittag war sie mit Susi verabredet. Im Park war es recht kalt und ungemütlich. Das Spielen machte den beiden Freundinnen an dem Tag keinen wirklichen Spaß. Plötzlich hörte sich Sarah sagen: »Meine Mutter hat dich eingeladen. Du darfst morgen Nachmittag zu uns kommen. Es gibt Waffeln und Kakao.« Ihr war bewusst, dass es nicht wahr war, aber dann sah sie Susis freudiges Gesicht und dachte: »Aber vielleicht ist es doch wahr. Wenn ich es mir ganz doll wünsche, dann wird es vielleicht wahr. Und dann freut sich Mama vielleicht, wenn ich Susi morgen mitbringe. Und vielleicht macht sie dann auch Waffeln und Kakao.« Dann überlegte sie weiter. Ihre Mutter hatte noch nie Waffeln und Kakao gemacht. Die Einzige, die das ab und zu tat, war ihre Omi. Aber sie verdrängte diesen Gedanken sogleich wieder.

Am nächsten Vormittag hatte sie Bauchschmerzen. Ihr war beklommen zumute. Liselotte war in keiner guten Stimmung und Sarah fragte sich, wie sie reagieren würde, wenn sie mit Susi auftauchte. Ihr Unbehagen und ihre Angst wuchsen von Stunde zu Stunde. Als es Mittag war, sagte sie: »Ich gehe mit Susi spielen.«

Ihre Mutter antwortete: »Ja, gut, aber komm nicht zu spät heim.«

Sarah verließ ihr Elternhaus. Es waren nur wenige Schritte bis zu Susis Wohnung. Je näher sie dem Haus kam, desto größer wurde ihre Beklemmung. Jeder ihrer Schritte fühlte sich so an, als würde sie am Boden festkleben. Schließlich klingelte sie an der Haustür. Der Türöffner brummte und Sarah betrat den dunklen Hausflur. Dann ging sie in den ersten Stock, in dem die Wohnung der Familie Müller lag.

Die Tür war halb geöffnet. Sie trat ein und sah, wie Susis Mutter im Bad gerade dabei war, ihrer Tochter die Haare hochzustecken. Susis Augen leuchteten. Sie begrüßte ihre Freundin mit den Worten: »Meine Mama macht mir die Haare schön, weil ich doch heute bei euch zu Waffeln und Kakao eingeladen bin.«

Sarah wäre in diesem Moment am liebsten im Erdboden versunken. Sie schämte sich plötzlich sehr und fühlte sich ganz schlecht. Sie wusste nicht, was sie sagen sollte. Dann sah sie auch noch, dass Susi ihr Sonntagskleid trug. Das hatte sie normalerweise nur in der Kirche an. Sie bekam Herzklopfen und die Situation erschien ihr immer verfahrener. Was sollte sie tun? Sie traute sich nicht, der Freundin die Wahrheit zu sagen. Die Alternative, nichts zu sagen und mit Susi bei ihrer Mutter aufzutauchen, fühlte sich allerdings genauso schlecht an.

Susis Mutter gab sich größte Mühe, ihrer Tochter ein ›Krönchen‹ – so nannten sie einen Dutt – hinzuzaubern. Zum Abschluss band sie noch ein farbiges Band um das Krönchen. Susi war hochzufrieden mit ihrem Aussehen und ihre Mutter wirkte so, als sei sie froh, mal einen Nachmittag für sich zu haben. Sie schaute die beiden Mädchen freudig an und sagte: »Also, dann habt viel Spaß ihr beiden. Und viele Grüße an deine Mutter, Sarah.«

Sie verließen die Wohnung. Das Wetter war an diesem Vorfrühlingstag immer noch recht kühl – jedenfalls viel zu kühl, um draußen zu spielen, zumal Susi dafür zu dünn angezogen war. Sarah dachte: »Was mache ich nur, wenn meine Mutter wütend wird?« Ihr Bauch krampfte sich immer mehr zusammen, als sie neben der gut gelaunten und erwartungsvollen Freundin die wenigen Meter bis zu ihrem Elternhaus lief. Ihre Bedrängnis wuchs von Sekunde zu Sekunde. Aber ihr fiel nichts ein, womit sie den Weg hätte verzögern können.

Als sie fast vor Sarahs Elternhaus angelangt waren, begegnete ihnen ein Nachbar. »Na, Sarah«, sagte er, »auf dem Weg zu einem schönen Spielnachmittag mit deiner Freundin?« Sie wusste nicht, was sie antworten sollte – in ihrem Hals saß ein Kloß. So nickte sie nur tonlos.

Als sie vor der Haustür standen, wünschte sich Sarah, dass ein kleines Erdbeben die Gegend erschütterte oder sonst irgendetwas passierte, das ihr die Qual der Situation, die nun zwangsläufig folgen würde, ersparen würde. Susi merkte nichts. Sie war so voller Erwartungen und Freude darüber, dass sie die schöne Frisur hatte und ihr bestes Kleid trug, dass ihr Sarahs Gemütszustand verborgen blieb.

Sarahs Finger berührten den Klingelknopf. Es dauerte ein paar Momente, dann hörte sie die energischen Schritte ihrer Mutter, die sich der Haustür näherten. Gott sei Dank sah Liselotte nicht mehr so missmutig aus wie noch am Morgen – ihr Gesicht zeigte vielmehr Überraschung, als sie die fein gekleidete Susi vor sich sah, flankiert von ihrer Adoptivtochter, die ein betretenes Gesicht machte.

»Hallo, Susi«, sagte Liselotte, »du hast dich ja hübsch gemacht. Hast du etwas Besonderes vor?«

Sarah sagte schnell: »Ja, Susi ist doch bei uns eingeladen.« Ihr Herz hämmerte. Jetzt konnte jeden Moment die Katastrophe ausbrechen. Es war absolut nicht vorherzusehen, wie Liselotte reagieren würde. Diese zog die Augenbrauen hoch. Sarah konnte sehen, dass ihr blitzschnell alle möglichen Gedanken durch den Kopf schossen. »Eingeladen?«, sagte sie. »Da habt ihr euch wohl im Tag vertan. Heute geht es nicht. Es ist frisch geputzt und ich gehe jetzt aus dem Haus. Ihr könnt draußen im Vorgarten spielen.«

Sarah wäre am liebsten in Tränen ausgebrochen und hätte geschrien: »Ich will aber mit Susi in meinem Zimmer spielen.« Aber das zu tun, war ausgeschlossen. So stand sie nur stumm da. Ihr Körper fühlte sich an wie ein Stein. Liselotte war eben im Begriff, die Tür wieder zuzumachen, dann sagte sie: »Ich geb euch ein paar Kekse mit, damit ihr etwas zu knabbern habt.«

Sie holte die Packung und drückte sie ihrer Tochter in die Hand. »Also, ab mit euch.« Mit diesen Worten schloss sie die

Tür. Sarah fühlte eine Mischung aus Scham, Wut und Hilflosigkeit. Was sollten sie jetzt machen? Sie wagte sich gar nicht vorzustellen, was Susis Mutter sagen würde, wenn sie von dem Verlauf des Nachmittags erführe, und sie traute sich kaum, die Freundin anzuschauen. Diese blickte verdutzt und war wohl noch damit beschäftigt, die Situation zu erfassen.

Sarah sagte mit tonloser Stimme: »Wollen wir ein bisschen in den Park gehen und dort spielen?« Susi nickte. Sie trotteten mit der Kekspackung in den Park.

Sarah — Februar 2009

Nachdem Sarah und Gertrude sich ein paar Tage in St. Arnaud im Nelson Lakes National Park ausgeruht hatten und sogar den *Mount Robert* bestiegen hatten, waren sie nun unterwegs in Richtung Westküste. Sie wollten die berühmten *Pancake Rocks*, eine einzigartige Gesteinsformation im Paparoa Nationalpark besuchen. Als sie in Punakaiki ankamen und Sarah die Felsen sah, die wie aufgeschichtete Pfannkuchen aus dem Meer ragten, fühlte sie sich sofort in den Bann der bizarren Landschaft gezogen.

Am beeindruckendsten war das Naturschauspiel während der Flut, bei der das aufsteigende Wasser durch die zahlreichen Spalten und Kammern gepresst und wie bei einer Fontäne in die Höhe gespritzt wurde.

Sarah suchte sich einen Platz etwas abseits des Gehweges, um das Panorama ganz für sich zu genießen. Glücklicherweise waren an dem Tag nicht so viele Touristen dort. Es war sehr windig und kühl. Gertrude signalisierte ihr, dass sie sich auch an einem Platz niederlassen würde, um auszuruhen und das gebotene Schauspiel auf sich wirken zu lassen.

Als Sarah eine Weile auf ihrem Stein gesessen hatte, kam es ihr so vor, als würde sie kleine Menschen in den Felsen sehen, die aussahen wie die Bewohner des Kontinents *Mu* oder *Lemuria*, von dem es hieß, die Menschheit habe dort ihren Anfang genommen. Sie spürte eine liebevolle und gleichzeitig neugierige und humorvolle Energie um sich herum und sie atmete tief ein, um diese Energie in sich aufzunehmen. Nach einer Weile wusste sie nicht mehr, ob sie eine Stunde oder drei dort gesessen hatte. Es war so, als befände sie sich außerhalb der chronologischen Zeit. Es war wie ein ›Zu-Hause-Gefühl‹, ein Zustand, in dem alle Fremdheit gegenüber anderen Menschen, gegenüber sich selbst oder gegenüber Situationen und Umständen aufgehoben war. Sie nahm es tief in ihr Herz hinein und sie versprach sich selbst: »Ich will dieses Gefühl nie mehr vergessen.«

Als sie sich am nächsten Tag auf den Weg nach Christchurch machten, war sie immer noch ganz erfüllt von dem Erlebten. Schweigend saßen sie und Gertrude nebeneinander im Van und genossen die Strecke, die über den Arthur's Pass durch eine wunderschöne Berglandschaft an die Ostküste führte.

Sie kamen gut voran und erreichten am Nachmittag Christchurch, die ›englischste‹ aller neuseeländischen Städte. Sarah gefiel die Stadt, aber das mediterrane Flair von Wellington fand sie hier nicht.

Tags darauf tranken sie Kaffee auf dem Marktplatz, von wo aus Sarah die Kathedrale bewundern konnte. Der Platz war gut gefüllt. Es gab hier viele Touristen und Einheimische, die sich in der Mittagspause befanden und den sonnigen, warmen Tag genossen.

Sie begann sich zu entspannen. Dann wanderten ihre Gedanken zu dem geheimnisvollen Anrufer, von dem ihr

Leonie erzählt hatte. Während sie darüber nachsann, spürte sie ein Prickeln in ihrem Bauch, welches ihr bedeutete, dass es sich um etwas Wichtiges handeln musste. Sie hoffte inständig, dass der Mann sich noch einmal melden würde.

Als sie gerade die Augen schließen wollte und ihr Gesicht ganz der Sonne zuwandte, klingelte Gertrudes Handy. Schon beim ersten Klingeln wich das angenehme Prickeln in Sarahs Bauch einem intensiven Zusammenzucken, begleitet von Angst. Sie hörte, wie eine weibliche Stimme aufgeregt auf Gertrude einredete und dann sah sie, wie langsam sämtliche Farbe aus dem Gesicht der Freundin wich. »Verstehe«, sagte diese, »ja, ich nehme den nächsten Flug.«

Als Sarah diese Worte hörte, wusste sie sofort, dass das Telefonat etwas mit Charles zu tun haben musste. Gertrude wirkte wie erstarrt. Sarah nahm ihre Hand. »Sprich mit mir. Was ist passiert?« Schon als sie die Frage aussprach, sah sie die Antwort in ihrem Inneren aufsteigen.

»Charles hat sich heute in den frühen Morgenstunden umgebracht.«

»Oh nein.«

Sie nahm die Freundin in den Arm. Gertrude war wie abwesend. Sarah bezahlte die Cappuccinos, wartete ein paar Minuten und fragte dann leise: »Was willst du tun? Bleiben wir wie geplant bis morgen oder willst du heute schon nach Sydney zurückfliegen?«

Die Freundin kam ein kleines Stück aus ihrer Erstarrung heraus. Sie sagte: »Ich muss abreisen. Ich habe hier keine Minute länger mehr Ruhe. Es tut mir leid, dass unser Urlaub so endet.«

»Gerti, es ist nicht deine Schuld. Wir gehen jetzt ins Hotel, packen und lassen uns auf den frühestmöglichen Flug buchen.«

Während sie im Taxi Richtung Hotel saßen, fühlte Sarah Traurigkeit in sich aufsteigen. Ein Seitenblick auf die

Freundin zeigte ihr, dass auch diese mit intensiven Gefühlen kämpfte. Als sie Sarahs Blick bemerkte, entfuhr es ihr bitter: »Warum darf ich mein Leben nicht auch einmal genießen? Warum passieren dann immer Dinge, die mich in ganz andere Gefühle hineinkatapultieren? Ist es mir nicht erlaubt, glücklich zu sein?«

Sarah nahm ihre Hand. »Ich weiß es nicht, Gerti. Aber auch mir kommt es gerade so vor, als würde das Gegenteil von dem passieren, was eigentlich passieren sollte.«

Die Stimmung war gedrückt, als sie zwei Stunden später am Flughafen ankamen. Gertrude sagte mit gepresster Stimme: »Ich habe Angst vor dem, was auf mich zukommt.« Sarah verstand ihre Freundin sehr gut und wusste kaum, wie sie sie trösten sollte.

Als sie im Flugzeug saßen, dachte sie an Liselotte und dann an ihre leibliche Mutter. Warum geschah auch in ihrem Leben immer wieder das Gegenteil von dem, was sie sich wünschte? Hatte etwa ihre leibliche Mutter das Gegenteil getan von dem, was sie eigentlich gewollt hatte? Hatte sie eigentlich ihr Kind behalten wollen, es aber dann aus Not und Verzweiflung weggegeben? War sie der Schlüssel, den Sarah brauchte, um endlich weiterzukommen?

Dann dachte sie an Leonie und Helmut und fühlte sich plötzlich getröstet. Sie dachte: »Auch wenn der Urlaub brüsk und abrupt endet, so war er doch wunderschön.« Sie drückte die Hand der Freundin und die beiden schauten sich kurz und mit Wärme an.

Mit halb geschlossenen Augen überlegte sie: »Es gibt eine unsichtbare Welt hinter der sichtbaren Welt und diese bestimmt alles, was passiert. Wir sehen nur die Auswirkungen dieser unsichtbaren Welt, quasi die Spitze des Eisbergs.«

Als sie aus dem Fenster schaute, sah sie unter sich den Ozean, der Neuseeland und Australien trennte oder verband je nachdem wie man es sah. Sie fühlte Sehnsucht in sich aufsteigen – Sehnsucht nach zu Hause, Sehnsucht nach Helmut und Sehnsucht nach Leonie, Sehnsucht nach allem, was ihr lieb, teuer und vertraut war. Dann fiel sie in einen leichten Schlaf.

Loredana Dezember 1991

Loredana sah Flavio erst am Ende der Arbeitswoche wieder, da er ein paar Tage geschäftlich verreist war. Als sie am Morgen ihr Büro betrat, klopfte ihr Herz laut. Sie hatte Angst vor der Begegnung. Wie würde er ihr gegenübertreten? Was würde er ihr übcr dic Nacht von Freitag auf Samstag sagen? Sie musste all ihre Kraft zusammennehmen, um sich einigermaßen auf die Arbeit konzentrieren zu können.

Er war in einer Besprechung, sodass sie Zeit gewann, um sich zu sammeln. Als sie gerade mit einem Geschäftspartner telefonierte, sah sie ihn in sein Büro gehen. Sein Gesicht erhellte sich für einen kurzen Moment, als er sie bemerkte. Er winkte ihr zu und setzte sich dann an seinen Schreibtisch. Loredana führe das Telefonat zu Ende und atmete mehrmals tief durch. Sie musste jetzt in Flavios Büro gehen, es ging kein Weg daran vorbei.

Als sie eintrat, blickte er von dem Stapel Papiere auf, mit denen er gerade beschäftigt war. Lächelnd sagte er: »Hallo Loredana, schön dich zu sehen.« Mit einer einladenden Geste bat er sie, Platz zu nehmen. »Und, wie geht es dir? Wie war dein Wochenende?«

»Sergio war total wütend wegen Freitagabend«, sie hielt kurz inne, »und wir hatten einen furchtbaren Streit. Er war fruchtlos wie so viele unserer Streits und …«, sie seufzte, »wir haben beschlossen, uns zu trennen.«

Flavio sog die Luft hörbar durch die Nase ein. »Das ist ja interessant«, entgegnete er und blickte Loredana direkt in die Augen. »Emilia und ich haben am Wochenende das Gleiche entschieden.«

Nach einem kurzen Moment des Schweigens fuhr er fort: »Loredana, hier können wir nicht darüber sprechen. Lass uns heute Abend zusammen essen gehen, ja?«

Sie überlegte kurz, wie sie diese Verabredung Sergio gegenüber rechtfertigen sollte, aber dann dachte sie: »Das ist jetzt ohnehin egal. Da die Trennung beschlossene Sache ist, kann ich meine Abende verbringen, mit wem ich will.« Sie nickte. »Ja, okay.«

Als sie einige Stunden später in einer kleinen Tapas-Bar in einer Seitenstraße der Ramblas saßen, nahm Flavio Loredanas Hand und sagte: »*Bonita*, lass uns Nägel mit Köpfen machen. Du willst ausziehen. Ich will ausziehen. Warum nehmen wir uns nicht eine gemeinsame Wohnung in Barcelona?«

Sie war überrascht über die Klarheit und Eindeutigkeit seines Vorschlags. Als sie überlegte, was geschehen würde, wenn sie diesen annahm, sah sie im Geiste bereits ihr gesamtes Umfeld mit Vorwürfen und Schuldzuweisungen über sie herfallen. Dann dachte sie: »Und wenn schon. Was für eine Wahl habe ich? Sergio wird alles behalten wollen. Ich habe momentan keine Kraft zu kämpfen. Vielleicht wäre es gut, Flavios Angebot anzunehmen.«

Als hätte er ihre Gedanken gelesen, fuhr er fort: »Loredana, ich mache dir damit keinen Heiratsantrag. Mir ist bewusst, dass wir beide uns in einer schwierigen Lebenssituation befinden. Und zufälligerweise sind unsere Umstände nicht nur schwierig, sondern auch ähnlich. Lass uns einfach irgendwo eine schöne Wohnung suchen und dort einziehen.

Dann sehen wir, wie das zwischen uns läuft. Wenn sich eine Beziehung ergibt, gut, und wenn nicht, dann haben wir einfach eine Wohngemeinschaft.«

Seine letzten Worte lösten Erleichterung in ihr aus. Der Druck verschwand und sie dachte: »So fühlt es sich gut an.« Dann sah sie ihn an und sagte: »Ja, lass uns eine Wohnung suchen.«

In dem Moment fiel ihr wieder der vergangene Freitag ein. Sie räusperte sich kurz.

»Flavio, ich habe einen Filmriss von dem Moment an, als wir im *Sutton* auf der Tanzfläche waren, bis zum nächsten Morgen, als ich zu Hause in meinem Bett aufgewacht bin. Ich weiß nicht, was dazwischen war.«

Er lächelte verhalten. »Und das willst du jetzt von mir wissen?«

Sie nickte, obwohl ein anderer Teil von ihr dachte: »Nein, eigentlich will ich es nicht wissen.«

»Lass uns ein anderes Mal darüber reden, ja? Und jetzt erst mal alle praktischen Dinge klären.« Loredana war einverstanden und sogar ein wenig erleichtert.

Sie kam am späten Abend in Pals an und ging zu Marías Haus, um ihren Sohn und die Familie zu begrüßen. Schon beim Eintreten bemerkte sie die angespannte Stimmung. Ihre Schwiegermutter schaute sie mit einem sehr speziellen Blick an, den sie noch nie an ihr gesehen hatte. Sergio war dort sowie seine Schwestern Selma und Ana. Alle rauchten.

Alejandro saß vor dem Fernseher und schaute sich eine japanische Zeichentrickserie an. Sie begrüßte ihn und das Herz wurde ihr wieder schwer.

Sie fühlte eine große Distanz zwischen sich und ihrer Schwiegerfamilie und ihr wurde in diesem Moment bewusst, wie sehr sie sich die ganzen Jahre angestrengt hatte, um dazuzugehören, wie sie sich den Familienregeln anzupassen versucht hatte, auch wenn es für sie schwierig gewesen war.

Sie hatte sich stundenlang die Monologe ihrer Schwiegermutter über deren ganze Lebensgeschichte angehört, hatte versucht, den oft wirren Ausführungen Anas zu folgen. Ja, sie war freundlich aufgenommen worden, aber in all diesen Gesprächen war es nicht eine Minute lang um sie gegangen, sondern immer nur um die anderen.

Sie fühlte eine große Müdigkeit, als sie das erkannte. Und sie entschied, dass sie solche Beziehungen nicht mehr haben wollte – einseitige Beziehungen, in denen sie immer *unsichtbar* war. Dann sah sie ihren Sohn an und dachte: »Die letzten Jahre waren total anstrengend, aber es war wichtig für dich, dass ich diese Anstrengung auf mich genommen habe. Für dich hat es sich mehr als gelohnt.«

Als sie alle begrüßt hatte, sagte María zu ihr: »Komm mit mir in die Küche.« Loredana folgte ihr. Alle anderen blieben im Wohnzimmer. Die wichtigen Gespräche fanden in dieser Familie immer in der Küche statt. Ihre Schwiegermutter zündete sich eine weitere Zigarette an. Dann sagte sie: »Sergio hat mir erzählt, dass ihr euch trennen wollt?« Loredana nahm einen tiefen Atemzug und antwortete: »Ja, das stimmt. Es geht einfach nicht mehr mit uns beiden.« Einen Moment lang herrschte Schweigen.

»Und Alejandro? Was willst du mit ihm machen?«

»Ich will ihn natürlich mitnehmen.«

»Aber wo willst du denn hin?«

»Ich werde mir eine Wohnung in Barcelona nehmen.«

Sie entschied, dass es nicht der richtige Moment war, um María mitzuteilen, dass sie eine gemeinsame Wohnung mit Flavio nehmen würde. Im Grunde genommen, ging es sie nichts an.

Ihre Schwiegermutter zog an ihrer Zigarette. Dann sagte sie langsam und bedächtig: »Loredana, ich möchte dir ein Angebot machen. Nimm dir eine Wohnung in Barcelona und werde dir klar darüber, was du in Zukunft machen willst. Lass Alejandro so lange bei mir.«

Sie hielt kurz inne und fuhr dann fort: »Es ist nicht gut für ihn, wenn du ihn hier herausreißt. Ihr seid doch erst seit einem halben Jahr in Pals und zwei Umzüge in so kurzer Zeit würden ihn vielleicht aus der Bahn werfen. Er hat sich gerade hier eingewöhnt, hat Freunde im Dorf gefunden und geht gerne in die Vorschule.«

Loredana schaute sie an. Sie spürte, dass María recht hatte. Gleichzeitig rebellierte alles in ihr. Sie hätte schreien mögen: »Alejandro ist *mein* Sohn und ich nehme ihn mit, wohin ich will.« Aber sie war sich nicht sicher, ob sie in dieser schwierigen Situation das Recht dazu hatte oder ob es purer Egoismus wäre.

In dem Moment spürte sie die ganze Wucht ihrer Verzweiflung und Trauer über diese Situation, die sie nicht herbeigeführt und auch nicht gewollt hatte. Dann sagte sie: »Danke für dein Angebot. Ich werde es mir überlegen. Eines weiß ich jedoch ganz gewiss – ich werde Alejandro nicht bei Sergio lassen.«

María antwortete: »Du kannst ganz sicher sein, dass ich, wenn du Alejandro bei mir lässt, dafür sorge, dass er auch bei mir bleibt.«

Dann gingen beide ins Wohnzimmer zurück. Alejandro spielte mit seinen Playmobil. Seine Wangen waren gerötet. Er wirkte aufgedreht und Loredana dachte, dass er die Anspannung, die in der Luft lag, mitbekam. Sie spürte, dass sie mit ihm reden musste. Gleichzeitig hatte sie große Angst davor. Was sollte sie ihm sagen? Wie sollte sie ihm mitteilen, dass sie und Sergio sich trennen würden? Eigentlich gab es doch gar keine Worte, mit denen man einem Kind so etwas sagen konnte.

Am Ende des Abends fragte sie ihren Sohn: »Willst du heute bei der Oma schlafen oder willst du mit zu Mama und Papa kommen?« Alejandro schaute sie unsicher an. Es war Angst in seinen Augen – und diese Angst zu sehen, tat

Loredana weh. Sie dachte: »Ich sollte – wir sollten – ihm Sicherheit und Geborgenheit geben und stattdessen werden wir in ein paar Tagen sein Leben in den Grundfesten erschüttern.«

Da Alejandro immer noch mit seiner Antwort zögerte, sagte sie: »Ich glaube, du kommst heute mit zu uns, ja?« Ihr Sohn nickte und packte seine Spielsachen zusammen.

Als sie drüben angekommen waren, brachte sie ihn ins Bett. Er mochte es, wenn sie ihm den Rücken kraulte und danach noch eine kleine Geschichte vorlas. Normalerweise schlief er dann innerhalb von zehn Minuten ein. An diesem Abend war es jedoch anders. Als sie mit der Geschichte geendet hatte, schaute er sie immer noch mit seinen schönen großen Augen an. Er sagte: »Bist du traurig, *Mamita*?«

»Ja, mein Schatz, ich bin ein bisschen traurig, aber du musst keine Angst haben«, antwortete sie. »Ist es wegen Papa?« Wieder zögerte sie mit der Antwort. Dann erwiderte sie: »Ja, es hat mit Papa zu tun. Ich bin traurig, weil wir uns nicht so gut verstehen, wie wir uns verstehen sollten.« Alejandro holte tief Luft. Dann fragte er: »Gehst du weg, Mama?«

Mühsam musste sie die Tränen zurückhalten. »Mein Schatz, ich wollte es dir eigentlich erst in ein paar Tagen sagen, aber da du fragst, sage ich es dir jetzt. Dein Papa und ich werden uns trennen, weil wir uns nicht mehr verstehen und nur noch streiten. Ich werde mir eine Wohnung in Barcelona suchen.«

Nun füllten sich seine Augen auch mit Tränen. Er fragte: »Und ich?«

»Du bleibst erst mal bei der Oma. Wenn ich eine Wohnung gefunden habe, werden wir sehen, ob es besser ist, dass du mit zu mir kommst oder dass du noch eine Weile bei der Oma bleibst.«

»Aber ich will nicht, dass du weggehst.«

»Ich will es auch nicht, mein Schatz, aber dein Papa und ich können nicht mehr zusammen leben. Es geht einfach nicht mehr. Ich weiß, dass es schrecklich für dich ist und es tut mir unsagbar leid.«

Seine Hände fassten ihren Arm. »Hast du mich lieb, *Mamita*?« Loredana antwortete weinend: »Ja, ich liebe dich über alles. Ich würde dir das hier so gerne ersparen, aber ich weiß nicht wie.« Er blickte zur Seite und sagte: »Es ist meine Schuld.«

Sie begann zu frieren, obwohl es warm im Raum war.

»Wie kommst du denn darauf? Es hat mit dir gar nichts zu tun und du bist auch nicht daran schuld. Das ist eine Sache zwischen deinem Vater und mir.«

Aber er sagte noch einmal: »Es ist meine Schuld. Wenn es mich nicht geben würde, dann hättet ihr euch noch lieb.«

Loredana war bestürzt. Mit dem Rest ihrer mütterlichen Autorität sagte sie: »Alejandro, ich will so etwas nie mehr von dir hören und ich will auch nicht, dass du so etwas denkst, denn es stimmt nicht. Dein Papa und ich, wir lieben dich über alles. Das Problem ist, dass wir *uns* nicht mehr lieben. Aber wir beide werden immer deine Eltern sein. Ich werde immer für dich da sein und alles für dich tun.«

Er schmiegte sich an sie. Dann fragte er: »*Mamita*, wie weit ist Barcelona weg?«

»Etwa eine Stunde mit dem Auto.«

Ihr tat das Herz weh, während sie sich selbst zuhörte. Sich vorzustellen, dass sie ihren Sohn nur noch zwei- oder dreimal in der Woche sehen sollte, statt jeden Abend, war unsagbar schmerzlich. »Eigentlich müsste Sergio seine Koffer packen und gehen. Aber das geht natürlich nicht, denn Pals ist seine Heimat und hier lebt seine ganze Familie. Ich kann wohl nicht von ihm verlangen, dass er sein eigenes Terrain verlässt und dann auch noch mir überlässt. Das würde er niemals tun«, dachte sie.

Alejandro schlief in ihren Armen ein. Als sie ins Wohnzimmer ging, lag Sergio auf dem Sofa. Er hatte sich mit der Zudecke vom Ehebett zugedeckt. Seine Augen waren geschlossen. Als er sie hörte, öffnete er sie und sagte: »Ich schlafe heute Nacht hier.« Sie war hin- und hergerissen. Auf der einen Seite war es ihr lieber, dass er nicht im Ehebett schlief, auf der anderen Seite wollte sie nicht, dass Alejandro, wenn er am nächsten Morgen aufstehen würde, als Erstes seinen Papa auf dem Sofa sah.

Dann beschloss sie, die Sache momentan auf sich beruhen zu lassen, denn sie war zu erschöpft für ein weiteres anstrengendes Gespräch. Und die Aussicht, ihn neben sich im Ehebett zu haben und vielleicht wieder kein Auge zuzutun, war auch nicht gerade erbaulich. So sagte sie nur leise: »Gute Nacht«, und ging zu Bett.

Sie schlief fast sofort ein. In den frühen Morgenstunden hatte sie einen Traum. Sie lief über eine Waldlichtung. Es war Frühling oder Sommer. Sie war alleine und schob zwei Kinderwägen. In dem einen Wagen lag Alejandro. Er war vielleicht drei oder vier Jahre alt, auf jeden Fall jünger als er jetzt tatsächlich war. In dem anderen Wagen lag ein Baby. Es war ein Mädchen, sehr klein, vielleicht ein paar Wochen oder maximal ein paar Monate alt.

Plötzlich begann die Erde zu beben. Es war ein deutlich spürbares und auch hörbares Grollen. Beide Kinderwägen entglitten Sarah. Der Wagen mit dem Baby rollte nach vorne, in die Richtung, in die sie gehen wollte. Der Wagen mit Alejandro rollte nach hinten, dahin, wo sie herkam.

Sie war einen Moment lang wie gelähmt und überlegte, wohin sie zuerst rennen solle und wen sie zuerst retten müsse. Dann wusste sie ganz genau: »Ich muss zuerst das Baby retten.«

Sie rannte vorwärts und sah, dass das Baby aus dem Wagen gefallen, aber unverletzt war. Es weinte und hatte einen

Schock, aber ansonsten war ihm nichts geschehen. Zutiefst erleichtert nahm sie es auf den Arm und rannte mit ihm den Weg zurück, dahin, wo Alejandro war. Sie sah, dass er ebenfalls aus dem Kinderwagen gefallen war. Er lag völlig verängstigt auf dem Boden. Sie nahm ihn hoch und presste ihn fest an sich. Nach ein paar Minuten registrierte sie, dass er körperlich unversehrt war.

Beide Kinder fest im Arm haltend, wachte sie auf. Es dauerte ein paar Momente, bis sie ganz da war. Es duftete nach Kaffee. Voller Ironie dachte sie: »Oh, wie überraschend. Sergio hat etwas geschafft, das er die ganzen letzten sieben Jahre nicht geschafft hat.«

Alejandro spielte mit seinen Playmobil. Er sagte: »Mama, fahren wir heute in die Stadt und du kaufst mir neues Playmobil?« Sie lächelte und antwortete: »Ja, mein Schatz, das können wir tun.«

Das Frühstück verlief in einer überraschend ruhigen und fast entspannten Atmosphäre. Später fuhren sie zu dritt nach Sitges an der Costa Dorada. Loredana mochte diesen Ort, in dem viele Künstler lebten. Es war herrlich, durch die verwinkelten Gassen zu schlendern, in den zahlreichen kleinen Läden und Boutiquen zu stöbern und dann im *Santa María*, einem der bekanntesten Fischrestaurants des Ortes, zu Mittag zu essen.

Der Tag verlief so friedlich wie selten ein Tag zu dritt verlaufen war. Loredana fragte sich, woran das lag. Immer hatte es Spannungen gegeben und nun, da sie und Sergio entschieden hatten, sich zu trennen, war die Atmosphäre fast harmonisch. Sie dachte: »Vielleicht ist es friedlich, weil wir alle drei tief im Inneren spüren, dass diese Entscheidung richtig ist. Auch wenn sie mich all meinen Mut kostet und ich nicht genau weiß, was wir unserem Kind damit antun, so ist es doch das Wahrhaftigste, das wir im Moment tun können.«

Sarah

Februar 2009

Die Stimme der Stewardess verkündete, dass sie in Kürze auf dem Flughafen Sydney landen würden. Sarah rieb sich die Augen und brauchte einen Moment, um sich zu orientieren. Dann blickte sie zur Seite. Gertrude saß mit angespanntem Gesicht neben ihr. Sie sah so aus, als würde sie am liebsten auf der Stelle wieder umkehren. Sarah wusste nicht, was sie zu ihr sagen sollte, und gleichzeitig konnte sie sich genau vorstellen, was sich im Inneren der Freundin abspielte.

Sie nahmen ein Taxi bis zu Gertrudes Wohnung. Es roch ein wenig muffig und die Freundin riss als Erstes die Fenster auf. Dann packten sie aus. Sarah überlegte, ob es sich lohnen würde, ihren gesamten Koffer zu entleeren, denn in drei Tagen würde sie nach Hause fliegen. Sie freute sich riesig, wenn sie daran dachte. Aber sie spürte auch den Anflug eines schlechten Gewissens. Würde sie Gertrude nicht alleinlassen? Doch dann überlegte sie: »In drei Tagen werden die Umstände von Charles' Selbstmord aufgeklärter sein als heute.«

Am nächsten Tag, der ein Sonntag war, sagte die Freundin beim Frühstück: »Ich fahre jetzt ins Krankenhaus. Ich will mit der Ärztin reden und hören, was genau passiert ist.« Sarah konnte ihre Angst spüren, aber auch ihre Entschlossenheit.

»Soll ich mitkommen?«

»Nein, das muss ich alleine durchstehen. Mach dir einen schönen Vormittag, genieß die Sonne und ruh dich aus – ich denke, ich werde gegen Mittag zurück sein.«

Sarah nickte. »Okay, pass auf dich auf.«

Dann legte sie sich auf die Dachterrasse, die zu Gertrudes Penthouse gehörte. Es war paradiesisch. Hier oben hörte man den Verkehr auf der George Street nur als leichtes Rauschen.

Die Oleanderbäumchen und Magnolien standen in voller Blüte und die Rosen verbreiteten einen betörenden Duft. Es war angenehm warm und es ging eine leichte Brise. Sarah las eine Weile in ihrem Buch, dann schloss sie die Augen und gab sich ganz der sanften Schwingung des Tages hin.

Nach einiger Zeit wurde es sehr heiß und sie beschloss, eine Dusche zu nehmen und sich dann ins Wohnzimmer zurückzuziehen. Als sie gerade das eiskalte Wasser auf ihrer Haut genoss, hörte sie das Geräusch des Schlüssels im Türschloss. Sie trocknete sich ab, zog sich an und ging in die Küche. Gertrude war gerade dabei, einen leichten Mittagssnack vorzubereiten.

Sarah sagte: »Reden wir beim Mittagessen drüber?« Gertrude nickte. Als sie in dem angenehm kühlen Wohnzimmer saßen und den erfrischenden Avocado-Apfel-Eisberg-Salat verspeisten, begann sie zu erzählen.

»Ich bin erleichtert, dass ich es hinter mir habe. Die Ärztin ist eine sehr sympathische Person. Sie hat mir erzählt, dass er sich mit Tabletten umgebracht hat. Er hatte wohl seit einigen Tagen unterschiedliche Sorten gesammelt und auch welche aus dem Lager des Krankenhauses genommen.«

»Hat er einen Abschiedsbrief hinterlassen oder weiß man etwas über seine Motive?«

»Nein, kein Abschiedsbrief. Seine Frau ist untröstlich. Seine Eltern leben nicht mehr. Seine Schwester Elaine – du weißt schon, die ihn zu mir geschickt hat – wurde von der Polizei befragt, aber sie haben wohl nicht viel aus ihr herausbekommen. Es gibt ein Tagebuch, das die Polizei zurzeit liest.«

Sie seufzte. »Je nachdem, was da drinsteht, werde ich wohl noch ein paar Befragungen über mich ergehen lassen müssen.«

Sarah dachte kurz nach. »Ich bin mir gar nicht sicher, ob er überhaupt etwas über eure Therapiestunden geschrieben hat.

Und wenn, dann hast du nichts zu befürchten, denn von deiner Seite aus hat es keinerlei Grenzüberschreitungen gegeben.« Gertrude nickte nachdenklich. »Trotzdem habe ich so ein komisches Gefühl, als würde da noch was auf mich zukommen.«

»Soll ich meinen Flug verschieben?«

»Auf keinen Fall. Du bist jetzt schon fünf Wochen von zu Hause weg. Du hast einen Mann und eine Tochter, die auf dich warten. Du fliegst am Dienstag. Ich schaffe das schon.«

Die Freundinnen umarmten sich.

Sie hatten es sich gerade vor dem Fernseher gemütlich gemacht und wollten den Film ›The Others‹ mit Nicole Kidman anschauen, da klingelte das Telefon. Gertrude meldete sich. Sie sagte ein paarmal ›Ja‹ in den Hörer, dann legte sie auf. Langsam drehte sie sich zu Sarah um und sagte: »Die Polizei. Sie haben die Tagebücher gelesen und wollen mich vernehmen.« Sie atmete schwer. »Ich mache mich fertig. Ich weiß nicht genau, wann ich zurück sein werde.«

»Ich begleite dich selbstverständlich. Da lasse ich dich nicht alleine hingehen.«

Gertrude nickte gedankenverloren. Sie nahmen ein Taxi zum Kommissariat. Dort wurden sie von einem jungen, intelligent und kühl wirkenden Kriminalbeamten empfangen. Gertrude stellte sich vor. Er musterte Sarah und sagte ihr, dass sie nebenan warten solle.

Als sie in dem zu stark klimatisierten Raum saß und bedauerte, dass sie keine leichte Strickjacke mitgenommen hatte, musste sie unwillkürlich an den Prozess gegen das Geldinstitut denken. Sie dachte: »Diesmal sitze ich im Warteraum und woanders möchte ich auch gar nicht sitzen.«

Sie las in einer Zeitschrift und blickte immer wieder auf die Uhr. Eine Stunde war bereits vergangen. Schließlich hörte sie Stimmengewirr auf dem Flur. Im nächsten Moment sah sie Gertrude. Sie war aschfahl im Gesicht. War das Gespräch zwischen ihr und dem Kriminalbeamten nicht so verlaufen, wie es hätte laufen sollen?

Sie nahm den Arm der Freundin und sagte: »Komm, lass' uns erst mal hier rausgehen.«

»Bitte frag mich jetzt nichts. Ich brauche erst mal Zeit, um wieder in meine Mitte zu kommen.«

»Ganz klar, wir reden erst, wenn du dich dazu bereit fühlst.«

Sie entschieden, sich in eines der zahlreichen Terrassencafés vor dem *Opera House* zu setzen. Als sie im Halbschatten Platz genommen hatten, beide einen eisgekühlten Limettensaft vor sich, begann Gertrude zu berichten: »Stell dir vor, Charles hat in seinem Tagebuch ausführlich über sexuelle Fantasien geschrieben, die er im Zusammenhang mit mir gehabt hat.«

Sarah hatte so etwas befürchtet. Sie sagte: »Ja und? Es sind doch *seine* und nicht *deine* Fantasien.« Gertrude nickte. »Ja, das schon, aber anscheinend haben diese Fantasien bei ihm großen Raum eingenommen. Er hat seitenlang und bis ins Kleinste beschrieben, was er mit mir alles tun möchte.«

»Und was hat der Kriminalbeamte dazu gesagt?«

»Er wollte von mir wissen, wie die Therapiestunden abgelaufen sind. Welchen Inhalt unsere Gespräche hatten und ob ich etwas von den sexuellen Fantasien von Charles bemerkt habe.«

»Und was hast du geantwortet?«

»Die Wahrheit, also dass mir in vielen Stunden mit Charles unbehaglich zumute war und dass ich oft gemerkt habe, wie er mich von oben bis unten gemustert hat.«

Sie hielt kurz inne und fuhr dann fort: »Außerdem habe ich ihm gesagt, dass ich den Verdacht habe, dass er mich gestalkt hat. Und natürlich musste ich auch von dem Gespräch berichten, in dem ich Charles mitgeteilt habe, dass ich die Therapie mit ihm beende.«

»Und wie hat der Beamte reagiert?«

»Soweit gut«, sagte Gertrude.

»Wo ist dann das Problem?«

Die Freundin überlegte kurz, dann sagte sie: »Ich weiß es auch nicht genau. Ich frage mich die ganze Zeit, ob ich irgendeinen Anteil an Charles Tod habe.«

»Du hast überhaupt keinen Anteil daran«, erwiderte Sarah mit fester Stimme. Und nach einer kurzen Pause fuhr sie fort: »Merkst du eigentlich, was du tust? Du handelst überverantwortlich. Du bist weder Charles' Frau noch seine Schwester Elaine. Die Gedanken, die du dir gerade machst, sollten *sie* sich machen. Du hast deine Aufgabe nach bestem Wissen und Gewissen erfüllt – und damit basta. Alles andere ist überflüssig. Du warst nicht Teil seines Familiensystems, auch wenn er das gerne gehabt hätte oder sich selbst womöglich eingeredet hat, dass er eine Beziehung mit dir hätte. Aber, meine Liebe, *es war nicht so*.«

Ihre Stimme wurde noch um eine Spur deutlicher. »*Du* hast dir überhaupt nichts vorzuwerfen. Es wäre anders, wenn du in irgendeiner Art und Weise auf sein subtiles Werben eingegangen wärst, wenn du dich von ihm zum Essen hättest einladen lassen oder gar eine Affäre mit ihm angefangen hättest. Aber das alles hast du nicht getan.«

»Du bist in jedem Moment voll und ganz in der Rolle der Therapeutin geblieben. Und du kannst dir nicht vorwerfen, dass du einem Menschen, der hilfebedürftig war und der dir empfohlen wurde von einer Klientin, mit der du eine jahrelange gute Zusammenarbeit hattest, eine Chance geben wolltest.«

Gertrude atmete tief durch. Sarah nahm wahr, dass ihre letzten Worte bei der Freundin angekommen waren. Sie hatten ihren Panzer aus Überverantwortlichkeit und unbegründeten Schuldgefühlen durchdrungen. Sie schaute ihr in die Augen und sagte: »Ja, vielleicht hast du recht.«

Nach einer kurzen Pause fragte sie: »Hast du Lust, in den Botanischen Garten zu gehen und uns ein wenig auszuruhen?« Sarah bejahte. So schlenderten sie in den Park und legten sich unter einen umgekippten Baum. Sarah schlief nach ein paar Minuten ein.

Sie träumte, dass sie im Garten ihres Elternhauses war. Sie war zehn Jahre alt. Ihr Vater lag auf der Terrasse in der Sonne, ihre Mutter rannte im Haus umher und war mit allen möglichen Dingen beschäftigt.

Sie wünschte sich sehr, dass ihre Eltern mit ihr spielen würden, aber beide erweckten nicht den Anschein, als ob sie Lust dazu hätten. Sarah hatte Angst, ihre Mutter zu fragen, denn eine barsche Antwort oder sogar eine Ohrfeige wären dann gewiss. Sie traute sich aber auch nicht, ihren Vater zu fragen. Er lag mit geschlossenen Augen da und schien völlig entrückt.

Eine Zeit lang versuchte sie, sich selbst zu beschäftigen – das hatte sie schon gut gelernt, aber dann wurde ihre allmählich langweilig. Sie ging zaghaft auf ihren Vater zu und sagte: »Papi, spielst du mit mir?« Sie musste die Frage dreimal wiederholen, bis sie ihrem Vater ein leises Grunzen entlockte. »Ich schlafe«, war seine Antwort. Sarah entfernte sich wieder.

Sie setzte sich in den Sandkasten und war traurig. Ihre Mutter zu bitten, mit ihr zu spielen, war gänzlich ausgeschlossen. Sie begann zu weinen. Dann fing sie plötzlich an, die Sandfiguren, die sie gebaut hatte, mit der Schaufel kaputtzumachen. Sie wusste selbst nicht, warum sie es tat, aber sie schlug mit aller Kraft auf die Figuren ein und dann trat sie auch noch mit ihren Füßen darauf. Als sie fertig war, setzte sie sich wieder auf den Sandkastenrand und weinte weiter.

Niemand kam – nicht ihr Vater und nicht ihre Mutter. Sie wartete eine Weile, dann ging sie zum Gartentor. Es war offen. Sarah verließ den Garten. Sie wusste, dass es verboten war, auf die Straße zu gehen, aber sie hielt es in der Einsamkeit des elterlichen Anwesens einfach nicht mehr aus. Als sie auf der Straße stand, war sie unschlüssig, was sie tun sollte. Dann kam Hartmut vorbei, ein junger Mann, der mit seinen Eltern zusammen in einem der Nachbarhäuser lebte. Er war vielleicht zwanzig Jahr alt. »Na, was machst du denn hier alleine, Sarah?«, sprach er sie an.

Sie freute und schämte sich gleichzeitig – sie freute sich, dass ihr endlich jemand Aufmerksamkeit schenkte, und gleichzeitig schämte sie sich, weil sie das Gefühl hatte, in einer komischen Situation zu sein. Und wahrscheinlich sah er auch, dass sie geweint hatte. Sie sagte: »Ich habe im Sandkasten gespielt, aber ich hatte Angst. Meine Eltern sind nicht da.«

Sie war sich in dem Moment darüber bewusst, dass sie – von außen betrachtet – log, und hatte Angst, dass er entdecken könnte, dass ihre Eltern sehr wohl da waren. Aber innerlich fühlte sie sich genau so, wie sie es ihm gegenüber gesagt hatte, nämlich so, als wäre niemand da.

Er verzichtete glücklicherweise darauf, Sarahs Aussagen zu überprüfen, und sagte: »Weißt du was, dann kommst du mit zu uns – ich mache dir einen Kakao mit Keksen und dann malen wir ein bisschen zusammen, ja?« Sie nickte – wieder spürte sie Freude, die sich mit Scham und Angst vermischte. Die Angst bezog sich auf ihre Mutter – nicht auszudenken, was diese tun würde, wenn sie entdecken würde, dass ihre Tochter weg war. Andererseits konnte es unter Umständen Stunden dauern, bis Liselotte feststellen würde, dass sie verschwunden war.

Der Nachmittag verging wie im Flug. Hartmut machte Kakao und bot Sarah Kekse dazu an, dann setzten sie sich gemeinsam in die gemütliche Küche und malten. Seine Eltern waren nicht da. Er hatte Malbücher, die sie ausmalen konnte, und er war nett und freundlich, sodass sie anfing, sich zu entspannen und wohlzufühlen.

Plötzlich klingelte es an der Tür. Sie erschrak bis ins Innerste. Ihr Herz fing an zu klopfen und sie bekam ein schlechtes Gewissen. Dazu kam überwältigende Angst. Hartmut ging zur Tür. Sarah hörte die Stimme eines Nachbarn, der sich etwas borgen wollte, und sackte ein Stück in sich zusammen vor Erleichterung. Nach einer Weile fing es an, draußen dunkel zu werden. Hartmut sagte: »Sarah, ich glaube, ich bringe dich jetzt nach Hause.«

Wieder erschrak sie und wieder fing ihr Herz wie wild an zu klopfen. Gleichzeitig hatte sie einen Kloß im Hals und wusste nicht, was sie sagen sollte. Sie begann zu weinen. Hartmut setzte sich neben sie und legte ihr den Arm um die Schultern. »Was ist denn los? Warum weinst du?« Dass jemand neben ihr saß und sie tröstete, brachte alle Dämme zum Brechen. Zu Hause konnte sie nicht weinen, denn dann gab es Schläge von ihrer Mutter.

»Sarah, willst du mir nicht sagen, was los ist?« Und dann brach es aus ihr heraus: »Ich will nicht nach Hause. Ich habe Angst. Meine Mama hat mich nicht lieb. Sie schlägt mich, wenn ich komme. Ich bin weggelaufen.« Dann schluchzte sie weiter. Einerseits war sie froh, dass sie es ihm gesagt hatte, auf der anderen Seite schämte sie sich wieder, weil sie das Gefühl hatte, etwas Schlechtes über ihre Mutter gesagt zu haben.

Hartmut sah bestürzt aus. Viele Gedanken gingen ihm durch den Kopf – er erkannte die Angst in ihren Augen und er glaubte ihr. Behutsam nahm er sie in den Arm. »Kleine Sarah«, sagte er, »ich verstehe dich, aber du weißt, dass du nicht hierbleiben kannst. Sonst gehen deine Eltern zur Polizei und melden dich als vermisst.« Er hielt kurz inne. »Weißt du was, ich bringe dich jetzt nach Hause und rede mit deiner Mutter.«

Sie schluchzte. »Aber ich will nicht nach Hause. Ich habe Angst.« Hartmut streichelte ihr beruhigend über die Haare. Er war sehr betroffen.

»Sarah, du kannst hier nicht bleiben. Wenn es dir lieber ist zu warten, gehe ich zuerst zu deinen Eltern und rede mit ihnen. Heute ist doch Sonntag, da ist dein Vater doch auch zu Hause, oder?« Sie nickte. »Und schlägt dich dein Vater auch?« Sie schüttelte den Kopf. Er wirkte erleichtert. »Gut, dann rede ich mit deinem Vater. Er muss mir versprechen, dass er dafür sorgt, dass deine Mutter dich nicht schlägt, ja?« Sarah war nicht überzeugt.

Hartmut sagte noch einmal: »Ich gehe jetzt nach drüben und du wartest hier. Und ich verspreche dir, wenn dein Vater nicht da ist, dann kannst du hierbleiben.« Sie war überrascht. Damit hatte sie nicht gerechnet. Aber sie vertraute ihm. Er würde sie nicht belügen. So nickte sie zaghaft. Er gab ihr ein Taschentuch und stellte ihr ein Glas Milch hin, dann verließ er mit nachdenklichem Gesicht das Haus.

Es dauerte eine Weile, bis er wiederkam. Sarah hatte schon die schlimmsten Befürchtungen. Als er kam, war er nicht allein. Heiner Mager kam hinter ihm her. Als sie ihren Vater sah, brach sie wieder in Tränen aus. Er nahm sie in den Arm. »Wir haben uns solche Sorgen gemacht«, sagte er. Sie fühlte sich sehr verwirrt in dem Moment. Sie hatte Angst, sie war müde vom vielen Weinen, sie schämte sich und fühlte sich gleichzeitig schuldig, dass ihre Eltern sich Sorgen gemacht hatten. Sie konnte ihren inneren Aufruhr und ihr inneres Chaos gar nicht ordnen.

Als ihr Vater sie in den Arm nahm, war es einerseits gut, andererseits aber auch nicht. Sie vertraute ihm zwar mehr als ihrer Mutter, aber wirklich beschützen würde er sie auch nicht. Am liebsten wäre sie bei Hartmut geblieben – bei ihm fühlte sie sich am sichersten. Aber das konnte sie natürlich jetzt nicht sagen – es wäre ja einer Bloßstellung ihrer Eltern gleichkommen. So weinte sie nur leise weiter. Heiner sagte: »Sarah, du brauchst keine Angst zu haben, Mama wird dir nichts tun.«

Sie schaute ihn zweifelnd an. Hartmut sagte nichts, versuchte aber einen Anflug von Aufmunterung in seinen Blick zu legen. Schließlich ging sie an Heiners Hand auf die Straße. Der junge Mann verabschiedete sich von ihr mit einem Kuss auf die Wange. Er sagte: »Bald kommst du wieder zum Malen vorbei, ja?« Sie nickte.

Heiner bedankte sich bei ihm, dann gingen sie in Richtung des Elternhauses. Je näher sie kamen, desto größer wurde Sarahs Angst. Bei den letzten Schritten hatte sie das Gefühl, Blei an den Füßen zu haben. Sie blieb stehen und fing wieder an zu weinen. »Papa, ich habe Angst.« Heiner zog sie an sich. »Sarah, ich verspreche dir, dass dir Mama heute nichts tun wird.«

Im Haus herrschte Totenstille. Liselotte war nicht zu sehen. Aus dem Keller drang gedämpfte Musik. Wahrscheinlich war ihre Mutter unten und wahrscheinlich trank sie gerade etwas aus den zahlreichen Flaschen mit den bunten Aufklebern. Sie war in ihrer eigenen Welt und es war gut, sie nicht zu stören.

Heiner fragte: »Hast du Hunger, mein Schatz?« Sarah verneinte. Erstens hatte sie viele Kekse bei Hartmut gegessen und zweitens war ihr der Appetit komplett vergangen in dem Moment, in dem sie ihr Elternhaus betreten hatte. Ihr Vater sagte ihr, dass sie sich die Zähne putzen und den Schlafanzug anziehen solle. Sie tat wie ihr geheißen. Als sie im Bett lag, hatte sie wieder Angst. Sie wusste, dass ihre Mutter ihr nicht ›Gute Nacht‹ sagen würde und dass es wahrscheinlich auch besser so war. Aber es machte sie auch traurig, denn es war ja trotz allem ihre Mama.

Heiner setzte sich zu ihr ans Bett und strich ihr über den Kopf. Es herrschte Schweigen. Sarah spürte, dass er etwas sagen wollte, das ihm nicht über die Lippen kam. Das Schweigen wurde bedrückend. Sie fing wieder an zu weinen. Da legte er sich neben sie und nahm sie ganz fest in den Arm.

Einerseits war es tröstlich, andererseits fühlte es sich irgendwie komisch an. Es war so, als würde er sich an ihr festklammern, statt sie zu trösten und zu beschützten. Sie merkte, dass er genauso viel Angst hatte wie sie. Das verwirrte sie noch mehr.

Gleichzeitig fühlte sie sich wieder schuldig. Sie dachte: »Wenn Mama hört, dass ich weine, wird sie sehr böse werden«, und versuchte, leiser zu weinen. Heiner hielt sie immer noch umarmt, aber es wurde Sarah zu eng. Sie traute sich jedoch nicht, sich aus der Umarmung zu lösen, denn seine Nähe tat ihr ja auch gut. Nach ein paar Momenten merkte sie, wie sich etwas an seinem Atem veränderte. Es war so, als würde er schneller atmen. Gleichzeitig war da etwas Hartes an ihrem Rücken. Sie versuchte, von diesem Harten wegzukommen, ohne sich zu bewegen, was natürlich unmöglich war. So zog sie einfach nur ihren Körper zusammen.

Es war ein komisches Gefühl. Neben ihr lag ihr Papa, aber es fühlte sich nicht so an, als wäre es ihr Papa. Plötzlich stand er abrupt auf, räusperte sich und sagte: »Gute Nacht, Sarah, schlaf gut.« Dann schaltete er das Licht aus und schloss die Tür. Sie hörte noch, wie er die Treppe hinunterging ins Erdgeschoss, dann herrschte Totenstille im Haus. Sarah lag stocksteif in ihrem Bett. Sie traute sich nicht zu weinen und sie wagte auch nicht, sich zu bewegen.

Stattdessen stellte sie sich vor, dass sie an einem anderen Ort wäre. Sie schlüpfte einfach aus ihrem Körper hinaus und kam an einen schönen, warmen und farbenfrohen Ort. Dort gab es viele Kinder, mit denen sie spielen konnte, und es gab Erwachsene, die freundlich waren, Spaß machten und lachten. An diesem Ort hatte sie eine freundliche, dicke Mami, die für sie kochte und backte. Sie fragte Sarah jeden Tag, was sie essen wollte, und kochte immer genau das, worauf sie Lust hatte. Und sie hatte einen lieben, lustigen Papa, der mit ihr Tischtennis spielte, wann immer sie wollte.

An dem Ort war es auch die ganze Zeit warm. Es gab einen See, bunte Wiesen und einen Wald, in dem man keine Angst haben musste. Sarah war hier vollkommen glücklich, geborgen und sicher.

Ein Geräusch holte sie abrupt in ihren Körper und in die Realität zurück. Es hatte sich wie ein Quieken angehört. Angst durchflutete sie und ihr Körper verkrampfte sich. Dann war es wieder still im Haus. Sarah traute sich nicht, nach ihren Eltern zu rufen. Vielleicht schliefen sie schon und ihre Mutter würde sehr wütend werden, wenn sie aus dem Schlaf gerissen würde. Vielleicht war sie aber auch im Keller und dann würde sie ihr Rufen ohnehin nicht hören.

Sie versuchte, wieder in die *Schöne Welt* zu kommen, aber es wollte ihr nicht mehr recht gelingen. Die Angst war einfach zu groß. Sie hatte die Erfahrung gemacht, dass sie in die *Schöne Welt* nur dann kam, wenn sie nicht ganz so viel Angst hatte. War diese zu groß, blieb ihr der Eintritt verwehrt.

Im nächsten Moment bemerkte Sarah, dass sie zur Toilette musste. Aber gleichzeitig bereitete ihr der Gedanke, aufzustehen und alleine im Dunkeln herumzulaufen, so viel Panik, dass sie entschied, erst einmal liegen zu bleiben.

Nach einer Weile wurde der Druck in ihrer Blase unerträglich. Sie hatte noch ein- oder zweimal das Quieken gehört, ansonsten war es immer noch totenstill im ganzen Haus. Als sie es nicht mehr aushielt, machte sie in die Hose. Sie merkte, wie der Urin warm aus ihr herauskam und zuerst in ihr Höschen und dann ihre Beine hinunterlief.

Am Anfang fühlte sie Erleichterung. Dann aber fing sie wieder an sich zu schämen und Angst zu haben. Was wäre am nächsten Morgen? Was, wenn Liselotte entdecken würde, dass ihre Tochter ins Bett gemacht hatte? Und sie würde es bestimmt entdecken, denn die Betten wurden immer ordentlich gemacht, und zwar direkt nach dem Aufstehen. Was also würde passieren, wenn Liselotte den Geruch und die Nässe in

Sarahs Bett bemerken würde? Würde es Schläge geben oder nur Schimpfe? Unangenehm würde es auf jeden Fall, das wusste sie. Und jetzt wurden ihre Beine auch noch kalt, weil der Urin nun immer kälter wurde. Sarahs Unbehagen verstärkte sich. Auch roch es nicht so schön. Sie versuchte, sich im Bett zu bewegen und eine Position zu finden, in der sie nicht direkt auf dem großen nassen Fleck lag, aber es war nicht möglich. Das Bett war einfach zu schmal.

In dem feuchten Bett würde sie nicht wieder einschlafen können, nach den Eltern zu rufen war undenkbar und auch in die *Schöne Welt* konnte sie nicht mehr. Die Situation erschien Sarah so aussichtslos, dass sie wünschte, einfach nicht mehr da zu sein. Als sie sich das ganz intensiv wünschte, war sie plötzlich an der Zimmerdecke. Sie sah ihren Kinderkörper da unten im Bett liegen, sah, wie er sich wand und drehte, um eine bequeme Position zu finden.

Irgendwie war es komisch, da oben an der Decke zu sein, aber das Angenehme war, dass sie dort keine Nässe mehr spürte. Und überraschenderweise gab es dort auch weder Angst noch Anspannung. Sie war einfach da, konnte den ganzen Raum überblicken und sah ihren Körper dort unten liegen. Er sah klein aus von hier oben. Sie fühlte sich an der Decke in Sicherheit, aber wusste gleichzeitig, dass sie zu dem Körper dort unten gehörte. Sie dachte: »Erst mal bleibe ich noch ein bisschen hier oben.«

Nach einer Weile verspürte sie wieder den Wunsch, nach unten zurückzukehren, auch wenn sie dann wieder all die schrecklichen Gefühle spüren würde. Als sie das intensiv dachte, war sie plötzlich wieder dort und spürte wieder die unbequeme Körperposition und die unangenehme Nässe. Und auch die Angst war wieder da. Irgendwann schlief sie erschöpft ein.

In dem Moment erwachte die erwachsene Sarah unter dem umgekippten Baum im Botanischen Garten in Sydney. Sie rieb sich die Augen und hatte den Eindruck, als ob Stunden vergangen wären. Sie blickte neben sich, konnte Gertrude aber nicht sehen. Bestimmt war sie zur Toilette oder holte etwas zu trinken.

Sarah richtete sich langsam auf. Sie fühlte sich regelrecht benommen. Der Traum war so intensiv gewesen, dass sie ihre Beine befühlte, um zu prüfen, ob sie nass waren. Ihr ganzer Körper war verkrampft und sie verspürte Angst. Da sie den starken Impuls hatte, all diese Gefühle loszuwerden, stand sie langsam auf und fing an, sich zu schütteln. Es gab ein paar Leute in ihrer Nähe, aber diese waren mit anderen Dingen beschäftigt.

Gertrude kam mit zwei großen Bechern über die Wiese auf sie zu. Erst in dem Moment merkte Sarah, wie hungrig und durstig sie war. Die Freundin lächelte sie an. »Du hättest dich sehen müssen«, sagte sie. »Du bist in einer ganz komischen Körperhaltung da gelegen und hast dich immer wieder gedreht, so als hättest du einen intensiven Traum.«

»Oh ja«, erwiderte Sarah, »den habe ich tatsächlich gehabt.« Die beiden Freundinnen setzten sich wieder unter den Baum und nippten an ihrem Eistee. »Willst du mir deinen Traum erzählen?«, fragte Gertrude. Sarah nickte. Sie nahm noch einen großen Schluck von dem wohlschmeckenden Getränk, dann fing sie an.

Gertrude hörte ihr aufmerksam zu und als sie geendet hatte, sagte sie langsam: »Was du erlebt hast, ist furchtbar, Sarah. Man will es kaum glauben, mit welcher Kälte und Brutalität dich deine Adoptivmutter behandelt hat.«

Als Sarah abends im Bett lag und den Tag Revue passieren ließ, war sie sehr müde, hatte aber auch ein friedliches Gefühl in sich. Sie träumte von einer blonden Frau, die zuerst weinte, ihr dann aber freundlich zuwinkte. Am nächsten Morgen war sie überrascht festzustellen, dass sie immer noch in Sydney war. Sie hatte den Eindruck, in der Nacht an so vielen unterschiedlichen Orten gewesen zu sein, dass sie sich nicht sicher war, ob nur ihr Körper noch in Australien war oder ihre Seele auch.

Der Abschied von Gertrude war wie immer schmerzlich, wurde aber gemildert durch die Tatsache, dass die Freundin sie in ein paar Monaten in Deutschland besuchen würde. Als sie im Flugzeug Richtung Singapur saß, fühlte sie sich gut.

Sie war fünf Wochen weg gewesen und es war Frühling. Sie malte sich aus, wie ihr Garten aussah, und fragte sich, ob die Krokusse wohl schon blühten. Dann dachte sie an Leonie und Helmut und eine warme Welle durchströmte sie.

Die Stimme der Stewardess riss Sarah aus ihren Gedanken. Sie kündigte an, dass die Landung auf dem Flughafen von Singapur kurz bevorstünde, und bat alle Passagiere sich anzuschnallen. Sarah tat wie geheißen und schaute dann aus dem Fenster auf die Lichter der Millionenstadt, während sie überlegte, ob es sich wohl lohnen würde, hier einmal ein paar Tage zu bleiben und die Stadt zu erkunden.

Der Zwischenstopp würde ungefähr anderthalb Stunden dauern, genug Zeit also, um einen Bummel durch das Flughafengebäude zu machen. Sie schlenderte durch die Einkaufspassage und wunderte sich darüber, wie viele Menschen trotz der späten Stunde unterwegs waren.

Loredana — Dezember 1991-Januar 1992

Am Montag bat Flavio sie um ein Gespräch unter vier Augen. Als sie in seinem ›Aquarium‹ saßen, fragte er: »Und, wie war dein Wochenende?«

»Überraschend gut«, antwortete sie. »Seit Sergio und ich unsere Trennung beschlossen haben, scheint sich die Situation zwischen uns zu entspannen.« Sie atmete aus. »Allerdings weiß man bei Sergio nie genau, wie lange so ein Frieden anhält und ob er echt ist. Wenn ihm eine Laus über die Leber läuft, kann es durchaus sein, dass er wieder mit Angriffen oder Schuldzuweisungen reagiert.«

Sie schlug die Beine übereinander und war gespannt, was Flavio ihr mitteilen wollte. Er stand auf und setzte sich dann wieder hin, so als wolle er ihre Neugier noch ein bisschen steigern, was ihm durchaus gelang. Dann sagte er: »Ich habe eine Wohnung für uns gefunden. Sie ist in der Nähe des Bahnhofs Sants, sehr zentral gelegen und sehr modern. Wir können sie am kommenden Samstag anschauen.«

Sie hielt die Luft an. Noch bevor sein letztes Wort verklungen war, stieg eine Vielzahl an Emotionen gleichzeitig in ihr hoch – sie hätte noch nicht einmal genau sagen können, welches Gefühl als erstes kam und welches als zweites – Erleichterung, Trauer, Freude, Angst, Schuldgefühle und Schmerz. »Wie kann ich all diese Gefühle gleichzeitig haben?«, dachte sie. Dann sah sie, dass Flavio auf ihre Reaktion wartete. »Oh, das ist ja toll«, sagte sie. »Samstag um welche Uhrzeit?«

An seinem Gesichtsausdruck erkannte sie, dass er enttäuscht war. »Um zehn Uhr morgens«, sagte er eine Spur kühler.

»Gut«, antwortete Loredana, »dann schauen wir uns die Wohnung am Samstag um zehn an.«

Einen Moment lang herrschte Schweigen im Aquarium. Am Anfang war es ein fragendes Schweigen, dann wurde es langsam drückend. Als Loredana es nicht mehr aushielt, sagte sie: »Flavio, es tut mir leid, wenn ich dich gerade enttäuscht habe. Das war nicht meine Absicht.«

Er ging auf ihren versöhnlichen Ton ein. »Schon gut, Loredana. Du musst dich nicht entschuldigen. Ich verstehe dich. Versuchen wir einfach, die Dinge so gut wie möglich zu machen, ja?« Sie nickte.

Am Samstag besichtigten sie die Wohnung. Flavio stellte Loredana dem Vermieter als seine Ehefrau vor. Auf der einen Seite verstand sie, dass es besser war, so zu agieren, auf der anderen Seite verstärkte es ihr Gefühl, in unterschiedlichen Realitäten zu leben. Sie überlegte: »Wessen Ehefrau bin ich eigentlich?«, Und, »War ich jemals Sergios Ehefrau? Oder haben wir nur so getan, als wären wir ein Paar, obwohl wir eigentlich zwei bedürftige Kinder waren, die versuchten aneinander Halt zu finden?«

Die Fragen tauchten eine nach der anderen aus ihrem Inneren auf: »Will ich die Frau an Flavios Seite sein? Was empfinde ich eigentlich für ihn? Sind wir nur Wegbegleiter füreinander, die die Aufgabe haben, sich gegenseitig aus ihren jeweiligen Lebenssituationen herauszuziehen? Und wird es danach noch einen gemeinsamen Weg für uns geben?«

Der Vermieter pries gerade die Vorzüge der Wohnung. Loredana fand sie mittelmäßig, aber ihr war klar, dass dies sowieso nicht ihr Aufenthaltsort für die nächsten dreißig Jahre sein würde. Als sie und Flavio einen Moment lang unter vier Augen sprachen und er sie fragte, ob sie die Wohnung nehmen sollten, stimmte sie zu – weniger aus Überzeugung als aus Notwendigkeit, denn ihr war klar, dass sie in den nächsten Wochen weder Zeit noch Kraft haben würde, um sich mehrere Wohnungen in Barcelona anzuschauen.

Sie sprachen mit dem Vermieter die Details ab und vereinbarten, dass sie Anfang Januar die Wohnung beziehen würden.

In den darauffolgenden Wochen fühlte sie sich wie in einem Film, wie eine Schauspielerin, die versuchte, die unterschiedlichsten Rollen so gut wie möglich zu spielen:

Sergios Fast-Exfrau, Marías Fast-Exschwiegertochter, die Fast-Exschwägerin seiner Schwestern, Flavios Mitarbeiterin und Kollegin der Männer und Frauen in der Firma.

Die einzige Rolle, mit der sie sich wirklich identifizieren konnte, war die Mutterrolle für Alejandro. »Und gerade diese Rolle würde ich gerne viel mehr ausfüllen, als ich es momentan tun kann«, dachte sie voller Schmerz und Trauer. Dann überlegte sie: »Und wo bin *ich*? Wo ist die Loredana geblieben, die ich einmal war? Wo sind meine Wünsche, meine Träume, meine Lebenskraft? Habe ich all dies in der zermürbenden Ehe mit Sergio verloren?«

Nach einem kurzen Moment der Trauer fühlte sie mit Entschlossenheit, dass sie sich all das zurückholen würde, was ihr gehörte – all die Lebensfreude, all die Begeisterung und der Schwung, die Teil ihres Wesens waren.

Am 2. Januar zog sie um. Ihr Besitz ließ sich gut in einem Auto transportieren – ihre Bücher, ihre Bilder, ihre Kleidung und ein paar persönliche Gegenstände. Sie fühlte sich auf eine seltsame Art und Weise frei, als sie die Küstenstraße von Pals nach Barcelona entlangfuhr, und dachte: »Wie angenehm, dass ich meinen gesamten Besitz in einem Auto transportieren kann.« Allerdings war sie skeptisch, was Sergios Zusage anbetraf, ihr nach dem Verkauf der Wohnung ihren Anteil auszuzahlen. Sie hatte ihn bislang nicht als zuverlässigen Menschen kennengelernt. Warum sollte sich das jetzt ändern?

Dann dachte sie an Alejandro, der gerade mit seinem Vater im Urlaub war. Ein paar Tage später besuchte sie ihn bei María. Er kam ihr im Wohnzimmer entgegen. Sie schloss ihn in die Arme und sofort stiegen ihr Tränen in die Augen. Er entwand sich und sagte, dass er spielen gehen würde. Loredana ließ sich auf einen Sessel fallen. Die Anwesenden – María, Selma und Ana – zogen sich peinlich berührt in die Küche zurück.

Sie dachte: »Komisch, dass in dieser Familie niemand in der Lage ist, eine andere Person zu trösten. Sie sind zwar immer herzlich und nett, aber wenn man wirklich Trost braucht, lassen sie einen völlig alleine.« Dann putzte sie sich energisch die Nase und ging zu Alejandro.

»Ich wollte dich nicht erschrecken, mein Schatz«, sagte sie und gab ihm einen Kuss auf die Wange.

»Ist schon gut, Mama«, antwortete er. »Spielst du mit mir?«

»Ja, natürlich spiele ich mit dir. Worauf hast du denn Lust?«

Er überlegte kurz. »Ich will Baby und Mama spielen.«

»Baby und Mama? Das haben wir ja noch nie gespielt. Du musst mir das Spiel und seine Regeln erklären. Wie spielt man das?«

»Du bist die Mama und ich bin das Baby. Du musst mich versorgen. Du musst mich saubermachen und wickeln und füttern.« Dann lief er ins Bad, um Handtücher zu holen, die die Windeln darstellen sollten, und aus der Küche holte er eine Flasche und einen Löffel.

Sie begannen zu spielen. Alejandro benahm sich wie ein Baby. Er schrie und zeigte, dass er Hunger hatte oder saubergemacht werden wollte. Loredana spielte mit. Auf der einen Seite machte es ihr Spaß, auf der anderen Seite dachte sie: »Was für eine seltsame Situation. Ich bin hier, im Haus meiner Schwiegermutter, und spiele mit meinem Sohn ›Mama und Baby‹.«

Wollte er damit vielleicht unbewusst an eine Zeit anknüpfen, in der ihre Mutter-Sohn-Beziehung noch so war, wie sie sein sollte, als sich Loredana hingebungsvoll um ihr Baby gekümmert hatte und Tag und Nacht für es da war?

In den ersten Wochen nach ihrer Rückkehr aus Australien ging es Sarah nicht besonders gut. Der fremde Mann hatte sich nicht mehr gemeldet und ihre Hoffnung schwand, etwas über ihre leibliche Familie herauszufinden. Gleichzeitig litt sie wieder verstärkt unter dem Gefühl *unsichtbar* zu sein.

An einem grauen, windigen Apriltag rief sie ihre Supervisorin an und bat sie um einen Termin. Sie erzählte ausführlich von ihrer Befindlichkeit und die Therapeutin hörte ihr aufmerksam zu. Dann sagte sie: »Weißt du, Sarah, ich könnte mir vorstellen, dass es gut wäre, mit dem Satz ›Ich fühle mich unsichtbar‹ einzusteigen und eine Rückführung zu machen. Dann könnten wir herausfinden, welche Erinnerungen es in deinem Unterbewusstsein zu dem Thema *Unsichtbarsein* gibt.«

Schon während Sarah ihren Worten zuhörte, stieg Panik in ihr auf. Trotzdem nickte sie, denn der Wunsch nach Verstehen war größer als ihre Angst. »Ja, ich bin einverstanden.«

Als sie auf der bequemen Couch lag und die Augen geschlossen hatte, stiegen sofort Bilder in ihr auf. Sie sah eine junge Frau in einem Gerichtssaal, die gerade von einem cholerisch wirkenden Staatsanwalt mit den Worten angeschrien wurde: »Sie sind ein Staatsfeind, der die Moral in diesem Land heimtückisch untergräbt!« Sarah sah die Szene nur einen Moment lang von außen, dann wurde sie in den Körper der jungen Frau hineingezogen.

Geneviève fragte sie: »Bist du diese Frau?« Sarah nickte. Die Therapeutin fragte weiter: »Wie bist du in diesen Gerichtssaal hineingekommen? Was ist vorher passiert?« Sarah antwortete: »Ich bin schon seit ein paar Tagen im Gefängnis. Man hat mich zuvor wegen ›subversiver

Aktivitäten gegen das NS-Regime‹ verhaftet. Ich sehe Situationen, in denen ich verhört werde. Immer wieder. Es ist schrecklich und ich wünsche mir die ganze Zeit, *unsichtbar* zu sein. Ich kann das grelle Licht und die schneidende Stimme des Befragers nicht mehr ertragen.«

»Und was machen sie noch mit dir?«

»Sie versuchen, Namen aus mir herauszupressen. Weil ich nichts sage, stecken sie mir einen Schlauch in den Mund und pumpen Wasser in meinen Magen. Später führen sie ein elektrisches Gerät in meine Vagina ein.«

»Wie hältst du das durch?«

»Ich stelle mir vor, alles von außen zu sehen.«

»Geh noch ein Stück weiter zurück in der Zeit, Sarah. Wie hat das Ganze angefangen?«

»Ich gehöre zu einer Gruppe, die das Naziregime nicht akzeptiert. Wir treffen uns in einem Keller in Berlin-Kreuzberg. Dort werden auch Versammlungen abgehalten, zu denen Interessierte eingeladen sind. Alles ist streng geheim. Aber jemand muss wohl die Gruppe infiltriert haben, denn die letzte Versammlung, zu der zwanzig Personen gekommen sind, wird von der Gestapo gesprengt.« Sarah hielt kurz inne und begann zu weinen. »Ich und drei andere werden unter dem Verdacht des ›Hochverrats‹ festgenommen.«

»Und weißt du, wo die anderen sind?«

»Nein, ich habe keine Ahnung. Wahrscheinlich werden sie auch gefoltert.«

Geneviève leitete sie weiter an: »Geh nun wieder zu der Szene in dem Gerichtssaal. Wie geht es weiter?«

»Der Staatsanwalt hält gerade sein Plädoyer.« Sarah stockte einen Moment. »Und er fordert die Todesstrafe für mich.«

»Was passiert mit dir, wenn du das hörst?«

»Ein Schaudern geht durch meinen Körper und tief in meinem Inneren weiß ich, dass ich diesem Urteil nicht entgehen kann.«

»Was denkst du noch?«

»Ich kann es nicht fassen. Ich bin doch noch so jung! Und ein winziger Teil in mir hat immer noch die Hoffnung auf ein Wunder. Es kann doch nicht sein, dass niemand aufsteht und für mich eintritt. Es gibt doch so viele andere, die auch nicht mit den Nazis und dem Krieg, den sie angezettelt haben, einverstanden sind.«

Nach einer weiteren kurzen Pause fuhr sie fort: »Ich frage mich, wo all diese Menschen jetzt sind. Warum fühle ich mich so alleine? Wo sind meine Eltern? Wo sind meine Freunde? Wo sind all die Menschen, die immer wieder zu unseren Versammlungen kamen und die Gruppe unterstützt haben? Ich habe mich in meinem ganzen Leben noch nie so allein gefühlt wie in diesem Gerichtssaal, in dem es nur Hass und Verachtung für mich gibt.«

»Und dann?«

»Jemand schreit: ›Abführen!‹. Ein Uniformierter mit Hakenkreuz auf dem Ärmel packt mich und bringt mich wieder in meine Zelle. Ich bin verwirrt und gleichzeitig überfällt mich eine bleierne Schwere und Müdigkeit. Ich lege mich auf die harte Pritsche und falle kurz darauf in einen unruhigen Schlaf. Bevor ich einschlafe, denke ich, dass das die letzte Nacht meines Lebens sein wird.«

»Und am nächsten Morgen?«

»Ich habe Kopfschmerzen und frage mich, warum ich nicht *unsichtbar* bin und einfach verschwinden kann. Das Wort ›Todesstrafe‹ hallt immer noch in meinen Ohren und mich quält die Frage, warum mein junges Leben zu Ende gehen soll. Ich habe doch noch so viele Pläne. Ich will nicht erschossen werden. Was habe ich falsch gemacht?«

Sarah schluchzt nun und die Therapeutin gibt ihr ein Taschentuch.

»Und was denkst du noch?«

»Ich denke an meine Eltern. Sie sind Humanisten und

Freigeister. Sie haben sich dem NS-Regime nie gefügt, haben uns immer ermutigt, unseren eigenen Kopf und unsere eigenen Gedanken zu behalten. Sie waren so stolz auf mich.«

»Und dann?«

»Kurze Zeit später werde ich abgeholt und in den Gefängnishof gebracht. Dann werde ich erschossen.«

»Was ist dein letzter Gedanke?«

»Ich will *unsichtbar* sein.«

Als Sarah Minuten später der Therapeutin wieder gegenübersaß, war sie immer noch ganz von der Geschichte, die sie in der Sitzung erlebt hatte, gefangen genommen. »Glaubst du, dass ich das wirklich in einem anderen Körper erlebt habe?«, fragte sie mit leiser Stimme.

»Ja, das glaube ich.«

»Und glaubst du, dass ich mir deshalb immer noch oft wünsche, un*sichtbar* zu sein, obwohl es in meine jetzige Lebenssituation überhaupt nicht hineinpasst und ich darunter leide? So als würde ein Überlebensprogramm in meinem Unterbewusstsein ablaufen, das mich nicht mehr schützt, sondern bremst.«

Die Therapeutin nickte langsam. »Ja, Sarah, so fühlt es sich an. Und ich hoffe, dass die heutige Sitzung dir helfen kann, dieses Programm zu überwinden.«

Loredana

Februar 1992

Das Gefühl, in einem Film gelandet zu sein, in dem sie nicht Regie führte, verstärkte sich immer mehr. Loredana funktionierte in der Firma, besuchte Alejandro alle zwei bis drei Tage in Marías Haus, wickelte die Scheidung mit Sergio ab und tat ihr Möglichstes, um sich mit Flavio zusammenzuraufen. Und ab und zu versuchte sie, sich über ihre Gefühle klar zu werden. Allerdings blieb dafür wenig Zeit, da sie meistens damit beschäftigt war, eine ihrer zahlreichen Rollen auszufüllen.

Das Zusammenleben gestaltete sich schwieriger, als sie es erhofft hatte. Beide wussten sie nicht recht, ob sie eine Liebesbeziehung miteinander eingehen wollten oder nicht. Es gab Tage, an denen Flavio davon sprach zu heiraten. Dann gab es wieder andere Tage, an denen er davon sprach, zu seiner Exfrau zurückzugehen. Er vermisste seine Tochter sehr. Loredana konnte ihn verstehen, aber das Hin und Her seiner Stimmungen setzte ihr zu.

Die Rolle, in der sie ihn kennengelernt hatte, nämlich als kompetenten und humorvollen Chef, verwischte sich im Privatleben immer mehr. In der Beziehung mit ihr war er weder kompetent noch humorvoll, als wäre er auf dem privaten Terrain ein ganz anderer Mensch als in seinem beruflichen Umfeld. Er verhielt sich oft abweisend ihr gegenüber. In diesen Momenten wünschte sie sich zurück nach Pals, wo sie zumindest den Kontakt mit Sergios Familie gehabt hatte, auch wenn dieser Kontakt oft anstrengend für sie gewesen war.

Am meisten machte ihr die Trennung von Alejandro zu schaffen. Jedes Mal, wenn sie ihn bei María besucht hatte, war der Abschied schrecklich.

Eines Abends hatte sie mit ihm gespielt und ihn ins Bett gebracht. Dann hatte sie unten in der Küche mit María noch eine Zigarette geraucht. Als sie gerade gehen wollte, tauchte Alejandro in der Haustüre auf. Er streckte die Arme nach ihr aus und flehte, sie möge nicht gehen: »*No te vayas mamita.*«

Sie nahm ihn ganz fest in den Arm, küsste ihn und sagte: »Ich würde viel lieber bei dir bleiben. Aber das ist nicht mein Haus. Es ist das Haus deiner Großmutter. Momentan lebst du bei ihr und ich lebe in Barcelona. Ich möchte, dass du so bald wie möglich zu mir kommst, aber erst, wenn ich eine wirklich schöne Wohnung für uns beide gefunden habe. Im Moment bist du bei der Oma besser aufgehoben als in Barcelona, wo du niemanden kennst.«

Sie hielt inne. Was sollte sie ihm sonst noch sagen? Eine Welle von Schmerz wurde abgelöst von einem Schwall von Wut gegenüber Sergio. Aber das war *ihre* Wut und sie wollte ihr Kind nicht damit belasten. Es war ohnehin schon schwierig genug für ihn. Er hatte seine eigenen Gefühle zu tragen.

Als sie in Barcelona ankam, war Flavio schon da. Er bemerkte, dass sie etwas bewegte, fragte aber nicht nach. Erst als er sie leise weinend auf dem Sofa fand, setzte er sich neben sie. Sie erzählte ihm die Situation und er fragte: »Willst du wieder zurück nach Pals?« Sie schüttelte den Kopf. »Nein, es gibt kein Zurück für mich. Ich kann und will nicht zurück zu Sergio und ich will nicht zurück in diese Enge. Aber ich will bei meinem Kind sein.«

Er nahm sie ihn den Arm und sie konnte seine Hilflosigkeit spüren. Loredana wusste nicht, was besser war – tröstend gemeinte Worte, die sie vielleicht nicht erreicht hätten, oder die stumme Umarmung, in der sie sich zumindest verstanden fühlte.

Sarah September 2010

In dem kleinen Boot, in dem sich außer Sarah nur der Kapitän und seine Familie befanden, wurde es immer heißer. Dann sah sie Dampf, nur noch Dampf. Die Nacht war schwarz und sie hatte sich warm angezogen, denn sie wusste, dass es in Hawaii in der Nacht empfindlich kühl werden konnte. Jetzt hätte sie sich am liebsten alles ausgezogen. Sie fühlte, wie der heiße Dampf ihre Haut geradezu umhüllte und in jede Pore eindrang. Als Nächstes sah sie die heiße Lava – sie stieß einen Schrei aus und die Familie des Kapitäns tat es ihr gleich. In ihrem ganzen Leben hatte sie noch nie etwas so Atemberaubendes gesehen. Das Orange war so intensiv, dass es in ihren Augen fast wehtat.

Der Kapitän fuhr noch etwas näher an die Küste heran. Sarah fühlte die Lava mehr, als dass sie sie sah. Sie spürte förmlich die Kraft der flüssigen Masse, die sich in der Röhre nach oben bewegte. Immer wieder flogen Stücke heraus und verwandelten sich noch in der Luft in Brocken, die aufs Meer fielen. Sarah war fasziniert. Sie konnte den Blick nicht abwenden.

Es gab Momente, in denen der Dampf so intensiv war, dass sie nichts sehen konnte. Dann wieder gab es kurze Augenblicke, in denen sie mitten in die Röhre hineinschauen konnte. In diesen Sekunden meinte sie, in das Innere der Erde zu blicken. Es war ein fast intimes Erlebnis für Sarah. Sie musste an Zeugungskraft denken, an die Energien von Mann und Frau, die sich vereinigten und durch diese Vereinigung etwas Neues schufen, und sie spürte, dass auch die Lava durch ihre Kraft etwas Neues schuf.

Sie fühlte sich sehr glücklich. Gleichzeitig hielt sie sich an ihrem Sitz fest, weil sie das Gefühl hatte, dass sie im nächsten Moment abheben würde. Aber es war nicht so. Sie bemerkte, dass ihr Körper immer noch auf dem Sitz im Boot saß, ihr Bewusstsein sich aber in der Röhre befand, als wäre sie im Mutterleib, im Bauch der Erde selbst, umhüllt von ihren Kräften, um dann nochmals geboren zu werden. Sie fühlte die Kraft, die Hitze, die Energie und die Bewegung der Lava um sich herum. Es machte ihr keine Angst, denn sie wusste, dass diese Energie sie nicht zerstören, sondern sie im Gegenteil heilen würde, und Teile zu ihrem Wesen hinzufügen würde, die ihr bislang gefehlt hatten.

Es war ein überwältigendes Erlebnis. Sie hatte die Menschen um sich herum völlig vergessen und als sie wieder aus ihrer Trance auftauchte, sah sie, dass der Kapitän sie aufmerksam beobachtete. Sie nickte ihm zu, um ihm zu signalisieren, dass sie wieder präsent war. Sie wusste nicht, wie viel Zeit vergangen war. Es musste wohl eine Stunde oder auch mehr gewesen sein. Er blieb noch eine Weile in der Nähe der Röhre und fuhr immer wieder so nahe wie möglich an sie heran.

Als er das Boot schließlich langsam in Richtung offenes Meer lenkte, war Sarah traurig, dass sie sich von der Röhre und dem gewaltigen Naturerlebnis verabschieden musste. Sie blickte solange wie möglich zurück, bis sie nur noch einen kleinen roten Fleck mit viel Dampf drumherum erkennen konnte.

Durch das Schaukeln des Bootes fiel sie allmählich in einen Halbschlaf. Sie schloss die Augen und ließ sich noch ein wenig tiefer in ihren Sitz hineinfallen. Plötzlich sah sie Blitze und hörte Donnergeräusche, die von Bombeneinschlägen zu kommen schienen. Sie wusste nicht genau, ob sie wieder in der Nähe der Lavaröhre waren. Es wurde heiß, obwohl es kalt war.

Dann sah sie einen kleinen Jungen, der von seiner Mutter geschnappt wurde. »Komm schnell, wir müssen in den Keller«, sagte diese in Panik zu ihm. Es war Nacht, und der schwarze Himmel wurde von einschlagenden Bomben gespenstisch erhellt. Die Mutter zog ihrem Sohn in fieberhafter Eile eine Jacke über, dann nahm sie die kleine Tasche, die am Boden stand, und zerrte ihn mit sich fort.

Sie rannten über die Treppe nach unten. Als sie im Keller ankamen, waren bereits an die fünfzehn Personen dort anwesend. Es waren Menschen aus dem Mietshaus, in dem sie wohnten, aber auch solche aus Nachbarhäusern, die entweder keinen Keller hatten oder die schon ganz oder zum größten

Teil zerstört worden waren. Die Menschen drängten sich auf engstem Raum zusammen. Es roch nach Schweiß und gleichzeitig nach Feuchtigkeit. Der Junge presste sich an seine Mutter. Er konnte kaum atmen vor Angst.

Die Menschen sprachen nicht. Sie verharrten in erstarrtem Schweigen. Die meisten glaubten nicht, dass sie lebend wieder aus diesem Keller herauskämen. Die Mutter des Jungen hatte ebenso viel Angst wie er selbst und sie schöpfte genauso viel Trost daraus, dass er sich an sie presste, wie er. Dann gab es einen Bombeneinschlag ganz in der Nähe. Sarah hörte einen fürchterlichen Knall. Im nächsten Moment ächzte das Haus, in dem sich die Menschen befanden, als wolle es einstürzen. Die Panik vergrößerte sich immer mehr. Die Menschen riefen wild durcheinander.

Ein großer, zerlumpt wirkender Mann rief: »Wir müssen raus aus diesem Keller, sonst sterben wir alle.« Im nächsten Moment sah Sarah, wie Wasser in den Keller zu laufen begann. Die Mutter des Jungen schrie auf, als das Wasser ihre Füße berührte. Es stieg langsam, während die Menschen in Panik nach dem Weg aus dem Keller suchten. Der zerlumpte Mann sagte: »Ich weiß, dass dieser Raum mit dem Keller aus dem Nebenhaus verbunden ist. Es gibt einen schmalen Durchgang. Durch den müssen wir durch.«

Er stürmte los und alle rannten ihm nach. Jüngere stießen Ältere weg, Mütter mit Kindern machten sich den Weg frei. Das Gebot der Nächstenliebe interessierte in dem Moment niemanden mehr. Es ging nur noch ums nackte Überleben. Niemand war bereit, sein Leben zu opfern. Es war so, als ob die Menschen durch das Krachen des Hauses aus ihrer Resignation und Erstarrung aufgewacht und ihre Überlebensimpulse wieder aktiviert worden wären.

Sie fanden den Durchgang. Jeder wollte der Erste sein, der hindurchging. Der zerlumpte Mann rief: »Zuerst die Kinder, dann die Alten und Kranken, dann die Frauen, dann die

Männer«, aber niemand hörte auf ihn. Mit Ellenbogen und Fußtritten erkämpften sich die Menschen den Weg ins Leben.

Als es schließlich alle geschafft hatten, in den Keller des Nebenhauses zu kommen, sahen sie, dass ihnen das Wasser gefolgt war. Verzweiflung machte sich breit. »Wir müssen nach oben«, schrie jemand, »sonst werden wir alle ertrinken!« Der kleine Junge schlotterte inzwischen vor Kälte und Angst. Er war immer noch eng an seine Mutter gepresst. Diese hatte schreckgeweitete Augen und Sarah fragte sich, während sie die Szene vor ihrem inneren Auge sah, ob der Gesichtsausdruck der Frau sich jemals wieder normalisieren würde oder ob sie immer gezeichnet bleiben würde von dem Schrecken dieser Nacht.

Dann sah sie plötzlich Männer in Uniform. Die Männer waren irgendwie in den Keller hineingekommen. Sie nahmen als Erstes die Kinder und bedeuteten dann den Erwachsenen, ihnen zu folgen. Eine Welle der Erleichterung machte sich unter den Menschen breit, als sie die Uniformierten sahen. Es gab eine Treppe, die der Zerstörung entgangen war, und nach etwa zehn Minuten standen sie oben am Ausgang des Hauses.

Sie blickten auf die Straße und der Anblick, der sich ihnen bot, war ein Bild tiefgreifender Zerstörung. Schreiende Menschen in Lumpen liefen über die Straße, einige Häuser waren völlig zerbombt, Rauch durchzog die Luft, überall lagen Trümmer und es war eiskalt. Es war ein apokalyptisches Szenario und Sarah ging in ihrer Trance der Gedanke durch den Kopf: »Der kleine Junge, der das erlebt hat, wird die Bilder nie wieder loswerden. Sie werden immer in seinem Kopf sein und sie werden noch Jahre und Jahrzehnte später sein Bewusstsein überfluten, ob er will oder nicht.«

Dann sah sie, dass alle Menschen es geschafft hatten, nach oben zu kommen. Die Uniformierten verabschiedeten sich. Sarah hörte die Sätze: »Ihr müsst raus aus der Stadt. Es wird noch mehr Bombenangriffe geben. Geht zum Fürther

Hauptbahnhof. Von dort aus fahren noch Züge, die euch aufs Land in Sicherheit bringen. Der Nürnberger Hauptbahnhof ist völlig zerbombt. Von dort fahren keine Züge mehr ab.«

Die Mutter nahm den kleinen Jungen wieder fest an die Hand. Sarah hörte im Traum, wie sie ihn ›Alexander‹ nannte. Sie knöpfte ihm die Jacke zu und lief mit ihm in die Richtung, in die auch die anderen Menschen gingen. Das Gesicht des Jungen war grau und er presste seinen Lippen fest aufeinander, um nicht zu weinen. Sarah spürte ein tiefes Mitgefühl, dann wurde sie jäh aus ihrer Trance gerissen, weil das Boot im Hafen angekommen war.

Sie öffnete die Augen und sah, dass der Kapitän und seine Leute bereits damit beschäftigt waren, das Boot an Land zu ziehen. Gleichzeitig hörte sie das knirschende Geräusch von Sand und die Stimmen von Männern. Benommen stand sie von ihrem Sitz auf, nahm ihren Rucksack und ließ sich aus dem Boot helfen. Als sie wieder festen Boden unter den Füßen hatte, schulterte sie ihren Rucksack. Nachdem sie den vereinbarten Preis für die Fahrt bezahlt hatte, bedankte und verabschiedete sie sich von dem Kapitän und seiner Familie. Dann machte sie sich langsam auf den Weg zu ihrem Auto.

Als sie dort angekommen war, setzte sie sich hinters Steuer und fuhr durch die Nacht zu ihrem Hotel. Sie musste langsam fahren, denn ein Teil von ihr war noch in der Lavaröhre und ein anderer in der Bombennacht. Gott sei Dank war kaum Verkehr. Sarah konzentrierte sich und nach zwanzig Minuten passierte sie die Einfahrt ihres Hotels. In ihrem Zimmer ließ sie sich erst einmal aufs Bett fallen. Ihr Kopf war voller Bilder und zu jedem Bild tauchten Fragen auf. Wer waren die Menschen, die sie in ihrer Trance gesehen hatte? Was hatten sie mit ihr zu tun?

Und wer war der kleine Junge? Der Name ›Alexander‹ hallte in ihrem Kopf nach. Sie sah seine großen, schreckgeweiteten Augen und sein kleines graues Gesichtchen immer noch vor sich, und immer noch fühlte sie das Mitgefühl für ihn in ihrem Herzen. Nach einer Weile stand sie auf und schwamm ein paar Runden im Swimmingpool des Hotels. Als sie sich abgetrocknet hatte und in ihr großes, flauschiges Handtuch einhüllte, fühlte sie sich langsam wieder so, als wäre sie in ihrem Körper. Sie machte sich einen Tee und setzte sich an ihren Laptop, googelte nach dem Begriff ›Nürnberger Bombennacht‹ und wurde fündig.

Zwischen 1940 und 1945 wurden der Stadt Nürnberg durch die Luftangriffe der United States Army Air Forces (USAAF) und der britischen Royal Air Force (RAF) schwerste Schäden zugefügt. Beim Großangriff vom 2. Januar 1945, bei dem 521 Bomber der RAF innerhalb einer halben Stunde 6.000 Sprengbomben und eine Million Brandbomben abwarfen, wurde die Nürnberger Altstadt vollständig zerstört und die Bevölkerung hatte bei diesem Angriff mehr als 2.000 Tote und 100.000 Obdachlose zu beklagen.

Sie ließ den Text auf sich wirken und immer wieder tauchte das Gesicht des kleinen Jungen auf. In Gedanken sagte sie zu ihm: »Ich weiß, dass du etwas mit mir zu tun hast. Was es auch sein mag, ich werde es herausfinden.« Dann legte sie sich in ihr ›Queensize-Bett‹ und fiel nach fünf Minuten in einen tiefen, traumlosen Schlaf.

Loredana März 1992

Als endlich der Frühling in Barcelona Einzug hielt, kam Flavio eines Abends mit einer Flasche Champagner nach Hause. Er war bester Stimmung – so wie sie ihn schon lange nicht mehr erlebt hatte.

»Gibt es etwas zu feiern?«

Er bejahte. »Ich kaufe jetzt noch etwas zum Essen ein, dann koche ich und dann reden wir, okay?«

Loredana nickte und dachte, dass es wohl einen besonderen Anlass zum Feiern geben müsse. Seine anfängliche Begeisterung für das Kochen war immer mehr geschrumpft. Meist aßen sie – wenn sie überhaupt abends zusammen waren – *Pan con tomate* und tranken ein Bier dazu. Manchmal nahm Loredana auch nur Obst zu sich, vor allem an den Tagen, an denen sie unter Übelkeit und Bauchkrämpfen litt, und dies war leider recht häufig der Fall.

Sie las weiter in ihrem Buch und dachte: »Gut, lasse ich mich heute also mal bekochen und warte gespannt auf die Neuigkeiten, die er mir mitzuteilen hat.«

Als sie die Nudeln auf katalanische Art mit Meeresfrüchten – *Fideos a la Catalana con Marisco* – verspeisten, fing Flavio an zu sprechen. »Meine Liebe, du weißt ja, dass ich seit Jahren davon träume, ins Ausland zu gehen …«, er hielt kurz inne, um die Wirkung seiner einleitenden Worte auf Loredana zu beobachten, »… und jetzt bietet sich diese Gelegenheit. Ich hatte heute ein Gespräch mit meinem Chef und dieser hat mir eine Stelle in Regensburg angeboten. Das ist eine substanzielle Verbesserung für mich, ein Schritt auf der Karriereleiter nach oben, wie ich ihn hier niemals machen könnte.«

Er sah sie erwartungsvoll an. Sie atmete schwer – seine Worte hallten in ihrem Kopf nach und brachten Hunderte von Gedanken gleichzeitig in ihr hervor. Bevor sie überhaupt die Gelegenheit hatte, diese zu ordnen, hörte sie wie aus weiter Ferne seine Stimme: »Loredana, ich möchte, dass du mit mir nach Deutschland gehst.«

Es dauerte einen Moment, bis seine Sätze und ihr Inhalt sie erreichten. Angestrengt versuchte sie, die Bedeutung seiner Worte zu erfassen. Dann erfolgte in ihrem Inneren eine Reaktion: »Ja, ich gehe mit.« Sie beobachtete sich von außen und dachte: »Bin ich diejenige, die diesen Gedanken hat? Kann das wirklich sein?« Fast gleichzeitig tauchte der Gedanke auf: »Aber was bedeutet das dann für Alejandro? Kann ich ihn mitnehmen?«

Sie sah zu Flavio, der auf ihre Antwort wartete. Aufmerksam hatte er jede Regung in ihrem Gesicht verfolgt und als könne er ihre Gedanken lesen, sagte er: »Natürlich kannst du Alejandro mitnehmen.« Loredana brauchte nun keine weitere Sekunde Bedenkzeit.

»Dann komme ich mit.«

Sie umarmten sich und prosteten einander zu. Flavio erzählte ihr die Details seiner neuen Stelle. Er war Feuer und Flamme.

Kurz ging ihr durch den Kopf, was diese Veränderung für seine Beziehung zu seiner Tochter bedeuten würde. Sie wagte kaum, ihn danach zu fragen, denn sie wollte ihn nicht wieder aus seiner guten Stimmung herausreißen. Aber sie wollte es auch nicht totschweigen. Also fragte sie endlich leise: »Und Mónica?« Flavio seufzte. Seine Miene verfinsterte sich sofort. »Ich wünschte, du hättest mich in diesem Moment nicht danach gefragt.«

Loredana fühlte sich sofort wieder schuldig, weil sie etwas gefragt hatte, das ihm unangenehm war, gleichzeitig ärgerte sie sich darüber.

Nach längerem Zögern sagte er schließlich: »Sie wird bei Emilia bleiben und ich werde sie so oft wie möglich besuchen und auch dafür sorgen, dass sie mich oft besuchen kommt – wenn notwendig, dann in Begleitung ihrer Mutter.« Bei den letzten Worten blickte er in eine andere Richtung.

Sie ließ seine Worte einen Moment lang wirken. »Und wie stellst du dir das vor? Wenn wir in einer gemeinsamen Wohnung leben, dann wird es doch eine komische Situation sein, wenn Emilia dort mit Mónica auftaucht. Und du willst sicher nicht, dass deine Tochter im Hotel übernachtet, oder?«

»Oder erwartest du, dass ich im Hotel übernachte, wenn deine Exfrau und deine Tochter dich besuchen?«, lag ihr noch auf der Zunge, aber sie schluckte diese Frage herunter.

Seine Miene verfinsterte sich noch mehr. »Warum musst du die Dinge immer so verkomplizieren, Loredana? Freu dich doch einfach, dass ein neuer Lebensabschnitt anfängt, ohne schon wieder alle möglichen Situationen vorwegzunehmen.«

Sie fühlte sich zurechtgewiesen und überlegte, ob Flavio recht hatte. Verkomplizierte sie die Dinge? Nahm sie Situationen vorweg, von denen sie nicht wusste, ob diese so eintreffen würden? Aber es war doch wichtig, über die Dinge zu reden. Sie hatte gelernt, dass, je gründlicher man eine Situation besprach, umso geringer die Gefahr war, dass diese zu einem späteren Zeitpunkt entgleiste. Aber ihr Bemühen kollidierte anscheinend mit Flavios Verdrängungsmechanismen. Er war jetzt ganz von der Freude über seine Beförderung erfüllt und er wollte sich dieses Gefühl von nichts und niemandem nehmen lassen. Alles Unangenehme blendete er aus.

Er konnte ihrem Bedürfnis nach Klarheit und Sicherheit einfach nicht nachkommen. Dass er darüber hinaus den Spieß einfach umdrehte und es so hinstellte, als hätte *sie* ein Problem, verletzte sie. Die schöne Stimmung war von einem Moment auf den anderen wie weggeblasen. Sie saßen sich schweigend gegenüber und langsam breitete sich eine unangenehme Spannung zwischen ihnen aus.

Jahre später, als ihre Freundschaft längst beendet war, sollte sich Loredana oft an diesen Abend erinnern. Es war so, als ob sie in dem Moment schon den weiteren Verlauf ihrer Verbindung hätte erahnen können, auch wenn ein Teil in ihr es nicht wollte.

Die nächsten Tage vergingen wie im Traum. Viele Fragen tauchten in ihr auf. Hatte sie das Recht, ihren Sohn aus seinem Umfeld herauszureißen, um ihn in eine fremde Umgebung und in ein fremdes Land zu bringen? Sie beschloss, Magri anzurufen und sie um ein Gespräch zu bitten.

Als sie der Freundin in einer kleinen Tapas-Bar in Barcelona gegenübersaß und ihr die Neuigkeiten erzählte, war ihr leicht schwindelig. Würde die Freundin ihre Pläne missbilligen oder gar verurteilen?

Magri hörte ihr aufmerksam zu. Dann sagte sie: »Meine Liebe, ich glaube, dass es für dich der richtige Weg ist, nach Deutschland zu gehen. Du musst weg von Sergio und seiner Familie und deinen eigenen Weg finden.« Sie hielt einen Moment lang inne und fuhr dann fort: »Allerdings weiß ich nicht, ob es auch der beste Weg für Alejandro ist.«

Sie unterbrach einen Moment, als sie sah, dass Loredana blass wurde.

„Ich weiß, dass das jetzt ganz schwer für dich ist. Aber wirklich gute Freunde haben die Aufgabe, die Wahrheit auszusprechen, auch wenn sie manchmal schmerzlich ist.«

Loredana nickte, dann hörte sie weiter zu.

»Du weißt noch nicht genau, welche Situation du in Deutschland antreffen wirst. Es ist ein fremdes Land für dich und du weißt auch noch nicht, wie sich deine Beziehung mit Flavio weiterentwickeln wird.« Sie nahm einen Schluck Wein und schwieg dann.

»Hast du schon mit María gesprochen?«

Nachdenklich schüttelte Loredana den Kopf.

»Vielleicht solltest du mit ihr reden und übereinkommen, Alejandro noch ein paar Monate bei ihr zu lassen, bis du dich in Deutschland wirklich etabliert hast.« Loredanas Herz zog sich bei Magris letzten Worten zusammen. Sie war nicht wirklich bereit, ihre Worte in sich hineinzulassen.

»Weißt du, Magri, ich glaube, du hast die Situation sehr gut erkannt. Letztendlich ist die Entscheidung, ob ich Alejandro mitnehme, eine Frage der Verantwortung und wie ich diese definiere. Ist es richtig, mein Kind überallhin mitzunehmen, wo ich hingehe, auch wenn ich nicht genau weiß, welche Umstände ich dort antreffe, oder gebietet es die mütterliche Verantwortung, ihn momentan in der Obhut von María zu lassen, die eine vertraute Bezugsperson in einem vertrauten Umfeld für ihn ist?«

Sie atmete tief durch. »Und hat er nicht schon genug damit zu tun, die Trennung seiner Eltern zu verkraften, um ihm nun auch noch zuzumuten, einen Umzug in ein fremdes Land zu bewerkstelligen, dazu noch mit einem neuen Mann, der vielleicht nicht so verlässlich ist, wie ich es gerne hätte?«

Sie fuhr fort: »Es ist so schwer, Magri. Als Mutter kannst du es in dieser Gesellschaft eigentlich immer nur falsch machen. Wenn du zu Hause bei deinem Kind bleibst, heißt es, du wärst arbeitsscheu und würdest dir auf Kosten deines Mannes ein schönes Leben machen. Wenn du arbeitest, sagen sie, dass du karrieresüchtig bist und das Wohl deines Kindes den eigenen ehrgeizigen Plänen opferst. Faul oder Rabenmutter – es ist nie richtig.«

Magri lächelte. »Ja, vielleicht ist es so. Aber wenn du das Ganze herumdrehst, dann heißt das auch, dass du Narrenfreiheit hast. Du kannst machen, was du willst. Wenn die Gesellschaft dich sowieso abstempelt, dann kannst du deinen eigenen Weg gehen und deine Rolle als Mutter völlig neu für dich definieren.«

»Ja, das kann ich. Aber das fällt mir auch unendlich schwer. Letztendlich weiß ich selbst nicht, was eine gute Mutter ausmacht. Ich möchte diese gute Mutter so gerne für Alejandro sein, aber es wird mich noch einiges an Anstrengung kosten herauszufinden, wie ich dieses am besten tun kann und will.«

Sie überlegte kurz. »Weißt du, es ist natürlich auch eine Frage der Bedürfnisse. Welche Bedürfnisse sind wichtiger? Die meinen oder die meines Kindes? Muss eine *gute Mutter* ihre eigenen Bedürfnisse immer zurückstellen oder gar opfern? Aber was bedeutet das dann für die Beziehung zu ihrem Kind? Wird sie dem Kind nicht immer unbewusst vorwerfen, dass sie seinetwegen ihre beruflichen Pläne geopfert hat? Und muss sich das nicht negativ auf die Mutter-Kind-Beziehung und auch auf den Weg des Kindes auswirken? Fühlt sich ein solches Kind nicht immer in der Schuld seiner Mutter? Wird es frei sein, seinen eigenen Weg zu gehen?«

Magri lächelte erneut. »Es ist gut, dass du dich mit diesen Fragen in der Tiefe auseinandersetzt. Gut für dich und gut für Alejandro.« Loredana nickte.

Kurze Zeit später rief Sergio an. »Ich würde gerne etwas mit dir besprechen, das Alejandro betrifft«, sagte er kurz und knapp am Telefon. Zu mehr Informationen war er nicht bereit. Als Treffpunkt schlug er das Haus seiner Mutter vor. »Wie symbolisch«, dachte Loredana.

Er war ausnahmsweise pünktlich. Nach ein paar einleitenden Floskeln kam er – für seine Verhältnisse ungewöhnlich schnell – zur Sache. »Loredana«, begann er, »unsere Scheidung steht kurz bevor und ich möchte vorher mit dir eine Vereinbarung in Bezug auf das Sorgerecht für Alejandro treffen. Es steht für mich außer Frage, dass er bei mir bleibt, und ich möchte, dass du dieses Formular hier unterschreibst.«

Schon während sie ihm zuhörte, musste sie sehr um ihre Fassung ringen. Sie nahm das Schriftstück, das er ihr hinhielt, und begann zu lesen. Es war eine notarielle Vereinbarung, in der sie erstens auf das Sorgerecht für ihren Sohn verzichten und sich zweitens zu Unterhaltszahlungen an Sergio verpflichten sollte.

Als sie fertig war, schaute sie ihn an und sagte: »Wie kommst du nur dazu, über meinen Kopf hinweg so etwas aufsetzen zu lassen und dann auch noch zu glauben, dass ich es unterschreiben würde?«

Dann fuhr sie mit fester Stimme fort: »Niemals, hörst du, niemals, werde ich auf das Sorgerecht für meinen Sohn verzichten. Außerdem ist noch nicht besprochen, bei wem er in Zukunft leben wird. Momentan ist er bei deiner Mutter und eines kann ich dir hier und jetzt schon sagen: Bei dir werde ich ihn unter keinen Umständen lassen, denn dann hätte ich keine ruhige Minute mehr. Du hast mir in den letzten Jahren leider immer wieder gezeigt, dass du kein zuverlässiger Partner und auch kein zuverlässiger Vater bist. Ich glaube, dass du dein Kind liebst, aber Liebe allein ist nicht genug. Wenn du ein guter Vater sein willst, gehört wesentlich mehr dazu.« Sie hielt kurz inne und dachte an all die Abende, an denen sie auf ihn gewartet hatte, zuerst mit Geduld, dann mit Sorge, dann mit Wut und schließlich mit Verzweiflung.

»Verlässlichkeit ist eine Grundbedingung. Leider erfüllst du sie nicht.«

Sie versuchte, ihren wild galoppierenden Herzschlag zu beruhigen, bevor sie weitersprach: »Dein Verhalten ist an Arroganz und Ignoranz kaum zu überbieten.«

Dann nahm sie das Schriftstück und zerriss es vor seinen Augen in kleine Schnipsel, die munter in Marías Küche umherflatterten, bevor sie auf dem Boden landeten.

»Und zum Schluss, mein Lieber, merke dir eines: Wage es nie mehr, mir mit solchen ›Abmachungen‹ zu kommen.« Mit diesen Worten machte sie auf dem Absatz kehrt und verließ Marías Haus.

Sie war froh, dass Alejandro in der Schule war, denn sie war außer sich. Was bildete Sergio sich nur ein? Dass sie ihr Kind aufgeben würde? Dass er mit ihr verfahren könne, wie es ihm beliebte?

Während sie in Richtung Strand ging und sich langsam wieder beruhigte, stiegen Szenen aus den Anfängen ihrer Ehe vor ihrem inneren Auge auf. Sie erinnerte sich noch gut an die Zeit, als Alejandro ein Baby war. Sergio war ein fürsorglicher Vater und ein liebevoller Ehemann gewesen. Sie fragte sich, wo dieser Mann geblieben war. Er war verschwunden. Derjenige der ihr jetzt gegenüberstand, war ein Fremder für sie.

Wehmut erfasste sie. Sie fragte sich, wann sich die Metamorphose vom liebevollen Ehemann hin zu dem kühlen, fremden Mann, als den sie ihn jetzt empfand, vollzogen hatte. Hatte sie es nicht bemerkt? Oder nicht bemerken wollen? Hatte sie es erst gesehen, als es schon zu spät war? Und er? Warum hatte er sich nicht um sie und Alejandro gekümmert, statt dauernd mit seinen Freunden auszugehen und sie alleinzulassen? Warum hatte er nicht versucht, an ihrer Ehe zu arbeiten, statt sich in Alkohol und Vergessen zu flüchten?

Es war ein warmer Tag, obwohl es erst Februar war. Sie betrachtete den Strand, an dem ein einsamer Jogger seine Runden drehte. Sie suchte sich einen sonnigen Platz auf der sonst leeren Terrasse des *Solimar*, einem der wenigen Strandcafés, die zu dieser Jahreszeit schon geöffnet hatten.

Das Meer rauschte in ihren Ohren. Sie lehnte sich zurück und entspannte sich. »Was auch immer passiert, es wird einen guten Weg nehmen. Wenn ich voll und ganz zu mir stehe, dann kann es nur gut werden«, dachte sie.

Der Umzug nach Deutschland stand kurz bevor und sie beschloss, bald mit María zu reden. Dann schloss sie die

Augen und überließ sich den wärmenden und tröstenden Sonnenstrahlen.

Ihre Gedanken waren bei Alejandro, während sie in einen angenehmen Dämmerzustand versank. Das Rauschen des Meeres zusammen mit dem salzigen Duft und dem entfernten Gemurmel von Stimmen trugen sie weit fort, an einen anderen Ort und in eine andere Zeit.

Loredana sah eine junge Frau, die ein knappes Oberteil und eine Art Haremshose trug, und einen jungen Mann mit Pluderhosen, einem weiten Hemd und einem Turban. Es war heiß und es roch nach orientalischen Gewürzen.

Der junge Mann sagte zu der Frau: »Ich weiß, dass du ein Verhältnis mit dem Kaufmann hast. Alle Welt sagt es. Ich stehe vor der ganzen Stadt als Gehörnter da.« Die Frau beteuerte immer wieder ihre Unschuld. »Warum glaubst du den anderen mehr als mir? Warum vertraust du mir nicht? Ich habe kein Verhältnis mit Karim Khan. Ich arbeite für ihn, mehr nicht. Er ist wie ein Vater für mich.«

Aber ihr Gegenüber war so zornig, dass ihn ihre Worte gar nicht erreichten. Er hatte sich bereits in eine solche Rage hineingesteigert, dass er nicht mehr herauskam. »Du lügst! Du setzt mir Hörner auf. Du entehrst mich vor der ganzen Stadt«, schrie er.

Sie war völlig verzweifelt und begann zu weinen. Der junge Mann, Omar, war ihr Verlobter. In einem Monat sollte die Hochzeit stattfinden. Sie liebte ihn von ganzem Herzen, aber sie wusste nicht, was sie noch sagen sollte. Ihre Worte erreichten ihn nicht mehr und ihr Schluchzen machte ihn nur noch wütender. Er packte sie an den Schultern. Sie sah sein vor Zorn gerötetes Gesicht, die Wut in seinen Augen und hörte ihn sagen: »Wenn du nicht meine Verlobte wärst, dann würde ich dich umbringen.«

In diesem Moment geschah etwas mit ihr. Es war, als reiße Omar mit seinen Worten ihr Herz in Stücke. Sie riss sich los, lief zur Türe hinaus und immer weiter bis an den Strand. Um diese Tageszeit war niemand dort. Sie fühlte nur noch ihre Verzweiflung über den schrecklichen Streit und dachte: »Ich will sterben.«

Dann stürzte sie sich in die Fluten. Da sie nicht schwimmen konnte, dauerte es nur ein paar Minuten, bis die starke Strömung sie ins offene Meer hinaustrug. Das Letzte was sie sah, war Omar, der am Strand stand und nach ihr rief. Er lief ins Wasser, während eine große Welle sie fortspülte. Noch ein paarmal atmete sie, dann füllten sich ihre Lungen mit Wasser. Der Tod war gnädig. Sie fühlte ein Rauschen im Kopf und ihr letzter Gedanke war: »Ich liebe dich, Omar.« Dann war es vorbei.

Das Klappern von Geschirr riss Loredana brüsk aus ihrem Dämmerzustand. Sie spürte noch das Rauschen im Kopf und die Liebe für Omar. Ein paar Minuten lang war sie damit beschäftigt, sich zu orientieren, und sie wusste nicht genau, ob sie die Frau in den Haremshosen war oder die Frau, die in Jeans und T-Shirt am Strand von Pals saß und Kamillentee trank. Oder war sie etwa beide Personen?

Wie konnte es sein, dass es auf einer bestimmten Ebene keine Zeit und keinen Raum gab? Und wer war Omar? Kannte sie ihn? War er eine der Personen, die ihr auch in ihrem jetzigen Leben nahestanden?

Sie konnte die Fragen nicht beantworten, aber sie spürte ganz genau das tiefe, süße und sehnsuchtsvolle Gefühl für ihn. Gehörte es in den Körper der Frau mit den Haremshosen oder in ihren jetzigen Körper? Es war so präsent und so real. Fast meinte sie, er müsse in ein paar Minuten neben ihr auftauchen, mit seinen weiten Hosen, seinem Hemd und seinem Turban. Sie schaute sich um, aber außer dem schwarzweiß gekleideten, etwas gelangweilt wirkenden Kellner und dem hinter der Theke arbeitenden Besitzer der Bar war niemand dort.

Dann überließ sie sich wieder ihren Gedanken und Träumereien. Wie würde das Leben in Deutschland wohl werden? Wie würde sich ihre Beziehung entwickeln? Wie würde ihr beruflicher Weg weitergehen? Flavio hatte ihr enorme berufliche Weiterbildungsmöglichkeiten in Aussicht gestellt. Aber hatte das alles wirklich Hand und Fuß? Oder waren es nur leere Versprechungen, die sie dazu veranlassen sollten, mit ihm zu gehen? Oder hatte er sie vielleicht nur deshalb gebeten, mit ihm nach Deutschland zu gehen, weil es ihm alleine zu viel Angst machte?

Die schwerste Frage tauchte zuletzt auf, so als wolle sie diese immer wieder wegdrängen: Was sollte sie in Bezug auf Alejandro entscheiden? Wäre es verantwortungsvoller, ihn erst einmal bei María zu lassen? Aber wenn sie nur daran dachte, ihren Sohn nicht mehr jeden Tag sehen und in den Arm nehmen zu können, wurde ihr schwindelig vor Schmerz und Trauer. »María«, dachte sie, »ich muss mit ihr reden, und zwar jetzt.«

Sarah — September 2010

Nach einer relativ unruhigen Nacht beschloss sie am nächsten Morgen, sich ein ausgiebiges Frühstück im Restaurant des Hotels zu genehmigen. Als sie in einem leichten, hellgelben Sommerkleid den Frühstücksraum betrat, fühlte sie sich gut und voller Tatendrang. Einige der Tische waren besetzt, die meisten von Paaren. Und wie immer, wenn Sarah alleine ein Restaurant oder einen Speisesaal betrat, bekam sie viel Aufmerksamkeit.

Der Ober begleitete sie zu ihrem Tisch und reichte ihr die Speisekarte. Sie wählte das *Traditional Oatmeal*, eine Art Haferflockenbrei, und frisches Obst dazu. Nach zwei Minuten hatte sie ein Glas Orangensaft und einen Kaffee vor sich stehen. Ihr gefiel es, dass es in den meisten Restaurants in den Staaten *Coffee refill* gab, also so viel Kaffee, wie man wollte.

Als sie die ersten Schlucke genüsslich getrunken hatte, dachte sie an den spektakulären gestrigen Abend bei der Lavaröhre und an ihre Vision von der Nürnberger Bombennacht. Welchen Zusammenhang gab es zwischen der Lavaröhre und dem Bombenangriff?

Das Frühstück schmeckte hervorragend. Sarah blickte auf und in diesem Moment traf sich ihr Blick mit dem eines Mannes, der etwa drei Tische von ihr entfernt saß. Er war ebenfalls alleine, hielt in der einen Hand eine Zeitung und in der anderen seine Kaffeetasse. Er betrachtete sie aus dunklen, interessierten Augen. Sie wandte den Blick ab und widmete sich wieder dem köstlichen Haferbrei.

Sie würde an diesem Tag einen Ausflug zum *Green Lake* machen, entschied sie. Ihr war bewusst, dass sich der See in Privatbesitz befand und es deshalb für Touristen sehr schwierig war, Zugang zu bekommen. Aber sie beschloss, mit den Besitzern zu reden und ihnen ein angemessenes Entgelt für den Besuch anzubieten, und ihr Mut wurde belohnt. Die Besitzer waren sehr freundlich und gestatteten Sarah, im See zu baden. So verbrachte sie einen wunderschönen Nachmittag am Ufer dieses magischen, in allen Grün- und Türkistönen schillernden Gewässers.

Am Abend fand in ihrem Hotel eine Hula-Tanzveranstaltung statt. Sarah liebte den Hula sehr, erzählte er doch Geschichten durch Bewegungen. Die Tänzerin, eine dunkelhaarige Hawaiianerin, bewegte sich voller Anmut und Ausdruckskraft. Sie tanzte die Geschichte der Schneegöttin

Poli'ahu, die von ihrem Liebhaber verlassen worden war. Der Mann war auf eine Reise gegangen und hatte versprochen zurückzukommen, dann aber hatte er sich in eine andere Frau verliebt und war bei ihr geblieben. Sarah konnte Poli'ahus Trauer, Schmerz und Wut spüren, ihre Sehnsucht nach dem Liebhaber, ihre Gefühle von Verlassensein und Einsamkeit. Nach einer langen Trauerzeit, die im Tanz gezeigt wurde, veränderte sich plötzlich etwas. Es war, als ob Poli'ahu langsam begriff, dass die schönen Erinnerungen, die sie an ihren Liebhaber und die Zeit mit ihm hatte, nicht verloren waren. Auch wenn er sein Versprechen nicht gehalten hatte und nicht zurückgekehrt war, so waren die schönen Erinnerungen und Gefühle doch immer noch da. Unter all der Trauer, der Wut und dem Schmerz wurden sie jetzt wieder sichtbar – und Poli'ahu fühlte, dass sie *ihr* gehörten, dass sie sie behalten und sich immer wieder an ihnen freuen konnte.

Sarah beobachtete die Transformation der Göttin, die von der Tänzerin anmutig ausgedrückt wurde und fühlte sich berührt, beschenkt und bereichert. In der Nacht schlief sie wie auf Wolken.

Loredana März 1992

Mit neuer Entschlossenheit stand sie auf, bezahlte und ging dann energischen Schrittes den Weg vom Strand zurück. Sie wusste, dass Sergio bereits weg war, denn er musste arbeiten. So konnte sie relativ sicher sein, ihre Schwiegermutter alleine zu Hause anzutreffen, und das wollte sie auch.

Sie fand sie im Garten, wo sie die ersten Arbeiten dieses Frühlings verrichtete. Da sie ein gutes Händchen für Pflanzen und Blumen hatte, gedieh alles prächtig. Schon jetzt konnte man sehen, dass der Ort in spätestens einem Monat in voller Farben- und Blütenpracht erstrahlen würde.

Als sie das Quietschen des Gartentores hörte, blickte sie auf und lächelte ihre Schwiegertochter an. Die beiden Frauen begrüßten sich mit Wangenkuss. »Hallo, meine Liebe, wie geht es dir?«

Loredana seufzte. »María, ich mache mir viele Gedanken über meine Zukunft.« Ihre Schwiegermutter nickte.

»Komm, setz dich zu mir, damit wir in Ruhe reden können.« Sie legte die Gartenschere aus der Hand, wischte sich die Hände an ihrer Schürze ab und schaute ihre Schwiegertochter erwartungsvoll an. »Was hast du auf dem Herzen?«

»Flavio hat mich gefragt, ob ich mit ihm nach Deutschland komme. Er hat dort eine fantastische berufliche Möglichkeit angeboten bekommen.« Sie hielt kurz inne. »Ich habe das Gefühl, dass es dort Möglichkeiten für meine persönliche und berufliche Entwicklung gibt, die ich hier nicht habe.«

María schien nicht überrascht zu sein. Ihr Blick forderte Loredana auf, weiterzusprechen.

»Aber ich weiß nicht, was das Richtige für Alejandro ist. Er lebt jetzt schon seit ein paar Monaten fast ganz in deinem Haus. Er fühlt sich wohl hier und ich denke, dass die Stabilität, die er bei dir hat, ihm ganz entscheidend über die schwere Trennung von Sergio und mir hinweghilft.«

Sie hielt inne.

»Jetzt muss ich entscheiden, ob ich ihn mitnehme in ein Land, das ich nicht kenne und von dem ich nicht genau weiß, welche Verhältnisse ich dort antreffen werde, oder ob ich ihn bei dir lasse. Beide Möglichkeiten sind für mich mit schweren Ängsten behaftet. Wenn ich ihn mitnehme, weiß ich nicht, ob ich ihm die Stabilität und Sicherheit bieten kann, die er braucht. Wenn ich ihn bei dir lasse«, und bei diesen Worten stiegen ihr sofort die Tränen in die Augen, »kann ich ihn nicht mehr jeden Tag sehen und in den Arm nehmen und für ihn da ein, so wie ich es als Mutter sein will.«

María nahm ihre Hand. »Loredana, du stehst vor der schwersten Entscheidung, vor der man als Mutter überhaupt stehen kann. Ich fühle mit dir und ich weiß genau, wie dir zumute ist.«

Nach einer kurzen Pause sagte sie mit fester Stimme: »Ich mache dir ein Angebot: Du gehst mit Flavio nach Deutschland. Du suchst dir eine Arbeit und nimmst dir Zeit, um dich in deinem neuen Leben zurechtzufinden. Alejandro bleibt solange bei mir und du besuchst ihn alle drei bis vier Wochen. In ein paar Monaten, wenn du das Gefühl hast, dass du gut etabliert bist, holst du ihn zu dir.«

Ohne Loredanas Reaktion abzuwarten, fuhr sie fort: »Du weißt, dass ich dich liebe, und du weißt, dass du jederzeit hierher kommen kannst. Meine Tür wird dir immer offen stehen. Was auch immer mit Sergio passiert und welchen Weg er geht, steht auf einem anderen Blatt. Und ob es ihm passt oder nicht, ist mir egal. Alejandros Wohl steht im Mittelpunkt. Du bist seine Mutter und du wirst es immer bleiben.«

Loredana hatte ihrer Schwiegermutter aufmerksam zugehört. Während sie ihre Worte noch in ihrem Kopf und in ihrem Herzen nachhallen ließ, merkte sie, wie die Schwere, die sie seit Tagen auf ihrer Brust fühlte, etwas erträglicher wurde.

Was María ihr da anbot, hörte sich gut an. Wenn sie Alejandro bei ihr lassen könnte, bis sie in Deutschland wirklich Fuß gefasst hatte, und ihren Sohn dann zu sich holen würde, so wäre das wesentlich besser für ihn, als ihn jetzt in eine ungewisse Situation mitzunehmen, in der sie sich erst einmal selbst zurechtfinden musste. Sie schaute María mit festem Blick an und sagte: »Ich überlege es mir und gebe dir in ein paar Tagen Bescheid.«

Dann stand sie auf und umarmte ihre Schwiegermutter. »Und weißt du, was wir zwei jetzt machen? Heute ist mein freier Tag und ich lade dich zum Mittagessen nach Sitges ein.«

María strahlte. »Ja, das machen wir.«

Sie zog sich um und dann starteten die beiden ihre Fahrt Richtung Sitges. Alejandro würde heute in der Schule zu Mittag essen, sodass sie sich Zeit lassen konnten.

Als sie Arm in Arm durch die engen Gassen schlenderten, dachte Loredana: »Trotz und mit allem, was uns unterscheidet, bin ich froh, diese Frau als Schwiegermutter zu haben, denn in Bezug auf Alejandro ziehen wir beide an einem Strang.« Dann lächelte sie sie von der Seite an und sagte: »Weißt du, dass du eine wunderbare Frau bist und dass ich froh bin, dich zu haben?« María lächelte zurück. »Das gleiche Kompliment geht an dich.«

Sarah — September 2010

Am nächsten Tag ging ihr Flug nach Los Angeles. Dort war sie mit ihrer Freundin Jeanette verabredet. Jeanette war Amerikanerin und lebte in Florida. Ihr Mann, dem eine gut gehende Computerfirma gehört hatte, war bereits mit sechsundfünfzig Jahren gestorben und hatte ihr ein ansehnliches Vermögen hinterlassen, das ihr ein sorgenfreies Leben ermöglichte.

Sarah und Jeanette hatten sich vor mehreren Jahren in Thailand beim Tauchen kennengelernt und waren sich auf Anhieb sympathisch gewesen. Jeanettes Vorfahren kamen aus Deutschland und sie selbst hatte einige Reisen in europäische Länder unternommen. Sie war zehn Jahre älter als Sarah.

Als sie im Flugzeug von Kahului nach Los Angeles saß, freute sie sich sehr auf ihre Freundin. Die beiden hatten beschlossen, den Highway No. 1 von Los Angeles bis San Francisco hinaufzufahren, um die spektakuläre kalifornische Küste kennenzulernen und zu bewundern.

Sarah hatte einen Fensterplatz und schaute immer wieder hinaus auf den majestätischen Pazifischen Ozean. Mit der Zeit wurde sie müde, und nachdem sie ein eiskaltes, aus halb verwelktem Eisbergsalat, pappigem Brot und nach gar nichts schmeckendem Käse bestehendes Sandwich verzehrt hatte, lehnte sie sich bequem in ihrem Sitz zurück und schloss die Augen. Das Brummen der Flugzeugmotoren trug sie in einen leichten Schlaf.

Im Traum stand sie vor ihrer Ausbildungsgruppe. Komischerweise fand die Ausbildung in einem Schwimmbad statt. Es sah prachtvoll aus, aber sie war irritiert, denn normalerweise fanden ihre Seminare in einem Seminarraum statt. Das Komischste allerdings war weniger das Szenario, sondern dass Sarah völlig unvorbereitet war.

Es war ein schreckliches und fremdes Gefühl, denn sie bereitete sich sonst immer gründlichst auf ihre Seminare vor. Was war passiert? Warum war sie unvorbereitet? Sie konnte es nicht herausfinden. Immer wenn sie kurz davor war, zu dem Grund vorzudringen, breitete sich ein Nebel in ihrem Kopf aus, der jeden weiteren klaren Gedanken so gut wie unmöglich machte.

In ihrer Gruppe ging es drunter und drüber. Einige der Schüler befanden sich im Schwimmbecken, andere saßen am Rand. Niemand achtete wirklich auf Sarah. Sie wollte gerne mit ihrem Unterricht anfangen, wusste aber nicht, wie sie die Aufmerksamkeit der Schüler und Schülerinnen auf sich lenken sollte. Es war wie in einem dieser amerikanischen Filme, in denen die Schüler einfach das machten was sie wollten und der Lehrer irgendwann komplett verzweifelte.

Sie nahm ihre ganze Kraft zusammen und rief: »Ich möchte gerne anfangen. Bitte kommt auf eure Plätze.« Noch während sie sprach, merkte sie, dass ihre Worte irgendwie unpassend für die Szenerie waren, denn es gab keine wirklichen Plätze. Das Zentrum des Geschehens war das Schwimmbecken und in ihm tummelten sich auch die meisten Schüler. Einige folgten ihrer Aufforderung dennoch und kamen aus dem Schwimmbecken heraus. Andere jedoch ignorierten ihre Bitte völlig. So verging die Zeit und sie geriet immer mehr unter Druck.

Plötzlich hielt sie es nicht mehr aus und brüllte aus vollem Leib: »Kommt jetzt alle sofort aus dem Becken raus oder der Unterricht fällt aus. Ich habe keine Lust, mich mit einer Horde wildgewordener Pubertierender abzugeben.«

Als alle Schüler wieder festen Boden unter den Füßen hatten, war das Chaos noch lange nicht vorbei. Eine Schülerin sagte, dass sie jetzt erst mal duschen müsse, eine andere murmelte, sie brauche etwas zu essen, und eine dritte schaltete ihr Handy ein, um irgendjemanden anzurufen. Es war absurd und bedrohlich zugleich. Sarah bekam immer mehr Atemnot und dachte: »Nur jetzt nicht hyperventilieren. Das fehlt mir noch, dass ich hier vor meinen Schülern in Ohnmacht falle.« Sie lenkte ihre ganze Aufmerksamkeit darauf, normal zu atmen, aber es gelang ihr nicht. Ihr Atem wurde immer flacher und dann sah sie Sternchen.

Das Letzte, was sie mitbekam, bevor die Ohnmacht sie mit ihren gnädigen Armen umfing, war die Stimme von Betty, die in ihr Handy flötete: »Ach Schatz, du weißt schon, ich bin hier auf diesem Seminar. Aber hier läuft grad gar nix.«

Ihr Bewusstsein war ausgeschaltet, aber ein Teil von ihr war immer noch da. Es war, also ob sie in ihr Inneres hineinfalle, als ob sie Stufe für Stufe immer weiter eine Treppe hinabstürze, die sie in immer tiefere Schichten ihres Unterbewusstseins führte. Auf einer Stufe wurde sie von einem Bild festgehalten. Sie sah es sich genauer an und je mehr Aufmerksamkeit sie dem Bild gab, desto lebendiger wurde es.

Sie war etwa siebzehn Jahre alt und befand sich mit Liselotte im Keller ihres Hauses, in dem Raum, in dem die Mutter Alkohol und Beruhigungsmittel für eine ganze Kompanie hortete.

Liselotte bügelte. Sarah wollte ausgehen und bat ihre Mutter um ein bisschen Geld. Diese antwortete nicht auf Sarahs Bitte, sondern bewegte das Bügeleisen mechanisch. An ihrem starren Blick erkannte Sarah, dass Vorsicht geboten war. Sie wiederholte ihr Anliegen nochmals mit ganz leiser Stimme.

Als Antwort ließ Liselotte eine Tirade von Ausführungen über ihr unglückliches Leben auf ihre Tochter herabregnen. Sarah war am Anfang geduldig, dann jedoch wurde sie immer ungeduldiger, weil sie nicht zu spät zu ihrem Termin kommen wollte. Sie sagte: »Mutti, ich bin verabredet und brauche das Geld jetzt.«

Liselotte hörte sie nicht. Sie beschwerte sich über Heiner. Sarah hatte die Anschuldigungen schon tausendmal gehört und sie hätte am liebsten gebrüllt, um ihre Mutter aus ihrer bizarren Welt herauszuholen, aber sie traute sich nicht. Zu groß war ihre Angst vor Liselotte und ihren unberechenbaren Reaktionen. Sie bekam Atemnot. Dann plötzlich sah sie die irren Augen ihrer Mutter auf sich gerichtet und hörte sie schreien: »Und du gehst nirgendwohin. Du bleibst hier bei mir.« Ihr Blick war so verrückt, dass Sarah erstarrte.

Sie hatte den Impuls wegzulaufen, aber es war, als würden ihre Beine ihr nicht mehr gehören. Auch mit Anstrengung konnte sie sie nicht bewegen. Es fühlte sich an, als hätte die Stimme ihrer Mutter mehr Macht über ihre Körperfunktionen als ihr eigener Wille. Die Situation in dem halbdunklen Kellerraum mit den exorbitanten Vorräten an Drogen und Alkohol mutete gespenstisch an.

Sarah versuchte noch einmal, Luft zu bekommen, und es gelang ihr tatsächlich, einen tiefen Atemzug zu nehmen, der es ihr erlaubte, wieder Kontrolle über ihre Beine zu erlangen. Sie ging vorsichtig einen Schritt in Richtung Kellertür. Als ihre Mutter das sah, kam sie mit dem heißen Bügeleisen in der Hand auf ihre Tochter zu und sagte bedrohlich: »Noch einen Schritt weiter und ich verbrenne dich.«

Sarah dachte: »Ich muss hier raus, jetzt sofort, sonst werde ich verrückt.«

Sie nahm all ihren Mut zusammen, stieß die Mutter beiseite und rannte aus dem Raum, so schnell sie konnte. Als sie auf der Kellertreppe ankam, war sie völlig außer Atem. Sie begann, nach oben zu rennen, aber dann merkte sie, dass die Treppe nicht nach oben, sondern nach unten führte. »Komisch, wieso ist das so?«, dachte sie, war aber so verbunden mit ihrem Überlebensimpuls, dass sie einfach weiterrannte. Der Satz ›Ich verbrenne dich‹ hallte in ihren Ohren.

Sie hörte die Worte wieder und wieder, wusste aber nicht, woher sie kamen. Dann plötzlich stand ein gewaltig aussehender Mann vor ihr und sagte: »Entweder du schwörst dem Teufel ab oder ich verbrenne dich.«

Sie hatte langes, wallendes blondes Haar, trug ein bodenlanges Gewand und befand sich in einem halbdunklen Raum. Der Mann, der die Worte ausgesprochen hatte, stand ihr gegenüber. Kurz schoss Sarah der Gedanke durch den Kopf: »Der Raum sieht ja genauso aus wie der Keller meiner Mutter, aus dem ich gerade geflüchtet bin.«

Der Mann trug ein Kardinalsgewand und er wirkte sehr machtvoll. Sarah spürte seinen Blick auf sich ruhen und dachte: »Was will er von mir? Worum geht es hier eigentlich?« Sie versuchte zu ergründen, was sie in seinem Blick las. »Warum will er mich dazu bringen, dem ›Teufel‹ abzuschwören? Und wer ist der ›Teufel‹ überhaupt?«, überlegte sie.

Sie hörte sich selbst mit fester Stimme sagen: »Niemals werde ich meine Überzeugungen aufgeben«, woraufhin der Kardinal antwortete: »Dann wirst du sterben.«

Als Nächstes sah Sarah einen brennenden Scheiterhaufen. Und gleichzeitig spürte sie Hitze, nur Hitze. Sie schaute sich das Bild an und es war, als wäre sie gleichzeitig Zuschauerin und die Frau, die auf dem Scheiterhaufen verbrannt wurde. Sie sah eine johlende Menge, die rief: »Verbrennt die Hexe! Nieder mit ihr!«

Sie schaute sich die Gesichter aus der Menge an und erkannte einige, die krank und hilfesuchend zu ihr gekommen waren und denen sie mit Kräutern und Salben geholfen hatte. Sie begriff nicht, weshalb diese Menschen jetzt in der Menge standen und johlten und sich freuten, dass sie umgebracht wurde. Das Letzte, was sie fühlte, war dieses Nicht-Verstehen und eine überwältigende Hitze. Dann gab es nur noch Leere.

Loredana — Oktober 1992

Loredanas erster Arbeitstag in der Rechtsabteilung einer großen Firma in Regensburg verlief gut. Sie hatte sich sehr bemüht, ihre Deutschkenntnisse so zu verbessern, dass sie ihren eigenen hohen Ansprüchen genügten. Ihre neuen Kollegen zeigten sich interessiert und hilfsbereit und die Arbeit und die Umgebung gefielen ihr.

Flavio hatte eine helle Wohnung direkt im Zentrum der Stadt für sie beide gemietet. Von dort aus hatten sie einen wunderschönen Blick auf den Dom und oft, wenn Loredana auf der Dachterrasse saß und den Abend genoss, hatte sie das Gefühl, schon einmal in der Stadt gewesen zu sein. Sie wusste allerdings genau, dass dies nicht der Fall war. Aber es war alles so vertraut für sie – sie fühlte sich angekommen und angenommen. Wenn ihre Kollegen sie fragten, wie sie sich in ihrer neuen Umgebung fühlte, nachdem sie in zwei mediterranen Metropolen – Madrid und Barcelona – gelebt hatte, so antwortete sie jedes Mal, dass sie sich großartig fühlte. Und genauso war es auch.

Es gab nur zwei Umstände, die sie belasteten. Der eine war, dass Alejandro so weit von ihr weg war. Sie dachte jeden Tag an ihn, und verspürte immer einen Stich im Herzen, wenn sie die Entfernung fühlte. Dann tröstete sie sich damit, dass sie ihn ja bald zu sich holen würde. Sie hatte bereits eine Schule kontaktiert, die ihn aufnehmen würde, und sie hatte begonnen, einen Raum in ihrer Wohnung für ihn einzurichten. Sie telefonierte jeden Tag mit ihm und mit María, sodass sie wusste, dass es ihm gut ging.

Der zweite Umstand, der ihr zu schaffen machte, war ihre Beziehung mit Flavio. Sie verschlechterte sich von Tag zu Tag. Er arbeitete viel und wenn er zu Hause war, war er mürrisch, einsilbig und müde. Er gab Loredana das Gefühl, lästig zu sein. Einmal sprach sie ihn darauf an und erhielt die Antwort: »Ja, stimmt, es ist so. Ich weiß, dass es ungerecht ist, aber du bist mir lästig.«

Loredana schluckte. Der Hieb hatte gesessen.

Der Flavio, der ihr in Barcelona den Himmel auf Erden versprochen und ihr immer wieder gesagt hatte, dass sie die Frau seines Lebens sei, war wie durch Zauberhand verschwunden. An seine Stelle war ein in sich gekehrter, zurückgezogener, nur auf seine Arbeit konzentrierter fremder Mann getreten, bei dem Loredana nicht wusste, wie sie in Beziehung mit ihm treten sollte, und der sie jedes Mal, wenn sie es versuchte, auf die eine oder andere Art und Weise zurückwies.

Ihr wurde immer klarer, dass die Beziehung ihrem Ende zustrebte. Da *er* die Wohnung gemietet hatte, würde dies für sie einen erneuten Umzug bedeuten. Ihr wurde unwohl bei dem Gedanken und sie entschied, ihn erst einmal zu verdrängen.

Nach ein paar Monaten war sie am Ende ihrer Bemühungen angelangt. Sie war nicht mehr länger bereit seine Zurückweisungen und Demütigungen zu ertragen.

An einem Abend gab es einen besonders schlimmen Streit. Sie waren zusammen ausgegangen und Flavio hatte viel getrunken. Das Auto hatten sie in einem Parkhaus geparkt und als sie es gegen zwei Uhr früh holen wollten, bemerkten sie, dass das Parkhaus geschlossen war und erst am nächsten Morgen um acht Uhr wieder öffnen würde. Loredana schlug vor, ein Taxi nach Hause zu nehmen, aber Flavio war vehement dagegen. Er führte sich auf wie ein Pubertierender, der gegen seine Mutter rebelliert. Als sie in sanftmütigem Ton zu ihm sagte: »Bitte, Flavio, lass uns ein Taxi nehmen. Wir können doch hier nicht die ganze Nacht herumstehen«, trat er mit dem Fuß gegen einen Laternenpfahl und entgegnete ihr finster: »Ich mache, was ich will. Und ich will jetzt kein Taxi nehmen.« Dann fuhr er fort: »Geh doch. Ich bleibe hier.« Mit diesen Worten wickelte er sich in seinen Mantel ein und legte sich am Eingang des Parkhauses auf den Boden. Es war November und ziemlich kalt. Sie versuchte noch mehrmals, vorsichtig mit ihm zu reden, aber er war nicht mehr ansprechbar. Sie hatte das Gefühl, es mit einem schwer erziehbaren Kind zu tun zu haben und nicht mit einem erwachsenen Mann. Schließlich nahm sie ein Taxi und fuhr nach Hause.

Sie schlief schlecht in jener Nacht. Ihr Bauch fühlte sich an wie ein Steinklumpen. Am nächsten Morgen stand sie um acht Uhr auf und frühstückte. Es war ein Samstag und sie wusste, dass er an diesem Tag geschäftlich nach Mexiko fliegen musste. Um zehn Uhr würde der Fahrer kommen, um ihn abzuholen und zum Flughafen zu bringen. Als es neun Uhr wurde, glaubte sie nicht mehr, dass er nach Hause kommen würde. Sie schwankte zwischen Besorgnis und Wut.

Um zehn nach neun hörte sie den Schlüssel in der Tür. Ihr Atem stockte. Herein kam ein zerzauster Flavio, der noch finsterer dreinblickte als in der Nacht zuvor und der sie keines Blickes würdigte. Er packte wortlos seine Sachen. Die Stimmung war so bedrohlich, dass sie es nicht wagte, das Wort an ihn zu richten. Als er schließlich fertig war und sich anschickte, die Wohnung ohne Abschied zu verlassen, sagte sie: »So fährst du nicht nach Mexiko. Du verabschiedest dich jetzt von mir.« Er trat auf sie zu. Hass funkelte in seinen Augen. Und er zischte: »O ja, Loredana, ich verabschiede mich von dir. Und wenn ich in zwei Wochen zurückkomme, will ich hier nichts mehr von dir sehen – nicht deine Bücher, nicht deine Bilder, nicht deine Kleider, nicht deine Tassen und Teller – und vor allem dich nicht.« Mit diesen Worten drehte er sich um und schlug die Tür hinter sich zu.

Loredana ließ sich wieder auf ihren Stuhl fallen. Sie zitterte am ganzen Körper. In dem Moment konnte sie nur einen klaren Gedanken denken: »Ich muss mir in den nächsten zwei Wochen eine Wohnung suchen.« Sie hatte Angst vor ihm und konnte es nicht mehr länger aushalten, mit ihm unter einem Dach zu leben.

Dann legte sie sich wieder ins Bett, zog die Decke bis hoch zur Nasenspitze und dachte an Alejandro. Es war, als könne sie seinen Duft riechen, seine zarte Haut spüren und hören, wie er zärtlich ›*Mamita*‹ zu ihr sagte. In dem Moment löste sich endlich ihre innere Spannung und die Tränen flossen aus ihr heraus. Sie weinte, bis sie vor Erschöpfung in einen Dämmerzustand fiel. Dann begann sie zu träumen.

Sie sah eine wilde Landschaft und eine Art Burg. Im Inneren der Burg wurde gerade ein Fest gefeiert. Es gab einen Mann dort, der wie ein Herrscher aussah. Es wurde gegessen, getrunken und getanzt. Der Herrscher hielt eine Frau im Arm und küsste sie. Nach ein paar Minuten stieß er sie weg. Eine andere Frau wurde ihm gebracht. Er begutachtete und betätschelte sie. Dann stieß er sie auch weg und sagte zu seinem Diener: »Die gefällt mir auch nicht. An der ist zu wenig dran. Und ich will eine blonde Frau, keine dunkelhaarige.« Der Diener verbeugte sich und entfernte sich.

Der Herrscher trank noch mehr von dem roten Wein, der in Silberbechern gereicht wurde. Kurze Zeit später wurde ihm eine weitere Frau gebracht. Sie war blond, sehr hübsch und von anmutiger, weiblicher Statur. Der Herrscher betrachtete sie wohlgefällig. Er tätschelte ihre Wangen, schaute in ihren Mund, berührte ihre Haare, ihre Brüste und ihren Po. Alles schien ihm zu gefallen. Dann sagte er zu ihr in grobem Ton: »Zieh deinen Rock hoch. Ich will sehen, ob du auch schöne Beine hast.« Die Frau weinte. Sie sagte: »Ich bin verheiratet. Wenn du mich schändest, wird mich mein Mann nicht mehr haben wollen.« Der Herrscher verzog das Gesicht zu einem schiefen Grinsen. Er ging nicht auf die Worte der Frau ein, sondern wiederholte: »Zieh dein Kleid hoch, damit ich deine Beine sehen kann.«

Der Diener war inzwischen an sie herangetreten und versuchte, ihr den Rock gewaltsam hochzuziehen. Die Frau wehrte sich mit Händen und Füßen. Der Herrscher nahm noch einen Schluck Wein. Mit hasserfüllten Augen funkelte er die Frau an. »Du aufsässiges Weib«, donnerte er. »Wie kannst du es wagen, deinem Gebieter zu widersprechen.«

Er gab einem in der Nähe stehenden Soldaten ein Zeichen. Dieser zückte sein Schwert. Mit einem gezielten Hieb schlug er der Frau den Kopf ab. Das Blut spritzte auf die Tafel und die in der Nähe sitzenden Menschen. Eine Frau schrie auf. Die Männer lachten. Der Herrscher trank seinen Becher leer und verließ schwankend den Raum.

Alle Anwesenden wussten, was es bedeutete, wenn er an einem Abend keine Frau bekam. Dann war er den gesamten nächsten Tag schlechter Laune und bedrohte oder beschimpfte seine Untergebenen. Sein Diener lief beflissen neben ihm her. »Mein Herrscher, ich habe da noch ein ganz junges Küken. Sie ist erst fünfzehn Jahre alt, blond und Jungfrau.« Der Herrscher knurrte: »Bring sie mir, aber sofort. Und bring mir mehr Wein.«

In seinen Gemächern standen bereits vier Dienerinnen bereit, um ihn zu entkleiden. Vorsichtig zogen sie ihm seine Gewänder aus und brachten ihn in die Badewanne. Die allabendliche Zeremonie begann. Eine Dienerin reichte ihm Wein, eine andere schrubbte ihm den Rücken und eine dritte massierte ihm die Füße. Er grunzte zufrieden. Dann hörte er Geschrei von der Tür. Sein Diener brachte soeben die blonde Jungfrau. Auch sie wehrte sich mit Händen und Füßen.

Als sie vor der Badewanne stand, schluchzte sie: »Ich flehe um Erbarmen, mein Herrscher. Ich bin noch Jungfrau. Wenn Ihr mich entjungfert, dann wird mich kein Mann mehr haben wollen.« Der Herrscher betrachtete sie voller Wohlgefallen und sagte: »Du bist schön, mein Kind, und ich will dich haben.«

Das Mädchen wollte sich von dem Diener losreißen, der sie festhielt. Der Tyrann gab einem Soldaten einen Wink. Dieser trat mit dem Schwert an das junge Mädchen heran. »Entweder du bist meinem Herrn zu Diensten oder dein Leben ist beendet«, hörte das Mädchen ihn sagen. Sie schluchzte noch immer, hörte aber auf sich zu wehren.

Der Herrscher lächelte sie an. Mit einer Handbewegung schickte er die Dienerin weg, die ihm gerade den Rücken schrubbte, und forderte das Mädchen auf: »Komm her. Schrubb mir den Rücken.« Das Mädchen nahm mit Widerwillen im Gesicht die Bürste in die Hand und fing an, seinen Rücken zu bearbeiten. Er schnaufte wohlig. Dann bedeutete er den Dienern, den Soldaten und den anderen Frauen zu gehen.

Als er mit dem Mädchen alleine war, herrschte er sie an: »Hol ein Handtuch und trockne mich ab, wenn ich aus der

Wanne komme.« Das Mädchen tat wie ihm geheißen. Der Herrscher zog sie grob in das anliegende Schlafgemach. »Entkleide dich«, befahl er. Das Mädchen fing langsam an, sein Mieder aufzuknöpfen. Es dauerte ihm zu lange. Gier war in seinen Augen zu sehen und nach einem weiteren Schluck Wein riss er ihr das Mieder grob vom Leib. Sein Atem ging schneller und dann waren seine großen Hände auf ihrem Körper. Das Mädchen fing wieder an zu weinen. Das schien seine Lust jedoch noch mehr zu entfachen.

Loredana konnte im Traum den nach Wein riechenden Atem und die großen Hände auf der Haut des Mädchens spüren. Sie dachte kurz: »Bin ich einer von ihnen? Bin ich das Mädchen? Oder der Mann?« Sie konnte es nicht genau wahrnehmen, denn die Gefühle vermischten sich. Sie spürte Lust, aber auch Widerwillen. Sie spürte die weiche Haut, aber auch die groben Hände. Sie spürte Angst, aber auch Begierde. Es war, als wäre sie in beiden Körpern gleichzeitig.

Dann träumte sie weiter. Der Mann war sehr erregt. Er griff nach den Brüsten des Mädchens, obwohl sie weinte. Dann drang er in sie ein. Er bewegte sich schnell in ihr. In dem Mädchen keimte die Hoffnung, dass es schnell vorbei sein würde, aber dem war nicht so. Nach ein paar Minuten zog sich der Herrscher aus ihr zurück und sagte: »So, und nun zeig mir, was du von der Liebeskunst verstehst.« Sie schluchzte und wandte sich ab. Er nahm ihren Kopf und legte ihn auf sein hoch aufgerichtetes Geschlechtsteil. »Da«, sagte er, »das ist meine Manneskraft. Bring sie zu voller Blüte.« Das Mädchen weinte immer noch.

Nach ein paar Minuten stieß er sie grob zur Seite. Er nahm einen weiteren Schluck Wein. Dann fiel er wieder über sie her. Als es vorbei war, drehte sich das Mädchen um. Der Herrscher schlief innerhalb von fünf Minuten ein. Sie stand vorsichtig auf und verließ, immer noch weinend, den Raum.

Als er am nächsten Tag zu vorgerückter Stunde sein Frühstück zu sich nahm, kam ein Diener auf ihn zu und teilte ihm mit, dass sich das Mädchen noch in der gleichen Nacht einen Abhang hinabgestürzt habe. Er nahm die Nachricht mit unbewegter Miene zur Kenntnis. Nach kurzem Schweigen befahl er dem Diener, er möge ihm Wein bringen. Der Diener zögerte einen Moment, dann aber tat er wie ihm geheißen. Wenn der Herrscher schon am Morgen anfing zu trinken, verhieß der Tag nichts Gutes. Er würde herumbrüllen und Fehler bei seinen Dienern suchen, um einen Grund zu haben, seine schlechte Laune an ihnen auszulassen.

In dem Moment wachte Loredana auf, gleichzeitig aber fühlte sie sich in ihrem Traum gefangen. Er war so intensiv, dass sie nicht aus ihm herauskonnte. Sie fragte sich immer noch, was sie mit dem Herrscher zu tun hatte und warum er ihr so vertraut vorkam, obwohl sie gleichzeitig Ablehnung in sich verspürte.

Als sie schließlich mühsam aufgestanden war und einen Schluck Wasser getrunken hatte, dämmerte aus den Tiefen ihrer Seele eine Ahnung herauf, dass sie vielleicht mehr mit ihm zu tun haben könnte, als ihr im Moment lieb war. Sie merkte aber auch, dass sie an dem Tag nicht weiter darüber nachdenken wollte.

So nahm sie eine ausgiebige Wechseldusche und fühlte sich allmählich besser. Dann ging sie auf den Markt zum Einkaufen. Der Duft der verschiedenen Stände wirkte anregend auf sie und ihre Stimmung hob sich. Als sie am Nachmittag wieder nach Hause kam, ging es ihr deutlich besser. Sie suchte sich ein paar Telefonnummern von Immobilienmaklern heraus und entschied, diese noch am gleichen Nachmittag zu kontaktieren.

Einer der Makler sagte ihr, dass er ein interessantes Angebot für sie habe. Es handelte sich um eine Einliegerwohnung im Untergeschoss eines Einfamilienhauses. Er gab ihr die Adresse und sagte, sie solle sich die Wohnung anschauen und ihm dann Bescheid geben.

Loredana freute sich. Sie rief die Eigentümerin des Hauses an, mit der sie einen Termin für den nächsten Tag vereinbarte. Als sie vor dem gepflegten Haus stand, hatte sie sofort das Gefühl, dass sie hier ihre neue Heimat gefunden hatte. Die Dame des Hauses begrüßte sie sehr freundlich und zeigte ihr die Wohnung. Sie war sauber, frisch renoviert und für ein Untergeschoss erstaunlich hell. Loredana sagte zu.

An den fragenden Augen ihres Gegenübers merkte sie, dass die Frau gerne noch ein paar Details aus ihrem Leben erfahren hätte. Sie überlegte kurz und sagte dann: »Ich bin dabei, mich von meinem Lebenspartner zu trennen. Deshalb suche ich eine neue Bleibe.« Die Frau nickte verständnisvoll und versicherte: »Sie werden sich hier wohl fühlen.«

Als sie wieder in ihrer und Flavios Wohnung angelangt war, war sie einerseits erleichtert und andererseits traurig. Sie dachte: »Wieder eine Beziehung, die nicht geklappt hat. Wieder eine Beziehung, die sich nicht in die Richtung entwickelt hat, die ich mir gewünscht habe.«

Am Abend saß sie alleine auf ihrem Sofa. Sie kannte noch nicht viele Menschen in der Stadt außer ihren Arbeitskollegen. Ein Gedanke nahm in ihrem Kopf Gestalt an: »Mein Sohn ist in Spanien, mein Lebensgefährte ist in Mexiko und will mich loswerden, mein Vater ist tot und zu meiner Stiefmutter habe ich keine Verbindung.«

In diesem Moment fühlte sie sich wie der einzige Mensch auf der Welt. Sie überlegte, dass sie bummeln oder ausgehen oder malen könnte, aber sie konnte sich nicht aufraffen. Eine Stimme in ihrem Kopf sagte: »Ruh dich aus, Loredana«, die andere sagte: »Nutz die Zeit, die du hast. Räum die Wohnung auf oder putze sie«, die dritte sagte: »Jetzt hast du schon frei und machst doch nichts Sinnvolles mit deiner Zeit. Statt auszugehen oder dir die Stadt anzuschauen, hängst du hier rum.«

Sie merkte, dass diese Stimmen ihr nicht gut taten. Je lauter sie wurden, umso mehr nahm ihre depressive Stimmung zu. Sie dachte: »Jetzt verstehe ich zum ersten Mal Menschen mit Depressionen. Ich begreife, dass es für diese Menschen ein schier unüberwindliches Hindernis sein kann, ihre innere Schwere zu überwinden und in Aktion zu kommen.«

Sie selbst war noch nie wirklich depressiv gewesen. Aber Stimmungsschwankungen kannte sie sehr gut. Ahnend, dass sie an diesem Nachmittag nichts Großes mehr vollbringen würde, legte sie sich mit einem Buch ins Bett. Der spannende Krimi nahm ihre Aufmerksamkeit völlig gefangen.

Eine Stunde später riss das Schrillen des Telefons sie aus ihren Gedanken. Es war Holger, einer ihrer Kollegen. Als sie seine Stimme hörte, wunderte sie sich, woher er ihre private Telefonnummer hatte. Er fragte sie, ob sie an dem Nachmittag schon etwas vorhabe.

Holger war ein sympathischer junger Mann, ungefähr in ihrem Alter. Loredana hatte bemerkt, dass er sie oft anschaute, wenn er dachte, dass sie es nicht registrierte. Sie sagte: »Nein, ich habe heute Abend noch nichts vor.«

»Hast du Lust, mit mir einen kleinen Ausflug zu machen und dann essen zu gehen?«, fragte er. Sie zögerte kurz, dann bejahte sie. Sie hörte die Freude in seiner Stimme. »Gut, ich hole dich in einer halben Stunde ab.« Loredana sprang aus dem Bett auf und wusch sich das Gesicht. Dann entschied sie sich für Jeans und eine mittelgraue Bluse, die ihr gut stand und ihre Augenfarbe betonte.

Als es eine halbe Stunde später klingelte, sprang sie voller Vorfreude die Treppe hinunter. Holger war ebenfalls sportlich gekleidet. Voller Stolz öffnete er ihr die Autotür seines neuen Rovers. Loredana ließ sich in die Lederpolster sinken. Sie fuhren aus der Stadt hinaus, in Richtung Straubing. Nach etwa zwanzig Minuten verließen sie die Autobahn. »Ich habe eine

Überraschung für dich, Loredana. Ich möchte dir einen meiner Lieblingsorte zeigen, *Walhalla*.«

Loredana hatte schon von diesem Bauwerk gehört, das die Büsten der berühmtesten deutschen Dichter und Denker beherbergte. Aber sie war noch nie dort gewesen. Umso mehr freute sie sich, diesen Ort kennenzulernen. Sie rief aus: »Super, ich bin total gespannt auf den Ort.«

Als sie die Stufen zu dem imposanten Bauwerk emporstiegen, fühlte sie sich frisch und gut. Weit weg waren die depressiven Gefühle, weit weg war ihre schwierige Beziehung mit Flavio. Holger erklärte ihr die verschiedenen Büsten und sie dachte, dass er entweder eine gute Allgemeinbildung oder sich für diesen Besuch speziell vorbereitet hatte. Voller Interesse folgte sie seinen Ausführungen. Ebenso beeindruckend wie die Büsten fand sie die überlebensgroßen Engel, die den Raum einrahmten. Sie näherte sich einem von ihnen und meinte, seine Ausstrahlung zu spüren. Es kam ihr vor, als ob feine elektrische Impulse von ihm ausgingen.

Als sie die Walhalla verließen, ging gerade die Sonne unter. Es war ein herrliches Panorama. Holger schlug vor, zu einem ihm bekannten Italiener in der Innenstadt von Regensburg zu gehen, und sie stimmte zu. Sie war schon ein paarmal mit Flavio dort gewesen und wusste um die gute Küche. Sie aßen in lockerer Atmosphäre und unterhielten sich angeregt. Als sie später wieder zu Hause war, fühlte sie sich zufrieden und angenehm müde.

Sarah

September 2010

Als sie blinzelnd die Augen öffnete, flutete gleißendes Sonnenlicht durch das Flugzeugfenster herein. Die Stimme aus dem Lautsprecher sagte: »Wir haben mit dem Landeanflug auf den Flughafen von Los Angeles begonnen und werden in wenigen Minuten dort landen. Bitte kehren Sie auf Ihre Plätze zurück und schnallen Sie sich an.«

Sie räkelte sich in ihrem Sitz. Ihr Mund war wie ausgetrocknet und ihre Haut prickelte am ganzen Körper vor Hitze. Sie tastete ihre Arme und Beine ab, um sich zu vergewissern, dass sie tatsächlich noch da waren. Als sie sich davon überzeugt hatte, stieß sie einen erleichterten Atemzug aus und dachte, dass sie kaltes Wasser brauchte. Das brennende Gefühl auf der Haut hielt immer noch an, obwohl sie dabei war zu begreifen, dass sie nicht im Feuer des Scheiterhaufens stand, sondern in einem Flugzeug saß, welches sich kurz vor der Landung befand.

Zwanzig Minuten später passierte sie die Passkontrolle, holte ihr Gepäck und bewegte sich langsam in Richtung Ausgang. Sie sah Jeanette schon von Weitem. Die Freundin winkte ihr zu und Sarah winkte zurück. Die beiden hatten sich seit zwei Jahren nicht mehr gesehen, und sie fielen sich lachend und glücklich in die Arme. Jeanette sagte: »Ich freu mich sooooo, dich zu sehen«, und Sarah erwiderte: »Und ich erst.«

Mit diesen Worten hakte sie sich bei Sarah unter. Sie fuhren mit dem Shuttle-Bus zum Mietwagen-Büro, wo ihr Auto schon auf sie wartete. Sarah fuhr und sie brauchte ein paar Minuten, um sich an das neue Fahrzeug und vor allem an das Automatikgetriebe zu gewöhnen.

Es dauerte eine Weile, bis sie aus Los Angeles herausgefunden hatten, aber schließlich wurde der Verkehr weniger und ein Schild zeigte ihnen, dass sie sich auf dem Highway No. 1 in Richtung San Francisco befanden. Sie passierten Santa Monica, Venice Beach und Malibu und nahmen dann Kurs auf Santa Barbara. Es war ein sonniger Tag, aber die kalifornische Küste war in Nebel gehüllt. Die Teilstücke, die sie sahen, waren jedoch so atemberaubend schön, dass ihnen der Nebel gar nicht viel ausmachte. Die Luft war kühl und Sarah sagte: »Von den fünf Bikinis, die ich mitgenommen habe, hätte ich mindestens drei zu Hause lassen können, denn zum Baden werden wir hier wohl nicht kommen.«

Jeanette nickte. »Ja, ein Mann am Flughafen hat mir gesagt, dass es bis vor zwei Wochen noch schön und warm war, sich dann aber ziemlich schnell abgekühlt hat.« Nach einer kurzen Pause fuhr sie fort: »Aber ich habe eine Überraschung für dich«, und schaute Sarah mit ihrem spitzbübischen Lächeln an.

»Spann mich nicht auf die Folter. Was für eine Überraschung denn?«

»Kennst du Esalen? Es ist ein berühmtes Institut für alternative Therapien, das in den sechziger Jahren aus der Hippiebewegung und der New-Age-Bewegung entstanden ist. Es befindet sich in Big Sur, wo die kalifornische Küste am schönsten ist. Man muss vorher reservieren, um dort überhaupt hineinzukommen, und ich habe für uns zwei Übernachtungen mit Vollpension und eine der berühmten Esalen-Massagen gebucht.«

Sie blickte Sarah an und sprach weiter: »Es gibt dort diese *Hot Pools*, das sind heiße Thermalquellen. Du liegst da drin und kannst die Steilküste und das Meer direkt sehen. Und die Massagen werden auch bei den *Hot Pools* gemacht. Du wirst massiert, hörst das Rauschen des Meeres und fühlst dich einfach gut.«

»Wow«, sagte Sarah, »das hört sich ja toll an. Super, dass du für uns reserviert hast. Da lassen wir es uns richtig gut gehen, ja?« Jeanette nickte. »Und bevor wir nach Esalen gehen, möchte ich gerne mit dir noch *Hearst Castle* anschauen.«

Sarah fragte: »*Hearst Castle*?«, und Jeanette antwortete: »*Hearst Castle* ist ein Anwesen nahe San Simeon, das in den 1920er Jahren vom Zeitungsverleger William Randolph Hearst auf einem Hügel erbaut wurde, von dem aus man bis zum Pazifischen Ozean blicken kann. Es liegt ungefähr auf halbem Weg zwischen Los Angeles und San Francisco in den Bergkuppen der Santa Lucia Mountains. Unterhalb des Anwesens verläuft der Highway No. 1, auf dem wir unterwegs sind.«

Sarah war einverstanden.

Als sie sich San Simeon näherten, erblickten sie schon von Weitem das stolz und wie ein Märchenschloss am Hügel aufragende Bauwerk. Sie folgten den Wegweisern und nach einer Viertelstunde befanden sie sich auf dem Parkplatz. Im Besucherzentrum erfuhren sie, dass man das Gebäude nur betreten konnte, wenn man eine Führung buchte.

Als die beiden Freundinnen über eine große Freitreppe das Areal des Schlosses betraten, fühlte sich Sarah angezogen von der Architektur, den Statuen und der gesamten Atmosphäre des Ortes. Die Dame, die ihre Gruppe führte, erklärte ihnen gerade, dass Randolph Hearst als Kind mit seiner Mutter ein Jahr lang durch Europa gereist war und von den Bauwerken, die er dort sah, wohl eine bleibende Faszination mit nach Amerika genommen hatte.

Sarah sagte zu Jeanette: »Ich kann verstehen, dass er etwas aus Europa mitgebracht hat, das euch Amerikanern manchmal fehlt.« Jeanette lächelte. »Ja, unsere Wurzeln. Du weißt ja, dass ich mich in Florida manchmal so wurzellos fühle, dass ich einfach das Bedürfnis habe, eine Reise nach Europa zu machen, um meinen Ursprung und den meiner Familie wiederzufinden.«

Sarah blickte sie verständnisvoll an. »Ja, und ich glaube, aus diesem Grund könnte ich nicht in Amerika leben. So schön es hier ist, nach ein paar Tagen habe ich immer das Gefühl, dass ich wieder nach Hause zurück will.« Jeanette nickte nachdenklich.

Einer der Höhepunkte des Schlosses war für Sarah das römische Becken mit seinen blauen und goldenen Murano-Fliesen. Sie war völlig fasziniert. »Ich habe noch nie ein so schönes Schwimmbad gesehen«, sagte sie zu Jeanette. Auch die Freundin war begeistert. »Und weißt du, was ich toll finde«, fuhr Sarah fort, »dass der Mann, so exzentrisch er auch gewesen sein mag, ein Andenken für die Nachwelt hinterlassen hat, das wunderschön und inspirierend ist.«

Sie ließ ihren Blick schweifen und setzte hinzu: »Allein hier herumzuwandeln, versetzt mich in eine erhabene Stimmung. Es ist regelrecht beglückend.«

Jeanette stimmte ihr zu: »Ja, mir geht es ähnlich. Und weißt du, dieses Schloss ist auch ein Symbol dafür, dass es möglich ist, sich seine Träume zu erfüllen, wenn der Wunsch dazu nur stark genug ist. Überleg mal, wie viel Zeit und Geld dieses Bauwerk verschlungen hat, aber er hat es geschafft, dieses Castle zu erbauen, weil die Begeisterung für die Bauwerke, die er in Europa gesehen hatte, und die Vorstellungskraft in seinem Inneren groß genug waren. Nicht zuletzt hat er sogar eine Architektin gefunden – dazu noch eine Frau – die seine Vision genau verstanden und mit ihrer Kraft kompetent umgesetzt hat.«

Sarah sagte: »Das Schloss erinnert mich ein bisschen an das *Achilleon* auf Korfu. Du weißt schon, der Palast, den die österreichische Kaiserin Sissi für sich hat erbauen lassen. Sie war doch so begeistert von Achilles, dem Held der Antike.«

Jeanette nickte und Sarah fuhr fort: »Es gibt dort zwei überlebensgroße Statuen dieses Mannes. Eine davon – *Der sterbende Achilles* – hat Sissi in Auftrag gegeben und die zweite – *Der siegreiche Achilles* – hat Kaiser Wilhelm II anfertigen lassen, der das Schloss nach ihrem Tod kaufte. Sie verbrachte oft Monate auf Korfu, da ihr das Klima guttat.«

Sie hielt kurz inne. »Und das Gemeinsame ist, dass auch Sissi von Begeisterung motiviert war, nämlich von der Begeisterung für einen Mann, der für sie wahrscheinlich der Archetypus des Helden war.« Nachdenklich fuhr sie fort: »Vielleicht die Art von Heldentum, die sie sich von ihrem Mann, König Franz-Josef gewünscht hätte. Und ihre Begeisterung hat das wunderbare *Achilleon* entstehen lassen, an dem sich jetzt täglich Tausende von Touristen freuen.«

Jeanette nickte zustimmend. »Ja, du hast völlig recht. Begeisterung ist wohl die stärkste Triebfeder, um wunderbare Dinge zustande zu bringen.«

Nach dem Ende der Führung tranken die beiden Freundinnen noch einen Cappuccino im Besucherzentrum und suchten sich anschließend eine Unterkunft in der Nähe, da es schon spät war. Am nächsten Tag wollten sie nach Esalen aufbrechen.

Loredana — November 1992

Je näher der Tag von Flavios Rückkehr kam, umso mehr Anspannung fühlte Loredana in sich. Er hatte sich in den ganzen zwei Wochen kein einziges Mal gemeldet. Sie hatte ihm schließlich ein langes Fax in sein Hotel geschickt, auf das er sehr knapp geantwortet hatte. In wenigen Sätzen teilte er ihr mit, dass er die Beziehung für beendet hielt.

Sie dachte: »Du blöder Kerl, mit dir bin ich nach Deutschland gegangen, in ein fremdes Land, um ein neues Leben anzufangen. Ich habe mich darauf eingelassen, meinen Sohn bis nächsten Sommer bei meiner Schwiegermutter zu lassen, und jetzt muss ich so eine Behandlung von dir erdulden.«

Am Tag seiner Rückkehr fühlte sie sich so schlecht wie seit Langem nicht mehr. Der einzige Gedanke, der sie tröstete, war, dass sie den Mietvertrag für die neue Wohnung unterzeichnet hatte und in weniger als vier Wochen dort einziehen könnte. Dieser Umstand gab ihr ein Gefühl von Sicherheit Flavio gegenüber.

Sie wusste nicht genau, um welche Uhrzeit er nach Hause kommen würde. Die Stunden vergingen. Mal fühlte sie Wut, mal Traurigkeit, mal Verzweiflung. Als es Nachmittag war, schwor sie sich, dass sie sich nie mehr in eine solche Situation bringen würde. Gegen 18 Uhr drehte sich der Schlüssel im Schloss – und eine Minute später kam ein gutgelaunter Flavio herein. Er begrüßte sie liebevoll und nannte sie ›mein Schatz‹, was er schon seit Wochen nicht mehr getan hatte. Loredana war komplett verwirrt.

Sie überlegte, ob das eine spezielle Methode sei, um sie zu quälen, oder ob er die Gefühle, die er momentan zeigte, wirklich fühlte. Während ihr Körper immer noch voller Anspannung war, begann Flavio, sie zu küssen und auszuziehen. Sie fühlte sich wie eine willenlose Puppe, unfähig etwas zu sagen oder zu tun.

Eine Stimme in ihrem Kopf sagte verzweifelt: »Tu was, du musst dich wehren.« Aber es ging nicht. Sie hatte keine Erklärung dafür. War sie so apathisch oder erschöpft, dass sie sich nicht wehren konnte, oder war sie so bedürftig nach Liebe, dass sie diese selbst von demjenigen annahm, der sie seit Wochen gequält und gedemütigt hatte?

Es war eine surreale Situation. Nachdem er sie vollständig entkleidet hatte, trug er sie zum Bett. Mit dem einzigen Teil in ihrem Bewusstsein, der sich noch eine gewisse Klarheit bewahrt hatte, dachte sie: »So muss sich eine Entführte fühlen, die monatelang in Gefangenschaft gehalten wird und dann von ihrem Entführer vergewaltigt wird.«

Als Flavio fertig war, rollte er sich zufrieden zur Seite und schlief augenblicklich ein. Loredana packte plötzlich eine solche Wut, dass sie sich vorstellte, mit einem spitzen Messer auf ihn einzustechen, bis das Blut überall aus ihm herausspritzen würde. Sie stand auf und stellte sich unter die Dusche. Minutenlang ließ sie das heiße Wasser über ihren Körper laufen. Sie wollte jede Stelle von Flavio reinigen, von seiner rücksichtslosen, brutalen Energie und von seiner Gleichgültigkeit.

Als sie vor dem Spiegel stand und ihre umschatteten Augen betrachtete, sagte sie zu sich selbst: »Ich verspreche dir, Loredana, dass so etwas nicht mehr passieren wird. Dieser Mann wird dir nicht mehr zu nahe kommen.«

Er schlief bis in den späten Abend hinein. Sie weckte ihn, um ihn zu fragen, ob sie zusammen zu Abend essen wollten, erhielt als Antwort jedoch nur ein undefinierbares Grunzen. Als sie gerade den Tisch deckte, stand er auf. Wenige Minuten später saßen sie sich am Tisch gegenüber. Flavio plauderte munter von Mexiko und von den geschäftlichen Erfolgen, die er dort errungen hatte.

Als sie ihn so gutgelaunt und nonchalant vor sich sah, hatte sie den Eindruck, dass sie es nicht mit einem, sondern mindestens mit drei Männern zu tun hatte: dem liebevollen Mann, als den sie ihn in Barcelona kennengelernt und mit dem sie sich auf eine Beziehung eingelassen hatte; dem brutalen Mann, der sie zurückstieß und demütigte, sie quälte und auf ihren Gefühlen herumtrampelte und mit dem aalglatten Geschäftsmann, der ehrgeizige Karrierepläne hatte und bereit war, alles zu tun, um diese zu verwirklichen.

Sie dachte: »Aber wer ist er wirklich? Wer von diesen Männern ist Flavio? Ist er der ehrgeizige Geschäftsmann? Oder der liebevolle Partner? Oder der brutale Mann, der mich quält und erniedrigt?« An diesem Punkt kam sie mit ihren Gedanken nicht weiter. Vielleicht wusste er es selbst auch nicht und wahrscheinlich hatte er gravierendere Probleme, als sie bislang angenommen hatte. Sie hatte immer noch Angst vor ihm, so wie an dem Tag seines Abflugs nach Mexiko, auch wenn er sich jetzt ganz anders ihr gegenüber verhielt. Aber sie wusste nicht, wann und wodurch der ›Dr. Jeckyl‹ wieder zum Vorschein kommen würde.

Sie hörte sich seine Geschichten über Mexiko an. Die Stimme in ihrem Kopf, die sagte: »Ich muss hier raus«, wurde drängender und drängender. Mancher Bissen des Essens blieb ihr im Hals stecken, und die, die in ihrem Magen landeten, verursachten dort ein saures Gefühl. Und das lag nicht am Essen, denn es schmeckte hervorragend. Es war, als ob ihre Gefühlsmoleküle jeden Bissen mit Säure umhüllten. »Kein Wunder, dass chronisch gestresste Menschen so oft Magengeschwüre bekommen«, dachte sie.

Dann hielt sie es nicht mehr aus. Am liebsten hätte sie mit einem großen Hammer auf den Tisch gehauen, aber sie riss sich zusammen und sagte mit neutraler Stimme: »Flavio, wir sollten über die Situation reden, die es vor deinem Abflug gab.« Er tat erstaunt. »Welche Situation meinst du?« Sie sagte: »Na, die Nacht, als du entschieden hast, vor dem Parkhaus zu übernachten und dann am nächsten Tag nach Mexiko geflogen bist, ohne …« Sie hielt kurz inne und er hakte mit lauerndem Blick ein: »Ohne was?«

Nach einem tiefen Atemzug fuhr Loredana fort: «Ohne etwas zu tun, um die Situation zu bereinigen.«

Er lachte. Es war ein kurzes, trockenes Lachen. »Ach, Loredana, stell dich doch nicht so an. Das war aus einer Laune heraus. Das wollen wir jetzt vergessen, ja?« Und mit diesen

Worten stand er auf, holte sich noch einen Schluck Wein aus dem Kühlschrank und aß weiter. Sie war diesmal nicht bereit, sich wieder komplett übergehen zu lassen, und setzte erneut an: »Flavio, ich möchte darüber reden.«

Er seufzte und blickte sie dann über den Rand seiner Brille hinweg an. »Musst du immer so kompliziert sein? Du bist doch eine attraktive Frau und du siehst so hübsch aus, wenn du lächelst. Jetzt aber siehst du wie eine Furie aus. Schau dich mal im Spiegel an. Diese steile Falte auf deiner Stirn steht dir gar nicht gut.«

»Du bist respektlos, Flavio, und wenn ich könnte, dann würde ich jetzt gehen.«

Sein Gesicht verfärbte sich, als er erwiderte: »Dann geh doch. Ich warte sowieso schon darauf.« Mit diesen Worten erhob er sich und verschwand in seinem Arbeitszimmer.

Loredana blieb noch ein paar Minuten am Esstisch sitzen. Sie überlegte, ob sie die Eigentümerin ihrer neuen Wohnung anrufen und sie fragen sollte, ob sie diese eventuell schon früher beziehen könne.

Als sie ins Bett ging, war Flavio immer noch nicht aus seinem Arbeitszimmer aufgetaucht. Sie dachte: »Mit so einem Mann kann man einfach nicht zusammenleben.« Dann schlief sie ein.

Im Traum sah sie wieder den Herrscher. Er saß alleine an einer langen Tafel beim Essen. Vier Diener sprangen beflissen um ihn herum. Vor ihm stand ein großer Pokal, der mit Rotwein gefüllt war. Einer der Diener meldete einen Minister. Der Herrscher winkte missmutig ab. »Jetzt nicht. Ich bin beim Essen.« Der Diener sagte: »Verzeihung, Herr, aber der Minister sagt, es sei dringend.«

Der Tyrann schaute ihn aus blutunterlaufenen Augen an und erwiderte mit donnernder Stimme: »Nichts ist so wichtig, als dass mein Essen darüber kalt werden würde.« Der Diener verbeugte sich und entfernte sich, wusste er doch, dass er sein

Leben aufs Spiel setzte, wenn er jetzt noch weiter insistierte. Nur wenige Minuten später stürmte der Minister, der sich offensichtlich in Aufruhr befand, in den Speisesaal. »Mein Herrscher, verzeiht mir, aber diese Sache duldet keinen Aufschub. Unser Nachbarland hat uns den Krieg erklärt. Die feindlichen Truppen sind bereits von Norden und Osten in unsere Grenzgebiete vorgedrungen.«

Der Herrscher nahm einen großen Schluck Rotwein. Es war, als müsse er sich durch Nebelwelten wieder in die Realität zurückkämpfen und als bräuchte er ein paar Minuten Zeit, um die Worte des Ministers auf sich wirken zu lassen und sie zu verstehen. Dann wurden seine Augen noch um einige Schattierungen dunkler. »Was sagst du? Diese Verräter! Stell sofort unser Heer zusammen. Es soll diese Bastarde niedermachen.«

Der Minister zögerte ein paar Sekunden mit seiner Antwort. »Mein Gebieter, das gegnerische Heer ist dem unseren um ein Vielfaches überlegen.« Darauf brüllte der Herrscher: »Dann rekrutier Männer in den Dörfern. Erlass ein Gesetz, dass sich alle jungen Männer ab vierzehn Jahren sofort zu melden und in den Krieg zu ziehen haben.«

Mit diesen Worten wandte er sich wieder seinem Essen zu und bedeutete dem Minister, das Gespräch sei beendet. Dieser räusperte sich und sagte dann unter Aufbietung all seines Mutes: »Wenn ich das tue, Herr, riskiere ich einen Aufstand im Volk. Vierzehn Jahre ist zu jung. Wie wäre es, wenn wir die jungen Männer ab sechzehn Jahren rekrutieren?«

Der Tyrann schrie nun völlig außer sich: »Hast du nicht gehört, was ich gesagt habe? Führ meinen Befehl aus und verschwinde jetzt!« Der Minister entfernte sich schnellen Schrittes, schließlich wollte er noch eine Weile leben.

Der Herrscher befahl lauthals: »Bringt mir mehr Wein«, und trank dann so lange, bis er nur noch schwankend aufstehen konnte. Dann lallte er: »Und jetzt eine blonde Frau.

Jungfrau!« Mit diesen Worten ließ er sich in sein Gemach führen, wo er auf sein Bett sank und in einen Halbschlaf fiel.

In diesem Moment des Traumes konnte Loredana den mit Rotwein gefüllten Körper des Herrschers so deutlich spüren, als wäre es ihr eigener. Ihr war schwindelig und übel und sie hatte den Eindruck, dass sie sich jeden Moment übergeben müsste. Es war sehr verwirrend. Sie dachte im Traum: »Wer bin ich? Bin ich dieser scheußliche Mann? Oder bin ich Loredana? Oder sowohl als auch? Oder gehören beide Persönlichkeiten zu einem Wesen? Und bin ich dieses Wesen?«

Dann wachte sie auf. Sie ging zur Toilette, wo sie sich übergab. Als sie den Kopf wieder heben wollte, war ihr so schwindelig, als hätte sie mindestens eine Flasche Rotwein getrunken, und sie hatte einen Geschmack im Mund, der sie anwiderte. Sie spülte sich den Mund aus, putzte sich die Zähne und trank einen Schluck Wasser. Danach ging es ihr besser.

Sie ging zurück ins Bett und der Traum griff sofort wieder nach ihr. Innerhalb von Sekunden war sie wieder im Schlafgemach des Herrschers und konnte beobachten, was dort vor sich ging.

Vier Männer überwältigten die Wachen und verschafften sich gewaltsam Zugang zu der Kammer. Sie waren mit großen Lanzen bewaffnet. Einer rief: »Tötet den Trunkenbold.«

Mit diesen Worten drehte er den schlafenden Mann auf den Rücken und stieß ihm die Lanze in die Brust. Er gluckste nur einmal, dann war er tot. »Endlich, es war Zeit, diesen Säufer und Frauenschänder loszuwerden«, pflichteten die übrigen zustimmend bei.

In dem Moment spürte Loredana einen scharfen Stich in der Herzgegend, als würde ihr die Lanze in die Brust gestoßen. »Nein!«, schrie sie und wachte schweißgebadet auf. Sie setzte sich im Bett auf und riss sich das Nachthemd auf.

Sie erwartete, Blut zu sehen, und war überrascht, dass keines da war. Aber der Stich in ihrer Brust war so stark, dass sie nach Luft ringen musste und Panik bekam. Sie sah, dass die Betthälfte neben ihr leer war. Flavio übernachtete also wohl in seinem Arbeitszimmer oder war vielleicht ausgegangen. Sie stand mühsam auf und schleppte sich ins Bad, wo sie sich erst einmal auf dem Toilettendeckel niederließ, bis ihr Atem sich normalisiert hatte.

Beim Blick in den Spiegel erschrak sie über ihr leichenblasses, fast graues Gesicht. Sie konnte sich selbst kaum erkennen. Sie dachte: »Bin ich das? Oder wer schaut mich da aus dem Spiegel an?« Ihr Gesicht sah in dem Moment genauso aus wie das des Herrschers aus ihrem Traum. Sie fühlte sich verwirrt, wusste nicht genau, wo sie sich befand, und erinnerte sich nicht an das Datum. Dann holte sie sich mühsam die Geschehnisse des Tages wieder her.

Es dauerte lange, bis sie ruhiger wurde. Aus Flavios Arbeitszimmer drangen Geräusche. Sie klopfte an, bekam aber keine Antwort. Als sie eintrat, sah sie, wie er bäuchlings auf dem Sofa lag und telefonierte. Sie hörte gerade noch, wie er auf Spanisch ins Telefon flötete: »Ich habe die heißen Stunden mit dir auch sehr genossen.« Sofort wurde ihr wieder schlecht. Sie trat einen Schritt zurück, schlug die Tür hinter sich zu und ging zurück in ihr Bett. »Morgen rufe ich meine Vermieterin an und dann schaue ich, dass ich so schnell wie möglich hier heraus komme.« Als sie dies entschieden hatte, fand sie endlich den erlösenden Schlaf.

Am nächsten Morgen machte sie sich voller Tatendrang auf den Weg in die Firma. Es war ein sonniger Novembertag, die Luft war frisch und die Menschen auf der Straße hatten freundliche Gesichter. Loredana dachte: »An diesem Tag können mir nur positive Dinge passieren.« Im Büro ging sie zunächst die Post durch. Es war nichts Besonderes dabei. Dann griff sie zum Telefon und rief Frau Lein, die Eigentümerin ihrer neuen Wohnung, an. Sie schilderte ihr kurz, aber prägnant, die Situation. Die Vermieterin verstand und signalisierte ihr, sie könne am 1. Dezember einziehen, wenn sie wolle, bis dahin müsste ihr Mann mit dem Renovieren fertig sein. Loredana bekräftigte, dass sie genau dies wolle. Nach dem Gespräch fühlte sie sich erleichtert. »Was auch immer die Zukunft bringt, es wird besser sein als dieses gespenstische Zusammenleben mit Flavio«, dachte sie.

Mittags ging sie mit den Kollegen ins *Fontana*. Die Stimmung war gut. Jeder erzählte Anekdoten vom Wochenende und sie dachte: »Wie schön, dass ich hier einfach dabei bin, mich zugehörig fühle und keine großen Geschichten erzählen muss.«

Dann sah sie am Nebentisch eine Mutter mit ihrem Sohn. Das Kind hatte etwa dasselbe Alter wie Alejandro und sah ihm sogar ein wenig ähnlich. Sofort begann ihr Herz wehzutun. Der Junge schaute sie aufmerksam an und lächelte dann, so als wolle er ihr Trost spenden. »Als hätte er meine Gedanken gelesen und wolle mir mit seinem Blick sagen: ›Sei nicht traurig. Alles wird gut.‹«, überlegte sie.

Zwei Wochen später fand der Umzug in ihre neue Wohnung statt. Flavio half ihr auf eine kumpelhafte Art und Weise. Sie hatte den Eindruck, dass er sie gar nicht schnell genug loswerden konnte. Aber es war ihr inzwischen egal. Sie hatten beschlossen, Freunde zu bleiben, aber Loredana bezweifelte, dass das mehr als ein Lippenbekenntnis war. Sie dachte: »Wenn eine Beziehung zwischen uns nicht möglich gewesen ist, wie soll es dann eine Freundschaft sein? Wie soll ich ihm jemals wieder vertrauen?«

Trotzdem hatte es etwas Tröstliches, sich gegenseitig ›Freundschaft‹ zuzusichern, um den Schmerz über die Trennung und die Endgültigkeit derselben zu lindern. Sie verglich es mit einem Zuckerbonbon, wenn man als Kind hingefallen und sich richtig wehgetan hatte. Es half nicht wirklich, aber es war wenigstens süß.

Nachdem alles umgezogen war, verabschiedete sich Flavio. Loredana legte sich auf ihre schmale Matratze und schaute sich in ihrem Reich um. Das Schlafzimmer diente ihr gleichzeitig als Arbeitszimmer. Es war groß und hellblau gestrichen. Zwar war es angenehm, all ihre Kleider, Bücher und Bilder um sich herum zu haben, aber gleichzeitig fühlte sie sich sehr alleine, so alleine wie vielleicht noch niemals zuvor.

Sie schloss die Augen und dachte: »Was ist in meinem Leben passiert? Wie bin ich hierher gekommen? Warum ist mein Sohn in Spanien und nicht bei mir? Was ist in meiner Ehe mit Sergio geschehen? Was ist in meiner Kindheit passiert?«

Die Fragen, die in jenem Moment in ihr auftauchten, hatte es in dieser Deutlichkeit und Dringlichkeit noch niemals zuvor in ihr gegeben. Sie wusste, dass sie Antworten finden wollte, und sie ahnte, dass dies längere Zeit in Anspruch nehmen würde. Und vielleicht würde sie dabei auch Unterstützung brauchen.

Sofort nahm sie wieder Abstand bei dem Gedanken. »Hilfe in Anspruch nehmen«, dachte sie, »ich bin doch nicht verrückt.« »Nein«, meldete sich eine andere Stimme zu Wort, »du bist nicht verrückt. Aber du hast viel erlebt und vieles von dem, was du erlebt hast, hast du nicht richtig verarbeiten können. Es ist, wie wenn du etwas gegessen hast und dir das Essen immer noch im Magen liegt. Und Hilfe anzunehmen, um die schwere Kost der Vergangenheit zu verdauen, ist keine Schande. Im Gegenteil, es ist mutiger zuzugeben, dass man Hilfe und Unterstützung braucht, als immer so zu tun, als bräuchte man diese nicht, und sich dabei in eine immer ausweglosere Situation zu bringen.«

Dann dachte sie an Flavio. Er war wohl noch Lichtjahre davon entfernt, professionelle Hilfe in Anspruch zu nehmen, und vielleicht würde er es nie tun, sondern sich irgendwann von seiner Depression verschlingen lassen. In diesem

Augenblick entschied sie: »Was auch immer Flavio tut und was auch immer Sergio, María, meine Stiefmutter und all die anderen tun – ich *will* und *werde* der Wahrheit auf den Grund gehen. Ich will wissen, wieso all dies in meinem Leben passiert ist, was in den letzten Jahren geschehen ist. Ich will die Wahrheit wissen und ich bin bereit, mich mit allem zu konfrontieren, was auf diesem Weg auftaucht.«

Als sie diesen Entschluss gefasst hatte, fühlte sie einen Frieden in sich aufsteigen, den sie schon lange nicht mehr gespürt hatte. Sie sah Alejandros Gesicht vor ihrem und sagte ihm in Gedanken: »Mein Schatz, auch wenn ich jetzt ganz weit weg bin, so bin ich in meinem Herzen bei dir und ich zähle die Tage, bis du endlich zu mir kommst.«

Sarah September 2010

Am nächsten Morgen schien die Sonne und Sarah freute sich auf Erholung und Inspiration. Sie war sehr gespannt auf Esalen. Der Ort hatte in den 1960er Jahren durch die Verbindung östlicher und westlicher Philosophien, durch seine experimentell-didaktischen Workshops, den stetigen Zustrom von Philosophen, Psychologen, Künstlern und religiösen Denkern große Bekanntheit erlangt.

Jeanette fuhr und Sarah konnte sich bequem im Beifahrersitz zurücklehnen. Die Gegend, die ›Big Sur‹ genannt wurde, war der spektakulärste Abschnitt der Küste. Sarah genoss die wilde Schönheit der im Nebel liegenden kalifornischen Küstenlandschaft und überließ sich ganz ihren Gedanken.

Jeanettes Stimme riss sie aus ihren Träumereien. »Schau mal, da ist schon unsere Abzweigung« Sarah sah das Schild mit der Aufschrift ›Esalen Institute‹. Ihr Herz hüpfte. »Ist das aufregend«, sagte sie, »ich bin total gespannt, was uns da erwartet. Hoffentlich nicht nur Althippies.«

Jeanette lächelte. »Und wenn schon. Wir werden die heißen Quellen genießen, die Massagen und das gute, vollwertige Essen.«

Nach etwa hundert Metern erreichten sie die Rezeption, wo eine blonde Frau ihre Reservierung überprüfte und ihnen einen Parkplatz zuwies. Sie erklärte ihnen, dass sie den Bungalow Nr. 26 hätten, allerdings noch zwei Stunden warten müssten, bis er gereinigt wäre, und dass sie in der Zeit mittagessen könnten.

Beim Betreten des Speisesaals fühlte sich Sarah unwillkürlich um dreißig Jahre in der Zeit zurückversetzt. Die Menschen, die den Saal bevölkerten, waren im Stil der siebziger Jahre gekleidet. Viele der Männer hatten lange Haare und die Frauen trugen wallende Gewänder im Hippiestil.

Nachdem sie das Ambiente ein paar Minuten auf sich hatten wirken lassen, suchten sie sich einen Platz zum Essen auf der sonnendurchfluteten Veranda und begutachteten dann das Angebot. Alle Speisen sahen hervorragend aus. Es gab eine riesige Auswahl und Sarah war hungrig. Sie musste sich bremsen, um ihren Teller nicht zu überladen.

Als sie schließlich an ihrem Tisch saßen, entspannte sie sich und freute sich darauf, zwei Tage einfach nur zu *sein*, ohne sich um Unterkunft, Essen, Tanken und sonstige organisatorische Dinge kümmern zu müssen.

Nach dem Essen bezogen sie ihren ›Bungalow‹, wobei die Bezeichnung recht hochtrabend war für das kleine Zimmer mit zwei Betten, in dem sie erst nach einigem Hin- und Herrücken ihre Koffer unterbringen konnten. Aber die Betten waren groß und bequem und Sarah beschloss, nur das Positive zu sehen und alles zu genießen.

Während Jeanette zu einem Spaziergang aufbrach, wollte Sarah eine Siesta machen. Sie liebte es, sich nach dem Mittagessen eine halbe Stunde oder auch eine Stunde hinzulegen. Wenn sie danach aufstand, sich streckte und die Zähne putzte, hatte sie das Gefühl, dass der Tag noch mal neu anfing. Kaum hatte sie sich hingelegt, fiel sie in einen leichten Schlaf. Die Geräusche, die durch das Fenster hereindrangen, wurden immer leiser und ihr Atem wurde immer tiefer.

Sie sah ein Baby in seinem Kinderbettchen. Es lag auf dem Rücken in einer Gipsschale. Die Schale hatte zwei Gurte mit Schnallen zur Befestigung. Gerade befestigte die Mutter die erste Schnalle über dem Bauch des Babys. Es schaute seine Mutter mit großen Augen an, aber es sagte nichts.

Jetzt befestigte die Mutter den zweiten Gurt und dieser ging über seine Brust. Sie sagte zu ihm: »So, mein Schatz, das ist gut für deinen Rücken. Jetzt schlaf ein.« Das Baby schaute seine Mutter immer noch mit großen Augen an. Dann löschte sie das Licht und ging aus dem Raum.

Wenig später versuchte das Baby, sich an den Gitterstäben des Bettchens hochzuziehen, aber das Gewicht der Gipsschale zog es immer wieder nach unten. Schließlich ließ es sich resigniert fallen. Dann versuchte es, im Liegen aus der Gipsschale herauszukommen, aber je mehr es strampelte, umso mehr fühlte es die Enge der Gurte. Am Ende blieb es still liegen.

Als Sarah erwachte, war ihr Körper wie erstarrt. Sie konnte sich nicht bewegen und bekam Panik. Dann stand sie langsam auf und zog sich an. Als sie ihren Gürtel nehmen wollte, zögerte sie. »Ich kann dieses enge Ding jetzt einfach nicht tragen«, dachte sie und warf den Gürtel aufs Bett, zog ihre Jeans wieder aus und schlüpfte stattdessen in eine bequeme Leggins. Nachdem sie Schuhe und Fleecejacke angezogen hatte, hinterließ sie Jeanette eine Nachricht und ging ins Freie.

»Wer ist dieses Baby?«, überlegte sie. Das Gesichtchen, das sie im Traum gesehen hatte, kam ihr bekannt vor. Aber sie wusste genau, dass nicht sie dieses Baby war. Es war ein seltsames Gefühl, die Verbindung mit einem fremden, kleinen, hilflosen Wesen zu spüren, ohne eine Ahnung davon zu haben, woher sie es kannte. Sie zermarterte sich den Kopf, merkte aber, dass sie auf der Verstandesebene nicht weiterkam.

Der Anblick der Steilküste und des wilden Meeres beruhigte sie. Nach ein paar Schritten konnte sie wieder den ersten richtig tiefen Atemzug tun. Gierig sog sie die gute Meeresluft in ihre Lungen und beschleunigte ihren Schritt. Es waren nicht viele Menschen unterwegs und es war sehr windig. Glücklicherweise hatte ihre Jacke eine Kapuze, sodass sie vor dem Wind geschützt war.

Nachdem sie etwa eine halbe Stunde lang gelaufen war, setzte sie sich auf eine Bank um auszuruhen. Ein paar Minuten später setzte sich ein Mann mit asiatischen Gesichtszügen neben sie. »Hello«, sagte sie und er antwortete: »Hello.«

Er fragte sie, ob sie hier in Esalen einen Kurs besuche, und so kamen sie ins Gespräch. Sie erfuhr, dass der Mann gebürtig aus Kambodscha war, aber die meiste Zeit seines Lebens in Sydney verbracht hatte. Er hatte dort lange Jahre eine Zahnarztpraxis besessen, sich dann jedoch entschieden, das eingefahrene Leben, in dem alles geplant und strukturiert war, nicht mehr weiterführen zu wollen. So hatte er Praxis und Haus verkauft und war auf Reisen gegangen. Er war jetzt zweiundsechzig Jahre alt. Verwundert betrachtete ihn Sarah von der Seite. Er sah mindestens zehn Jahre jünger aus, allerdings war es für sie bei Asiaten immer schwer, ihr Alter einzuschätzen.

Irgendetwas an dem Mann beeindruckte Sarah. Vielleicht war es die Mischung aus Einfachheit, Bescheidenheit und Authentizität, die er ausstrahlte. Nach etwa einer halben Stunde blickte sie auf die Uhr und dachte, sie solle langsam zum ›Bungalow‹ zurückgehen, um ihre Freundin zu treffen. Sie verabschiedete sich von ihm und ging tief in Gedanken versunken den Weg zurück, den sie gekommen war.

Die Bilder und Gefühle aus ihrem Unterbewusstsein wirkten immer noch in ihr nach und sie dachte, dass ein Bad in den heißen Pools jetzt genau das Richtige wäre. Sie traf Jeanette im Zimmer an. »Hey, alles in Ordnung mit dir?«, begrüßte sie die Freundin. Sarah nickte und fragte: »Wie wäre es mit einem Bad in den *Hot Pools*?«

»Ja, lass uns mal die Pools in Augenschein nehmen, denn die sind ja wohl das Highlight hier«, stimmte Jeanette zu.

Sie zogen sich um und liefen dann den Weg an der Steilküste entlang zu den Pools. Der Anblick des Meeres war überwältigend. Sarah hatte das Gefühl, mit jedem Atemzug eine große Dosis Freiheit in ihren Körper hineinzubringen.

Als sie bei den *Hot Pools* ankamen, sahen sie, dass sie nicht die einzigen Besucher waren. Es gab mindestens fünf verschiedene Pools und es roch ein wenig nach Schwefel, aber nicht so, dass es unangenehm gewesen wäre. Sie gingen in einen Pool, der sich unter freiem Himmel befand und den direkten Blick aufs Meer erlaubte. Andere Pools waren überdacht. Das hatte den Vorteil, dass es nicht so windig war.

Als Sarah in das angenehm warme Wasser eintauchte, fiel jegliche Anspannung von ihr ab. Alles, was ihr gerade noch präsent gewesen war, rückte in eine angenehme Distanz. Sie spürte nur noch ihren Körper, eine wohlige Wärme, den Geruch von Schwefel und Meer und ihr Kopf war mit einem Mal leer. »Was für ein herrlicher Zustand«, dachte sie. Sie überließ sich ganz dem behaglichen Gefühl und nahm die Stimmen um sich herum nur noch als Rauschen wahr, das sich mit dem sanften Klang des Windes vermischte. Dann schlief sie ein.

Als sie kurze Zeit später durch einen heftigen Windstoß erwachte, bemerkte sie, dass sie im Ruheraum in der Nähe des Pools lag, in dem sie sich gerade noch befunden hatte. Sie konnte sich nicht mehr erinnern, wie sie hierhergekommen war. Als sie sich vorsichtig aufrichtete, sah sie, dass Jeanette auf der Liege neben ihr war. Sie atmete tief und gleichmäßig.

Sarah stand langsam auf, ging ein paar Schritte auf und ab und beschloss dann, sich nochmals in den Pool zu setzen. Glücklicherweise befand sich niemand darin. Sie wollte alleine sein.

In diesem Moment kam ein Mann in die Nähe des Pools. Sarah bemerkte aus dem Augenwinkel, dass er hinkte. Unwillkürlich blickte sie in seine Richtung und sah, dass sein rechtes Bein unterhalb des Knies amputiert war. Er trug eine Prothese, die er gerade auszog, um in den Pool zu steigen, und ließ sich in einem respektvollen Abstand neben ihr nieder. Sarah fühlte sich am Anfang gestört und rückte instinktiv ein Stück zur Seite. Der Mann fragte sie, was sie nach Esalen geführt hatte. Sie antwortete zunächst einsilbig, sah sich aber dann doch verpflichtet, eine freundliche Gegenfrage zu stellen. »Ich bin auf der Suche nach mir selbst«, lautete seine Antwort. Sarah versuchte, eine Miene aufzusetzen, die nicht unhöflich war, aber doch signalisierte, dass sie kein tieferes Interesse an seinem Selbstfindungsprozess hatte.

Er hatte jedoch unverwandt den Blick auf sie gerichtet. »Ich bin Engländer, habe jedoch viele Jahre in Argentinien gearbeitet.« Sarah nickte, ermunterte ihn aber nicht fortzufahren, was er nicht wahrzunehmen schien. »Ich war verheiratet und habe drei Kinder. In den Jahren, in denen ich als Manager tätig war, habe ich mich kaum um meine Frau und meine Kinder gekümmert. Ich war eigentlich nur unterwegs. Die Hotels waren mein Zuhause und die Arbeit war mein

Leben. So ging es viele Jahre. Ich registrierte nicht, dass sich meine Frau immer mehr von mir entfernte, bis zu dem Tag, an dem ich mitbekam, dass sie einen anderen Mann hatte.«

Er seufzte und erzählte weiter: »Da habe ich mich sofort scheiden lassen. Aber immer noch war mir nicht klar, dass meine dauernde Abwesenheit meine Ehe zum Scheitern gebracht hatte. Ich war von meinen Eltern dazu erzogen worden, viel Geld zu verdienen, und ich war in dem Glauben aufgewachsen, dass man mit Geld alle Probleme lösen könne und dass Geld der Garant dafür sei, eine glückliche Ehe zu führen. Nun musste ich mich damit konfrontieren, dass es offensichtlich anders war.«

Wieder hielt er einen Moment lang inne. »Ja, und dann passierte der Unfall.«

Langsam bemerkte Sarah, wie ihr Interesse an seiner Geschichte wuchs. »Was für einen Unfall haben Sie gehabt?«, fragte sie also.

Der Mann nahm einen tiefen Atemzug. »Ich war in Österreich auf einer Bergtour. Plötzlich sah ich, dass eine Frau beim Klettern abgestürzt war. Ihr Begleiter war hilflos. So versuchte ich vorsichtig, zu ihr zu gelangen. Ich schaffte es, aber es klappte nicht, sie aus der Spalte herauszuziehen, in die sie gestürzt war. Ich hielt sie fest. Sie war voller Panik. Ich dachte, dass es nur ein paar Sekunden dauern würde, bis ein Rettungshubschrauber käme, aber es verging eine Ewigkeit. Irgendwann merkte ich, dass ich mein Bein nicht mehr bewegen konnte. Es hatte sich eingeklemmt. Und immer noch warteten wir. Es kamen andere Wanderer, aber sie blieben ein Stück weit von uns entfernt stehen. Sie konnten oder wollten uns nicht zu Hilfe kommen.«

Nach einer weiteren kurzen Pause fuhr er fort: »Ja, und dann kam endlich der Hubschrauber. Sie holten zuerst die Frau aus der Felsspalte und dann zogen sie mich heraus.« Ein trockenes Lachen unterbrach seinen Bericht. »Mein Bein war eingeklemmt und sie schafften es nicht, es freizubekommen. Also schnitten sie mir noch an Ort und Stelle den Fuß ab, bevor sie mich rauszogen.« Dann schwieg er.

Sarah war sprachlos. Seine Worte, seine Gesten, seine Mimik und der Tonfall, in dem er das alles erzählte, stimmten absolut nicht mit dem Inhalt der Geschichte überein. Sein Tonfall war so, als würde er übers Wetter reden, und sein Gesichtsausdruck, als würde er eine Anekdote zum Besten geben, während seine Worte wahrscheinlich das größte Trauma wiedergaben, das er in seinem bisherigen Leben erlebt hatte.

Sie wandte sich ihm zu und zeigte ihm ihre Fassungslosigkeit. »Ich glaube, ich brauche ein paar Minuten, um Ihre Geschichte zu verstehen. Wollen Sie mir sagen, dass Sie einen Menschen gerettet haben und dabei einen Körperteil verloren haben?«

Er nickte eifrig und fühlte sich eingeladen weiterzusprechen. »Ja, genauso ist es. Und dann im Krankenhaus mussten die Ärzte ein weiteres Stück von meinem Bein abtrennen. Und irgendwas hat mit der Narkose nicht gestimmt, sodass ich das gesehen habe.« Er lachte wieder, während er redete.

Sarah schauderte. Sie dachte, dass sie selten einen Menschen erlebt hatte, dessen Emotionen und Worte so wenig zusammenpassten, wie es bei diesem Mann der Fall war. Sie schwankte zwischen Mitgefühl und Distanz. Dann fragte sie ihn, wie lange dieser Unfall her sei. Er antwortete: »Das war vor sechs Jahren.«

Als er die Bestürzung auf ihrem Gesicht sah, räusperte er sich. »Ich habe noch nicht erlebt, dass jemand auf meine Erzählung so emotional reagiert, wie Sie es tun. Die anderen haben die Sache einfach abgetan.«

Sarah dachte: »Ja, das unterscheidet wahrscheinlich eine Therapeutin von einem ›normalen Menschen‹.« Dann überlegte sie, ob das wirklich stimmte, und korrigierte sich selbst in Gedanken: »Oder vielleicht unterscheidet es auch nur einen hochsensiblen Menschen von einem normal sensiblen Menschen.«

Sie schaute ihn an. »Ja, wenn ich ehrlich bin, dann muss ich Ihnen sagen, dass mich Ihre Geschichte sehr betroffen macht. Dass Ihnen niemand geholfen hat, als Sie versucht haben, die Frau zu retten, und dass Sie dabei Ihren Fuß verloren haben, ist tragisch.«

»Ach, übertreiben Sie nicht.« Nach einer kurzen Pause fuhr er fort: »In den Monaten nach dem Unfall hatte ich viel Zeit, um nachzudenken. Ich habe gemerkt, dass ich die Beziehung zu meinen Kindern in Ordnung bringen wollte, und das habe ich auch getan. Wir haben viele Gespräche geführt und jetzt habe ich ein gutes Verhältnis zu allen dreien.«

Sarah nickte langsam. »Es spricht für Sie, dass Sie das gemacht haben.«

Ein paar Momente lang herrschte Schweigen. Dann wurde es ihr langsam zu heiß und sie wollte auch nicht tiefer in die Lebensgeschichte des Mannes einsteigen. So verabschiedete sie sich mit ein paar höflichen Worten von ihm. Nachdem sie geduscht hatte, ging sie wieder in den Ruheraum. Jeanette schlief immer noch. Sarah beschloss, ebenfalls ein wenig zu ruhen und die Freundin dann zu wecken.

Einige Zeit später saßen sie im Speiseraum beim Abendessen. Wieder gab es ein köstliches vollwertiges Essen. Man konnte hier richtig schwelgen. Der Raum war angenehm gefüllt, es war warm und duftete nach verschiedenen Gewürzen. Jeannette hatte sich in die Schlange vor der Bar eingereiht, an der man alkoholische Getränke kaufen konnte. Gerade kam sie mit zwei Gläsern Merlot, die sie geschickt balancierte, zum Tisch zurück. Die beiden Freundinnen prosteten sich zu und begannen zu essen.

Sarah sah sich vorsichtig im Raum um und nahm wahr, dass weder der Mann aus Sydney noch der Engländer irgendwo zu sehen waren. Sie war erleichtert, denn weitere Gespräche mit einem der beiden Männer wären ihr jetzt zu viel gewesen.

Nachdem die beiden Freundinnen mit Genuss ihren Nachtisch – Mandeleis mit Schlagsahne – verspeist hatten, beschlossen sie, einen Spaziergang am Meer entlang zu machen. Es war ihr letzter Abend in Esalen. Am nächsten Tag würden sie nach Monterrey fahren und am übernächsten Tag ging ihr Flug von San Francisco nach New York.

Loredana — Juli 1993

In den ersten Wochen nach ihrem Umzug fühlte Loredana ein Gefühl von Freiheit, das, auch wenn es mit Momenten von Einsamkeit gepaart war, ein völlig neues Lebensgefühl für sie war. Sie arbeitete viel, sie wurde von ihren Kolleginnen und Kollegen geschätzt und sie lebte sich immer mehr in Deutschland ein. Aber oft hatte sie den Eindruck, nur halb da zu sein. Ihr Körper und ihr Verstand waren zwar in Regensburg, ihr Herz aber war bei Alejandro. Sie telefonierten jeden Tag und Loredana zählte die Tage, bis er zu ihr in die Ferien kommen würde.

Sie war zu Ostern in Pals gewesen und hatte Sergio und María darüber informiert, dass sie Alejandro in den Sommerferien zu sich holen wollte. María war zwar nicht begeistert, hatte jedoch auch keine wirklichen Einwände vorzubringen, und Sergio hatte sich sehr bedeckt gehalten. Er hatte eine neue Lebensgefährtin, die ein schwieriges

Verhältnis mit Alejandro hatte. Loredana vermutete, dass er nicht ganz unglücklich darüber wäre, wenn sein Sohn nach Deutschland ging, auch wenn er dies niemals zugegeben hätte.

Sie hatte Alejandro bereits in der Schule angemeldet und sich Gedanken gemacht, wie sie ihn am besten in ihr neues Leben integrieren könnte.

Er sollte am 24. Juli ankommen. Sergio hatte ein Ticket von Barcelona nach Frankfurt gebucht. Loredana wäre es zwar lieber gewesen, wenn er in München angekommen wäre, aber ihr Exmann hatte, wie so oft, andere Prioritäten als sie. Ein Ticket nach Frankfurt war billiger und so mutete er seinem kleinen Sohn und ihr diesen riesigen Flughafen zu, um Geld zu sparen.

Als sie sich mit ihrem Auto auf den Weg machte, hüpfte ihr Herz vor Freude. Endlich würde sie ihren Sohn wieder in die Arme schließen können, endlich hätten sie viel Zeit miteinander und endlich würden nicht ständig zehn oder fünfzehn Personen um sie herum sein. Sie kam gut durch und befand sich bereits zwei Stunden vor Ankunft des Fluges in der Ankunftshalle.

Sie überbrückte die Wartezeit, indem sie eine Kleinigkeit zu Mittag aß, und atmete schließlich erleichtert auf, als sie an der Anzeigetafel endlich den grünen Punkt blinken sah, der darüber informierte, dass Flug Nr. IB588 aus Barcelona gelandet war.

Nach ein paar Minuten kamen die ersten Passagiere durch die Ausgangstür. Loredana verrenkte ihren Kopf, um ihren Sohn zu sehen, aber er war nicht unter den Fluggästen. Sie merkte, wie sich Angst in ihre Freude mischte. Aber Sergio hätte sie angerufen, wenn etwas nicht geklappt hätte. Sie wartete weitere zehn Minuten. Jetzt kamen keine Fluggäste mehr durch die Tür und die Ankunftshalle leerte sich allmählich. Außer Loredana standen nur noch vier andere Personen in der Halle. Ihre Gedanken schossen wild hin und her.

Dann ertönte eine Stimme aus dem Lautsprecher: »Frau Sánchez, bitte kommen Sie zur Information. Ich wiederhole: Frau Loredana Sánchez, bitte kommen Sie zur Information.« Ihre Knie fingen an zu zittern.

Als sie schließlich an der Information ankam, war sie außer Atem. Sie nannte der Dame hinter dem Tresen ihren Namen. Diese runzelte kurz die Stirn, dann fragte sie: »Erwarten Sie Ihren Sohn Alejandro?« Loredana bejahte. Das Stirnrunzeln verwandelte sich in ein freundliches Lächeln. »Bitte entschuldigen Sie, Ihr Sohn ist versehentlich von der Begleit-Stewardess aus einem anderen Ausgang herausgeführt worden. Ich bringe Sie jetzt zu ihm.«

Loredana atmete erleichtert auf. Sie folgte der Angestellten durch endlose Gänge. Schon von weitem sah sie ihren Sohn auf einem Stuhl in einem kleinen Raum sitzen. Er sah verängstigt aus. Als sie ihn erblickte, stieß sie einen Schrei der Erleichterung aus. »Alejandro, mein Schatz«, entfuhr es ihr. Er stand sofort auf und stürmte ihr entgegen. Die Stewardess sagte: »Ich kann mir wohl ersparen, ihren Ausweis zu kontrollieren. Dass Sie die Mutter des Kindes sind, sieht man sofort.«

Alejandro schaute die Stewardess feindselig an. Loredana umarmte ihn. Seinen Duft zu spüren, seine weiche Haut, seine Wärme, war so schön für sie, dass sie ihn am liebsten gar nicht mehr losgelassen hätte. Nachdem sie ihn ausgiebig geküsst und geherzt hatte, sagte sie: »So mein Schatz, jetzt schauen wir, dass wir hier schnell wegkommen, okay? Zu Hause warten schon meine Freunde auf dich. Sie wollen dich alle kennenlernen.« Er nickte.

Als sie im Auto saßen, atmete sie durch. »Ist alles in Ordnung mit dir, mein Schatz? Hast du Hunger oder Durst?« Alejandro bejahte. Loredana gab ihm die Plastikflasche mit Fruchtsaft, die sie mitgebracht hatte, und einen Donut dazu. Ihr Sohn liebte Donuts.

Glücklicherweise verlief die Rückfahrt genauso reibungslos wie die Hinfahrt. Nach vier Stunden kamen sie in Regensburg an. Es war heiß. Loredana parkte das Auto und dann zeigte sie Alejandro das Haus, in dem sie wohnte. Sie wollte gerade schon sagen: »Das ist das Haus, in dem du ab jetzt mit mir wohnen wirst«, aber dann biss sie sich auf die Lippen, denn sie spürte, dass es noch viel zu früh wäre, um Alejandro mit solchen Dingen zu konfrontieren. Heute würden sie erst einmal seine glückliche Ankunft feiern. Alles andere konnte warten.

Die erste Woche verging voller Freude und Aktivitäten. Das Wetter war ihnen hold, sodass sie oft ins Schwimmbad gingen und Ausflüge in die Umgebung machten. Loredana war einfach glücklich. Gleichzeitig war ihr bewusst, dass es gewissermaßen eine Ausnahmesituation war, denn sie hatte Urlaub. Wenn sie wieder zu arbeiten anfing, würde sich ein anderer Rhythmus einspielen müssen.

Nach etwa zwei Wochen war sie nachmittags mit Alejandro auf einem kleinen Spielplatz in der Nähe ihrer Wohnung. Er spielte mit anderen Kindern. Loredana saß auf einer Bank und las ein Buch. Immer wieder kam er zu ihr, um etwas zu trinken oder ihr etwas zu sagen.

»Mama, können wir heute länger bleiben als sonst?«, fragte er in einer der kurzen Spielpausen. Sie hatte es zwar nicht geplant, aber in dem Moment entfuhr ihr: »Ja, mein Schatz, wir können länger bleiben, und du kannst in den nächsten Wochen und Monaten so oft auf den Spielplatz gehen, wie du willst, denn du bleibst bei mir.«

Alejandros Augen weiteten sich. »Was meinst du damit? Der Papa hat gesagt, dass ich in sechs Wochen wieder nach Hause komme.« Loredanas Herz zog sich schmerzlich zusammen. »Ja«, antwortete sie, »aber wir haben besprochen, dass du, wenn es dir hier gefällt, bei mir bleibst.«

Er schaute sie noch einen Moment lang ungläubig an, dann brach er in Tränen aus. »Ich will aber wieder zum Papa«, schluchzte er. Loredana nahm ihn in die Arme. Sie spürte die Zerrissenheit in ihrem Sohn und konnte seine Reaktion verstehen, auch wenn sie schmerzlich für sie war.

Ihr war klar, dass Sergio alles tat, um seinen Sohn bei sich zu behalten, auch wenn er im letzten Gespräch, das sie mit ihm geführt hatte, so getan hatte, als wäre er damit einverstanden, dass sie ihn zu sich hole. Sie wusste, dass das nur ein Lippenbekenntnis gewesen war und dass er Alejandro offen oder subtil beeinflusste, um zu erreichen, dass er in Pals blieb. Wenn sie erzwingen wollte, dass ihr Sohn in Deutschland blieb, würde sie einen salomonischen Streit mit Sergio anfangen müssen.

Immer noch schluchzte Alejandro und Loredana merkte, dass er völlig durcheinander war. Sie sagte: »Ich liebe dich, mein Schatz. Und ich möchte, dass du bei mir lebst. Aber ich werde nichts tun, was gegen deinen Willen ist.«

Langsam beruhigte er sich. Sie wischte ihm die Tränen ab und er sagte, dass er noch mal spielen gehen würde. Sie nickte. Minuten später war er wieder in sein Spiel mit den anderen Kindern vertieft. Loredana fand es faszinierend, wie schnell er durch seine Gefühle hindurchkam und wieder zur Tagesordnung überging, wenn eine Situation für ihn gelöst war. Sie dachte: »Ja, das ist ein gesunder Umgang mit Emotionen – sie fließen zu lassen, wenn sie da sind, ohne etwas zu unterdrücken, und dann wieder mit den normalen Aktivitäten weiterzumachen.«

Wenn sie sich vorstellte, dass sie ihren Sohn wieder gehen lassen müsste, lehnte sich alles in ihr auf und schrie förmlich: »Nein, ich will ihn nicht gehen lassen. Er gehört zu mir und ich will ihn bei mir behalten.« Der Aufruhr in ihrem Inneren war so groß, dass sie meinte, nicht mehr auf der Bank sitzen bleiben zu können. Sie erhob sich und ging ein paar Schritte auf und ab.

Dann dachte sie an Nadja Huber, die Therapeutin, zu der sie seit einigen Monaten ging. Sie beschloss, in der nächsten Sitzung, die in zwei Tagen stattfinden würde, mit Nadja über das Thema zu sprechen.

Als es Zeit war, nach Hause zu gehen, war Alejandro wieder bester Stimmung. Es war, als hätte er ihr Gespräch vom Nachmittag schon vergessen. Loredana wusste nicht, ob das wirklich der Fall war oder er es einfach ausblendete, aber sie beschloss, an dem Tag nicht mehr weiter darüber zu reden.

Sarah

September 2010

Monterrey entpuppte sich als netter, aber touristisch völlig überlaufener Ort. Jeanette sagte sofort, dass es ihr nicht gefalle und dass sie auch gleich weiterfahren könnten, aber Sarah wollte unbedingt das Aquarium sehen. Die Freundin hatte auch dazu keine Lust. So einigten sie sich, dass Jeanette in der Zeit einen Bummel durch den Ort machen würde.

Als Sarah durch die große Eingangstür trat, sah sie gleich, dass es angenehm leer war. Sie studierte den Übersichtsplan und stellte zu ihrer Überraschung fest, dass es gar nicht so viele Fische in dem Aquarium gab, wie sie gedacht hatte, sondern viele Quallen, Seepferdchen und Meeressäugetiere.

Als Erstes besuchte sie die Abteilung mit den Seepferdchen. Sie hatte nicht gewusst, dass es so viele unterschiedliche Arten gab – sie sah rote, blaue und gelbe Seepferdchen, große und kleine, die fast durchsichtig schimmerten. In einem Aquarium konnte sie einen Paarungstanz von zwei Seepferdchen betrachten, der sie für eine Weile ganz gefangennahm. Dann schlenderte sie weiter zum Aquarium mit den Feuerquallen. Sie hatten rotdurchsichtige Körper und sehr lange Arme. Sie bewegten sich mit solch einer Schönheit und Anmut durch das Aquarium, dass Sarah wiederum vor Bewunderung innehielt und unwillkürlich denken musste: »Wir finden wirklich alles in der Natur – Schönheit, Liebe, Anmut, Kraft, Stille – wir müssen nur hinschauen.«

Sie fragte sich, wie all diese Meereslebewesen miteinander kommunizierten. »Wie wenig wissen wir davon, wie alle Lebewesen miteinander in Verbindung stehen«, dachte sie. »Was wissen wir schon von der Art und Weise, wie auch räumlich weit voneinander entfernte Meeres- oder Landtiere miteinander kommunizieren, sich gegenseitig vor Gefahren warnen oder andere wichtige Botschaften austauschen?«

Als sie nach drei Stunden das Aquarium verließ, war sie in einer erhebenden und inspirierten Stimmung. Sie erzählte Jeanette von ihren Eindrücken.

Die beiden Freundinnen beschlossen, ein Stück weiter in Richtung San Francisco zu fahren und in irgendeinem kleinen Strandort Quartier zu nehmen. Wieder chauffierte Jeanette, sodass Sarah die Schönheiten der Umgebung genießen konnte. Sie fuhren durch mehrere kleine Strandorte, die zwar recht nett waren, aber keiner der Orte lud die beiden wirklich zum Verweilen ein.

Nachdem sie eine Weile geschwiegen hatten, erzählte Sarah ihr von dem unbekannten Mann, der im vergangenen Jahr ein paarmal angerufen und gesagt hatte, dass er ein Verwandter von ihr sei, sich dann jedoch nicht mehr gemeldet hatte.

Jeannette antwortete: »Ich glaube, es ist sehr wichtig für dich, dass du die Geschichte deiner leiblichen Familie und die Umstände rund um deine Geburt herum erfährst.« Sie hielt kurz inne. »Weißt du, Sarah, ich nehme oft so eine innere Unruhe bei dir war, ein Getriebensein, einen Suchdrang.

Vielleicht kannst du innerlich mehr zur Ruhe kommen, wenn du weißt, woher du kommst, und vielleicht musst du dann auch nicht mehr so viel arbeiten, so als müsstest du dich immer wieder deiner Existenzberechtigung versichern.«

Sarah lächelte gequält. »Ja, ich weiß, dass ich schon seit Jahren davon rede, weniger zu arbeiten, und dann immer etwas passiert, das mich dazu bringt, diese Entscheidung zu revidieren. Sei es eine größere Anschaffung, eine notwendige Reparatur oder einfach Existenzängste, die wie aus dem Nichts auftauchen und die eigentlich keinen realen Grund haben.«

Jeanette nickte eifrig. »Ja, das ist genau das, was ich meine und was ich seit Jahren an dir beobachte. Manchmal habe ich das Gefühl, dass du selbst zu kurz kommst. Du kannst nicht immer nur anderen Menschen helfen. Sonst läufst du Gefahr, dich selbst dabei zu vergessen.«

»Ja, du hast völlig recht.«

Nach einer kurzen Pause fuhr sie fort. »Und weißt du, was komisch ist? Immer wenn ich an meine Herkunft denke, sehe ich Russland vor mir. Ich fühle Kälte und ich sehe Schnee. Aber ich weiß nicht genau, woher diese Eindrücke kommen, denn ich selbst bin noch nie dort gewesen.«

Sie schaute aus dem Fenster und sah ein Ortsschild mit der Aufschrift ›Half Moon Bay‹. Als sie in den Ort hineinfuhren, sagte Sarah: »Nett hier, oder? Was meinst du, bleiben wir bis morgen?«

»Ja, das sieht hübsch aus. Wahrscheinlich haben die hier sowieso nur ein Hotel, wo wir übernachten können.«

Genauso war es. Das einzige Hotel wirkte recht neu und ansprechend. Es hatte noch zwei Doppelzimmer frei, eines davon sogar mit getrennten Betten. »Das erhöht die Chancen auf eine erholsame Nacht«, scherzte Sarah. Die Freundin verstand die Anspielung und puffte sie in die Seite. »Hey, du wirst schon wieder so frech. Ich glaube, ich muss dich ein bisschen besser im Zaum halten.«

»Aber dafür müsstest du mehr Zeit mit mir verbringen. Ich bin nicht so leicht erziehbar, wie du vielleicht denkst.«

»Ja, das weiß ich«, erwiderte Jeanette grinsend. »Du hast schon so manchen meiner dahingehenden Bemühungen widerstanden.«

Das Zimmer war angenehm groß und das Bad neu und sauber. Die beiden beschlossen, einen kleinen Strandspaziergang zu machen und dann zu Abend zu essen.

Im Restaurant bestellten sie ›Artischockenlasagne‹. Sarah hatte gehofft, eine Lasagne mit vielen Artischocken und wenig Käse zu bekommen, jedoch war das Gegenteil der Fall. Die Artischockenstückchen musste sie suchen und Käse gab es für ihren Geschmack viel zu viel. Sie tröstete sich mit dem ausgezeichneten kalifornischen Wein, den sie zum Essen tranken. Auch die Atmosphäre in dem Lokal war nett, sodass sie das fettige Essen verschmerzen konnte.

Als sie in ihrem Zimmer waren und den Tag lesend ausklingen lassen wollten, drang leise Gitarrenmusik an ihr Ohr und ein Blick auf die Galerie vor ihrem Zimmer zeigte, dass ihr Zimmernachbar seine Gitarre zur Hand genommen hatte und alte Countrysongs spielte. Er sang sogar recht gut und mit Gefühl. Sarah dachte: »Ja, das ist *auch* Amerika.« Sie fühlte sich zufrieden und wohlig müde.

Nachdem sie das Licht gelöscht hatten, meinte Sarah, eine fremde Energie im Zimmer zu spüren. Es fühlte sich an wie ein Mann, der eine Uniform trug und viel Kälte mit sich brachte. Bevor sich Sarah Gedanken darüber machen konnte, was es mit dieser fremden Präsenz auf sich hatte, fiel sie in einen tiefen, ruhigen Schlaf.

Zwei Tage später saß sie in der in warmen Farben eingerichteten Praxis von Nadja Huber und redete sich all ihren Kummer von der Seele. Als sie fertig war, schaute die Therapeutin sie verständnisvoll an.

»Loredana, du hast mein ganzes Mitgefühl. Du liebst deinen Sohn über alles, aber wir beide wissen, dass er von seinem Vater und vielleicht auch von der ganzen väterlichen Familie subtil beeinflusst wird. Natürlich könntest du ihn jetzt zwingen, bei dir zu bleiben. Rechtlich gesehen wärst du wahrscheinlich in der besseren Position, da du in Deutschland das alleinige Sorgerecht für deinen Sohn hast.«

Sie hielt kurz inne und fuhr dann fort: »Aber das ist nur die eine Seite. Die andere ist, dass du wahrscheinlich immer mit dem Damoklesschwert leben müsstest, dass er nicht freiwillig bei dir ist, und dass Sergio diesen Umstand ausnützen und gegen dich arbeiten würde. Stell dir vor, es gäbe ernsthafte Probleme zwischen dir und Alejandro. Er würde dich nicht in deinen erzieherischen Bemühungen unterstützen, sondern alles tun, um seinen Sohn wieder nach Spanien zu holen, ihn damit immer wieder destabilisieren und in einen massiven Loyalitätskonflikt bringen.«

Sie machte eine Pause, um die Wirkung ihrer Worte auf Loredana einzuschätzen.

»Es ist eine schwierige Entscheidung und letztendlich kannst nur du selbst sie treffen. Aber wenn du einen Rat von mir willst, dann zwing deinen Sohn nicht. Warte, bis er von selbst zu dir kommt.«

Loredana hatte ihr aufmerksam zugehört. Bei den letzten Worten der Therapeutin sackte sie in sich zusammen. Sie spürte intuitiv, dass Nadja Huber recht hatte. Es wäre besser zu warten. Aber dieser Gedanke war zu schmerzlich, um ihn zuzulassen.

Sie fasste sich und blickte die Therapeutin an: »Danke, Nadja. Ich schätze deine Offenheit und ich glaube, dass du mit deiner Bewertung der familiären Situation vollkommen recht hast. Aber ich weiß nicht, ob ich es übers Herz bringe, meinen Sohn wieder gehen zu lassen.«

»Ja, das kann ich vollkommen verstehen. Aber ich denke, wenn du jetzt seinen Willen respektierst, dann kann dir das in späteren Jahren nur zugute kommen. Es wird das Vertrauen deines Sohnes in dich stärken.«

Sie seufzte. »Auch wenn du ein paar Jahre warten musst – ich denke, du wirst die Früchte deines Verhaltens ernten.«

Loredana zog ein Taschentuch aus ihrer Handtasche und tupfte ihr Gesicht damit ab. Ein Blick auf die Uhr zeigte ihr, dass die Sitzung fast zu Ende war. Sie stand auf. »Ich werde über deine Worte nachdenken. Bis in zwei Wochen.« Die Therapeutin nahm ihre Hand und hielt sie ein paar Momente lang fest. »Ja, denk drüber nach. In zwei Wochen reden wir weiter.« Die beiden Frauen verabschiedeten sich.

Als sie zu Hause ankam, war Alejandro ins Spiel mit dem Sohn der Nachbarin vertieft. Sie hatte ihn schon ein paarmal bei Anja gelassen, wenn sie einen Termin wahrnehmen musste, und es hatte immer gut geklappt. Jetzt stürmte er auf seine Mutter zu und sagte: »Mama schau mal, der Kai und ich haben eine Playmobil-Stadt gebaut.«

Loredana trat näher und betrachtete, was Alejandro und Kai zusammen gebaut hatten. Es war eine richtige Stadt mit Häusern, Geschäften, einer Tankstelle und einem Restaurant. Sie lobte ihn: »Das habt ihr toll gemacht. Ich geh jetzt rein und mache uns etwas zu essen, okay?« Alejandro nickte, dann wandte er sich wieder dem Spiel zu.

Sie stellte sich an den Herd, schälte Kartoffeln, panierte vier Koteletts, briet sie in einer Pfanne und machte

Karottensalat. Die Beschäftigung mit dem Kochen brachte sie immer wieder gut auf den Boden der Tatsachen zurück. Während sie das Essen zubereitete, beruhigte sie sich und dachte: »Wir werden die beste Lösung finden.«

Sie lud Kai ein, mit ihr und Alejandro zusammen zu Mittag zu essen. Die Stimmung war gut, es war ein sonniger Tag und sie fragte die Kinder, ob sie am Nachmittag alle zusammen ins Schwimmbad gehen wollten. Die beiden stimmten begeistert zu.

Zwei Stunden später lagen sie auf der Liegewiese. Sie hatten noch einen guten Platz gefunden. Loredana lag auf der Decke und schaute Alejandro und Kai beim Ballspielen zu. Ihr Sohn rannte hin und her, tobte ausgelassen mit seinem Freund im Wasser und war so richtig in seinem Element. Sie freute sich, ihn so glücklich zu sehen.

Ein wenig später stieß ihre Freundin Petra zu ihnen. Auf ihre Frage nach ihrem Befinden erzählte Loredana ihr von dem Gespräch mit der Therapeutin. Petra blickte sie nachdenklich an. Dann sagte sie: »Weißt du was, ich glaube, deine Therapeutin hat recht.«

Sie überlegte kurz und fuhr fort: »Was heißt ›lieben‹? Festhalten um jeden Preis? Das kann es doch nicht sein. Schau dir doch die Menschen an, die von ihren Müttern festgeklammert wurden. Mit denen möchte ich nicht tauschen.«

Sie setzte hinzu: »Weißt du, Loredana, ich denke, Liebe hat vor allem mit Verantwortung zu tun. Und du musst dir überlegen, wie du in der momentanen Situation der Verantwortung deinem Sohn gegenüber am besten gerecht wirst. Indem du ihn zwingst, bei dir zu bleiben? Obwohl du den ganzen Tag arbeitest und hier in Regensburg kein wirkliches soziales Netz hast? Wäre es nicht besser, ihn noch eine Zeit lang bei María zu lassen, die den ganzen Tag zu Hause ist und sich um ihn kümmern kann?«

Sie blickte Loredana fragend an. Diese seufzte. »Ja, ich mache mir die ganze Zeit genau darüber Gedanken. Nur ist es so, dass mein Herz und mein Kopf im Konflikt miteinander stehen. Mein Kopf sagt, es ist vernünftiger, Alejandros Willen zu respektieren und ihn noch eine Zeit lang in seinem gewohnten Umfeld bei María und Fernando zu lassen«, sie schluckte. »Und mein Herz schreit: ›Nein, ich will mein Kind nicht gehen lassen. Ich halte es nicht mehr länger aus, ohne ihn zu sein.‹«

Petra nahm sie in den Arm. »Loredana, die Situation, die du momentan erlebst, ist die schwierigste, die ich mir für eine Mutter vorstellen kann.«

Dann fuhr sie fort: »Ich sehe, dass du immer das Wohl deines Sohnes in den Vordergrund stellst. Und deshalb bist du in meinen Augen die beste Mutter, die es gibt.«

Loredana flüsterte: »Danke für deine Unterstützung.« Dann straffte sie sich und fuhr fort: »Ich will nicht, dass Alejandro mich traurig sieht.« Petra nickte. »Ja, und deshalb gehen wir beide jetzt eine Runde schwimmen, einverstanden?« Loredana nickte.

Sie sagten Alejandro und Kai Bescheid, die ein Stück weiter entfernt Federball spielten. Als die beiden Freundinnen in das angenehm kühle Wasser eintauchten, fühlte sich Loredana plötzlich getröstet. Sie dachte: »Unabhängig von all unserem Wünschen und Wollen, von unseren Ängsten und Befürchtungen gibt es einen Lebensplan, eine höhere Weisheit und diese wird mir den richtigen Weg zeigen. Und auch wenn alle Welt findet, ich solle es so oder so machen, und wenn es viele unterschiedliche Meinungen gibt – ich werde meiner Inneren Stimme folgen, so wie ich es immer getan habe. Ich weiß, dass es gut wird.«

Die Ferien vergingen viel zu schnell. Loredana hatte Alejandro mitgeteilt, dass er wieder nach Spanien zurückfahren könne, wenn das sein Wunsch sei, und er hatte mit

Erleichterung reagiert. Als jedoch der Tag der Abreise näher rückte, wurde ihr das Herz immer schwerer. Und sie merkte, dass auch ihr Sohn zwei Tage vor der Abreise immer stiller und bedrückter wurde.

Auf dem Weg zum Frankfurter Flughafen dachte sie: »Ich hasse Flughäfen und ich weiß nicht, ob sich das jemals wieder ändern wird.« Sie parkten das Auto im Parkhaus und checkten Alejandros Gepäck ein. Er bekam eine Tasche um den Hals gehängt, in der seine Reisedokumente waren, und die Dame am Abfertigungsschalter sagte ihnen, dass eine Stewardess ihn nach dem Passieren der Sicherheitskontrolle abholen würde.

Bei diesen Worten hätte Loredana am liebsten geschrien: »Nein, nein ich will das nicht. Niemand nimmt mir meinen Sohn weg.« Aber sie nickte nur stumm und konzentrierte sich darauf, nicht in Tränen auszubrechen. Alejandro klammerte sich ängstlich an ihre Hand. Wenn sie jetzt sagen würde: »Komm, mein Schatz, wir fahren nach Hause zurück«, würde er ihr sofort folgen. Aber sie wusste auch, dass sie dies nicht machen konnte, weil es die Unsicherheit und das Hin- und Hergerissensein in ihrem Sohn nur noch verstärken würde, einmal abgesehen davon, dass sie damit die Vereinbarungen mit María und Sergio brechen würde.

Sie und Alejandro gingen durch die Sicherheitskontrolle. Mit ihrem speziellen Passierschein konnte sie ihn bis zur Abflughalle begleiten. Sie war noch ganz in Gedanken versunken, da bemerkte sie plötzlich, dass neben ihr ein kleiner Flughafenwagen hielt. Eine Stewardess rief ihr mit Blick auf Alejandro zu: »Sind Sie Loredana Sánchez und ist das ihr Sohn?« Loredana konnte nicht antworten.

Die Frau stieg aus dem Wagen aus und kam auf die beiden zu. Sie lächelte und sagte: »So mein Kleiner, verabschiede dich von deiner Mutter. Ich nehme dich jetzt mit.«

In dem Moment brachen Loredana und Alejandro gleichzeitig in Tränen aus. Er klammerte sich an sie und sie klammerte sich an ihn. Die Stewardess wirkte ungeduldig. Im nächsten Moment packte sie den Jungen und hob ihn in den Wagen. Dann stieg sie ein und setzte das Gefährt in Bewegung. Loredana schrie auf, aber die Frau beachtete sie nicht. Sie fuhr mit dem Wagen langsam weg. Alejandro weinte und streckte die Arme nach seiner Mutter aus.

Sie brach völlig zusammen. Es war, als würde ihr Herz in Stücke gerissen. Sie schrie: »Mein Kind, mein Kind«, aber was sie sah, war der Wagen mit dem schluchzenden Alejandro, der sich immer mehr entfernte.

Sie meinte, noch nie in ihrem ganzen Leben einen solchen Schmerz gespürt zu haben. Ein Passagier, der in ihrer Nähe stand, kam auf sie zu. Er hatte die Szene beobachtet. Er reichte ihr ein Taschentuch und fragte sie, ob er etwas für sie tun könne. Loredana schüttelte den Kopf. Sie konnte in dem Moment weder Hilfe noch Trost annehmen. Sie wollte nur alleine sein.

Sie ließ sich auf einen Sitz fallen und weinte hemmungslos. Es dauerte endlose Minuten, bis sie wieder fähig war aufzustehen, zur Toilette zu gehen und sich das Gesicht zu waschen, aber sie spürte, dass sie nicht in der Lage sein würde, in den nächsten Stunden nach Regensburg zurückzufahren. Sie verließ die Abflughalle und fand den Weg ins Parkhaus. Als sie in ihr Auto stieg, in dem sie eine Stunde vorher noch mit ihrem Sohn gesessen hatte, übermannte sie erneut ein überwältigender Schmerz. Das Auto roch noch nach ihm und Loredana hätte am liebsten wieder geschrien. Sie saß in ihrem Auto und weinte, bis sie meinte, keine Tränen mehr zu haben. Ein Blick in den Spiegel zeigte ihr, dass ihr Gesicht rot und fleckig und ihre Augen geschwollen waren. Ihr ganzer Kopf fühlte sich an, als würde er beim nächsten Atemzug platzen.

Sie wollte noch eine Weile sitzen bleiben, um sich zu beruhigen. Sie sah Menschen zu ihren Autos gehen und wegfahren und Menschen, die ankamen und mit ihrem Gepäck ausstiegen, aber ihr kam alles unwirklich vor, so als sei sie in Watte eingepackt. »Ja, das ist die Betäubung, die dem Schock folgt. Gut, dass es diese Betäubung gibt, sonst hätte ich mich jetzt wahrscheinlich in meine Einzelteile zerlegt«, dachte sie und fuhr dann langsam in Richtung Innenstadt, um dort einfach ziellos durch die Straßen zu laufen, bis sie soweit wieder in ihrer Mitte sein und sich fahrtüchtig genug fühlen würde, um sich auf die Autobahn zu begeben.

Sie nahm einen kleinen Imbiss auf der Terrasse eines Restaurants ein. Da es warm und sonnig war, konnte sie ihre Augen und ihren Schmerz hinter ihrer großen Sonnenbrille verbergen. Nachdem sie gegessen hatte, fühlte sie sich ein wenig besser und in der Lage, den Heimweg anzutreten. Als sie auf der Autobahn war und Musik hörte, konnte sie nur an ihren Sohn denken. Alle paar Minuten versuchte sie sich vorzustellen, auf welcher Höhe das Flugzeug, in dem er sich befand, gerade war.

Gegen sechs Uhr abends spürte sie, dass er gerade in Barcelona landete. Es war auf der einen Seite ein schreckliches, endgültiges Gefühl, auf der anderen Seite wusste sie, dass er nun den Flug überstanden hatte und dass sein Vater ihn in Empfang nehmen würde. Sie versuchte sich vorzustellen, wie es in Alejandro aussah, und was sie spürte, war ein riesiges Durcheinander. Sie dachte: »Mein Gott, was muten wir diesem Kind zu. Er pendelt ständig zwischen Mutter und Vater, kommt immer wieder von einer Welt in die andere und dann wieder zurück.«

Sie fragte sich, wie er das verarbeiten würde, und entschied, bei ihrem nächsten Termin mit Frau Huber darüber zu sprechen. Als sie an ihre Therapeutin dachte, breitete sich zum ersten Mal an diesem schrecklichen Tag ein Hauch von

Wärme in ihrem Bauch aus. Sie sehnte den nächsten Termin herbei, um sich ihren Kummer von der Seele zu reden und Unterstützung und Verständnis zu bekommen. »Merkwürdig«, grübelte sie, »von einer fremden Person in Gestalt meiner Therapeutin bekomme ich mehr Wärme, Unterstützung und Trost, als ich es von meiner Stiefmutter je bekommen habe.« Es war ein befremdlicher Gedanke und ein eigenartiges Gefühl. Aber es war so. Was auch immer das bedeutete, es war die Wahrheit.

Der Verkehr floss angenehm an diesem sonnigen Spätsommertag und um halb acht passierte sie das Schild mit der Aufschrift ›Regensburg‹. Sie wartete auf ein heimatliches Gefühl, aber dieses wollte sich nicht einstellen. »Ich wünsche mir so sehr, mich endlich einmal irgendwo zu Hause zu fühlen«, dachte sie, »aber es wird wahrscheinlich noch eine Weile dauern, bis ich das fühlen kann. Und wahrscheinlich ist es erst möglich, wenn Alejandro wieder bei mir ist.«

Als sie ihre Wohnung aufschloss und überall die Spuren des siebenwöchigen Aufenthalts ihres Sohnes sah, stiegen ihr wieder die Tränen in die Augen. Sie ließ sich auf sein Bett fallen und atmete seinen Duft ein.

Irgendwann musste sie wohl vor Erschöpfung eingeschlafen sein, denn das Klingeln des Telefons riss sie aus einem verwirrenden Traum. Sie erhob sich taumelnd. Am anderen Ende der Leitung war Sergio. Er teilte ihr mit, dass Alejandro wohlbehalten angekommen sei. Dann gab er den Hörer an seinen Sohn weiter.

»Mama, wo bist du?«

»Ich bin vor einer Stunde wieder zu Hause angekommen, mein Schatz. Wie war dein Flug?«

Er antwortete, dass alles okay sei, aber sie hörte die Anspannung, die Angst und auch den Schmerz, den er vor seinem Vater nicht zeigen wollte, in seiner Stimme. Erneut musste sie denken: »Mein armes Kind, was muten wir dir nur zu.«

Eine Sekunde später stieg in ihr eine heiße Wut Sergio gegenüber hoch. Es tat gut, denn mit der Wut kam ein Schwall an Kraft wieder zurück und der Schmerz, den sie nicht mehr länger ertragen konnte, ebbte ab.

Sie verabschiedete sich von Alejandro und sagte ihm, dass sie am nächsten Tag telefonieren würden. Er sagte: »Ich hab dich lieb, *Mamita*«, und sie antwortete ihm: »Und ich liebe dich, mein Schatz.«

Nach dem Telefonat wich die Schockstarre langsam von ihr. Je mehr die Wut auf Sergio in ihr pulsierte, desto lebendiger fühlte sie sich. Sie dachte: »Auch wenn du jetzt dein Kind zurückbekommen hast – es wird einen Zeitpunkt geben, an dem ich ihn zu mir hole. Ich weiß noch nicht genau, ob das in zwei, drei, vier oder spätestens fünf Jahren der Fall sein wird, aber ich weiß genau, dass ich es tun werde.«

Dieser Gedanke gab ihr Kraft, und sie entschied, die kommende Zeit zu nutzen, um sich selbst so zu stabilisieren, dass sie in dem Moment, in dem sie ihren Sohn zu sich holen würde, die Mutter für ihn sein könnte, die er brauchte und die er verdiente. »Und in der Zwischenzeit«, überlegte sie, »sehen wir uns in jeden Ferien. Ich habe sowieso keine Lust, anderswohin zu fahren. Solange er in Spanien ist, werde ich jeden Urlaub dort mit ihm verbringen.«

Dann schenkte sie sich ein Glas Rotwein ein und setzte sich auf ihren kleinen Balkon. Zahlreiche Menschen flanierten an diesem schönen Sommerabend durch Regensburgs Innenstadt und es beruhigte Loredana, ihnen zuzuschauen und zu spüren, dass es für sie einfach ein normaler, schöner, sonniger Sonntagabend war.

In der Woche darauf hatte sie den nächsten Termin bei Nadja Huber. Sie erzählte ihr von dem schrecklichen Tag am Frankfurter Flughafen. Die Therapeutin hörte ihr mitfühlend zu. »Ich verstehe nicht, warum ich das alles durchleben muss«, beendete Loredana ihre Ausführungen. *»Was habe ich getan, damit ich das verdiene?«*

Schon in dem Moment, als sie die Frage stellte, wurde ihr schwindelig. Nadja wartete einen Moment mit der Antwort. Sie schaute ihre Klientin aufmerksam an und erwiderte dann: »Ich weiß es nicht.«

Nach einem Augenblick der Stille brachte Loredana hervor: »Ich will es wissen. Ich will jetzt endlich wissen, was ich getan habe, um das zu verdienen.«

Nadja Huber bot in ihrer Praxis Rückführungen in vergangene Leben an, um die tieferen Ursachen von hartnäckigen Problemen zu ergründen, und Loredana wusste, dass die Therapeutin damit schon vielen Menschen geholfen hatte.

Nadja bat sie, sich auf die Couch zu legen, die Augen zu schließen und ein paarmal die Frage ›Was habe ich getan?‹ zu wiederholen. Dann sagte sie ihr, sie solle zurückgehen in der Zeit, in das vergangene Leben hinein, wo der Anfang dieses Themas zu finden war und wo sie etwas getan hatte, dessen Auswirkungen in ihrem jetzigen Leben immer noch massiv zu spüren waren.

Als die Therapeutin fragte: »Was ist das erste Bild, das du siehst?«, sah sie ein Bild, das ihr bereits vertraut war. Es war das Gemach des Herrschers, von dem sie vor einiger Zeit geträumt hatte. Die Therapeutin bat sie, das Bild zu beschreiben und zu spüren, in welchem Körper sie sich befand, und Loredana spürte sehr deutlich, dass sie der Despot war. Nebel war in ihrem Kopf, so als hätte sie eine Menge Alkohol getrunken. Es war die Szene kurz vor seiner Ermordung. Nadja ließ sie zurückgehen in der Zeit und noch einige andere Szenen beschreiben. Dann führte sie Loredana in die Sterbesituation. Erst ließ sie sie die Szene von außen betrachten, dann bat sie sie, mit ihrem ganzen Körper hindurchzugehen. Loredana spürte deutlich den Stich der Lanze durch ihr Herz hindurch. Es war ein unbeschreiblicher Schmerz.

Aber noch viel größer war der Schmerz zu erkennen, was sie damals getan hatte. Sie weinte und Nadja forderte sie sanft auf, Kontakt mit den Seelen der Frauen aufzunehmen, deren Leben sie zerstört hatte.

Dann fragte sie ihre Klientin, ob sie ihre Schuldgefühle aus dem damaligen Leben immer noch behalten wolle oder ob sie nun entscheiden könne, die alte Geschichte zu beenden. Loredana war sich nicht sicher. Als die Therapeutin fragte: »Brauchst du noch mehr Leid und Selbstbestrafung?«, schrie Loredana auf. »Nein, nein, es ist genug.«

Nadja sagte: »Gut, dann mach dir nun bewusst, dass das vergangene Leben jetzt auf allen Ebenen wirklich vorbei ist.« Loredana atmete tief durch. Sie spürte in all ihren Zellen, dass sie genau das wollte.

Als sie eine Viertelstunde später der Therapeutin wieder gegenübersaß und ihr in die Augen schaute, empfand sie eine tiefe Dankbarkeit. Leise sagte sie: »Nadja, ich spüre, dass diese Sitzung mein Leben tiefgreifend verändern wird. Ich fühle mich so erleichtert wie schon seit Langem nicht mehr. Es ist so, als hätte ich eine schwere Last abgeworfen, die mich seit Jahrhunderten begleitet hat.«

Die Therapeutin nickte. »Ja, den Eindruck habe ich auch.«

»Als Herrscher habe ich damals viele Familien zerstört, indem ich die jungen Frauen geschändet und ihnen damit ihre Würde genommen habe. Und das, was ich damals getan habe, ist mir in meinem jetzigen Leben auf gewisse Art und Weise durch Sergio widerfahren, indem er immer wieder versucht hat, mir meine Rolle als Mutter von Alejandro wegzunehmen, ja, indem er mein Muttersein geradezu negiert und mich immer wieder entwertet und entwürdigt hat.«

Nadja sagte nichts, sah sie nur mit tiefgründigen Blicken an.

»Und jetzt endlich habe ich die Möglichkeit, dieses ganze alte Programm abzuschließen. Jetzt kann etwas völlig Neues anfangen, sowohl in Bezug auf Partnerschaft als auch in meiner Beziehung zu Alejandro.«

Als sie Minuten später die Praxis der Therapeutin verließ, fühlte sie sich so frei wie noch niemals zuvor.

Sarah September 2010

Im Traum war sie in Russland. Es war bitterkalt. Sie sah Männer, die müde, ausgezehrt und verfroren wirkten. Die Männer marschierten in langsamem Schritt durch tiefen Schnee. Finster dreinblickende Soldaten hatten ihre Gewehre auf sie gerichtet und trieben sie an, schneller zu gehen, obwohl sie sich kaum mehr auf den Beinen halten konnten.

Sie sah ein männliches Gesicht mit riesigen Augen, die so blickten, als hätten sie zu viel gesehen. Der Mann wirkte halb verhungert. Einer der Bewacher stieß ihm das Gewehr grob in den Rücken und fuhr ihn auf Russisch an: »Schneller!«, woraufhin die erschöpfte Kreatur in den Schnee fiel. Dann schrie der Kommandant ebenfalls auf Russisch. »Erschießen!« Der Bewacher stellte sich über ihn, hielt sein Gewehr auf den Kopf des Mannes gerichtet und erschoss ihn.

Dann trieben die anderen Bewacher die Gefangenen an, schneller zu gehen. Den Getöteten ließen sie einfach im Schnee liegen. Sarah sah, wie sein Blut den weißen Schnee rosa färbte. In dem Moment wachte sie auf.

Obwohl im Zimmer eine Temperatur von mindestens 24 Grad herrschte, war ihr kalt. Sie konnte nicht im Bett liegen bleiben. Leise stand sie auf, zog sich eine leichte Jacke über und verließ das Zimmer. Es war vier Uhr früh und als sie auf den Balkon trat, hörte sie nur das Rauschen des Meeres und das Zirpen der Grillen.

Sie war so aufgewühlt, dass sie beschloss, eine Zigarette zu rauchen. »Der Mann, den ich gesehen habe, hat etwas mit meiner Familie zu tun. Das spüre ich ganz genau«, dachte sie und fragte sich dann, woher sie wusste, dass die Männer im Traum Russisch gesprochen hatten, und wie es sein konnte, dass sie die Worte verstanden hatte, obwohl die Sprache ihr gänzlich fremd war.

Ein Geräusch riss Sarah aus ihren Gedanken. Ganz in der Nähe der Bank, auf die sie sich zum Rauchen gesetzt hatte, flog eine Fledermaus vorbei. Sie schaute versonnen auf die *Half Moon Bay*, die sie gut von ihrem Balkon aus erkennen konnte, und sinnierte: »Mal schauen, ob sich der Spuk meiner Herkunft löst und ich herausfinden kann, aus welcher Familie ich stamme.« Dann stand sie auf, ging ein paar Schritte hin und her und entschied: »Was auch immer ich tun muss – ich werde das Rätsel lösen.«

Mit diesen Gedanken ging sie wieder ins Zimmer und legte sich ins Bett. Jeanettes gleichmäßige Atemzüge verrieten ihr, dass die Freundin tief und fest schlief und nichts von Sarahs nächtlichen Aktivitäten mitbekommen hatte. Sie drehte sich ein paarmal um, bis sie eine gute Position gefunden hatte, und fiel dann in einen weichen und sanften Schlaf.

Loredana — April 1998

Loredana hatte fünf Jahre damit verbracht, sich in Regensburg zu etablieren. Sie arbeitete viel und wurde schon nach kurzer Zeit befördert. Nach zwei Jahren war sie Teilhaberin der Kanzlei. Sie war stolz und zufrieden mit sich selbst. In sämtlichen Ferien fuhr sie zu Alejandro oder er kam zu ihr.

Alle Urlaube mit ihm waren wunderschön – das Schlimme waren die Abschiede am Flughafen. Allerdings hatte sie Sergio gebeten, die Flüge ausschließlich nach München zu buchen. Zu schlimm war die Erinnerung an die schrecklichen Erlebnisse in Frankfurt.

Als Alejandro elf Jahre alt wurde, wollte und konnte sie nicht mehr länger warten. Es war Ostern und sie war zu Besuch in Pals. María ging es nicht gut und Sergio war mit einer schwierigen Liebesbeziehung, seinem Alkoholismus und beruflichen Problemen beschäftigt. Er kümmerte sich kaum um seinen Sohn. So teilte Loredana María mit, dass sie Alejandro im Sommer zu sich holen würde. Die alte Frau weinte, aber sie widersprach nicht. Sie sagte: »Es tut mir zwar in der Seele weh, aber ich weiß, dass es das Beste für ihn ist.«

Am darauffolgenden Tag hatte Loredana ein Gespräch mit Sergio. Sie hatte ihn ein Jahr lang nicht mehr gesehen. Als er Marías Haus betrat, erschrak sie. Das war nicht mehr derselbe Mann, in den sie sich dreizehn Jahre zuvor Hals über Kopf verliebt hatte. Er hatte mindestens zehn Kilo zugenommen und wirkte aufgedunsen und benebelt. Als sie sich mit Wangenküssen begrüßten, konnte sie an seinem Atem riechen, dass er schon mindestens ein oder zwei Bier getrunken hatte, obwohl es erst elf Uhr morgens war.

Er sagte zu ihr: »Lass uns in eine Bar gehen, um in Ruhe zu reden, ja?« Sie war einverstanden. Alejandro kam, um seinen Vater zu begrüßen. Er schaute zwischen seinen Eltern hin und her, als versuche er, die Situation zu erfassen. »Das muss seltsam für ihn sein. Er hat uns seit Jahren nicht mehr zusammen gesehen. Was mag er in diesem Moment fühlen?«, dachte sie.

Sie küsste ihn und sagte ihm, dass sie zum Mittagessen wieder da wäre. Dann schritt sie mit Sergio zusammen in den sonnigen Tag hinaus. Sie fuhren in eine kleine Strandbar, in der sie früher oft zusammen gewesen waren. Als der Kellner die Bestellung aufnehmen wollte, bemerkte Loredana, dass Sergio zögerte. Er hätte sicher am liebsten Bier bestellt, aber er hatte Angst, sich eine Blöße vor ihr zu geben. So entschied er sich für einen *Café con leche*. Sie bestellte dasselbe.

Nachdem sie eine Weile Small Talk gemacht hatten, straffte sie sich und sagte: »Sergio, du kannst dir denken, dass es einen Grund hat, weshalb ich dich um dieses Gespräch gebeten habe.« Er nickte. Sie überlegte kurz und entschied dann, dass es das Beste wäre, ohne große Umschweife zum Punkt zu kommen. »Im Sommer hole ich Alejandro. Ich will, dass er bei mir lebt.«

Dann wartete sie kurz ab. Er zeigte keine Reaktion. Nur die leichte Anspannung in seiner Mimik verriet, welche Gedanken und Gefühle er zu verbergen versuchte.

Sie nahm einen tiefen Atemzug und überlegte kurz, ihn zu fragen, ob er einverstanden sei, entschied sich aber dagegen. »Ich kann mich nicht erinnern, dass Sergio mich je gefragt hätte, ob ich mit irgendetwas einverstanden war, was er entschieden hatte. Also frage ich ihn jetzt auch nicht«, dachte sie.

Er zündete sich eine Zigarette an. »Und wann genau willst du ihn holen?«

»Am ersten Juli.«

Er gab keinerlei weiteren Kommentar mehr ab. Nach einer halben Stunde war das Gespräch beendet. Als sie wieder im Auto saßen und er sie ins Haus von María zurückbrachte, überlegte sie: »Ich fühle mich, als würde ich neben einem Fremden sitzen. Es ist erschreckend, wie wenig wir uns zu sagen haben, obwohl wir sieben Jahre verheiratet waren.«

Sie verabschiedeten sich mit zwei Wangenküssen. Sergio sagte, dass er nicht mehr mit hineinkommen würde. Als sie ausstieg und ihn davonfahren sah, wusste sie, dass er jetzt erst einmal in die nächste Bar gehen und sich ein oder zwei Bier genehmigen würde. Aber das war seine Sache.

María sah ihr ängstlich entgegen, als sie das Wohnzimmer betrat. Alejandro spielte im Garten hinter dem Haus. »Und, wie ist es gelaufen?«, fragte sie. Loredana wusste nicht, was sie ihr antworten sollte, und entschied sich, ihr zu sagen, dass alles in Ordnung sei.

Nun musste sie nur noch mit ihrem Sohn sprechen. Sie beschloss, dies am späten Nachmittag zu tun, wenn sie ihn baden würde. Wenn er badete, hatte er es gerne, dass sie auf einem Hocker neben der Wanne saß und mit ihm redete. Er stellte viele Fragen und sie hatten intensive Gespräche. Loredana liebte diese Situationen in dem dampfigen Badezimmer, wenn sie ihren Sohn einmal nur für sich hatte. Und wahrscheinlich genoss auch er es, seine Mutter einmal nur für sich zu haben.

Sie aßen zu viert zu Mittag – María, Ana, Alejandro und sie. Die Stimmung war gedrückt. Ihr Sohn, der sehr sensibel war und spürte, dass etwas in der Luft lag, verabschiedete sich nach dem Essen mit den Worten: »Ich gehe spielen.« María stand auf, holte eine Banane aus der Küche, schälte sie und drückte sie dann ihrem Enkel in die Hand. »Iss deine Banane, Alejandro, damit du groß und stark wirst.« Er nahm das Obst und weg war er.

Kurz darauf brach Loredana zu einem Spaziergang am Strand auf. Die Luft und das sanfte Rauschen der Wellen taten ihr gut. Sie spürte, dass sie das Meer vermisste, aber dann dachte sie: »Ich kann ja jederzeit in Urlaub hierher kommen.«

Am späten Nachmittag kam Alejandro, um seine *Merienda* – den nachmittäglichen Imbiss – zu essen. Loredana sagte ihm, dass sie ihn vor dem Abendessen baden würde. Er nickte erfreut. Um halb acht ließ sie das Bad ein und zehn Minuten später stand er vor ihr. Als er in der Wanne saß, redeten sie zunächst über dies und das. Dann straffte sie sich. »Mein Schatz, ich möchte dir etwas sagen.« Sie hielt kurz inne. »Du weißt, dass ich will, dass du zu mir nach Regensburg kommst, wir haben oft darüber gesprochen.«

Dann fuhr sie fort: »Jetzt ist es soweit. Am Anfang der Sommerferien hole ich dich ab.«

Sie machte eine Pause, um die Wirkung ihrer Worte einschätzen zu können. Im Gesicht ihres Sohnes spiegelten sich die unterschiedlichsten Gefühle, auch wenn er versuchte, diese zu verstecken. Es tat ihr weh, das zu sehen. »Ja, auch das ist ein Ergebnis von den fünf Jahren, die er hier bei María gelebt hat. Er hat gelernt, dass man seine Gefühle nicht zeigt«, ging es ihr durch den Kopf und sie seufzte. »Wie auch immer – *jetzt* kommt er zu mir und wird einen anderen und einen neuen Umgang mit Gefühlen lernen.«

Sie schaute ihn an und sagte: »Und, freust du dich?« Sein Gesicht blieb verschlossen, als er antwortete: »Ich weiß nicht. Du hast das für mich entschieden.«

Sie war überrascht. Dann begriff sie, dass er Angst hatte. Und sie konnte seine Angst so gut nachvollziehen. Er würde ja sozusagen alles aufgeben, was in den letzten fünf Jahren sein Lebensinhalt gewesen war, und sich in ein neues Land und in eine neue Kultur begeben. Alles würde neu sein – die Schule, die Wohnung, die Menschen – einfach alles. Das einzig Vertraute in all diesem Neuen war sie, seine Mutter.

In diesem Moment spürte sie die große Verantwortung, die sie auf ihren Schultern trug, und dachte: »Ich werde dieser Verantwortung gerecht werden. Ich werde alles tun, damit du dich in Deutschland gut fühlst und integrieren kannst.«

Sie hatte in den letzten fünf Jahren eine Zusatzausbildung in Mediation gemacht und war dabei, sich als Mediatorin selbstständig zu machen. Sie war umgezogen und hatte eine sehr große Wohnung gemietet, in der sich auch ein Arbeitszimmer befand, in dem sie ihre Klienten empfangen und ihrer Tätigkeit nachgehen konnte. Diese Lösung erlaubte ihr, ständig zu Hause anwesend zu sein, und sie wusste, dass das für Alejandro wichtig war. Sie wollte ihn weder alleine lassen noch bei fremden Menschen oder in irgendeiner

Betreuungsstelle, sondern endlich ganz und gar für ihn da sein.

So antwortete sie: »Ja, mein Schatz, *ich* habe das für dich entschieden. Du wirst sehen, es wird alles gut gehen und du wirst dich in Deutschland gut einleben.« Damit wollte sie es im Moment bewenden lassen. »Soll ich dir den Rücken schrubben?« Er nickte.

Als sie ihm bedächtig mit dem Schwamm den Rücken schrubbte, fühlte sie die innige und tiefe Verbindung zwischen ihnen. Sie dachte: »Auch wenn es eine große Umstellung für uns beide ist, es wird gut gehen, das weiß ich ganz genau.«

Sarah September 2010

Als Sarah und Jeanette am nächsten Morgen beim Frühstück saßen, erhellte gleißender Sonnenschein die *Half Moon Bay*. Die Freundinnen genossen ihr Frühstück schweigend. Jede war mit ihren eigenen Gedanken beschäftigt.

»Hast du Lust, einen langen Strandspaziergang zu machen?« Jeanette nickte. »Ja, und ob ich Lust habe. Das hier ist unser letzter Sonnentag. Heute Abend müssen wir in San Francisco sein und morgen in aller Frühe geht unser Flug nach New York.« Sie seufzte. »Ich habe gehört, dass es in New York momentan regnet. Aber vielleicht haben wir Glück und der Regen hat aufgehört, wenn wir dort ankommen.«

Sarah nickte. Sie packten Sonnencreme, Wasser, Kopfbedeckung und etwas zum Knabbern in ihre Rucksäcke, dann liefen sie langsam los. Es waren nur wenige Menschen am Strand und die beiden Freundinnen genossen die Sonne, den Sand, das Meer und die Ruhe in vollen Zügen.

Am Nachmittag fuhren sie nach San Francisco und am nächsten Morgen um 7 Uhr saßen sie im Flugzeug nach New York.

Als sie auf dem Flughafen John F. Kennedy landeten, war Sarah müde und aufgeregt zugleich. Es war das erste Mal, dass sie in New York war. Jeanette kannte die Stadt natürlich gut und sie würde Sarah alles zeigen.

Sie hatten sich in einem kleinen Hotel in Manhattan einquartiert, von dem sie bequem zu den wichtigsten Sehenswürdigkeiten der Stadt gelangen konnten.

Als sie am Nachmittag den *Ground Zero* erreichten, auf dem große Baukräne standen, meinte Sarah, immer noch die Energie der Ereignisse des 11. September 2001 spüren zu können. Es herrschte eine seltsame Stimmung an dem Ort. Gegenüber war eine kleine Kirche, die interessanterweise den Anschlag völlig unbeschadet überstanden hatte. Dort gab es viele Fotos von den Helfern und von den Opfern und Geschichten, die an den schrecklichen Tag erinnerten. Sarah schaute sich alles aufmerksam an. Immer wieder ging ihr der Gedanke durch den Kopf: »Etwas ist hier komisch.«

Als sie in der überfüllten U-Bahn saßen, wurde ihr plötzlich klar, was es war. Sie hatte viele Fotos von Helfern gesehen und Geschichten über sie und ihre heldenhaften Taten gelesen. Als sie Jeanettes fragenden Blick auf sich ruhen sah, beschloss sie, ihre Gedanken mit der Freundin zu teilen.

»Schön und gut«, begann sie, »dass diese Menschen so über sich selbst hinausgewachsen sind, aber mir fehlt es, mehr über die Opfer zu lesen. Was für Menschen waren das? Welche Familien hatten sie? Das wäre doch wichtig, damit wirkliche Trauerprozesse, sowohl auf der individuellen als auch auf der kollektiven Ebene stattfinden können, meinst du nicht?«

Sie hielt kurz inne und fuhr dann fort: »Ich meine, worum geht es hier eigentlich? Es geht doch in erster Linie um die

Opfer und das, was ihnen widerfahren ist, und nicht um die heldenhaften Taten der ›Retter‹. Oder sehe ich das falsch?«

Jeanette nickte langsam. »Nein, du siehst es nicht falsch. Du hast völlig recht. Aber das ist etwas typisch Amerikanisches. Man verlagert das eigentliche Geschehen auf Nebenschauplätze und versucht, den schlimmen Erlebnissen auszuweichen oder sie sogar komplett zu verdrängen. Oft dienen Heldentaten oder sogenannte Heldentaten dazu, um Gefühle von Trauer, Ohnmacht, Entsetzen und Bestürzung zu vermeiden oder regelrecht umzudrehen in Größe und Heldenhaftigkeit.«

Auf der Madison Avenue betraten sie ein großes Kaufhaus. Sarah sah ein Kleid, das ihr gefiel, jedoch kein Preisschild hatte. So fragte sie einen Verkäufer, der ihr freundlich, aber von oben herab, den Betrag von 2.400 Dollar nannte, ahnte er wohl instinktiv, dass Sarah an diesem Tag nicht zu seiner Provision beitragen würde.

Zwei Tage New York waren interessant, aber auch anstrengend. Sarah freute sich auf zu Hause – auf Leonie und Helmut, auf ihr Haus, ihre Klienten und einfach all das Gute, das es in ihrem Leben gab. Und es gab in ihr diese prickelnde Neugier auf den Mann, der gesagt hatte, dass er ein Verwandter von ihr sei.

Das Flugzeug nach Frankfurt war nur zu etwa zwei Dritteln besetzt und sie hatte das Privileg, eine Viererbank ganz für sich zu haben, sodass sie sich ausstrecken konnte. Sie schlief auch tatsächlich ein und träumte von einem kleinen, blonden Mädchen, das sie anlächelte und ihr die Arme entgegenstreckte.

Loredana August 1998

Es war ein heißer Tag. Loredana lag hinter dem Haus im Schatten und las ein Buch. Sie fühlte sich friedlich. Die anderen waren alle irgendwie beschäftigt – Rainer spielte mit Erwin Badminton, Elmar war spazieren gegangen und die Kinder planschten im Swimmingpool. Das Haus, das sie gemietet hatten, war groß und angenehm kühl. Sie genoss den sanften, warmen Wind, der ums Haus strich und sie wie ein zärtlicher Liebhaber berührte. Sie seufzte und dachte: »Wenn Rainer mich doch auch einmal so zärtlich berühren würde.«

Rainer war ein ernster, kühler Mann. Er war in Russland geboren, sprach allerdings fast akzentfreies Deutsch. Durch Fleiß und Disziplin war es ihm gelungen, zum Geschäftsführer einer Firma zu werden, die russisches Gas importierte. Manchmal überlegte sie, was sie beide eigentlich zusammenhielt, und sie hatte die Antwort noch nicht wirklich gefunden. Er stellte sich als etabliert und finanziell abgesichert dar und vielleicht war es das, was sie an ihm faszinierte. Denn sie war in einer Lebensphase, in der sie alles andere als abgesichert war. Vor ein paar Monaten hatte sie ihren sicheren Posten in der Rechtsanwaltskanzlei gekündigt und war nun dabei, ihre Praxis für Mediation in Regensburg aufzubauen. Im Juli hatte sie Alejandro zu sich geholt und bemühte sich nun nach Kräften, ihre Rolle als alleinerziehende Mutter ohne jegliche familiäre Unterstützung auszufüllen.

Rainer war für sie die Verbindung zu einer *normalen* Welt, in der es, wenn überhaupt, Probleme nur auf Augenhöhe gab und nicht als riesige Berge. Er hatte einen Sohn, David, und war geschieden. Als sie ihn kennenlernte, erschien er ihr wie die Verkörperung des Mannes, den sich die meisten Mütter als Schwiegersohn wünschen würden. Dass es hinter seiner Fassade ganz anders aussah, entdeckte sie erst viel später.

In diesem Sommer nun hatten sie mit einer Gruppe von Freunden zusammen ein Ferienhaus an der Nordsee gemietet. Sie waren insgesamt zu sechst – Loredana, Alejandro, Rainer, sein Sohn David sowie Rainers Freunde Erwin und Elmar. Der Urlaub war bislang relativ harmonisch verlaufen. Es war angenehm, von Männern umgeben zu sein, die sie mit Respekt und Interesse behandelten, weil sie dadurch den Launen von Rainer nur begrenzt ausgesetzt war.

Er konnte liebenswürdig sein, aber auch kalt und grausam – und das Schlimme war, dass man nie genau wusste, wann seine Stimmung kippen würde. Er machte sie für seine Stimmungswechsel verantwortlich, aber ihr wurde schnell klar, dass sie bestenfalls der Auslöser, aber keineswegs die Ursache dafür war.

An diesem Nachmittag genoss sie es, ein paar Stunden für sich zu haben. Sie war gerade dabei, in einen angenehmen Dämmerzustand zu gleiten, als lautes Schreien sie aus ihren Träumen riss. Sie schreckte empor – und hörte Alejandros und Davids panische Stimmen, dann ein Geräusch von Plastik, das auf etwas anderes schlug. Alles wurde übertönt durch Rainers Brüllen: »Ihr Lausebengel! Ich werde es euch schon zeigen.«

Im selben Moment erstarrte sie. Sie wusste, sie sollte jetzt sofort losrennen, aber sie war wie gelähmt.

Als sie es nach ein paar Minuten schaffte aufzustehen, sah sie, dass Rainer den Kindern mit aller Brutalität mit einer Joghurtflasche auf den Rücken schlug. Ihr wurde schwindelig und sie hatte Angst, jeden Moment in Ohnmacht zu fallen. Gleichzeitig fühlte sie sich schuldig für ihre Handlungsunfähigkeit. Dann sah sie, wie Elmar angerannt kam. Er war rot im Gesicht und sah sehr wütend aus. Er stieß Rainer weg und schrie: »Lass die Kinder in Ruhe oder ich hau dich zu Boden.«

Rainer hielt im Schlag inne. Dann ließ er den Arm mit der Joghurtflasche sinken und schaute sich unsicher um, so als wolle er feststellen, wer die Szene beobachtet hatte. Als er Loredana erblickte, wandte er seinen Blick schnell ab. Erwin kam ebenfalls herbeigeeilt. Die Kinder weinten. Sie ging auf ihren Sohn zu und wollte ihn in den Arm nehmen. Aber er entwand sich und sagte: »Ich will weg hier.«

Mit diesen Worten rannte er den Kiesweg entlang. Loredana lief ihm hinterher. Nach ein paar Metern ließ er sich schluchzend ins Gras fallen. Sie setzte sich neben ihn und versuchte, ihn zu trösten. Aus den Augenwinkeln bemerkte sie, dass Rainer sie beobachtete, und sie sah nicht nur das. Sie sah blanken Hass in seinem Blick.

Abscheu stieg in ihr empor, als sie das erkannte. Immer noch hielt sie Alejandro im Arm. Auch David schluchzte. Sein Vater schaute ihn nur kalt an, dann verließ er die Szene. Der Junge kam zu ihr und presste sich an sie. Sie zögerte kurz. Sie wusste nicht, ob es richtig war, ihn in den Arm zu nehmen. Aber schließlich war er ein *Kind*, wenn auch nicht ihres. Sie nahm ihn also ebenfalls in den Arm und saß nun mit zwei weinenden Kindern dort. Dann hörte sie aus der Küche einen Wortwechsel. Es waren Rainer und Elmar.

»Wenn du die Kinder noch einmal anrührst, rufe ich die Polizei. Was hast du dir nur dabei gedacht?«

Rainer antwortete etwas, aber sie konnte seine Worte nicht verstehen. Kurz darauf kam Erwin zu ihr und fragte: »Alles in Ordnung mit dir und den Kindern?« Sie nickte langsam. Er räusperte sich. »Ich glaube, das Beste ist, wenn ich mit den beiden Jungs einen kleinen Ausflug mache. Was denkst du?« Sie fand, das sei eine gute Idee.

Erwin wandte sich an Alejandro und David. »Habt ihr Lust, ans Meer zu fahren? An einen Ort, wo wir noch nicht waren und wo es ganz schöne, bunte Fische gibt?«

Augenblicklich hellten sich die Gesichter der Kinder auf, sie sahen sich an und sagten dann wie aus einem Mund: »Au ja! Ich will mit.« Loredana atmete erleichtert auf. Sie dachte, dass es gut wäre, wenn die beiden ein paar Stunden lang weit weg vom Ort des Geschehens waren, und half ihnen beim Packen der Badesachen. Elmar wollte auch mitfahren.

Er fragte sie, ob sie mitkäme, aber sie zögerte. Zum einen fühlte sie sich immer noch halb erstarrt und hatte den Eindruck, dass sie ein paar Stunden brauchen würde, um wieder in ihren Normalzustand zurückzukommen. Zum anderen wollte sie trotz allem Rainer jetzt nicht völlig alleine lassen. Sie fand es selbst paradox, aber sie dachte, wenn nun alle zum Baden fahren und keiner ihn fragen würde, ob er mitwolle, käme dies einem Ausschluss aus der Gruppe gleich.

Sie fragte sich, warum sie so fühlte, denn schließlich hatte er sich unmöglich verhalten. So erwiderte sie Elmar, dass sie im Haus bleiben und sich ausruhen würde. Er schaute sie zweifelnd an und sie merkte, dass ihm bei diesem Gedanken unbehaglich zumute war, aber gleichzeitig nahm sie wahr, dass es auch bei ihm noch Reste von Loyalität seinem Freund gegenüber gab. Die beiden kannten sich seit über zwanzig Jahren, waren zusammen zur Schule gegangen und hatten ihre gesamte Jugend miteinander verbracht.

Schließlich fuhren Elmar, Erwin und die beiden Kinder weg. Sie sah ihnen hinterher, wie sie winkend im Auto saßen und eine Staubwolke hinter sich herzogen. Dann legte sie sich wieder in den Garten auf den Liegestuhl. Halb hatte sie erwartet, dass Rainer zu ihr kommen und das Gespräch mit ihr suchen würde. Dies war jedoch nicht der Fall. Eine Stunde verging. Sie wurde unruhig. Schließlich machte sie sich doch auf die Suche nach ihm. Sie fand ihn lesend auf dem Sofa in der Küche. Als sie sich ihm näherte, schaute er noch nicht einmal auf. Er tat so, als würde er sie nicht sehen und hören.

Sie war verunsichert. Einige Male hatte sie Rainer schon in solchen Zuständen erlebt und eigentlich war es ratsam, ihn dann in Ruhe zu lassen. Aber in dem Moment konnte sie einfach nicht anders.

»Wie geht es dir?«, und im selben Moment, als sie die Worte aussprach, dachte sie: »Was mache ich eigentlich hier? *Er* müsste *mich* doch fragen, wie es mir geht – und nicht umgekehrt.«

Er tat weiter so, als würde er lesen, und ignorierte sie komplett. Sie wusste, dass jetzt der späteste Moment wäre, um sich zurückzuziehen, aber es ging nicht mehr. So trat sie noch einen Schritt näher auf ihn zu und sagte: »Rainer, wir sollten miteinander reden über das, was vorhin passiert ist.«

Wie von der Tarantel gestochen sprang er vom Sofa auf. Er stand nur ein paar Zentimeter von ihr entfernt und blickte sie mit hasserfüllten Augen an: »Was«, schrie er, »was ist denn passiert? Worüber willst du denn reden? Darüber, dass die beiden Rotzbengel meinen Joghurt aufgegessen haben, ohne mich zu fragen?« Angriffslustig kam er noch ein Stück näher, sodass sich ihre Nasen fast berührt hätten, wenn sie gleich groß gewesen wären.

»Du willst mir doch nicht sagen, dass du die Kinder geschlagen hast, weil sie deinen Joghurt aufgegessen haben, oder?« Sein Blick wurde starr. Er antwortete: »Doch, genau das will ich sagen. Es sind ungezogene Kinder. Besonders Alejandro.«

Loredana atmete durch. Sie hatte schon mehrmals bemerkt, dass Rainer mit ihrem Sohn große Probleme hatte. Ihr war aufgefallen, dass Rainer ihn mied, als ob er seine Lebhaftigkeit, Aufgewecktheit und Liebenswürdigkeit nicht aushalten konnte, weil dadurch ein Teil in ihm berührt wurde, den er vor langer Zeit begraben hatte.

Aber immer, wenn sie ihn darauf angesprochen hatte, hatte er alles abgestritten. Und das war im Grunde genommen das größte Problem – dass sie nicht wirklich miteinander reden konnten. Seine seelische Landkarte schien mit Stopp- und Verbotsschildern gepflastert zu sein und in Gesprächen hatte sie oft das Gefühl, durch ein Labyrinth von Einbahnstraßen zu manövrieren oder in Sackgassen zu geraten.

Wenn sie ihren Freundinnen von ihm erzählte, reagierten sie in der Regel mit der Feststellung: »Du hättest dich schon längst von ihm trennen sollen. Es ist nicht gut, dass du dir so viel gefallen lässt.« Sie wusste, dass das stimmte, trotzdem fühlte sie sich nicht fähig, den Schritt zu tun.

Jetzt antwortete sie: »Rainer, es ist normal, dass Kinder das essen, was im Kühlschrank ist. Dafür sind sie Kinder. Du kannst sie doch deshalb nicht schlagen.« In dem Moment hörte sie wieder ihre innere Stimme laut und deutlich sagen: »Aufhören. Du musst aufhören, Loredana, sonst wird sich seine Wut gegen dich richten.« Aber sie konnte nicht. Sie merkte, dass sein Atem schneller ging. Dann brach es aus ihm heraus: »Kinder? Was heißt das schon? Ich bin von meinem Vater so oft geschlagen worden, dass ich irgendwann aufgehört habe zu zählen. Und mich hat nie jemand beschützt, weil es niemanden gab. Meine Mutter war schon tot und sonst gab es auch niemanden, der sich um mich gekümmert hätte.«

Sie ging einen Schritt zurück. Rainer kam weiter auf sie zu. »Und du bist genau wie mein Vater. Du lässt mich auch im Stich.« Dann fing er an sie zu beschimpfen. Sie hielt sich die Ohren zu und bat: »Hör auf damit.« Aber er hörte nicht auf. Es waren schrecklich Schimpfworte, die aus seinem Mund kamen. Und als sie nochmals schrie: »Aufhören, sofort aufhören!«, gab er ihr eine Ohrfeige.

Ihr stockte der Atem. Sie schauten sich an wie zwei Kampfhunde. Sie hatte Angst, aber sie war auch wütend. Und in diesem Moment überwog ihre Wut. Sie ohrfeigte Rainer zurück und sagte: »Rühr mich nie wieder an.« Dann verließ sie den Raum.

In ihrem Zimmer angekommen, lief sie eine Weile hin und her. Nach zwanzig Minuten konnte sie sich endlich aufs Bett legen. Sie atmete schwer. Tausende von Gedanken wirbelten durch ihren Kopf. Sie dachte: »Ich muss es schaffen, diese Beziehung zu beenden, um meinen Sohn und mich selbst zu schützen.«

Als sie hörte, dass Elmar und Erwin mit den Kindern zurückkamen, war sie erleichtert und entschied, sich ums Essen zu kümmern. Die Kinder würden hungrig sein. Sie ging nach draußen. Begeistert kamen Alejandro und David auf sie zu. »Mama, stell dir vor, wir haben sooo große und ganz bunte Fische gesehen.«

»Toll«, sagte sie. »Seid ihr hungrig?« Beide bejahten.

Beim Abendessen gab es keine weiteren Zwischenfälle. Am nächsten Tag fuhren sie nach Hause. Die Heimfahrt verlief schweigend und in einer gedrückten Stimmung. Loredana tat es leid für die beiden Kinder, dass der Urlaub so endete.

Drei Tage später saß sie in der Praxis von Nadja Huber. Sie erzählte der Therapeutin die ganze Geschichte und endete mit der Frage: »Warum ist es so schwer für mich, diese Beziehung zu beenden? Ich verstehe einfach nicht, warum ich mir so viel gefallen lasse, und ich fühle mich schuldig, dass ich meinem Sohn das zumute.«

»Loredana, mit Selbstvorwürfen kommst du nicht weiter. Lass uns die Situation mit der Joghurtflasche mal beleuchten. Du sagst, du wärst erstarrt. In welchem Moment war das?«

»In dem Moment, als ich das Knallen gehört habe.«

»Und woran hat dich das erinnert?«

Loredana brach der Schweiß aus und sie fing an zu zittern. »Ich weiß es nicht. An irgendetwas, das ich erlebt habe, an das ich mich aber nicht mehr erinnern kann«, antwortete sie.

»Was hast du in dem Moment gedacht?«

»Am besten wäre es, *unsichtbar* zu sein.«

Nadja nickte. »Ich glaube, es wäre gut, eine weitere Rückführung zu machen, um diesen im Schock erstarrten Teil von dir zu finden.«

»Ja, ich habe zwar große Angst davor, aber ich glaube, es ist wichtig für mich und für Alejandro«, sagte sie zustimmend. Und schließlich hatte sie die vorherige Rückführung einen großen Schritt vorangebracht.

Als sie ein paar Minuten später auf der Couch lag und die Augen schloss, wurde sie von Bildern und Gefühlen geradezu überrollt. Sie hörte lautes Knallen und sah ein Schlachtfeld mit halbtoten Körpern. Dann wurde sie in den Körper eines Mannes förmlich hineingezogen.

Wladimir Februar 1917

Es war sehr kalt dort, wo Wladimir kämpfte. In der Truppe, zu der er gehörte, hatte es in der letzten Schlacht viele Verluste gegeben – schlimme Verluste. Es war eines der brutalsten Gemetzel gewesen, das er je erlebt hatte. Überall sah er blutende, zuckende Körper, denen Arme oder Beine fehlten. Die Körperteile lagen über das Schlachtfeld verstreut. Ihm brach trotz der Kälte der Schweiß aus und ihm wurde so übel, dass er sich übergeben musste.

Als er seinen Blick nochmals über das Schlachtfeld schweifen ließ, war es, als lege sich ein Schalter in seinem Inneren um. In aller Deutlichkeit erkannte er, dass er keine Sekunde länger in diesem Krieg kämpfen konnte, und dachte: »Ich muss hier weg – auch wenn es mich mein Leben kostet –, aber ich werde verrückt, wenn ich nur einen Tag länger hierbleibe.«

Dann sagte er zu sich selbst: »Ich bin schon viel zu lange in diesem sinnlosen Krieg gewesen. Ich muss raus, sonst passiert etwas Furchtbares.«

Er nutzte das allgemeine Durcheinander und das hektische Wegschaffen von halbtoten Körpern, um sich ungesehen davonzuschleichen. Realistisch betrachtet war sein Unterfangen Wahnsinn, aber er musste es einfach riskieren. Ohne etwas mitzunehmen, außer seinem Feldrucksack, entfernte er sich unauffällig und langsamen Schrittes von dem grausigen Ort.

Jeden Moment rechnete er damit, dass die scharfe Stimme seines Kommandanten ihn zurückpfeifen oder im schlimmsten Fall bereits das Gewehr auf ihn gerichtet sein würde, aber beides geschah nicht. Wie durch ein Wunder schaffte er es, außer Reichweite zu kommen. Er kämpfte auf der Seite der Russen. Sie befanden sich in der Nähe von Wolgograd und sein Zuhause war ungefähr 800 km entfernt. Aber er musste es einfach versuchen.

Er hatte große Angst vor den deutschen Soldaten. Wenn er in die Hände der Deutschen geriete, wäre ihm ein grausames Schicksal gewiss. Aber erstaunlicherweise begegnete er niemandem. Seine stärkste Motivation war, auf keinen Fall gesehen zu werden. Immer wieder dachte er: »Am besten wäre es, *unsichtbar* zu sein.«

Und als hätten seine Gedanken eine magische Ausstrahlung, sah ihn tatsächlich niemand. Er übernachtete in halb verfallenen Bauernkaten. Und immer fand er das Notwendigste zum Essen, das ihn am Leben hielt. Einmal sah ihn ein Bauer aus der Ferne, der ihn misstrauisch anschaute. Aber er schaffte es zu entkommen. So schlug er sich eine Woche lang durch, bis er Petrograd erreichte.

Als er in der Stadt ankam, war er halb erfroren und verhungert, aber er lebte noch. Einerseits spürte er Erleichterung darüber, es schon fast bis nach Hause geschafft zu haben, auf der anderen Seite wusste er, dass Petrograd besonders gefährlich war. Es könnte gut sein, dass Kameraden oder Vorgesetzte von ihm sich in der Stadt aufhielten. Während er eng an die Häusermauern gedrückt durch die Straßen strich, dachte er immer wieder: »Ich muss *unsichtbar* sein. Davon hängt mein Leben ab. Wenn ich gesehen werde, dann passiert etwas Schreckliches.«

Die Straßen waren an diesem Tag voller Menschen, darunter viele Soldaten – solche, die abgerissen und abgemagert aussahen, und solche, die so aussahen, als hätten sie ihren ›heldenhaften Einsatz‹, um mit den Worten des russischen Propagandaministers zu sprechen – noch vor sich. Wladimir wunderte sich über die fast künstlich nach oben gereckten Köpfe der jungen Soldaten.

Sie mussten doch wahrnehmen, wie ihre Kameraden aussahen, die aus der Schlacht zurückkamen – wenn sie denn überhaupt zurückkamen – dass diesen Arme und Beine fehlten, dass sie halb verhungert und in einem insgesamt beklagenswerten Zustand waren. Aber all das schien sie nicht aus ihrer für Wladimir unverständlichen ›Vorfreude‹ reißen zu können.

Beim Anblick dieser jungen Männer erfasste ihn ein solch überwältigendes Gefühl von Trauer, dass er am liebsten nur noch geweint hätte. Aber er konnte sich solche Gefühlsäußerungen auf offener Straße nicht leisten, also schluckte er seine Tränen hinunter und drängte sich noch ein Stück weiter in den Schatten der Hausmauer.

In einem Moment hielt er inne. Er spürte die Kälte, den Hunger, seinen ausgezehrten Körper und vor allem die Hoffnungslosigkeit und dachte: »Jetzt habe ich es zwar bis hierher geschafft, aber nur mit viel Glück schaffe ich es noch bis in meine Heimatstadt Puschkin.«

»Aber dann? Was wird dann? Ich weiß nicht, ob meine Mutter noch lebt, und ich weiß nicht, ob mein Bruder und seine Familie noch leben. Wenn sie mich verstecken, machen sie sich strafbar. Und ich weiß nicht, wann dieser schreckliche Krieg vorbei sein wird.«

Und eines war gewiss, nämlich dass er sich bis zum Ende des Krieges auf jeden Fall versteckt halten musste. Ein Auftauchen vorher wäre selbstmörderisch gewesen. Wladimir kannte die russischen Autoritäten nur zu gut. Er wusste, dass sie kurzen Prozess machten mit Soldaten, die aus der Reihe tanzten. Sie konnten sich Individualismus nicht leisten und deshalb wurden Deserteure eher zu streng als zu mild bestraft. Die Konsequenzen sollten so abschreckend sein, dass die Angst der Soldaten vor Bestrafung größer war als vor dem Tod in der Schlacht.

Der Hunger begann stärker zu nagen und er fragte sich gerade, wie er es in Petrograd schaffen sollte, etwas Essbares zu stehlen, ohne erwischt zu werden, als er aus der Ferne ein Gesicht sah, das ihm bekannt vorkam. Dann ging alles blitzschnell. Ehe er sich noch ganz in den schützenden Hauseingang zurückziehen konnte, der sich rechts von ihm befand, hefteten sich die Augen des Soldaten, der etwa fünfzig Meter von ihm entfernt stand, auf ihn.

»Wladimir«, rief dieser. Die drei Männer, die ihn begleiteten, blickten in dieselbe Richtung. Eines der Gesichter verzog sich zu einer missbilligenden Grimasse, als er den Namen hörte. Wladimir versuchte wegzurennen, aber es war aussichtslos. Nach ein paar Schritten fühlte er den harten Griff des Mannes mit dem verächtlichen Gesichtsausdruck in seinem Nacken.

Der Mann drehte ihn zu sich um. Bevor er auch nur Luft holen konnte, brüllte dieser ihn an: »Du dreckiger Lump, du Deserteur, du hast deine Kameraden im Stich gelassen und dein Land verraten!«

Der andere Soldat, der ein Kamerad von Wladimir war, versuchte, ihn vergeblich zu beruhigen. »Lass mich, Sergei«, schrie der Kommandant, »diesem Hurensohn werde ich höchstpersönlich das Genick brechen.«

Der als Sergei Angeredete senkte einen Moment lang betreten den Kopf. Wladimir konnte spüren, dass er sich schuldig fühlte, weil er seinen Namen laut gerufen hatte, ohne zu überlegen. Er hätte sich denken können, welche Konsequenzen es haben würde, die Aufmerksamkeit des Kommandanten auf ihn zu lenken.

Der dritte Mann war ebenfalls ein Soldat aus Wladimirs Truppe. Die drei hatten wohl etwas in Petrograd zu erledigen an diesem Tag und deshalb die Front verlassen.

Der Kommandant schleifte Wladimir die Straße entlang. »Wir gehen zur Kommandantur. Dort wirst du verhört und dann mache ich dir den Prozess, hast du gehört, du Verräter?«

Das Wort ›Verräter‹ bohrte sich zusammen mit dem eisernen Griff des Kommandanten in seinen Nacken und hallte als Echo höhnisch in seinem Kopf wider. Scham stieg in Wladimir hoch, als er das Wort hörte. Es fühlte sich so an, als ob er nackt auf der Straße stünde.

Die Kommandantur war nur wenige Häuserblocks entfernt. Es war ein schmuckloses, graues Gebäude, das bislang vom Krieg verschont geblieben war. Sie passierten ein Vorzimmer und kamen dann in den Raum des Oberbefehlshabers. Er war leer. Wladimir dachte sich, dass er an der Front sei. So nahm der Kommandant mit großer Selbstverständlichkeit den Platz hinter dem Schreibtisch ein.

Die beiden Kameraden saßen betreten auf zwei Stühlen im Raum. Wladimir ließ sich auf dem Stuhl vor dem Schreibtisch nieder. Als er jetzt den Blick des Vorgesetzten erwiderte, begegnete ihm blanker Hass. In dem Moment beschlich ihn die vage Ahnung, dass er aus dieser Situation nicht lebend herauskommen würde. Aber er verdrängte den Gedanken sofort wieder.

Er hatte sich noch nie gut mit Kommandant Vlazav verstanden. Der Mann war wie geboren für den Beruf, den er ausübte. Er war Soldat durch und durch. Neben unerbittlicher Härte liebte er es, Befehle zu brüllen und Feindbilder zu verstärken. Von Hass und Brutalität angetrieben war er bislang erfolgreich im Krieg gewesen und hatte einige Auszeichnungen bekommen, die Wladimir nun an seinen Schultern prangen sehen konnte.

Er und Vlazav hätten nicht unterschiedlicher sein können. Während Wladimir die schönen Künste liebte wie Klavier- und Klarinettenspiel, Literatur und Malerei, war der Kommandant eine Tötungsmaschine. Dieser krasse Gegensatz war ihm noch nie so deutlich geworden wie in diesem Moment. Und er wusste, dass die Situation nur einen Gewinner und einen Verlierer haben konnte. In Vlazavs Denken hätte es nicht hineingepasst, dass aus einer Situation zwei Menschen als Gewinner hervorgingen.

Für ihn gab es nur Gut und Böse, Schwarz und Weiß. Die ›Schwarzen‹ in Gestalt der Deutschen waren seine Feinde und mussten vernichtet werden. Jetzt in diesem Moment war es Wladimir, der in sein Feindbildschema passte, und er wusste, dass ihn derselbe Vernichtungswille treffen würde, der normalerweise den gegnerischen Soldaten vorbehalten war.

Als er das begriff, wurde ihm klar, dass es gar nicht wirklich um ihn ging. Es ging um Feindbilder, die wie Schablonen in Vlazavs Kopf existierten. Und diese Schablonen waren austauschbar. Wenn ein anderer Mann ein Verhalten an den Tag legen würde, dass in Vlazavs Raster hineinpassen würde, dann käme dieser in die Schusslinie.

Wladimir verstand viel in diesen Sekunden, jedoch ahnte er, dass ihm dieses Begreifen für sein jetziges Leben nicht mehr nützlich sein würde. Er tauchte aus seinen Gedanken auf, gerade rechtzeitig, um die erste Frage des Kommandanten zu hören, die an sein Ohr donnerte: »Soldat Wladimir Wagner, warum hast du am Nachmittag des 3. Oktober unerlaubt deine zu meinem Kommando gehörende Truppe verlassen?«

Aus den Augenwinkeln konnte Wladimir erkennen, dass seine beiden Kameraden unruhig auf ihren Stühlen hin- und herzurutschen begannen. Ihr Unbehagen war deutlich zu spüren. Er räusperte sich und dachte: »Es ist im Grunde genommen egal, was ich sage. Die Antwort ist sowieso falsch.«

Dann sagte er: »Ich war verwirrt. Ich hatte gekämpft und die Schlacht war gerade beendet. Ich habe überall Blut und halbtote Körper gesehen. Und auch Körper, denen Teile fehlten. Einzelne Arme und Beine lagen irgendwo in der Gegend herum. Das war zu viel für mich. Ich hatte nur noch den Gedanken ›Nur weg von hier, sonst sterbe ich‹.«

Bevor Wladimir auch nur seinen letzten Satz beendet hatte, brüllte der Kommandant bereits: »Du Feigling! Unerhört. Du bist im Krieg, um zu kämpfen und dein Vaterland zu verteidigen, nicht um schlappzumachen wie ein weiches Ei.«

Wladimir konzentrierte sich auf seinen Atem. Er erwiderte nichts, denn ihm war klar, dass jede Antwort den Zorn des Kommandanten nur verstärken würde. Aber auch wenn er nichts sagte, würde Vlazav sein Schweigen zum Anlass nehmen, um sich richtig aufzublähen. Er fühlte in diesem Moment Resignation, aber in diese Empfindung mischte sich auch eine eigenartige Welle von Erleichterung.

Er dachte: »Eigentlich habe ich ab jetzt keine Verantwortung mehr. Wenn ich sowieso weiß, dass mir alles negativ ausgelegt wird, was ich sage, dann kann ich mich einfach entspannen und meine Hoffnungen darauf konzentrieren, dass mein Tod nicht allzu schmerzlich wird.«

Mit diesen Gedanken lehnte er sich im Stuhl zurück und betrachtete den Mann vor sich. Er sah, dass er recht gehabt hatte. Sein Schweigen führte dazu, dass Vlazavs Gesichtsfarbe eine bedrohliche Färbung annahm und die Adern an seinem Hals anschwollen. Seine Stimme wurde beängstigend leise. »Antworte, Soldat, oder ich werde dafür sorgen, dass du es tust.«

Wladimir dachte, dass er nichts mehr zu verlieren hätte, und erwiderte: »Kommandant Vlazav, Sie verstehen mich doch sowieso nicht. Egal was ich Ihnen sage, Sie wollen mich vernichten. Also kann ich genauso gut den Mund halten.«

Als hätte ihn eine Viper gestochen, sprang der Kommandant von seinem Stuhl auf.

»Du Hochverräter, du erbärmliche Kreatur, ich werde dir zeigen, wie ich dich zum Reden bringe.«

Mit diesen Worten wandte er sich an Wladimirs Kameraden: »Gregori, Anton, bringt ihn in den Geständnisraum.«

Als Wladimir das Wort ›Geständnisraum‹ hörte, wusste er sofort, dass nur die Folterkammer damit gemeint sein konnte. Seine beiden Kameraden packten ihn an den Armen, allerdings zögerlich. Er spürte genau, dass die beiden, besonders Gregori, mit dem er befreundet gewesen war, am liebsten den Befehl verweigert hätten, sich aber nicht trauten, weil sie genau wussten, dass Kriegsrecht herrschte und Befehlsverweigerung im Krieg mit der Todesstrafe geahndet wurde.

Gregoris Schuldgefühle waren für ihn körperlich regelrecht spürbar, gerade so, als würden sie durch die Berührung seiner Hand mit Wladimirs Arm in ihn hineinfließen. Er versuchte seinem Kameraden in Gedanken zu vermitteln, dass er ihm nicht böse war.

Das Erste, was er von der Folterkammer sah, war der Stuhl. Er sah aus wie ein medizinischer Behandlungsstuhl – jedoch mit dem Unterschied, dass die für Arme und Beine vorgesehenen Schienen Befestigungsriemen aufwiesen.

»Anschnallen!«, donnerte Vlazav und als er bemerkte, dass Gregori und Anton die Riemen relativ locker anlegten, setzte er nach: »Fester!« Und dann war die Stimme des Kommandanten auch schon über ihm. »Wladimir Wagner, gestehst du, dass du am Nachmittag des 3. Februar unerlaubt deine Truppe verlassen hast und damit das herrschende Kriegsrecht gebrochen hast?«

Der Angesprochene blieb stumm. Der Kommandant wiederholte seine Frage und diesmal schwoll die Ader an seinem Hals so bedrohlich an, dass Wladimir mit einer gewissen Portion Galgenhumor dachte: »Wenn ich lange genug durchhalte, bekommt er einen Herzinfarkt, bevor er mich foltern kann.«

Schon wenige Augenblicke später drang ein lautes ›Abfüllen!‹ an sein Ohr und Wladimir wusste, was das bedeutete. Ihm würde jetzt so lange hochprozentiger Alkohol eingeflösst, bis er anfing zu reden. Er wurde kreidebleich und dachte: »Das halte ich nicht aus. Ich habe eine Ewigkeit nichts gegessen. Aber wenn ich sterbe, wird Gregori keine glückliche Minute mehr in seinem Leben haben.« Und dann rann auch schon die brennende Flüssigkeit seine Kehle hinunter. Er bekam kaum Luft und als die ersten Tropfen in seinem Magen ankamen, fühlte es sich an, als verbrenne er von innen heraus. Er begann zu japsen. Als Vlazav das sah, gab der den Befehl aufzuhören. »Und, bist du jetzt bereit, dein Verbrechen zu gestehen, Soldat?«

Wladimir reagierte mit Kopfschütteln. »Und wenn du mich bei lebendigem Leib schlachtest, du wirst mir meinen Stolz und meine Ehre nicht nehmen. Die nehme ich mit ins Grab«, dachte er, woraufhin der Kommandant die Männer so lange weitermachen hieß, bis er das Bewusstsein verlor. Als er nach ein paar Minuten wieder zu sich kam, weil Vlazav ihn ohrfeigte, war sein Kopf wie ihn Watte gepackt, aber er war noch wach genug, um zu wissen, dass er nichts sagen würde.

Erneut bellte der Kommandant: »Bist du jetzt bereit, dein Verbrechen zu gestehen?« Wladimir schüttelte mit letzter Kraft den Kopf. Seinem Peiniger lief die Zeit davon, denn er wurde dringend an der Front gebraucht und konnte es sich nicht leisten, hier kostbare Stunden zu vertrödeln. Aber er würde seinen Untergebenen auch keinem anderen überlassen, denn er wollte sichergehen, dass dieser seiner Strafe nicht entging.

Nochmals wurde die Flasche angesetzt, wieder wurde Wladimir ohnmächtig und durch Ohrfeigen des Kommandanten wieder ins Bewusstsein zurückgeholt. Es vergingen Sekunden, die ihm wie eine Ewigkeit vorkamen, bis Vlazav an Gregori und Anton gewandt sagte: »Ihr wisst, dass das Kriegsrecht es erlaubt, Schweigen als Geständnis zu werten«, und an den Gefolterten gerichtet fortfuhr: »Ich verurteile dich, Wladimir Wagner, zum Tod durch Erschießen, weil du gerade eben gestanden hast, ein Deserteur und Hochverräter zu sein.«

Wladimir schloss die Augen. »Lieber Gott«, betete er, »lass es schnell vorbeigehen.«

Sein Wunsch wurde ihm erfüllt, denn als seine Kameraden ihn im Innenhof des Gebäudes vor die Wand stellten, hatte Vlazav seine Pistole bereits gezückt. Wladimir sah noch Gregoris schreckgeweiteten Augen und das hasserfüllte Gesicht des Kommandanten, dann traf ihn der Schuss in die Brust. Sein letzter Gedanke war: »Bin ich ein Verräter?«

Als sein Bewusstsein den Körper verließ, nahm er diese Frage mit, die begleitet wurde von einem emotionalen Cocktail aus Schuldgefühlen, Erleichterung, Angst und Nebel. Dann folgte ein Moment der Leere, bevor er merkte, dass er gestorben war. Er befand sich außerhalb seines Körpers und sah diesen am Boden liegen, was ihn überraschte, denn gerade war er noch in ihm gewesen. Er sah das Blut und die Pistole in Vlazavs Hand und verstand, dass beides etwas damit zu tun hatte, dass er jetzt neben seinem Körper stand. Er konnte noch Vlazavs Schritte hören, als dieser den Innenhof mit dem Befehl »Wegschaffen« verließ.

Als sie aus der Trance aufwachte, sah sie als Erstes die mitfühlenden Augen von Nadja Huber. Das half ihr, wieder ganz in der Gegenwart anzukommen. Sie befühlte ihre Arme und Beine, als müsse sie sicherstellen, dass sie Loredana und nicht Wladimir war. Erst als sie sich vergewissert hatte, dass sie einen weiblichen Körper hatte und ein Sommerkleid trug, atmete sie erleichtert auf. Aber gleichzeitig spürte sie genau, dass sie dieser Mann gewesen war und dass der emotionale Cocktail, den sie im Schock aus dem vergangenen Leben mitgenommen hatte, irgendwie mit ihrer momentanen Situation mit Rainer zu tun hatte.

In den Tagen und Wochen nach der Rückführung bemerkte sie, dass sich etwas Gravierendes in ihr veränderte. Wenn Rainer sich provozierend ihr gegenüber verhielt, stieg sie nicht mehr darauf ein. Es war, als ob eine tiefe Wunde in ihr angefangen hätte zu heilen und als ob dieser Prozess dafür sorgen würde, dass sie weniger angreifbar war. Sie fühlte sich stärker und distanzierter ihm gegenüber. Und als es einige Zeit später wieder zu einer unangenehmen Situation zwischen ihnen kam und sie Rainers hasserfüllten Blick wahrnahm, löste dieser keine Angst in ihr aus, sondern nur den Wunsch, die Situation so schnell wie möglich zu beenden. Sie erkannte wie mit einem Schlag, dass sie mit diesem Mann keine Zukunft haben würde.

»Rainer, ich möchte solche Situationen nicht mehr in meinem Leben haben und ich glaube, wir sollten unsere Beziehung beenden. Es hat einfach keinen Sinn«, sagte sie in ruhigem Ton.

Augenblicklich wich der Hass aus seinen Augen und machte nackter Angst Platz. »Jetzt sehe ich endlich *seine*

Angst. Immer hat er es geschafft, dass *ich* diese Gefühle übernehme. Jetzt zeigt sich zum ersten Mal die Wahrheit«, dachte sie und merkte, dass es ihm unangenehm war. Er räusperte sich und erwiderte nach einer kurzen Pause tonlos: »Ja, es ist besser, wenn wir getrennte Wege gehen.«

Auf ihre Bitte hin, entschuldigte er sich ohne den geringsten Widerspruch noch bei Alejandro und als er ihre Wohnung verließ, war sie erleichtert, dass es endgültig vorbei war, und dass sie sich und ihrem Sohn weitere qualvolle Situationen erspart hatte.

Sarah

Februar 2011

Sarah war in Hamburg auf einer Fortbildung. Am Abend schlenderte sie wieder auf ihr Zimmer zurück und schaltete den Laptop ein. Im E-Mail-Eingang befand sich eine Nachricht von ihrer Tochter. »Hallo Mama, ich hoffe, es geht dir gut. Stell dir vor, gestern habe ich eine Mail von diesem Mann bekommen, der ein paarmal angerufen hat und dich sprechen wollte. Du erinnerst dich? Wir haben doch mehrmals versucht, ihn zurückzurufen, aber die Nummer war falsch. Hier unten kannst du lesen, was er geschrieben hat.«

Sarah erinnerte sich noch sehr gut an die vergeblichen Versuche, die sie und Leonie unternommen hatten, um den geheimnisvollen Fremden, von dem sie nur den Vornamen, Frederic, und eine Telefonnummer hatten, zu erreichen. Schließlich hatten sie es aufgegeben.

Jetzt las sie: »Liebe Sarah, wie du weißt, habe ich schon ein paarmal mit deiner Tochter Leonie telefoniert. Du warst immer verreist, wenn ich versucht habe, dich zu erreichen. Ich habe Leonie eine falsche Telefonnummer gegeben. Bitte verzeih mir, ich habe es aus Angst getan. Es ist alles eine lange Geschichte. Ich würde gerne mit dir sprechen und freue mich über eine Antwort von dir. Liebe Grüße – dein Frederic.«

Während Sarah die Zeilen am Bildschirm las, wurden ihre Augen immer größer. Ihr Herz klopfte bis zum Hals, obwohl sie nicht verstand, warum. Sie las die E-Mail wieder und wieder. Dann stand sie auf und zündete sich eine Zigarette an. Es war einer dieser seltenen Momente, in denen so starke Gefühle in ihr hochkamen, dass sie etwas brauchte, um diese zu dämpfen. »Besser als Schnaps«, dachte sie, als sie die ersten Züge inhalierte. Ihr wurde sofort schwindelig.

Sie setzte sich wieder hin und las die E-Mail noch einmal. Erneut reagierte ihr ganzer Körper. Dann musste sie plötzlich an ihre leibliche Mutter und an ihren leiblichen Vater denken, die sie beide nicht kannte. Aber in diesem Moment kam es ihr vor, als seien beide in ihrem Hotelzimmer anwesend. Das Gefühl war so intensiv, dass sie eine Gänsehaut bekam. Sie hatte so etwas noch nie zuvor gespürt.

Nur kurze Zeit später kam eine Welle von Wut ihrer Adoptivmutter gegenüber hoch. »Du hast mir meine Wurzeln vorenthalten, du hast mir meine Identität weggenommen, indem du mir verschwiegen hast, wer meine Eltern sind«, dachte sie. »Und jetzt kann der Spuk endlich vorbei sein. Wenn ich Frederic treffe und mit ihm spreche, dann wird er mir vielleicht erzählen, wer und wie meine Eltern waren, und wenn ich das weiß, kann ich endlich Frieden mit meiner Vergangenheit schließen und einfach glücklich sein.«

Sie beschloss, ihm zurückzuschreiben, damit er wusste, dass sie seine Zeilen gelesen hatte und damit der Kontakt nun wenigstens einmal per E-Mail hergestellt war.

So schrieb sie: »Lieber Frederic, ich freue mich, von dir zu hören. Du scheinst mich immer dann zu kontaktieren, wenn ich gerade verreist bin. Ich befinde mich momentan auf einem

Seminar in Hamburg. Ich würde mich sehr gerne mit dir treffen, wenn ich wieder da bin. Dass du Leonie die falsche Telefonnummer gegeben hast, ist schon verziehen. Du hattest sicher deine Gründe dafür, die du mir ja dann erzählen kannst. Liebe Grüße, deine Sarah.

Nachdem sie die Mail abgeschickt hatte, fühlte sie sich friedlich.

Loredana — Oktober 1998

Alejandro lebte sich überraschend schnell in Deutschland ein. Im September begann die Schule und schon am ersten Schultag kam er begeistert nach Hause mit den Worten: »Mama, ich habe schon neue Freunde in der Klasse.«

Nach drei Tagen brachte er zum ersten Mal einen Klassenkameraden mit, der in der Nähe wohnte, und fragte, ob er mit ihnen zusammen mittagessen könne. Loredana war einverstanden. Danach machten die Jungs zusammen Hausaufgaben.

Im Oktober war Alejandros zwölfter Geburtstag. Sie fragte ihn eine Woche vorher, wie er diesen verbringen wolle, und er sagte ihr, dass er am liebsten bei McDonalds feiern und alle Jungs aus seiner Klasse einladen würde. Loredana fragte ihn, wie viele das denn seien, und er antwortete: »Ungefähr zwölf.«

Sie war einverstanden. Am Nachmittag seines Geburtstages fand sich Loredana plötzlich mit dreizehn Jungs in ihrer Wohnung wieder, die lachten, Playstation spielten, sich gegenseitig neckten und mühelos den im Hintergrund laufenden Fernseher und die Stereoanlage übertönten.

Alejandro war sehr aufgeregt und sie konnte spüren, wie glücklich er war, dass alle, die er eingeladen hatte, tatsächlich gekommen waren.

Sie war sehr stolz auf ihren Sohn. »Was für eine unglaubliche Leistung. Er hat sich innerhalb von fünf Wochen in seiner Klasse sozial integriert. Alle Kinder akzeptieren und mögen ihn«, dachte sie.

Später ging sie mit den Jungs zu McDonalds. Die Feier war wild, die Kinder aßen und tranken bis zum Umfallen und dabei spielten sie alle möglichen Spiele.

Nachdem alle Gäste von ihren Eltern abgeholt waren und Loredana Alejandro, der in der Badewanne saß und von seiner Feier schwärmte, Gesellschaft leistete, dachte sie an die vergangenen Wochen zurück und freute sich, dass sich trotz anfänglicher Probleme alles so gut entwickelt hatte.

Alejandro hatte im Sommer einen Deutschtest absolvieren müssen, der verständlicherweise große Lücken gezeigt hatte. Daraufhin sollte er noch ein paar Monate in eine sogenannte Übergangsklasse an einer anderen Schule gehen, aber Loredana hatte sich erfolgreich durchgesetzt und erreicht, dass er sofort in seine Klasse in der Gesamtschule aufgenommen wurde. »Wissen Sie«, hatte sie argumentiert, »mein Sohn ist gerade aus Spanien gekommen und muss eine riesige Umstellung bewältigen. Ich denke, er wäre damit überfordert, wenn er von der Übergangsklasse noch einmal wechseln müsste. Deshalb entscheide ich, dass er sofort in seine Klasse in der Gesamtschule geht. Ich werde dafür sorgen, dass er genügend Deutsch lernt, bis die Schule anfängt. Und sollte es Probleme geben, dann müssen wir uns eben noch mal zusammensetzen.«

Und als sie ihren Sohn jetzt mit geröteten Wangen in der Wanne liegen sah, wusste sie, dass sie richtig entschieden hatte, spürte, wie sich ein friedliches Gefühl in ihrem Badezimmer breitmachte, und dachte: »Ja, so wie es ist, ist es gut.«

Nach dem Abendessen konnte Sarah es kaum erwarten, wieder auf ihr Zimmer zu kommen und ihren Laptop einzuschalten. Sie war aufgeregt, denn sie hoffte, eine E-Mail von Frederic zu haben. Die Internetverbindung im Hotel war relativ langsam und es dauerte Minuten, bis das Programm sich öffnete. Dann aber sah sie sofort – er hatte ihr geschrieben.

Sie trank erst einmal einen Schluck Wasser. Dann begann sie zu lesen. »Liebe Sarah, ich kann dir gar nicht sagen, wie froh ich bin, dass du mir geantwortet hast. Ich hatte so ein schlechtes Gewissen wegen der falschen Telefonnummer. Es ist alles eine lange Geschichte … ich lebe in Dortmund bei meiner Mutter. Sie heißt Emma und ist die zweite Frau unseres leiblichen Vaters. Er hieß Alexander und ist schon seit langem tot. Mehr will ich dir eigentlich gar nicht per Mail erzählen, denn ich möchte unbedingt, dass wir uns treffen. Wann bist du wieder zu Hause? Ich würde dich gerne in Stuttgart besuchen, aber wenn du zu mir nach Dortmund kommen möchtest, so ist das auch in Ordnung. Ganz liebe Grüße von deinem Bruder Frederic. PS: Du hast eine entzückende Tochter.«

Als Sarah die Worte ›Vater‹ und ›Bruder‹ las, fing ihr Herz wild an zu klopfen. Ihr ganzer Körper wurde von Energiewellen durchströmt und sie dachte: »Endlich werde ich die Wahrheit erfahren.«

Loredana hatte in den folgenden Monaten alle Hände voll zu tun mit der Erziehung von Alejandro und dem Aufbau und der Expansion ihrer Mediationspraxis. Sie strengte sich an, denn sie wollte ihrem Sohn ein gutes Leben bieten. Es sollte ihm an nichts fehlen. Sie war jeden Tag glücklich, dass er bei ihr war, auch wenn sich das Zusammenleben nicht immer einfach und mitunter regelrecht explosiv gestaltete.

Ein paar Monate, nachdem sie ihn zu sich geholt hatte, setzte langsam die Pubertät ein und ihr war klar, dass es sehr schwierig für ihn sein musste, die Bindung zu ihr neu aufzubauen und sich gleichzeitig von ihr abzunabeln. Für sie war die gleiche Herausforderung gegeben, nur mit dem Unterschied, dass sie den Überblick haben sollte.

Sie hätte ihn am liebsten jeden Tag umsorgt, gehätschelt und geherzt, aber als es auf seinen dreizehnten Geburtstag zuging, distanzierte er sich körperlich von ihr. Loredana wusste, dass dies eine gesunde Entwicklung war. Gleichzeitig spürte sie so viel Nachholbedarf aus den vergangenen Jahren.

Eines Abends hatten sie die erste heftige Auseinandersetzung – es ging ums Zähneputzen –, die darin gipfelte, dass Alejandro sie mit einem deftigen Schimpfwort bedachte und sie ihm daraufhin eine schallende Ohrfeige verpasste. Er rannte aus dem Bad und schloss sich in seinem Zimmer ein.

Loredana sank auf den Badewannenrand und fing an zu weinen. Sie war bestürzt über die ganze Situation und insbesondere über ihre heftige Reaktion. Sie dachte: »Was für eine Mutter bin ich nur!«

Als sie sich wieder einigermaßen beruhigt hatte, klopfte sie vorsichtig an seine Zimmertür. Beim dritten Klopfen öffnete er die Tür einen Spaltbreit. Sie konnte nur seine Augen sehen.

»Alejandro, es tut mir leid, dass ich dich geschlagen habe.«

Einen Moment lang geschah nichts, dann ging die Tür weiter auf.

»Mama, mir tut es auch leid, dass ich dich beschimpft habe.«

»Ich gehe jetzt in die Küche und mache einen Tee für uns, ja? Dann können wir uns noch ein bisschen hinsetzen und reden.«

Er nickte und ein paar Momente später saßen sie in der kleinen, gemütlichen Küche beisammen. Loredana entschuldigte sich noch einmal, er setzte sich zur Versöhnung auf ihren Schoß und sie umarmte ihn, während sie die tiefe und innige Verbindung zwischen ihnen fühlte. Mit einem Mal waren der Ärger, die Bestürzung, die Verwirrung und die Schuldgefühle weg. Nur noch Liebe blieb übrig.

Heftige Konflikte gab es nicht nur einmal. So schlimm die Streitereien auch waren, so beruhigend war es für Loredana, dass die Versöhnung immer zeitnah erfolgte. Sie tat allerdings auch alles, was ihr möglich war, um die schwierigen Situationen gut enden zu lassen, und jedes Mal, wenn sie sich überfordert fühlte, holte sie sich Rat und Hilfe bei Nadja Huber, damit sie ihren Sohn besser verstehen und unterstützen konnte.

Sie begriff, dass es ein riesiges Durcheinander in ihm geben musste. Sein Vater hatte jahrelang auf subtile Art und Weise ihre Mutterrolle untergraben und Alejandro war natürlich in Spanien in einer Kultur aufgewachsen, in der es immer noch Machismo in den unterschiedlichsten Ausprägungen gab. Jetzt lebte er bei ihr und sah, dass sie eine mit beiden Beinen fest auf dem Boden stehende erfolgreiche Geschäftsfrau war, die ihr Geld selbst verdiente und anders lebte als viele Frauen, die er in Spanien gesehen hatte.

Das musste sein Weltbild völlig auf den Kopf stellen. Dazu war er noch mit dem Erlernen der deutschen Sprache und mit seiner eigenen sozialen Integration beschäftigt sowie mit den schulischen Anforderungen, denen er sich gegenübersah.

In Regensburg gab es keine familiäre Unterstützung für sie und ihr Kind. Einerseits vermisste sie diese manchmal, aber andererseits blieb auch so jegliche ungefragte Einmischung aus. Allerdings schmerzte es sie, dass Sergio sich überhaupt nicht kümmerte. Wenn er anrief, dann nur, um Alejandro dahingehend zu beeinflussen, dass er wieder nach Spanien zurückkommen solle. Er verstand nicht, dass er, indem er ihre mütterliche Autorität immer wieder subtil zu untergraben versuchte, seinen Sohn destabilisierte. Aber seine Versuche blieben erfolglos. Alejandro blieb bei ihr, auch wenn er ab und zu nach einem Streit seine Koffer packte und ihr sagte, dass er zu seinem Vater gehen würde.

Wenn er die Wohnung verließ, überkam sie ein paar Momente lang Panik. Dann aber beruhigte sie sich. Sie wusste instinktiv, dass er spätestens nach einer halben Stunde wieder vor der Tür stehen würde. Und so war es auch. Er kam wortlos zurück, verschwand in seinem Zimmer, packte seinen Koffer wieder aus und kam nach einer weiteren halben Stunde zu ihr, um ihr zu sagen, dass er Hunger hatte.

Wenn sie dann zusammen am Küchentisch saßen und aßen, war es wieder gut.

Sie träumte von einer Frau, die ihr ähnlich sah und die sich in einem großen Tanzlokal befand. Sie wirkte so, als sei sie zum ersten Mal dort. Zwei Freundinnen begleiteten sie. Die Frau beobachtete die Tänzer auf der Tanzfläche, die alle ein sehr fortgeschrittenes Niveau hatten. Sie wirkte unsicher.

Sarah nahm wahr, dass die Frau anfing, sich klein und *unsichtbar* zu fühlen. Nach etwa zehn Minuten kamen zwei Männer auf die drei Frauen zu und forderten ihre Freundinnen zum Tanzen auf. Die Paare verschwanden auf der Tanzfläche und sie blieb alleine zurück.

Im Traum kam es Sarah leicht befremdlich vor, die Gefühle der Frau so deutlich spüren zu können, als seien es ihre eigenen, aber gleichzeitig zu wissen, dass sie nicht diese Frau war.

In der nächsten Szene stand die Frau konsterniert da und atmete tief, um ihre Fassung zu bewahren. Sie wirkte, als hätte sie soeben eine Ohrfeige bekommen oder als hätte jemand zu ihr gesagt: »Ich will dich nicht.«

Nach ein paar Minuten begann der Tanzboden zu beben, außer in der Ecke, in der sich die Frau befand. Innerhalb von Sekunden brach das Parkett auf und verschlang die Tänzer.

Sarah wachte von dem Krachen des Bodens auf. Sie wusste einen Moment lang nicht, wo sie war. Dann ließ sie den Traum Revue passieren und fragte sich: »Wer ist diese Frau bloß?« Sie wusste genau, dass sie sie noch nie gesehen hatte, aber auf eine seltsame Art und Weise war sie ihr vertraut. Sie konnte es nicht ergründen, denn es gab keinerlei Erinnerungen, mit denen sie dieses Gefühl hätte verbinden können.

Als Alejandro etwa siebzehn Jahre alt war, bekannte Loredana in einem Gespräch, dass sie ihm so gerne eine große Familie geboten hätte, vor allem einen Stiefvater oder eine andere Form von Vaterersatz. Er sah sie überrascht an und sagte: »Aber Mama, das hätte ich gar nicht gewollt.«

Nun war es an ihr, erstaunt zu sein, und sie dachte: »Da muss ich wohl aufpassen, dass ich nicht meine eigenen unerfüllten Wünsche aus der Kindheit auf meinen Sohn übertrage. Womöglich hat er ganz andere Bedürfnisse als ich, und vielleicht ist es gut, dass er nach den vielen Bezugspersonen, von denen er in Spanien umgeben war, hier in Deutschland nur mich hat. Vielleicht hilft ihm das, aus seinem inneren Durcheinander wieder herauszukommen und eine Orientierung zu finden.«

Ein paar Monate vor seinem 18. Geburtstag fragte sie ihn, wie er diesen besonderen Tag verbringen wollte. Sie bot ihm an, die ganze spanische Familie einzuladen. Er würde es sich überlegen, entgegnete er.

Nach ein paar Wochen fragte sie ihn nochmals und er antwortete, dass er den Tag mit ihr zu zweit verbringen wolle. »Mama, wir haben hier in den letzten Jahren doch auch alles zu zweit gemacht. Niemand von der Familie hat uns geholfen. Deshalb möchte ich meinen 18. Geburtstag mit dir zu zweit feiern.« Wieder war sie überrascht, aber seiner unbestechlichen Logik hatte sie nichts entgegenzusetzen. Nachdem sie seine Gründe verstanden hatte, freute sie sich.

Der Tag war wunderschön. Sie dekorierte die ganze Wohnung mit Girlanden und Konfetti. Abends gingen sie in ein spanisches Lokal zum Essen. Loredana war sehr stolz, dass sie nun einen erwachsenen Sohn hatte.

Sarah

Februar 2011

Als der ICE in den Stuttgarter Hauptbahnhof einlief, sah sie schon von Weitem Helmut, der eine rote Rose in der Hand hielt. Ihr Herz hüpfte und sie lief freudig auf ihn zu. Er nahm sie in den Arm und als sie den bekannten Duft seines Parfums und seine starken Arme um ihren Körper spürte, wusste sie: »Ich bin wieder zu Hause.«

Sie küssten sich und er gab ihr die Rose. »Ich liebe dich«, sagte er, »und ich bin glücklich, dass du wieder da bist.« Sie nahm die Blume und erwiderte: »Ich liebe dich auch, Helmut, und ich bin sehr froh, dass ich wieder zu Hause bin.«

Auf der Autofahrt erzählte Sarah ihm von ihrem Seminar. Helmut hörte ihr zu. Ab und zu nahm er ihre Hand und küsste sie.

Als sie zu Hause ankamen, war es schon dunkel. Es war Donnerstagabend und sie dachte sich, dass Leonie nicht zu Hause sein würde. Als hätte Helmut ihre Gedanken gelesen, bestätigte er: »Deine Tochter ist mit ihrem neuen Freund tanzen gegangen.« Sarah lächelte.

Nachdem sie ausgepackt hatte, saßen sie im Wohnzimmer zusammen und tranken ein Glas Wein. Als sie die vertraute Atmosphäre einatmete, fühlte sie sich wohlig und geborgen. »Es ist so schön, wieder zu Hause zu sein, und es ist so schön, wieder bei dir zu sein.« Helmut küsste sie zärtlich.

Dann sprachen sie über Frederic. Ihr Mann hatte die E-Mail gelesen. »Ich bin genauso gespannt wie du, was er dir zu erzählen hat. Wann wirst du dich mit ihm treffen?«

»Sobald wie möglich. Jetzt ist schon so viel Zeit vergangen und ich fühle mich bereit, die Wahrheit zu erfahren, was immer das auch heißt.«

Sie hörte sich sprechen und fragte sich, ob es stimmte, denn es gab Neugier in ihr, aber auch Angst. Gleichzeitig merkte sie, dass der neugierige Teil überwog.

Eine Woche später war es soweit. Sie hatte mit Frederic vereinbart, dass sie sich in einem Restaurant in Frankfurt treffen würden. Sie war mit dem Zug angereist, denn sie fühlte sich zu nervös, um Auto zu fahren. Als sie das *Sur Mandir*, ein kleines indisches Restaurant in der Nähe des Hauptbahnhofs, betrat, erkannte sie ihn trotz der gedämpften Beleuchtung schon von Weitem.

»Ich kenne diese Augen«, dachte sie und ihm musste es ähnlich ergehen, denn er sprang auf und kam ihr ein paar Schritte entgegen. Als er ihre Hände ergriff, merkte sie, dass er zitterte. »Sarah«, sagte er nach einer kurzen Pause, »ich kann dir gar nicht sagen, wie ich mich freue.« Dann versagte ihm die Stimme.

Sie umarmten sich und auch Sarah fühlte sich von Gefühlen überwältigt. Sie blieb länger in der Umarmung, als sie es normalerweise tat. Irgendetwas an diesem Mann war ihr unsagbar vertraut. Sie hätte nicht sagen können, ob es sein Duft war, seine Stimme, seine Bewegungen oder etwas anderes. Dann dachte sie: »Vielleicht liegt es einfach daran, dass er mein Bruder ist.«

In dem Moment wallten Schmerz und Liebe in ihr auf. Sie umfasste Frederic noch etwas mehr und flüsterte: »Hallo mein lieber Bruder – ich freue mich so.«

Es vergingen ein paar Minuten, bis die beiderseitige Rührung abgeklungen war. Sie setzten sich und schauten sich dann erst einmal in Ruhe an. Der Kellner, der für ihren Tisch zuständig war, war pietätvoll genug, um ihnen noch ein bisschen Zeit zu geben, bevor er mit der geöffneten Speisekarte an ihren Tisch trat.

Nachdem sie bestellt hatten und ein paar Belanglosigkeiten ausgetauscht hatten, sagte Sarah: »So, und jetzt will ich alles wissen. Erzähl mir alles, was du weißt. Ich bin bereit, die ganze Wahrheit über meine Herkunft zu erfahren.«

Frederic sagte: »Heute ist ein glücklicher Tag für mich.«

Sarah lächelte und prostete ihm zu: »Auf uns, Frederic. Auch für mich ist heute ein sehr glücklicher Tag.«

Dann begann er: »Ich will versuchen, die Dinge zu ordnen, Sarah, um dir einen möglichst guten Überblick zu geben. Ich weiß nicht, ob es mir gelingt, aber ich versuche es, ja?«

Sie nickte.

»Mein Vater – unser Vater – war ein verschlossener Mann. Wir hatten eine Drogerie und er arbeitete viel. Meine Erziehung lag ganz in den Händen meiner Mutter.« Er hielt kurz inne und lächelte bitter. »Wahrscheinlich lebe ich deshalb immer noch mit ihr zusammen.«

Und nach einem nachdenklichen Augenaufschlag fuhr er fort: »Das Verhältnis zu meinem Vater war distanziert. Ich hatte Angst vor ihm.«

Als er Sarahs mitfühlenden Blick sah, beeilte er sich zu erklären: »Nicht dass er mich jemals geschlagen oder angeschrien hätte. Aber er wirkte innerlich immer so weit entfernt. Ich hatte nie das Gefühl, dass er sich wirklich für mich interessiert.«

»Das tut mir leid, Frederic. Kein Kind hat das Desinteresse seines Vaters verdient.«

»Als ich ungefähr vierzehn Jahre alt war, teilte er mir mit, dass er noch ein anderes Kind habe. Es fiel ihm damals sehr schwer, darüber zu reden, aber er sagte, er müsse es tun. Es ging ihm damals gesundheitlich schon nicht mehr wirklich gut. Er hatte Herzprobleme und dachte wohl, dass er mir einige Familiengeheimnisse anvertrauen solle, bevor ihm etwas passierte.«

Frederic seufzte. »Vater lebte dann allerdings glücklicherweise noch zehn Jahre und wir hatten ein paar gute Gespräche in dieser Zeit.«

Er trank einen Schluck Wasser und sprach dann weiter: »An besagtem Tag erzählte Vater mir von seiner ersten Ehe mit deiner Mutter.«

Sarahs Herz klopfte. Es war das erste Mal, dass sie mit jemandem sprach, der Informationen über ihre leibliche Mutter hatte.

»Deine Mutter und unser Vater haben 1960 geheiratet. 1961 starb Großvater, Papas Vater. Das war eine Tragödie für die ganze Familie. Deine Mutter hatte zu jenem Zeitpunkt gerade von ihrer Schwangerschaft erfahren. Sie konnte Großvater noch die freudige Nachricht mitteilen, dann starb er.«

»Im dritten Monat der Schwangerschaft gab es einen heftigen Streit zwischen Vater und deiner Mutter. Er sagte ihr, dass er sich nicht von ihr unterstützt fühle und dass sie hysterisch sei.« Frederic machte eine kurze Pause. »Papa hat sich, glaube ich, immer Vorwürfe wegen dieses Streits gemacht.«

Er nippte an seinem Sekt mit Holundersirup, bevor er fortfuhr: »Am Tag nach dem Streit war deine Mutter verschwunden. Es war ein Riesenschock für Papa. Am Anfang dachte er noch, sie würde zurückkommen, aber als Tage und dann Wochen vergingen, wurde ihm klar, dass das nicht ihre Absicht war. Er erstattete Vermisstenanzeige. Aber trotz ausgiebiger Suchaktionen wurde deine Mutter nicht gefunden.«

Sarah fühlte sich zusehends aufgewühlt. Je näher Frederics Erzählung an ihre Geburt herankam, desto mehr krampfte sich ihr Bauch zusammen.

Der Kellner brachte gerade die Vorspeise. Sarah atmete durch und bat: »Frederic, gönn uns eine kleine Pause, während wir die Vorspeise essen, ja?« Er nickte. Sie redeten ein bisschen über Emma, seine Mutter, die immer noch den Haushalt für ihn führte, obwohl sie schon über achtzig war.

»In welchem Jahr bist du geboren, Frederic?«

»1965«, antwortete er. »Also bist du drei Jahre jünger als ich«, sagte Sarah und er nickte.

Dann setzte er seinen Bericht fort: »Vater hat erst einige Zeit später erfahren, dass sie dich in Berlin zur Welt gebracht und sofort zur Adoption freigegeben hat.«

Als Sarah diese Worte hörte, stieg wieder dieser unermessliche Schmerz in ihr hoch. Sie atmete tief durch. Frederic schaute sie mitfühlend an und fragte: »Soll ich aufhören?«

Sie schüttelte den Kopf. »Nein, ich will es wissen. Red nur weiter.«

»Deine Mutter hat eine Vereinbarung unterzeichnet, die es dem Jugendamt in Berlin untersagte, jedweden Dritten Auskunft über deine leiblichen Eltern zu geben.«

Hitze stieg ihr in den Kopf. »Liselotte«, sagte sie laut. Frederic schaute sie fragend an.

»Liselotte, meine Adoptivmutter. Ich denke, dass sie die Initiatorin dieser Vereinbarung war. Sie hat mir nie sagen wollen, wer meine leibliche Mutter war.«

»Ja, das mag sein. Aber ich denke, dass auch deine leibliche Mutter ein Interesse daran hatte, ihre Spuren zu verwischen.«

Als er Sarahs Blick begegnete, sagte er: »Sorry, dass ich dir das so direkt sage.«

»Ist okay – ich halt das schon aus.«

»Ich glaube, heutzutage sind solche Vereinbarungen nicht mehr legitim.«

»Gott sei Dank«, erwiderte Sarah, »es ist grausam, einem Kind seine Identität vorzuenthalten.«

Ihr Bruder nickte. »Wie gesagt, Vater hat sich sein Leben lang Vorwürfe gemacht wegen des Streits zwischen ihm und deiner Mutter, vor allem wegen des Zeitpunkts in der schwierigen Anfangsphase der Schwangerschaft. Seinen Ausführungen nach war sie eine sensible Frau, die zu emotionalen

Überreaktionen neigte, und dieser Streit muss wohl für sie so schlimm gewesen sein, dass sie in einer Kurzschlussreaktion entschieden hat, alle Brücken hinter sich abzubrechen.«

Sarah schluckte. »Und was hat dein Vater ...«, sie zögerte kurz, »... unser Vater noch über meine Mutter gesagt? Wo ist sie aufgewachsen und wie haben sich die beiden kennengelernt?«

Frederic fuhr sich mit der Hand durchs Haar. »Er hat mir erzählt, dass sie Russlanddeutsche war. Sie ist in einem Dorf namens Pokrowsk im Wolgagebiet aufgewachsen. Ihre Vorfahren waren Deutsche, die sich vor langer Zeit auf Einladung der Zarin Katharina II am Wolgaufer niedergelassen hatten.«

Er machte eine kurze Pause. »Kennst du die Geschichte der Wolgadeutschen?«

»Nicht bis ins Detail. Ich weiß nur, dass sie seit der Russischen Revolution Anfang des 20. Jahrhunderts, als sie auf Geheiß der Bolschewiken quasi gegen ihr eigenes Land kämpfen sollten und sich größtenteils weigerten, Repressalien ausgesetzt waren. Und dass sie sogar im Zweiten Weltkrieg zu Staatsfeinden und Kollaborateuren des NS-Regimes erklärt wurden und dass viele in Arbeitslagern umkamen. Aber damit sind meine Kenntnisse praktisch erschöpft. Kannst du mir mehr erzählen?«

Er nickte. »Erst als Stalin 1953 starb, besserte sich ihre Situation. Aber es dauerte dann noch fast drei Jahre, bis am 13.12.1955 endlich das lang erwartete ›Dekret des Obersten Sowjets der UdSSR über die Aufhebung der Beschränkungen in der Rechtstellung der Deutschen und ihrer Familienangehörigen, die sich in den Sondersiedlungen befinden‹ erlassen wurde. Und dann dauerte es wiederum Monate, bis das Dekret umgesetzt wurde. Die Deutschen wurden von den Auflagen der sowjetischen Kommandantur entbunden. Viele derjenigen, die die schlimmen Repressalien überlebt hatten,

hatten gehofft, dass es ihnen erlaubt sein würde, wieder in ihre Heimat längs der Wolga zurückzukehren, aber ihre Hoffnungen wurden enttäuscht. Allerdings durften sie ihre Zwangssiedlungen in Kasachstan oder Sibirien verlassen und sich andere Wohnorte suchen.«

Frederic seufzte tief. Sarah konnte spüren, dass ihm das Reden schwerfiel.

»Erst 1964 wurden die Wolgadeutschen offiziell vom Vorwurf der Kollaboration befreit und die Bundesrepublik Deutschland ermöglichte ihnen seit den 1970er Jahren die Einreise und die Einbürgerung. Am 18. Dezember 1992 wurde dann schließlich die Unschuld der Wolgadeutschen von der UdSSR-Regierung in der sogenannten Rehabilitierungsbescheinigung bestätigt.«

»Was heißt das?«, fragte Sarah.

»Ich erkläre es dir«, antwortete er mit Wärme im Blick. »Diese Rehabilitierungsbescheinigung bekam jede der betroffenen deutschen Familien. Grundlage war das von Mijael Gorbatschow im Oktober 1991 erlassene ›Gesetz der Russischen Föderativen Sowjetrepublik über die Rehabilitierung der Opfer der politischen Repressionen‹.«

Sarah schaute ihn mit großen Augen an. »Gib mir einen Moment Zeit, um diese Informationen zu verdauen, ja?«

»Ja, natürlich.«

In dem Moment kam das Hauptgericht. Sie aßen eine Weile schweigend.

Dann fragte Sarah: »Und was ist mit der Familie meiner Mutter in den Kriegsjahren passiert?«

»Ich weiß nur so viel, dass ihre Familie 1941 nach Kasachstan zwangsumgesiedelt wurde. Ihre Mutter kam in ein Arbeitslager und sie selbst sollte deportiert werden. Aber es gelang ihr, während der Deportation zu fliehen.«

»Und dann? Was hat sie dann gemacht?«

»Ich weiß es nicht. Sie hat anscheinend nicht darüber gesprochen.«

Schon in dem Moment, in dem sie die Frage gestellt hatte, spürte Sarah, dass Kälte in ihr hochkroch. Sie erinnerte sich an ihre Russland-Albträume, die schreienden Männer und die Soldaten in Uniform.

Ihr Bruder sprach weiter: »Sie kam 1945, nach Ende des Krieges, nach Dortmund. Dort hatte sie Verwandte, Clara und August Wagner. Sie waren kinderlos und nahmen sie wie eine Tochter auf.«

»Und 1956 lernten sich unser Vater und deine Mutter dann kennen. Sie heirateten 1960 – den Rest der Geschichte kennst du ja.«

Sarah nickte versonnen. Sie fühlte sich gerade in diesem Moment intensiv mit Russland verbunden, mit der Kälte, dem Hunger und dem Elend, mit all dem, was sie in ihren Träumen gesehen hatte. Nun verstand sie die Zusammenhänge. Sie hatte auf einer bestimmten Ebene das erlebt, was ihre mütterliche Familie durchgemacht hatte.

Ihr wurde noch kälter und instinktiv zog sie ihren Schal ein wenig fester um die Schultern.

Nachdem sie eine Weile geschwiegen hatte, blickte sie Frederic fest an. »Ich bin dir von Herzen dankbar für das, was du mir erzählt hast. Und natürlich kannst du auch nicht alles wissen. Aber ich verspreche dir: Das, was wir beide jetzt noch nicht wissen, werde ich herausbekommen. Ich weiß noch nicht genau wie, aber ich werde es erfahren.«

Frederic nahm ihre Hand und sagte mild: »Das wirst du, Sarah, daran habe ich nicht den geringsten Zweifel.« Er zögerte einen Moment. »Da wären noch zwei Dinge«, er zog ein kleines Schmuckkästchen aus seiner rechten Westentasche und überreichte es Sarah.

Sie klappte es auf und sah ein wunderschönes Amethystarmband. Sie wusste sofort, dass es ihrer Mutter gehört hatte. Frederic bestätigte dies einen Moment später.

»Dieses Armband gehörte deiner Mutter. Sie hat es zurückgelassen, als sie verschwand. Vater gab es mir damals,

als er mir die Geschichte erzählte, und er bat mich, es dir zu geben, falls ich dich eines Tages ausfindig machen sollte.«

Sarah legte das Armband um. Ein sanftes Gefühl durchströmte sie. Es war so, als wäre ihre leibliche Mutter anwesend. Sie drückte den Arm mit dem Armband an ihr Herz. »Danke, Frederic, es bedeutet mir sehr viel.«

Sie nahm noch einen Schluck Wein. »Und das Zweite? Was wolltest du mir noch sagen?«

Er zögerte. »Sitzt du gut, Sarah?« Sie nickte. »Und bist du in der Lage, noch mehr Neuigkeiten zu verkraften?« Sie nickte erneut.

»Also – es gibt anscheinend noch ein weiteres Kind von deiner Mutter.« Sarah riss die Augen auf. »Was?!« Frederic nickte.

»Ja, kaum zu glauben, aber es ist wahr.« Er machte eine kurze Pause und sah seine Schwester an. »Bist du dir sicher, dass du diese Geschichte wirklich hören willst?«

Sarah erwiderte mit fester Stimme: »Ja, Frederic, was auch immer es ist, ich will es wissen.«

»Deine Mutter war anscheinend nur bis zu deiner Geburt in Berlin. Dann ging sie in die Schweiz – weit weg von allem. Sie lernte dort einen Spanier namens Eusebio Sánchez kennen. Er stammte aus einer katalanischen Familie. Sein Vater war Kommunist und die Familie war nach dem Ende des Bürgerkriegs und Francos Sieg über Frankreich in die Schweiz geflohen.«

Er griff in die Ledermappe, die auf dem Stuhl neben ihm stand, zog ein Dokument heraus und hielt es Sarah hin. Es war eine Heiratsurkunde, ausgestellt am 16.4.1964 in Uster im Kanton Zürich. Als Namen waren angegeben Ludmila Wagner, geboren am 17.11.1927 in Pokrowsk, Russland, und Eusebio Sánchez, geboren am 11.7.1925 in Barcelona, Spanien.

Frederic holte noch ein weiteres Dokument hervor und legte es vor Sarah auf den Tisch. Erstaunt sah sie, dass es eine Geburtsurkunde war, ausgestellt auf den Namen Loredana Sánchez, geboren am 18.7.1964 in Uster, Kanton Zürich.

Sie starrte die Urkunde an und fühlte sich völlig leer. Dann durchfuhr sie ein tiefer Schmerz, der mit dem Gedanken einherging: »*Mich* hat sie alleingelassen und dann hat sie mit einem neuen Mann ein neues Kind bekommen.«

Das Einzige, was Eingang in ihren Kopf fand, waren die Zahlen. Sie sagte: »Also, die beiden haben wohl geheiratet, weil das Kind unterwegs war, oder?« Ihr Bruder nickte. »Ja, diese Schlussfolgerung habe ich auch gezogen.«

Er seufzte tief und griff nochmals in die Ledermappe. Das dritte Dokument, das er vor Sarah ausbreitete, war eine Sterbeurkunde, ausgestellt auf den Namen Ludmila Sánchez, geborene Wagner. Als Datum war der 21.3.1965 angegeben, als Todesursache Herzversagen.

Sarah konnte das Dokument nur anstarren. Wieder war es so, als könne sie nur die Zahlen begreifen. Sie sagte tonlos: »Also ist meine Mutter mit siebenunddreißig Jahren gestorben.«

Frederic nahm ihre Hand. »Ja«, sagte er schlicht. Sie schwiegen eine Weile. Sarah merkte, dass sie Zeit brauchte, um all diese Informationen zu verarbeiten. Nun hatte sie also nicht nur einen Bruder, sondern auch noch eine Schwester, die wahrscheinlich irgendwo in Europa lebte.

Sie winkte dem Kellner. »Einen Cognac, bitte.«

»Zwei«, sagte Frederic. Der Kellner verschwand.

Nach einer Weile fragte sie: »Und diese Loredana Sánchez? Weißt du irgendetwas über sie?«

»Ich wusste, dass du mich das fragen würdest, und ich habe im Internet gegoogelt. Du wirst es nicht glauben, ich habe eine Frau dieses Namens gefunden, die seit einigen Jahren eine Praxis für Mediation in Regensburg hat.«

Er sog hörbar die Luft ein: »Ich habe mir ihre Website angeschaut. Dort steht, dass sie 1964 in der Nähe von Zürich geboren ist und bis 1977 dort gelebt hat. Von da an hat sie in der Nähe von Barcelona gelebt. Und seit 1992 wohnt sie in Regensburg. So steht es zumindest auf ihrer Homepage.«

»1992«, dachte Sarah mit Ironie, »das Jahr, in dem die Wolgadeutschen von der russischen Regierung rehabilitiert wurden.«

Frederic fuhr fort: »Sie hat einen Sohn, der bereits erwachsen ist, und sie bietet Mediation in den Sprachen Deutsch, Englisch und Spanisch an. Mehr weiß ich nicht. Ich nehme an, dass sie nach dem Tod deiner – eurer – Mutter noch einige Jahre mit ihrem Vater in Uster gelebt hat. Im November 1975 ist Franco gestorben und in den Jahren danach sind viele spanische Exilanten aus Frankreich und der Schweiz wieder in ihr Heimatland zurückgegangen. Das erklärt, warum sie ab 1977 wieder dort gelebt hat.«

»Aha«, erwiderte Sarah. Mehr konnte sie nicht sagen. Sie verspürte eine intensive Aversion gegen Loredana Sánchez und wusste in diesem Augenblick nicht, ob sie ihre Schwester wirklich kennenlernen wollte. Es reichte ihr für den Moment.

Frederic fing ihre Gedanken auf, indem er sagte: »Sarah, lass dir erst mal Zeit, das alles zu verdauen, was du heute von mir erfahren hast. Und dann kannst du immer noch in Ruhe entscheiden, ob du Loredana kennenlernen willst oder nicht.«

Er nippte an seinem Cognac. »Oder vielleicht willst du sie auch erst zu einem späteren Zeitpunkt kennenlernen.«

Sarah schaute ihn an. »Und bist du dir sicher, dass sie diejenige ist, die meine Schwester ist? Ich meine, ›Loredana Sánchez‹ ist doch sicher ein geläufiger Name?«

Aber schon während sie fragte, gab sie sich selbst die Antwort. Wenn diese Frau 1964 in der Nähe von Zürich geboren wurde und dann ab 1977 in Spanien gelebt hatte, lag die Vermutung sehr nahe, dass es sich um ihre Schwester handelte.

Sie seufzte. Dann sagte sie: »Und du, Frederic. Erzähl mir von dir. Was für ein Leben führst du?«

»Mein Leben ist unspektakulär. Ich bin Lehrer für Mathematik und Biologie und arbeite am Goethe-Gymnasium in Düsseldorf. Wie du schon weißt, lebe ich mit meiner Mutter zusammen.«

Er blickte in die Ferne. »Aber das ist ein anderes Thema. Ich denke, wir haben so eine enge Bindung entwickelt, weil mein Vater seinen Platz in der Familie nicht wirklich eingenommen hat.«

Sarah nickte mitfühlend. »Ja, das hört sich so an – nach allem, was du mir erzählt hast.«

Dann fragte sie: »Und, hast du eine Frau? Kinder?«

»Nein, irgendwie ist dieser Zug ohne mich abgefahren. Aber ich habe einen großen Freundeskreis und einige Patenkinder.« Er lächelte ein wenig schief und Sarah hatte den Eindruck, dass er nicht besonders gerne über sich redete.

»Und du, Sarah? Wie sieht dein Leben aus? Dass du eine entzückende Tochter hast, weiß ich ja schon. Bist du verheiratet?«

Sarah nickte und erzählte ihm ihre Lebensgeschichte, angefangen von der Kindheit im Hause Mager über ihre Ehe mit Armin, die Geburt von Leonie, den Aufbau ihrer Praxis bis zu ihrer Scheidung und ihrer zweiten Ehe mit Helmut.

Frederic hörte ihr aufmerksam zu. Ab und zu stellte er Fragen. Als sie geendet hatte, sagte er: »Sarah, du hast Asche in Gold verwandelt. Ich bin stolz darauf, so eine Schwester wie dich zu haben.«

Sie lächelte und antwortete: »Und ich bin stolz und glücklich, so einen Bruder wie dich zu haben. Und was deine Kindheit anbetrifft, so war sie zwar nicht so offensichtlich schlimm wie meine. Du hast keine körperliche Gewalt erlebt, aber ich denke, auf einer gewissen Ebene ist das, was du erfahren hast, vor allem das Desinteresse deines Vaters, genauso schlimm wie die Schläge, die ich von Liselotte bekommen habe.«

Sie nahm noch einen Schluck Cognac.

»Und die Ironie bei dem Ganzen ist, dass ich mich ab einem bestimmten Alter jeden Tag nach meinen leiblichen Eltern gesehnt habe. Ich dachte, dass sie Engel sein müssten, verglichen mit Liselotte.«

Sie hielt kurz inne. »Und du hast deine leiblichen Eltern zwar jeden Tag um dich gehabt, aber du musst dich schrecklich nach der Liebe und Aufmerksamkeit deines – unseres – Vaters gesehnt haben, die er dir vorenthalten hat.«

Frederic nickte langsam. Dann schwiegen sie ein paar Momente. Beide waren damit beschäftigt, die Familiengeschichte in ihrem ganzen Ausmaß zu erfassen.

Plötzlich wurde sich Sarah bewusst, dass das anfangs relativ leere Lokal sich in der Zwischenzeit gefüllt hatte. Gleichzeitig merkte sie, dass sie müde wurde. Sie hatten sich zum Mittagessen getroffen und dann die Zeit völlig vergessen. Der Blick auf die Uhr zeigt ihr, dass es bereits 18.20 Uhr war.

»Frederic, ich sollte mich langsam auf den Weg machen. Mein Zug nach Stuttgart geht um zehn nach sieben.«

Er nickte und sagte ihr, dass er sie zum Bahnhof bringen würde.

Als sie auf dem Bahnsteig standen, sagte sie zu ihm: »Du musst uns ganz bald in Stuttgart besuchen kommen, ja? Sobald das Wetter ein bisschen besser geworden ist.«

»Ja, ich komme auf jeden Fall. Ich freue mich schon darauf, deinen Mann und vor allem meine Nichte kennenzulernen. Und du weißt, dass du auch eine Einladung in mein Haus hast. Ich fände es schön, wenn du meine Mutter noch kennenlernst.«

Sarah stimmte zu. Dann verabschiedeten sie sich mit einer langen und innigen Umarmung.

Als sie im Zug saß, dachte sie: »Es ist erstaunlich. Ich habe meinen Bruder heute zum ersten Mal gesehen, aber er ist mir so vertraut, als hätten wir schon seit Jahren Kontakt.«

Sie sinnierte weiter: »Und auf gewisse Art und Weise ist es wahrscheinlich auch so. Auf der unsichtbaren Ebene, die anscheinend alle Geschehnisse der sichtbaren Ebene beeinflusst, stehen wir vermutlich schon seit unserer Geburt in Kontakt, auch wenn wir uns heute zum ersten Mal von Angesicht zu Angesicht gesehen haben.«

Sie schloss die Augen und fühlte, dass sie ihren Bruder liebte und dass es sehr wichtig für sie war, ihn gefunden zu haben. Und sie ahnte, dass es für ihn ebenso war.

In der nächsten Zeit war Sarah ganz mit der Verarbeitung ihrer Familiengeschichte beschäftigt. Die unterschiedlichsten Gefühle kamen dabei an die Oberfläche – Trauer, Schmerz, Wut auf ihre Mutter, aber auch Befreiung.

Nach ein paar Wochen merkte sie, dass sie sich veränderte. Sie atmete irgendwie tiefer und entspannter und es fielen diffuse Ängste von ihr ab, die sie seit Jahrzehnten gequält hatten. Jetzt, wo sie die Wahrheit wusste, gab es nichts mehr, wovor sie Angst zu haben brauchte.

Sie dachte: »Schmerz ist besser als Angst. Und wenn ich durch den Schmerz, die Trauer und die Enttäuschung hindurchgegangen bin, kann ich endlich im Hier und Jetzt und bei mir selbst ankommen.«

Auch Leonie und Helmut bemerkten ihre Veränderung. Sie wirkte sich auf das ganze Familienleben positiv aus.

Immer wieder dachte Sarah an Loredana Sánchez, ihre Schwester. Ein paar Wochen nach dem Treffen mit Frederic besuchte sie ihre Website. Die Frau, die ihr auf dem Foto in der Rubrik ›Über mich‹ entgegenlächelte, sah aus wie eine etwas jüngere Version von ihr selbst. Es war ein Schock. Ihr wurde schlecht und sie schloss die Seite wieder.

Erst ein paar Tage später klickte sie die Website nochmals an. Das Foto löste immer noch starke Gefühle in ihr aus, aber zumindest wurde ihr nicht mehr übel. Sie fragte sich, warum sie solch heftige Aversionen gegen Loredana hatte. Sie hatte ihr doch nichts getan und außerdem war sie ja auch nicht mit ihrer Mutter aufgewachsen, denn Ludmila war gestorben, als ihre Schwester erst acht Monate alt gewesen war.

Aber sie beschloss, sich Zeit zu lassen und nichts zu überstürzen. Helmut unterstützte sie in diesem Vorgehen.

Es vergingen ein paar Monate. Der Frühling war besonders schön in diesem Jahr. Sie saßen oft auf der Terrasse ihres Hauses und genossen den blühenden Garten. Sarah hatte sehr viel in ihrer Praxis zu tun. Inzwischen kamen immer mehr Klienten aus allen Teilen Deutschlands und Europas zu ihr und die Arbeit mit Menschen, die durch ganz unterschiedliche kulturelle Hintergründe geprägt waren, machte ihr großen Spaß. Immer wieder war sie gespannt auf die Geschichten, die die Klienten mitbrachten. Sie fühlte sich rundum zufrieden – sowohl privat als auch beruflich.

Aber wenn sie abends im Bett lag, sah sie das Gesicht der blonden Frau vor sich, die wie eine jüngere Kopie von ihr aussah. Sie hatte Leonie den Teil der Familiengeschichte erzählt, den sie von Frederic erfahren hatte, und sie hatte ihr auch Loredanas Website gezeigt. Leonie hatte lapidar gemeint: »Die sieht dir ähnlich – nur ein bisschen jünger.«

Als sie Sarahs säuerliche Reaktion bemerkte, hatte sie lachend ausgerufen: »Mama, jetzt hab dich mal nicht so. Ich hab doch nicht gesagt, dass du alt aussiehst, oder?« Dann hatte sie ihr einen Kuss auf die Wange gedrückt und mit den Worten ›Ich muss los‹ die Szene verlassen.

Immer wenn Sarah mit Helmut über Loredana redete, sagte er, sie solle sich Zeit lassen. Es war gut für sie, dass er den Druck von ihr nahm. Aber irgendwann im August, an einem besonders heißen Tag, merkte sie, dass sie den

Zeitpunkt nicht mehr länger hinauszögern wollte. Sie entschied, ihre Schwester zu kontaktieren. Nur fragte sie sich, was wohl die beste Art und Weise wäre.

Sie konnte ja schlecht mit der Tür ins Haus fallen nach dem Motto ›Hallo meine Liebe, ich bin's, deine verlorene Schwester‹, zumal sie überhaupt nicht wusste, inwieweit Loredana über die Familiengeschichte informiert war. Möglicherweise wusste sie gar nicht, dass sie eine Schwester hatte. Die Ehe ihrer leiblichen Eltern war kurz gewesen und Ludmila hatte ihrem Mann sicher nicht erzählt, dass es schon ein Kind von ihr gab, das sie zur Adoption freigegeben hatte. Ob sie ihm überhaupt etwas über ihre Vergangenheit erzählt hatte? Oder vielleicht eine falsche Geschichte?

Für Loredana wäre es bestimmt ein Schock, von der Existenz einer Schwester zu erfahren und all dem, was daran hing. Auf der anderen Seite konnte sie ihr Handeln nicht abhängig machen von der vorweggenommenen Reaktion ihrer Schwester. »Vielleicht wird es auch ganz anders«, dachte Sarah, nachdem sie sich entschieden hatte, per E-Mail mit ihr in Verbindung zu treten.

Als sie vor ihrem Laptop saß, überlegte sie, welche Worte sie wählen sollte. Es fiel ihr, die sonst immer gut formulieren und Gedanken ausdrücken konnte, schwer, die richtigen Worte zu finden. Schließlich schrieb sie:

Liebe Loredana,
du wirst dich sicher über diese E-Mail wundern. Mein Name ist Sarah Breuner und ich bin mit dir verwandt. Um genau zu sein, ich bin deine ältere Schwester. Ich hoffe, dass das jetzt nicht ein Schock für dich ist. Ich wurde 1962 in Berlin geboren. Meine – unsere – Mutter hat mich direkt nach der Geburt zur Adoption freigegeben.
Ich habe erst vor Kurzem durch meinen jüngeren

Bruder väterlicherseits, Frederic, die Geschichte meiner Herkunft erfahren. Er hat mir auch erzählt, dass meine Mutter deinen Vater Eusebio 1964 in der Schweiz geheiratet hat und dass sie 1965 gestorben ist.
Liebe Loredana, ich habe deine Mailadresse von deiner Website. Ich hoffe, es ist für dich in Ordnung, dass ich diesen Weg wähle, um dich zu kontaktieren.
Ich lebe in Stuttgart mit meinem Mann und meiner 18jährigen Tochter Leonie.
Ich würde dich gerne kennenlernen und ich freue mich auf deine Antwort.

Mit herzlichen Grüßen
deine Schwester Sarah

Sie las den Text immer wieder durch und nahm hier und da kleinere Änderungen vor. Auch Helmut ließ sie einen Blick darauf werfen. Er fand die E-Mail gut formuliert.

Am Abend war Sarah endlich soweit, sie abzuschicken. Als sie auf ›Senden‹ klickte, klopfte ihr Herz und sie verspürte Freude und Neugier.

Die Tage vergingen und es kam keine Antwort. Sarah steigerte sich immer mehr in Spekulationen hinein. Sie sagte zu Helmut: »Vielleicht hat sie die Mail nicht bekommen. Oder vielleicht ist sie in Urlaub. Oder vielleicht hat sie gedacht, dass es Spam ist und hat den Text gleich gelöscht.«

Helmut beruhigte sie. »Liebes, es kann natürlich so sein, wie du sagst, aber ich habe das Gefühl, dass sie das, was du ihr geschrieben hast, erst mal verdauen muss. Und wer weiß, vielleicht hat sie inzwischen mit ihrer Stiefmutter in Spanien gesprochen, um zu hören, was diese über die erste Frau ihres Vaters weiß. Das könnte doch auch sein, oder?«

»Ja, du hast völlig recht. Ich lasse die Sache jetzt los und gebe ihr noch ein bisschen Zeit. Wenn sie bis Ende des Monats nicht geantwortet hat, kann ich mir immer noch überlegen, was ich tue.«

Zwei Wochen vergingen. Sarah konzentrierte sich auf ihre Arbeit und auf ein Seminar, das sie vorbereiten musste.

Eines Abends stand sie in der Küche und war gerade damit beschäftigt, eine Lasagne zum Abendessen zu machen. Normalerweise kochte Helmut, aber heute war er mit seinem besten Freund zum Squashspielen gegangen. Leonie saß in ihrem Zimmer und machte Hausaufgaben. Sie stand kurz vor dem Abitur und hatte genug zu tun.

Sarah dachte gerade, wie sehr sie Helmuts Kochkünste schätzte, als das Telefon klingelte. Sie wischte sich die Hände am Küchenhandtuch ab und nahm das schnurlose Telefon aus der Basis. »Breuner«, meldete sie sich.

Am anderen Ende der Leitung blieb es einen Moment lang still. Dann sagte eine weibliche Stimme mit leichtem Akzent: »Spreche ich mit Sarah Breuner?«

Sarahs Herz begann zu klopfen. In dem Moment, als sie die Frage der anderen Frau hörte, wusste sie, wer am anderen Ende der Leitung war. »Ja, ich bin Sarah.«

Wieder blieb es einen Moment lang still. Dann hörte sie, wie die Stimme sagte: »Hallo Sarah. Ich bin Loredana Sánchez.«

Einen Moment lang war es still. Dann reagierte Sarah: »Loredana, ich freue mich, dass du dich meldest.« Und nach einem kurzen Zögern fuhr sie fort: »Ich dachte schon, du würdest meine E-Mail nicht beantworten.«

»Doch«, sagte Loredana, »aber ich habe erst mal Zeit gebraucht.« Sie hielt einen Moment inne, bevor sie weitersprach. »Ich wusste, bis ich deine Mail gelesen habe, nicht, dass ich eine Schwester habe. Ich bin als Einzelkind aufgewachsen und niemand hat mir jemals erzählt, dass es anders ist.«

»Ja, das habe ich mir schon gedacht. Und ich kann es sehr gut verstehen.«

Sie tauschten ein paar Belanglosigkeiten aus, bis Loredana sagte, dass sie Sarah gerne kennenlernen würde. Sie verabredeten ein Treffen in zwei Wochen in Nürnberg. Die Stadt war von Stuttgart in etwa zwei Stunden und von Regensburg in einer Stunde gut zu erreichen.

Je näher der Tag rückte, desto aufgeregter wurde Sarah. Es verging kein Abend, an dem sie nicht mit Helmut die möglichen Varianten des geplanten Treffens durchging. Sie sagte: »Und was, wenn ich wirklich eine schreckliche Aversion gegen sie empfinde, wenn ich sie sehe?«

Ihr Mann beruhigte sie: »Mein Schatz, wovor hast du solche Angst? Es wird nichts Schlimmes passieren. Wenn das Treffen gut läuft, wunderbar – und wenn nicht, dann gehst du nach einer Stunde wieder. Du hast doch gar nichts zu verlieren.«

»Ach, ich weiß auch nicht, warum ich so aufgeregt bin.« Sie machte eine kurze Pause. »Oder doch – eigentlich verstehe ich es schon. Ich dachte bis vor Kurzem, dass ich ein Einzelkind sei, und jetzt erfahre ich plötzlich kurz hintereinander, dass ich einen Bruder und eine Schwester habe.«

»Ja, das ist viel für dich. Diese völlig veränderten familiären Umstände deiner Herkunft anzunehmen, ist eine Herausforderung. Und das geht nur Schritt für Schritt.« Er strich ihr übers Haar. »Ich bin an deiner Seite, das weißt du.«

»Ja, das weiß ich, und das tut mir gut.«

Als Sarah ein paar Tage später nach Nürnberg fuhr, waren ihre Vorbehalte und ihre Aufregung wie weggeblasen. An ihre Stelle war eine angenehme Neugier und Gelassenheit getreten. Sie kannte die Stadt gut. Sie besuchte öfter Tagungen und Kongresse in der fränkischen Metropole und war einige Jahre Teilnehmerin einer Supervisionsgruppe gewesen, die in der Nürnberger Südstadt stattgefunden hatte.

Es war Freitagnachmittag. Sie war mit Loredana zum Abendessen im *Prison St. Michel* verabredet. Das französische Restaurant befand sich inmitten der Altstadt und Sarah entschied, in der Südstadt zu parken und dann zu Fuß dorthin zu gehen, um sich das lange Suchen eines Parkplatzes in den engen Altstadtgassen zu ersparen.

Als sie am Aufseßplatz parkte und aus dem Auto stieg, machte sich ein vertrautes Gefühl in ihr breit. Die Praxis, in der die Supervisionsgruppe stattgefunden hatte, befand sich in der Nähe des Maritim-Hotels. Sie lief über die Vordere Sterngasse in die Stadt hinein. Ein Blick auf die Uhr zeigte ihr, dass sie noch genügend Zeit hatte. Es war ein sonniger und recht warmer Tag und sie genoss es, noch ein bisschen zu bummeln und sich die Herbstmode in den Schaufenstern anzuschauen.

Sie trank einen Kaffee bei Starbucks und freute sich auf ein langes, schönes Wochenende. Seit ein paar Jahren hatte sie es eingeführt, freitags nicht mehr mit Klienten zu arbeiten, und dieses Konzept hatte sich bewährt. Sie hatte sowieso genug mit Büro- und Haushaltsarbeiten zu tun, und es tat ihr gut, alles in Ruhe zu machen und den Übergang von der Arbeitswoche ins Wochenende bewusst zu vollziehen.

Sie lehnte sich behaglich zurück und dachte an die Zeit, als sie regelmäßig in die Gruppe nach Nürnberg gekommen war. Es war in den ersten Jahren ihrer Praxis gewesen und sie hatte damals noch einige Existenzängste und Selbstzweifel gehabt. Die Gruppe hatte ihr geholfen, diese zu überwinden. Sie hatte dort viel Unterstützung und Aufmunterung erfahren und sie dachte jetzt mit Dankbarkeit und guten Gefühlen daran zurück.

Dann schlenderte sie langsam weiter in Richtung Hauptmarkt und Sebalduskirche und betrat pünktlich um 19 Uhr das *Prison St. Michel.* Der Kellner führte sie zu dem Tisch, den sie auf ihren Namen reserviert hatte. Loredana war noch nicht da. So hatte Sarah Zeit, zur Toilette zu gehen und sich ein bisschen frisch zu machen.

Als sie sich die Hände gewaschen hatte und gerade wieder zurückkam, sah sie, wie eine blonde Frau den Tisch ansteuerte. Sarah hielt in ihrer Bewegung inne und die Frau kam auf sie zu. Dann streckte sie ihr die Hand hin mit den Worten: »Ich bin Loredana«. Sarah ergriff die angebotene Hand und sagte: »Und ich bin Sarah.«

Komischerweise war das erste Gefühl, das sie verspürte, als sie Loredana sah, Konkurrenz. Sie konnte es sich nicht erklären und sie wollte es auch nicht, aber es war so. Obwohl Loredana nur zwei Jahre jünger war als sie, dachte sie: »Sie sieht ja total jung und hübsch aus.« Und in der Tat, ihre Schwester war eine auffallend hübsche Frau. In ihr mischten sich die russischen Anlagen ihrer Mutter und die spanischen ihres Vaters auf äußerst vorteilhafte Art und Weise.

Sarah dachte: »Na, der werden die Männer ja in Scharen hinterherlaufen.« Und noch während sie der Stimme in ihrem Kopf zuhörte, dachte sie: »Warum denke ich so? Warum kann ich mich nicht einfach freuen, sie kennenzulernen?«

Als die beiden Frauen am Tisch saßen und der Kellner die Bestellung aufgenommen hatte, herrschte einen Moment lang Schweigen. Sarah erinnerte sich, wie anders die Begegnung mit Frederic gewesen war. Aber dann dachte sie: »Es waren auch andere Umstände. Er wusste schon lange von mir und das beiderseitige Interesse hat die Vorbehalte bei Weitem überwogen.«

Sie redeten über allerlei Dinge. Sarah stellte Loredana viele Fragen über ihr Leben in Spanien, den Umzug nach Deutschland und ihre Mediationspraxis und als sie registrierte, dass ihre Schwester nicht nur hübsch, sondern auch noch beruflich erfolgreich war, machte sich wieder dieses Konkurrenzgefühl bemerkbar.

»So ein Unsinn«, dachte sie. »Ich bin doch selbst erfolgreich. Ich habe es überhaupt nicht nötig, mich mit ihr zu vergleichen, und trotzdem tue ich es.«

Immer wieder, während sie Loredana zuhörte, spürte sie leichte Nadelstiche von Neid und Eifersucht. Normalerweise kannte sie diese Gefühle von anderen, von Menschen, die auf *sie* neidisch waren. Sie hatte wenig Verständnis für Neider, weil sie der Ansicht war, dass diese Menschen nur den äußeren Glanz sahen, aber nicht die viele Arbeit, die in erfolgreichen Berufstätigkeiten oder glücklichen Partnerschaften steckte.

So dachte sie: »Na toll, jetzt habe ich das Ganze andersherum. Ist das jetzt die Quittung dafür, dass ich bisher so wenig Verständnis für ›meine‹ Neider hatte?«

Als sie sich fragte, was sie eigentlich am meisten an ihrer Schwester beneidete, wurde ihr klar, dass es ihr Charisma war. Loredana strahlte eine natürliche Weiblichkeit und Eleganz aus.

Als Sarah sie nach ihrem Sohn Alejandro fragte, begannen ihre Augen zu leuchten. »Alejandro ist mein Ein und Alles«, schwärmte sie. »Dass er glücklich ist und wir so ein gutes Verhältnis haben, ist die Entschädigung für all das Schlimme, was ich in meiner Ehe erlebt habe.«

Sarah nickte verständnisvoll. Das, war Loredana ihr aus ihrer Verbindung mit Sergio erzählte, hörte sich nicht gerade nach einem Spaziergang an. Während sie ihrer Schwester zuhörte, merkte sie mit Erleichterung, wie sich ihr Neid allmählich in Bewunderung verwandelte.

Als sie beim Dessert angekommen waren, hatten sie zwar schon viel voneinander erfahren, aber keine von beiden hatte bislang Ludmila, ihre Mutter, erwähnt. Es war, als schlichen sie um den heißen Brei herum und als wäre dieses Thema das eigentlich Schmerzhafte zwischen ihnen beiden.

Schließlich war Sarah diejenige, die die Sache anpackte. Sie räusperte sich. »Loredana, ich weiß, das ist ein schwieriges Thema. Aber ich denke, wir sollten über unsere Mutter reden.« Ihre Schwester nickte verhalten.

»Hast du noch Erinnerungen an sie?« Loredana verneinte. »Sie ist gestorben, als ich acht Monate alt war. Vater hat kurz darauf meine Stiefmutter geheiratet und bis zu einem bestimmten Alter dachte ich immer, dass sie meine Mutter wäre.«

Sie hielt kurz inne und fuhr dann mit Traurigkeit in der Stimme fort: »Ich kann es kaum glauben, aber Papa hat mit mir nie wirklich ausführlich darüber gesprochen. Als ich in die Pubertät kam, erzählte er mir nur, dass Mama nicht meine wirkliche Mutter, sondern meine Stiefmutter sei, und dass meine leibliche Mutter ein paar Monate nach meiner Geburt gestorben sei.«

Sie nippte an ihrem Weinglas. »Aber ehrlich gesagt, glaube ich nicht, dass er viel von ihr wusste. Die beiden waren ja auch nur zwei Jahre zusammen gewesen. Ich glaube, meine Zeugung war mehr oder weniger ungeplant, dann haben sie geheiratet und ein paar Monate später war sie tot.«

Seufzend zog sie einen Briefumschlag aus ihrer Tasche. »Ich wusste auch nicht, dass Fotos von mir und meiner Mutter existieren. Vater hat sie mir nie gezeigt. Diese beiden Bilder hat mir meine Stiefmutter zugeschickt.«

Mit diesen Worten hielt sie Sarah zwei vergilbte Fotos hin. Auf dem ersten war eine hübsche, aber sehr melancholisch wirkende blonde Frau mit einem Baby zu sehen. Sarah stiegen unwillkürlich die Tränen in die Augen, als sie das Foto betrachtete. Es war das erste Mal, dass sie ein Bild ihrer leiblichen Mutter sah.

Loredana sagte mitfühlend: »Es muss schrecklich für dich sein, was sie getan hat.« Sarah nickte.

Auf dem zweiten Foto war die gleiche Frau am Arm eines südländisch aussehenden, ernst in die Kamera blickenden Mannes zu sehen. Loredana sagte: »Meine Eltern.« Sarah gab ihr wortlos die Fotos zurück.

»Und du glaubst, dass dein Vater wirklich nichts über die Vergangenheit unserer Mutter wusste?«

»Nein«, antwortete Loredana, »er wusste nur, dass sie in Russland geboren wurde. Er ahnte, dass sie in den Kriegsjahren schreckliche Dinge erlebt hatte. Aber sie hat mit ihm nie darüber gesprochen.«

Sie hielt kurz inne und richtete dann die Frage an Sarah: »Was weißt du über ihre Vergangenheit?«

Sarah erzählte ihr alles, was sie von Frederic erfahren hatte. Als sie von Russland, den Repressalien, der Deportation und der Flucht ihrer Mutter berichtete, kamen ihr immer wieder die Tränen und auch Loredana war sehr bewegt. Sie stellte Sarah viele Fragen und das Gespräch endete erst, als sie bemerkten, dass sich das Lokal leerte. Es war bereits kurz vor Mitternacht.

Der Kellner räumte die Reste der Nachspeise ab und Loredana sagte versonnen: »Ich frage mich, was wir jetzt mit all diesem Wissen machen.«

»Ja, die gleiche Frage stelle ich mir auch und ich denke, dass es eine Zeit brauchen wird, bis wir das alles verarbeitet haben.« Sie zögerte kurz. »Und noch einige Treffen mehr zwischen uns beiden.«

Loredana lächelte und nickte.

»Ich finde es beeindruckend, was für eine gute Existenz du dir in Regensburg für dich und deinen Sohn aufgebaut hast. Und das alles hast du ohne familiäre Unterstützung und trotz des Debakels mit Flavio geschafft.«

Dann dachte sie: »Ja, ich bewundere sie wirklich und was ich am erstaunlichsten an ihr finde, ist ihre Gelassenheit. Sie erzählt ihre Lebensgschichte auf eine Art und Weise, wie ich es niemals könnte.«

Sie trank einen Schluck von ihrem Espresso und überlegte weiter: »Es ist gut, dass wir uns kennengelernt haben. Bestimmt können wir viel voneinander lernen.«

»Hast du auch ein Foto von deinem Sohn dabei?«

Loredana griff in ihre Tasche. Als Sarah das Bild anschaute, das ihre Schwester ihr reichte, spürte sie sofort ein warmes Gefühl im Herzen. »Mein Neffe«, dachte sie. Ein junger, hübscher, sehr spanisch aussehender Mann blickte ihr entgegen.

»Du hast einen total hübschen Sohn.«

Loredana lächelte stolz. »Ja, ich weiß.«

»Viele sagen, dass er seinem Vater sehr ähnlich sieht. Ich ärgere ihn immer, indem ich ihm sage: ›Außen wie der Vater und innen wie die Mutter‹.«

Sarah gab ihr das Foto zurück. Der Kellner kam und fragte, ob sie noch etwas bestellen wollten.

»Erzähl mir ein bisschen von dir, Sarah.«

Während sie ihren eigenen Worten lauschte, dachte sie, dass sie die gleiche Geschichte schon einmal vor ein paar Monaten ihrem Bruder erzählt hatte. In diesem Moment hatte sie das Gefühl, dass es dieselbe und gleichzeitig eine ganz andere Geschichte war. Sie dachte: »Komisch, faktisch habe ich Frederic dasselbe erzählt, aber jetzt lege ich meine Schwerpunkte ganz anders.«

Gerade hörte sie sich selbst sagen: »Weißt du, neben der Kälte und der Gewalt meiner Adoptivmutter habe ich in meinem bisherigen Leben am meisten unter dem Gefühl gelitten, *unsichtbar* zu sein. Kennst du dieses Gefühl?«

Loredana zögerte einen kurzen Augenblick. »Meinst du das Gefühl, unter Menschen zu sein, dich aber überhaupt nicht von ihnen gesehen, gehört oder verstanden zu fühlen?«

Sarah nickte. »Ja, genau dieses Gefühl meine ich.« Dann fuhr sie fort: »In meiner Kindheit bei den Magers war ich völlig isoliert. Ich habe erst zu einem späten Zeitpunkt erfahren, dass ich ein Adoptivkind war. Und wenn Liselotte es irgendwie hätte verheimlichen können, hätte sie es mir wahrscheinlich nie erzählt. Jedes Mal, wenn ich von ihr

Details über meine leiblichen Eltern wissen wollte, hat sie komplett abgeblockt.«

Sie trank einen Schluck Apfelsaftschorle, die der Kellner gerade vor sie hingestellt hatte, und sprach dann weiter: »Und Heiner hatte zu viel Angst, um mir etwas zu sagen, das Liselotte nicht gewollt hätte. Und vielleicht wusste er auch wirklich nichts oder nicht viel.«

Sie holte tief Luft. »Weißt du, die ganze Geschichte meiner Herkunft war all diese Jahre *unsichtbar*. Es war ein irreales Gefühl für mich, so als wolle ich etwas greifen, aber wenn ich danach griff, dann war da nur Nebel. Das Realste waren meine Träume, oder besser gesagt, Albträume von Russland, von Kälte, von abgemagerten Männern und vergewaltigten Frauen.«

Loredana schaute sie voller Wärme an und sagte: »Ich verstehe sehr gut, wovon du redest.«

»Und jetzt ist innerhalb der letzten sechs Monate die ganze Geschichte, die jahrzehntelang unsichtbar war, sichtbar geworden. Das löst gewaltige Dinge in meinem Inneren aus. Ich kann es kaum in Worte fassen, aber kommt mir vor, als ob ich mich zum ersten Mal in meinem Leben real und *sichtbar* fühle, als ob ich zum ersten Mal das Gefühl habe, dass ich wirklich existiere und dass ich eine Berechtigung habe zu existieren.«

Dann schwieg sie und sprach nach ein paar Momenten weiter: »Aber es ist so eine gewaltige Veränderung, dass ich erst mal Zeit brauche.«

»Ja, das ist verständlich. Als ich deine E-Mail las, ging es mir genauso. Deine Zeilen haben starke Gefühle in mir ausgelöst und als ich mir bewusst wurde, wie viel mir mein Vater verschwiegen hat, wurde ich erst mal total wütend auf ihn. Aber weißt du, es ist auch nicht so leicht, auf einen Mann wütend zu sein, der schon gestorben ist und der nach seinen Möglichkeiten alles für mich getan hat.«

Sarah nickte zustimmend. Dann sagte sie nachdenklich: »Vielleicht sollten wir uns wirklich alle einmal treffen – ich meine du, Alejandro, deine Stiefmutter, Frederic, Emma, Leonie, Helmut und ich. Wie wäre das?«

»Ja, das wäre sehr schön. Aber dann müssten wir das Treffen in Spanien veranstalten und das passt irgendwie nicht wirklich. Meine Stiefmutter wird nicht nach Deutschland reisen.« Sie seufzte und setzte dann hinzu: »Wenn sie das in den letzten zwanzig Jahren nicht gemacht hat, wird sie es jetzt auch nicht mehr tun.«

»Vielleicht sollten wir die ältere Generation einfach außen vor lassen und nur ein Treffen unter uns Geschwistern mit unseren Partnern und Kindern veranstalten?« Sie blickte ihre Schwester fragend an.

Loredana erwiderte: »Ja ich komme gerne mit Alejandro.« Nach einem kurzen Zögern setzte sie hinzu: »Ich habe momentan keinen Partner.«

Sarah dachte: »Wenn sie keinen Partner hat, dann ist es, weil sie keinen *will*.« Laut sagte sie: »Loredana, warum hast du keinen Partner? Du könntest doch jeden Mann da draußen haben.«

Ihre Schwester lächelte. »Ich glaube, ich möchte im Moment keinen Mann. Weißt du, ich genieße meine Freiheit. Alejandro ist fünfundzwanzig Jahre alt. Ich arbeite viel, verdiene gut und reise gern. Sicherlich möchte ich in einiger Zeit noch mal eine Partnerschaft eingehen, aber wenn, dann nur mit einem Mann, der meinem Leben wirklich etwas hinzuzufügen hat, und nicht mit jemandem, der mir etwas wegnimmt – sei es Lebensfreude, Energie, Freiheit, Wohlgefühl oder etwas anderes.«

»Ja, da hast du recht.«

Als sie zwei Stunden später im Auto saß und nach Stuttgart zurückfuhr, fühlte sie sich sehr friedlich und im Einklang mit sich selbst.

In den Wochen und Monaten darauf veränderte sich ihr Lebensgefühl komplett. Auch wenn ihr Leben nach außen hin in den gleichen Bahnen lief, so war doch ihre Wahrnehmung eine völlig andere. Es gab viel mehr Situationen als jemals zuvor, in denen sie sich *sichtbar* fühlte. Es war neu, manchmal komisch, aber es war auch aufregend.

Oft dachte sie an ihre Mutter. Sie wusste, irgendwann würde sie zu ihrem Grab nach Uster fahren. Vielleicht nächstes Jahr, vielleicht alleine oder vielleicht mit Loredana. Das würde sie sich in Ruhe überlegen.

Eines Abends saß sie mit Helmut im Garten. Leonie war bei ihrem Freund. Sie hatten gegrillt und ließen den Abend jetzt bei einem Glas Wein ausklingen. Der Duft von den gerade vor ein paar Tagen erblühten Rosen umwehte Sarahs Nase. Aus dem Wohnzimmer erklang Nuevo Flamenco und sie schauten auf ihren wunderschönen, mediterranen Garten.

Sarah blickte Helmut an, und er erwiderte ihren Blick. Sie wusste, was er dachte, denn sie dachte dasselbe und sie sprach es aus: »Jetzt ist das Alte endlich vorbei. Ich bin in *meinem* Leben und bei mir selbst angekommen.«

Danksagung

Um ein solches Buch zu schreiben, bedarf es der Unterstützung vieler unterschiedlicher Menschen. Glücklicherweise habe ich diese bekommen! Ich möchte mich, geordnet in alphabetischer Reihenfolge, bei folgenden Personen bedanken:

Bei Andrea für ihr genaues Hinschauen und ihre präzisen und zielführenden Inputs; bei Andreas für seine sehr kritischen Anmerkungen, die mich manchmal zweifeln ließen, dann aber auch wieder bestärkten weiterzumachen; bei Gabriele für ihre Ermutigung in einer ganz frühen Phase meines Projektes; bei Hannelore für ihre Fähigkeit, sich in den Leser hineinzuversetzen und mir aus dieser Position heraus Feedback zu geben; bei Nils für stundenlanges, geduldiges und manchmal auch ungeduldiges Vorlesen; bei Sigi für seine Begeisterung und seine feste Überzeugung, dass mein ›Baby‹ seinen Weg in die Welt finden würde; bei Swetlana für viele Gespräche über das Schicksal der Wolgadeutschen; bei Tineke für genau die richtigen Kommentare zum genau richtigen Zeitpunkt, die mir halfen zu sehen, welcher der nächste Schritt sein würde; und bei meiner Verlegerin Diana Schulz für die inspirierenden Gespräche und die gute Zusammenarbeit!

Über die Autorin

Ulrike Vinmann wurde 1962 in Krefeld geboren. Sie ist Diplompsychologin und Reinkarnationstherapeutin.

Vierzehn Jahre lang war sie in ihrem ersten Beruf als Übersetzerin und Dolmetscherin in internationalen Unternehmen tätig, davon sechs Jahre in Spanien.

Ihr Psychologie-Studium absolvierte sie an der Universität Erlangen-Nürnberg. Parallel ließ sie sich von Tineke Noordegraaf und Rob Bontenbal als Holographische Reinkarnationstherapeutin ausbilden. Seit Mai 1998 führt sie ihre eigene psychotherapeutische Praxis, in der sie KlientInnen aus ganz Europa behandelt. Sie hat einen erwachsenen Sohn und lebt und arbeitet in Nürnberg.

Ihr Anliegen ist es, andere Menschen dabei zu unterstützen, ihre seelischen Verletzungen zu heilen, damit sie an Gesundheit, Lebensqualität und Lebensfreude gewinnen sowie ihre verborgenen Potenziale ans Licht bringen und ihre eigene Kraft und Kreativität entwickeln können. Ihre Arbeitsschwerpunkte sind die Bearbeitung und Integration traumatischer Erfahrungen aus dem jetzigen Leben und aus vergangenen Leben. Seit 2003 leitet sie Ausbildungsgruppen in Holographischer Reinkarnationstherapie.

Weitere Informationen zu Ulrike Vinmann auf ihrer Homepage: www.reinkarnationstherapeutin.de

»Sahnetorte für die Seele!« Chuck Spezzano

Suchen Sie nach einem neuen, frischen Rezept, mit dem Sie Ihr Leben mal so wirklich aufpeppen können? Denken Sie auch, dass alles schon mal gesagt wurde, nur noch nicht von jedem? Haben Sie auch schon sämtliche Ratgeber durch und es hat sich rein gar nichts verändert?

Anstelle der weitverbreiteten Reiß-dich-am-Riemen-Selbsthilferhetorik, die man heutzutage in jedem besseren Küchenschrank findet, weist Arielle Essex einen einzigartigen Pfad durch den Dschungel der emotionalen, physischen und spirituellen Problemzonen. Ihr Ansatz ist einfach: Nur wer sich selbst auf sanfte, liebevolle und kreative Weise nahekommt, wird irgendwann die erste Lichtung im Urwald erreichen können.

Arielle Essex | Coaching mit Herz & Verstand – Heile dein Leben und erwarte Wunder | ISBN: 978-3-937883-31-1

www.echnaton-verlag.de